世界传世藏书 图文珍藏版

世界十大名著

马松源◉主编

线装书局

世界十大名著

飘

（美）米切尔◎著　　湛本军◎译

线装書局

图书在版编目（CIP）数据

飘/（美）米切尔（Mitchell，M.）著；马松源主编
.—北京：线装书局，2012.11
（世界十大名著）
ISBN 978-7-5120-0671-3

Ⅰ.①飘… Ⅱ.①米… ②马… Ⅲ.①长篇小说-美
国-现代 Ⅳ.①I712.45

中国版本图书馆 CIP 数据核字（2012）第 235494 号

飘

原　　著：	（美）米切尔
主　　编：	马松源
责任编辑：	高晓彬
封面设计：	博雅圣轩藏书馆 Boyashengxuan Cangshuguan
出版发行：	线装书局
地　　址：	北京市西城区鼓楼西大街 41 号（100009）
	电话：010-64045283
	网址：www.xzhbc.com
印　　刷：	北京彩虹伟业印刷有限公司
字　　数：	3160 千字
开　　本：	710×1040 毫米　1/16
印　　张：	280
版　　次：	2012 年 11 月第 1 版第 1 次印刷
印　　数：	1—3000 套
书　　号：	ISBN 978-7-5120-0671-3

ISBN 978-7-5120-0671-3

9 787512 006713 >

定　　价：1980.00 元（全十卷）

目 录

世界传世藏书

世界十大名著

·目 录·

图文珍藏版

世界传世藏书

世界十大名著

·目录·

图文珍藏版

世界传世藏书

世界十大名著

·目录·

图文珍藏版

导　读

　　《飘》是美国现代著名女作家玛格丽特·米切尔(1900~1949)的唯一小说作品。它以南北战争时期南方动乱的社会现实为背景，以"乱世佳人"思嘉为主线，描写了几对青年的爱情纠葛。自问世以来，这部作品已成为享誉世界的爱情小说。

　　《飘》是一部描写爱情的小说。米切尔以她女性的细腻精确地把握住了青年女子在追求爱情过程中的复杂心理活动，成功塑造了思嘉这一复杂的人物形象。这一人物有时使人觉得面熟，有时又很陌生。有时你能谅解她，有时却觉得莫名其妙，然而你始终都会觉得她真实，这就是这本书最大的成就。郝思嘉年轻貌美，但她的所作所为显示了她残酷、贪婪、自信。为了振兴家业，她把爱情和婚姻作为交易，三次婚姻没有一次出于真心。后来她才终于明白她一直念念不忘的艾希礼懦弱无能，倒是自称与她同类的瑞德值得爱。从审美判断来讲，性格复杂的思嘉还不能简单纳入反面人物的模式。小说极富于浪漫情调的构思、细腻生动的人物和场景的描写以及优美生动的语言、个性化的对白都使整部作品极具魅力，从而确立了《飘》在美国小说史上的重要地位。一部爱情佳作本属令人赏心悦目之事，而在南北战争的腥风血雨中绽放的爱情之花更是残酷而美丽。几度悲欢离合，情仇交织，情节跌宕起伏，紧紧抓住了读者的心。

　　美国对于我们来说，本是梦幻而陌生的国度，《飘》却掀开了她温情脉脉的面纱，看见了许多肮脏和美丽并存的事物。这对于我们如今的青年人，可能更有特意义。

第一章

　　思嘉·奥哈拉长得算不上漂亮，可是男人们只要被她迷住，就如同塔尔顿家那对孪生兄弟，看不清这一点了。她脸上既有她母亲的妩媚，也有她父亲的粗犷，这两种特征不太调和，可这张脸，连同那尖尖的下巴和方方正正的牙床骨，是非常招人关注的。她那双浅绿色的眼睛纯净迷人，搭配乌黑的睫毛和稍稍上翘的眼角，显得别有特色。两撇墨黑的浓眉给她白皙的皮肤划了一条十分惹眼的斜线。这样白皙的皮肤对南方妇女是相当少见的，她们经常用帽子、面纱和手套把皮肤细心保护起来，不让受到佐治亚灼热太阳的曝晒。

　　1861年4月一个晴朗的下午，思嘉同塔尔顿家的孪生兄弟斯图尔特和布伦特坐在她父亲的塔拉农场阴凉的走廊里，她俊俏的面容叫一派春光显得愈加春意盎然了。她穿一件全新的绿花布衣裳，长长的裙子轻轻地飘展着，搭配她父亲刚刚给她买的绿色山羊皮鞋，显得格外相称。她的腰围只有十七英寸，是临近三个县里最纤细的了，而这身衣裳更把腰肢衬托得纤细美丽，再加之里面那件紧紧的小马甲,她的即便只有十六岁但已成熟了的乳房便显山露水了。不过,不管她散开的长裙多么朴素,发髻梳在后面的发型多么端庄,那放在膝头上的雪白的小手多么文静,她本真面目还是稍微显露出来。那双绿色的眼睛生在一张娇羞的脸上,骚动不安,而且是任性的,生意盎然的,与她的打扮截然相反。她的举止是由她母亲的孜孜教诲和嬷嬷的严厉管教赋予她的,可她的眼睛显露了她自己的本性。

在她两侧,孪生兄弟一面一个懒懒地倚靠在椅子上,斜着眼睛看那从窗玻璃透过来的阳光谈笑着,四条穿着高筒靴的长腿随便交叠在那里。他们十九岁,身高七英尺二英寸,骨骼长大,肌肉坚实,黑黝黝的脸膛,深褐色的头发,眼神灵动而骄傲。他们穿着相同的蓝上衣和深黄色裤子,连长相都相差无异。

外面,傍晚的阳光斜投到场地上,映照得雪白的山茱萸花,在新绿的背景中显得格外艳丽。孪生兄弟骑来的马就拴在车道上,那是两匹健壮的骏马,毛色发红;马腿旁边有一群一直跟随着主人的猎犬在聒噪。远一点的地方躺着一条黑花斑的白色随车大狗,只有贵族人家才有的,它的鼻子贴在前爪上,毫不焦躁地等待着两个小伙子回家去吃晚饭。

这些猎犬、马匹和两个孪生兄弟,有着一种颇为相近的东西。那就是他们全富有活力、健康而茫无思虑,也一般世故、大方、兴致勃勃;两个小伙子和他们所骑的马一样精气神十足,而又危险,可对于那些知道如何驾驭他们的人又是温驯可爱的。

这三个年轻人,即便都出生在富足的庄园主家庭,从小由仆人贴心服侍着,可他们既不散漫也不娇气。他们如同一辈子生活在野外、不曾读书的乡下人一般,健壮而又活泼。在北佐治亚的克莱顿县,尚处新开辟阶段的生活中,所以带有一些狂野的味道。南部那些开化得较早的居民瞧不起内地佐治亚人,但在北佐治亚这儿,人们并不感觉缺少高雅的文化素养是什么羞耻的事儿,只要在那些重要的事情上别出错就行了。而种出好棉花,骑马技术一流,枪打得准,舞跳得娴熟,善于体面地追逐女人,喝酒时如同文雅的绅士,就是他们心目中的一等大事儿。

这对孪生兄弟在这些方面都是行家里手,就好比他们知识的缺乏也一样是出众的。他们家拥有大量的钱、马和奴隶,但是两个小伙子胸中的文墨却正好少得吓人。

正因如此,斯图尔特和布伦特现在就待在塔拉农场天南海北扯闲篇,打发这四月傍晚的大好时光。他们才刚被佐治亚大学开除,这所大学是两年内开除他们的第四所大学了。因此他们的两个哥哥,汤姆和博伊德,也同他们一路回到了家里,因为这所学校既然开除了他们的孪生兄弟,两位做哥哥的也就气愤地离开那里了。斯图尔特和布伦特把这次除名当作一件不值一提的事;而思嘉呢,她自从去年离开费耶特维尔女子学校以后就再也不去读书,因此也和他们一样觉得这是好玩的事。

"我知道你们俩对于被学校开除根本无所谓,汤姆也是这样,"她说。"可是博伊德怎么样? 他挺想读点儿书的,而你们俩接二连三地把他从大学拉出来,如今又从佐治亚大学回来了。这样下去,他永远也毕不了业了!"

"唔,他可以到费耶特维尔那边的帕马利法官事务所去学法律嘛。"布伦特漫不经心地答道,"而且,这没什么要紧,反正本来在学期结束之前我们也应该回家的。"

"那为什么?"

"打仗了,傻瓜! 战争随时可能打起来,难道你以为战争开始之后我们还能留在学校里吗,你说?"

"你明明知道不会打仗的,"思嘉生气地说,"那只是嘴上说说罢了。就在上个星期,艾希礼·威尔克斯和他父亲还对我爸说,咱们派驻华盛顿的官员将要同林肯先生达成——达成一个关于南部联盟的协议呢。况且不管怎样,北方佬害怕我们,不敢动手打的。根本不会打仗,谈它干什么,我可不愿意听。"

"根本不会打仗!"孪生兄弟也生气地喊起来,似乎他们上当了似的。

"怎么了? 亲爱的,真的会打仗的啊!"斯图尔特说。"北方佬可能害怕咱们,可是自从前天波尔格将军把他们轰出萨姆特要塞以后,他们就只好打起来了,要不就会被全世界笑话。什么,南部联盟——"

听到这里,思嘉嘟起嘴来,显得很不耐烦的样子。

"只要你再说一声'战争',我就要进屋去,把门关上了。我对'战争'这么一个词厌烦透了。爸爸从早到晚谈战争、战争,来看他的那些人也叫嚷着谈论什么萨姆特要塞、州权、亚伯·林肯,烦得我简直要大喊大叫!并且所有的男孩子也都在谈这些,还有他们的宝贝军队。今年春天,我没有听到过什么有趣的事情,因为男孩子只谈这个。我最高兴的是佐治亚要等到过了圣诞节以后才宣布脱离联邦,要不然会把圣诞晚会也糟蹋了。要是你再谈'战争'我马上就进屋去了。"

她说到做到,因为如果谈话不以她为主题,她是无法忍受的。不过她说话时仍带微笑,有意加深脸上的酒窝,同时扇动那黑黑的睫毛。小伙子们给迷住了,她这才满意。于是他们连忙向她道歉,说不该让她生气。他们并不因为她对战争不感兴趣而对她有丝毫的轻视。真的,他们更敬重她了,因为战争原本是男人的事,与女人无关,所以他们便把她的态度看成是极其女性化的见证了。

把从战争这个话题打发了以后,她便饶有兴味地回到他们眼前的处境上来。

"你们的母亲对于你俩再一次被开除的事说了些什么呀?"

小伙子们有点不好意思,想起三个月前他们被弗吉尼亚大学开除时母亲的那番表现。

"唔,她还没来得及说呢,"斯图尔特答道,"今天一清早她还没起床,汤姆和我俩就跑出来了。汤姆半路上去方丹家了,我们便直接到这儿来了。"

"昨天晚上你们到家时她也没说你们吗?"

"昨晚我们运气可好了。刚好我们快要到家的时候,妈妈上个月在肯塔基买下的那匹公马给送来了,家里正热闹着呢。那匹马——它长得可真来劲,思嘉,你一定得告诉你爸,叫他赶快去瞧瞧——那畜生一路上已经咬了马夫两大口,并且踏坏了我妈的两个黑小子。而且,就在我们刚要到家的时候,它差点儿一脚把马棚踢倒了。我们到家时,妈妈正在马棚里拿着一口袋糖哄它,让它慢慢平静下来。黑奴们躲得远远的,瞪着眼睛全给吓坏了,可妈妈还在跟那畜生说话,似乎他们是一家人似的,它正在吃她手里的东西呢。世界上谁也不如我妈那么会跟马打交道。那时她瞥见了我们,便说:'天哪,你们四个又回来干什么呀?你们简直比埃及的瘟疫还让人讨厌!'这时那匹公马开始喷鼻子直立起来,她赶紧说:'滚开吧,大宝贝生气了,等明天早晨我再来找你们四个!'这样,我们便上床睡觉了。今天一大早,趁她还来不及起床,我们便溜了出来,只留下博伊德一个人去对付她。"

"你们看她会打博伊德吗?"思嘉知道,瘦小的塔尔顿太太对她那几个已长大成人的儿子还是很粗暴的,在她认为必要的时候,还会用马鞭子抽他们的脊背;对于这种情形,思嘉和县里的其他人都有点不大习惯。

比阿特里斯·塔尔顿成天忙得要命,她手中有一大片棉花地,一百个黑奴和八个孩子,并且还有个在州里数一数二的养马场。她性情暴躁,动不动就大发雷霆。她一方面不许任何人打她的一匹马或一个黑奴,另一方面却认为偶尔打打她的孩子们倒没有什么不好。

"她不会打博伊德。她从来没有打过他,这不仅因为他年龄最大,还因为他个子太小了。"斯图尔特这样说,对自己那六英尺的个头儿洋洋得意。"所以我们才把他留在家里去向妈交代一切。老天爷明白,妈不应当打我们了!我们都十九了,汤姆二十一了,可她还把我们当六岁娃娃看待呢。"

"你母亲明天要参加威尔克斯家的野宴,她会不会骑那匹新买来的马?"

"她会的,不过爸说骑那匹太危险了。而且,不论如何,姑娘们不会同意她骑。她们说,至少像个贵妇人那样乘坐马车去参加宴会。"

"但愿明天别下雨,"思嘉说。"天天下雨,都快一星期了。要是把野宴改成在家里野餐,那才没意思呢。"

"唔,明天天准晴,还会像六月天那样热,"斯图尔特说,"你看那落日。我还从没见过比这更红的太阳呢。凭落日来预测天气,从来不会错。"

他们都朝远方望去,越过那无边无际的棉花地,直到红红的地平线上。太阳在弗林特河对岸的群山后面缓缓降落,四月白天的暖意也渐渐消退,隐隐透出丝丝的凉意。

那年春天来得很早,之后是几场温暖的急雨,粉红的桃花纷纷绽放,山茱萸也以雪白的繁花装点着山岗。

坐在走廊里的三个年轻人听到得得的马蹄声和黑奴们尖利的嬉笑声,知道这是那些干农活的人和骡马从田地里回来了。同时从屋子里传来思嘉的母亲爱伦·奥哈拉温和的声音,她在喊替她提着钥匙篮子的黑女孩,那女孩用尖脆的声调答道:"来啦,太太,"于是便传来脚步声,爱伦要去给那些田间劳动者分配食物。接着便听到瓷器当当和银餐具叮叮的响声,这时管衣物和伙食的男仆波克已经在摆桌子开晚饭了。

听到这些声响,那对孪生兄弟才明白他们该回家了。可是他们不愿意回去见母亲,便在塔拉农场的走廊里徘徊流连,希望思嘉邀请他们留下来吃晚饭。

"我说,思嘉,谈谈明天的事吧,"布伦特开腔了,"咱们明儿晚上多多地跳舞,你没有答应他们大家吧,是不是?"

"唔,我答应了!我怎么知道你们会回来呢?我哪能冒险在一边待着,专门等着你们两位呀?"

"你在一边待着?"两个小伙子放声大笑。

"你瞧,亲爱的,你得跟我跳第一个华尔兹,末了跟斯图尔特跳最后一个,然后跟我们一起吃晚饭。我们要像上次一样,让金西嬷嬷再来给咱们算命。"

"我可不喜欢金西嬷嬷算命。她说过我会嫁给一个黑头发的男人,而我是不喜欢黑头发男人的。"

"那么,亲爱的,你是喜欢红头发的喽,是吗?"布伦特傻笑着说。"现在,快说吧,答应跟我们跳所有的华尔兹,跟我们一道吃晚饭。"

"如果你答应,我们就告诉你一个秘密,"斯图尔特说。

"什么秘密?"思嘉嚷着,像个孩子似的活跃起来。

"斯图尔特,你是不是指昨天我们在亚特兰大听到的那个消息?我们答应过不告诉别人的。"

"嗯,那是皮蒂小姐说的。"

"什么小姐?"

"你知道,就是艾希礼·威尔克斯的表姐。皮蒂帕特·汉密尔顿小姐,查尔斯和媚兰的姑妈,她住在亚特兰大。"

"这我知道,一个傻老太婆,我一辈子也没见过比她更傻的了。"

"对,昨天我们在亚特兰大等火车时,她的马车正好从车站经过,她告诉我们,明天晚上在威尔克斯家的舞会上她要宣布一门亲事。"

"唔,我也听说过,"思嘉失望地说,"她的那位傻侄儿查理·汉密尔顿和霍妮·威尔克斯。这几年大家都说他们快要结婚了,可是他本人似乎没什么热情似的。"

"他傻吗?"布伦特问,"去年圣诞节他在你身边嗡嗡地转个没完呢。"

"我有什么办法。"思嘉毫不在意地耸了耸肩膀。"我觉得他像个女人似的。"

"不过,明晚要宣布亲事与他不相干,"斯图尔特得意地说,"是艾希礼和查理的妹妹媚兰小姐订婚的事哩!"

思嘉脸上没什么反应,可是嘴唇发白了。就像冷不防受到当头一击,在震动的最初几秒钟她还不明白那是怎么回事。她注视斯图尔特时的脸色还那么平静,以致这位毫无分析头脑的人还以为她仅仅感到惊讶和很有兴趣呢。

"皮蒂小姐说,他们本来准备到明年才宣布订婚,因为媚兰小姐近来身体不怎么好;可是现在到处在谈论战争,两家人都觉得还是尽早成婚的好。因此决定明天晚上在宴会上宣布。你看,思嘉,我们把秘密告诉你了,你也得答应跟我们一道吃晚饭呀。"

"当然,我会的,"思嘉下意识地说。

"而且跳所有的华尔兹吗?"

"所有的。"

"你真好!我敢打赌,别的小伙子们会气疯的。"

"让他们去疯好了,"布伦特说,"我们俩能对付他们。瞧着吧,思嘉。明天上午的野宴也跟我们坐在一起好吗?"

"什么?"

斯图尔特将请求重复了一遍。

"当然。"

哥儿俩心里美滋滋地相互看着对方,可也有些惊异。虽然他们把自己看作思嘉所喜爱的追求者,可是以前他们还没这么轻易得到过这样的应允。她通常只听他们乞求、倾诉,然后敷衍他们,在他们气恼时便报以笑颜,在他们发怒时则略显冷淡。而现在她实际上已经把明天全部的活动都许给了他们——答应野宴时跟他们坐在一起,并且跟他们跳所有的华尔兹,然后一道吃晚饭。就为这些,被大学开除也值得了。

他们的成功使他们心中充满了热情,他们愈加流连忘返,谈论明天的野宴、舞会和艾希礼·威尔克斯与汉·媚兰,都抢着说话,开着玩笑,然后大笑不已,希望人家留他们吃晚饭。这样闹了好一会儿,他们才发现这时气氛有点变了。怎么变的却说不清楚,只觉得那番兴高采烈的光景已经消失。思嘉似乎并不怎么注意他们在说些什么,尽管她的回答也还得体。他们意识到了什么,感到沮丧和不安,但又难以理解,他们又赖着待了一会儿才看看手表,勉强站起身来。

这时太阳已经很低,河对岸高高的树林幽暗的轮廓已渐渐模糊。家燕轻快地飞来飞去,小鸡、鸭子和火鸡有的蹒跚而行,有的昂首阔步,有的左顾右盼,都纷纷从田地里回家来了。

斯图尔特吆喝了一声:"吉姆斯!"很快一个和他们差不多大的高个儿黑孩子气喘吁吁地从房子附近跑出来,向两匹拴着的马走去。吉姆斯是贴身用人,随时随地伴随着主人。他是他们儿时的玩伴,到他们十岁生日那一天便归他们自己所有了。那猎犬一见他便从红灰土中跳起来,站在那里恭候主子们驾到。两个小伙子躬身同思嘉握手告别,告诉她明天一早他们将赶到威尔克斯家去等候她。然后他们迅速走下人行道,骑上马,一口气跑上柏树夹道,一面回过头来,挥着帽子向思嘉高声喊叫。

他们拐过一个弯子以后,布伦特勒住马头,在一丛山茱萸下站住了。斯图尔特跟着停下来,吉姆斯也紧跑几步跟上了他们。两匹马觉得缰绳松了,便伸长脖子去啃柔嫩的春草,猎犬们重新在灰土中躺下,贪馋地仰望着在空中回旋飞舞的燕子。布伦特那张笨拙的宽脸上显出迷惑而生气的神情。

"听我说,"他说,"你不觉得她似乎要请我们留下吃饭吗?"

"我本来以为她会的,"斯图尔特答道,"我一直等着她呢,可是她竟没有说。你想这是为什么?"

"我可一点也不明白。不过我觉得她是应当留我们的。我们毕竟刚回家,她跟我们又有好久没见面了。何况我们还有许多的话要说呢。"

"我觉得刚开始她似乎很高兴。"

"我也这样想。"

"可后来,大约半个钟头以前吧,她就不怎么说话了,似乎有点头痛。"

"我也注意到了,可我没在意。你想她是哪儿不舒服了呢?"

"我不知道。难道我们说错了什么话吗?"

他们两人想了一会儿。

"我什么也想不起来。而且,思嘉一生气,谁都看得出来。她如果不是生气才不会那样闷声不响。"

"对,我就喜欢她这样。一定是我们说了或做了什么事,使得她默不作声,并装出不舒服的样子。我肯定,我们刚来时她是很高兴而且打算要留我们吃晚饭的"

"你不觉得那是因为我们被开除了吗?"

"见鬼,决不会的!别傻了。我们告诉她这消息时,她还满不在乎地笑呢。

再说,思嘉对于读书也并不比我们重视呀。"

布伦特转过身去唤那个黑人马夫:"吉姆斯!"

"唔?"

"你听见我们对思嘉小姐讲的话了吗?"

"没有呀,布伦特先生!俺怎么会偷听白人老爷的话呢?"

"偷听,我的上帝!你们这些小黑鬼什么事都知道。你还骗我,我亲眼看见你偷偷绕过走廊的拐角,蹲在墙边茉莉花底下呢。好,你听见我们说什么惹思嘉小姐生气的话吗?"

经他这一说,吉姆斯也就不再骗下去了,皱着眉头回想起来。

"没啥,俺没听见您讲啥惹她生气的话。俺看她挺高兴的,挺惦记你们,还喊喊喳喳像只小鸟儿乐个不停呢。可是后来你们谈起艾希礼先生和媚兰小姐结亲的事,她才不说话了,像只雀儿看见老鹰打头上飞过一般。"

哥儿俩面面相觑,同时点了点头,可是又不懂为什么。

"吉姆斯说得对,可我不明白那究竟是为什么,"斯图尔特说,"我的上帝!艾希礼对于她并不重要,只不过是个朋友罢了。她对他不怎么感兴趣。她感兴趣的是我们。"

布伦特点点头表示同意。

"可能是这样,"他说,"也许艾希礼没有告诉她他明天晚上要宣布订婚,而她觉得别人都知道了,自己却不知道,所以气坏了呢?姑娘们总是挺看重这样的事的。"

"唔,也许。可这又有什么呢?本来就是要保密,叫人大吃一惊的嘛,一个男人就没有权利对自己订婚的计划保密吗?不是媚兰小姐的姑妈泄露出来,我们也不会知道呀。并且思嘉一定早已知道他总是要娶媚兰的。你想,我们知道也有好几年了。谁都知道他总有一天要娶她的,就像霍妮·威尔克斯总要同媚兰小姐的兄弟查尔斯结婚一样。"

"好了,我不想再说了。不过,我对于她不留我们吃晚饭感到遗憾。老实说,我不想回家听妈妈对我们大发脾气。"

"说不定博伊德已经把她的火气平息下来了。你明白那个讨厌的小个子是多么伶牙俐齿。他每次都能把她说得高高兴兴的。"

"是呀,他办得到,不过那挺费博伊德的劲。他要拐弯抹角绕来绕去,直到妈被弄糊涂了,情愿让步。可是眼下,他恐怕还没来得及准备好开场呢。你看,我敢跟你打赌,妈一定还在为那匹新来的马兴奋呢,说不定要到坐下来吃晚饭和看到博伊德的时候才会想起我们又回家了。只要晚饭不吃完,她就会越来越生气。所以要到十点钟左右博伊德才有机会去告诉她,咱们的校长粗暴地斥责你我二人,我们中间谁要是还留在学校也就太不光彩了。而要使得她转而对校长大发脾气,责问博伊德为什么不给他一枪,那就非到半夜不行。因此,我们要半夜过后才能回家。"

哥儿俩你瞧着我,我瞧着你,不知怎么办。他们对于烈性的野马,对于打架,以及邻里的公愤,都一点儿不害怕,唯独那位红头发母亲的责骂和偶尔的痛打,才叫他们感到不寒而栗。

"那么,就这样吧,"布伦特说。"我们到威尔克斯家去。艾希礼和姑娘们会让我们在那里吃晚饭的。"

斯图尔特显得有点不舒服的样子。

"不,算了吧。他们一定在忙着准备明天的野宴呢,并且……"

"唔,我忘记了,"布伦特连忙解释说,"不,我们别到那里去。"

他们对自己的马吆喝了两声,然后默默地骑着向前跑了一会,这时斯图尔特褐色的脸膛上有些泛红。直到去年夏天为止,斯图尔特曾经追求过英迪亚·威尔克斯。大家都觉得也许那位冷静含蓄的英迪亚会对他起一种镇定作用。不论如何,他们热切地希望这样。斯图尔特本来是可以匹配的,但布伦特不同意。布伦特也喜欢英迪亚,可是觉得她没什么意思,他自己简直无法对她产生爱情。这是哥儿俩头一次在兴趣上发生分歧,并且布伦特对于他兄弟居然会看上一个他认为毫不出色的姑娘,觉得很恼火。

后来,去年夏天在一个政治讲演会上,他们两人突然发现了思嘉。他们倒是早就认识她了,而且从童年时代起,她就讨人喜欢,因为她会骑马,会爬树,几乎比男孩子还厉害。可现在他们惊奇地发现她已经是个成年姑娘,并且还真迷人呢。

他们第一次注意到她那双绿眼睛怎样秋波流盼,她笑起来两个酒窝有多么深,她的手和脚多么娇小,而那腰肢又多么纤细呀!他们对她的巧妙赞扬使她乐得放声大笑,同时,一想到她把他们当作一对出众的小伙子,他们就不禁有点飘飘然。

那是哥儿俩一生中值得纪念的一天。每当他们谈起这件事来都觉得奇怪,为什么从前竟没有注意到思嘉的美貌。他们至今没有想明白,为什么思嘉偏偏决定要在那一天引起他们的注意。原来思嘉天生不能容忍任何男人爱上别的女人,所以她一见到英迪亚和斯图尔特在一起说话便觉得受不了,就产生了掠夺之心。她并不满足于单单占有斯图尔特,还要把布伦特也猎取过来,而且非常巧妙地把他们两人控制住。

如今他们两人双双坠入了她的情网,而英迪亚·威尔克斯和布伦特曾经半心半意追求过的一位米自洛夫乔伊的莱蒂·芒罗,都被他们忘在脑后了。至于如果思嘉爱上他们中的某一个时,那个落选的该怎么办,这个问题哥儿俩并不考虑。到时候再说吧。眼下他们爱上了同一位姑娘,这就相当满意了,因为他们并不相互嫉妒。这种局面引起了左邻右舍的注意,他们的母亲也苦恼不堪——她是不怎么喜欢思嘉的。

"要是那个小精灵挑上了你们中间的哪一个,那就够他受的了。"她说,"可万一把你俩都挑上呢,我唯一担心的是过不了几天,你们俩就会被这个绿眼小妖精弄得迷迷糊糊,彼此嫉妒乃至自相残杀起来。不过,要真的弄到那步田地倒也不坏。"

从演讲会那天起,斯图尔特每次见到英迪亚都觉得不舒服。这不是因为英迪亚责怪了他。她这个地道的正派姑娘决不会这样做。可是斯图尔特跟她在一起时总感到内心有愧,很不自在。因为他明白是自己设法让英迪亚爱上了他,也知道她现在仍然爱他,因此他觉得自己的行为不大像样。他倒也仍然非常爱她,对她那种贤淑的仪态,她的学识和她所具有的种种高尚品质,他都非常尊敬。然而,糟糕的是,只要与思嘉的光彩照人和千娇百媚一比起来,她就显得那么暗淡无味和平庸呆板了。跟英迪亚在一起时永远头脑清醒,而跟思嘉在一起就心烦意乱了,可这种烦乱还真有魅力呢。

"那么,咱们到凯德·卡尔弗特家去吃晚饭。思嘉说过凯瑟琳已经从查尔斯顿回来了。"

"唔,好极了!我喜欢凯瑟琳,她很好玩,我也想打听打听卡罗·莱特和其他查尔斯顿人的消息;可是要去跟她的北方佬继母坐在一起吃顿饭,那才真要我的命呢!"

"别那么刻薄,斯图尔特。她还是挺好的。"

"我并不是苛求她。我倒为她难过,可是我不喜欢那种让我为她难过的人。她在你周围转来转去,总想叫你感到舒适自在,可是正好相反,她简直让我坐立不安!她还把南方人当作蛮子。她甚至跟妈妈这样说过。她害怕南方人。我们每次去她家,她都像吓得要死似的。她让我想起一只蹲在椅子上的瘦母鸡,瞪着两只又亮又呆板的眼睛,似乎一听到有什么动静就要乱叫起来。"

"这个,你也不能怪她。你曾经开枪打伤过凯德的腿嘛。"

"对,可那次是我喝醉了,否则怎么会那样呢,"斯图尔特为自己辩护。"并且凯德自己从不怀恨。凯瑟琳和雷福德或者卡尔弗特先生也没有什么恶感。就是那个北方佬继母,她却大声嚷嚷,非说我是个蛮子不可,说文明人跟粗野的南方人在一起很不安全。"

"不过,你不能怪她。她是个北方佬,没有礼貌,并且你毕竟打伤了她的凯德呀。"

"可是,呸!那也不能侮辱我啊!你是我妈的亲生儿子,但那次托尼·方丹打伤了你的腿,她发过火吗?没有,她只请老方丹大夫来给你包扎了一下,还问托尼的枪怎么会打不准哪。你还记得那句话使托尼多么难过吧?"

哥儿俩都哈哈大笑起来。

"妈真是有能耐!"布伦特衷心赞赏地说。"你可以永远指望她处事得当,不让你难堪。"

"对,不过今晚我们回家时,她很可能要当着父亲和姑娘们的面让我们狠狠丢脸呢,"斯图尔特快快不乐地说。"听我说,布伦特。我看这意味着咱们不能到欧洲去了。你记得妈说过,要是咱们再被学校开除,便休想参加去欧洲的旅游了。"

"这个嘛,见鬼去吧! 咱们不管它,欧洲有什么好玩的? 我敢打赌,那些外国人拿不出一样在咱们佐治亚还没有的东西来。我敢打赌,他们的马不如咱们的跑得快,他们的姑娘不如咱们的亮丽,并且我非常清楚,他们的哪一种稞麦威士忌都不能跟咱爷的酒相比。"

"可艾希礼·威尔克斯说过,他们那里有十分丰富的自然风景和音乐。"

"唔,你知道威尔克斯家是些什么样的人。他们对音乐、书籍和风景都喜爱得出奇。妈说那是因为他们的祖母是弗吉尼亚人。弗吉尼亚人是非常重视这类东西的。"

"让他们重视去吧。我只要有好马可骑,有好酒可喝,有好的姑娘可以追求,还有个坏姑娘好开玩笑,就任凭别人去赏玩他们的欧洲好了……咱们干吗要惋惜什么大旅游呢? 就算我们如今是在欧洲,可战争发生了怎么办? 要回家也来不及呀。我宁愿去打仗也不想到欧洲去。"

"我也是这样,随时都可以……喏,布伦特,我想起可以到哪儿去吃晚饭了。咱们骑马越过沼泽地,到艾布尔·温德那里去,告诉他我们又都回到了家里,准备去参加操练。"

"这是个好主意!"布伦特高兴得叫起来。"并且咱们能听听军营里的消息,弄清楚他们用哪种颜色做制服。"

"要是采用法国步兵服呢,那我再去参军就活该了。穿上那种红裤子,我会觉得自己像个娘儿们。我看那跟女人穿的红法兰绒衬裤一模一样。"

"少爷们想到温德先生家去吗?"吉姆斯问。"要是你们想去,那就吃不上好晚饭了。他们的厨子死啦,随便找了个女人在做吃的,那些黑小子告诉我她做得再糟不过了。"

"我的上帝!他们干吗不买个新的厨子呀!"

"这帮下流坯穷白人,还买得起黑人?他们家历来最多也只有四个。"

吉姆斯的口气中充满了公然的蔑视。他自己的社会地位倒是可靠的,因为塔尔顿家拥有上百个黑奴,他瞧不起那些只有少数几个奴隶的小农场主。

"你说这话,看我剥你的皮!"斯图尔特厉声喊道,"你怎么能叫艾布尔·温德'穷白人'呢。他穷是穷,可并不是什么下流坯。谁要是瞧不起他,我可决不答应。全县没有比他更好的人了,要不军营里怎么会选举他当尉官呢?"

"俺可弄不懂这个道理。"吉姆斯不顾主人的斥责硬是顶嘴说,"俺看他们的军官全是从有钱人里边挑的,谁也不会挑肮脏的下流货。"

"他不是下流货呀!你要拿他跟真正的白人下流坯像斯莱特里那种人相比吗?艾布尔只不过钱少些罢了。他不是大农场主,但毕竟是个小农场主。既然那些新入伍的小伙子可以选举他当尉官,那么哪个黑小子也不能肆意说他的坏话。营里自有公论嘛。"

骑兵营是三个月前在佐治亚州脱离联邦那天成立的,从那以后入伍的新兵便一直在盼望打仗。这个组织至今还没有命名,虽然已经有了种种方案。这也正像对于军服的颜色和式样的选择,每个人都有自己的主张。什么"克莱顿野猫"啦,"暴躁人"啦,"北佐治亚轻骑兵"啦,"义勇军"啦,"内地步枪兵"啦(虽然这个营将是用手枪、军刀和单刃猎刀而不是用步枪来装备的),"克莱顿灰衣人"啦,"血与怒吼者"啦,"莽汉和应声出击者"啦,所有这些名称都不乏附和的人。在问题没有解决之前,大家都称呼这个组织为"营",而且,不管最终采用的名称多么响亮,他们用的都是简简单单一个"营"字。

军官由大家选举,因为全县除了少数几个参加过墨西哥战争和塞米诺尔战争的老兵外,谁也没有打仗经验;而且,如果大家并不喜欢和信任他,要让一个老兵当头领也只会引起全营的蔑视。大家全都喜欢塔尔顿家四个小伙子和方丹家三兄弟,不过又都不愿意选举他们,因为塔尔顿家的人常常酗酒和喜欢玩乐,而方丹兄弟性情又十分暴躁。结果艾希礼·威尔克斯被选做队长了,因为他是县里最出色的骑手,并且头脑冷静,大伙相信他还能维持某种表面的秩序。雷弗德·卡尔弗特是人人都喜爱的,被任命为上尉,而艾布尔·温德,那个沼泽地捕猎手的儿子(他本人是小农),则被选做中尉了。

艾布尔是个精明沉着的大个儿,不识字,心地善良,年龄较大,在妇女面前显得比较有礼貌。"营"里很少有骄下媚上的现象。他们的父亲和祖父大多是以小农致富的,不会有那种势利眼。并且艾布尔是"营"里最好的射击手,一杆真正的"神枪",他能够在七十五码外瞄准一只松鼠的眼睛,也熟悉野外生活,会在雨地里生火,会捕捉野兽,会寻找水源。"营"里很尊重有真本事的人,并且由于大伙喜欢他,因此让他当了军官。

开始时,这个"营"只从农场主的子弟中招募营丁,可以说是个上层的组织;他们自备马匹、武器、装备、制服和随身仆人。但是有钱的农场主在克莱顿这个新辟的县毕竟很少,同时为了建立一支充实的武装力量,便有必要从小农和森林地带的猎户、沼泽地的捕兽者、山地居民,有时甚至从穷白人(只要他们在本阶级的一般水平之上)的子弟中招募更多的新兵。

后一部分青年人也和他们的富裕邻居一样,渴望着战争一爆发便去打北方佬,不过金钱这个微妙的问题却随之产生了。小农中很少有人有马的。他们使用骡子耕作,并且也没有富余的,最多不过四头骡子。即使营里同意接受,也不能放弃耕作呀。何况营里还口口声声说不要呢。并且那些穷白人,往往只有一头骡子,边远林区的人和沼泽地带的居民则既无马也没有骡子。他们完全靠林地的出产和沼泽中的猎物过活,做生意也是以物换物,一年看不见五元现金,要自备马匹、制服是办不到的。可是这些人身处贫困仍极其骄傲,就像那些拥有财富的农场主一样;他们决不接受来自富裕邻居的任何施舍。在这种局面下,为了保持大家的感情和把军营建成一个充实的组织,思嘉的父亲约翰·威尔克斯和巴克·芒罗、吉姆·塔尔顿、休·卡尔弗特,实际除安格斯·麦金托什以外,全县每个大农场主,都捐钱把军营全面装备起来,包括马匹和人员在内。经过适当的安排以后,营里那些不怎么富裕的成员也就能够坦然接受他们的马匹和制服而不觉得有失体面了。

营队每星期在琼斯博罗集合两次,进行操练和祈祷战争早日发生。马匹还没有备齐,但那些有马的人已经在县府背后的田野里搞起了他们想象中的骑兵演习,掀起满天尘土,扯着嘶哑的嗓子叫喊着,挥舞着从客厅墙上取下来的革命战争时代的军刀。那些还没有马匹的人便只好坐在布拉德仓库前面的镶边石上观看,一面嚼着烟草闲聊,要不他们就比赛打靶。因为大多数南方人生来就是玩枪的,他们平日消磨在打猎中的时间把他们全都练成了好射手。

从农场主家里和沼泽地的棚屋中,一队队年轻人携带着武器奔向每个集合点。

操练结束时,经常要在琼斯博罗一些酒馆里演出最后的一幕。到了傍晚,酒至半酣争斗便纷纷发生,这使得军官们非常棘手,不得不在北方佬打来之前

便忙着处理伤亡事件了。就是在这样一场斗殴中，斯图尔特·塔尔顿开枪打伤了凯德·卡尔弗特，托尼·方丹打伤了布伦特。那时这对孪生兄弟刚刚被弗吉尼亚大学开除回到家里，营队成立，他们便热情地参加了。可是枪伤事件发生以后，也就是说两个月前，他们的母亲打发他们去进了州立大学，命令他们不要回来。他们痛苦地怀念着操练时那股兴奋劲儿，觉得只要能够和伙伴们一起骑着马，嘶喊，射击，哪怕牺牲上学的机会也是值得的。

"这样，咱们去找艾布尔吧，"布伦特提议说，"咱们可以穿过奥哈拉先生家的河床和方丹家的草地，很快就赶到那里。"

"俺到那里什么好的也吃不着，只有吃负鼠和青菜了，"吉姆斯不服气地说。

"你什么也休想吃。"斯图尔特奸笑道，"你得回家去，告诉妈我们不回去吃晚饭了。"

"不，俺不回去！吉姆斯惊慌地嚷道。"俺不回去！回去会给比阿特里斯小姐打个半死的。首先她会问俺你们怎么会又给开除了？其次，俺怎么今晚没带你们回家，得让她好好揍你们一顿？末了，她还会突然向我扑过来，像鸭子扑一只无花果虫似的。俺很清楚，她会把这件事通通怪在俺头上。要是你们带俺到温德先生家去，俺就整夜蹲在外边林子里，没准儿巡逻队会逮住俺的，俺宁愿给巡逻队带走，也不要在太太生气时落到她的手中。"

哥儿俩瞧着这个倔强的黑孩子，感到无可奈何。

"这傻小子可是做得出来，会叫巡逻队给带走的。果真这样，便又给妈添了个话题，妈唠叨几个星期了。这些黑小子们真是麻烦。有时我甚至想，那帮废奴主义者的主意倒不错呢。"

"不过嘛，总不能让吉姆斯去顶风险闹出事来吧！看来咱们只好带着他。可是，当心，不要脸的黑傻瓜，你要是敢在温德家的黑人面前摆架子，敢夸口说咱们经常吃烤鸡和火腿，而他们除了兔子和负鼠什么也吃不上，那我——我就要告诉妈去。而且，也不让你跟我们一起去打仗喽。"

"摆架子？俺在那些不值钱的黑小子跟前摆架子？不，先生们，俺还讲点礼貌呢。比阿特里斯小姐不是像教育你们那样也教育俺要有礼貌吗？"

"可她自己也没有做得很好呀，"斯图尔特说。"算了吧！咱们继续赶路。"

他让自己的大红马后退几步，然后用马刺在它腰上狠踢一下，叫它跳起来轻易地越过篱栏，进入杰拉尔德·奥哈拉农场那片松软的田地。布伦特的马跟着跳过，接着是吉姆斯的。

他们在愈来愈浓的暮色中横过那些红土垄沟，跑下山麓向河床走去。这时布伦特向他兄弟喊道：

"我说，斯图！你觉得思嘉本来想留咱们吃晚饭吗？"

"我始终认为她会的，"斯图尔特高声答道，"你说呢……"

第二章

那对孪生兄弟离开时,思嘉站在塔拉农场的走廊上目送他们,直到飞跑的马蹄声已隐隐消失,她才像个梦游人似的回到椅子上去。她觉得脸部发僵,嘴巴酸痛,原因是刚才很长一段时间她在咧着嘴假装微笑,为了不让那对孪生子发觉她内心的秘密。她疲惫地坐下,将一条腿盘起来,感到心脏难受得发胀,似乎快要从胸腔里爆出来似的。它古怪地轻轻跳着;她的两手冰凉,一种大祸临头的感觉沉重地压迫着她。脸上流露出痛苦和惶惑的神情,这个娇宠惯了、常常有求必应的孩子现在可碰到生活中不愉快的事了。

艾希礼要同媚兰·汉密尔顿结婚了!

唔,这不可能是真的! 那对孪生子准弄错了。他们又在开她的玩笑呢。艾希礼不会爱上她。谁也不会的,像媚兰这样一个耗子般的小个儿。思嘉怀着轻蔑的心情想起媚兰瘦小的身材,严肃而平淡得几乎有点丑陋的鸡心形的脸,并且艾希礼可能好几个月没见到她了。自从去年"十二橡树"村举行家中大宴会以来,他最多只到过亚特兰大两次。不,艾希礼不可能同媚兰恋爱,因为——唔,她决不会错的——因为他在爱她呀! 她思嘉才是他所爱的那个人呢——她知道!

思嘉听见嬷嬷笨重的脚步在堂屋里把地板踩得嘎嘎响,便赶快将盘着的那条腿伸下来,放松脸部的表情,尽量显得平静一些。可万万不能让嬷嬷怀疑到出了什么事呀! 嬷嬷总觉得奥哈拉家的人连身子带灵魂都是她的,他们的秘密就是她的秘密。只要有一丝异常,她就会像条警犬似的无情地追踪嗅迹。思嘉根据已往的经验,知道如果嬷嬷的好奇心不能立即满足,她就会去跟妈一起嘀咕,那时便只好向母亲交代一切,要不就得编出一个像样的谎话来。

嬷嬷从堂屋里出来了,她是个大块头老婆子,但眼睛细小而精明,活像一头大象。她长得黑不溜秋,是纯粹的非洲人,把整个身心献给了奥哈拉一家,成了爱伦的左右手,三个女孩子的煞星和其他家仆的阎罗王。嬷嬷尽管是黑人,但她的自豪感却和她主人的一样高甚至还要高些。她是在爱伦·奥哈拉的母亲索兰吉·罗毕拉德的卧室里养育大的,那位老太太是个文雅冷静的高鼻子法兰西人,不论对自己的儿女或者仆人只要触犯法规便给以应得的惩罚。她曾经做过爱伦的嬷嬷,爱伦结婚时跟着她从萨凡纳来到了内地。嬷嬷要是宠爱谁,就会严加管教。正由于她是那样宠爱思嘉和因思嘉而感到骄傲,她对思嘉的管教也就没完没了。

"那两位少爷走了吗? 你怎么没留他们吃晚饭呀,思嘉小姐? 你的礼貌到哪里去了呢?"

"唔,他们尽谈战争,我都听得烦死了,不想同他们一起吃晚饭,尤其怕爸爸也参加进来大叫大嚷,议论林肯先生。"

"你可像个女仆一般不知礼了,还亏你妈和俺辛辛苦苦教你呢。还有,你怎么没披上你的披肩呀? 夜风快吹起来了! 俺告诉过你,光着肩膀坐在夜风里要感冒发烧的。快进屋里来,思嘉小姐。"

思嘉故意装出一副冷淡的样子掉过头去,幸喜嬷嬷正在一个劲儿唠叨,不曾看见她的脸。

"不,我要坐在这里看落日。它多美呀。你去给我把披肩拿来。我要坐在这里,等爸爸回家来再进屋去。"

"俺听你这声音像是着凉了,"嬷嬷怀疑地说。

"唔,没有,"思嘉不耐烦地说,"你去把我的披肩拿来吧。"

嬷嬷蹒跚着走回堂屋,这时思嘉听到她轻声呼唤着上楼去。

楼梯格格作响,思嘉便轻轻站起身来。嬷嬷一回来又要重复那番责备的话了,可思嘉正心酸的时候,实在无法忍受再叨叨这种鸡毛蒜皮的小事。她犹豫不定地站着,不知该躲到哪里去让痛苦心情略略平息,这时忽然想起一个念头,给她带来了一线微弱的希望。下午她父亲骑马到威尔克斯家的农场"十二橡树"村去了,他是为了商量购买他那位管家波克的胖老婆迪尔茜到那里去的。

爸爸会知道这个可怕的传闻的情况的。就算他今天下午没有听到什么消息,他也会注意到某些迹象,感觉到威尔克斯家有什么叫人兴奋的事吧。要是我能在吃晚饭前一个人看见他,说不定就能弄个明白——原来不过是那哥儿俩的一个缺德的玩笑罢了。

杰拉尔德该回来了。她悄悄地走下屋前的台阶,又回过头来看看嬷嬷是不是在楼上窗口观望。她没有看见那张围着雪白头巾的黑色阔脸在晃动的帷帘间不满地窥探,便大胆地撩起那件绿花布裙,沿着石径向车道迅速跑去,只要那双镶有缎带的小便鞋允许,她是能跑多快就跑多快。

铺着碎石的车道两旁,茂密的柏树枝叶交错,形成天然的拱顶,使那长长的林荫路变成了一条阴暗的甬道。她一跑进这甬道里,便觉得自己已经安全了,家里的人望不见了,这才放慢脚步。她气喘吁吁,因为她的胸衣箍得太紧,不容许她这样飞跑,不过她还是尽快走去。她很快便到了车道尽头,走上了大路,她并不停步,直到拐了个弯,那里有一大丛树遮掩着她,使家里人再也看不见了。

她两颊发红,呼吸急促,在一个树桩上坐下来等待父亲。往常这时候,他应该已经回来了,不过她高兴今天他晚一些,这样她才能平静下来,不致引起父亲的猜疑。她期待着听到得得的马蹄声,看到父亲用他那吓人的速度驰上山冈。可是一分钟又一分钟过去了,杰拉尔德还是不见回来。她顺着大路望去,想找到他的影子,这时心里的痛处又膨胀起来了。

"唔,那不可能是真的!"她心想,"可他为什么不来看我呢?"

她沿着那条因早晨下过雨而变得血红的大路迤逦前行。她沉思着飞快奔下山冈,到那懒洋洋的弗林特河畔,越过荆榛杂乱的沼泽谷底,再爬上一个山冈来到了"十二橡树"村,艾希礼就住在这里。此刻,这条路的全部意义就在这里——它是通向艾希礼和那幢美丽的像希腊神殿般高踞于山冈上的白圆柱房子。

"啊,艾希礼!艾希礼!"她心里喊着,心跳更快了。

自从塔尔顿家那对孪生子把他们的闲话告诉她以后,一种惶惑和恐惧感一直沉重地压抑着她,可如今这种意识已被置之脑后,代之而起的是两年以来始终支配着她的那股狂热之情。

事情也真怪,当她还没有长大成人的时候,为什么从不觉得艾希礼有何动人之处呢?童年时,她看见他走来走去,可一次也不曾想过他。直到两年前那一天,当艾希礼刚从为期三年的欧洲大陆旅游回来,到她家来拜望,她才爱上了他。事情就这么简单。

那时她正在屋前走廊上,他骑着马从林荫道上远远而来,身穿灰色细棉布上衣,领口打着个宽大的黑蝴蝶结,与那件皱领衬衫很相配。直到今天,她还记得他那穿着上的每一个细节,铮亮的马靴,还有蝴蝶结别针上那个浮雕宝石的蛇发女妖的头,那顶宽边巴拿马帽子——他一看见她就立即把帽子拿在手里了。他跳下马,把缰绳扔给一个黑孩子,站在那里朝她望着,那双朦胧的灰色眼睛瞪得大大的,露着微笑;金黄色头发在阳光下闪烁,像一顶灿烂的王冠。他温和地说:"你都长成大人了,思嘉。"然后轻轻地走上台阶,吻了吻她的手。她永远也忘不了那怦然心动的感觉,似乎她是第一次听到这样稳重的、响亮的、音乐般的声音!

就在这最初一刹那,她觉得她需要他,像要东西吃,要马骑,要温软的床铺睡觉那样简单,说不出理由地需要他。

两年以来,他陪着她在县里各处走动,参加舞会、炸鱼宴、野餐,乃至法庭开庭日的听审,等等,虽然不像塔尔顿兄弟那样频繁,也不像方丹家的年轻小伙儿那样纠缠不休,可每星期他都要到塔拉农场来拜访,从不间断。

的确,他从来没有向她求过爱,他那双清澈的眼睛也从来没有流露过像思嘉在其他男人身上熟悉的那种炽热的光芒。可是仍然——仍然——思嘉知道他在爱她。在这点上她是不会错的。直觉比理智更可靠，经验告诉她他在爱她。她几乎经常叫他吃惊，那时他的眼睛显得既不朦胧又不疏远，带着热切而凄楚的神情望着她，使她不知所措。她知道他在爱她。他为什么不对她说明呢？这一点她无法理解。但是她无法理解他的地方还多着呢。

他常常很客气，可又那么冷淡，那么平静。谁也不明白他在想什么，而思嘉是最不明白的。在那里，人人都是直截了当，所以艾希礼的谨慎性格便更使人不理解。他对县里的种种娱乐，如打猎、赌博、跳舞和谈论政治等方面，都跟别的青年人一样精通，并且是最出色的骑手；可又与众不同，那就是这些愉快的活动对于他来说，都不是人生的目的。他单单对书本和音乐感兴趣，而且很爱写诗。

啊，他为什么要长得这么亮丽，可又这么彬彬有礼，并且一谈起欧洲、书本、音乐、诗歌以及那些她根本不感兴趣的事来，就那么兴奋得令人生厌——可是又那么令人爱慕呢？一个晚上又一个晚上，当思嘉同他坐在前门半明半暗的走廊上闲谈过以后，总要在床上翻来覆去好几个钟头，最后又自我安慰地设想下次他一定会向她求婚，这才渐渐睡着。可是，下次来了又走了，结果还是一场空——但那股令她着迷的狂热劲儿却升得更高更热了。

她爱他，她需要他，可是她不了解他。她是那么直率、简单，就像吹过塔拉上空的风和从塔拉身边绕过的河流一样，到老也不可能理解一件错综复杂的事。可如今，她却生平第一次碰上了一个性格复杂的人。

艾希礼天生属于那种类型，一有闲暇便用来思想，用来编织色彩斑斓而毫无现实内容的幻梦。他生活在一个比佐治亚美好得多的内心世界里流连忘返。他对人冷眼旁观，不喜不厌。他对生活漠然视之，无忧无虑。他对宇宙以及他在其中的地位，不论适合与否都坦然接受，只希望回到他的音乐、书本和那个更好的世界里去。

思嘉不明白，既然对他的心是那样陌生，为什么他竟会迷住她呢？也许是他的这个秘密像一扇既没有锁也没有钥匙的门引起了她的好奇心。他身上那些她所无法理解的东西使她更加爱他,他那种克制的求爱态度只能鼓励她下更大的决心去把他占为己有。她从不怀疑他总有一天会向她求婚,现在,好比晴天霹雳,可怕的消息从天而降。艾希礼要娶媚兰了! 这不可能是真的呀!

就在上周一个傍晚他们骑马从费尔黑尔回家时,他还对她说过:"思嘉,我有件非常重要的事要告诉你,可是不知怎么说好。"

她假装正经地低下头来,可高兴得心怦怦直跳,觉得那个愉快的时刻来了。接着他又说:"可现在不行啊! 咱们快到家了,没有时间了。唔,思嘉,你看我多么胆怯呀!"他随即用靴刺在马肋上踢了几下,赶快送思嘉越过山冈回塔拉来了。

思嘉坐在树桩上,回想着那几句曾叫她非常兴奋的话,可这时却又显示出一种可怕的意思。也许他打算告诉她的就是他要订婚的消息呢!

啊,只要爸爸回来就好了! 她实在再也忍受不了啦。她又一次焦急地沿着大路向前望去,又一次大失所望。

这时太阳已经落到地平线以下,红霞已消退成淡粉色的暮霭。天空渐渐由浅蓝变为知更鸟蛋般淡淡的青绿,田园薄暮中的宁静也悄悄降落在她周围。

在奇异的朦胧暮色中,河边湿地上那些郁郁葱葱的高大松树,已变得黑糊糊的,与暗淡的天色两相衬托,似乎一排黑色巨人站在那里,把脚下缓缓流过的黄泥河水给遮住了。河对过的山冈上,威尔克斯家的白色烟囱在周围的茂密橡树林中渐渐隐去,只有远处点点的灯火还能照见那所房子依稀犹在。暖和而柔润的春之气息,带着新翻的泥土和草木的潮湿香味温馨地把她包围起来。

落日、春天和新生的草木花卉,对于思嘉来说都没有什么新奇之处。她毫不在意地接受它们的美,犹如呼吸和饮水一样,因为除了女人的相貌、马、丝绸衣服以外,她从来也不曾注意过其他事物的美。不过,塔拉农场田地上空这一静穆的暮景却给她那纷乱的心情带来了一些安宁。她如此热爱这片土地,却似乎并没发觉自己在爱它,就像爱她母亲在灯光下祈祷时的面容一样。

在蜿蜒的大路上仍然不见杰拉尔德的影子。如果她还要等候很久,嬷嬷就一定会来找她回去。可就在她眯着眼睛向那愈来愈黑暗的大路前头细看时,她听到了草山脚下得得的马蹄声,同时看见牛马在慌张地散开。杰拉尔德·奥哈拉飞奔着回家来了。

他跨着那匹腰壮腿长的猎马驰上山冈。长长的白发在他脑后飞扬着,他举着鞭子,吆喝着加速前进。

思嘉心中虽然充满了焦急不安的情绪,但仍然怀着无比的自豪感观望父亲,因为杰拉尔德真正是个出色的骑手。

"我不明白他为什么一旦喝了点酒便要跳篱笆,"思嘉心想,"并且去年他就是在这里把膝头摔坏的呀。你以为他会记住这个教训吗? 虽然他还对母亲发过誓,答应再也不跳了的。"

思嘉不怕她父亲,觉得他比姐妹们更像是一个同辈,因为跳篱笆和向妻子保密使他感到一种孩子气的骄傲和略带内疚的愉悦,而这是可以和思嘉干了坏事瞒过嬷嬷时的高兴心情相比美的。现在她从树桩上站起身来看他。

那匹大马跑到篱笆边,弯着前腿纵身一跃,便像只鸟儿般毫不费力地飞了过去,它的骑手也高兴地叫喊着,将鞭子在空中抽得噼啪响,长长的白发在脑后飞扬起来。杰拉尔德并没有看见在树木黑影中的女儿,他在大路上勒住缰绳,赞赏地轻拍着马的颈项。

"在咱们县里没有谁比得上你,州里也没有,"他得意扬扬地对自己的马说。他那爱尔兰米思的地方口音依然很重,虽然到美国已三十九年了。接着他理了理头发,把揉皱的衬衫和扭到耳背后的领结整理好。思嘉明白这是为了让自己像个讲究的上等人模样去见母亲,像是拜访邻居后安安稳稳骑马回来的。她明白自己的机会到了。

她大声笑起来。果然不出所料,杰拉尔德大吃一惊,但随即便认出了她,红润的脸上堆满了边讨好边挑战的表情。他艰难地跳下马来,把缰绳搭在胳臂上,蹒跚地向她走来。

"好啊,小姐,"他说着,拧了一下她的面颊,"那么,你是在偷看我了,并且想象苏伦上星期那样,到你母亲面前去告我的状了吧?"

他那沙哑低沉的声音里有些不悦,但同时也带有讨好的意味,这时思嘉便挑剔而又嗲声嗲气地伸出手来将他的领结拉正。她闻到了一股强烈的混合着薄荷香气的波旁威士忌酒味。他身上还散发着咀嚼烟草和擦过油的皮革以及马汗的气味——一股特殊的混杂的气味,她常常把它同父亲联系起来,以致在别人身上闻到时也本能地喜欢。

"不会的,爸,我不是苏伦那种搬弄是非的人。"她让他放心,一面略略向后退了一步,带着品评的神气端详他的服饰。

杰拉尔德是个矮个儿,身高只有五英尺多,但腰身很壮,脖子很粗,坐着还以为他是个高大魁梧的人呢。他那非常笨重的躯干由常常裹在头等皮靴里的短粗的双腿支撑着,并且常常大大叉开站着,像个摇摇摆摆的孩子。凡是自以为了不起的矮人,那模样大多是有点可笑的;可是一只矮脚的公鸡却也备受尊敬,杰拉尔德也就是这样。谁也不会有胆量把杰拉尔德当作可笑的矮个儿看待的。

他今年六十岁了,一头波浪式的鬈发已白如银丝,但是脸上还没有一点皱纹,两只蓝眼睛也明亮有神,这说明他从来不为什么抽象的问题伤脑筋,只想些简单实际的事,如打扑克时要抓几张牌,等等。他那张纯粹爱尔兰型的脸,同他已离别多年的故乡的那些脸一模一样,是圆圆的、深色的、短鼻子、宽嘴巴,满脸好战的神情。

杰拉尔德·奥哈拉尽管外表粗暴,但却非常善良。他不忍心看到奴隶们受惩罚时的可怜相,也乐意听到猫叫或小孩啼哭。不过他很害怕别人发现他的这个弱点。他还不知道人家只要遇到他五分钟就知道他是好心肠的人了。如果他觉察到这一点,他的虚荣心就要大受伤害,因为他以为,只要自己大喊大叫地发号施令,谁都会战战兢兢地服从呢。他从来不曾想到,在这个农场里人人都服从的只有一个声音,那就是他太太爱伦的柔和的声音。这个秘密他永远也不会知道,因为自爱伦直到最粗笨的大田劳工都不约而同地,让他始终相信自己的话就是圣旨。

思嘉对他的脾气和吼叫比谁都更不在乎。她是他的头生孩子，并且杰拉尔德也清楚，在三个儿子相继死去以后，他不会再有儿子了，所以他已逐渐养成习惯，以对儿子的态度来对待她，而这是她所最乐意接受的。她比几个妹妹更像父亲，卡琳生来体格纤弱，多愁善感，而苏伦又自命不凡，觉得自己文雅，有贵妇人风度。

此外，思嘉和父亲之间还有一个相互制约的协议把彼此联系在一起。要是杰拉尔德看见女儿爬篱笆而不愿绕道到大门口去，他便当面责备她，但事后绝不向爱伦或嬷嬷提起。而思嘉要是发现他在向太太郑重保证之后还照样骑着马跳篱笆，或者听说他打扑克输了多少钱，她也不会在吃晚饭时像苏伦那样直说。思嘉和她父亲认真地彼此协议过：谁要是把这种事搬到母亲耳边，那只会使她伤心，而他们是不论如何也犯不着这样做的。

如今思嘉在漆黑的微光中望着父亲，也不知为什么她觉得一到他面前心里就舒服了。他身上有一种生气勃勃的粗犷气息吸引着她。她好似一个没有头脑的人，并不明白这是由于她自己身上也或多或少有着同样品性的缘故，虽然爱伦和嬷嬷花了十六年的心血想把它抹掉，也终归徒然。

"好了，你现在完全可以回家了，"她说，"我想除非你自己吹牛，谁也不会怀疑你在玩花招。不过我觉得，你去年已经摔坏了膝盖，现在又跳这同一道篱笆——"

"唔，要是我还得靠女儿来教训我什么地方该跳或不该跳，那可太糟糕了。"他叫嚷着，又在她脸颊上拧了一把。"脑袋是我自己的，就是这样。你光着肩膀在这儿干什么来着？"

她看到父亲在玩弄他惯用的手法来回避眼前这一次不愉快的谈话，便轻轻挽住他的胳臂，一边说："我在等你呢！我没想到你会这么晚才回来。我还以为你把迪尔茜买下来了。"

"买是买下来了，买了她和她的小妞儿普里茜。可约翰·威尔克斯几乎想把她们送给我,可我决不让人家说杰拉尔德·奥哈拉在买卖中占了朋友的便宜。我买她们两人共花了三千。"

"我的天,爸爸,三千哪!再说,你也用不着买普里茜呀!"

"难道该让女儿来批评我?"杰拉尔德用幽默的口吻喊道:"普里茜是个满可爱的小妞儿,因此——"

"我知道。她是个又鬼又笨的小家伙,"思嘉不顾父亲的吼叫,接下去。"而且,你买下她的主要理由是,迪尔茜求你买她。"

杰拉尔德似乎倒了威风,显得很尴尬,就像他平常做好事时让人点破了那样,思嘉乐呵呵地笑话起他那伪装的坦率来了。

"不过,就算我这样做了又怎么样? 只买来迪尔茜,要是她整天惦记孩子,又有什么用呢? 好了,从此我再也不让这里的黑小子跟别处的女人结婚了。那太费钱。来吧,淘气包,咱们进屋去吃晚饭。"

周围的黑影愈来愈浓,春天的温馨已变成微微的寒意。可是思嘉还在踌躇,不知怎样才能把话题转到艾希礼身上而又不让杰拉尔德怀疑她的用意。这实在太难了,因为思嘉身上少了一根随机应变的弦;而杰拉尔德也和她非常相似,没有哪一次不识破她的诡计,犹如她猜透了他的一样。而且,他这样做时是很少拐弯抹角的。

"'十二橡树'村那边的人都怎样了?"

"和往常一样呀。凯德·卡尔弗特也在那里。我办完迪尔茜的事以后,大家在走廊上喝了几盅棕榈酒。凯德刚刚从亚特兰大来,他们正兴致勃勃,在那里谈论战争,以及——"

思嘉叹了一口气。只要杰拉尔德一谈起战争和脱离联邦这个题目,他不扯上几个小时是不会罢休的。她连忙拿另一个话头来岔开。

"他们有没有谈起明天的全牛野宴?"

"似乎是谈起过的。那位小姐——她叫什么名字来着? ——就是去年到这里来过的那个小妮子,你知道,艾希礼的表妹——啊,对了,媚兰·汉密尔顿小

世界传世藏书

世界十大名著

· 飘 ·

图文珍藏版

姐,就叫这个名字——她和她哥哥查尔斯也从亚特兰大来了,而且——"

"唔,她果真来了?"

"她来了,真是个可爱的文静人儿,总是不声不响的,女人家就该这样嘛。走吧,女儿,别磨蹭了。你妈会着急的。"

思嘉一听到这消息心就沉了。她曾经一味希望媚兰·汉密尔顿还留在亚特兰大,可她都已经来了;并且连父亲也完全跟她的看法相反,满口赞赏媚兰那文静的品性,这就迫使她不得不摊开来谈了。

"艾希礼也在那里吗?"

"他在那里。"杰拉尔德放开女儿的胳臂,转过身来,用犀利的眼光凝视着她的脸。"如果你就是为了这个才出来等我的,那为什么不直截了当,却要兜这么大个圈子呢?"

思嘉不知说什么好,只觉得心中一片纷乱,脸都涨得通红了。

"好,说下去。"

她还是什么也不说,真希望父亲也就此沉默算了。

"他在那里,他和他的几个妹妹都非常亲切地问候了你,还说希望不会有什么事拖住你不去参加明天的大野宴呢。我当然向他们保证绝不会的。"他机灵地说。"现在你说,你和艾希礼,这到底是怎么回事呀?"

"没什么,"她简单地答道,一面拉着他的胳臂。"我们进去吧,爸。"

"现在倒是你要进去了。"他说,"可我偏要站在这里,直到明白你是怎么回事。唔,我想起来了,你最近显得有点奇怪。他跟你胡闹来着?他向你求婚了吗?"

"没有。"

"他是不会的。"杰拉尔德说。

她心中顿时火起,可是杰拉尔德摆了摆手,叫她平静些。

"别说了,姑娘!今天下午我在那里听说,艾希礼千真万确要跟媚兰小姐结婚。明天晚上就要宣布。"

思嘉的手从他的胳臂上滑下来。那果然是真的呀！

她心头一阵剧痛，似乎一只野兽用尖牙在咬着似的。这当儿，她父亲的眼睛死死盯住她，由于一个他不知该怎样解决的问题而觉得有点可怜，又颇为气恼。他爱思嘉，可是她竟把她那孩子的问题向他提出来，强求他来解决，这就使他很不舒服。爱伦懂得怎样回答这些问题。思嘉本来应当到她那里去诉苦的。

"你这不是在出自己的洋相——出咱们大家的洋相吗？"他厉声说，声音高得像平日发脾气时一样。"你是在追求一个不爱你的男人了？可这县里有那么多公子哥儿，你本来是谁都可以挑的呀！"

愤怒和受伤的自尊感反而排除了思嘉心中的一些痛苦。

"我并没有追求他。只不过——感到吃惊罢了。"

"你这是在撒谎！"杰拉尔德大声说，他凝视着她的脸，又转而非常慈祥地补充道："我很难过，女儿。但毕竟你还是个孩子，并且别的小伙子还多着呢。"

"妈嫁给你时才十五岁，现在我都十六了。"思嘉嘟嘟哝哝地说。

"你妈可不一样。"杰拉尔德说，"她可从来不像你这样胡思乱想。好了，高兴一点，下星期我带你到查尔斯顿去看尤拉莉姨妈。看看他们那里闹腾萨姆特要塞的事，包你不到一星期就把艾希礼忘了。"

"他还把我当孩子看。"思嘉心里想，悲伤和愤怒憋得她说不出话来，"以为只要拿着新玩具在我面前晃两下，我就会把伤痛全忘了呢。"

"好，不要跟我作对了，"杰拉尔德继续开导她。"你要是懂点事，早就该同斯图尔特或者布伦特结婚了。考虑考虑吧，女儿。同这对双胞胎中不论哪一个结婚，两家的农场便可以连成一片，吉姆·塔尔顿和我便会给你们盖一幢亮丽房子，就在两家农场连接的地方，那一大片松林里，并且——"

"别把我当小孩子看待了，好吗？"思嘉愤愤地嚷道，"我不去查尔斯顿，也不要什么房子，或同双胞胎结婚。我只要——"

"你唯一要的是艾希礼。"

杰拉尔德的声音出奇的平静，他慢吞吞地说道，似乎是从一个很少使用的思想匣子里把话一字一句地抽出来似的。

"可是却得不到他。并且即使他要和你结婚，我也未必就答应，不论我同约翰·威尔克斯家有多好的交情。"这时他看到她惊惶的神色，便接着说："我要让我的女儿幸福，可你同他在一起是不会幸福的。"

"啊，我会的，我会的！"

"不会的，女儿。只有同一类型的人两相匹配，才有幸福可言。"

思嘉心里忽然生起一种恶意，想大声喊出来："你不是一直很幸福呀，虽然你和妈并不是同类的人，"不过她把这念头压下去了，生怕他容忍不了，会打她的耳光。

"咱们家的人跟威尔克斯家的人不一样。"他字斟句酌地慢慢说，"威尔克斯家跟咱们所有的邻居都不一样。他们是些古怪的人，最好是让他们的表兄妹去结婚，让他们一起保持自己的古怪去吧。"

"爸爸，艾希礼可不是——"

"别急呀，姑娘！我并没说他的坏话嘛，因为我喜欢他。我说的古怪，并不就是疯狂的意思。他的古怪并不像卡尔弗特家的人那样，把一切都押在一匹马身上，也不像塔尔顿家的孩子那样每次都喝得烂醉如泥，并且跟方丹家那些狂热的小畜生也不一样，他们动不动就行凶杀人。那种古怪是容易理解的，而且，我也不是说，你要是做了他的妻子，艾希礼会跟别的女人私奔，或者揍你。可是他的古怪属于另一种方式，它使你对艾希礼根本无法理解。我喜欢他，可是对于他所说的那些东西，我几乎全都摸不着头脑。好了，姑娘，老实告诉我，你理解他关于书本、诗歌、音乐、油画以及诸如此类的事所说的那些废话吗？"

"啊，爸爸，"思嘉不耐烦地喊道，"要是我跟他结了婚，我会改变他的！"

"唔，你会，你什么都会？"杰拉尔德暴躁地说，狠狠地瞪了她一眼。"这说明你对世界上任何一个男人都知道得还很少，更何况对艾希礼呢。你可千万别忘了哪个妻子也不曾把丈夫改变一丁点儿啊。至于说改变威尔克斯家的某个人，那简直是笑话，女儿。他们全家都那样，历来如此。并且大概会永远这样下去。我告诉你，他们生来就这么古怪。瞧他们今天跑纽约，明天跑波士顿，去听什么歌剧，看什么油画，那个忙乎劲儿！还要从北方佬那儿一大箱一大箱地订购法文和德文书呢！然后他们就坐下来读，坐下来异想天开，这样的大好时光要是像正常人那样用来打猎和玩扑克，该多好呀！"

"可是县里没有人骑马骑得比艾希礼更好的呢。"思嘉对这满嘴诬蔑非常恼火，开始辩护起来。"至于打扑克，艾希礼不是上星期在琼斯博罗还赢走了你二百美元吗？"

"又是卡尔弗特家的小子们在胡扯了。"杰拉尔德不加辩解地说，"艾希礼能够跟最出色的骑手骑马，也能跟最出色的牌友玩扑克——我就是最出色的，姑娘！并且我不否认，他喝起酒来能使甚至塔尔顿家的人也醉倒在桌子底下。所有这些他都行，可是他的心不在这上面。这就是我说他为人古怪的原因。"

思嘉一声不响，她的心在往下沉。她知道杰拉尔德是对的。艾希礼的心的确不在所有这些他玩得最好的娱乐上。对于大家所最感兴趣的任何事物，他最多只不过出于礼貌，有所表示而已。

杰拉尔德明白她沉默的意思，便拍拍她的臂膀得意地说："好啦，思嘉！你承认我这话说对了。你要艾希礼这样一个丈夫干什么呢？"接着，他又用讨好的口气说："刚才我提到塔尔顿家的小伙子们，那可是些好小子，不过，如果你想选择也完全一样。等到我过世的时候——别想呀，亲爱的，听我说！我要把塔拉农场留给你和凯德——"

"你把凯德用银盘托着送给我，我也不要。"思嘉气愤地喊道，"我求求你不要硬把他推给我吧！我不要什么塔拉农场。农场一钱不值，要是——"

她正要说"要是你得不到你所想要的人"，可杰拉尔德被她那种傲慢的态度激怒了——她居然那样对待他送给的礼品，那是除爱伦以外他在世界上最宠爱的东西呢，于是他大吼了一声。

"思嘉，你真敢公然对我说，塔拉——这块土地——一钱不值吗？"

思嘉固执地点点头。她内心太痛苦了，已经顾不上是否会惹父亲大发脾气。

"土地是世界上唯一最值钱的东西啊!"他一面嚷,一面伸开两只又粗又短的胳臂做出十分气愤的姿势,"因为它是世界上唯一永恒的东西,并且它是唯一值得你付出劳动,进行战斗——牺牲性命的东西啊!"

"啊,爸,"她厌恶地说,"你说这话可真像个爱尔兰人哪!"

"难道我为这感到羞耻过吗?不。我感到自豪。你可别忘了你是半个爱尔兰人,姑娘!对于每一个身上有一滴爱尔兰血液的人来说,他们居住的土地就像他们的母亲一样。此刻我是在为你感到羞耻啊!我把世界上——咱们祖国的米思除外——最美好的土地给你,可你怎么样呢?你嗤之以鼻嘛!"

杰拉尔德正准备痛痛快快发泄一下心中的怒气,这时他看见思嘉满脸悲伤的神色,便止住了。

"不过,你还年轻。将来你会懂得爱这块土地的。你现在还是个孩子,等到你年纪大一些,你就会懂得——如今你要下定决心,究竟是挑选凯德还是那对双胞胎,或者伊凡·芒罗家的一个小伙子,不论谁,到时候看我让你们过得舒舒服服的。"

"啊,爸!"思嘉实在是不想回答这样的问题。

这时杰拉尔德觉得这番谈话实在厌烦透了,一想到这个问题还得由他来解决,便非常恼火。并且由于思嘉对他所提供的最佳对象和塔拉农场居然无动于衷,也感到委屈和气愤。他多么希望这些礼物被女儿用鼓掌、亲吻来接受啊!

"好,姑娘,别噘着嘴生气了。不论你嫁给谁,这都没关系,只要他跟你情投意合,是上等人,又是个有自尊心的南方人就行。女人嘛,结了婚便会产生爱情的。"

"啊,爸!看你这观念有多旧多土啊!"

"这才是个好观念啊!那种美国式的做法,到处跑呀找呀,要为爱情结婚呀,这算什么事呢。最好的婚姻是凭父母给女儿选择对象。要不,像你这样的傻丫头,怎能分清楚好人和坏蛋呢?好吧,你看威尔克斯家。他们凭什么世世代代保持了自己的尊严和兴旺呢？不就凭的是跟自己的同类人结婚，跟他们家庭所希望的那些表亲结婚。”

“啊！”思嘉哀叹一声，由于杰拉尔德的话已表明事实的不可挽回，她的心痛苦不堪。杰拉尔德看看她低下的头，很不自在地把两只脚反复挪动着。

“你哭了吧？”他问她，笨拙地摸摸她的下巴，想叫她仰起脸来，而自己的脸却由于无奈而露出深深的皱纹来了。

“没有！”她猛地把头扭开，激怒地大叫了一声。

“你这是在撒谎，可我喜欢这样。巴不得你为人高一些，姑娘。但愿在明天的大野宴上也看到你这样。我不要全县的人都谈论和笑话你，说你成天痴心想着一个男人，而那个人却根本无意于你。”

“他对我是有意的呀，”思嘉想，“我敢断定。只要再有一点点时间，我相信便能叫他亲自说出来——啊，要不是威尔克斯家的人总觉得他们只能同表亲结婚，那就好了！”

杰拉尔德把她的臂膀挽起来。

“咱们得进去吃晚饭了。这件事就不要声张，只咱俩知道行了。我不会拿它去打扰你妈——你也用不着跟她说。擤擤鼻涕吧，女儿。”

思嘉用她的破手绢擤了擤鼻涕，然后他们彼此挽着胳臂走上黑暗的车道，那匹马在后面缓缓地跟着。走近屋子时，思嘉正要开口说什么，忽然看见走廊暗影中的母亲。她戴着帽子、披肩和手套，嬷嬷跟在后面，脸色阴沉得像满天乌云，手里拿着一个黑皮袋，那是爱伦出去给农奴们看病时常常带着装药品和绷带用的。

“奥哈拉先生，”爱伦一见父女俩在车道上走来便叫了一声——爱伦是地道的老一辈人，她虽然结婚十七年了，生育了六个孩子，可仍然讲究礼节——她说：“奥哈拉先生，斯莱特里那边有人病了。埃米的新生婴儿快要死了，可是还得给他施洗礼。我和嬷嬷去看看还有没有什么办法。”

她的声音带有明显的询问口气，似乎在征求杰拉尔德的同意，这无非是一种礼节上的表示，但从杰拉尔德看来却是非常珍贵的。

"真是天晓得！"杰拉尔德嚷了一句，"去吧，奥哈拉太太。我知道，只要外边出了点什么事，你不去帮忙是整夜也睡不好觉的。"

"她总是一点不休息，深更半夜给黑人和穷白人下流坏子看病，似乎他们就照顾不了自己。"嬷嬷自言自语咕哝着下了台阶，向等在道旁的马车走去。

"亲爱的，你就替我照管晚饭吧。"爱伦说，一面用戴手套的手轻轻摸了摸思嘉的脸颊。

不管思嘉怎样强忍着眼中的泪水，她一接触到母亲的爱抚，从她绸衣上隐隐闻到那个柠檬色草编香囊中的芳馨，便被那永不失效的魅力感动得震颤起来。对于思嘉来说，爱伦·奥哈拉身上有一种令人吃惊的东西，房子里也有一种不可思议的东西同她在一起，使她敬畏，使她着迷，又使她平静。

杰拉尔德扶他的太太上了马车，吩咐车夫一路小心。车夫托比驾驭杰拉尔德的马已经二十年了，他噘着嘴对这种吩咐表示抗议——还用得着你来教训我这个老把式哪！他赶着车动身了，嬷嬷坐在他身旁，刚好构成一副非洲人噘嘴使气的绝妙图画。

杰拉尔德目送马车离去，转过身来，他面露喜色，想起了一个玩笑："来吧，女儿，咱们去告诉波克，说我没有买下迪尔茜，而是把他卖给约翰·威尔克斯了。"

他把缰绳扔给一个站在旁边的黑小子，然后大步走上台阶。他已经忘记了思嘉的伤心事，一心想去捉弄他的管家。思嘉跟在他后面，慢腾腾地爬上台阶，两只脚像铅一般沉重。她想，不论如何，要是她自己和艾希礼结为夫妻，至少不会比她父母这一对显得更不相称的。如往常那样，她觉得奇怪，怎么这位大喊大叫、没心计的父亲会设法娶上了像她母亲那样一个女人呢？因为从出身、教养和性格来说，世界上再没有两个人比他们彼此距离更远的了。

第三章

　　爱伦·奥哈拉现年三十二岁,按照当时的标准已是个中年妇人,她生过六个孩子,其中三个已经夭折。她长得高高的,举止文静,走起路来长裙摇曳。她那奶酪色的脖颈圆圆的,细细的,从紧身上衣的黑绸圆领中端端正正地伸出来,脑后戴着网套的丰盈秀发颇为浓重,经常显得略向后仰。她母亲是法国人,是一对从1791年革命中逃亡到海地来的夫妇所生,她给爱伦遗传了这双在墨黑睫毛的阴影下略略倾斜的黑眼睛和一头黑发。她父亲是拿破仑军队中的一名士兵,传给她一个长长的、笔直的鼻子和一个有棱有角的方颚,但在她两颊柔美曲线的调和下显得不那么惹眼了。并且爱伦的脸也由于生活养成了现在这副庄严而并不觉得傲慢的模样,以及优雅、忧郁而毫无幽默感的神态。

　　要是她的眼神中有一点焕发的光彩,她的笑容中有一点亲切的温情,她那使人听来感到轻柔的声音中有一点自然的韵味,那她就是一个十分亮丽的女人了。她说话用的是海滨佐治亚人那种柔和而有点含糊的口音,元音是流音,子音咬得不怎么准,略略带法语腔调。这是一种即使命令仆人或斥责儿女时也从不提高的声音,也是在塔拉农场人人都随时服从的声音,而她的丈夫的大喊大叫在那里却常常被悄悄地忽略了。

　　从思嘉记事时起,她母亲便一直是这个样子,她的声音,不论在称赞或者责备别人时,总是那么柔和而甜蜜,她的态度,虽然杰拉尔德在纷繁的家事中常常要出点乱子,却始终是那么沉着,应付自如;她的精神总是平静的,脊背总是挺直的,甚至在她的三个幼儿夭折时也是这样。思嘉从没见过母亲坐着时将背靠在椅子背上，也从没见她手里不拿点针线活儿便坐下来（除了吃饭），即使是陪伴病人或审核农场账目的时候。有客人在场时，她手里拿的是精巧的刺绣，旁的时候则是缝制杰拉尔德的衬衫、女孩子的衣裳或农奴们的衣服。思嘉很难想象母亲手上不戴那个金顶针，或她身影后面没有那个随身伺候的黑女孩。

思嘉从没见过母亲庄重安详的神态有被打扰的时候，她个人的衣着也总是那么整整齐齐，不论白天黑夜都一样。每当爱伦为了参加舞会、接待客人或者到琼斯博罗去旁听法庭审判而梳妆时，那就得花上两个钟头的时间，让两位女仆和嬷嬷帮着打扮，直到自己满意为止；不过到了紧急时刻，她的梳妆功夫也惊人的迅速。

思嘉的房间在她母亲房间的对面，中间隔着个穿堂。她从小就熟悉了：在天亮前什么时候一个光着脚的黑人的急促脚步轻轻走过，接着是母亲房门上匆忙的叩击声，然后是黑人那低沉而带惊慌的耳语，报告那一长排白棚屋里有人生病了、死了，或者养了孩子。她那时还很小，时常爬到门口去，从门缝里窥望，看到爱伦从黑暗的房间里出来，同时听到里面杰拉尔德平静而有节奏的鼾声；母亲臂下挟着药品箱，头发已梳得熨熨贴贴，紧身上衣的纽扣也全扣好了。

思嘉听到母亲踮着脚尖轻轻走过厅堂，并低声说："嘘，别这么大声说话。你会吵醒奥哈拉先生的。他们还不至于病得要死吧。"这时，她总像在安慰谁。

早晨，经过抢救产妇和婴儿的忙碌——然后，爱伦又像通常那样作为主妇在餐桌旁出现了，她那黝黑的眼睛略有倦色，可是声音和神态都没有流露丝毫的紧张感。她那庄重的温柔下面有一种钢铁般的品性，它使全家包括杰拉尔德和姑娘们无不感到敬畏，虽然杰拉尔德宁死也不愿承认这一点。

有时思嘉夜里轻轻走去亲吻母亲的面颊，她仰望着那上唇显得太短太柔嫩的嘴，她不禁暗想它是否也曾像娇憨的姑娘那样格格地笑过，或者同知心的女友通宵达旦喁喁私语。不，这是不可能的。母亲从来就是现在这个模样，是一根力量的支柱，一个智慧的源泉，一位对任何问题都能够解答的人。

然而思嘉错了，多年以前，萨凡纳州的爱伦·罗毕拉德也曾像每一位十五岁的姑娘那样格格地笑过,也曾同朋友们通宵达旦喁喁私语,互谈理想,倾诉衷肠,只有一个秘密除外。就是在那一年,比她大二十八岁的杰拉尔德·奥哈拉闯进了她的生活——也是那一年,她那黑眼睛表兄菲利普·罗毕拉德从她的生活中隐退了。当菲利普连同他那闪闪发光的眼睛和放荡不羁的习性离开萨凡纳时,他把爱伦心中的光辉也带走了,只给后来娶她的这位罗圈腿矮个儿爱尔兰人留下了一个温驯的躯壳。

不过这对杰拉尔德也就够了,甚至还有受宠若惊之感呢。他是个精明人,懂得像他这样一个既无门第又无财产但好吹嘘的爱尔兰人,居然能娶到海滨各州中最富有最荣耀人家的女儿,也算得上是奇迹了。

杰拉尔德二十一岁那年来到美国。他像许多爱尔兰人那样,是匆匆而来的,除了身上穿的衣服就只有买船票剩下的两个先令,以及悬赏捉拿他的那个身价,并且他觉得这个身价比他的罪行所应得的还高了许多。世界上还没有一个奥兰治派分子值得英国政府出一百英镑的。如果政府对于一个英国的地租代理人的死会认真对待,那么杰拉尔德·奥哈拉就只有走为上策了。因为曾经骂过地租代理人为"奥兰治派野崽子",但这并不说明那个人就有权用《博因河之歌》那开头几句来侮辱他。

博因河战役是一百多年以前打的,但是在奥哈拉家族看来,就像昨天发生的事,那时他们的希望和梦想,他们的土地和钱财,都随着一位惊惶逃跑的斯图尔特王子的魔雾中消失了,只留下奥兰治王室的威廉和他那带着奥兰治帽徽的军队来屠杀斯图尔特王朝的爱尔兰依附者了。

由于这种种缘故,杰拉尔德的家庭并不想把这场争吵的毁灭性结果看得非常严重。多年来,奥哈拉家与英国警察部门的关系很不好,原因是被怀疑参与了反政府活动,是许多年前人们在奥哈拉家猪圈里发现一批埋藏的来福枪之后到美国来的。后来他们在萨凡纳做生意发了家,年轻的杰拉尔德就是给送到两位哥哥这里来的。

他离家出走时,母亲在他脸上匆匆吻了一下,并贴着耳朵说了一声天主教的祝福,父亲则给了临别赠言,"要记住自己是谁,不要学别人的样。"他的五位高个子兄弟羡慕而略带关注地微笑着向他说了声再见,因为杰拉尔德在这强壮的一家人中是最小和最矮的。

他父亲和五个哥哥都身高六英尺以上,其粗壮的程度也很相称,可是二十一岁的小个子杰拉尔德懂得,五英尺四英寸半便是上帝所赐。他从不以自己身材矮小而自怨自艾,也从不认为这会阻碍他去获得自己所需要的一切。更确切些不如说,正是杰拉尔德的矮小精干使他成为现在这样,因为他早就明白矮小的人要在高大者中间活下去就必须顽强。而杰拉尔德是顽强的。

他那些高个儿哥哥是些冷酷寡言的人,在他们身上,光荣的家族传统已经永远消失,沦落为默默的仇恨,爆裂出痛苦自我安慰来了。要是杰拉尔德也生来强壮,他也会走上奥哈拉家族中其他人的道路,在反政府的行列中悄悄地、神秘地干起来。可杰拉尔德却像他母亲钟爱地形容的那样,是个"高嗓门,笨脑袋",脾气暴躁,动辄使拳头,而且盛气凌人,叫人见了都害怕。他在那些高大的奥哈拉家族的人中间,就像一只神气十足的矮脚鸡在满院子大个儿雄鸡中昂首阔步,而他们都爱护他,怂恿他,有时也敲他几下,让这位小弟弟不要太得意忘形了。

　　杰拉尔德到美国来之前，没有受过多少教育，可是他对此并不在意。他母亲教过他读书写字，做算术题。他的书本知识就限于此。他唯一懂得的拉丁文是作弥撒时应答牧师的用语，唯一的历史知识则是爱尔兰的种种神话传说。他在诗歌方面，只知道穆尔的作品，音乐则限于历代流传下来的爱尔兰歌曲。他虽然对那些比他较有学问的人怀有敬意，可是从来也不感觉到自己的缺陷。而且，在一个新的国家，在一个连那些最愚昧的爱尔兰人也在此发了大财的国家，在一个只要求你强壮和不怕干活的国家，他需要这些东西干什么呢？

　　詹姆斯和安德鲁也不认为自己很少受教育是一件憾事。他们收留杰拉尔德进了他们在萨凡纳的商店。他的字写得清楚，算数算得准确，与顾客谈起生意来也很精明，所以赢得了两位哥哥的器重。在本世纪初，美国对爱尔兰人还很和气。詹姆斯和安德鲁开始时用帆布篷车从萨凡纳往佐治亚的内地城镇运货，后来赚了钱便自己开商店，杰拉尔德也就跟着他们发迹了。

　　他爱南方，而且他自以为很快就成了南方人。的确，关于南方和南方人，有许多东西是他永远也不会理解的，不过，南方人的有些思想习惯，如玩扑克、赛马、争论政治和举行决斗，争取州权和咒骂北方佬，维护奴隶制和棉花至上主义，轻视下流白人和过分讨好妇女，等等，他很快便心领神会，身体力行。他甚至学会了咀嚼烟叶。至于喝威士忌，那是不用学的，因为他生来就已经具备。

　　然而，杰拉尔德还是杰拉尔德。他的生活习惯和思想变了，但他不愿改变自己的态度，他羡慕那些种稻米、棉花的富裕地主，羡慕他们慢条斯理、温文尔雅地骑着纯种马，后面是载着他们文质彬彬的太太们的马车和奴隶们的大车，从他们的古旧王国向萨凡纳迤逦而来。可是杰拉尔德永远也学不会文雅。他们那种懒洋洋的含糊不清的声音，他觉得特别悦耳，但他自己那轻快的土腔却总是吊在舌头上摆脱不了。他们处理重大事务时，在一张牌上赌押一笔财产、一个农场或一个奴隶，以及向黑人孩子撒钱币时，那种满不在乎的神气是他非常喜爱的。然而杰拉尔德懂得什么叫贫穷，所以永远学不会惬意而体面地输钱。他们是个快乐的民族,这些海滨佐治亚人,声音柔和,容易动怒,有时前后矛盾得非常可爱,因此杰拉尔德喜欢他们。不过,这位年轻的爱尔兰人充满了活泼好动的生机,他是刚从一个风冷雾湿不生热病的国家出来的,这便把他同这些出生在亚热带气候和瘴气湿地中的懒惰绅士们截然分开了。

他从他们那里学到的是有用的东西,他发现玩扑克牌是所有南方习俗中最有用的,只要会打扑克,加上一个喝威士忌的海量,就行了。玩牌和喝酒是杰拉尔德的天性,这给他带来了他三样宝贵的财富中的两样,即他的管家和他的农场。另一样是他的妻子,他把她看作是上帝的神奇赐予。

他的管家名叫波克,黑得又光又亮,举止庄严,且有全套出色的裁缝手艺,是他打了个通宵的扑克牌从一位圣·西蒙斯岛的地主手中赢来的。那个地主在敢于虚张声势方面与杰拉尔德不相上下,可是喝起新奥尔良朗姆酒来就不行了。虽然波克原先的主人后来要求以双倍的价钱把他买回去,杰拉尔德却断然拒绝了,因为这是他占有的第一个奴隶,是"海滨最好的管家",是他实现梦想的最好开端,怎么能放弃呢? 杰拉尔德是一心要当奴隶主和拥有地产的上等人呢。

他已下定决心,不要像詹姆斯和安德鲁那样白天讨价还价,夜晚又对着灯光查账,他已深深感到社会上最被人瞧不起的是那些"生意人"。杰拉尔德要当一个地主。希望看到自己的田地绿油油地从眼前铺展开去。他无情地、一心一意地追求一个目标,就是要拥有自己的住宅,自己的农场,自己的马匹,自己的奴隶。但是,一个时期以来,他渐渐发现,怀抱这个雄心和实现这个雄心毕竟是两码事。滨海的佐治亚州是那样牢牢地掌握在一个顽强的贵族阶级手中,在这里,他就休想有一天会赢得他所刻意追求的地位。

过了一些时候,命运之神和一手扑克牌两相结合,给了他一个他后来取名为塔拉的农场,同时让他从海滨迁移到北佐治亚的丘陵地区来了。

那是一个很暖的春天夜晚,在萨凡纳的一家酒店里,邻座一位生客的偶尔谈话引起杰拉尔德的注意。那位生客是萨凡纳本地人,在内地居住了十二年之后刚刚回来。他是在州里抽彩分配土地时的一个获奖者。原来杰拉尔德来到美洲前一年，印第安人把佐治亚中部广大的一片土地放弃了，佐治亚州当局便以这种方式进行分配。他迁徙到了那里，并建立一个农场；但现在他的房子失火烧掉了，他对那个"可诅咒的地方"已感到厌烦，所以决意将它脱手。

杰拉尔德心中一直没有放弃那个念头，于是经过介绍，他同那个陌生人谈起来，当对方告诉他，那个州的北部已经从卡罗来纳和弗吉尼亚涌进大批的新人时，他的兴趣就更大了。他在处理"奥哈拉兄弟公司"的业务时访问过在萨凡纳河上游一百英里的奥古斯塔，并且旅行到了离萨凡纳很远的内地，看到了那个城市西面的古老城镇。他知道，那个地区也像海滨那样拥有不少居民，但是从陌生人的描绘来看，他的农场是在萨凡纳西北二百五十英里以外的内地，在查塔忽奇河以南不远的地方。他知道，河那边往北一带仍控制在柴罗基人手里，因此他听到陌生人提起与印第安人的纠纷，并叙述那个新地区有多少新兴的城镇正在成长起来、多少农场经营得很好时，便禁不住大吃一惊了。

一小时之后，谈话开始放慢，杰拉尔德想出一个诡计，他提议玩牌。夜渐渐深了，酒斟了一巡又一巡，这时其他几个牌友都歇手了，只剩下杰拉尔德和陌生人在继续对赌。陌生人把所有的筹码全都押上，外加那个农场的文契。杰拉尔德也推出他的那堆筹码，并把钱袋放在上面。如果钱袋里装的恰好是"奥哈拉兄弟公司"的款子，第二天早晨作弥撒时他也不会觉得良心不安而表示忏悔的。他懂得自己所要的是什么，而当他需要时便采取断然措施来攫取它。而且，他又是那样相信自己的命运和手中的那几张牌，因此他也就豁出去了。

"你这不是靠买卖赚来的，而我呢，也乐得不再纳税了。"陌生人输光了，叹了口气说，一面叫拿笔墨来。"那所大房子是一年前烧掉的，田地呢，已长满了灌木林和小松树。不过，这些都是你的了。"

"千万不要把玩牌和威士忌混在一起，"当天晚上波克服侍杰拉尔德上床睡觉时，杰拉尔德严肃地对他这样说，这位管家由于崇拜主人正开始在学习一种土腔，使用一种基希和米思郡的混合腔调做了回答，当然这种腔调只有他们两个人懂得,别人听来是莫名其妙的。

　　杰拉尔德站在那个原来有房子的小小圆丘上,对他来说,这道高高的绿色屏障既是他的所有权的一个看得见的证明,又像是他亲手建造用来作为私有标志的一道篱笆。他站在那座已烧掉的房子的焦黑基石上,俯视着那条伸向大路的林荫小道,一面快活地咒骂着,因为这种喜悦之情是那么深厚,已无法用感谢上天的祈祷来表达了。这两排阴森的树木,那片荒芜的草地,连同草地上那些缀满白花的木兰树和底下齐腰深的野草。还有那些尚未开垦的、长满了小松树和矮树丛的田地,那些连绵不断向周围远远伸展开去的红土地也都属于杰拉尔德·奥哈拉所有了——这一切都成了他的,因为他有个从不糊涂的爱尔兰人的头脑和将全部家当都押在一手牌上的勇气。

　　杰拉尔德面对这片寂静的荒地,闭上了眼睛,他觉得自己似乎回到了家里。在这儿,在他脚下,一幢刷白的砖房将拔地而起。大路对过将有一道新的栅栏把肥壮的牲口和纯种马圈起来,而那片从山腰伸到肥沃的河床的红土地,将像羽绒被似的在阳光下闪耀银光——棉花,大片大片的棉花啊!奥哈拉家的产业从此就要复兴了。

　　杰拉尔德用自己的一小笔赌本,从两位不很热心的哥哥那里借到的一点钱,以及典地得到的一笔现金,买了头一批种大田的黑奴,然后来到塔拉,在那四间房的监工屋里,像单身汉似的孤独地住下来。

　　他平整田地,种植棉花,并从詹姆斯和安德鲁那里又借了些钱买来一批奴隶。奥哈拉一家是家族观念很强的人,这并不是出于过分的手足之情,而是因为从严峻的岁月里懂得了,一个家族要生存下去就必须形成一致对外的坚固战线。他们把钱借给杰拉尔德,有朝一日钱还会连本带利回到他们手中的。这样,杰拉尔德不断买进毗连的地亩,农场也渐渐扩大,那幢白房子已不再是梦想而是现实了。

　　那是用奴隶劳动建筑的,它坐落在一块坡地上,俯瞰着那片向河边伸延下去的碧绿的牧场;它使杰拉尔德十分得意,因为它虽然是新建却显得有点古色古香。那些老橡树用它们巨大的躯干紧紧围住这所房子,同时用枝叶在屋顶上空撑起一片浓荫。那片荒芜的草地,如今已长满了苜蓿和百慕大牧草。从林荫道的柏树到奴隶区那排白色木屋,到处都能使人看到塔拉农场的坚实、稳固、耐久的风采。每当杰拉尔德骑马驰过大路上那个拐弯并看见自己房子从绿树丛中耸出的屋顶时,他就兴奋得连心都要膨胀起来,似乎每一个景观都是头一次看到似的。

他已经完成了这一切,这位矮小的、精明的、盛气凌人的杰拉尔德。

杰拉尔德同县里所有的邻居都相处得很好,但有两家除外,一是麦金托什家,他们的土地和他的在左侧毗连;二是斯莱特里家,他们那三英亩瘠地,沿着河流和约翰·威尔克斯家农场之间的湿地低处,伸展到了他的田地的右边。

麦金托什家是苏格兰和爱尔兰的混血,也是奥兰治派分子,他们已经在佐治亚生活了七十年,并且那以前有一代人是在卡罗来纳度过的,但这个家族中第一个踏上美洲大陆的人是从阿尔斯特来的。他们是一个缄默寡言、性格倔强的家族,与外人绝少往来,也只同卡罗来纳的亲戚通婚。杰拉尔德并不是唯一不喜欢他们的人,因为县里各家都相处融洽,乐于交往,谁也忍受不了像他们这种性格的人家。还有谣传说他们同情废奴主义者,但这并没有提高麦金托什家的声望。老安格斯从来没有解放过一个奴隶,并且由于出卖了一些黑人给一个到路易斯安那蔗田去的过路的奴隶贩子而不可饶恕地违背了社会公德,但谣言照样流传。

"毫无疑问,他是个废奴主义者。"杰拉尔德对约翰·威尔克斯说,"不过,在一个奥兰治党人身上,当一种主义跟苏格兰人的悭吝相抵触时,那个主义也就完了。"

至于斯莱特里家,那又是另一回事了。他们是穷白人,甚至还不如安格斯·麦金托什。老斯莱特里死死抱住他那几英亩土地不放手,刻板而又爱牢骚。他老婆是个蓬头散发的女人,体弱多病,形容憔悴,却养了一大窝家兔般的儿女。他家里没有奴隶,他和两个大儿子时作时停地种着那几英亩棉花,老婆和几个小儿子则照管那块号称菜园的土地。可是,不知怎的,棉花总是长不好;种出的菜蔬甚至还不够家里吃。

汤姆·斯莱特里还常赖在邻居家的走廊上,向人家讨棉花籽儿下种,或者要一块腌肉去"对付一顿",却又十分憎恨邻居们,认为他们表面客气却暗藏轻蔑;他尤其憎恨"阔人家的势利眼黑鬼"。县里那些帮佣的黑人总以为自己比下流坏白人还高一等,他们的公然蔑视刺痛了他,而他们比较稳定的生活又引起他的嫉恨。以自己的穷困相比,他们确实是吃得好,穿得好一些,病了还有人照看,老了有人供养。他们还为自己主人的好名声感到骄傲,而且还以自己归上等人所有而觉得光荣,而他呢,却是人人都瞧不起的。

斯莱特里很可以把自己的农场以高出三倍的价钱卖给县里任何一个大地主。为了不丢人现眼地居住在这老地方,花这笔钱还是值得的,可是他却执意不走,靠那每年一包棉花的收入和邻居们的施舍艰难地生活下去。

杰拉尔德同县里所有其他的人都相处得不错,愉快而又亲近。威尔克斯家、卡尔弗特家、塔尔顿家、方丹家,他们一看见这位骑着大白马的矮个儿便含笑相迎,微笑着招呼仆人拿高脚杯来,放一茶匙糖和少许薄荷叶,然后斟上威士忌酒。杰拉尔德是可爱的,邻居们很快便知道,连他们的孩子、黑奴和狗都一眼就看出这人虽然大喊大叫,举止粗野,但实在是个好心肠的人,乐意倾听别人的话,并且慷慨大方。

他每次来时,总要引起一群乱吠乱跳的猎狗和叫喊着的黑孩子跑去迎接他,吵吵嚷嚷抢着牵他的马,当他和蔼地训斥他们时便显得有点尴尬地傻笑起来。那些白人孩子也吵着坐到他的膝头上,甚至那些朋友的女儿也都把他当作知心人,向他吐露自己的恋爱故事。至于邻居的小伙子们,他们怕在父亲面前认错却把他当作无所不谈的知交。

"这么说,你这钱欠了一个月啦,你这小鬼头!"他会大声嚷嚷。"那么,我的上帝,你干吗不早点来跟我要呢?"

他那粗鲁的口气是大家都熟悉的,谁也不会反感,因此这只会使那些年轻人腼腆地傻笑两声然后答道："是呀,大叔,可我害怕麻烦您呢,并且我父亲——"

"你父亲是个好人,这得承认,不过严格了一点。那么,把这个拿去,以后谁也别提起就是了。"

最后才接受他的是地主太太们。当威尔克斯太太——像杰拉尔德形容的"一位了不起的具有沉默天才的女士"——有天晚上在杰拉尔德的马已经跑上车道之后对她的丈夫说,"这人尽讲粗话,可毕竟是个上等人,"这时,杰拉尔德已肯定是成功了。

杰拉尔德四十三岁那年,他身强体壮,脸色红润,活像体育画报上的猎手,那时他想塔拉尽管很可贵,可只有它和那些心地坦荡、殷勤好客的朋友还是不够的。他还缺少一个妻子。

塔拉农场迫切需要一位女主人。现在这位胖厨子本来是管庭院的黑人杂工,因为迫切需要才到厨房工作的,可他从来没有按时开过一顿饭;而那位内室女仆原先也是在田里干活的,她任凭屋子里到处都是尘土,所以一有客人到来,便要手忙脚乱一番。波克是唯一受过训练和胜任的黑人管家,他现在负责管理所有的奴仆,但是几年来,在杰拉尔德乐呵呵的生活作风影响下,也变得怠惰和漫不经心了。作为贴身用人,他负责整理杰拉尔德的卧室,作为膳事总管,他要让饭菜安排得像个样子,不过在别的方面他就有点听之任之了。

那些具有非洲人精确本能的黑奴,都发现杰拉尔德虽然大喊大叫,但并不厉害,因此他们便肆无忌惮地利用这一点。表面上常常威胁,说要把奴隶卖到南方去,或者要狠狠地鞭打他们,但实际上塔拉农场从来没有卖过一个奴隶,鞭打的事也只发生过一次,那是因为没有把杰拉尔德的狩猎了一整天的爱马好好刷洗一下。

杰拉尔德那双锐利的天蓝色眼睛注意到左邻右舍的房子收拾得整齐清洁,那些头发梳得溜光、裙子窸窸窣窣响的主妇们从容地管理着他们的仆人。他不熟悉这些女人从早到夜忙个不停地监督仆人的劳碌情形,他只看到表面的成绩,而这些成绩给他留下了深刻的印象。

有一天早晨他准备进城去旁听法庭开审,波克把他心爱的皱领衬衫取来,可他一看便发觉已被那个内室女仆弄得穿不出去了。

"杰拉尔德先生,"波克眼看杰拉尔德生气了,便讨好地说,一面将那件衬衫卷起来,"你如今缺少的是一位太太,一位能带来许多家仆的太太。"

杰拉尔德责骂波克无礼,但他明白他是对的。这时,他多么迫切地感到需要一个妻子啊!他还需要儿女,而且,如果不很快得到他们,那将为时太晚了。但他也不想随便娶个女人,像卡尔弗特那样,把那个照管他的没娘孩子的北方佬女家庭教师讨来当老婆。他的妻子必须是一位夫人,一位出身名门的夫人,像威尔克斯太太那样端庄贤淑,能够像威尔克斯太太那样精明地把塔拉农场管理好。

但是要同这个县的大户人家结亲却有两个难处。第一是这里年轻的姑娘很少。第二,也是更不好办的是,杰拉尔德是个"新人"(虽然他在这里已居住了将近十年),又是外国人。谁也不了解他的家族情况。虽然佐治亚内地社会并不像海滨贵族社会那样难以接近,可是也没有哪个家庭愿意让自己的女儿嫁给一个来历不明的男人。

杰拉尔德明白,不管那些同他一起打猎、喝酒和谈论政治的本县男人多么喜欢他,但他还是很难找到一个情愿把女儿许配给他的人家。并且他又不想让人们闲谈时说起某某拒绝杰拉尔德的求婚等等。不过,他的这种自知之明并没有使他觉得自己低人一等。事实上,他不论如何也不会感到自己在哪方面不如人。那仅仅是因为县里的一种奇怪习俗,认为姑娘们只能嫁到那些至少在南部已居住二十年以上、已经拥有自己的田地和奴隶,而且时髦的门当户对的人家去。

"收拾行李吧。咱们要到萨凡纳去。"他告诉波克,"只要让我听到你说一声'嘘'或者'保证!'我就立即把你卖掉,因为这种字眼我自己是很少说的。"

詹姆斯和安德鲁会关心他的婚姻,并且他们的老朋友中可能有适合他的要求并愿意嫁给他的女儿吧。他们两人耐心地听完他的想法,可是谁也无能为力。他们在萨凡纳没有可以求助的亲戚。而老朋友们的女儿也早已出嫁了。

"你不是什么有钱人,又不是什么名门望族。"詹姆斯说。

"我已经挣了不少钱,我也能成为一个大户人家。我当然不能马马虎虎讨个老婆完事。"

"你太好高骛远了。"安德鲁干脆这样指出。

不过他们还是替杰拉尔德尽了最大的努力。詹姆斯和安德鲁上了年纪,在萨凡纳已颇有名望。朋友也不少,在一个月里带着他从这家跑到那家,吃饭啦,跳舞啦,参加野餐会啦,忙个不停。

最后杰拉尔德表示:"只有一个是我看得上的。"

"你看上的究竟是谁呀?"

"是爱伦·罗毕拉德小姐。"杰拉尔德故意装出漫不经心的样子答道,因为爱伦·罗毕拉德那双稍稍有些奢拉的黑眼睛实际上已叫他动心了。她外表上显得有点漠然,令人捉摸不透,这在一个十五岁的姑娘家身上尤其罕见。此外,她身上还有一种令人倾倒的略带忧郁的神态在深深地摇撼他的心灵,叫他在她面前变得分外温柔,而这是他和世界上任何其他人在一起时从来没有过的。

"可是你的年龄可以当她的父亲了!"

"可我正当壮年呀!"杰拉尔德被刺得大叫起来。

詹姆斯冷静地谈了自己的意见。

"杰里,你在萨凡纳再也找不到一个比她更难娶到的女人了。她父亲是罗毕拉德家族的人,这些法国人十分骄傲。至于她母亲那是位十分了不起的太太。"

"我不管这些,"杰拉尔德愤愤地说,"何况她母亲已经死了,而罗毕拉德那老头又喜欢我。"

"作为一个普通人是这样,可作为女婿就未必了。"

"那姑娘不论如何也不会要你的。"安德鲁插嘴说,"她爱她的一个表兄,那个放荡的叫菲利普的花花公子，已经一年了，虽然她家里还在没完没了劝阻她。"

"他已经到路易斯安那去了。"杰拉尔德说。

"你怎么知道的?"

"我知道，"杰拉尔德回答，他不想说出是波克向他提供了这一宝贵的信息，"并且我并不认为她爱他已经到了不可摆脱的地步。十五岁毕竟还太年轻，是不怎么懂得爱情的。"

"她宁愿要那个放荡的表兄也不会挑上你的。"

因此，当消息传来说皮埃尔·罗毕拉德的女儿要嫁给这个矮小的爱尔兰人时，詹姆斯和安德鲁不禁大吃一惊。整个萨凡纳都在纷纷议论，并猜测如今到西部去了的菲利普·罗毕拉德是怎么回事。为什么罗毕拉德家族中最可爱的一个女儿会跟一个大喊大叫、面孔通红、身高不及她耳朵的矮小鬼结婚，这对所有的人都始终是个谜。

连杰拉尔德本人至今也不大明白究竟是怎么回事。他只知道出现了一个奇迹。而且，一辈子也就这么一次，当脸色苍白而又非常镇静的爱伦将一只轻柔的手放在他的臂膀上而且说："奥哈拉先生，我愿意嫁给你"时，他简直谦卑到五体投地了。

对这个神秘莫测的问题，连罗毕拉德家族中那些惊慌失措的人也有些莫名其妙。只有爱伦和她的嬷嬷心里明白。

爱伦收到一个从新奥尔良寄来的小包裹，上面的通信地址是陌生人写的，里面装着一张爱伦的小照（爱伦一见便惊叫一声把它丢在地上），四封爱伦写给菲利普·罗毕拉德的亲笔信，以及一位新奥尔良牧师附上的短简，它宣布她的这位表哥已经在一次酒吧的斗殴中死了。"他们把他赶走了，父亲、波琳和尤拉莉把他赶走了。我恨他们。我恨他们大家。我再也不要看见他们了。我要离开这里。我要到永远看不见他们的地方去，也永远不再见这个城市，或者任何一个使我想起——想起他的人。"她伤心地哭了一个晚上。

一直到天快亮的时候,本来伏在床头陪着她一起哭泣的嬷嬷这才对她提出警告:"这不行,小宝贝,你不能那样做呀!"

　　"我一定要这样,他是个好心人。我要这样办,要么就到查尔斯顿的修道院里去当修女。"

　　正是这去修道院的念头给皮埃尔·罗毕拉德带来了威胁,他终于在惶惑而悲痛的心情下表示了同意。与其让女儿当修女还不如把她嫁给杰拉尔德·奥哈拉好。最后,他对杰拉尔德这个人,除了门第欠缺之外,就不再抱什么反感了。

　　就这样,爱伦(已不再姓罗毕拉德)离开萨凡纳,从此一去不返,她随同一位中年丈夫,带着嬷嬷和二十个黑人家奴,动身到塔拉去了。

　　第二年,他们生了第一个孩子,取名凯蒂·思嘉,是随杰拉尔德的母亲命名的。杰拉尔德有点失望,因为他想要一个儿子,不过他还是很喜欢这个黑头发的女儿,高高兴兴地请塔拉农场的每个农奴都喝了酒,自己也喝了个酩酊大醉。

　　如果说爱伦对于自己仓促同杰拉尔德结婚有所懊悔的话,那是谁也不知道的,杰拉尔德更是如此。她一离开萨凡纳那个文雅的海滨城市,便把它和它所留下的记忆抛到了脑后;同样,她一到达北佐治亚,这里便成为她的家了。

　　她的老家,她父亲那所浅红色的住宅,原是那么幽雅舒适,有着美女般丰盈的体态和帆船乘风破浪的英姿;它是法国殖民地式的建筑,以一种雅致的风格拔地而起,里面是螺旋形楼梯,旁边的铁制栏杆精美得像花边似的。那是一所富丽、雅致而幽静的房子,是她的温暖的家,但如今她永远离开了。

　　她不仅离开了那个优美的住处,并且离开了那建筑背后的一整套文明,如今自己置身于一个完全不同的陌生世界,似乎跨过了一个大陆似的。

　　北佐治亚是个草莽未除、民情粗犷的地区。站在蓝岭山麓的高原上,她看见一望无际透迤起伏的红色丘陵和底部突露的花岗岩,以及到处耸立的嶙峋的苍松。这一切在她眼里都显得粗陋和野性未驯,因为她看惯了满缀着青苔绿蔓的海岛上那种幽静的林薮之美,亚热带阳光下远远延伸的白色海滩,以及长满了各种棕榈的沙地上平坦辽阔的远景。

在这个地区，人们习惯了冬季的严寒和夏天的酷热，并且这些人身上有的是她从未见过的旺盛的生机和力量。他们为人诚恳、勇敢、大方，蕴藏着善良的天性，可是强壮、刚健，容易发火。她已离开的那些海滨人经常引为骄傲的是，他们对一切都是满不在乎的态度；可这些北佐治亚人身上却有一股子强暴劲儿。在海滨，生活已经传统化了——可在这里，生活还是稚嫩的，生气勃勃的。

爱伦在萨凡纳认识的所有人似乎都是从同一个模子里出来的，他们的观点和传统都那样相似，可在这里就不一样了。到北佐治亚定居的人来自不同的地方，如佐治亚其他地区、卡罗来纳、弗吉尼亚、欧洲，以及北美等等。有些人如杰拉尔德那样是到这里来碰运气的。有些人像爱伦则是觉得在老家待不下去了，便到这里来寻找避难所。也有不少人是盲目迁徙而来。

这些来自四面八方和有着种种不同背景的人给这个县的全部生活带来了一种不拘礼仪的风习，而这是爱伦所不曾见过，也是她难以适应的。她本能地知道海滨人在什么样的环境下应当如何行动。可是，谁知道北佐治亚人该怎样做呢！

另外，还有一种力量推动着这里的一切，那就是席卷整个南部的发展的浪潮。全世界都迫切需要棉花，而这个县的新垦地还很肥沃，正在大量生产。棉花便是本地区的命脉，植棉和摘棉便是这红土心脏的跳动。财富从弧形的垄沟中源源而来，还有骄矜之气——建立在葱绿棉林和广袤的白絮田野上的骄矜之气也随之而来。如果棉花能使他们这一代人富裕起来，那么到下一代该如何更加富裕啊！

这种对未来的绝对把握使生活充满了激情和热望，而县里的人都在以一种爱伦所不了解的态度尽情享受着这种生活。他们有了足够的钱财和奴隶，现在玩乐一番，何况他们本来就是爱玩的。他们永远也不会忘记放下工作来搞一次炸鱼野餐、一次狩猎或赛马，并且很少有一个星期不举行全牲大宴或舞会的。

爱伦永远不想也不可能完全成为他们中的一员，不过她尊重他们，并且渐渐也羡慕这些人的坦诚和直率,他们胸无城府,对人对事也总是从实际出发的。

她成了全县最受爱戴的一位邻居。她是个节俭而温厚的主妇,一个贤妻良母。她本来会奉献给教堂的那份悲痛和无私,如今都全部用来服务于自己的儿女和家庭以及那位带她离开萨凡纳的男人了。

到思嘉年满周岁而且长得十分健康活泼的时候,爱伦生了第二个孩子,取名苏珊·埃莉诺,人们常叫她苏伦;后来又生了卡琳,在家用《圣经》中登记为卡罗琳·艾琳。接下去是一连三个男孩,但他们都在学会走路之前便夭折了——三个男孩如今躺在离住宅一百来码的坟地里,在那些蜷曲的松树底下,坟头都有一块刻着"小杰拉尔德·奥哈拉"字样的石碑。

在爱伦来到塔拉农场的当天,这个地方就开始变了。她尽管刚刚十五岁,可是已经准备好担负起一个农场女主人的职责了。年轻姑娘们在结婚之前必须温柔可爱,美丽得像个装饰品,可是结婚以后就要料理家务,管好全家那上百个的白人黑人,而她们从小就在这方面受到了训练。

每个有教养的年轻太太都必须接受的这种婚前准备,爱伦早就接受过了;并且她身边还有一个精明能干的嬷嬷。她很快就使杰拉尔德的家中出现了秩序、尊严和文雅,给塔拉农场带来了前所未有的新风貌。

农场住宅不是按照什么设计图样建筑的,许多房子是根据需要和方便在不同地方陆续增添的。不过,由于爱伦的关注,却也形成了自己的迷人之处,弥补了设计上的欠缺。一条两旁栽着杉树的林荫道从大路一直延伸到住宅门前,不仅阴凉,并且比其他翠木显得更加明朗。走廊顶上交错的紫藤把粉白砖墙衬映得分外鲜艳,它同门口那几丛粉红的紫薇和庭院中开着白花的木兰连成一片,便把这所房子的粗笨外貌掩饰了不少。

在春夏两季,草地上的鸭茅和苜蓿长得翡翠般绿油油的,逗引着一群群本来只在屋后闲逛的吐绶鸡和白鹅,偷偷进入前院,来探访这片绿茵,并在甘美茂盛的茉莉花蕾和百日草苗圃的诱惑下流连忘返。为了防备它们的掠夺,前院走廊上安置了一个小黑人哨兵。那个黑人男孩坐在台阶上,手里拿着一条破毛巾当武器,构成了塔拉农场风景的一部分——他不断挥舞毛巾来吓唬这群越境过来的家禽。

爱伦先后给好几十个黑人男孩分派了这个差事,这是一个男性奴隶在塔拉农场得到的头一个职位。他们年满十岁以后,就打发到农场修鞋匠老爷爷那里,或者到制车匠兼木工阿莫斯那里,或者到牧牛人菲利普那里,或者到养骡娃库菲那里专门学手艺。要是他们表现得不适合任何一行手艺,就只得去当大田劳工,这么一来他们便觉得自己已完全丧失取得一个社会地位的资格了。

爱伦的生活既不舒适也不愉快,不过她并不期待这些。这就是女人的命运。这个世界是男人的,她承认这一事实。男人占有财产,然后由女人来管理。管理得好,男人享受名誉,女人还得称赞他能干。男人只要手上扎根刺便会像公牛般大声吼叫,而女人连生孩子时的阵痛也得忍着。男人们出言粗鲁,常常酗酒,女人们却装作没有听见,并一声不响地服侍醉鬼上床睡觉。男人们粗暴而直率,可女人们总是那么和善、文雅,善于体谅别人。

她是在上等妇女的传统教养下长大的,这使她学会怎样承担自己的职责而不丧失其温柔可爱之处。她有意要把自己的三个女儿也教育成高尚的女性但这只在那两个小的身上成功了,因为苏伦渴望当一名出色的闺秀,很听母亲的教诲,卡琳也是个腼腆听话的女孩。可是思嘉,杰拉尔德的货真价实的孩子,却觉得那实在太艰难了。

思嘉叫嬷嬷生气的是不喜欢跟那两个妹妹和姑娘们在一起玩,却乐意同农场的黑孩子或邻居家的男孩子们厮混,跟他们一样爬树,一样掷石子。嬷嬷感到非常难过,怎么爱伦的女儿会这样怪。但是爱伦对问题不这么看,她懂得从青梅竹马到终身伴侣的道理,而一个姑娘的头等大事无非结婚成家而已。她想这孩子只不过精力旺盛些罢了,至于教育她使之品貌兼备,成为一个使男人倾心的可爱姑娘,那还有的是时间呢。

从这个目的出发,爱伦和嬷嬷同心协力,所以到思嘉年龄大些时便在这方面学习得相当不错了。虽然接连请了几位家庭女教师,又在附近的费耶特维尔女子学校念了两年书,她受的教育仍是不怎么系统的。不过跳舞却是全县最出色的一位姑娘,真是舞姿翩翩,美妙无比。她懂得怎样微笑才能让两个酒窝轻轻抖动,怎样扭着走路才能让宽大的裙子迷人地摇摆,怎样首先仰视一个男人的面孔,然后垂下眼来,迅速地掀动眼帘,显出自己是在略带激情地颤抖。她最擅长的一手是在男人面前装出一副儿童般天真烂漫的表情,借以掩饰自己一个精明的心计。

爱伦用细声细气的训诫,嬷嬷则用滔滔不绝的唠叨,都在尽力将那些作为淑女贤妻所不可少的品质栽培到她身上去。

"你必须学会温柔一些,亲切一些,文静一些,"爱伦对女儿说。"男人们说话时千万别去插嘴,哪怕你真的比人家知道得多。男人是不喜欢快嘴快舌的姑娘的。"

"小姑娘家要是皱着眉头、嘟着嘴,说什么俺要这样不要那样,她们就休想找到丈夫。"嬷嬷忧郁地告诫说,"小姑娘家应当低着头回答:'好吧,先生,俺知道了,'或者说:'听您的吩咐,先生。'"

她们两人把凡是大家闺秀应该知道的东西都教给了她,可是她仅仅学到了表面的礼貌。至于这些皮毛所应当体现的内在文雅,她却既不曾学到也不要学。有外表就行了,因为上等妇女身份的仪表会给她赢来好名声,而她所需要的也不过如此而已。杰拉尔德吹嘘说她是周围五个县的美女,这话有几分真实,因为邻近一带几乎所有的青年,以及远到亚特兰大和萨凡纳某些地方的许多人,都向她求过婚呢。

到了十六岁,她就显得娇柔动人了,同时也变得任性、虚荣而固执起来。她有着和她的爱尔兰父亲一样容易感情冲动的气质,可是像她母亲那样无私而坚忍的天性却压根儿没有,只不过学到了一点点表面的虚饰。可爱伦从来不曾认识到这一点,因为思嘉在她跟前显示的是自己最好的一面,而且克制着自己,表现得如她母亲所要求的那样性情温婉。

但是嬷嬷对她不存幻想,倒是常常警觉地观察着这种虚饰上的破绽。嬷嬷的眼睛比爱伦的锐利得多,思嘉实在想不起来这一辈子有哪件事是能瞒过了她的。

这两位良师并不为思嘉的快乐、活泼和娇柔担忧。这些正是南方妇女引以自豪之处。她们担心的是杰拉尔德的倔强而暴躁的天性在她身上的表现,甚至想把这些掩盖起来,直到她选中一个如意郎君为止。可是思嘉想要结婚——要同艾希礼结婚——而且故意装出一副貌似庄重、温顺而没有主见的模样,她只明白,要是她如此这般地做了说了,男人们便会用如此这般的恭维来回报她。这像一个数学公式似的一点也不困难,因为思嘉在学校念书时数学这门功课学得相当轻松。

如果说她不懂得男人的心理,那么她对女人的心就更一无所知了,原因是她对她们更不感兴趣。从来不曾有过一个女朋友。对于她来说,所有的女人,包括她的两个妹妹在内,在追逐共同的猎物——男人时,都是天然的仇敌。

所有的女人,除她母亲以外,都是如此。

爱伦·奥哈拉却不一样,思嘉把她看作一个高于其他所有人的神圣人物。当思嘉还是个小孩时,她就把母亲和圣母马利亚混淆在一起了,如今她虽已长大成人,也看不出有什么理由要改变这种看法。对她来说,爱伦代表着只有上帝或一位母亲才能给予的那种安全感。她认为她的母亲是正义、真理、慈爱和睿智的化身,是个伟大的女性。

思嘉十分希望做一个像母亲那样的人。但为难的是,要做一个公正、真诚、慈爱、无私的人,你就得牺牲许多人生乐趣并且一定会失掉许多亮丽的男人。可是人生太短,要丧失这些就未免太可惜了。等到有一天她嫁给了艾希礼,而且年纪老了,有了这样做的机会时,她便会去模仿爱伦。可是,在那以前……

第四章

那天晚上,思嘉因母亲不在而代为主持晚餐,可她心中一片纷繁,怎么也放不下关于艾希礼和媚兰的那个可怕的消息。她焦急地盼望母亲从斯莱特里家回来,母亲一不在场,她便感到孤单和迷惘了。斯莱特里家有什么权利就在她思嘉那么迫切需要母亲的时候把爱伦从家中拉走呢?

这顿不愉快的晚餐自始至终只有杰拉尔德那低沉的声音。他已经完全忘记了下午同思嘉的谈话,一个劲儿地在唱独角戏,讲那个来自萨姆特要塞的最新消息,一面还用拳头在餐桌上敲击,不停地挥舞臂膀。杰拉尔德已养成了在餐桌上垄断谈话的习惯,但思嘉往往不去听他,只默默琢磨自己的心事。可是今晚她再也挡不住他的声音了,不管她多么紧张地在倾听是否有由远而近的马车辚辚声。

当然,她并不想将自己的心事向母亲倾诉,因为爱伦要是知道了她的女儿想嫁给一个已经订了婚的男子,一定会大为震惊和非常痛苦的。不过,她此刻正沉浸在前所未有的痛苦之中,很需要母亲的安慰。每当母亲在身边时,思嘉总觉得安全可靠,只要爱伦在,什么糟糕的事都可以弄得好好的。

她一听到车道上吱吱的车轮声便忽地站起身来,接着又坐了下去,因为马车显然已绕到屋后院子里去了。那不可能是爱伦,她是会在前面台阶旁下车的。这时,从黑暗的院子里传来了黑人们兴奋的谈话声和尖锐的笑声,思嘉朝窗外望去,看见波克高举着一个熊熊的松枝火把,照着几个模糊的人影从大车上下来了。笑声和谈话声在黑沉沉的夜雾中时高时低,显得愉快、亲切、随便。

接着是后面走廊阶梯上嘈杂的脚步声,渐渐进入通向主楼的过道,直到餐厅外面的穿堂里才停止了。经过片刻的耳语,波克进来了,他那严肃的神色已经消失,眼睛滴溜溜直转,一口雪白的牙齿闪闪放光。

"杰拉尔德先生,"他气喘吁吁地喊道,满脸喜气,"您新买的那个女人到了。"

"新买的女人?我可不曾买过女人呀!"杰拉尔德声明,装出一副瞠目结舌的模样。

"是的,您买的,杰拉尔德先生!她就在外面,要跟您说话呢。"波克回答说,激动得搓着两只手,吃吃地笑。

"好,把新娘带进来。"杰拉尔德说。于是波克转过身去,招呼他老婆走进饭厅,这就是刚刚从威尔克斯农场赶来,要在塔拉农场当一名家属的那个女人。她进来了,后面跟着她那个十二岁的女儿——她怯生生地紧挨着母亲,几乎被那件肥大的印花布裙子给遮住了。

迪尔茜身材高大,腰背挺直。她的年纪从外表看不出来,少到三十,多可到六十,怎么都行。她的面貌显然带有印第安人血统,这比非洲黑人的特征更为突出。她那红红的皮肤,窄而高的额头,高耸的颧骨,以及下端扁平的鹰钩鼻子(再下面是肥厚的嘴唇),所有这些都说明她是两个种族的混种。她显得神态安详,走路时的庄重气派甚至超过了嬷嬷,因为嬷嬷的气派是学来的,而迪尔茜却生来就是这样。

她说话不会那样含糊不清,并且很注意选择字眼。

"您好,小姐。杰拉尔德先生,对不起打扰您了,不过俺要来再次谢谢您把俺和俺的孩子一起给买过来。有许多先生要买俺,可就不肯把俺的普里茜也买下,这会叫俺伤心死的。因此俺要谢谢您。俺会尽力给您干活儿,让您知道俺不会忘记您的大德。"

"嗯——嗯,"杰拉尔德应着,不好意思地清了清嗓子,因为他这番做的好事又被当众揭开了。

迪尔茜转向思嘉露出了一丝微笑。"思嘉小姐,波克告诉了俺,您要求杰拉尔德先生把俺买过来。今儿个俺要把俺的普里茜送给您,做您的贴身丫头。"

她伸手往后把那个小女孩拉了出来。那是个棕褐色的小家伙,两条腿细细的,头上矗着无数条小辫儿。她有一双尖锐而懂事的、不会漏掉任何东西的眼睛,可是脸上却装出一副傻相。

"谢谢你,迪尔茜,"思嘉答道,"不过我怕嬷嬷要说话的。我一生下来就由她一直在服侍着呢。"

"嬷嬷也老啦,"迪尔茜说,她那平静的语调要是嬷嬷听见了准会生气的。"她是个好嬷嬷,不过像您这样一位大小姐,如今应当有个好使唤的丫头才是。俺的普里茜倒是在英迪亚小姐跟前干过一年了。她会缝衣裳,会梳头,很能干呢。"

普里茜在母亲的怂恿下突然向思嘉行了个屈膝礼,然后咧着嘴朝她笑了笑;思嘉也只好回报她一丝笑容。

"好一个机灵的小娼妇。"她想,于是便大声说:"谢谢你了,迪尔茜,等嬷嬷回来咱们再谈这事吧。"

"谢谢您,小姐。这就请您晚安了。"迪尔茜说完便转过身去,带着她的孩子出去了,波克蹦蹦跳跳地跟在后面。

晚餐桌上的东西已收拾完毕,杰拉尔德又开始讲演。他令人吃惊地预告战争即将爆发,同时巧妙地询问听众:南方是否还要忍受北方佬的侮辱呢?大家都颇不耐烦的回答——"是的,爸爸",或者"不,爸爸",如此而已。卡琳这时坐在灯底下的矮凳上,深深沉浸于一个姑娘在情人死后当尼姑的爱情故事中。苏伦一面在她自己称之为"嫁妆箱"的东西上刺绣,一面思忖着在明天的全牲大宴上她可不可能把斯图尔特·塔尔顿从她姐姐身边拉过来。而思嘉呢,她早已被艾希礼的问题搅得六神无主了。

既然爸爸知道了她的伤心事,怎么这样喋喋不休地尽谈萨姆特要塞和北方佬呢?她奇怪人们居然会那样自私,毫不理睬她的痛苦,并且不管她多么伤心,地球仍照样转动。

她心里似乎刚刮过了一阵旋风,可奇怪的是他们坐着的这个饭厅竟显得这么平静。那张笨重的红木餐桌和那些餐具柜,那块铺在光滑地板上的鲜艳的旧地毯,全都照常摆在原来的地方,就似乎什么事也不曾发生似的。这是一间亲切而舒适的餐厅,平日思嘉很喜爱一家人晚餐后坐在这里时那番宁静的光景。可是今晚她恨它的这副模样,而且,要不是害怕父亲的厉声责问,她早就想溜走了,溜到爱伦小小的办事房去,倒在旧沙发上痛哭一场。

那是整个住宅里思嘉最喜爱的一个房间。在那儿,爱伦每天早晨坐在高高的写字台前写农场的账目,听监工乔纳斯·威尔克森的报告。那儿也是全家休憩的地方,当爱伦忙着在账簿上唰唰写着时,杰拉尔德躺在那把旧摇椅里养神,姑娘们则坐在下陷的沙发垫子上——这些沙发已破旧得不好摆在前屋里了。此刻思嘉渴望到那里去,单独同爱伦在一起,把头搁在母亲的膝盖上,放纵地哭一阵子。难道母亲就不回来了吗?

不久,车轮轧着石子道的嘎嘎响声终于传来了,接着是爱伦打发车夫走的声音,随即就进屋里来了。大家一齐抬头望着她走近的身影,她的裙箍左右摇摆,脸色显得疲倦而悲伤。她还带进来一股淡淡的柠檬香味。嬷嬷相隔几步也进了饭厅,手里拿着皮包,嘴唇噘得老长,眉毛耷拉着。她阴沉地自言自语着蹒跚而来,有意把声音放低到不让人听懂,同时又保持一定的高度,她叫人家知道她的不满。

"很抱歉这么晚才回来。"爱伦说,一面将披巾从肩头取下来,递给思嘉,同时顺手在她面颊上摸了摸。

杰拉尔德一见她进来便容光焕发了。

"那娃娃给施了洗礼了?"

"施了,也死了,可怜的小东西。"爱伦回答说,"我本来担心埃米也会死,不过现在总算抢救过来了。"

姑娘们都朝她望着,流露出满脸惊疑的神色,杰拉尔德却表示达观地摇了摇头。

"唔,对,还是孩子死了好,可怜的没爹娘——"

"时候不早了,现在咱们做祈祷吧。"爱伦机灵地打断了杰拉尔德的话头,要不是思嘉很了解母亲,谁也不会注意她这一招的用意呢。

究竟谁是埃米·斯莱特里的婴儿的父亲呢?这无疑是个很有趣的问题。不过思嘉心里明白,要是等母亲来说明,那是永远也不可能的。思嘉怀疑是乔纳斯·威尔克森,因为她经常在天快黑时看见他同埃米在一起。乔纳斯是北方佬,没有老婆,而他既当了监工,便一辈子也参加不了县里的社交活动。没有哪个正经人家会招他做女婿,也没有什么人,除了像斯莱特里那一类的下等人之外,会同他交往的。由于他在文化程度上比斯莱特里家的人高出一头,他自然不想娶埃米,当然也不妨经常在暮色苍茫中同她一起玩玩。

思嘉叹了口气,因为她生性好奇。事情经常在她母亲的眼皮底下发生,可是她从不注意,似乎根本没有发生过似的。爱伦对于那些她认为不正当的事情总是不屑一顾,而且想教导思嘉也这样做,可是没有多大效果。

爱伦向壁炉走去,想从那个小小的嵌花匣子里把念珠取来,这时嬷嬷大声而坚决地说:"爱伦小姐,你还是先吃点东西再去做你的祷告吧!"

"谢谢你,嬷嬷,可是我不饿。"

"俺这就给你弄晚饭,你准备吃吧。"嬷嬷说,她气恼地皱着眉头,走出饭厅要到厨房去,一路上喊道:"波克,叫厨娘把火捅一捅。爱伦小姐回来了。"

地板在她脚下一路震动,她在前厅唠叨的声音也越来越高,叫饭厅里全家人都清清楚楚听见了。

"俺说过多回了,给那些下流白人做事没啥意思。他们全是懒虫,不识好歹。爱伦小姐也犯不着辛辛苦苦去伺候这些人。他们果真值得人伺候,怎的没买几个黑人来使唤呢,俺还说过——"

她的声音跟着她一路穿过那条长长的过道。嬷嬷总有办法让主子们懂得她对种种事情的态度。就在她独自嘟哝时她也清楚,要叫上等白人来听一个黑人的话有失身份的,为了保持尊严,他们必须不理睬她所说的那些话。这样既可以保证她不受责备,同时又能使任何人都明白她对每个问题的想法。

波克进来了,手里拿着一个盘子、一副刀叉和一条餐巾。

爱伦在杰拉尔德递过来的那把椅子上坐下,这时四个人一齐向她挑起了话头。

"妈,我那件新跳舞衣的花边掉了,明天晚上得去'十二橡树'村。请给我钉钉好吗?"

"妈,思嘉的新舞衣比我的亮丽。我穿那件粉红的太难看了。怎么她就不能穿我那件粉的,让我穿她那件绿的呢?"

"妈,明儿晚上我也要等到舞会散了才走行吗? 现在我都十三了——"

"奥哈拉太太,你相不相信——别响,姑娘们,我要去拿鞭子了! 凯德·卡尔弗特今天上午在亚特兰大对我说——你们安静一点好吗? ——他说他们那边简直闹翻了天,大家都在谈战争、民兵训练和组织军队一类的事。还说从查尔斯顿传来了消息,他们再也不会容忍北方佬的欺凌了。"

爱伦疲倦得不想说话,只微微一笑,不过作为妻子,她得首先跟丈夫说几句。

"要是查尔斯顿那边都这样想,我想大家也会这样看的,"

"不行,卡琳,明年再说吧,亲爱的。明年你就可以留下来参加舞会了,亲爱的。你可以去参加全牲野宴,请记住这一点,而且一直待到晚餐结束;至于舞会,可要满十四岁才行。"

"思嘉,把你的舞衣给我吧。做完祷告我就替你把花边缝上。"

"苏伦,我不喜欢你这种腔调,亲爱的。你那件粉红舞衣挺好看,同你的肤色也很相配,就像思嘉配她的那件一样。不过,明晚你可以戴上我的那条石榴红的项链。"

苏伦在她母亲背后向思嘉得意地皱了皱小脸,因为做姐姐的正打算恳求戴那条项链呢。思嘉也对她吐了吐舌头,表示无可奈何。苏伦是个喜欢抱怨而自私厌烦的妹妹,要不是爱伦管得严,思嘉不知会打她多少次耳光了。

"好了,奥哈拉先生,现在再给我讲讲关于查尔斯顿都谈了些什么吧。"爱伦说。

思嘉知道母亲根本不关心战争和政治,没有哪个妇女会乐意伤这个脑筋。不过杰拉尔德倒是乐得亮亮自己的观点,而爱伦对于丈夫的乐趣总是很注意的。

杰拉尔德正在发布他的新闻时,嬷嬷把几个盘子推到女主人面前,那是焦皮饼干、油炸鸡脯和切开了的热气腾腾的黄甘薯,上面还淌着融化了的黄油呢。嬷嬷站在餐桌旁,望着一叉叉食品从盘子里送到爱伦口中,似乎是在监视着她,爱伦努力地吃着,但思嘉看得出她实在太疲乏了,根本不知道自己在吃什么,只不过嬷嬷那毫不通融的脸色在迫使她这样做罢了。

盘子里空了,可杰拉尔德才说了一半呢,他在批评那些要解放黑奴可又不付出任何代价的北方佬做起事来那么偷偷摸摸时,爱伦站起身来了。

"咱们要做祷告了?"他很不情愿地问。

"是的。这么晚了——你看,已经整十点了。"时钟恰好闷声闷气地敲着钟点。"卡琳早就该睡了。波克,请把灯放下来;还有我的《祈祷书》,嬷嬷。"

嬷嬷用沙哑的嗓音低声吩咐了一句,就到碗柜抽屉里去摸爱伦那本破旧的《祈祷书》。波克踮着脚尖去开灯,他抓住链条上的铜环把灯慢慢往下放,直到桌面上一片雪亮而天花板变得阴暗为止。爱伦散开裙裾,在地板上屈膝跪下,然后把打开的《祈祷书》放在面前的桌上,再合着双手搁在上面。杰拉尔德跪在她旁边,思嘉和苏伦也在桌子对面各就各位地跪着。卡琳年纪小,跪在桌旁不方便,所以就面对一把椅子跪下,两只臂肘搁在椅垫上。她喜欢这个位置,因为每逢做祈祷时她很少不打瞌睡的,而这样的姿势却容易不让母亲发现。

家仆们急急忙忙拥进穿堂,跪在门道里,嬷嬷大声哼哼着倒伏在地上,波克的腰背挺直得像根通条,罗莎和丁娜这两个女仆摆开亮丽的印花布裙子,跪的姿势很好看。厨娘戴着雪白的头巾,更加显得面黄肌瘦了。杰克正打瞌睡,可是为了躲避嬷嬷那只常常拧他的手指,他没有忘记尽可能离她远些。他们的黑眼睛都焕发着期待的光辉,因为同白人主子们一起做祈祷是一天中的一桩大事呢。至于祷文中那些古老而生动的语句,尽管对他们并没有多大意义,但也能够给予他们内心以各种满足。所以当他们念到"主啊,怜悯我们","基督啊,怜悯我们"时,也总是极为感动似的。

爱伦闭上眼睛开始祷告,声音时高时低,又像催眠又像抚慰。当她为自己的家庭成员和黑人们的健康与幸福而感谢上帝时,那昏黄灯光下的每一个人都把头低了下来。

接着她又为她的父母、姐妹、三个夭折的婴儿以及"涤罪所里所有的灵魂"祈祷,然后用细长的手指握着念珠开始念《玫瑰经》。宛如清风流水,所有黑人和白人的喉咙里都唱出了应答的圣歌声:

"圣母马利亚,上帝之母,为我们罪人祈祷吧,现在,以及我们死去的时候。"

虽然思嘉正在伤心,她还是深深领略到了这个时刻所特有的那种宁静的和平。白天经历的恐惧顿时消失了,留下来的是一种希望的感觉。但这种安慰不是她那颗升腾到上帝身边的心带来的。给她带来安慰的是母亲仰望上帝天使、祈求赐福时那张宁静的脸。当爱伦同上帝对话时,思嘉相信上帝一定听见了。

爱伦祷告完,轮到杰拉尔德了。他常常在这种时候找不到念珠,只好偷偷掐着指头计算自己祷告的遍数。他正在嗡嗡地念着时,思嘉的思想便开了小差。爱伦教育过她,每一天结束时都必须把自己的良心彻底检查一遍,承认自己所有的过失,祈求上帝宽恕并给以力量,做到永不再犯。但是思嘉只检查她的心事。

她把头搁在叠合着的双手上,使母亲没法看见她的脸,于是她的思想便伤心地跑回到艾希礼那儿去了。当他真正爱她思嘉的时候,他又怎么打算娶媚兰呢?何况他也知道她多么爱他?他怎么能故意伤她的心啊?

接着,一个新的念头突然像颗彗星似的在她脑子里掠过。

"怎么,艾希礼并不知道我在爱他呀!"

这个突如其来的念头把她震动得几乎要窒息。她的思想木然不动,默无声息,似乎瘫痪了似的,好一会才苏醒过来。

"他怎么能知道呢? 我在他面前常常那么拘谨,那么庄重,一副'别碰我'的神气,所以他认为我一点也不把他放在心上,只当作普通朋友而已。对,这就是他从不开口的原因了! 他觉得他的爱是没有希望了,因此才会显得那样——"

她的思路迅速回到了过去的情景,她发现他在用一种奇怪的态度瞧着她,那双最善于掩藏思想的灰色眼睛睁得大大的,毫无掩饰,里面饱含着一种痛苦绝望的神情。

"他已经伤心透了,因为他觉得我在跟布伦特或斯图尔特或凯德恋爱呢。也许他以为如果得不到我,便同媚兰结婚也一样可以叫他家里高兴一阵的。可是,如果他知道我在爱他——"

她那轻易多变的心情已经从沮丧的深渊飞升到快乐的云霄中去了。这就是对艾希礼沉默的解释。只因为他不明白呀! 她的虚荣心赶来给她所渴望的信念帮了大忙,使这一信念变成了千真万确的事。如果他知道她爱他,他就会赶忙到她身边来。她只消——

"啊!"她乐不可支地想,用手指拧着低垂的额头。"瞧我多傻,竟一直没有想到这一点! 我得想个办法让他知道。他要是知道我爱他,便不会去娶媚兰了呀!"

这当儿,她猛地发觉杰拉尔德已祷告完了,母亲的眼睛正盯着她呢。她赶快开始她那十遍的诵祷,机械地掐着手里的念珠,不过声音中带有深厚的激情,引得嬷嬷直瞪着眼睛。她念完祷告后,苏伦和卡琳相继照章办事,这时她的心已离不开那条诱人的新的思路了。

即使到了现在,也还不晚吧! 在这个县,那种所谓丢人的私奔事太常见了,何况艾希礼连订婚还没宣布呢? 是的,还有的是时间!

如果艾希礼和媚兰之间并没有爱情而只是以前的一个承诺，那他为什么就不可能废除那个诺言来同她结婚呢？他准会这么办的，要是他知道她思嘉爱他的话。她必须想法让他知道。她一定要想出个办法来！然后——

思嘉忽然从欢乐梦中惊醒过来，因为她忘了接腔，母亲正用责备的眼光瞧着她呢。她一面重新跟上仪式，一面迅速环顾周围，那些跪着的身影、那柔和的灯光、那阴暗的人影，甚至那些在一个钟头之前她看来还很讨厌的熟悉家具，此刻都蒙上了她自己明朗的情绪色彩，整个房间又显得可爱了！她永远也不会忘记这个时刻和这番景象！

"最最忠贞的圣母，"母亲吟诵着。现在开始念圣母连祷文了，爱伦用轻柔的低音赞颂圣母的美德，思嘉便随声应答："为我们祈祷吧。"

对于思嘉来说，从小以来，这个时刻与其说是崇敬圣母还不如说是崇敬爱伦。虽然这有点亵渎神圣，但思嘉阖着眼睛常常看见的还是爱伦那张仰着的脸，而不是圣母的面容。"病人的健康""智慧的中心""罪人的庇护""神奇的玫瑰"——这些词语之因此美好，就因为它们是爱伦的品性。可是此刻，由于自己情绪昂扬，她发现整个仪式中这些低声的词语和含糊不清的应答声有一种她从未经历过的崇高的美。她的心已升腾到了上帝身边，而且真诚地感谢上帝为她开辟了一条新路——一条摆脱痛苦和径直走向艾希礼怀抱的道路。

最后一声"阿门"说过了，大家有点僵硬地站起身来，嬷嬷还是由丁娜和罗莎合力拉起来的。波克从炉台上拿来一根长长的纸捻儿，在灯火上点燃了，然后走入穿堂。那螺旋形楼梯的对面摆着个胡桃木碗柜，宽阔的柜顶上放着几只灯盏和长长一排插在烛台上的蜡烛。波克点燃一盏灯和三支蜡烛，然后以一个皇帝寝宫中头等侍从照着皇帝和皇后进卧室的庄严神气，高高举起灯盏领着这一群人上楼去。爱伦挎着杰拉尔德的臂膀跟在他后面，姑娘们也各自端着烛台陆续上楼了。

思嘉走进自己房里，把烛台放在五斗柜上，然后从壁橱里摸索那件需要修改的舞衣。悄悄走过穿堂。她父母卧室的门半开着，她正要去敲时，忽然听到爱伦在说话,声音很低,也很严肃。

"杰拉尔德先生,你得把乔纳斯·威尔克森开除。"

杰拉尔德一听便发作起来,"那叫我再到哪里去找个不会搞鬼的监工呢?"

"必须开除他,明天早晨就开除。大个儿萨姆是个不错的工头,可以让他暂时顶替一下。"

"啊哈!"杰拉尔德大声说,"我明白啦,原来是这位宝贝乔纳斯生下了——"

"必须开除他。"

"这么说,他就是埃米·斯莱特里那个婴儿的父亲喽。"思嘉心想,"唔,好呀。一个北方佬跟一个下流白人的女孩,他们还能干出什么好事来呢?"

稍稍停顿了一会,让杰拉尔德的吐沫星子消失,思嘉才敲门进去,把衣裳交给母亲。

到思嘉脱掉衣服、吹熄了蜡烛时,她准备明天实行的那个计划已经安排得非常周密了。这个计划很简单,因为她怀有杰拉尔德那种刻意追求的精神,把注意力集中在那个目标上,只要考虑达到这个目标所能采取的最直接的步骤就行了。

首先,她要装出一副"傲慢"的神气。从到达"十二橡树"村那一刻起,就要摆出最快乐最豪爽的本性来。让谁也不能想到她因艾希礼而沮丧过。她还要跟那里的每一个男人调情。不放过一个处于结婚年龄的男人,从苏伦的意中人黄胡子的老弗兰克·肯尼迪,一直到羞怯寡言、容易脸红的查尔斯·汉密尔顿,即媚兰的哥哥。他们会聚在她周围,像蜜蜂围着蜂房似的,而艾希礼也一定会被吸引从媚兰那边跑过来。然后,她当然要耍点手腕,安排他离开那一伙,单独同她待几分钟。

等到他们终于单独在一起时,他对于别的男人挤在她周围那番情景当然记忆犹新,于是深深感到他们每个人都确实很爱她,于是他便会流露出那种悲伤绝望的神色了。到这时她才告诉他,虽然受到那么多人爱慕,她却只喜欢他一个人，这样他就会重新愉快起来。这样，她便会显得身价百倍，更叫人看重了。当然，她要以一种很高尚的姿态来做这些。当然不能公然对他说她爱他！不过，究竟用什么样的态度告诉他，这只是枝节问题，根本用不着太操心。她以前不知处理过多少这样的场面，如今再来一次就是了。

她躺在床上，全身沐浴着朦胧的月光，心里揣摩着通盘的情景。她似乎看见他明白她真正爱他时脸上流露的那种又惊又喜的表情，还似乎听见他向她求婚时要说的那番话。自然，那时她就得假意地说，一个男人既然已经跟别的姑娘订婚，她便根本谈不上同他结婚了，不过他会坚持不放，最后她只得表示自己被说服了。于是他们决定当天下午就逃到琼斯博罗去，而且——

瞧，明天晚上这时候她可能已是艾·威尔克斯夫人了！

这时她索性翻身坐起来，双手紧抱着膝盖，一味神往地想象着，俨然做起艾·威尔克斯夫人——艾希礼的新娘来了！可是，一丝凉意掠过心头。假如事情这样发展呢？假如艾希礼并不恳求她一起逃走呢？随后她又断然把这个想法否定了。

"我现在不去想它，"她坚定地说。"要是我现在就这样想，那便会把我的整个计划推翻。没有任何理由不让事情按照我所要求的方式去发展——要是他爱我的话。而我知道他是爱我的！"

她抬起下巴，那双暗淡而带黑圈的眼睛在月光下闪烁着。爱伦从没告诉过她愿望和实现是两件不同的事；生活也没教育过她捷足者不一定先登。她怀着百倍的勇气躺在银白的月色中，设想自己的计划。她过惯了惬意顺心的日子，不知道有什么失败，她以为只要有一件亮丽的衣裳和一张清秀的面孔当武器，就能无往而不胜哩！

第五章

　　早晨十点钟。4月金色的阳光穿过宽大窗户上的天蓝色帷帘灿烂地泻入思嘉的房间。那些奶油色墙壁都闪闪发亮,桃木家具也泛出葡萄酒一般深红的光辉,地板也像玻璃似的耀眼了,连铺着旧地毯的地方也洒满了光辉。

　　空气中已经有点夏天的气息。一股芬芳柔和的暖意已倾注到房间里来,它饱含着种种花卉、刚抽枝叶的树木和湿润的新翻红土的香味。思嘉能从窗口看到石子车道两旁的水仙花和一丛丛像花裙子般纷纷披满地的黄茉莉在那里竞相怒放。模仿鸟和坚鸟为争夺她窗外一棵山茱萸在打闹斗嘴,坚鸟的声音尖锐而昂扬,模仿鸟则娇媚而凄婉。

　　这样一个明朗的早晨通常总会把思嘉引到窗口,倚在窗棂上领略塔拉农场的花香鸟语。可今天早晨她无暇欣赏旭日和蓝天,只有一个想法匆匆掠过心头:"谢谢老天爷,总算没有下雨。"她床上放着一件苹果绿的镶着淡褐花边的纹绸舞衣。这是准备带到"十二橡树"村去,等舞会开场时穿的。但思嘉一瞥见它便不由得想到,如果计划成功,今晚她就用不着穿这件衣裳了。等不到舞会开始,她和艾希礼早就启程到琼斯博罗结婚去了。现在的麻烦是——她穿什么衣裳去参加野宴呢?

　　什么样的衣裳才能使她窈窕的身材显得更为动人和最使艾希礼倾倒呢?从八点钟开始她一直在试衣裳,试一件丢一件,还是没有中意的,穿着镶边的宽松内裤、紧身布褡和三条波浪式的镶边布衬裙站在那里。那些被她舍弃的衣服成堆地丢在地板上、床上、椅子上,五彩缤纷,一片凌乱。

世界传世藏书

世界十大名著

·飘·

图文珍藏版

那件配有粉红长饰带的玫瑰红薄棉布衣很合身，可去年夏天媚兰去“十二橡树”村时已经穿过，他一定还记得的，也许还会故意提起呢。那件泡泡袖、花边领的黑羽缎衣裳同她的白皙皮肤十分相称，不过她穿在身上又显得老成了一点。思嘉对镜而望生怕看到皱纹和松弛的下巴。在媚兰那娇嫩的姿色前可千万不能显得稳重和老气呀！那件淡紫色条纹细棉布的，配上宽宽的镶边和网缘，倒是非常亮丽，可这对她的身段很不合适。它最好配卡琳那种纤细的身材和淡漠的容貌，可思嘉觉得要是她穿起来便像个女学生了。在媚兰那泰然自若的姿态旁边，显得学生气可绝对不行呀！还有一件绿方格丝纹绸的，饰着荷叶边，每条荷叶边都镶入一根绿色天鹅绒带子，这是最适合的，实际上是她中意的一件衣裳，因为它能叫她的眼睛显得黑一点，像绿宝石似的，只可惜紧身上衣的胸口部分有块显而易见的油渍。当然，她可以把别针别在那里，但媚兰眼尖，可能会看出来。如今只剩下几件杂色棉布的了，思嘉觉得这些都不够鲜丽，不适宜在野宴上穿。此外便是些舞衣和她昨天穿过的那件绿花布衫了。但这件花布衫是下午穿的衣服，领口低得像舞衣。上午穿这种袒胸露臂的衣服不怎么合适，但她是不怕将自己的脖子、臂膀和胸脯露出来的。

她在镜前端详自己的侧影，实在看不出浑身上下有何值得挑剔之处。她的脖子短，但浑圆可爱；两臂丰腴，也很动人；乳房隆然突起，也十分可爱。她很高兴自己继承了爱伦那纤细白嫩的双手和小巧玲珑的双足，还希望能长到爱伦那样高，虽然目前她已经够高了。只可惜，不能把腿露出来，她想着，一面提起衬裙遗憾地打量宽松内裤里那双丰腴而白净的腿。至于她的腰肢，在费耶特维尔，琼斯博罗，或者所有三个县里，谁也不如她这样纤腰袅袅，令人着迷呢！

一想到腰肢，她就又回到现实中来了。那件绿花布衫的腰围是十七英寸，但嬷嬷却把她的腰身束成了十八英寸。她推开门一听，嬷嬷沉重的脚步声在楼下穿堂里轰轰震响，便连忙高声喊她，因为她知道这时爱伦正在薰腊间给厨子分配当天的食物，放肆大叫也不碍事的。

“有人当俺会飞呢，”嬷嬷抱怨着爬上楼来。她噘着嘴走进屋里，像是要跟谁打架似的。她那双又大又黑的手里端着个托盘,上面放着热气腾腾的食物,那是两只涂满黄油的大山芋、一摞淌着糖浆的荞麦面饼和一大片泡在肉汤里的火腿。思嘉一看见嬷嬷手上的东西,便立时恼火起来。她正忙着试衣裳,忘记了嬷嬷的铁规矩,即奥哈拉家的女孩子动身去赴宴会之前,必须先在家里把肚子填得满满的,这样她们在宴会上就会非常斯文用不着多吃什么了。

"我不吃。你把它拿回厨房去吧。"

嬷嬷把托盘放到桌上,然后两手叉腰,摆出一副毫不退让的架势。

"你就得吃!俺不想再看见前次野宴上发生的那种事了。那次俺病得厉害,没在你们出发前拿吃的来。今天你可得给俺全吃下去。"

"我不吃嘛!快,过来,给我把腰扎得更紧一点,眼看咱们已经晚了。我听见马车都绕到前门来了。"

嬷嬷的口气像是在哄孩子了。

"那么,思嘉小姐,听俺的话,就吃一点点吧。卡琳小姐和苏伦小姐可全都吃了。"

"她们要吃就吃去。"思嘉不屑地说,"她们一点气派也没有,像只兔子,可我不行！我再也不吃这种垫底的东西了。那次到卡尔弗特家去之前吃了一整盘，谁知他们家有冰激凌，还是用从萨凡纳带来的冰做的，结果我只吃了一勺。今天我可要好好享受一番，高兴吃多少就吃多少。"

嬷嬷听了这放肆的犟话，气恼得皱紧了眉头。在嬷嬷心目中年轻姑娘该做什么和不该做什么，那是明摆着的。没有什么可通融的。苏伦和卡琳是她手中的两团面泥，可以任她强劲的双手随意搓捏，她们对于她的告诫也总是侧耳恭听。可是要开导思嘉，指出她那些感情用事的做法有违上流社会的风习，那就会引起一场争吵。嬷嬷对思嘉的每一次胜利都来之不易，这还得归功于一种白人所不懂得的狡猾心计。

"就算你不在乎人们怎样谈论这个家庭，可俺还在乎呢。"她嘟哝着，"俺不想让宴会上的每个人都说你那么没有家教。俺一次又一次告诉过你，你只要看见某人吃东西像小雀子那样斯斯文文的，你就能断定她是个上等人。俺可不打算叫你到威尔克斯先生家去，在那儿粗鲁地猛吃猛喝，馋得像只老鹰。"

"母亲是上等人，可她照样吃呢。"思嘉表示反对。

"等你嫁了人，你也可以吃，"嬷嬷辩驳说，"爱伦在你这个年龄，在外面从来不吃什么，你波琳姨妈和尤拉莉姨妈也是。年轻姑娘们凡是馋嘴的，大都找不到男人。"

"我就不信。在你生病的那次野宴上，我事先并没有吃东西。艾希礼·威尔克斯还告诉我，他很高兴看见一个姑娘胃口好呢。"

嬷嬷不信地摇着头。

"男人家说的和想的是两码事。俺看不出艾希礼先生有多大的意思要娶你。"

思嘉顿时皱起了眉头，眼看要发作了，但随即克制住自己。嬷嬷击中了要害，没有什么好辩驳的了。嬷嬷见状便端起托盘，以本能的温和而狡狯的方式叹息着向门口走去。

"那好吧。'一个女孩子是不是上等人，看她吃什么就知道啦。'俺还没见过一个白人小姐比媚兰小姐吃得更少的呢，像她上次去看艾希礼先生和英迪亚小姐时那样。"

思嘉怀疑地瞪了她一眼，可嬷嬷脸上只流露出天真而惋惜的神情，好像在惋惜思嘉不如媚兰·汉密尔顿那样像个大家闺秀。

"把盘子放下，过来替我把腰扎紧点儿。"思嘉自我解嘲地说，"我想过会儿再吃一点。要是现在就吃，那就扎不紧了。"

嬷嬷掩饰着得意之情，把盘子放下。

"俺的小宝贝儿打算穿哪一件呀？"

"那件，"思嘉答道，一面指着那团蓬乱的绿花布。这立即遭到嬷嬷的反对。

"不行，那不能穿。那不是早晨穿的衣服。你不到下午三点不能露出胸口，况且那件衣服既没领，也没袖。你要是穿上，皮肤上就会出斑点，去年你在萨凡纳海滩上出了那些斑点，俺整个冬天都在用奶油擦呢。你要穿，俺就去告诉你妈。"

"只要你在我穿好衣裳之前去对她说上半句，我就一口也不吃你的，"思嘉冷冷地说。"可等我穿好了，妈就来不及叫我再回来换了。"

嬷嬷中计了，只好通融地叹了口气。与其让思嘉到野宴上去狼吞虎咽，还不如任凭她在早上就穿起下午的衣裳来算了。

"现在给我紧紧抓住个什么，使劲儿往里吸气。"她命令道。

思嘉照她的吩咐紧紧抓住一根床柱，站稳了身子。嬷嬷狠狠地使劲抽拉着，直到束着鲸须带的小小腰围收得不能再小了，她眼睛里才露出骄傲而喜悦的神色。

"谁也没有俺小宝贝儿这样的腰身。"她赞赏地说，"俺每回给苏伦小姐扎到二十英寸以下，她就要晕过去了。"

"呸！"思嘉喘着气，轻蔑地说，"我这一辈子可还从未晕过呢。"

"唔，不过偶尔晕那么几回也不碍事。"嬷嬷告诉她，"你有时候也太性急胆大了,思嘉小姐。俺几次对你说,你见了蛇和耗子也不在乎,那样子可并不体面。当然,俺不是说在家里,而是说在外边大伙儿面前,俺还跟你说过——"

"唔,快!别说这么多的废话了。我会抓到男人的。我就是不嚷嚷也不晕倒,看我能不能抓到。天啊,我的胸褡太紧了!快穿上衣裳吧。"

嬷嬷小心地把那件十二码细纱布做的绿花裙子罩在衬裙上,然后把低领紧胸衣的后背钩上。

"在太阳底下你得把披巾披在肩上,热了也不要把帽子摘下来,"她吩咐说。"要不,你就会晒得像老斯莱特里小姐一样黑了。现在来吃罢,亲爱的,可别吃得太急,要是吃了又马上吐出来,那可不行啊。"

思嘉听话地面对托盘坐下来,不知自己肚子里要是再塞进去一点东西还能不能呼吸。嬷嬷从盥洗架上摘下一条大毛巾,小心地将它的一端系在思嘉脖子上,另一端盖住她的膝头。思嘉从那片火腿开始,因为她喜欢吃火腿,但也只能勉强咽下去。

"我真恨不得早就结婚了。"她怨怨地说,一面无奈地向山芋进攻。"我再也忍受不了这样没完没了地勉强自己,永远也不能凭自己高兴做事。在自己想吃东西时偏装得像小雀子那样只能吃一点点。在自己想跑时偏要慢慢地走,在自己能够连跳两天也不觉得累时偏要装得跳完一场华尔兹就晕倒,这真叫人腻烦透了!我再也不想说'您真了不起呀!'来愚弄那些比我还无知得多的男人;再也不想假装自己什么都不懂,让男人们来对我讲些什么,并且感到自命不凡……我实在不能再吃了。"

"吃个热饼试试。"嬷嬷求她。

"为什么一个女孩子要找男人就该装得那么傻呢?"

"俺想,那是因为他们男人都有自己的主张。他们都知道自己要什么样的人。只要你跟了他们,你就省掉了一大堆心事,也省得一辈子当老处女。他们想要的是耗子般的小姑娘,胃口小得像雀子,一点儿见识也没有。要是一位先生疑心你比他更有见识,他就不乐意同你这位大家小姐结婚了。"

"你以为男人们结婚之后发现他们的太太是有见识的,他们会感到惊奇吗?"

"是呀,可那就晚了。他们已经结婚了。但先生们总是不愿意他们的老婆有见识的。"

"到时候我偏要照我所想做的去做,说我所想说的话,不论人家怎样不喜欢,我都不管。"

"不行,你不能这样。"嬷嬷担忧地说,"只要俺还有一口气,就不许你这样。现在吃饼吧。泡着肉汤吃,亲爱的。"

"我看北方佬姑娘就用不着做这种傻瓜。去年我们在萨拉托加时,我注意到她们在男人面前也显得很有见识似的。"

嬷嬷轻蔑地一笑。

"北方佬姑娘嘛!当然,她们想啥说啥,不过俺没见在萨拉托加有人向她们求婚的。"

"可是北方佬也得结婚呀,"思嘉争辩说。"她们也会结婚,生孩子。她们的孩子多着呢。"

"男人家是为了钱才娶她们的。"嬷嬷断然说。

思嘉把烤饼放在肉汤里泡了泡,再拿起来吃。也许嬷嬷说的有些道理吧。因为爱伦也说同样的话,不过更委婉一些。事实上,她那些女友的母亲全都教给自己的女儿必须做那种不能自立的、依恋别人的、小牝兔般怯生生的可怜虫。也许她是太鲁莽了。她常同艾希礼争论,坦白地说出自己的意见。也许就是这种态度和她喜欢散步和骑马的好动习惯,使艾希礼害怕而转向娇弱的媚兰那边去了。要是她改变一下艾希礼竟也跟着转回来了,她也许就不会像现在这样敬佩了。任何一个男人,只要他愚蠢到了居然为一个假笑、一次晕倒和一声"你真了不起呀"所诱惑,便是不值得要爱的人。可是他们竟然还全都喜欢这一套呢。

如果她以前对艾希礼采用了错误的策略——当然,这已经是过去的事了。如今她要采取另一种手法。她需要他,如果晕倒,便能达到目的,那就晕倒好了。如果微笑,卖弄风情,或者装傻,就能够把他引诱回来,她倒也是乐意的,甚至装得比凯瑟琳·卡尔弗特更傻。如果需要更加大胆的办法呢? 她也乐意采用。总之,成败在此一举了!

谁也不会告诉思嘉,说她的个性比她的任何伪装都更有吸引力。要是有人这样说,她会感到高兴但同时也不会相信的。并且她所处的这个文明世界也同样不会相信,因为与以前或以后不论什么时候比起来,这种文明对于女性天然的评价都是最低的了。

马车载着她在红土大路上向威尔克斯农场驰去,思嘉心里暗暗感到高兴,因为母亲和嬷嬷都没跟他们一起去。这样,在野宴上便没有人耸着眉头或撅着下唇来干涉她的行动了。当然,明天苏伦一定会向她们描述的,不过要是一切都按计划进行,那么家里因她与艾希礼订婚或者私奔而引起的激动和不安就难以想象了。的确,她很庆幸爱伦被迫留在了家里。

杰拉尔德早晨喝了几杯白兰地,乘兴把乔纳斯·威尔克森开除了,于是爱伦便在威尔克森离开之前留在塔拉农场检查账目。当她坐在小办事房里那高高的写字台前忙碌时,思嘉进去吻了吻她表示告别。乔纳斯·威尔克森拿着帽子站在爱伦身旁,他那绷紧的黄面皮上流露着无法掩饰的气恨,因为他觉得自己被这样无礼地从一个全区最好的监工位置撵走,实在是难以忍受。何况这只是区区一桩风流韵事所引起的呢。他已经一而再再而三地告诉杰拉尔德,对于埃米·斯莱特里的娃娃,有嫌疑认作父亲的不下十来个,当然也很可能包括他本人在内。这个看法杰拉尔德表示同意,但爱伦却认为决定并不能所以有所改变。乔纳斯恨所有的南方人。他恨他们对他态度冷淡并轻视他的社会地位。他最恨爱伦·奥哈拉,因为她是他所恨的那些南方人的典型。

嬷嬷留下来协助爱伦,只派了迪尔茜跟来,她坐在托比旁边的赶车人座位上,那个装有姑娘们舞衣的长匣子就在她膝上搁着。杰拉尔德跨着那匹大猎马在车旁缓缓地走着,他酒兴未消,由于迅速处理完了威尔克森那桩不愉快的事,正在自鸣得意。根本没想到爱伦因错过野宴和朋友欢聚的良机会感到多么失望；因为这是个春日良辰，他的田地显得那样美丽，鸟儿又歌唱得那样动听，他自己也觉得心情特别好。有几回他忽然哼起了《矮背马车上的佩格》和其他爱尔兰小曲，或者更加阴郁的"罗伯特·埃米特挽歌"。

他很愉快，一想到今天一整天都将在谈论北方佬和战争中度过，更是兴奋极了。同时他也为自己那三个穿着亮丽裙子、打着小花阳伞的女儿感到骄傲。他不再去想昨天同思嘉的那番谈话，只觉得她很美，足以使他非常自豪，并且今天她的眼睛绿得像爱尔兰山林呢。这使他更加悠然自得，因为其中颇有诗意。于是，他便给姑娘们放声而略略走调地唱起她们心爱的《身穿绿军装》来了。

思嘉用母亲对一个自命不凡的儿子那种钟爱又藐视的神情看着他，到日落时他又要喝得酩酊大醉了。天黑回家时又将如往常那样跳过归途中那一道道篱笆，不过她希望由于上帝的仁慈，他不要摔断了脖子才好。他会偏偏不走桥上却策马蹚水过河，然后一路嚷着回家，让波克搀扶着躺到办事房的沙发上，因为这时候波克常常擎着灯在前厅等候着。

他会把那套簇新的灰毛料衣服糟蹋得又绉又脏的，可第二天早晨他又会赌咒发誓般详细告诉爱伦，说他的那匹马在黑暗中从桥上掉到河里去了——这样一个明明谁也骗不了的谎话却会为大家所接受，而他呢——又觉得自己就是很高明。

爸爸是个可爱、自私、不负责任的宝贝。思嘉暗想，心头不由得涌起一股热爱之情。今天早晨她感到又兴奋又愉快，似乎整个世界连同杰拉尔德都包容在她那博爱的胸怀里了。她很亮丽，这一点她很清楚；她今天就要把艾希礼占为己有。阳光温暖而柔和，佐治亚明媚的春光在她眼前展现开来。大路旁一丛丛黑莓已一片嫩绿，切罗基蔷薇和淡紫色的野罗兰斑斑点点。河岸高处林木葱茏的小山上，山茱萸开满了晶莹的白花，像还留在万绿丛中不舍似的残雪。山楂子树上的花正迎风怒放，在树下闪耀着光斑的枯松枝间，野忍冬织成了一张猩红、橘红和玫瑰红的三色地毯。微风里飘散着灌木和野花的淡淡清香，整个世

图文珍藏版

界都显得秀色可餐了。

"我将终生记住这一天有多么美丽。"思嘉想,"也许这就是我结婚的日子呢!"

她怀着兴奋的心情想着自己也许就在这天下午或者晚间的月下,同艾希礼一起坐车穿过这花香叶绿之地,到琼斯博罗的一家教堂去。当然,她还得在一位亚特兰大牧师的主持下再举行一次婚礼,那可又要叫爱伦和杰拉尔德烦恼了。她想到爱伦听到女儿同另一个姑娘的未婚夫私奔时气得脸色灰白的模样,不觉有点畏缩起来,但是她知道,只要爱伦再看看女儿的幸福光景,也就会原谅她了。至于杰拉尔德,他是会大声咒骂的。不过,虽然他警告过她不要嫁给艾希礼,他还是会因为自己家同威尔克斯家做了亲戚而感到说不出的高兴的。

"不管怎样,这些都是我结婚以后的事,先不必想它。"这样,她就把烦恼丢在一边了。

在这么暖洋洋的阳光下,在这样明媚的春天,当"十二橡树"村的烟囱在那边小山上出现时,你除了尽情欢乐,是不可能有旁的什么感觉的。

"我将一辈子住在那里,我将看见五十个这样的春天,也许还要多呢。我将告诉我的儿女和孙儿孙女,这个春天多么美丽,比他们所看到的都更为可爱。"想到这最后一点时她快活极了,便加入了《身穿绿军装》末尾的合唱,而且赢得了杰拉尔德的高声称赞。

"我不明白你今天为什么这样快活。"苏伦表示反感地说,因为她心里还在痛苦地嘀咕:要是她穿上思嘉那件新的绿色绸舞衣,她会比思嘉好看得多。思嘉为什么总那样自私,不肯把衣服和帽子借给她呢?妈为什么也总是那样护着她,说绿色同苏伦不相配呢。"你和我一样清楚,艾希礼的亲事要在今晚宣布,爸今天早晨这样说的。你可是对他表示亲昵已经好几个月了呢?"

"你就知道这些。"思嘉说着,吐了吐舌头,不准备让自己的兴致给破坏了。到明天这个时候,请看你苏伦小姐吃惊的模样吧。

"苏伦,事情并不是那样的。"卡琳表示异议,"思嘉喜欢的是布伦特。"

思嘉那双笑盈盈的绿眼睛朝妹妹望着,心想她怎么会这样可爱呢。全家都知道,卡琳这个十三岁的姑娘已经倾心于布伦特了,可布伦特却全不在意,只把她当作思嘉的小妹妹看。每当爱伦不在场时,大家总喜欢拿布伦特来捉弄她,直到她哭出来为止。

　　"亲爱的,我一点也不喜欢布伦特。"思嘉乐得慷慨地说,"并且他也一点不喜欢我。他正在等着你快快长大呢!"

　　卡琳那张圆圆的小脸红了,她心里又高兴又怀疑。

　　"唔,思嘉,你这话当真?"

　　"思嘉,你知道母亲说过,卡琳还太小,还不该想有什么男孩子,可你偏偏去逗引她。"

　　"她吧,你走着瞧,看我究竟喜欢不喜欢。"思嘉答道,"你是不要妹妹露脸,因为你知道再过一两年她就会长得比你更亮丽了。"

　　"你们得小心,今天讲话该文明些,要不然我回去抽你们。"杰拉尔德警告说。"嘘!别响,我听听,这是马车声吧?准是塔尔顿家或者方丹家的。"

　　他们驶近一个从茂密的山冈下来的交叉道时,马蹄声和车轮声听得更清楚了,同时从树林背后传来喊喊喳喳的女人争吵声和欢笑声。杰拉尔德勒住马向托比打了个手势,叫他把马车在交叉路口停下来。

　　"那是塔尔顿家的姑娘们。"他向他的女儿们宣布,他红润的脸上泛起了光彩,因为除了爱伦,他在全县的太太们中就最喜欢这位红头发的塔尔顿夫人。"并且是她亲自驾车呢。噢,居然有位玉手纤纤的太太在摆弄马儿啦。那么轻盈灵巧,又结实有力,可仍然那么丰美动人。你们谁也没有这样好看的手,真太可惜了!"他补充说,一面又钟爱而略带责备地向他的女儿们瞟了一眼。"卡琳害怕牲口,苏伦的手一碰缰绳就像摸着了熨斗似的,而你这个淘气鬼——"

　　"我吗,我可从来没有给摺下来过,"思嘉不服气地嚷道,"可塔尔顿夫人每次打猎都摔跤呢!"

　　他从马镫上欠起身,一扬手把帽子摘下来,这时塔尔顿家的马车满载着穿得漂漂亮亮、撑着阳伞、飘着面纱的姑娘们出现了。车上挤着她的四个女儿和她们的嬷嬷，以及几只装着跳舞衣的长匣子，已再也容不下一个车夫了。加之，比阿特里斯·塔尔顿只要自己闲着便从不愿意让任何人来驾车，塔尔顿夫人就坐在车夫座位上驾车了。看来外表娇弱，骨骼纤秀，皮肤白皙得似乎她全部血色都集聚到这一丛头发里来了，可她却有着充沛的精神和不倦的体力。她养了八个孩子，都和她一样头发火红，精力旺盛。她把他们教养得非常成功，全县的人都这样说，因为像对待她的那些马驹似的，把同样的爱和最严格的训练都用到他们身上了。"勒住他们，但不要伤了他们的锐气。"这就是塔尔顿夫人的箴言。

她爱马，也常常谈论马。她了解它们，把它们掌握得比全县任何人都好。她蓄养的小马驹越来越多，已挤出圈门跑到前面草地上来了，就像她的八个孩子挤出了散乱的房子一样，于是每当她在农场里转悠时，马驹、儿女和猎狗，都成群地尾随着她。她相信她的马具有人性，尤其那匹名叫乃利的枣红母马。如果由于家务忙，她来不及在规定时间去骑马散心时，她便把糖碗交给一个黑小子："给乃利一把糖吃，告诉她我马上就出来。"

除了某些特殊场合，她常常穿着骑装，每天早晨，不论晴雨，乃利都身着鞍辔，在屋前走来走去，等着塔尔顿夫人从家务中抽出一小时来骑它。可她难得有空闲时间，所以乃利往往会驮着空鞍一小时又一小时地在那里来回走动，比阿特里斯·塔尔顿则把骑装的衣襟高高扎起来，露出六英寸高的锃亮的马靴整天忙乎。

今天，她穿一件下摆不合时宜的窄小的深黑色绸衣，头上戴的又是一顶小黑帽，上面那支长长的黑羽毛把一只热情的亮闪闪的褐色眼睛遮住了，这和她打猎时戴的那顶又破又旧的帽子一模一样。

她看见杰拉尔德，便挥了挥鞭子，勒住那两匹像在跳舞似的枣红马，马车停下了。马车后座的四位姑娘一齐探出身来，叽里呱啦地喧嚷着打招呼，把一对辕马都吓得蹦跳起来。这在旁观者看来，会觉得他们大概是多年不见了，其实他们两天前还见过呢。不过塔尔顿家是个好交际的家庭,喜欢和邻居尤其奥哈拉家的姑娘们来往。他们喜欢苏伦和卡琳。至于思嘉,除了那个没有头脑的凯瑟琳·卡尔弗特之外,全县没有哪位姑娘真正喜欢她。

在夏天,这个县里差不多平均每星期要举行一次全牲野宴和跳舞会,可是对于塔尔顿家那些红头发的最会享乐的人来说,每次野宴和舞会都十分兴奋。她们是一支健美而活泼的四人小分队,挤在马车里衣裙压着衣裙,阳伞遮着阳伞,连宽边草帽上簪着的红玫瑰花和系在下巴底下的天鹅绒带子也都在相互碰撞着,纠缠着。四顶草帽底下露出了各色的红头发:赫蒂的是大红,卡米拉的是草莓金红,兰达的是铜赭红,贝特西的是胡萝卜红。

“好一窝亮丽的云雀呀,太太!”杰拉尔德殷勤地说,一面让自己的马靠近塔尔顿家的马车。“不过她们要赶上母亲,那还差得远呢。”

塔尔顿夫人滴溜溜转着一对红褐色的眼睛,把下嘴唇往里吸着,露出一副自我陶醉的模样,这边的姑娘们就嚷嚷开了:“妈,别飞媚眼了,要不我们告爸去!”“我发誓,奥哈拉先生,妈只要有个像您这样亮丽的男人在身边,她就决不会让我们沾边儿了!”

思嘉听了这些俏皮话,和旁的人一起笑起来,塔尔顿家的姑娘们对待母亲的那种放肆态度使她大为惊骇。她们把她当作一个跟她们自己一样的同龄人,似乎她刚满十六岁呢。对于思嘉,不要说跟母亲说这种话,就连这样一个念头几乎也是亵渎的呢。不过——不过——人家姑娘们同母亲的那种关系还是很有意思的。她们虽然那样指责和取笑她,可对她还是崇拜的。不,思嘉立即暗自说,这并不是喜欢一个像塔尔顿夫人那样的母亲,只是觉得同母亲开开玩笑也很有趣罢了。她知道甚至这种想法也是对爱伦的不敬,因而感到有点内疚。她知道,那四个红头发姑娘是不会这样胡思乱想的,于是像往常一样她又深感自己跟人家不同,又被一片懊恼而惶惑的心情所笼罩了。

思嘉的头脑虽然敏锐,可并不善于分析,不过她朦胧地意识到,尽管塔尔顿家的姑娘们像马驹一样顽皮,像三月的山兔一样撒野,她们身上还是有一股天生无忧无虑的直率劲儿。她们的父母都是佐治亚人,而且是佐治亚南部的人,离那些开拓者还只有一代。他们对自己和周围环境都充满信心。并且没有那种常常在思嘉心中激化的冲突,因为思嘉身上有一种温和的非常讲究教养的滨海贵族血统和一种精明而凡俗的爱尔兰农民血统混合在一起,那是互不相容的。思嘉既要尊敬母亲,把她作偶像来崇拜,又想和母亲做朋友,甚至取笑她。她明白她只能要么这样,要么那样,二者不能兼而有之。跟男孩子一起时,也是同一种感情冲突在作祟,使得她既想装得像个很有教养的温顺文静的闺秀,又想做一个顽皮女孩,不妨跟人来几次亲吻。

"今天早上爱伦在哪儿?"塔尔顿夫人问。

"她刚把家里的监工开除了,她留在家里同他交接账目。你家先生和小伙子们哪儿去了?"

"唔,他们几个小时前就骑马到'十二橡树'村去了——我敢说是去品尝那边的混合饮料看够不够劲儿,我想叫约翰·威尔克斯留他们过夜,即使只能让他们睡在牲口棚里也好。五个喝醉了的酒鬼可够我受的了。要是只有三个,我还能对付得了,可是——"

杰拉尔德连忙打断她,把话题岔开。他能感觉到自己的三个女儿正在背后暗笑,因为她们肯定还记得去年秋天他参加了威尔克斯举办的那次野宴之后,是在什么样的情景下回家来的。

"你今天怎么没骑马呢,说实在的,你没有骑上乃利,简直便不像你自己了。你这人就是个斯坦托嘛。"

"斯坦托?好个糊涂的汉子!"塔尔顿夫人模仿他的爱尔兰土腔嚷道。"你的意思是说那个半人半马的怪物吧?斯坦托是个嗓门像铜锣的人呀。"

"不管它是什么,这没关系。"杰拉尔德回答说,对自己的失言毫不在意。"只要你驱赶起猎狗来,太太,你的嗓门就像铜锣啦。"

"这话可对了,妈,"赫蒂说,"我告诉过你,你每回看到一只狐狸都要像个印第安土人那样大喊大叫的。"

"可还不如你让嬷嬷洗耳朵时叫得响呢。"塔尔顿夫人回敬她,"你都十六了!唔,至于说我今天怎么没骑马,那是因为乃利今天清早下驹儿了。"

"真的?"杰拉尔德高兴地嚷道,他那爱尔兰人爱马的激情在眼睛里闪闪发亮,同时思嘉从自己母亲和塔尔顿夫人的比较中又大吃一惊。对于爱伦来说,母马从不下驹儿,母牛从不产犊儿,当然,母鸡也几乎是不生蛋的。她根本不谈这种事。可是塔尔顿夫人却没有这样的忌讳。

"是匹小母马喽?"

"不,是个亮丽的小驹子,腿有两码长。你一定得过来看看,奥哈拉先生。它可真是一匹好马。红得像赫蒂的头发呢。"

"并且长得也很像赫蒂,"卡米拉说,这惹得长脸的赫蒂动手来拧她,她尖叫一声就躲到一大堆裙子、长裤和晃动的帽子中去了。

"我的这几匹小母马今天早晨都快活极了。"塔尔顿夫人说,"我们今天早晨听到艾希礼和他那个从亚特兰大来的小表妹的消息以后,她们都一直在发疯似的闹个不停。那个表妹叫什么来着?媚兰?上帝保佑,那个怪疼人的小妮子,可我连她的名字和模样总是记不起来。我家厨娘是威尔克斯家膳事总管的老婆,他们谈起了那桩新闻,说今天晚上要宣布这门亲事。这几年谁都知道艾希礼要娶她,奥哈拉先生,请告诉我,要是威尔克斯家的人同他们家族以外的人结婚,是不是就不合法呢?因为如果——"

思嘉没有听见其余那些说笑的话。顷刻间似乎太阳钻到一团冷酷的乌云背后去了。世界陷入了黑影之中,万物都失去了光彩。那些新生的绿叶也失去了生气,山茱萸变得苍白了,开花的山楂刚才还那么娇艳,现在也突然凋谢了。思嘉把手指伸进马车的帷帘里,她的阳伞也跟着抖动了好一会儿。原来,知道艾希礼订婚是一回事,可别人这样谈起来又是另一回事了。但是不久,她的勇气又汹涌地回来了,她知道艾希礼爱她,这是千真万确的。于是她微笑着想象,要是今天晚上并没有宣布什么亲事,而是发生了一次私奔,塔尔顿夫人会怎样大惊失色啊!从此以后,塔尔顿夫人会对邻居们说,思嘉这丫头多么狡猾,她居然一声不响坐在那里听她谈媚兰，而她和艾希礼却一直在——想着这些，她的两个酒窝也微微颤抖起来。这时，赫蒂始终在观察母亲这番话的效果，见思嘉这模样，便有点迷惑不解地皱起眉头往后一靠，不再操这份心了。

"我不管你的意见怎么样，奥哈拉先生，"塔尔顿夫人强调说，"这种中表婚姻是完全错误的。艾希礼要娶汉密尔顿家的姑娘是够糟的了，还有霍妮要嫁给那个脸色苍白的查尔斯·汉密尔顿——"

"可霍妮要是不嫁给查理，她就谁也捞不到。"兰达说，她是个对人刻薄的人。"除了查理，她从来没有过男朋友。并且他对她也从不怎么亲热。思嘉，你还记得，去年圣诞节他怎么追求你来着——"

"可别使坏呀，姑娘。"她母亲说，"表兄妹不应该结婚，就是从表兄弟也不应该。那会削弱血统的。如果你懂得血统的话，这是不行的。外表也许不错，但精神儿就不行。你——"

"不过，太太，这我可要跟你唱反调了。你能举出比威尔克斯家更好的人来吗？他们家从布赖恩·博鲁小时候起就一直是中表结亲呀。"

"他们早该停止了，因为如今已露出迹象来了。唔，艾希礼还没什么，他还是长得挺英俊，可就连他——不过，请看看他家那些没精打采的姑娘吧，真可怜呀！孩子，一个个没精打采的。再看媚兰那妮子，瘦得像根棍儿，弱不禁风，一点精神也没有。自己也没个主张，只会说，'不，太太！''是的，太太！'你明白我的意思吗？那个家族需要新的血液，像我家这些红头发姑娘或你家思嘉那样优美强壮的血液。不过，请不要误解。威尔克斯家都是些好人，但他们太讲究教养，也太习惯于近亲结婚了。他们在一条平坦大路上，会走得很好，可请听我说，我不相信威尔克斯家的人能够走烂泥路。我认为他们的精气神儿已经耗尽了，所以一旦发生危机，我就不相信他们能经得起风险。他们是个过太平日子的家族。至于我，我要的是一匹任何天气都能闯的马。而他们整天要么弹钢琴，要么钻书本。艾希礼就是宁愿读书不愿打猎的。我真的相信这一点，奥哈拉先生！你再看看他们的骨骼，太纤细了！他们家需要强壮有力的男女——"

"啊——啊——嗯，"杰拉尔德若有所思地支吾着。他突然颇为内疚地意识到这番谈话尽管很有意思，可是对爱伦就完全是另一回事了。他明白，如果爱伦得知她的女儿听了这样毫不忌讳的一次谈话，她一定会永远不舒服的。可是塔尔顿太太只要一谈起不论是马或人的生育这个话题，便会滔滔不绝而根本不顾别人的了。

"我说这些是有感而发的，因为我的一些表亲也有中表结婚的，他们的孩子都长得像鼓眼牛蛙，真可怜哪！因此，家里要我跟一位表兄结婚时，我便像只马驹似的跳了起来，坚决反对。我说，'不，妈。我不能这样。我的孩子会像马那样得大关节病和气喘病的。'我妈一听说大关节病便晕倒了，可我岿然不动。我奶奶也支持我，还夸我说得对呢。于是她帮助我跟着塔尔顿先生逃走了。现在，你看我的这些孩子！又高大又健康，没有一个是带病或矮小的，虽然博伊德只有五英尺十英寸高。可是，他们威尔克斯家——"

"你不想换换话题吗？太太。"杰拉尔德赶紧插嘴，因为他已注意到卡琳的惶惑和苏伦脸上流露的贪婪好奇，恐怕再这样下去她们以后可能会向爱伦提出这些问题，那便暴露出他是多么不称职了。至于思嘉，她好像在想旁的事情，像个大家闺秀的样子。

赫蒂·塔尔顿把他从困境中救了出来。

"我的天哪，妈，咱们走吧！"她不耐烦地喊道。"看这太阳把我烤的，我痱子都要在脖子上暴出来了。"

"等等，太太。"杰拉尔德说。"关于卖给我们马匹交营里的事，你究竟是怎么决定的？战争眼看随时可能爆发，那是一支克莱顿县的军队，我们要的也是克莱顿县的马匹。可是你这位太太也实在固执，至今还不同意把你的好马卖给我们。"

"也许并不会发生战争呢。"塔尔顿夫人的心思已经从威尔克斯家古怪婚姻习惯中跳出来了。

"太太，你不能——"

"妈!"赫蒂又一次插进来,"你等到了'十二橡树'村再谈马匹的事不好吗?"

"对了,对了,赫蒂小姐,"杰拉尔德说,"我一分钟也不敢耽搁你们啦。咱们一会儿就到'十二橡树'村了,那里的每一个人,都关心马匹的事。可像你母亲这样的太太居然那样固执地不肯卖自己的马,我可真伤心呀!请问,塔尔顿夫人,你的爱国心到哪里去了?难道南部联盟对你就毫无意义?"

"妈,"小贝特西喊道,"兰达坐在我衣裳上,弄得我浑身都皱巴巴的了。"

"唔,把兰达推开,贝特西,别嚷嚷。现在,杰拉尔德先生,你听我说,"她准备反驳,眼睛闪闪发光。"你犯不着用南部联盟来压我嘛!我认为南部联盟对我像对你一样重要;我有四个男孩子到了营里,可你一个也没有呢。不过我的孩子们能照管自己,而我的马却不行。要是我的马是给那些我认识的小伙子,那些惯于骑纯种马的上等人骑的,我将乐意把它们无偿地献出来。我不会有片刻的犹豫。可是,要让我的宝贝们去任凭那些惯于骑骡子的林区和山地人摆布,那可不行,先生!我一想起它们背上长了鞍疮和喂养得不好就要犯梦魇的。你瞧,我只要想到这些,就浑身起鸡皮疙瘩了!不行,奥哈拉先生。你想要我的马,这是好意,不过你最好还是先到亚特兰大去买些老废物来给你们的庄稼汉去骑吧。反正他们永远也分不出好歹来的。"

"妈,咱们继续赶路不好吗?"卡米拉也加入了这个等得不耐烦的合唱。"你明明知道最后你还是会把你的那些宝贝交给他们的。只要爸和几个男孩子跟你仔细谈谈南部联盟是多么需要马匹,你就会哭着把它们交出去了。"

塔尔顿太太咧嘴一笑,抖了抖缰绳。

"我不会做那种事的。"她说着用鞭子在那两匹马背上轻轻甩了一下。马车又飞速地行驶了。

"真是个好女人。"杰拉尔德说,一面把帽子戴上,回到自己的马车旁。"走吧,托比。我要把她说服了,还是会弄到那些马的。当然喽,她说得也对。谁要不是上等人,他就没资格骑马。他应当去当兵。不过糟糕的是这个县还没有足够的农场主子弟来编成一个整营呢。你说怎么样,小妞儿?"

　　"爸,请你要么走在我们前头,要么在后面。看你踢起这么一大堆的尘土,都快把我们呛死了。"思嘉说,她觉得再也无法忍受这种谈话了。因为别人的谈话使她不能好好思索,而她又急于要在抵达"十二橡树"村之前整理好思想,同时准备一副光彩动人的面容。杰拉尔德顺从地刺了刺马肚子,一溜烟跑到前头追赶塔尔顿家的马车去了,到那里他还可以继续关于马匹的谈话。

第六章

他们过了河,马车向山上驶去。甚至在"十二橡树"村还没进入眼帘之前,思嘉就已经看见一团炊烟在那些高高的树顶上悠闲地飘起,甚至还闻到了那燃烧的山胡桃木和烤猪肉羊肉的香味。

那些从头天晚上便在缓缓燃着的烤全牲的火坑里,估计现在已成为暗红的灰烬了,兽肉在上面的叉子上转动着,肉汁徐徐地滴落到炭火中,发出哔哔的声音。思嘉知道微风吹送的那股香味是从那幢大房子背后的大橡树林里飘来的。约翰·威尔克斯经常是在那里,在那缓缓而下通向玫瑰园的斜坡上,举行他的全牲野宴。这个阴凉宜人的佳境要比别家好得多。像卡尔弗特太太就不喜欢野宴上的食品,而且声称好几天之后房子里都还有那些气味,因此她的客人经常被安排在一个离住宅四分之一英里的平坦而没有遮荫的地点热汗淋漓地吃着。也许只有这位以好客闻名全州的约翰·威尔克斯才真正懂得怎样举行野宴。

那些长长的带有支架的野餐桌上铺着威尔克斯家最亮丽的亚麻布,这些餐桌经常摆在最阴凉的地方,两旁是没有靠背的条凳;空地上还放着一些椅子、矮脚凳和坐垫。在离宴席较远的地方才是那些长长的烤兽肉的火坑和炖肉汁的大铁锅,这里散发的油烟和种种浓烈的香味是家人们闻不到的。威尔克斯先生家的十来个黑人,端着托盘来回跑动为客人提供食品。那边仓房背后还设有另一个野宴火坑,专供家仆、车夫、侍女们使用,他们吃的是玉米饼、山薯和黑人最喜欢的牲畜内脏,时令碰巧时还有足够的西瓜。

当思嘉远远闻到新鲜猪肉的香味时,她欣赏地皱起鼻子嗅了嗅,此刻她的肚子还是饱饱的,并且腰扎得很紧,生怕自己随时都会打出嗝来。如果真的打嗝儿,那就要命了。

他们驶上了山顶,这时那座白房子已整整齐齐出现在她面前。你看那高高的圆柱,宽阔的游廊,平坦的屋顶,美丽得像一个十分相信自己魅力的美人儿,显得雍容大方,亲切可爱。思嘉喜爱"十二橡树"村胜过喜爱塔拉农场,因为它有一种堂皇的美,一种柔和的庄严,而这是杰拉尔德的住宅所不具备的。

宽阔弯曲的车道上到处是马和马车,宾客们正纷纷下马下车,向朋友打招呼。咧着大嘴傻笑的黑人对宴会总是那么兴奋,他们把牲口牵到仓场上去卸鞍解辔,让它们好好休息一下。成群的孩子,有黑的,有白的,在新绿的草地上嚷着跑着,那间从前头一直延伸到屋后的宽敞大厅里已经挤满了人,当奥哈拉家的马车驶到前面台阶边停下时,思嘉看见那些亮丽的姑娘们摇摆着裙裾在二楼的楼梯上走上走下,有的还搂着腰肢倚在栏杆上,笑着召唤下面大厅里的小伙子们。

从那敞开的法国式窗口,她瞥见那些年龄较大的妇女穿着深色绸衣端端正正坐在客厅里,摇着扇子,谈笑着。威尔克斯家的膳事总管汤姆在大厅和门厅里穿梭般忙乎着。他手里端着一只银托盘,不停地鞠躬微笑,向那些身穿淡米色或灰色裤子和皱边亚麻布衬衫的青年人奉献高脚酒杯。

阳光灿烂的前廊上也拥挤着宾客。塔尔顿家四个小伙子和他们的父亲倚着高高的圆柱,孪生兄弟斯图尔特和布伦特照例肩并肩站在那儿,博伊德和汤姆则同他们的父亲詹姆斯·塔尔顿在一起。卡尔弗特先生贴近他的北方佬老婆,她尽管已在佐治亚生活了十五年之久,可仍然显得有点陌生。每个人对她都非常客气,觉得她可怜。卡尔弗特家的小伙子雷福德和凯德,同那个白白胖胖的妹妹凯瑟琳在一起,向黑脸乔·方丹和他的亮丽的未婚妻萨莉·芒罗开玩笑。亚历克斯和托尼·方丹在向迪米蒂·芒罗耳语,惹得她一次又一次格格大笑。有些家庭是远道来的,如十英里外的洛夫乔伊、费耶特维尔、琼斯博罗,少数几家甚至来自亚特兰大和梅肯。整个房子像要被挤垮了，而不停的高谈阔论和哗然大笑，以及妇女们格格的笑声、尖叫声和喧嚷声，更是此起彼落，热闹无比。

约翰·威尔克斯站在走廊台阶上，他一头银丝般的头发，腰背挺直，焕发着宁静和蔼的容光，像佐治亚夏天的太阳一般永不衰败。他旁边站着霍妮·威尔克斯（人们之因此这样称呼她，是因为她对于从父亲到大田劳工所有的人都用同样亲切的口气说话），她正在不停地欢笑着迎接每一位来宾。

霍妮那种显然渴望对谁都显得亲切动人的劲儿，同她父亲的姿态形成了鲜明的对照。威尔克斯家的男人们无疑有自己的家族特征。那种把约翰·威尔克斯和艾希礼的灰眼睛衬托得更显著的赤金色浓睫毛，在霍妮和她妹妹英迪亚的脸上便变得稀疏而没有什么光泽了。霍妮像只野兔似的睫毛很少，而英迪亚则更是平淡无奇。

英迪亚的踪影哪里也找不到，可能是在厨房里对仆人们做最后的指示吧！可怜的英迪亚，思嘉心想，自从她母亲去世以后，她得为家务操不少的心呢，所以除了斯图尔特·塔尔顿，便没有机会去交别的男朋友了。

约翰·威尔克斯走下台阶，伸出手臂去搀扶思嘉。她下马车时瞥见苏伦在得意地傻笑，便知道她已经从人丛中找出弗兰克·肯尼迪来了。

弗兰克·肯尼迪赶快向马车走来搀扶苏伦，苏伦那得意劲儿更叫思嘉恨不得抽她一鞭子。弗兰克·肯尼迪可能拥有比县里任何人都多的土地，并且可能心地很好，可他已是一个年过四十的人了，并且既瘦小又神经质，长着稀稀拉拉几根黄胡子，是个婆婆妈妈、唯唯诺诺的人。

这时，思嘉记起了自己的心事，便打消了这种轻蔑，反而向他飞了个嫣然的微笑，这使他不由得一怔，一面向苏伦伸出手臂，一面高兴得不知所措地把两只眼睛朝思嘉身上骨碌碌乱转。

思嘉的两只眼睛在人群里搜索艾希礼，可是他不在走廊上。周围是一片欢迎的招呼声，斯图尔特和布伦特·塔尔顿这对孪生兄弟一齐向她走来。芒罗家的姑娘们也对她的衣服大声称赞,她很快便成了这个圈子的中心。可是艾希礼在哪里?还有媚兰和查尔斯呢?她若无其事地环顾周围,并一直朝大厅那里笑闹的人群中望去。

她闲谈着,笑着,迅速向屋子里、庭院里搜索着,忽然发现一个陌生人独自站在大厅里用一种淡漠而不怎么礼貌的神情注视着她,她一面由于自己吸引了一个男人而非常得意,一面又想到自己领口太低露出了胸脯而有点难为情。他看来年纪不小,至少有三十五岁。个子高高的,体格很强壮。思嘉心想,还从没见过如此腰圆膀阔、肌肉结实的男人呢。当她的眼光和那人的眼光接触时,他笑了,一口雪白的牙齿,在修剪得短短的髭须底下闪闪发光。他脸膛黑黑的,颇像个海盗,一双又黑又狠的眼睛冷漠而鲁莽,连对她微笑时嘴角上也流露出嘲讽的意味,这使思嘉紧张起来。人家这样无礼地瞧着她简直是一种侮辱,可自己竟没有受辱的感觉。她不知道这究竟是个什么人,但他黑黑的脸膛无可否认地有着上等人家的血统。两片饱满的红嘴唇上那细长的鹰钩鼻子、高高的前额和宽阔的天庭,都说明了这一点。

她努力把眼光挪开,而他也回过头去,因为有人在叫他:"瑞德,瑞德·巴特勒!到这里来!我要你见见佐治亚一个心肠最硬的姑娘。"

瑞德·巴特勒?这名字有点耳熟,似乎同某个不体面的趣闻有关似的,不过她正一心想着艾希礼,便不去细究了。

"我得上楼去理理头发。"她告诉斯图尔特和布伦特,他们正想把她从人群中带走。"你们俩可得等着我,别跟旁的女孩子跑掉,惹我生气啊。"

她看得出来,要是她今天跟任何别的人调情,斯图尔特是不会善罢甘休的。他刚刚喝了几杯,正摆出一副找人打架的神气。她在过厅里跟朋友们说话,英迪亚正从后屋里出来,已忙得头发不整,两鬓流汗。可怜的英迪亚!一个姑娘长着不灰不白的头发和眼睫毛,以及一个显得性情固执的下巴,这就够糟的了,何况二十岁了还没嫁人呢!她不知英迪亚是否怀恨她把斯图尔特从她身边夺走了。有不少的人还在说她仍然爱他。即使她怀恨这件事,她也决不会露出痕

世界传世藏书

世界十大名著

·飘·

图文珍藏版

迹来,仍一如既往地用那种稍觉疏远又颇为亲切的态度对待思嘉。

思嘉愉快地跟她交谈了几句,便走上楼梯。这时,一个羞答答的声音在后面叫她的名字,她回过头来,看见了查尔斯·汉密尔顿。他是个俊俏的小伙子,满头柔软的褐色鬈发覆盖在白皙的前额上,眼睛也是深褐色的,明亮,温柔,像一只聪敏的长毛牧羊犬。他穿着很合身的芥末色裤子和黑色上衣,带皱褶的衬衫领口打着个很宽很时髦的黑领结。她转过身来时,他脸上泛起薄薄的红晕,他在女孩子面前总有点怯生生的。像大多数怕羞的男人那样,他十分爱慕思嘉这样快活、开朗而落落大方的姑娘。那嫣然一笑和高兴地伸出的两只手,就使他惊喜得透不过气来了。

"怎么,查尔斯·汉密尔顿,你这亮丽的小家伙,是你呀! 我敢说你是专门从亚特兰大老远赶来,这可真叫人心疼啊!"

查尔斯激动得结结巴巴,几乎说不出话来了。他抓住她那双温暖的小手,痴痴地望着那双滴溜溜转的绿眼睛。姑娘们是惯用这种态度跟男孩子说话的,可对查尔斯却从来没有过。他真不明白为什么她们老是待他当作小弟弟看待,又总是那么亲切,但从不跟他开玩笑。他常常看见姑娘们跟那些比他难看又笨得多的男孩子在一起调情说笑,早就巴不得她们也跟他这样闹着玩儿。跟她们在一起时往往不知道说什么好,窘困得难受极了。事后,他夜里躺在床上,倒想起许多俏皮逗人的话来,可是机会没有了,姑娘们经过这么一两次以后,便把他撂在一边了。

至于霍妮,他同她已经有了默契,准备来年秋天他继承了遗产的时候结婚,可是他跟她在一起时同样也很不自在,没什么好说的。有时候他有一种不怎么爽气的感觉,觉得霍妮有点卖弄风情和自作主张,对男孩子有股狂热劲儿,他担心她会随便跟哪个男人玩这一套的。因此查尔斯对于娶霍妮一直不怎么热心。他渴望有个美丽、大胆、感情炽热、善于戏谑的女人来爱他。

可如今思嘉·奥哈拉用她所说的对他心疼的话,在跟他开玩笑呢!

他想说说什么,可是想不出来,接着他便默默祝福思嘉,因为她在一个劲儿

地说下去,他也就用不着开口了。

"现在,你就站在这儿,等我回来,到时我跟你一起吃野宴。可不要走开去跟别的女孩子胡闹呀,那样我可要吃醋了!"这些话从那张两旁各有一个酒窝的樱桃小口里说出,乌黑的睫毛在碧绿的眼睛上方假装严肃地飞舞着。

"我不会的。"他终于使劲喘过气来,可是绝没有想到她是在待他当作一只小玩物呢?

她拿那把合着的折扇在他肩膀上轻轻敲了敲,然后转身上楼,这时她的视线又落到那个名叫瑞德·巴特勒的人身上,他正站在离查尔斯几步远的地方。他显然从旁听见了刚才的全部谈话,他仰头对思嘉咧嘴笑了笑,那模样邪恶得像只公猫似的,在思嘉浑身上下打量着。

"真见鬼!"思嘉用杰拉尔德惯用的那句粗话气恼地暗自思忖说。"他看来似乎——似乎知道我没穿内衣是什么模样似的。"接着把头一甩,径自上楼去了。

在放着包裹的那间卧室里,她发现凯瑟琳·卡尔弗特正站在镜前打扮。她的饰带上佩着新鲜的玫瑰花,这同她的两颊相互辉映,那双矢车菊般的蓝眼睛更是兴奋得神采飞扬了。

"凯瑟琳,"思嘉说,一面把她那件紧身上衣拉高了一点,"楼下那个姓巴特勒的讨厌家伙是谁?"

"唔,亲爱的,你不知道吗?"凯瑟琳兴奋地低声说,"我真想不到威尔克斯先生怎么会让他到这里来了,他本来在琼斯博罗同肯尼迪先生商谈买棉花的事。肯尼迪先生要把他带在身边,就一起来了。他不能丢下他就走啊。"

"他究竟是怎么回事呢?"

"亲爱的,人家谁也没有招待过他呢!"

"真的没有吗?"

"没有。"

思嘉默默地寻思这件事,因为她还从不曾跟一个不受招待的人在一起待过呢。这倒是一件新鲜事。

"他干过什么?"

"唔,思嘉,他的名声坏极了! 他叫瑞德·巴特勒,是查尔斯顿人,他的朋友本来都是那里最上等的人,可现在都不理他了。去年夏天卡罗·雷特跟我谈了他的情形。她跟他家没有亲属关系,可她了解他的一切。他是从西点军校开除出来的,实在太糟糕了。此外就是关于他没有娶那个姑娘的事——"

"快告诉我!"

"亲爱的,你真的什么也不知道? 唔,这位巴特勒先生带着一个查尔斯顿姑娘坐马车出去玩。不知道她究竟是谁,不过她一定不是什么好东西,否则便不会在那么晚还跟他出去了。并且亲爱的,他们在外面几乎待了个通宵,最后才步行回家,据说是马跑了,车摔坏了,他们在树林里迷了路。后来你猜怎么样——"

"我猜不着,你说吧。"思嘉很热心地说,巴不得发生最糟糕的事。

"第二天他居然拒绝同她结婚!"

"啊,"思嘉的希望破灭了。

"他说他没——嗯——没跟她有过什么,为什么就非得娶她。于是,她哥哥把他叫出来,这时巴特勒先生声称他宁愿给枪毙也不要娶一个蠢货。这样一来,他们就只有进行决斗,结果巴特勒先生击中了那姑娘的哥哥,他死了,同时巴特勒先生也只好离开查尔斯顿,至今没有人接待他。"凯瑟琳得意地结束了她的故事,并且很及时,因为这时迪尔茜回房照料思嘉梳妆来了。

"她怀孕了没有?"思嘉在凯瑟琳的耳边悄悄地问。

凯瑟琳拼命摇头。"不过她同样给毁了。"她有点厌恶地低声回答。

但艾希礼别毁了我才好,思嘉突然这样想。像他这样一个十足的正人君子,是决不会不娶我的。可是,不知怎的,她情不自禁地对瑞德·巴特勒产生了一种敬意,因为他还坚决拒绝跟一个蠢女人结婚哩。

思嘉坐在树荫下一张高高的花梨木褥榻上,衣裙上的荷叶边和皱襞向周围荡漾着,底下那双绿羊皮软鞋露出了大约两英寸,这是大家闺秀坐着时双脚所能露出的最大部分了。她手里捧着一个几乎没有动过的盘子,两旁站着七位骑士。野宴已达到高潮,暖烘烘的空气中洋溢着笑声、谈话声、餐具碰着杯盘的叮当声,以及烤肉和黏稠肉汤的浓烈香味。间或一阵风吹过,便从烤牲火坑那边向宾客们飘来了一股股轻烟,使小姐太太们讨厌地尖叫起来,一面使劲挥舞手中的棕榈叶扇子。

大多数年轻小姐同她们的男伴坐在餐桌两旁长长的条凳上。唯独思嘉,她明白在这种座席上只能每边各坐一个男人,便另外挑了个位置,这样她就可以引来尽可能多的男人聚在自己周围了。

已婚妇女都坐在凉亭里,主妇们不论年龄大小,经常坐在一起,稍稍离开那些明眸皓齿的小姐、情郎和他们的喧笑声。在南方,妇女一结婚就不算美人了。从那倚老卖老公然在打嗝儿的方丹老太太到初次怀孕正在极力忍住不呕吐的十七岁的艾丽斯·芒罗,她们正交头接耳不停地讨论着家务和产科方面的问题,这才使得这样的集会更加愉快而富于教育意义了。

思嘉朝她们轻蔑地瞥了一眼，觉得她们活像一群肥老鸦。已婚妇女都是没有什么趣味的。可她就不想想，要是她嫁给了艾希礼，不也得自动跟这些庄重主妇们一起，坐到凉亭下和前屋客厅里去，而且跟她们一样庄重，一样呆板，不再属于那快活的一群了。原来她像大多数女孩子那样，她的想象力只能把她带到结婚的礼坛上去，不近也不远，到此为止。

她垂下眼睛看看手里的盘子，灵巧地拿起一片薄薄的饼干送到嘴边轻轻咬了一点，模样是那么文雅，似乎根本没有食欲似的，要是嬷嬷见了准会大加赞赏的。她虽然周围有了那么多献殷勤的小伙子，可是从没像现在这样难受过。她自己也不明白是怎么回事，昨天晚上她想好的那计划至少在艾希礼身上没有实现。她吸引来几十个男人，可偏偏艾希礼没有来。所以昨天下午她所感到的那些恐惧现在又都卷土重来，笼罩住她了，使她的心怦怦直跳，脸色也红一阵白一阵，难看得很。

艾希礼不想加入她周围的那个圈子，实际上她来到以后还没有单独跟他说过一句话，也再没有机会对他说话了。当她走进后花园时，他上前来欢迎过她，但当时媚兰正挎着他的胳膊——她几乎还没有他的肩膀高呢。

媚兰是个娇小脆弱的姑娘，还像个躲在母亲裙子里玩耍的孩子，加上她那双褐色大眼睛流露的怕羞而惊恐的神色，就更给人以这样的印象了。她长着一头稠密乌黑的鬈发，罩着发网，一丝不乱。鸡心形的脸上，由于两个颧骨隔得太远，下巴太尖，脸虽娇怯可人，但仍非常平淡，并且她又不会讨好卖乖来诱惑男人。不过，不论她的相貌多么平淡，身材多么娇小，她的举止行动中仍包含着一种沉静而十分动人的庄重美，这使她看起来远不止十七岁的大姑娘了。

她穿一件灰色细棉布衣，上面配有樱桃色缎带，裙裾荡漾，皱襞粼粼，而那顶垂着鲜红的细长饰带的黄帽子，则使她的奶油色皮肤更加光莹夺目了。那对沉甸甸的耳坠子吊在长长的金链上，从整整齐齐网着的鬈发中垂下来，在眼睛近旁摆荡着，这对眼睛像冬天林中波光皎洁的湖水，两片褐色的叶子从宁静的湖水中闪映出来。

她用怯生生的喜悦心情微笑着欢迎思嘉，称赞她那件绿色衣裳多么亮丽，这时思嘉神不守舍，装不出一点礼貌的笑容来，因为她那么迫切地需要同艾希礼单独谈话呀！从那以后，艾希礼就离开宾客坐在媚兰脚边一只小凳上，同她悄悄地谈着，悠闲地微笑着，媚兰眼中也焕发着一闪一闪的光辉，以致连思嘉也不得不承认她几乎是美丽的了。当媚兰望着艾希礼时，她那平淡的脸上也似乎被一支内心的火炬照耀得容光焕发了，似乎一颗热恋的心现在正在媚兰的脸上显现。

思嘉想把目光从这两个人身上挪开，不再看他们，可是办不到，并且每看一眼她便与周围的骑士们加倍地逗乐，跟他们一起笑着，对他们的奉承话拼命摇头，摇得那双耳坠狂跳不止。可是艾希礼似乎根本没有注意到她。他只一味地仰望着媚兰不停地说，而媚兰则俯视着他，脸上的表情明显表示出她是属于他的。

这样，思嘉便觉得难堪极了。

她无疑是这次野宴上的美人，是大家注意的中心。她在男人们中间激起的那阵狂热，加上其他姑娘们心中的妒火，如果在任何别的时候都会叫她心满意足了。

查尔斯·汉密尔顿由于受到她的青睐，仍牢牢地站在她右边。他一手拿着她的扇子，另一只手端着自己那盘连碰也没碰的烤肉，固执地不去跟霍妮的眼光接触，这叫霍妮伤心得快要哭了。她左边是凯德懒洋洋地待在那里，他不时拉拉她的衣角让她注意，同时用一双怒气冲冲的眼睛直瞪着斯图尔特。他和这对孪生兄弟之间的敌对气氛已达到了一触即发的程度，而且已开始斗起嘴来。弗兰克·肯尼迪像只带小鸡的母鸡似的在瞎忙着，在橡树树荫下的餐桌旁来回奔跑，替思嘉挑拣好吃的东西，后来，苏伦已实在按捺不住满腔怨愤，顾不得大家闺秀的忍让风度，公然地向思嘉怒目而视。小卡琳也早就想哭的，布伦特只对她说了声"好啊，小妹"，拨了拨她头上的发带便转身去全心全意奉承思嘉。往常他总是那么亲切，自然地敬重她，让她感到自己已经是个大人，便暗想有一天她将绾起发髻,放下裙裾,把他当作一个真正的情人来接待。可现在思嘉已经把他捞到手了!至于芒罗家的几位姑娘,她们眼看方丹家那些黑皮肤小伙子已公然背叛她们,可是仍极力掩饰着心头的懊恼,但看到托尼和亚历克斯随时准备靠近思嘉的那副讨厌相时就叫她们忍无可忍了。

她们微妙地扬起眉头将自己对思嘉的反感告诉赫蒂·塔尔顿。现在对于思嘉来说,唯一的要诀是"快"。这时,那三个年轻姑娘不约而同地举起花边阳伞,说她们已吃够了,一面用手指轻轻扶着身边男人的胳膊,娇声笑嚷着到玫瑰园、清泉和夏季别墅参观去了。这种战略性撤退对女人是不会不生产效果的,可男人就看不出来。

思嘉看见三个男人被拉出了她的魅力圈,跟着女孩子们去了,便咯咯地笑起来,同时狠狠盯住艾希礼。可是他正在玩媚兰的那条缎带,一面微笑地望着她。思嘉感到揪心般一阵剧痛。她恨不得立刻跑过去将媚兰的乳白色皮肤狠狠地抓呀,掐呀,直到鲜血淋漓才痛快哩。

她的眼光从媚兰身上移开,便瞥见了瑞德·巴特勒,他已跟众人厮混在一起,同约翰·威尔克斯交谈。他一直在观察她,但一旦接触到她的目光便笑起来。思嘉感到很不自在,觉得他是在场唯一知道她那狂欢背后隐藏着什么心事的人,并且这只能给他以讥诮的乐趣。那么,她也可以抓住他来取乐呀!

"只要熬过这个野宴,坚持到午后,"她想,"女孩子便会上楼去午睡,准备精神饱满地参加晚上的舞会,那时我要留在楼下找机会跟艾希礼说话。他一定已经注意到我是多么受人爱慕了。"接着,她又自我宽慰地推测:"当然,他必须照顾媚兰,她毕竟是他的表妹,并且又不引人注目,如果他不关照她,她简直就要做无人问津的'墙花'了。"

想到这里她又重新鼓起勇气,而且对查尔斯加倍下功夫,这时他那双褐色的眼睛正炽热地俯视着她。对于查尔斯来说,这真是绝妙的一天,美梦般的一天,他已经毫不费力地同思嘉恋爱起来了。由于这种新的感情,霍妮的形象便暗淡模糊了。霍妮是一只尖叫的麻雀,而思嘉则是只闪烁的蜂鸟。她逗弄他,疼爱他,向他提问题,然后又自己回答,这样他无须开口便显得十分聪明。别的小伙子显然被她对查尔斯的这种偏爱所激怒,而给弄得糊里糊涂,可是出于礼貌,他们不得不强压着心头的怒火。谁都敢怒而不敢言,这对思嘉是个很大的胜利,可在艾希礼身上却是例外。

最后一叉子猪肉、鸡肉、羊肉都吃完了,思嘉希望的时机已经来到,英迪亚会建议小姐们进屋去休息。这时是下午两点,太阳直照头顶,有点炎热,可是英迪亚由于准备野宴接连忙了三天,实在太劳累了,便乐得留下来坐在凉亭里歇一会,一面朝那位来自费耶特维尔的聋老头儿高声说话。

一阵睡意向人群袭来。黑人们慢悠悠地收捡长桌上的残羹剩菜。谈笑声渐渐低沉,三五成群的人也开始静默。大家都在等待女主人来宣布结束午前的野宴活动。棕榈扇子摇得愈来愈慢,有些先生由于炎热和吃得过饱,已经打起瞌睡来了。大野宴已经结束,所有的人都要趁太阳正旺的时刻休息一下了。

在这段空隙中,人们都显得安静而平和。只有年轻小伙子们仍保持着不甘寂寞的精力,他们不断地走动,慢吞吞地低声谈论着,懒洋洋的气氛下也许潜伏着一些暴躁因素,它们可能突然爆发,上升到凶残的顶点,而且迅速蔓延,成为燎原之势。男人和女人,他们既是美丽的,又是放荡的,那可爱的外表下面都有一点火爆性,其中已经驯服了的只是很小一部分而已。

过了一会,太阳越发热了,思嘉和其他人又朝英迪亚看了看。谈话已渐沉寂,这时所有的人忽然听到了杰拉尔德的激昂的声调。原来他站在距离野宴席不远的地方,同约翰·威尔克斯争论得正起劲呢。

"真是活见鬼,你这人哪!祈求跟北方佬和平解决吗?咱们已经在萨姆特要塞向那些流氓开了火了!还能和平?南方应当以武力表明它不能让人侮辱,而且它不是凭联邦的仁慈而是凭它自己的力量在脱离联邦!"

"啊,我的上帝!他又喝够了!"思嘉心想,"这样,我们都得在这里坐到半夜去了。"

顷刻之间,瞌睡从懒洋洋的人群中逃之夭夭,一种像电流般敏感的东西迅速掠过周围。男人们从条凳和椅子上跳起来,挥动着两臂,同时拼命提高嗓门,本来整个上午都没有谈起政治和迫在眉睫的战争,是因为威尔克斯先生要求大家不要打扰那些太太小姐。如今杰拉尔德吼出"萨姆特要塞"这几个字来了,在场的每一个人便都忘记了主人的告诫。

"咱们当然要打——""北方佬是贼——""咱们一个月就能把他们报销——""是啊,一个南方人能打掉二十个北方佬——""给他们一次教训,叫他们不要很快就忘了——""不,你看林肯先生怎么侮辱咱们的委员吧!""他们要战争,咱们就让他们厌恶战争——",在所有这些声音之上,杰拉尔德的嗓门在隆隆震响。但思嘉能够听到的全是"州权、州权"的反复叫喊。杰拉尔德真是得意极了,可他的女儿并不得意。

脱离联邦、战争——这些字眼的不断重复,思嘉已觉得非常刺耳,不过现在她更恨这些声音,因为那些男人将站在那里激烈地争论好几个小时,而她就没有机会去单独见艾希礼了。

查尔斯·汉密尔顿没有跟着别人站起来,他发现思嘉身边人已经很少了,便挨得更近一些,凭着那爱情的勇气,低声表白起来。

"奥哈拉小姐——我——我——,如果战争打起来,我就到南卡罗来纳去加入军队。据说韦德·汉普顿先生正在那里组织一支骑兵,我当然愿意去跟他在一起。他为人很好,还是我父亲最要好的朋友呢。"

思嘉想,查尔斯是在向她袒露内心的秘密。她想不出什么话来,只好默默地看了看他,觉得男人真笨,他们还以为女人会对这种事感兴趣呢!他把她的这种表情看作是惊慌和嘉许之意,于是索性大胆而迅速地说下去——

"要是我走了,你会——你会感到难过吗,奥哈拉小姐?"

"我会每天晚上偷偷哭泣的。"思嘉说,那口气显然是在开玩笑,可他只从字面理解,便一阵脸红乐得不行了。她的一只手本来藏在衣服里,这时他故意把自己的手轻轻探进去碰它,后来索性紧紧握住了,连他自己都不明白哪来这么大的勇气,也不知她怎的就默许了。

"你会为我祈祷吗?"

"瞧这个傻瓜!"思嘉刻薄地想道,一面偷偷向周围瞥了一眼,希望能找到机会回避这种对话。

"你会吗?"

"唔——会,真的,汉密尔顿先生。每晚祈祷三轮念珠,至少!"

查尔斯迅速看了看周围,屏住气。实际上他们是单独在一起了,真是千载难逢的机会。而且,即使再一次遇到这样的天赐良机,他的勇气也许要不济事呢!

"奥哈拉小姐——我要告诉你一件事。我——我爱你!"

"嗯?"思嘉心不在焉地说,一面将眼光穿过正在辩论的人群朝艾希礼坐的那个地方望去。

"真的!"查尔斯低声说。"我爱你! 你是世界上最——最——"这时他才有生以来头一次找到自己的舌头了,"我所认识的最美丽的姑娘和最可爱最亲切的人,并且你有最高贵的风度,我以我的整个心灵爱着你。我不能指望你会爱一个像我这样的人,但是,我亲爱的奥哈拉小姐,只要你能给我一点点鼓励,我愿意做世界上任何的事情来使你爱我。我愿意——"

查尔斯停住了,因为他想不出一桩足以向思嘉证明自己爱情的行动来,于是他只好简单地说:"我要跟你结婚。"

思嘉听到"结婚"这个字眼,便猛地从幻想中回到现实里来。她刚才正在梦想结婚,梦想着艾希礼呢,如今只好懊恼地望着查尔斯发怔了。怎么恰好在今天,她苦恼得几乎要发狂的时候,这个傻瓜却来求爱呢? 思嘉注视着那双祈求的褐色眼睛,可是看不出羞怯,看不出崇拜。思嘉已经见惯了向她求婚的男子,一些比查尔斯·汉密尔顿诱人得多灵巧得多的男子,他们绝不会在这种时候提出这种问题的。她只看到一个二十岁的傻男孩子。她真想告诉他,说他显得多么傻气。不这,母亲教导她在这种场合应当说的那些话自然而然地来到了嘴边,于是她把眼睛默默地向下望,然后低声说:"汉密尔顿先生,我明白了你的好意,要我做你的妻子,这使我感到荣幸,不过这来得太突然了,我不知说什么好呢。"

这是一种干净利落的手法,既可以安抚一个男人又可以继续向他垂钓。

"我会永远等待!除非你拿定了主意,我不会强求。奥哈拉小姐,请你说我可以抱这种希望吗?"

"唔!"思嘉漫不经心地应着,眼睛继续盯住艾希礼,他没有参加关于战争的议论,仍在望着媚兰微笑。要是查尔斯能安静一会儿,说不定她能听清楚他们的话呢。她必须听清楚。究竟媚兰说了些什么,才使他眼睛里流露出那种趣味盎然的神色来?

查尔斯的话把她正在聚精会神地谛听着的声音给搅和了。

"唔,别响!"她轻轻说,连看也不看他,在他手上拧了一下。

查尔斯吓了一跳,先是觉得惭愧,满脸通红,接着看到思嘉的眼睛紧盯在他妹妹身上,便微笑了。思嘉恐怕有人会听见他的话。她自然觉得不好意思,有点害羞。查尔斯心中涌起了一股从未体验过的感觉,因为这是他平生第一次让一个女孩子感到难为情呢。他显出一副毫不介意的样子,故意在思嘉手上拧了一下作为回报。

她甚至没有发觉他在拧她,因为这时她能清楚地听见媚兰娇滴滴的声音了:"我不同意你对于萨克雷先生作品的意见。他是个愤世嫉俗的人。我想他不是狄更斯先生那样的绅士。"

对一个男人说这种话有多傻呀!思嘉这样想,心里顿感轻松,几乎要格格笑起来。原来,她不过是个女学究罢了。……要使男人感兴趣,最好的办法是拿他做谈话的中心,然后渐渐把话题引到你自己身上来,而且保持下去。这时思嘉的前景已显得更加明朗,她回过头来,向查尔斯嫣然一笑。查尔斯以为这是她的爱情的明证,便乐得忘乎因此地将她的扇子夺过来使劲挥打,把她的头发都扇得凌乱不堪了。

"艾希礼,你可没有发表意见支持我们呀,"吉姆·塔尔顿回过头来说。这时艾希礼只得表示歉意,而且站起身来。再也找不到像他这样亮丽的人了! ——思嘉注意到他从容不迫的样子多么优雅,他那金色的头发和髭须在阳光下多么辉丽,便在心中暗暗赞美。接着,甚至那些年长些的人也要安静下来听他的意见了。

"怎么,先生们,如果佐治亚要打,我就跟它一起去。不然的话,我为什么要进军营呢?"他说着,一双灰眼睛睁得大大的,平时那朦胧欲睡的神色已经消失了。"但是,跟上帝一样,我希望北方佬将让我们获得和平,不至于发生战争——"这时从方丹家和塔尔顿家的小伙子们中爆发出一阵嘈杂的声音,他便微笑着举起手来继续说:"是的,是的,我知道我们是受侮辱了,被欺骗了,但是如果我们处在北方佬的地位,是他们要脱离联邦,那我们会怎么办呢? 大概也是一样吧。我们也是不会答应的。"

"他又来了,"思嘉想。"总是设身处地替人家说话。"据她看来,任何一次辩论中都只能有一方是对的。有时候,艾希礼简直就不可理解。

"我们头脑还是不要太热,还是不要打起来的好。世界上的苦难大多是由战争引起的。等到战争一结束,谁也不知道那究竟是怎么回事了。"

思嘉听了嗤之以鼻。艾希礼周围已爆发出一片表示强烈抗议和愤慨地叫嚷了。

凉亭里,那位来自费耶特维尔的聋老头儿也在大声向英迪亚发问。

"这究竟是怎么回事呀? 他们在说什么?"

"战争!"英迪亚用手拢住他的耳背大声喊道。

"战争,是吗?"他边嚷边摸索身边的手杖,同时从椅子里挺身站起来,显示出一股劲头。"我要告诉他们战争是什么样的,我打过呢。"

他跟跄着向人群走来,一路上挥着手杖叫嚷着。

"你们这班火暴性子的哥儿们,听我说。你们别想打仗吧。我打过,我很清楚。我先是参加了塞米诺尔战争,后来又参加墨西哥战争。你们全都不明白战争是怎么回事。你们以为那是骑着一匹亮丽的马驹子,让姑娘们向你们抛掷鲜花，然后作为英雄凯旋回家吧。噢，不是这样。不，先生，那是挨饿，是出疹子、得肺炎。要不就是拉痢疾。"

小姐太太们听得有点脸红了。麦克雷先生让人们记起一个更为粗野的时代，而那个时代是人人都愿意忘掉的。

"快去把你爷爷拉过来。"这位老先生的一个闺女轻轻对站在旁边的小女孩说。接着她又低声嘟哝："我说呢，他就是一天比一天不行了。你们相信吗，今天早晨他还跟玛丽说——她才十六呢——'来吧，姑娘……'"这以后声音便听不清了，那位小孙女正溜出去，想把麦克雷先生拉回到树荫里去坐下。

所有的人都在树下乱转，姑娘们兴奋地微笑着，男人们在热烈地争论，他们中间只有一个人很平静地观望这一切，那就是瑞德·巴特勒。他靠着大树站在那儿，双手插在裤兜里。因为威尔克斯离开了他，他便独自站着，眼看大家谈得越来越热火，也不发一言。他的嘴唇在修剪得很短的黑髭须底下往下弯着，一双黑溜溜的眼睛闪烁着取乐和轻蔑的光芒——就像是在听小孩子争吵似的。多么令人不舒服的微笑呀，思嘉心想。他静静地听着，直到斯图尔特·塔尔顿抖着满头红发、瞪着一双火爆眼睛又一次重申："我们只消一个月就能干掉他们！绅士们总是会战胜暴徒的。一个月——喏，一个战役——"

"先生们，"瑞德·巴特勒慢悠悠地说，仍然靠着大树站在那儿，两手照旧插在裤兜里，"让我说一句好吗？"

他的态度也带着几分轻蔑，使那些先生们显得滑稽可笑。

人群向他转过身来。

"先生们，你们有没有人想过，在梅森—狄克森线以南没有一家大炮工厂？有没有想过，在南方，铸铁厂那么少？或者木材厂、棉纺厂和制革厂？你们是否想过我们连一艘战舰也没有，而北方佬能够在一星期之内把我们的港口封锁起来，使我们无法把棉花运销到国外去？不过——当然啦——先生们是想到了这些情况的。"

"怎么，他把这些小伙子们都看成傻瓜了！"思嘉厌恶地想道，气得脸都红了。

好几个男孩子也翘起下巴，显得很不服气。约翰·威尔克斯却迅速地回到了发言人旁边的位置上。

"我们大多数南方人的麻烦是，我们没有多到外面去走走，也没有从旅行中汲取足够的见识。不过，你们看见什么呢？"你们看见了旅馆、博物馆、舞会和赌场。然后你们回来，相信世界上再没有像南部这样的好地方了。至于我，我是在查尔斯顿出生的，但最近几年住在北方。"他笑了笑，"我见过许多你们没有见过的东西。成千上万为了吃的和几个美元而乐意替北方佬打仗的外国移民、工厂、铸铁厂、造船厂、铁矿和煤矿————一切我们所没有的东西。而我们有的只是棉花、奴隶和傲慢。他们会在一个月内把我们干掉。"

接着是一个紧张的片刻，全场沉默。瑞德·巴特勒从上衣口袋里掏出一块精美的亚麻布手绢，悠闲自在地掸了掸衣袖上的灰尘。人群中发出一阵不祥的低语声，同时从凉亭里传来了嗡嗡声。思嘉尽管感到愤怒，可是她心里却觉得这个人所说的话毕竟是对的，听起来就像是常识那样。不是吗，她还从来没见过一个工厂，也不曾认识一个见过工厂的人呢。然而，虽然这是事实，可他到底不是个宜于发表这种谈话的上等人，何况是在谁都高高兴兴的聚会上呢。

斯图尔特·塔尔顿皱着眉头走上前来，后面紧跟着布伦特。当然，塔尔顿家这对孪生兄弟是颇有礼貌的，他们也不想在一次大野宴上闹起来，虽然自己已实在被激怒了。女士们也全都一样，她们兴奋而愉快，因为很少看见过这样争吵的场面。

"先生，"斯图尔特气冲冲地说，"你这是什么意思？"

瑞德用客气而略带嘲笑的眼光瞧着他。

"我的意思是，"他答道，"像拿破仑——你大概听说过他的名字吧？——像拿破仑有一次说的，'上帝站在最强的军队一边！'"接着他向约翰·威尔克斯转过身去，用客气而真诚的态度说："你答应过让我看看你的藏书室，先生。能不能让我现在就去看看？我必须在下午早一点的时候回琼斯博罗去，那边还有点小事要办。"

他又转过身来面对人群，咔嚓一声并拢脚跟鞠了一躬，显得很是得体，同时又相当鲁莽，然后他同约翰·威尔克斯横过草地，昂着头，一路上发出的令人不舒服的笑声随风飘回来，落到餐桌周围的人群里。

人群像吓了一跳似的沉默了好一会，然后才再一次爆发出嗡嗡的议论声。凉亭里的英迪亚从座位上站起身来，向怒气冲冲的斯图尔特走去。思嘉听不见她说些什么。

斯图尔特低头向英迪亚笑了笑，接着又点了点头。也许英迪亚刚才是在求他不要去跟巴特勒先生找麻烦吧。这时客人们站起来抖落衣襟上的碎屑，太太们在呼唤保姆和孩子，把他们召集在一起，准备告辞了，同时一群群的姑娘陆续离开，一路谈笑着进屋去，到楼上卧室里去闲聊，并趁机午睡一会儿。

除了塔尔顿夫人，所有的太太小姐都出了后院，塔尔顿夫人是被杰拉尔德·卡尔弗特先生和其他有关的人留下来过夜，要求她在卖给军营马匹的问题给一个明确的回答。

艾希礼慢慢地向思嘉和查尔斯坐的地方走过来，脸上挂着一缕深思而快乐的微笑。

"这家伙也太狂妄了，不是吗？"他望着巴特勒的背影说。"他那神气活像个博尔乔家的人呢！"

思嘉连忙寻思，可是想不起什么地方有这样一个姓氏的家族。

"我不知道这家人呀。他是他们的本家吗？他们又是谁呢？"

查尔斯脸上露出一种古怪的神色，一种怀疑与羞愧之心同爱情在激烈地斗争着。但是他认为一位姑娘只要可爱、温柔、美丽就够了，不需要有良好的教育，他迅速答道："博尔乔家是意大利人呢。"

"啊，原来是外国人，"思嘉显得有点扫兴了。

她灿烂地朝艾希礼微笑了一下。可不知为什么他这时没有注意她。他正看着查尔斯，脸上流露出理解和一丝怜悯的表情。

　　思嘉站在楼梯顶上。楼上卧室里传来没完没了的低声细语,时起时落,还有一阵阵尖锐的笑声,以及"唔,你没有,真的!"和"那么他怎么说呢?"这样简短的语句。在六间大卧室里的床上和睡椅上,姑娘们正在休息。午睡本是南方的一种习惯。开头半小时姑娘们总是闲谈嬉笑,然后仆人进来把百叶窗关上,于是在半明半暗中谈话渐渐变为低语,最后归于沉寂,只剩下柔和而有规律的呼吸声了。

　　思嘉确信媚兰已经跟霍妮和赫蒂·塔尔顿上床躺下了,这才溜进楼上的穿堂,动身下楼去。她从楼梯拐角处的一个窗口看见那群男人坐在凉亭里潇洒地喝酒,她的目光在人群中热情地搜索,可是艾希礼不在里面。她侧耳倾听,听到了他的声音,原来正如她所希望的,他还在前面车道上给那些离去的太太和孩子们送别呢。

　　她兴奋得心狂跳不止,便飞速跑下楼去。可是,假如她碰上威尔克斯先生,她怎样解释为什么别的姑娘们都美美地午睡了,她却还在屋子里到处溜达呢?好吧,反正这个风险是非冒一下不可了。

　　她跑到楼下时,听见仆人们正在为晚上的舞会做准备。大厅对面藏书室的门敞着,她连忙悄悄溜了进去。她可以在那里等着,直到艾希礼把客人送走后进屋来,她就把他叫住。

　　藏书室里半明半暗,因为要挡阳光,把窗帘放下来了。那里塞满了黑乎乎的图书,使她感到压抑,笨重的家具兀立在那里,座位很深、扶手宽大的高背椅,前面配有天鹅绒膝垫的柔软天鹅绒矮椅。房间尽头的火炉前面摆着一只七条腿的沙发,那是艾希礼最喜欢的座位,它像一头巨兽耸着脊背在那儿睡着了。

　　她把门掩上,只留下一道缝,然后极力镇定自己,让心跳渐渐缓和。她要把头天晚上计划好准备对艾希礼说的那些话从头温习一遍,可是一点也想不起来了。她急促的心跳偏偏这时加快了,因为她已经听见艾希礼说完最后一声再见,走进前厅来了。

她唯一爱的就是他——爱他所有的一切，从高昂的金色头颅到那双细长的黑马靴；爱他的笑声，即使那笑声令她迷惑不解；爱他的沉思，虽然它难以捉摸。啊，只要他这时走进来把她一把抱在怀里，她就是最幸福的人了。他一定是爱她的，她紧紧闭上眼睛，喃喃地念起"仁慈的圣母玛利亚——"来。

"怎么，思嘉！"艾希礼的声音突然冲破她耳朵里的轰鸣，使她显得很狼狈。他站在大厅里，从虚掩着的门口注视着她，脸上流露出一丝疑惑的微笑。

"你这是在躲避谁呀——是查尔斯还是塔尔顿兄弟？"

她哽塞着说不出声来。看来他已经注意到有那么多男人在她的周围了！他站在那儿，眼睛熠熠放光，似乎没有注意她很激动，那神态是多么可爱呀！她不说话，只伸出一只手来拉他进屋去。他进去了，觉得又奇怪又有趣。她浑身紧张，眼睛里闪烁着动人的光辉，即使在阴暗中他也能看见她脸上泛着玫瑰色的红晕。他把背后的门关上，然后把她的手拉过来。

"怎么回事呀？"他说，几乎是耳语。

她一接触到他的手便开始颤抖，事情就要像她所梦想的那样发生了。可是她编不出一句话来。她只能浑身哆嗦，仰视着他的面孔。他怎么不说话呀？

"这是怎么回事？"他重复说，"是要告诉我一个秘密？"

她突然能开口了。

"是的——一个秘密。我爱你。"

霎时间，一阵沉重的沉默，似乎他们都屏住呼吸了，她的战栗渐渐消失，快乐和骄傲之情从她胸中涌起。她为什么不早就这样办呢？她的眼光径直向他望去。

他的目光里流露出狼狈的神色，那是怀疑和别的什么——别的什么呢？艾希礼究竟为什么显得这么古怪，一言不发呢？这时，他殷勤地笑了。

"难道你今天赢得了这么多的男人的心，还嫌不够吗？"他带着戏谑而亲切的口吻说。"你想来个全体一致？那好，你早已赢得了我的好感，这你知道。你从小就那样嘛。"

看来有点不对头——完全不对头了！这不是她所设想的那个局面。

"艾希礼—艾希礼——告诉我——你必须——啊，别开玩笑嘛！我赢得你的心了吗？啊，亲爱的，我爱——"

他连忙用手掩住她的嘴。

"你不能这样说，思嘉！你决不能。你不是这个意思。你会恨你自己说了这些话的，你也会恨我听了这些话的！"

她把头扭开。一股滚热的激流传遍她的全身。

"我永远不会恨你，我是爱你的，我也知道你对我有意，因为——"她停了停。"艾希礼，你是不是有意——你有的，难道不是吗？"

"是的。"他阴郁地说。

她吃了一惊，她拉住他的衣袖，哑口无言。

"思嘉，"最后他无力地说，"我们还是远远走开，从此忘记我们曾说过这些话吧？"

"不，"她低声说。"我不能。你这是什么意思？难道你不要——不要跟我结婚吗？"

他答道，"我快要跟媚兰结婚了。"

她心中一片空白，刚才还势如潮涌的思想此刻已无影无踪了，同时他所说的话也没有留下什么印象。

媚兰这个名字的声音使她一下子恢复了意识，她静静注视着他那双水晶般的灰眼睛，从中看到了那种经常使她迷惑不解的遥远缥缈的感觉。

"父亲今晚要宣布我们的婚事。我们很快就要结婚。我本来应当早告诉你，可是我还以为你知道了——几年前就知道了呢。我可从没想到你——因为你的男朋友多着呢。我还以为斯图尔特——"

"可是你刚才还说对我有意呢。"

他那温暖的大手把她握痛了。

"亲爱的，难道你一定要我说出那些叫你难过的话来吗？"

她不作声,逼得他不得不说下去。

"亲爱的,我怎么才能让你明白呢？你这么年轻,又不怎么思考问题,因此还不懂得结婚是什么意思呢。"

"我知道我爱你。"

"像我们这样完全不同的两个人,要想成为一对美满夫妻,只有爱情是不够的。你需要的是一个男人的全部,包括他的躯体、感情以及灵魂和思想。如果你没有完全得到这些,你会痛苦的。可是我无法把整个的我给你,也无法把整个的我给予任何人。而且,我也不会要你的思想和灵魂,所以你就会难过,然后就会恨我——会恨透了的！你会恨我所读的书和所喜爱的音乐,因为它们把我从你那儿抢走了,即使只抢走那么一会儿也罢。因此我——也许我——"

"你爱她吗？"

"我们俩极为相似,她是我的血脉的一个部分,我们互相了解。思嘉！思嘉！难道我就不能使你明白,除非两个人彼此相像,否则结了婚也是无法平稳地过下去的。"

"但是你说过你对我有意呢。"

"我本不该说的。"

她感到愤怒。

"好吧,这样说反正是够混蛋的——"

他的脸发白了。

"我这样说是混蛋的,因为我就要跟媚兰结婚了。我本来就不该说的,因为我知道你不会理解。"

思嘉想起了媚兰,看到她那双宁静出神的褐色眼睛,她那双戴着黑色花边长手套的温和小手和那种高雅文静的神态。于是她的怒火爆发了,再也不能忍受下去。

"你为什么不说,你这个懦夫! 你是害怕跟我结婚喽! 你是宁愿同那个愚蠢的小傻瓜过日子,再养出一群像她那样百依百顺的小崽子来呢! 为什么——"

"你不能把媚兰说成这样!"

"什么'你不能',去你的吧! 你是什么东西,来教训我? 你是个胆小鬼,你混蛋。你让我相信你准备娶我——"

"你要公道些,"他用恳求的口气说。"我何尝——"

她可不要什么公道,虽然知道他的话是一点不错的。他从来没有跨越过跟她的友谊关系的界限,可是她想到这一点,怒火就更旺了,因为这有伤她的自尊心和女性的虚荣。她一直在追求他,可他一点也不动心。他宁愿要媚兰这样脸色苍白的小傻瓜也不要她。啊,她要是连一丝喜欢的意思也不向他透露,那会好得多呢——比面对这种羞死人的场面更不知要好到哪里去了!

她一跃而起,两只手紧紧握拳,同时他也起身俯视着她,脸上充满着无言的痛苦。

"我要恨你一辈子,你这混蛋——你这下流——下流——"她要用一个最恶毒的字眼,可是怎么也想不出来。

"思嘉——请你——"

他向她伸出手来,可她使出全身力气狠狠地打了他一个耳光,紧接着她的怒气突然消失,心中只剩下一片凄凉。

她那红红的手掌印明显地留在他白皙而疲倦的脸上。他一句话也没说,拿起她那只柔软的手放到自己唇边吻了吻。没等她说出话来便走了出去，随手把门轻轻关上。

她膝头一软坐到椅子上，艾希礼走了，可是他那张被抽打的脸孔将终生留在她的记忆中。

她听见他徐缓而低沉的脚步声在大厅尽头渐渐消失，这才觉得她已永远失去了他。从此还会恨她。

"我像霍妮·威尔克斯一样下贱了。"她突然这样想，并记起每个人，首先是她自己，曾怎样轻蔑地嘲笑霍妮的鲁莽行为。她大生其气，生自己的气，生艾希礼的气，生人世间的气。她恨自己，恨这一切，这是出于一种因为她那十六岁的爱情遭到挫折和屈辱而产生的怨愤。她的爱中有那么一点点真正的柔情，更多的是虚荣心混杂着对自己魅力的迷信。现在她失败了，而比失败感更沉重的是她的恐惧，惧怕自己被耻笑。会不会人人都耻笑她？想到这里她就浑身战栗起来。

她的手落在身旁一张小桌上，无意触摸一只小巧的玫瑰色瓷碗，房间里静极了，为了打破这沉寂，她几乎想大叫一声。她拿起那只瓷碗，狠狠地砸向对面的壁炉，可它掠过了那张沙发的高靠背，只砸到大理石炉台上，哗啦一声就摔碎了。

"这就太过分了。"沙发深处传来声音说。

她从来没有这样惊恐过，可她已经说不出话来了。她紧紧抓住椅背，觉得两腿发软，站不住了，这时瑞德·巴特勒从他一直躺着的那张沙发里站出来，用客气得过分的态度向她鞠了一躬。

"睡个午觉也要被你吵醒，被迫恭听那么一大段精彩的对话，这已经够倒霉了，可为什么你还要危及人家的生命呢？"

他是个实实在在的人，他不是鬼。可是，神灵保佑我们，他一切都听见了！她只得努力装出一副端庄的模样。

"先生，你待在这里，应当让人家知道才好。"

"是吗?"他露出一口雪白的牙齿,一双勇敢的黑眼睛在嘲笑她。"你才是个不请便来的闯入者呢。我是被迫在这里等候肯尼迪先生,我觉得我在后院也许是个不受欢迎的人,几经考虑才识相地来到这里。我想这下大概可以不受干扰了吧。可是,真不幸!"他耸耸肩膀,温和地笑起来。

一想起这个粗鲁无礼的人听见了一切,听见了那些她现在宁死也不会说的话,她怒火中烧。

"窃听!"她愤愤地说。

"窃听者听到的总是一些很动听而有益的东西。"他故意傻笑着说。"从长期窃听的经验中,我——"

"先生,你不是上等人!"

"你的眼力很不错,"他轻松地说,"可你,小姐,也不是上等女人哟!"他好像觉得她很有趣,他又温和地笑了。"不论谁,只要她说了和做了我刚才听到的那些事情,她就不能再算个上等女人了。不过,上等女人对于我来说没有什么魅力,我清清楚楚地知道她们在想些什么,可是她们从来就没有勇气说出她们心里真正的想法。这种态度到时候最使人厌烦了。可是你,亲爱的奥哈拉小姐,你很不平凡,很值得钦佩,所以我要向你脱帽致敬。我不明白,那位文绉绉的威尔克斯先生有什么可爱之处,能叫你这样一位急风暴雨的姑娘着迷呢?他应当跪下来感谢上帝给了他一个有你这种——他是怎么说的?——对'生活倾注着全部热情'的姑娘,谁知他竟是个畏畏缩缩的可怜虫——"

"你还不配给他擦靴子呢!"她气愤地厉声说。

"可你是准备恨他一辈子啦!"说罢他又在沙发上坐下了,思嘉听见他还在笑。

如果她能够把他杀了,她是做得出来的。她尽力装出庄重的样子走出藏书室,砰的一声把沉重的门关上。

她一口气跑上楼去,到达楼梯顶时她觉得简直要晕倒了。她想深深地喘几口气,可是嬷嬷把腰身扎得实在太紧了。要是她果真晕过去,人们便会在这楼梯顶上发现她,那他们会怎样想呢。

渐渐地,那种难受的感觉开始消失了。她设法让自己的心跳缓和下来,并力图使脸色平静,显得泰然自若,千万千万不能让任何人知道出过什么事了。

从楼顶上的窗户里,她能看到男人们在树下和凉亭的椅子上斜躺着休息。她真羡慕他们啊!作为一个男人,永远不用经受她刚才所经历的那种痛苦,该多快活呀!她站在那里看着他们,觉得有点眼酸头晕,这时忽然听见屋前车道上急速而沉重的马蹄声、石子飞溅声、大声询问的嗓音。很快她就看见一个男子骑马驰过绿油油的草地,向那群在树下消闲的人飞奔而来。

她认不出他,但是当他从鞍上翻身下马,一手抓住约翰·威尔克斯的胳膊时,她看到了他浑身激动的模样。人群立即把他包围起来,把那些高脚玻璃杯和棕榈叶扇子丢在桌上和地上不管了。在嘈杂声中传来斯图尔特·塔尔顿的一声兴奋的喊叫:"咳——呀——咳!"似乎他是在猎场上奔跑似的。

她正在看时,塔尔顿家四兄弟和方丹家的小伙子们跟着从人群中挤出来,匆匆向马棚跑去,一路高喊:"吉姆斯,来,吉姆斯,赶快备马!"

"一定是谁家着火了。"思嘉心想。但是不管有没有着火,她的头一桩事情是在自己被发现之前赶快回到卧室里去。

现在她心里平静些了,她踮着脚尖上楼梯,走进安静的厅堂。她小心翼翼地推开梳妆室的门,随即溜了进去。她的一只手还放在背后握着门把,这时霍妮低柔的声音轻轻地传过来了。

"我看思嘉今天的行动那么迅速,怕是使出了一个女孩子最大的劲儿来了!"

思嘉觉得她的心又狂跳起来,不由得用一只手紧紧抓住胸口,像要把它压服似的。"窃听的人经常听到一些很有益的东西。"她忽然记起这句带嘲讽的话。她要不要重新溜出来呢?或者索性闯进去,让霍妮活该下不了台?但接着传来第二个声音,这使她呆住不动了。她听见了媚兰的声音。

"啊,霍妮,别这样! 别这么刻薄了。她无非是高兴罢了,很活泼,我认为她是非常可爱的。"

"啊,"思嘉想,几乎把手指甲掐透了胸衣。"还用得着这油嘴滑舌的小妖精来袒护我!"

媚兰这话比霍妮那种痛痛快快的挖苦更令她难受。思嘉除了母亲以外,从来不相信其他任何女人,也不相信任何女人会不是自私自利的。媚兰以为她对艾希礼已经十拿九稳了,因此才乐得炫耀一下这种基督精神。思嘉觉得这正是媚兰在夸耀自己的胜利,同时取得美名。思嘉自己在同男人们议论别的女孩子时也经常玩这种把戏,而且每次都叫那些蠢男人相信她多么可爱和多么宽宏大量呢。

"唔,小姐,"霍妮尖酸地说,同时提高声音,"你准是瞎了眼啦!"

"小声点,霍妮,"萨莉·芒罗的声音插进来,"满屋子的人都要听见你的话了。"

霍妮放低声音,但继续说下去。

"喏,你们都看见的,她跟每一个身边的人都搞得很欢,甚至那位肯尼迪先生——他还是她妹妹的男友呢。我可从没见过这号人哪! 并且她一定在追求查尔斯。"霍妮有点难为情地咯咯笑起来。"可你们知道,查尔斯和我——"

"你这是当真吗?"几个声音兴奋地低声说。

"唔,别跟任何人说,姑娘们——还没有呢!"

接着又是格格的笑声和弹簧床架嘎嘎的响声,因为有人在挤着霍妮了。媚兰嘟哝了句什么,大致是说她多么高兴霍妮将成为她的嫂子。

"嗯,我可不愿意让思嘉当我的嫂子,因为她是我见过的第一号浪荡货。"这是赫蒂·塔尔顿着恼的声音。"但是她跟斯图尔特已经等于订婚了。布伦特说她对他一点也不在乎。当然,布伦特也是很喜欢她的。"

"要是你问我,"霍妮用故作神秘的口气说,"我说只有一个人是她中意的。那就是艾希礼!"

低声细语混作一团,有的在提问,有的在打岔;思嘉听着又害怕又羞愧,心都凉了。思嘉在藏书室先后跟艾希礼和巴特勒一起时受到的那种痛苦和侮辱,跟这里的情况比起来只不过是小小的针刺罢了。男人毕竟是让你信得过,能给你保密的,即使像巴特勒那样的人也不例外。可是有了霍妮这张快嘴,等不到六点钟事情便会人人尽知。昨天晚上她父亲杰拉尔德还说过,他不愿意让人家笑话他的女儿呢。可现在他们全都要笑话她了!

这时传来媚兰的声音,她的声音有分寸并且那么平和,略带责备的口气。

"霍妮,你知道事情并不是那样,这样说多不厚道呀!"

"就是那样嘛,媚兰,只要你不总是把那些不怎么好的人当好人看,你就会明白了。至于我,我还巴不得就是那样呢。那会够她受的。思嘉·奥哈拉总是制造麻烦和争夺别人的情人。你很清楚她从英迪亚身边抢走了斯图尔特,可她又不爱他。今天她又想抢肯尼迪和艾希礼,还有查尔斯——"

"我一定得马上回家去!"思嘉想。"我得马上回家去!"

她恨不得用一种魔法把自己立即送回塔拉,送到那个安全的地方。她恨不得跟母亲在一起,就那么瞧着她,拉着她的衣襟,倒在她怀里哭诉今天的全部经历。

她用双手使劲压住裙子,不让它发出窸窣的声音偷偷摸摸朝后退了出来。"回家吧,"她一路念叨着,迅速跑过厅堂,经过那些关着的门和静悄悄的房间,"我必须回家去。"

她已经跑到了前面的回廊里,这时一个新的念头使她突然停下来——她不能回家! 她不能逃走! 她有必要在这里坚持到底,忍受姑娘们所有的恶言恶语和她自己的羞愧与悲伤。逃走,只会使她们更恶毒地来攻击她。

她握着拳头捶打身边那根高高的白柱子,恨不得把"十二橡树"村摧垮,并毁灭其中的每一个人,她要让他们后悔,她就是要做给他们看看。她并不明白究竟怎样做给他们看,不过她反正是要做的。她要伤害他们,比他们伤害她还要厉害。

此刻，艾希礼已经被遗忘了。他已不再是她所爱的那个高高的睡眼蒙眬的小伙子，对于一个十六岁的姑娘来说，虚荣比爱情更有力量，她愤怒的心中除了恨已经什么也容纳不下了。

"我不回去，"她想，"我要留在这里，叫他们难堪。我永远不告诉妈，不，我永远不告诉任何人。"她鼓起勇气回到屋里，爬上楼梯，走进另一间卧室。

她转过身，看见查尔斯正从穿堂的那一头走进屋来。他一瞥见她就急忙走过来了。他的头发凌乱不堪，那张脸也激动得发红。

"你知道发生了什么事吗？"他来不及到她跟前便大声嚷道。"你听说了没有？保罗·威尔逊刚刚从琼斯博罗赶来报信了！"

他停了停，气喘吁吁地走近她。她一句话也没说，只呆呆地凝视着他。

"林肯先生已经招募，招募士兵——我的意思是志愿兵——七万五千人了！"

又是林肯先生！男人们究竟想过什么真正重要的事情没有？这不又来了一个傻瓜想叫她也对林肯先生的胡闹发火吗？可她正在为自己伤心呢！

查尔斯凝望着她。她的脸色惨淡得苍白，她那双狭窄的眼睛像绿宝石一样闪亮。他从没见过哪位姑娘这么生气过，哪双眼睛有这样的光焰。

"我这人真笨，"他说。"我应当慢慢对你说才对。我忘记了姑娘们总是那么娇嫩。很抱歉把你吓成了这个模样。你不觉得要晕倒吧，会吗？要不要我给你倒杯水来？"

"不，"她说，设法挤出一丝微笑来。

"我们到那边条凳上去坐坐好吗？"他挽住她的胳膊问。

她点点头，于是他小心地搀着她走下屋前的台阶，领她穿过草地走到前院最大的一株橡树底下的铁条凳去。女人是多么脆弱而娇嫩啊，当他扶着她坐下时格外地温柔。她此刻的表情那么奇怪，惨白的脸上有的是一种野性的美，这叫他心神不安起来。难道是她想到他可能要去打仗而发愁了？不，这未免有点太自负了，不可信。那她为什么这样古怪地瞧着他呢？为什么她的手指拨弄花边手绢时会颤抖呢?

他接连三遍清了清嗓子准备说话,可是每次都没说出来。他垂下眼睛,跟思嘉那双锋利得像要刺透他又好像没有看见他的绿色眼睛刚刚相遇了。

"他有很多钱。"她匆匆地想,一个念头出现了。"他也没有父母来干涉我,而他又住在亚特兰大。如果我马上同他结婚,那会叫艾希礼明白我根本不在乎他,这样也可以把霍妮活活气死,她永远永远也休想再弄到一个情人,而别人则会笑死她的。这还会叫媚兰痛心,因为她是最爱查尔斯的。同时斯图尔特和布伦特也会难过。"这样,等到我坐着亮丽马车,带着大批华丽的衣服,有了一幢自己的住宅,再回到这里来拜访时,他们就要感到不好受了。他们就会永远永远也不笑话我了。"

"当然了,这意味着真要打起来了。"查尔斯终于说出这话,"不过你不用担忧,思嘉小姐,一个月便会完事的,我们要打得他们嚎着求饶。我怕的是今天晚上的舞会要开不成了,因为营里要在琼斯博罗集合呢。塔尔顿家的哥儿们已经去通知大家了。我知道小姐太太们会感到遗憾的。"

她只"哦"了一声,因为想不出更好的词来,不过这也就够了。

她已经开始恢复冷静,思想也在逐渐集中。她的满怀激情已被覆盖上一层霜雪,她认为永远也不会再有什么温暖的感觉了。

"我现在还不能决定究竟是参加韦德·汉普顿先生的南卡罗来纳兵团呢,还是加入亚特兰大的城防警卫队。"

她又"哦"了一声,两人的眼光碰在一起,她那颤动的眼睫毛立刻使他神魂颠倒了。

"你会等我吗,思嘉小姐? 只要——只要知道你在等我,那就简直像天堂一样幸福了!"他静静地等待她回答,他看着她嘴角上的动静,同时第一次注意到她的酒窝,心想要是吻它一吻,那该多么美妙啊! 这当儿,她那只手心冒着热气的手已溜进他的手里了。

"我倒不想等呢。"她说,眼睛蒙眬地微闭起来。

他握住她的手坐在那里,嘴张得大大的。他结巴了好几次,满脸通红。

"你可能爱我吗?"

她一声不吭,只低头望着自己的衣襟,这又把查尔斯弄得时而异想天开,时而困惑莫解。他想喊叫,想唱歌,想吻她,想在这块草地周围跳跃,然后跑去告诉所有的人,包括白人和黑人,说她爱他。可是他坐在那里一动不动,只紧紧握住她的手,把她的戒指都快掐进肉里去了。

"你愿意很快跟我结婚吗,思嘉小姐?"

"唔,"她哼着鼻子应了一声。

"我们要不要同时举行婚礼,跟媚兰——"

"不,"她连忙说,两只熠熠生光的眼睛好像有些生气地仰望着他。查尔斯明白又是自己犯错误了。当然,一个女孩子要的是自己单独的婚礼——不能与别人共享荣耀。他恨不得此刻早已天黑,让他敢于在夜色中拿起她的手来吻吻,而且把自己想说的话都说出来。

"我什么时候对你父亲说好呢?"

"越快越好。"她说。

他一听便跳起来,这时她还以为他已顾不得什么体面,要去欢蹦乱跳一番了。可是他却笑容满面地俯视着她。以前从没有人这样看过她,以后也再不会有别的人来这样看她了,可是此刻在她那古怪的心态下,她反而只想到他很像一只小牛犊。

"我现在就去找你父亲。"他喜气洋洋地说,"我不能等了。亲爱的,请原谅我好吗?"

"好吧,"她说,"我在这里等你。这里很凉快,很舒服。"

他走开了,穿过草地拐到屋后去了,她独自坐在瑟瑟有声的橡树下。马棚那边,男人们正骑着马飞奔而过,方丹家和卡尔弗特家的已经喊叫着沿大路跑去了。塔尔顿家四兄弟也冲过来,穿过思嘉身边的草地,布伦特喊道:"妈妈就要给咱们马啦! 咳——呀——咳!"草皮纷纷飞扬,他们一溜烟走了,又剩下思嘉独自坐在那里。

那幢白房子将它的高高圆柱竖立在她面前,庄严而疏远地渐渐向后隐退,现在它已永远不会属于她了。艾希礼永远也不会带着她作为新娘跨过它的门槛了。啊,艾希礼,艾希礼!我究竟干了些什么啊?她内心深处,一种成年人的情感正在诞生,它比她的虚荣心或固执的自私心更为强大。她爱艾希礼,可是对于这一点,她还从来没有像看见查尔斯在那弯弯的碎石路上消失时那样放在心上。

第七章

不过两星期工夫,思嘉便由一位小姐变成了人家的妻子,再过两个月又变成了寡妇。她再也没有尝过未婚日子那种无忧无虑的自由滋味了。寡居生活紧随着新婚而来,更叫她惊慌的是很快便做了母亲。

听说艾希礼的婚礼已经从秋天提前到 5 月 1 日,以便在营队应召服役时他能立即随同出发,思嘉这时便把自己的婚礼定在他的前一天。爱伦不同意,但是查尔斯提出了新的理由来恳请同意,因为他急于要动身去南卡罗来纳加入韦德·汉普顿的兵团,同时杰拉尔德也支持他们。杰拉尔德已被战争狂热激动得坐卧不宁,也很高兴思嘉选中了这么好的配偶,他怎能在战机已发时给这对青年恋人挡路呢?爱伦心乱如麻,终于让了步。

南方沉醉在热情和激动之中。谁都知道只消一个战役便能结束战争,每个青年人都急急忙忙去报名投军,生怕战争很快就结束了。他们同样急急忙忙跟自己的心上人结婚,好立即赶到弗吉尼亚去给北方佬打一棒子。县里举行了好几十桩这样的战时婚礼,并且很少有时间来为送别伤心,因为谁都太忙、太激动,来不及认真思考和相对流泪了。一列列载运军队的火车每天经过琼斯博罗往北向亚特兰大和弗吉尼亚驶去。县里的小伙子们陷入一片恐慌,生怕在他们到达弗吉尼亚之前战争已经打完了,所以军营出发前的准备活动在加速进行。

在这片混乱中,思嘉婚礼的准备工作也在进行,并且她几乎还没来得及弄清,母亲的结婚礼服和披纱已经穿戴在她身上,她已经从塔拉农场的宽阔楼梯上走下来,去面对那满屋的宾客了。

她看见艾希礼，心想："这不可能是真的。这不可能。这是一个噩梦。我会醒过来并发现这纯粹是一场噩梦。我现在决不去想它，不然我就会在这些人面前喊叫起来了。我现在不能想。我要到以后再想，到那时我就会受得了——那时我就看不见他的眼睛了！"

一切都很像是在梦里，从那两排微笑的人中一路穿过，查尔斯的绯红的脸和结结巴巴的声音，以及她自己的回答，那么惊人清晰和冷淡的回答。然后是祝贺，是亲吻，是干杯，是跳舞——一切的一切都像是在梦中。甚至连艾希礼在她脸颊上的轻吻，连媚兰的低语——"你看，我们已经是真正的姑嫂了"——也不是真实的。

直到跳舞和祝酒都终于结束，黎明开始降临时，那种梦一般的恍惚状态在现实面前像玻璃似的粉碎了。

一想到这个她并没真正想和他结婚的陌生的小伙子就要钻进她被窝里来，而自己的心还在为过去的鲁莽行为痛悔，为永远失掉艾希礼感到非常难过，这叫她如何承受得了啊？当查尔斯犹豫不决慢慢挨近床来时，她粗鲁地低声喝住了他。

"你真要挨近，我就大声喊，我会喊的！我要——放开喉咙喊！给我走开！看你敢碰我一下！"

这样，查尔斯便坐在椅子上度过了这个新婚之夜，当然不怎么愉快，因为他了解，或者自以为了解，他的新娘是多么羞怯，多么娇嫩。他愿意等待，直到她的恐惧心理慢慢消失。

思嘉自己的婚礼已经是噩梦一般够受的了，可艾希礼的还要坏。

她对于这一切多么后悔！如今，当她迫切希望能摆脱查尔斯，自己一个人作为未婚闺女平平安安地回到塔拉去，这时才明白她真的是自作自受，无话可说了。母亲曾设法阻止她，可她就是不听呢。

思嘉在艾希礼结婚的那天晚上迷迷糊糊地跳了一个通宵的舞，机械地说着,微笑着,同时似乎与己无关似的感到奇怪,不知为什么人们会那愚蠢,居然把她当作一个幸福的新娘而看不出她是多么伤心。

那天晚上,嬷嬷服侍她脱了衣裳之后自己走了,查尔斯又羞涩地从梳妆室出来了,心里正在纳闷要不要再到那张马鬃椅子上去睡一夜,这时她哭起来了。她一言不发地哭着,一直哭到查尔斯钻进被窝,在她身边躺下,试着安慰她,同时她的眼泪也哭干了,她这才终于将头枕在查尔斯的肩头静静地抽泣。

可是因为这场战争现在没有晚会,也没有蜜月旅行了。结婚一星期后,查尔斯便动身去参加韦德·汉普顿上校的部队了。再过两星期,艾希礼和军营便出发开赴前线,全县都陷入送别亲人的悲恸之中了。

在那两个星期里,思嘉从没有单独见到过艾希礼,从未私下跟他说过一句话。甚至在告别时刻,那时他在去火车站的途中经过塔拉停留了片刻,她也没有私下跟他谈话。媚兰戴着帽子,围着围巾,挽着他的臂膀,俨然一副新少奶奶端庄文静的模样。

媚兰说:"艾希礼,你得亲亲思嘉。她现在已经是我的嫂子了。"艾希礼弯下腰用冰冷的嘴唇在她脸上亲了亲,他的面孔是板着的,思嘉从这一吻中几乎没有感到什么喜悦,并且是媚兰的提醒这使她郁郁不乐了。媚兰临别时给她的拥抱更叫她闷得透不过气来。

"你要到亚特兰大来看看我和皮蒂姑妈呀,好不好?啊,亲爱的,我们都很想念你!我们很想更多地了解查尔斯的太太呢。"

五个星期过去了,这期间查尔斯从南卡罗来纳写来了不少羞怯、狂喜和亲昵的信,倾诉他的爱情、他对战争结束后的计划、他要为她而当英雄的渴望,以及他对他的司令韦德·汉普顿的崇拜,等等。到第七个星期,汉普顿上校以他个人的名义发来一个电报,接着又寄来一封亲切、庄严的吊唁信。查尔斯死了。上校本来要早些来电报的,可是查尔斯觉得他的病不要紧,不愿意让家里担忧。这个不幸的小伙子,他不仅被剥夺了他自以为赢得的爱情,并且在战场上获得荣誉的崇高理想也被骗走了。他先是患肺炎,接着是麻疹,很快便屈辱地死去了,连北方佬的影子也没看见就在南卡罗来纳军营里死了。

后来,查尔斯的儿子也不适时地诞生了,他取名为韦德·汉普顿·汉密尔顿。思嘉曾因发觉自己怀孕而绝望地哭泣,并宁愿自己死掉。她对孩子不怎么钟爱,虽然嘴里不这样说。她本来是不想要他的,对他的出世感到懊恼。

虽然她生了韦德以后,在一个很短时间内身体便复元了,但是心理上有些恍惚和病态。她精神萎靡,即使全农场的人都设法要让她振作起来,也没有用。爱伦整天蹙额皱眉地转来转去,杰拉尔德愈来愈动辄骂人,同时从琼斯博罗给她带来些无用的礼物。老方丹大夫暗暗告诉爱伦,那是因为伤透了心才使思嘉这样没精打采、反复无常的。可是思嘉本人,要是她高兴说话,她会告诉他们,那是因为她对于做母亲一事感到十分厌烦和非常苦恼,最重要的是因为艾希礼走了,使她更愁苦不堪了。

她的厌烦情绪是强烈而常常的。自从军营开赴前方以后,县里就没有什么娱乐和社交生活了。所有有趣的年轻男子全都走了。只有那些年纪较大的男人、残疾人和妇女留了下来,他们整天编织缝纫,加紧种植棉花和玉米,为军队饲养更多的猪羊牛马。只有由苏伦的中年情人弗兰克·肯尼迪率领的那支补给队为了收集军需品每月经过这里,补给队的那些男人也并不怎么令人兴奋。

即使补给队更加有趣些,那也不会给她的处境以任何改变。她是一个寡妇,她的心已经进入坟墓。至少别人认为她的心已经在坟墓里,并期望她就这样处世行事。这使她很恼火,因为她尽管尽了自己的力量也记不起查尔斯的什么事来,只记得当她答应可以同他结婚时他脸上那种表情。现在连这个印象也愈来愈模糊了。不过她毕竟是个寡妇,不得不遵守寡妇的规矩。未婚姑娘的那些娱乐已经没她的份儿了。她必须严肃而冷漠。

"只有天晓得,"思嘉想,一面顺从地听着母亲的谆谆教诲,"做了少奶奶便已经毫无乐趣了,那么寡妇就简直像死人哪。"

一个寡妇必须穿难看的黑色衣服,上面连一点点装饰也不能有,不能有花、丝带或镶边,乃至珠宝,只能有条纹玛瑙的丧服胸针或用死者头发做的项链。而她帽子上缀着的那幅黑纱必须长垂到膝盖。寡妇决不能开怀畅谈和欢声大笑,连微笑也只能是愁苦的、悲戚的。还有,最可怕的是,她们不能跟先生们在一起玩乐了。要是有位先生缺乏教养,竟至于表示对她感兴趣,她就得严肃而措辞适当地谈起她的亡夫,使对方听了肃然起敬,并从此死了这条心。

结婚就够倒霉的了,而当寡妇,那真是完了!人们常谈到,查尔斯死了以后韦德·汉普顿对她是一个多好的安慰,这话多么愚蠢!他们还愚蠢地说什么现在她活着有了指望呢!谁都说她是多么幸福,她自然也不去纠正他们的看法。但实际上她对韦德几乎没有什么兴趣,有时甚至要记起他确实是她的孩子也不容易哩。

每天早晨醒来后,有那么一个朦胧的片刻她又成了思嘉·奥哈拉,一个无忧无虑的少女。她听见焦急的饥饿的哭叫声,——经常还要经过片刻的惊讶,这才想起:"怎么,屋里有个小毛头呢!"于是她记起这是她的婴儿。这一切都令人迷惑不解,不知究竟是怎么回事。

然后就是艾希礼!啊,最难忘的是那英俊的艾希礼,有生以来第一次,她恨起塔拉农场来了,恨那条长长的通向山冈、通向河边的红土大道,恨那些密植着棉苗的红色田地。每英尺土地,每一棵树和每一道小溪,每一条小径和驰马的大路,都使她想起艾希礼来。只要听见马蹄声在那条从"十二橡树"村过来的河边大道上一路得得而至,便没有一次不想起艾希礼的!

"十二橡树"村这个她曾经爱过的地方,如今她也恨起它来了。她恨它,但是她的心给拴在那里,每次从"十二橡树"村回到家里,都要快快不乐地躺在床上,拒不起来吃晚饭。

这种拒不吃饭的态度使母亲和嬷嬷着急得不行。嬷嬷端来了盛有美味的托盘,哄着她说,已经是寡妇了,可以凭自己高兴尽量吃了,可是思嘉一点也没有食欲。

方丹大夫严肃地告诉爱伦,伤心忧郁症往往导致身心衰退,女人便会渐渐消耗而死。爱伦听得脸都白了,因为这正是她担心的事。

"难道就没有办法了吗,大夫?"

"最好的办法是让她换一下环境。"大夫说。

这样,思嘉便勉强带着孩子离开了塔拉,先是去走访在萨凡纳的奥哈拉和罗毕拉德两家的亲戚,然后去看在查尔斯顿的爱伦的两个姐妹,波琳和尤拉莉。不过她比爱伦的安排提早一个月便回来了,也没有说明是什么缘故。萨凡纳的两位伯伯还是很殷勤的,只是詹姆斯和安德鲁以及他们的夫人都上了年纪,喜欢静静地坐着谈过去的事,而思嘉对此不感兴趣。罗毕拉德家也是这样。至于查尔斯顿,思嘉觉得那个地方实在太可怕了。

波琳姨妈和她丈夫住在河边一个农场里,那里比塔拉要僻静得多。姨父是个小老头儿,表面上还算客气,可是也有了老年人那种漠不关心的神态。在波琳姨妈家,除了白天编织、晚上听凯里姨父朗读布尔瓦·李顿的作品之外,就没有什么事好做了。

尤拉莉姨妈家的住宅是坐落在查尔斯顿"炮台"上的一所大房子,前面有个墙壁高耸的园子荫蔽着,可是也并不怎么好玩。思嘉习惯于连绵起伏的红土丘陵地带那样开阔的视野,所以在这里便觉得被禁锢起来了。这儿虽然比波琳姨妈家有较多的交往,但思嘉不喜欢那些来访的人,不喜欢他们的传统风俗和装模作样、讲究门第的习气。这种情况使她恼火了,因为她和父亲一样是不怎么重视门第的。他为杰拉尔德和他单凭自己作为一个爱尔兰人的精明头脑而白手起家的成就感到骄傲。

那些查尔斯顿人太看重他们自己在萨姆特要塞事件中所起的作用了。思嘉听惯了佐治亚高地人的脆亮声音,觉得沿海地区的语音有点假里假气。她甚至想只要她再听到这种声音,她就会被刺激得尖叫起来了。不久她就回到了塔拉。与其整天去听查尔斯顿口音,还不如在这里为回忆艾希礼而痛苦呢。

爱伦在昼夜忙碌,要加倍提高塔拉农场的生产力来支援南部联盟。她看见她的长女从查尔斯顿回来显得这样消瘦、苍白而又语言尖锐时,不禁吓坏了。她自己也尝到过伤心的滋味,便夜夜思量,要想出个办法来减轻思嘉的愁苦。查尔斯的姑妈皮蒂帕特·汉密尔顿小姐已经来过好几次信,要求她让思嘉到亚特兰大去住一个较长的时间,现在爱伦第一次在认真考虑了。

皮蒂帕特小姐在信中说,她同媚兰住在一所大宅子里,"没有一个可以保护的男人,很孤单,也很害怕。如今亲爱的查理已经去世。要是思嘉跟我们在一起,媚兰和我都会觉得方便得多,安全得多。并且亲爱的思嘉在这里也许能找到某种消愁解忧的办法,譬如,看护这边医院里的勇敢的小伙子们。当然喽,媚兰和我都急于想看看那个亲爱的小乖乖……"

这样,思嘉又把她居丧用的那些衣服重新装进箱子里,然后带着韦德·汉普顿和他的小保姆普里茜,还有杰拉尔德的一百元联盟纸币,动身到亚特兰大去了。她不怎么愿意到那里去。但她目前已不能再住在县里想那些伤心事,因此换换环境总是好的。

第八章

　　1862 年 5 月的一个早晨,火车载着思嘉北上了。她怀着好奇心想象着亚特兰大的景象,从前年冬天战争爆发前她最后一次拜访这里以来,这个城市究竟变得怎样了。

　　亚特兰大历来使她感兴趣,因为她小时候听父亲说过,她和亚特兰大恰巧是同年诞生的。后来她长大了一些,才发现父亲夸张了一些,因为他认为夸张才能使故事有趣。不过亚特兰大的确只比她年长九岁,它与任何别的城市比起来仍显得惊人的年轻。萨凡纳和查尔斯顿有着一种老成的庄严风貌,一个已经一百好几十年,另一个正在跨入它的第三个世纪,这从思嘉年轻人的眼里看来已经十分老迈了。可亚特兰大是她的同辈,带有青年时代的莽撞味,而且像她自己那样倔强而浮躁。

　　杰拉尔德讲给她听的那个故事也不全是夸张,那就是她和亚特兰大是在同一年命名的,这个城市先后有好几个名字,直到思嘉诞生那年才成为亚特兰大。

　　杰拉尔德开初迁到北佐治亚来时,亚特兰大根本还不存在,只是一大片荒原。不过到第二年,即 1863 年,一条铁路修建起来了,同时亚特兰大也就正式诞生、成长起来。

　　亚特兰大伴随着一条铁路诞生,也和铁路同时成长,亚特兰大渐渐成长为一个拥有上万人口的繁荣小城,成为全州瞩目的中心。

　　思嘉一直喜欢亚特兰大,这个市镇像她自己一样是佐治亚州新旧两种成分的混合物。而且,这里面还有她自己的个人情感因素——它是和她同一年诞生,至少是同一年命名的。

　　头天晚上是整夜的狂风暴雨,但是到思嘉抵达亚特兰大时天气已经转晴,车站旁边的泥地,由于车辆行人来来往往,快要成一个烂稀稀的大泥塘了,也时常有些车轮陷在那里面动弹不得。军用大车和救护车川流不息,车夫大声咒骂,骡马跳着叫着,泥浆飞溅到好几丈远,这就使那场面一团混乱。

　　思嘉站在车厢门口下面的那个梯级上,她穿着黑色丧服,绉纱披巾几乎飘垂到了脚跟,那纤弱的身材相当亮丽。她犹豫着不敢走下地来,生怕泥水弄脏了鞋子和衣裙,便向周围匆匆看了一眼,寻找皮蒂帕特小姐。可是那位胖乎乎红脸蛋的太太连个影儿也没有,思嘉十分焦急,这时一个瘦瘦的花白胡子的黑人老头,手里拿着帽子,显出一种庄重不凡的气度,踩着泥泞向她走过来。

　　“这位是思嘉小姐吗？俺叫彼得,是皮蒂小姐的马车夫。你别踩在这烂泥地里。”他厉声命令着,因为思嘉正提起裙子准备跳下来。“你跟皮蒂小姐同一个毛病,像小孩似的也不怕弄湿了脚。让俺来背你吧。”

　　他虽然看来年老体弱,却很轻松地就把思嘉背了起来,这时,他瞥见普里茜怀抱着婴儿站在车厢梯台上,他又停下来说:“那孩子是你带来的小保姆吗,思嘉小姐？她太年轻了,看不好查尔斯先生的孩子呢！不过以后再说吧。你这小妞儿,跟俺走吧,可当心别摔着娃娃。”

　　思嘉乖乖地让他驮着向车走去,一面不声不响听着他的批评。这时思嘉回想起查尔斯说过的有关彼得大叔的话来。

　　“他跟着父亲经历了墨西哥的全部战役,父亲受了伤他就当看护——事实上是他救了父亲的命。彼得大叔实际上抚养了我和媚兰,因为父母亲去世时我们还小呢。大概就是那个时候,皮蒂姑妈同她哥哥亨利叔叔发生了一次争吵,因此她就过来同我们住在一起。皮蒂姑妈是个很软弱的人——活像个可爱的大孩子,彼得大叔也就这样对待她。为了不负责任,她事事都不自己做主,要由彼得大叔来替她决定。总之,他是我所见过的最能干的黑人老头,也可以说是最忠心的一位。唯一不好的是他把我们三个,连精神带肉体,都当作他个人所有,这一点他自己也是清楚的。"

这时,彼得大叔又开口了:

"皮蒂小姐因为不能来接你而不大高兴。她怕你见怪,但是俺告诉她,她和媚兰小姐如果来的话,只会溅一身泥水,弄脏了新衣裳,并且俺会解释清楚的。思嘉小姐,你最好自己抱那娃娃。瞧那黑小鬼快把他给摔了。"

思嘉瞧着普里茜叹了口气。普里茜确实不太能干,她原来只是一个穿短裙子、翘着小辫儿、瘦得皮包骨头的黑小鬼,现在成了身穿印花布长裙、头戴白头巾的保姆,正洋洋得意呢。普里茜还从没到过离农场一英里的地方,所以这次乘火车旅行,加上又成了保姆,便使她那小小黑脑瓜越发吃不住了。从琼斯博罗到亚特兰大这二十英里的旅程使她太兴奋了,以致思嘉一路上只好自己来抱娃娃。此刻,这么多的高楼和人更把她迷惑住了。她扭着头东看西看,又蹦又跳,把个娃娃颠簸得哇哇大哭起来。

思嘉渴望着老嬷嬷那双肥大老练的臂膀。嬷嬷的手只消往孩子身上一搁,孩子马上就不哭了。可如今嬷嬷留在塔拉,思嘉已毫无办法,她即使把小韦德抱过来也没有用。他还是会那么大声啼哭。此外,他还拉扯她帽子上的饰带,当然也会弄皱她的衣裙。因此她便索性装作没有听见彼得大叔的话了。

"也许,过些时候我会摸准孩子的脾气。"她烦躁地想着,"不过,我永远也不会喜欢逗他们玩。"这时韦德已哭叫得脸都发紫了,她这才怒气冲冲地呵斥了一声:"把糖奶头给他,普里茜。别让他哭。我知道他是饿了。可现在我一点办法也没有。"

普里茜把早晨嬷嬷给她的那个糖奶头拿出来塞进婴儿嘴里,孩子果然不哭了。由于耳边恢复了清静,思嘉的情绪开始好转。到彼得大叔终于把马车驶上了桃树街时,她觉得几个月来终于有点高兴了。

过去一年她完全沉浸在悲痛之中,只要一提到战争就不胜烦恼,所以她不明白亚特兰大如今在战时已具有重大的战略意义。

思嘉环顾周围，想寻找那个她记忆中的小市镇。它不见了。她现在看见的这个城市就像是一个婴儿一夜之间长成了巨人似的。

亚特兰大一片喧嚣，像个嗡嗡不休的大蜂窝。

他们在这座城市的主要大街上穿过泥洼缓缓前进，思嘉很有兴致地观望着新的建筑和面孔。人行道上拥挤着穿军服的人；狭窄的街道塞满了各种车辆——马车、短程运输车、救护车；受伤的士兵拄着拐杖一瘸一拐地走动，有的还由小心的护士小姐在一旁搀扶着。喇叭声、军鼓声和吆喝的口令声从训练新兵的操场上远远传来。思嘉还心惊肉跳地头一次看见了北方佬的制服，那就是彼得大叔用鞭子指给她看的一队战败的北方兵，他们将被运往俘虏营。

"啊，我会高兴在这里住下去了！多有生气，多刺激啊！"思嘉这样想。自从大野宴以来，这还是头一次她真正感到乐趣呢。

这座城市实际上比她所发现的还要富有生气。这里有好几十家新开的酒吧，有随着军队蜂拥而至的妓女。每一家旅店、公寓和私人住宅都挤满了客人，他们是来探望住在亚特兰大医院中的受伤亲属的。每星期都有宴会、舞会、义卖会和无数的战时婚礼。

马车在大街上碾着泥泞缓缓驶着，思嘉不停地问这问那，彼得大叔用鞭子指点着一一回答，很高兴显示一下自己的见识。

"那边是兵工厂。是的，小姐，他们在那里造枪炮什么的。不，小姐，那不是商店，是实施封锁办事处。那办事处是给外国人住的，……思嘉小姐，行礼呀。梅里韦瑟太太和埃尔辛太太在给你鞠躬呢。"

思嘉似乎知道这两位太太的名字，她们从亚特兰大到塔拉去参加过她的婚礼。她还记得她们是皮蒂小姐最要好的朋友。于是她赶快朝彼得大叔指的方向鞠了一躬。梅里韦瑟太太是个人高马大的女人，她的脸圆圆的，皮肤微黑，流露出和善精明而习惯于指挥别人的神情。埃尔辛太太年轻些，身材纤细瘦弱，她曾经是个美人儿，至今风韵犹存，看上去还有些骄傲。

这两位太太再加上另一位，即惠廷太太，是亚特兰大的三根台柱子。她们管理着自己所属的那三家教堂、牧师、唱诗班和教区居民。这三位太太互相猜忌，但也许正因为这样她们才结成了紧密的联盟。

"我对皮蒂说了要你加入我的医院。"梅里韦瑟太太微笑着高声说。"你可别答应米德太太或惠廷太太啊！"

"当然。"思嘉说，也不明白梅里韦瑟太太说的什么，只觉得人家竟这样欢迎和需要自己，心中很舒服。"我希望很快就能去看你。"

马车又行驶了一程，就在这时思嘉偶尔瞥见了人行道上一个人影，她穿着颜色鲜艳的衣裳，披着华丽的披巾。思嘉转过身来，发现那是一个亮丽的高个女子，一头浓密的头发红得令人难以相信，她这是平生第一次看见这种显然"在头发上下了不少功夫"的妇女，所以仔细打量着她，有点着迷了。

"彼得大叔，那人是谁呀？"她低声问。

"俺不知道。"

"你知道的，我敢说。究竟是谁嘛？"

"她叫贝尔·沃特琳。"彼得大叔答道，撇起嘴来。

思嘉立即抓住了他没有称人家"小姐"或"太太"这一事实。

"她是谁？"

"思嘉小姐，"彼得沉着脸说，一面往马背上抽了一鞭子，"皮蒂小姐不会乐意让你到处打听。她们是这个城里一些不值钱的人，谈起来没什么意思。"

"哎呀！我的天！"思嘉心想，被顶得不再作声了。"那一定是个坏女人！"

她以前从没见过一个坏女人，便好奇地回过头去盯住她的背影看，直到看不见为止。

他们经过一幢盖得凌乱不堪但装有绿色护墙板的房子时，米德大夫和他太太以及那个十三岁的小费尔随即走了出来，一齐嚷着表示问候。

大夫同她拉拉手,在韦德的肚子上拍了拍并称赞了几句,便告诉思嘉皮蒂帕特姑妈已经应允,让思嘉除了米德大夫那里外不要到任何别的医院和看护会去了。

"啊,亲爱的,可是我已经答应了上千位太太呢!"思嘉说。

"一定有梅里韦瑟太太吧,我敢担保!"米德太太气愤地大声嚷道,"讨厌的女人!"

"我答应了,因为我不明白那都是干什么的。"思嘉承认。"看护会是怎么回事呀?"

"唔,当然了,你一直在乡下,因此不懂。"米德太太为她解释道,"我们给不同的医院分别组织了看护会,分班轮流每天去护理病人。我们看护伤病员,做绷带和衣服,等到他们可以出院时便把他们带到家里来调养,直到他们能返回部队去为止。"

彼得大叔见大家说个没完,便清了清嗓子。

"俺出门时皮蒂小姐正在生气,要是俺再不早些回家,她会晕过去的。"

"那再见吧,我今天下午就过去看你。"米德太太大声说。"你替我告诉皮蒂,要是你不上我的看护会来,那就跟她没完!"

马车连溜带滑地在那泥泞的道路上向前驶去,思嘉往后靠了靠微笑着。此刻她觉得十分舒服。亚特兰大,它那么拥挤,那么匆忙,生活中激荡着一股振奋的潜流,比起那个孤独的农场来,真不知好多少呢。是的,它甚至比塔拉还好,虽然塔拉是那么可爱。"

这座街道狭窄而泥泞的城市坐落在连绵起伏的红色丘陵中,它有某种令人兴奋,生涩而粗糙的东西,这与思嘉优美外表底下那种生涩而粗糙的本质恰好彼此呼应,气味相投。她顿时觉得这才是她所适合的地方了,而那些幽静古老的城市却是她生来就不习惯的。

房子愈来愈稀疏,思嘉探身向外看见了皮蒂帕特小姐的红砖石瓦的住宅。

这几乎是城市西边最末的一所房子了。皮蒂小姐住宅门前的木板围墙漆成了白色。门前台阶上站着两位穿黑色衣裳的妇女，后面是一个肥胖的黄皮肤女人，她的两只手笼在围裙底下，笑得露出了一口雪白的牙齿。矮胖的皮蒂帕特姑妈兴奋地不断挪动着那双小巧的脚，思嘉看见媚兰站在她身旁，心中顿生反感，如果说亚特兰大美中不足，像油膏上叮着只苍蝇，那准是因为这个身穿丧服的瘦小人物造成的。她满头乌黑的鬈发压得服服帖帖，很适合一个少奶奶的身份，一张清秀的脸上流露着可爱的微笑。

思嘉这次到亚特兰大来，事先没有想过要在这里住多久。如果她发现在这里也像在萨凡纳和查尔斯顿那样沉闷无聊，那她一个月后就回家去。如果住得开心，她就无限期地住下去。但是她一到这里，皮蒂姑妈和媚兰就积极地劝说她永久地住下去。她们找了许多理由来说服她。她们挽留她，首先是为了她自己，因为她们是爱她的。并且她们住在这幢大房子里感到孤单，晚上更是害怕，而她很勇敢。她又那么可爱，能使她们在愁闷时受到鼓舞。既然查尔斯已经死了，她和她的儿子就理应跟他老家的人住在一起。还有，按照查尔斯的遗嘱，这房子的一半是属于她的。

查尔斯的叔叔亨利·汉密尔顿独身住在车站附近的亚特兰大旅馆，他也认真地跟她谈了这个问题。亨利叔叔性情暴戾，矮个儿，大肚子，脸红红的，一头蓬乱的银白长发。他十分看不惯那种女性的怯弱和爱说大话，所以，他和自己的妹妹皮蒂帕特小姐没有多少话好说。他们从小就是水火不相容的。媚兰和查尔斯跟叔叔相处很好，并经常安慰姑妈，可是皮蒂经常要孩子脾气，噘着嘴不说话，拒绝他们的一片好心。

亨利叔叔一见思嘉就喜欢她了，因为他说思嘉虽然看上去有点儿傻，但总算还有点头脑。他不仅是皮蒂和媚兰的不动产保管人，也是查尔斯遗留给思嘉的不动产的保管人。思嘉又惊又喜地发现她如今是个不大不小的年轻女财主了，因为查尔斯不但留下了那半所房子给她，并且留下了农田和市镇上的财产。

同时车站附近沿铁路的一些店铺和栈房也是属于她的一部分遗产，它们的价格自从战争爆发以来已上涨了两倍。亨利叔叔就是所以建议她在这里永久定居的。

"等韦德·汉普顿长大以后，他将成为一个年轻财主。"他说。"照亚特兰大目前发展的形势看，再过二十年他的财产会增加十倍，因此应该让孩子长久在这儿居住，这样他才能学会照管它——是的，还要照管皮蒂和媚兰的财产。他不久就将是汉密尔顿家族留下的唯一男丁了，因为我是不会永远待在这里的。"

至于彼得大叔，他以为思嘉已经要在这里住下去了。但对于所有这些主张，思嘉只报以微笑，不说话，因为她还不很清楚自己究竟喜不喜欢亚特兰大，愿不愿意跟这些人长久相处，不好轻易答应。她也明白，还必须争取到杰拉尔德和爱伦的支持。此外，她离开塔拉还没几天就十分想念那儿了，十分想念那红土田地和正在猛长的绿色棉苗，以及傍晚时那可爱的幽静。她想起杰拉尔德说过她的血液中有着对土地的爱，这句话的意思她现在才模模糊糊地意识到了。

因此她暂时巧妙地回避着，不明确答复她的生活安排。

思嘉跟查尔斯的亲人们住在一起，看到了他的家庭，如今才对她这位辞世的丈夫了解得稍稍多了一点，理解他为什么那样羞怯，那样单纯，那样不切实际了。他的男子汉品质被这个环境的闺门气氛消磨掉了。他一生最爱这位孩子气的皮蒂姑妈，同时也密切地接近媚兰，而这两位却是世上罕见的怪僻女人。

皮蒂姑妈原名叫萨娜·简·汉密尔顿，但是自从溺爱她的父亲针对她那啪哒啪哒到处乱跑的小脚给了她这个绰号以来，就谁不也叫她的原名了。过了几十年以后，原先那个飞快地跑来跑去的孩子，现在留下的只有那双肥胖身体下的小脚，以及漫无目的的喋喋不休。她身体结实，两颊红彤彤的，头发银光闪闪。她的心脏稍稍有点兴奋就怦怦直跳，以致一遇到刺激就要晕倒。人人都知

道她的昏厥通常只是假装娇弱而已，可大家都很爱她，总是忍着不说出来。人人爱她，简直把她当作一个孩子给宠坏了，也从来不跟她认真——唯独她的哥哥亨利例外。

　　她最喜欢聊天，世界上再没有叫她这样喜欢的事了。她可以喋喋不休地谈上几个小时，主要是谈别人的事，不过并没有什么恶意。她从来记不清人名、日期和地点，不过别人并不所以而被搅乱，因为谁也不会愚蠢到把她的话当真呢。虽然她已是六十岁的人了，可朋友们仍然好意地让她继续做一个受到庇护和宠爱的老小孩。

　　媚兰在许多方面像她的姑妈。她也有些羞怯，动辄脸红，为人谦逊。媚兰也像姑妈那样有一张可爱的娃娃脸，她只知道单纯和亲切，诚实和爱，从没注意过粗暴和邪恶。因为她常常是愉快的，她要周围所有的人也都愉快，至少感到舒适。怀着这一目的，她经常只看见身上最好的一面，并高兴地赞美着。

　　由于她具备这些诚恳并且宽容的品德，所有的人便都拥戴她，因为她既然能在别人身上发现他们连自己也不曾梦想到的优良品质,谁还能抵挡她那诱人的魅力呢?她比城里任何人都有更多的女友和男友。不过追求她的人却很少,因为她缺乏那种最能迷惑男人的任性和自私的特点。

媚兰的所作所为不外乎让周围的人感到自在和惬意。正是这种令人愉快的女性的情操,才使南方社会如此令人高兴。女人们懂得,任何一个地方,只有男人们在那里感到满足、顺利和自尊心不受威胁,女人们才能在那里愉快地生活下去。因此,不论在哪儿,女人们始终努力让男人过得舒服,而满意的男子则以殷勤和崇拜来慷慨地回报她们。事实上,男人们乐意将世界上的一切都给女人,只是不乐意让她们具有聪明才智。

查尔斯在这个温柔的家庭成长起来,因此从来不会粗暴。这个家庭跟塔拉比起来,显得是那样安静,那样旧式文雅。思嘉觉得,这幢房子缺少的是白兰地、烟草和望加锡头油的男性阳刚的气味,缺少粗野的声音和偶尔的咒骂,缺少枪支和胡子。她很怀念在塔拉常常听到的那些争吵声,嬷嬷同波克争吵、罗莎跟丁娜斗嘴、她自己和苏伦激烈争论,以及杰拉尔德大喊大叫的恐吓声,等等,毫不奇怪,查尔斯出身于这样一个家庭,便变得像个小女孩了。这里从来温和文雅,说话也是细声细气的,人人尊重别人,结果就使得厨房里那个黑老头发号施令起来。

在这样一家庭里,思嘉渐渐恢复了常态,并且几乎不知不觉地情绪也正常了。她还不过十七岁,身体健康,精力充沛,查尔斯家的人又在千方百计让她快活。如果他们有一点点没有注意到,那也不能怪他们,因为她每次一听见谈起艾希礼的名字就要心悸,而这种痛苦是谁也无法帮她去掉的。何况媚兰又总是常常提到他!不过媚兰和皮蒂还是不断在设法宽慰她。她们忙着给她准备吃的,安排她的午睡,让她坐马车出外消遣。她们十分羡慕她,羡慕她勇敢的性格,她美丽的身段,她小巧的手脚,她白皙的皮肤。

思嘉受到恭维时心里觉得暖乎乎的。在塔拉,谁也没有对她说过这么多好听的话。实际上，嬷嬷把大多数时间都用来给她的骄傲泼冷水了。如今小韦德已不再是个累赘了，因为全家的人，不论白人黑人，以及左邻右舍，都把他当作宝贝，而且总是盼着争着要抱他，媚兰尤其疼爱他。在他大哭大叫闹得最凶的时候，媚兰也觉得他是可爱的，她这样说了以后还要补充一句："啊，你这让人心疼的小心肝！我巴不得你就是我自己的呢！"

有时候思嘉发现很难掩饰自己的情感，她觉得皮蒂姑妈是最愚蠢的一位老太太，她那种含糊不清和爱说大话的毛病简直叫人厌恶。她怀着一种越来越强烈的妒忌心理讨厌媚兰。有时媚兰正眉飞色舞地谈论艾希礼或者朗读他的来信，她会默不出声地突然站起来走开了。但是，总的说来，在这样的环境下生活算是过得够愉快的了。亚特兰大比萨凡纳或查尔斯顿或塔拉都要有趣得多，它有许多新奇的事，以致她很少有工夫去思索或发闷了。不过有时候她吹灭蜡烛，把头埋到枕头里准备入睡时，会不由得叹息一声想起来："要是艾希礼没有结婚，那才好呢！要是我用不着到那倒霉的医院里去护理，那才好呢！啊，要是我能找到个情人，那才好呢！"

她很快就厌恶护理工作了，可是她无法逃脱这项义务，因为她同时参加了米德太太和梅里韦瑟太太的看护会。这意味着每星期有四个上午，她要头上扎着毛巾，在那热得发昏、臭气扑鼻的医院里干活。在亚特兰大，每一位年老或年轻的已婚妇女都在护理伤员，她们那么热情地干着，在思嘉看来几乎要发疯了。除了每时每刻都在担心艾希礼的生命安全外，她对战争漠不关心；她之因此参加护理工作，只不过没有办法而已。

的确，护理工作，对她来说，这意味着呻吟、眩晕、死亡和恶臭。医院里到处是肮脏的、长着大胡子的、满身虱子的男人，他们臭气熏天，身上的伤口令人作呕。大群大群的苍蝇、蚊子和白蛉子在病房里嗡嗡歌唱着，将病人折磨得大声诅咒或无力地哭泣。思嘉呢，她搔着自己身上被蚊子咬成的肿块，这时她恨不得让那些伤兵都干脆死掉算了。

　　媚兰却似乎对那些臭气、伤口乃至赤身露体的情景都不在乎。有时媚兰端着盘子和手术器械站在那里，看米德大夫给伤兵剜烂肉，她的脸色也苍白极了。有一回，做完这样一次手术之后，思嘉还发现她在卫生间里悄悄呕吐呢。不过，只要是在伤兵看得见的地方，她总是那么亲切、温和，那么富于同情心，那么笑容满面，以致医院里的人都叫她仁慈天使。思嘉也很喜欢这个称号，可这意味着要接触那些满身虱子的人，要给断肢残臂裹绷带，要从化脓的伤口中挑蛆虫，等等。不，她厌恶这样的护理工作。

　　如果她被允许在那儿施展自己的女性魅力，那倒还可以忍受，因为他们中有许多人长相、出身都不错，可惜她是寡妇，不能这样做。城里的年轻小姐，负责康复院的工作。她们既未结婚又非守寡，便趁机向那些康复者大举进攻，于是连那些长相一般的姑娘，据思嘉冷眼旁观，也是不难找到订婚对象的了。

　　思嘉接触到的，除了那些病情险恶和伤势很重的男人之外，全都是女的，这一点叫她十分苦恼，因为她既不喜欢也不信任和自己同性别的人，甚至还厌恶她们。每星期有三个下午她必须出席由媚兰的朋友们组织的缝纫会和卷绷带委员会。这两个组织中那些认识查尔斯的姑娘们，尤其是本城两位富商的女儿范妮·埃尔辛和梅贝尔·梅里韦瑟，对她特别亲切，也非常照顾。不过她们总似乎故意尊敬她似的，似乎她已经老了。而她们常常谈跳舞，谈情人，这使她既妒忌又恼恨，妒忌姑娘们的快乐自由，恼恨自己的寡妇身份害了自己。她比范妮和梅贝尔亮丽三倍呢！啊，生活多么不公平呀！

　　不过，虽然有这些不称心的事，亚特兰大仍使她感到十分满意。于是，她在那里便一个星期又一个星期地住下去了。

第九章

　　那年夏天的一个早晨，思嘉坐在卧室的窗前，满肚子不高兴地看着街上，好些大车和马车载着姑娘们、大兵，兴高采烈地到林地去采集松柏之类的装饰物，准备给当天晚上为医院福利举办的义卖会使用。有辆大车走在最前面，载着四个粗壮的黑人，他们正在热情奔放地演奏《骑士詹恩，如果你想过得快乐》。他们后面滚滚而来的是大队人马。女孩子们穿着薄薄的花布衣裳，年纪大一些的太太们心平气和，笑容满面。军官们骑着马懒洋洋地在马车旁边慢慢移动，金色的穗带闪闪发光。人人都离开桃树街去采集青枝绿叶，举行野宴去了。除了我，人人都去了，思嘉郁郁不乐地想。

　　他们经过时都向她挥手致意，她也尽量做出高兴的样子来回答。她心里开始隐隐刺痛，伤心地流出了眼泪。除她以外，人人都去野餐了，除了她、皮蒂帕特和媚兰以及城里其他正在服丧的不幸者之外，所有的人都去啊！可是媚兰和皮蒂似乎并不在意，他们并不爱参加这样的活动。只有思嘉才想呢。她可真的十分想去呀。

　　这简直太不公道了。她比城里的任何一个姑娘都加倍努力，为义卖编织了袜子、婴儿帽、毯子、围巾，织了不少的花边，她还做了好几个上面绣有美国国旗的沙发枕套。昨天她在肮脏的旧军械库里，给排列在墙边的展品摊悬挂帷布，直累得筋疲力尽。这是一桩平凡而艰苦的工作，绝不是好玩的。要知道，在梅里韦瑟太太、埃尔辛太太和惠延太太左右，由她们管着，你简直就成了黑人劳工队中的一员，一点也马虎不得。你还得听她们吹嘘自己的女儿有多少人在爱慕。而且,最糟糕的是,思嘉在帮皮蒂帕特和厨娘烙千层饼时,她的手指上给烫起了两个水泡呢。

现在,她已经苦干了许久,好玩的时候眼看就要开始了,可是她却不得不乖乖地退下来。啊,这世界多不公道,她偏偏有一个死了的丈夫,还有一个婴儿在哇哇大哭,以致被排除在一切娱乐之外。刚刚一年多一点以前她还在跳舞,还在穿鲜艳的衣裳,而且同三个英俊的小伙子恋爱。现在她才十七岁,还有许多的舞好跳呢。啊,这是不公平的!生活在她面前欢乐地走过,沿着一条夏季的林荫大道。

她正在向窗外那些她曾护理过的士兵们点头和挥手,皮蒂帕特已走进屋来,她像平常那样因爬楼梯而气喘吁吁,而且很不礼貌地把她从窗口拉开。

"难道你发疯了,宝贝,居然向你卧室窗外的男人挥起手来了?我说,思嘉,你吓死我了!要是你母亲知道了会怎么说呢?"

"唔,他们不知道这是我的卧室呀。"

"可是他们会猜想这是你的卧室,宝贝,你可不能做这种事。人人都会议论你,说你不规矩——并且不论如何梅里韦瑟太太知道这是你的卧室嘛。"

"并且我想她会告诉所有的小伙子,这只老猫!"

"宝贝,别说了!多丽·梅里韦瑟可是我最要好的朋友啊。"

"唔,老猫总归是老猫——啊,对不起,姑妈,你不要哭!我忘了这是我卧室的窗口了。我再也不这样了——我——我是想看看他们从这儿走过。我也挺想去呢。"

"宝贝!"

"唔,我真的想呀。我不喜欢老坐在家里。"

"思嘉,请答应我以后不说这样的话了。人们会议论纷纷的。他们会说你对查理缺乏应有的尊重——"

"啊,姑妈,你别哭了!"

"啊,我惹得你也哭起来了。"皮蒂帕特抽泣着说,稍稍有点高兴似的,一面伸手到裙兜里去掏手绢。

　　思嘉心中本来那点隐隐的刺痛终于使她放声痛哭起来——不,皮蒂帕特心想,这不是为可怜的查尔斯,而是因为那些车轮声和笑声已走远了。这时媚兰从自己的房间里窸窸窣窣地走进来,她懊恼地蹙着眉头。

　　"亲爱的,怎么回事呀?"

　　"查理!"皮蒂帕特哽咽着说,似乎想痛痛快快地悲伤一番似的,一面把头紧伏在媚兰的肩窝里。

　　"唔,勇敢些,亲爱的!"媚兰一听到她哥哥的名字便嘴唇哆嗦起来,"别哭了。唔,思嘉!"

　　思嘉倒在床上放开嗓门痛哭着,哭的是她丧失了的青春和被剥夺了的欢乐。像一个孩子,她曾经一哭就能得到任何自己所要的东西,而如今知道哭已经不管用了,所以她感到愤怒和绝望。她把头埋在枕头里,一面哭一面用双脚乱踢着被子。

　　"我还不如死了好!"她伤心地哭着说。这时媚兰赶紧跑到床边去安慰她。

"亲爱的,别哭了!只要想想查理多么爱你,你也就会感到安慰了。还要想想你有那么个宝贝儿子呢。"

思嘉既因自己被误解而感到愤慨,又因失去了一切而觉得孤独,这两种情绪混在一起,她便开不得口了。这真不幸,因为如果她能勇敢地开口,她就会用父亲那种爽直的口吻把一切真情都大声讲出来。媚兰拍着她的肩膀,皮蒂帕特踮着脚尖吃力地在房里走动,她想把窗帘放下来。

"别这样!"思嘉从枕头上抬起哭肿了的面孔喊道。"我还没断气呢,用不着把帘子放下来。啊,请离开这里,让我一个人待一会儿吧!"

她又把脸埋到枕头里。媚兰和皮蒂帕特俯身看了看她,然后悄悄出去了。接着,她听见她们下楼时媚兰轻轻对皮蒂说:

"皮蒂姑妈,你不要再对她谈起查尔斯了。你知道这会叫她伤心的。可怜的人儿,每次一谈起,她的模样就那么古怪,我看是拼命忍住痛哭。我们可不能再加重她的痛苦呀。"

思嘉气得一脚踢开被子,想找一句最难听的话来咒骂一声。

"真是见你妈的鬼!"她终于骂了出来,随即觉得舒服了一点。媚兰才十八岁,怎么就能安心待在家里,什么乐趣也没有,还为她哥哥佩戴黑纱呀?媚兰似乎并不知道,或者不关心,年轻的生活正一路驶过去了呢。

"可她就是这么个木头人嘛。"思嘉想,一面捶着枕头,"她从来也不像我有这么多人在捧着追着,因此并不怀念我怀念的那些东西。而且——而且她已经有了艾希礼,而我呢——我可一个也没有呀!"想起这段伤心事,她又放声痛哭起来。

她闷闷不乐一个人关在房间里,直到下午,看见那些出外野餐的人回来,大车上高高地堆放着松枝、藤萝和蕨类植物,她仍然不觉得高兴。人人都显得既疲乏又快活,再一次向她挥手致意,她只郁郁地回答。生活已经没有什么希望,并且肯定不值得过下去了。

午睡时,梅里韦瑟太太和埃尔辛太太坐着马车登门拜访来了。媚兰、思嘉和皮蒂帕特姑妈都对这种不适时的来访感到吃惊,于是赶快起来,掠了掠头发,下楼迎接客人。

"邦内尔太太的几个孩子出疹子了!"梅里韦瑟太太突如其来地说。

"并且麦克卢尔家的姑娘们又被叫到弗吉尼亚去了,"埃尔辛太太用慢条斯理的口气补充说,一面懒懒地摇着扇子。"达拉斯·麦克卢尔也受伤了。"

"多可怕呀!"几位女主人齐声喊道。"难道可怜的达拉斯——"

"没有。只打穿了肩胛。"梅里韦瑟太太轻松地说。"不过在那样的时候发生,可再坏不过了。如今姑娘们正到北边去接他。皮蒂,我们要你和媚兰今晚去顶替邦内尔太太和麦克卢尔家几位姑娘呢。"

"唔,不过,多丽,我们不能去。"

"别说什么能不能的,皮蒂帕特·汉密尔顿,"梅里韦瑟太太认真地说,"我们要你去照管那些弄点心的黑人。这本来是邦内尔太太的事。至于媚兰,你得把麦克卢尔家姑娘们的那个摊位接过来。"

"唔,我们真的不能——可怜的查理去世还刚刚——"

"我理解你的心情,不过,就现在这种状况,不论做出什么样的牺牲都是应当的。"埃尔辛太太插嘴说,她那温和的声音似乎就这样把事情决定下来了。

"唔,我们是很乐意帮忙的,可是——你们怎么不找几个亮丽姑娘来管这些摊位呢?"

梅里韦瑟太太用鼻子嗤了一声。

"我想我们应当去。"思嘉说,一面努力克制自己的热情,尽量显得诚恳单纯一些。"能够替医院做些最微小的事,我很愿意。"

两位来访的太太本来根本没想到她,这时才转过身来严峻地瞧着她。她们虽然极为宽容,可是还没有考虑到叫一位居丧刚刚一年的寡妇到社交场合去服务呢。思嘉像个孩子,瞪着两只眼睛承受着她们犀利的目光。

"我想我们大家都应当去帮助把义卖会办好。我看最好我同媚兰一起去管那个摊位,因为——嗯,我觉得我们两个人去比一个人更好一些。你不这样看吗，媚兰？"

"好吧。"媚兰无可奈何地说。还在服丧期间就公然到公众集会上去露面，这简直是前所未闻，所以她不知道该怎么办好。

"思嘉是对的。"梅里韦瑟太太说，她注意到媚兰有点软下来了。她站起身来，整了整裙腰。"你们俩——你们大家，都得去。好，皮蒂，不要再解释了。"

"好。"皮蒂帕特说，她在一个比自己强硬的人面前就毫无办法，"只要你觉得人们会理解，那就行了。"

"太好了！太好了！好得叫人难以相信！"思嘉在心中欢乐地唱着，谨慎地钻进那个帷布围着的摊位，这本来应该归麦克卢尔家的姑娘们管理的。现在她真的来到一个集会上了！经过这寂寞的一年的蛰居，她现在真的又来到了一个集会上，一个亚特兰大前所未有的最大规模的集会上。她在这里能够看到许多人和无数的灯光，能够听到音乐，而且自在地观赏美丽花边、绉边等装饰品。

她坐在摊位柜台后面一条小凳子上，前前后后地看那个长长的展览厅，这地方直到今天下午以前还是个空空荡荡难看的大厅呢。姑娘太太们今天花了多少力气才把它收拾得这样亮丽。它显得很可爱了。亚特兰大所有的蜡烛和烛台今天晚上都聚集到这里来了，有银烛台，也有古铜的烛台，在装饰着鲜花的桌子上，在摊位柜台上，甚至在敞开的窗棂上，蜡烛的火光欢快地跳跃着。

大厅中央是那盏又大又难看的吊灯，已经用盘绕的常青藤和野葡萄藤打扮得完全变样了，四壁墙脚摆放着许多清香扑鼻的松枝。到处垂挂着长串的常青藤、葡萄藤和牛尾藤，在墙壁上围成花环。

给乐队布置的那个平台尤其亮丽。它完全隐蔽在周围的青枝绿叶和缀满星星的旗帜当中，思嘉知道，全城所有栽在盆里的花草，如锦紫苏、天竺葵、绣球花、夹竹桃、秋海棠，等等，都摆在平台的四个角上了。

乐队登上平台，他们穿一色的黑衣服，咧着嘴，胖胖的脸颊上汗光闪闪，接着大家便听见小提琴、大提琴、手风琴、班卓琴和骨片呱嗒板儿配合着奏起了一曲缓慢的《罗琳娜》。思嘉一听到那支忧伤而优美的华尔兹舞曲，便觉得心脏已怦怦跳起来了：

> 岁月缓缓流逝，罗琳娜！
> 雪又落在草上。
> 太阳远在天边，罗琳娜……

多美妙的华尔兹！她微微伸出双手，闭着眼睛，身子随着那悲伤的节奏摇摆着，她的心里又一次充满了悲伤。

接着，大街上飘进一些声响，一些得得的马蹄声和辚辚的车轮声，暖风中荡漾着的笑声，以及黑人们激烈的争吵声。楼梯上一片嘈杂，包括轻松的欢笑，女孩子们的清脆的声音。

大厅突然活跃起来。那里到处都是女孩子，像一群蝴蝶般纷纷飘进来，鲜艳的衣裙、花边的披巾、精美的扇子，天鹅毛和孔雀毛的扇子。有些姑娘的黑发梳成光滑的髻儿；有些将大堆的金色发卷披散在肩上。花边、绸缎、辫绳、丝带，所有这些都是偷过封锁线进口的，所以显得越发珍贵，穿戴起来也越发自豪，何况如此华丽的装饰也是对北方佬的一种特殊的侮辱，会更加使人感到骄傲。

人群中有许许多多穿制服的人，其中不少是思嘉认识的，是她在医院的病床上、在大街上或者在训练场上见到的。他们的制服华丽，胸前缀着亮晶晶的扣子，袖口和衣领上盘着闪闪发光的金色穗带，裤子上钉着红黄蓝三色条纹，大红和金色的绶带前后摆动，闪闪的军刀碰撞着雪亮的长筒靴，马刺叮叮当当地响着。

"多么亮丽的男人。"思嘉心中暗暗赞赏，看着他们向朋友们挥手致意，躬身吻着老太太们的手。他们全都那么年轻，那么亮丽，那么洒脱，胳臂挂在吊带里。他们有的拄着拐杖，跟在姑娘们后面，这使得姑娘们十分自豪，并故意将脚步放慢。这些穿制服的人中有一个穿得特别俗丽，颜色特别鲜艳，像只热带鸟一样，连姑娘们的华丽服饰也黯然失色了——他是个路易斯安那义勇兵，一个肤色微黑、满脸奸笑的小个子,一只胳臂挂在黑绸吊带里。他是梅贝尔·梅里韦瑟的昵友,名叫雷内·皮卡德。整个医院的人,至少是每个能行走的人,全都来了。女士们会何等的高兴啊!今晚医院要挖出个银矿来了。

下面大街上传来低沉的鼓声、脚步声和马夫们赞赏的喊叫声。随即,身穿鲜艳制服的乡团和民兵部队拥了进来,挤进大厅,鞠躬、敬礼、握手,好不热闹。

几分钟以前这里还显得那么宽敞的一个地方,现在挤得满满的,弥漫着香水、香粉、头油和月桂树蜡烛燃烧的气味,还有花的芳香。

思嘉开始观看这拥挤的人群时,由于自己参加了这样热闹的集会而感到异常刺激,心脏禁不住怦怦直跳,不过当她一次次地看见周围人们那兴高采烈的面容,她的喜悦便开始消失。在场的女人个个都焕发着炽热激情。这使她感到迷茫和沮丧起来。

她意识到她并没有分享这些女人的强烈自豪感。在她看来,战争不是什么崇高的事,只不过是盲目的戕杀人类、耗费金钱。

啊,她怎么就不能跟这些女人有同样的感受呢!她们的忠诚是全心全意的,是真挚的。她们的一切言行出于至诚。

可是她见别的女人大谈什么爱国心和主义,只觉得愚蠢可笑而已,而那些谈论战争的男人也几乎是一样的货色。她认为战争应当停止,好让每一个人都回家去,去照管他们的棉花,去欢乐地举办宴会,去爱自己的情人。

思嘉仍然在厌恶地环顾着大厅,嫉妒地望着快乐的人群。媚兰注意到她的阴郁情绪,以为她是在怀念查理,便不去打扰她。思嘉却仍坐在那里闷闷不乐地四处张望。

是的,她现在很不愉快,虽然开始时她曾为自己能参加这个盛会而感到高兴。可是她来到了这里,却并不是其中的一部分。谁也不注意她,她是唯一没有情人的年轻已婚妇女。可她以前总是占据舞台中心的位置。这真不公道呀!人人都觉得她应当安分守己了,跟在场的任何一个女孩子比起来,她的胸脯更白,腰肢更细,双脚更小巧,但是,不管怎么样,她仍然只配躺在查理身旁,墓碑上刻着"某某爱妻"的字样。

她已经不是一个姑娘,不能跳舞和调情了,也不是一个妻子,不能同别的妻子坐在一起品评那些跳舞调情的姑娘了。但是,她的年纪还轻,还不该当寡妇呀!啊,她刚刚十七岁,就得端端正正坐在这里,当亮丽的男人过来买东西时,她也必须低声说话,两眼望着下面,这多么不公道呀!

思嘉像只乌鸦坐在那里,一身黑衣服的袖子长到手腕,纽扣一直扣到下巴底下,连一点点亮丽的饰物都没有。她眼睁睁地看着那些俗不可耐的女孩子吊着亮丽男人的胳臂走来走去。

她看见梅贝尔·梅里韦瑟吊在一个义勇兵的身上向隔壁那个摊位走来,她身上那件苹果绿薄纱衣裳,把她的腰身衬托得纤细极了。衣服上镶着大量奶油色的上等花边,那是从查尔斯顿最后一艘封锁舰上弄来的。

"我要是穿上这件衣裳,会显得多好看呀!"思嘉心想,满腔妒火。"她那腰粗得像头母牛。这种绿色对我很合适,它会使我的眼睛变得——像她这样的人怎配穿这种颜色呀?她那皮肤干又干皱了。真可惜,我再也不能穿这种亮丽的颜色了,即使服丧期满了也不能穿。我只能穿倒霉的老灰色,穿褐色和淡紫色了。

对于这一切不公平的事,她考虑了不一会儿也就过去了。本来嘛,人生在世,属于玩乐、穿亮丽衣裳、跳舞、调情的时间是何等短促,只有很少很少几年呢!

啊,这人生多么荒唐!为什么她会这么傻,偏偏同查尔斯结了婚,十六岁时就断送了自己的一生呢?

这时,乐队忽然奏起《约翰尼·布克,帮助这个黑人!》的欢乐的曲调,思嘉一听几乎要惊叫起来。她想跳舞。她真的想跳舞啊!她瞧着眼前的地板,合着乐调用脚尖轻轻地拍打,同时她的绿眼睛焕发着炽烈的光辉,似乎就要燃烧起来似的。这时有个新来的男人从对面看见了她们,而且突然认出来了,于是仔细观察着思嘉那张带着怒气的脸孔和那双斜斜的眼睛。接着,他暗自咧嘴一笑,因为弄清了对方暗示欢迎的表情,这种表情当然是每个男人都看得出来的。

他穿一套黑色毛葛衣服,个子高大,肩膀很宽,往下渐渐瘦削,形成一个细细的腰身和一双小巧的脚,脚上是锃亮的皮靴。他那一身纯黑的衣服,一件带褶边的亮丽衬衫和一条笔挺的直罩脚背的裤子,把他修饰得像个花花公子,减少了他的强壮和隐隐流露的危险性。他的头发乌溜溜的,两撇小小的黑髭须修剪得非常精致,看他那神气,他分明是个浪荡的人。他显得十分自负,给人以傲慢无礼的感觉,并且他凝望思嘉时那双放肆的眼睛中有一种不怀好意的神色,直到思嘉终于感觉到了他的注视而向他望去为止。

她觉得自己好像认识他,可一时想不起他究竟是谁。不过他是几个月来头一位对她颇有兴趣的男人,于是她抛给他一个快乐的微笑。他向她鞠躬,她也轻轻回了一礼,接着他就挺直身子,以一种特别柔和的步态向她走来,这吓得她不觉用手去捂住自己的嘴,因为现在她想起来他是谁了。

她似乎被雷电击中了似的,站在那里木然发呆,他却穿过人群走了过来。这时她才赶紧转过身子,一心想赶快跑进后面卖点心的房间里去,可是她的裙子被摊位上的一只铁钉挂住了。她生气地拼命拉扯着,但顷刻之间他已经来到了她身旁。

"让我来帮你吧。"他说着,便弯下腰来解裙子上的那条荷叶边。"我真没想到你还记得我,奥哈拉小姐。"

他那声音,在她听来觉得分外愉快,是一个上等人的节奏抑扬的调子,响亮而带着平稳、和缓、悠长的韵味。

她恳求地仰望着他,由于上次见面的情景而羞得满脸通红,面对着那两只她平生所见最亮丽的、如今欢蹦乱跳的眼睛。这世界上有那么多人,怎么偏偏是他来了呢,这个可怕的家伙曾经目睹过她与艾希礼演出那一幕,那至今仍使她害怕的一幕呀!这个糟蹋过女孩子的坏蛋,早已是正经人家不肯接待的人了,可他还理直气壮地说过她不是个上等女人呢!

媚兰听到了他的声音,便转过身来。

　　"怎么——这是——是瑞德·巴特勒先生,不是吗?"媚兰微露笑容说,一面伸出手来。"我见过你——"

　　"在宣布你们订婚的喜庆日,"他补充说,同时低下头来吻她的手。"谢谢你还记得我。"

　　"你从查尔斯顿跑来有何贵干啊,巴特勒先生?"

　　"为一桩生意上的麻烦事,威尔克斯太太。从今往后我就得常常在这儿出现了。我发现我不仅得把货物运进来,并且得照料它们的处理情况。"

　　"运进来——"媚兰皱着眉头,但随即露出欢快的微笑。"怎么,你——你一定就是那位大名鼎鼎的巴特勒船长——跑封锁线的人物了。这里每个女孩子都穿着你运进来的衣裳呢。思嘉,你不觉得激动吗——怎么了,亲爱的? 你头晕了? 快坐下吧。"

　　思嘉坐到小凳子上。她的呼吸急促而激烈,以致她担心胸衣上的纽带要绷断了。啊,多么可怕,她从没想到还会碰见这个人呢。这时他从柜台上拿起她的那把黑扇子,开始关切地给她扇起来,但他的面容显得很严肃,只是眼睛仍在跳动。

　　"这里可真热呢。"他说。"难怪奥哈拉小姐要发晕了。让我领你到窗口去好吗?"

　　"不用。"思嘉说,口气那么粗鲁,叫媚兰都愣了。

　　"她已经不再是奥哈拉小姐了。"媚兰说,"她如今是汉密尔顿夫人,是我的嫂子。"媚兰同时亲昵地看了她一眼。思嘉看着巴特勒船长那张海盗般黝黑的脸,只觉得自己快要给闷死了。

　　"我深信这对于两位迷人的太太是可喜可贺的事。"他说着,微微鞠了一躬。这样的恭维话每个男人都讲过,可是从他嘴里说出,思嘉便觉得完全是相反的意思了。

　　"我想,你们两位的先生今晚一定都来了吧,在这个愉快的盛会上? 真想再一次见见他们呢。"

"我丈夫正在弗吉尼亚。"媚兰骄傲地昂了昂头。"只是查理——"她的声音中断了。

"他死在军营里了。"思嘉硬邦邦、怒冲冲地甩出这句话来。这家伙难道永远不走了？媚兰瞧着她，大为惊异，那位船长则打了一个自责的手势。

"亲爱的太太们——我这样冒昧的问话！请你们务必宽恕。不过，也请接受我的一点慰问，我是说，为了国家，虽死犹生嘛。"

媚兰流着眼泪对他笑了笑，但思嘉只觉得一阵怒火和仇恨在狠咬她的脏腑。他又一次说了句得体的恭维话，不过他的意思则完全是另一回事，他是在嘲笑她呢。他明明知道她不爱查尔斯。她又惊慌又恐惧地思忖着。他会说出他所知道的情况吗？他无疑不是个上等人，既然这样，就很难说他会怎样了。对这种人是没有什么规范的。她抬起头来望着他，只见他做出一副假惺惺的同情的样子，仍在继续替她打扇。他的表情在向她的精神挑战，这引起她的憎恶之情，同时力量也恢复了。她突然从他手中把扇子夺了过来。

"我好了，"她严厉地说，"用不着这样扇，把我的头发都扇乱了！"

"思嘉，亲爱的！巴特勒船长，请你一定原谅她。她——她一听到可怜的查理的名字，就要失去理智——也许，说到底，我们今晚不该到这里来的。早晨我们还安安静静的，你瞧，可后来太紧张了——这音乐，这热闹劲儿，可怜的孩子！"

"我很理解。"他严肃地说，可是当他回过头来仔细凝望媚兰，看到媚兰那可爱而忧郁的眼睛，这时他的表情就变了，那黑黑的脸孔上流露着勉强尊敬而温和的神色。"我相信你是位勇敢的少奶奶，威尔克斯太太。"

"对我一字不提呢！"思嘉生气地想，而媚兰只是勉强笑笑，然后道：

"哎哟，别这样说，巴特勒船长！医院委员会只不过要我们照管一下这个摊位。"

媚兰回过头去接待柜台边的骑兵。有一会儿，媚兰心想巴特勒船长为人真好。

思嘉一声不响地坐在小凳上挥着扇子，也不敢抬头，只希望巴特勒船长快些回他的船上去。

"你丈夫去世很久了？"

"嗯，是的，很久了。快一年了。"

"就像千秋万代似的，我相信。"

思嘉不明白他的意思，但听那口气无疑是引诱的味道，因此她默不作声。

"那时你们结婚很久了吗？请原谅我这样问，可是我离开这一带太久了。"

"两个月。"思嘉不大情愿地说。

"一个悲剧，不折不扣的。"他用轻松的口气继续说。

啊，该死的家伙，她愤愤地想。如果不是他而是任何别的人，我就命令他立即滚开。可是他知道艾希礼的事，并且还知道我并不爱查理。这样，我就不敢怎么样了。她默不作声，仍旧低着头看她的扇子。

"那么，这是你头一次在公众场合露面了？"

"我知道不太合适，"她连忙解释说，"不过，负责这个摊位的麦克卢尔家的姑娘们临时有事到外地去了，又没有别的人，因此媚兰和我——"

"为了主义嘛，多大的牺牲也是应该的。"

这不是埃尔辛太太说过的话吗？可是她说的时候听起来不一样。她真想回敬他几句，不过话到嘴边又憋了回去。毕竟，她到这里来只是因为在家里待腻了。

"我经常想，"他沉思道，"服丧这个制度，让女人披着黑纱关在屋子里度过她们的余生，这简直就像印度寡妇自焚殉夫一样野蛮。"

"自焚殉夫？"

他笑了笑，她因为自己的无知而脸红了。她痛恨那些说起话来叫她听不懂的人。

"在印度，一个男人死了就烧掉，而不是埋葬，同时他的妻子也要同他一起被烧死。"

"多惨啊！为什么呢？难道警察也不管吗？"

"当然不管。一个不自焚的老婆会被社会遗弃，所有高贵的印度太太们都要因为她没有教养而纷纷议论呢。这好比那个角落里有身份的女士们会议论你似的，如果你今天晚上穿着红衣裳来领跳一场苏格兰舞的话。不过，据我个人看来，我认为自焚殉夫比我们南方活埋寡妇的习俗还要人道得多。"

"你怎么敢说我被活埋了呢！"

"你看你把那根捆住你的锁链抓得多紧！你觉得印度的习俗很野蛮——可是，如果不是南部联盟需要你们，你会有勇气今天晚上在这里露面吗？"

这样的辩论总是叫思嘉感到迷惑不解。巴特勒现在说的更使她糊涂了，但她也模糊地觉得其中有些道理。不过，现在该是压倒他的时候了。

"当然喽，我是不会来的。因为那样是不名誉的——就会显得似乎我并不爱——"

他瞪着眼睛等她说下去，眼光里流露出嘲讽的乐趣，这叫她说不下去了。他知道她不爱查理，并且偏不让她加以解释。要同这样一个家伙打交道，是一件多么多么可怕的事啊！一个上等人，即使他明明知道一位女士在说谎，也往往显得是相信她的，这才是南方骑士的风度。一个上等人总是光明正大，说起话来总是规规矩矩，总是设法使女人感到舒服一些。可是这个男人似乎并不理睬什么规矩，而且显然很高兴谈一些并不令人高兴的事情。

"我急着要听你说下去呢。"

"我想你这人真是讨厌透顶。"她眼睛向下无可奈何地说。

他从柜台上俯过身来，直到嘴靠近了她的耳朵，然后轻轻地说道："别害怕，我的好太太！你的秘密在我手里是绝对安全的！"

"哦，"她狂热地低语说，"你怎么能这么说！"

"我只是想让你放心嘛。你还要我说什么呢？'依了我吧，美人儿，要不我就给捅出来！'——难道要我这样说吗？"

她不大情愿地面对着他的目光，看见它就像个淘气孩子在捉弄人似的。她忍不住笑起来。这场面毕竟太可笑了。他也跟着笑，笑得那么响，以致角落里几个人都朝这边观看。发现原来查尔斯·汉密尔顿的遗孀在跟一位素不相识的陌生人亲热得不亦乐乎，她们便把脑袋凑在一起议论开了。

米德大夫登上乐台，摊开两只手臂叫大家安静。

"今天，我们大家，"他开始讲演，"得衷心感谢美丽的女士们，是她们的爱国的努力，不但把这个义卖会办得圆满成功，并且把这个简陋的大厅变成了一座优美的花园，一座与我周围的玫瑰花蕾相称的花园。"

大家都拍手赞赏。

"女士们付出的，不仅仅是她们的时间，还有她美丽的双手，所以这些摊位上的精良物品是格外美丽的，因为它们出自我们迷人的南方妇女的灵巧的双手。"

又是一阵热烈的欢呼声。这时，一直懒洋洋地斜靠在柜台上的瑞德·巴特勒却低声说："一只神气活现的山羊，你看他像吗？"

思嘉首先是大吃一惊，他怎么对亚特兰大这位最受爱戴的公民如此大不敬呢？她用责备的眼光注视着他。不过，这位大夫下颌上那把不停地摇摆着的灰色胡子，也的确使他看上去像只山羊，她瞧着瞧着便忍不住格格地笑了。

"医院委员会里那些好心的女士们，她们用镇静的双手抚慰了苦难者的心灵，把那些受伤的勇士从死神的手里抢救了出来。我们必须有更多的钱用来向英国购买药品。今天晚上还承蒙那位勇敢的船长也来到了这里，他在封锁线上成功地跑了一年，并且还要继续跑下去，给我们带来所需的药品。瑞德·巴特勒船长！"

尽管这是出其不意，这位著名的人物还是很有礼貌地鞠了一躬——太彬彬有礼了，思嘉想，他过分表示礼貌，恰恰因为他对所有在场的人极为轻蔑。他鞠躬时全场爆发出热烈的喝彩声，连坐在角落里的太太们也伸长脖子在看他。这就是可怜的查尔斯·汉密尔顿的遗孀在勾搭的那个人呀！可怜的查理死了还不到一年呢！

"我们需要更多的黄金,我此刻正在向你们请求,"大夫继续说,"我请求你们做出牺牲,不过这种牺牲,是微不足道的,简直是可笑的了。女士们,我要你们的首饰。联盟需要你们的首饰,联盟号召你们献出来,我知道没有人会拒绝的。一颗亮晶晶的宝石戴在一只美丽的手腕上,多美丽呀!金光闪闪的别针佩在我们爱国妇女的胸前,多高贵呀!但是,为主义做出的牺牲比所有这些金饰和宝石要美丽多少倍呢?金子要熔化,宝石要卖掉,把钱用来买药品和其他医药物资。女士们,现在有两位英勇的伤兵提着篮子来到你们面前——"但是他讲话的后一部分被暴风雨般的掌声和欢呼声淹没了。

思嘉首先是深深庆幸自己正在服丧,不允许她戴外祖母留下的那副珍贵的耳坠和那条沉甸甸的金链,以及那对镶黑宝石的金手镯和那个石榴石别针。她看见那个小个子义勇兵用那只未受伤的胳臂挽着一只橡木条篮子在人群里转来转去,还看见老老少少的妇女热情地嬉笑着在摘取首饰。

现在,那个笑呵呵的义勇兵胳臂上挽着沉甸甸的篮子向她们的摊位走来了。他从瑞德·巴特勒身边走过时,他把一只亮丽的金烟盒随随便便地丢进了篮子。他一来到思嘉面前,思嘉摇摇头摊开两手,表示什么也没有。要作为在场的独一无二毫无捐献的人,真是太难堪了。这时她看见了自己手上那只金光闪烁的结婚戒指。

她迟疑了一会儿,回想起查尔斯的面孔——他把戒指套上她手指时的那副表情。可是记忆已经模糊,查尔斯——那个断送她的一生、让她变成了一个可怜的妇人的原因就在他身上呢。

她突然狠狠掐住那只戒指想把它捋出来,可是它箍得很紧,动不了。这时义勇兵正要向媚兰走去。

"等等!"思嘉喊道。"我有点东西要给你呢?"戒指捋出来了,她准备把它丢进篮子里去,这时她瞥见了瑞德·巴特勒的眼睛。他那撇着的下唇露出一丝浅浅的微笑。她似乎偏要反抗似的把戒指抛在那堆首饰上了。

"啊,亲爱的!"媚兰低声说,一面抓住她的胳膊,眼睛里闪耀着爱和骄傲的光辉。"你真勇敢,真是个勇敢的姑娘!等等——喂,请等等,皮卡德中尉!我也有东西给你呢!"

她也使劲地将自己的结婚戒指,这戒指思嘉知道,自从艾希礼给她戴上后从没离开过她。世界上也只有思嘉知道,它对媚兰多么重要。它好不容易给取下来了,接着在媚兰的手心里紧紧握了一会,然后才轻轻地落到那首饰堆上。两位姑娘站在那里目送义勇兵走到别处去,思嘉是一副倔强的神态,媚兰则凄楚悲伤。这两种表情都被站在她们身边的那个男人看得一清二楚了。

"要不是你勇敢地那样做了,我是不论如何也做不到的。"媚兰说着,伸出胳臂抱住思嘉的腰肢,而且温柔地紧搂了一下。有一会儿思嘉很想挣脱她的胳臂,并放开嗓子大叫一声"天知道!"就像她父亲感到恼怒时那个样子,但是她瞥见了瑞德·巴特勒的眼光,于是装出一个酸溜溜的微笑来。媚兰总是误解她的动机,这使她感到非常懊恼——不过这总比猜出她的本意要好得多。

"多么亮丽的一个举动。"瑞德·巴特勒温和地说。"你们这样的牺牲,鼓舞了我们军队中那些勇敢的小伙子们。"

思嘉正想狠狠地回敬他几句,但好不容易才克制住。他的每一句话里都含有讽刺。她从心底里厌恶这个懒洋洋地斜靠在柜台边的家伙。可是他身上分明有种刺激性的东西,某种热烈的、富有生命力的、像电流一般的东西。她全部的爱尔兰气质都被鼓动起来迎接他那双黑眼睛的挑战了。她下定决心要把这个男人的锐气打下去。但他知道她的秘密,这使她处于劣势,并且是非常厉害的,所以她必须改变这种局面。她把想要破口大骂的冲动使劲压了下去。糖浆往往比酸醋能抓到更多的苍蝇,像嬷嬷常常说的,她必须抓住而且降服这只苍蝇,使得他再也休想来控制她了。

"谢谢你"。她温柔地说,故意装作不懂他的意思似的。"能得到巴特勒船长这样赫赫有名人物的夸奖,真是荣幸之至啊!"

他掉过头来放声大笑——多么刺耳的笑声,就像嗥叫一般,于是她的脸又红了。

"怎么，难道你真是这样想的吗?"他似乎逼着她回答，"你为什么不说我不是上等人而是个该死的流氓，如果我不自己滚开你就要叫一个勇敢的大兵把我撵出去呢?"

她真想狠狠地回敬他几句，但话到嘴边又咽了回去，并换了个腔调说:"怎么，巴特勒船长! 你说到哪里去了! 似乎没人知道你是多么有名、多么勇敢的一个——一个——"

"我真对你感到失望了，"他说。

"失望?"

"是的。在头一次不平凡的见面时，我心想总算遇到了一个不但亮丽并且勇敢的姑娘。可如今我发现你也只不过亮丽罢了。"

"你的意思是说我是个胆小鬼了?"

"正是这样，你没有勇气说出你想说的话。头一次见到你时，我想:这是个万里挑一的女孩子。她不像旁的小笨蛋那样专门听妈妈的话，照着去做，也不管自己心里的感觉如何。她们把自己的感情、希望和伤心用一大堆亮丽话掩藏起来。那时我想:奥哈拉小姐是个独特的姑娘。她知道自己需要什么，她也不害怕说出自己的心事——或者摔花瓶。"

"啊! 那我此刻就要说出我的心事了。"她满腔的怒火冲口而出。"要是你还有一点点教养，你就滚吧，再也不要跟我说话了。你早就应当知道，我是绝不想再来理睬你的! 你可不是个上等人! 你是个讨厌的没教养的东西! 你以为有那几条小小的破船可以逃过北方佬的封锁，你就有权到这里来嘲弄那些正在为主义做出牺牲的勇敢的男人和女人了——"

"得了，得了——"他奸笑着央求她。"你开头讲得挺不错，说出了心里的话，但是请不要跟我谈什么主义嘛，我不高兴听人家谈这些，并且我敢打赌，你也——"

"怎么，你怎么会——"她赶快打住。

"你发现我之前，我就站在那边门道里，一直观望着你。"他说，"我同时观望别的女孩子。她们全都是一样的面孔。可你不一样。你脸上的表情是容易理解的。你没有把你的心思放在事业上，而且我敢打赌，你是想要跳舞，要好好玩乐一番，可是又办不到，因此你都要发疯了。讲老实话吧，难道我说得不对吗？"

"我没有什么要跟你说的了，巴特勒船长。"她尽可能一本正经地对他说，努力想把已经丢掉了的面子挽回来一些。"仅仅凭一个'伟大的跑封锁线的冒险家'的身份，你没有权利侮辱妇女。"

"伟大的跑封锁线的冒险家！这简直是笑话。请求你再给我一点点时间，然后再叫我不明不白地走开吧。我不想让这么可爱的一个小小爱国者，对于我的贡献茫然无所知呢。"

"我没有兴趣听你的吹嘘！"

"跑封锁线对我来说无非是赚钱，我从中赚了不少钱。一旦我不再从中赚钱了，我就会撒手不干的。你看这怎么样呢？"

"我看你是个要钱不要脸的流氓——跟那些北方佬一模一样。"

"一点不错，"他咧着嘴笑笑，"北方佬还帮我一起赚钱呢。可不，上个月我还把船径直开进纽约港，装了一船的货物呢。"

"什么！"思嘉惊叫一声，不由得大感兴趣，非常激动。"难道他们不轰你吗？"

"我可怜的天真娃娃！怎么会呢？那边有的是联邦爱国者，他们并不反对卖东西给联盟来赚大钱呀。我把船开进纽约，向北方佬公司买进货物，当然是非常秘密的，然后再开回来。等到这样做有点危险了，我就换个地方，到纳索去，那里同样如此，不过有时候，要把它运进查尔斯顿或者威尔明顿，倒有点困难——不过，你万万不会想到一点点黄金能起多大的作用呀！"

"唔，我知道北方佬很坏，可是不知道——"

"北方佬出卖联邦赚几个老实钱，这有什么不好啊？这可是一点关系也没有。结果反正都一样。他们知道联盟总是要被打垮的，那又为什么不趁机捞几个钱呢？"

"给打垮——我们？"

"当然喽。"

"请你赶快走开好吗——难道我还得叫马车拉我回家去，才能摆脱你吗？"

"好一个火热的小叛徒！"他说，又咧嘴笑了笑。接着他鞠了一躬，便悠然自得地走开了，让她一个人气鼓鼓地站在那里，一种失望之情涌上心头，好比一个孩子眼看自己的幻想破灭时一样。他怎么敢把那些跑封锁线的人说得那么迷人，他怎么竟敢说联盟会被打垮！他应该作为叛徒枪毙。她环顾大厅，望着所熟悉的面孔，那么自信、那么勇敢、那么忠诚的面孔，可是不知怎的一丝凄冷的凉意向她心头袭来。给打垮吗？这些人——怎么，当然不会！

"你们俩说什么呢？"媚兰见顾客都走开了，便转过身来问思嘉。"我看见梅里韦瑟太太始终在盯着你，都觉得不好意思了。亲爱的，你知道她会怎么说呀！"

"唔，刚才这个人太差劲——是个没教养的家伙。"思嘉说，"至于梅里韦瑟那老太太，她爱怎么说就怎么说吧。我可不耐烦就专门为她去做个傻里巴儿的人呢。"

"怎么，思嘉！"媚兰生气地喊道。

"嘘——嘘，"思嘉提醒她注意，"米德大夫又要讲话了。"

人群听到大夫提高了声音，便再次安静下来。他首先感谢女士们踊跃捐出她们的首饰。

"那么现在，女士们和先生们，我要提出一个惊人的建议——也许会使你们感到震惊，不过我请你们记住，这纯粹是替医院、替我们躺在医院里的勇士们来着想的。"

人人都争着挤上前去，想猜猜这个惊人建议究竟是什么。

"舞会就要开场了，第一个节目当然是弗吉尼亚双人舞，因此——"大夫擦了擦他的额头，向角落里投去一个滑稽的眼色，他的太太就坐在那些人中间。"先生们，如果你们想同你所挑中的一位女士领跳一场弗吉尼亚双人舞，你就得出钱来请她。我充当拍卖人，卖得的钱都归医院。"

所有正在挥动的扇子都突然停止了，一片激动的嗡嗡声在整个大厅响开

161

来。埃尔辛太太、梅里韦瑟太太和惠廷太太气得脸都红了。可是突然从乡团中爆发出一阵欢呼，并立即获得其他军人的附和。年轻姑娘们都热烈鼓掌，兴奋得跳起来。

"你不觉得这是——这简直是——简直有点像拍卖奴隶吗？"媚兰低声说，疑惑地凝视着那位大夫，而他在她眼中一直是完美无缺的。

思嘉什么也不说，但是她的眼睛在发光，她的心紧缩得有点疼痛。如果她不是寡妇就好了。如果她又是从前的思嘉·奥哈拉，穿着苹果绿衣裳，胸前飘着深绿色天鹅绒饰带，黑头发上簪着月下香，袅袅婷婷地走在外面舞场里，那她肯定会领那场弗吉尼亚双人舞。是的，那是一定的！会有十几位男子来争夺她，争着将自己所出的价钱交给大夫。啊，如今只能坐在这里当墙花，眼看范妮或梅贝尔作为亚特兰大的美人儿领跳第一场双人舞了！

从那一片嘈杂中忽然冒出了义勇兵的声音，他用非常明显的法兰西腔调说："请允许我——用二十美元请梅贝尔·梅里韦瑟小姐。"

梅贝尔唰地一下脸红了，赶紧伏在范妮的肩上，两个人相互把脸藏起来，吃吃地笑着，这时已经有许多别的声音在喊着别人的名字，提出不同的价额。

开头，梅里韦瑟太太断然大声宣布，她的女儿梅贝尔绝对不参加这样一种活动；可是，等到梅贝尔的名字喊得最多、价额也提高到七十五美元时，她的口气就渐渐软了。思嘉撑着两只臂肘倚在柜台上，望见这与已无关的一切，不禁眼红得要冒火了。

如今，他们大家都要跳舞了——除了她和那些老太太们。如今，人人都要享乐一番了，只有她例外。这时忽然听见有人喊她的名字——用明显的查尔斯顿口音喊她的名字，声音压倒了所有其他名字。

"查尔斯·汉密尔顿太太——一百五十美元——金币。"

人群一听到那个金额和那个名字便顿时鸦雀无声了。思嘉更是惊骇得动不了。她坐在那里，双手捧着下巴颏，眼睛瞪得大大的。人们一齐转过身来瞧着她，她看见大夫从台上俯下身来在瑞德·巴特勒耳旁低语些什么，也许是说她还在服丧,不宜出来跳舞吧。她看见瑞德懒洋洋地耸了耸肩膀。

"请你另挑一位美人,好不好?"大夫问道。

"不,"瑞德明白地回答,他毫不在意地朝人群扫了一眼,"汉密尔顿太太。"

"我告诉你,那是不可能的,"大夫不耐烦地说。"汉密尔顿太太不会——"

思嘉听到一个声音,是她自己脱口而出的声音。

"行,我愿意!"

她一跃而起,心脏猛烈地撞击着,她生怕站不稳。她那么激动,是因为自己又成了大家注目的中心,又成了全场最为人渴望的姑娘,而且,最妙的是,又可以跳舞了。

"哦,我不在乎,我不在乎他们!"她低声喃喃着,浑身有一股美妙的狂热劲儿。她头一扬迅速走出了摊位,两只脚跟像响板一般敲打着,同时哗的一声把那把黑绸扇子甩开。霎时间,她瞥见了媚兰那张惊疑的脸孔,那些老人脸上的表情,那些焦急的女孩子,以及士兵们热烈赞扬的神色。

接着她就来到了舞场上,同时瑞德·巴特勒穿过人群向她走来,脸上挂着一丝嘲讽的微笑。但是她不在乎——哪怕他就是亚伯·林肯本人她也不在乎!她要重新跳起舞来了。她要领跳那场弗吉尼亚双人舞呢。她轻捷地给他一个低低的屈膝礼和一丝娇柔的微笑。他将手放在他穿着皱边衬衣的胸口上鞠了一躬。吓呆了的乐队指挥利维这时想起应该掩盖这个场面,便大叫一声:"挑好舞伴,准备跳弗吉尼亚双人舞呀!"

于是乐队哗的一声奏起了最美妙的舞曲《迪克西》。

"巴特勒船长,你怎么敢叫我出这样的风头呀?"

"可是,汉密尔顿太太,你不就是想出这个风头的嘛。"

"你怎么会在众人面前把我的名字喊出来的呀?"

"你不也可以拒绝的嘛。"

"不过——我这是为了主义呢。既然你出了这许多金元,我就不能只顾自己了。请别笑,大家都在瞧着我们呢。"

"他们反正是要看的。请不要拿出什么主义之类的话来跟我胡扯了。你就是想跳舞，我才给了你这个机会。这是双人舞最末一种舞步的进行曲吧，是不是？"

"对——真的，我该停下来休息了。"

"为什么，是我踩了你的脚吗？"

"没有——不过他们会议论我的。"

"你当真顾虑这些——你真是这样想的吗？"

"唔——"

"你又不是在犯什么罪，是吗？干吗不跟我跳华尔兹？"

"可是如果我妈会——"

"原来还拴在妈妈的裙带上呢。"

"唔，你总是把品德说得不值钱，真可恶。"

"可品德本来就是一钱不值嘛。你怕人家议论吗？"

"不——但是——好，我们别谈这个了。谢天谢地，华尔兹开始了。双人舞总是叫我跳得喘不过气来。"

"不要回避我的问题。究竟你害怕旁人的议论吗？"

"唔，如果你一定要我回答，我就说——没什么关系！不过，一个女孩子通常还是应该注意。只是今晚嘛，我不管了。"

"好样的！你这才是在用自己的脑子，而不是让旁人替你思想呢。这就开始聪明起来了。"

"唔，可是——"

"一旦你像我这样已经惹起了那么多议论，你就会明白这根本是无所谓的。想想看，在查尔斯顿就没有哪家人家愿意接待我。即使我对我们正义神圣的主义做出了这么多贡献，也改变不了他们的禁忌啊。"

"多可怕呀！"

"唔，一点也不可怕。只要你还没有丢开名誉，你就永远也不会明白名誉是个多大的负担,也不会明白自己究竟意味着什么。"

"你这话说得太难听了!"

"难听可又是千真万确。只要你有足够的勇气——或者金钱——你就用不着什么名誉了。"

"金钱并不是能买到一切的啊。"

"大概是别人告诉你这句话的吧。你自己决不会想出这种胡扯的东西。它买不到什么呀?"

"唔,这我不明白——反正,幸福或爱情是买不到的。"

"一般说来,它也能买到。就算偶尔买不到,它也可以买一种最出色的代用品。"

"你真有那么多钱吗,巴特勒船长?"

"这问题显得好没涵养啊,汉密尔顿太太。我简直是有点吃惊了。不过嘛,是这样,作为一个从小就被剥夺了继承权的我,我干得是蛮不错的。我有把握在封锁线上捞到一百万。"

"唔,不可能吧!"

"唔,会的。要知道,从一种文明的毁灭中也像从它的建设中那样,能捞到大量的金钱。可这个道理大多数人似乎并不明白。"

"那么你真的认为我们会被打垮了?"

"当然。为什么要做鸵鸟呢?"

"啊,亲爱的,我最不爱谈这样的事了。你能不能也说些有趣的事呢,巴特勒船长?"

"要是我说你的眼睛满满地盛着最清澈的绿水,当金鱼就像现在这样游到水面上来时,你就美丽得要命了——这样说你会高兴吗?"

"唔,我不高兴这样……你听这音乐不是很美妙吗?唔,我可以跳一辈子华尔兹?可以前我并不觉得那么需要它呢。"

"你是我最亮丽的舞伴了。"

"巴特勒船长,你别把我搂得这么紧呀。大家都在看呢。"

"要是没有人看着我们,你会高兴我这样搂着吧?"

"巴特勒船长,你有点乱来了。"

"一点儿也没有。我怎么会呢,把你搂在我怀里?……这是什么曲子,是新的吗?"

"是的,不是很美吗? 是我们从北方佬手里缴获的。"

"叫什么名字?"

"《到这场残酷战争结束时》。"

"好了,下一场双人舞我还要投你的标,还有再下一场,再下一场。"

"唔,别这样,不行。你可千万不要投了! 我的名声眼看就毁了。"

"本来就够坏的了,再跳一场又有什么关系呢? 等我跳过五六场之后,兴许让给别的小伙子跳那么一场两场,不过最后一场还得归我。"

"唔,好的。我知道自己是疯了,但我不管了。不论人家怎么说,我都不在乎了。我在家里坐腻了,我就是要跳,要跳——"

"也不再穿黑衣服了? 我讨厌丧服。"

"可是我总不能脱掉这丧服呀——巴特勒船长,你别把我搂得这么紧呀。你再这样,我可要生气了。"

"你生气的模样才好看呢。我偏要搂得再紧一点——你瞧——就想试试你会不会生气。你自己不知道,那天在'十二橡村'你气得摔家伙时,那模样有多迷人呀!"

"啊,请你——你能不能把那件事忘掉?"

"不,那是我平生最珍贵的记忆之一——一位娇气的带有爱尔兰人坦率品性的南方美人——你很有爱尔兰人气质,你知道。"

"唔,亲爱的,音乐结束了,皮蒂帕特姑妈也出来了。我知道梅里韦瑟太太一定会告诉她。啊,千万千万,我们快到那边去,也好朝窗外看看。我不想让她看见我。她那眼睛睁得像碟子一样大呢。"

第十章

第二天早晨吃鸡蛋饼的时候,皮蒂帕特姑妈伤心地抹着眼泪,媚兰一声不响,思嘉则是一副倔强的神气。

"不管他们怎么说,我不在乎。我敢打赌,我给医院挣的钱比不论哪个女孩子都多——比我们卖出那些旧玩意儿所有的收入还多。"

"唔,亲爱的,钱又怎么样呢?"皮蒂帕特一面哭泣,一面绞着两只手说。"我简直不相信自己的眼睛,可怜的查理死了还不到一年……这可恶的巴特勒船长就让你那么抛头露面,而他又是个坏极了的家伙,思嘉。惠廷太太的堂姐科尔曼太太,她丈夫刚从查尔斯顿来,跟我说起了这个人的情况。他是个败类——啊,巴特勒家怎么会养出像他这样的不肖子来呀!他在查尔斯顿没人理,名声坏透了,还牵涉到一个女孩子——那种坏事连科尔曼太太都不好意思去听呢——"

"唔,我不信他会那么坏。"媚兰温和地说。"他看起来完全是个上等人嘛,而且,你只要想想他曾那么勇敢地跑封锁线——"

"他并不是勇敢。"思嘉执拗地说,一面把半缸糖浆倒在鸡蛋饼上。"他是为了赚钱才干的。他跟我这样说的。他对南部联盟毫无兴趣,他还说我们肯定会被打垮呢。不过,他的舞跳得好极了。"

她的这番话把听的人吓得目瞪口呆,不敢吭声了。

"老在家里待着我已腻了,也不想再这样下去了。要是他们全都在议论我,那么反正我的名声已经坏透了,他们再说什么别的也就没关系了。"

她没有意识到这正是巴特勒的观点。这观点来得那么巧,而且十分适合她现在的想法。

"啊!要是你母亲听见了,她会怎么说呀?她又会怎样看我呢?"

思嘉一想起母亲听到这一切时会出现的惊慌失措的神色,便觉得有股冰凉的罪恶感袭上心头。但她再一想,亚特兰大和塔拉相距二十五英里呢,于是又鼓起勇气来了。皮蒂姑妈决不会告诉妈妈的。因为那会使她处于很不体面的地位。只要皮蒂不嚼舌头,她就没事了。

"我看——"皮蒂说,"是的,我看我最好是给亨利写封信去谈谈——虽然我极不愿意这样做——可他是我们家唯一的男人,让他去责备巴特勒船长——啊,亲爱的,要是查理还活着多好——你可千万千万别再理睬那个人呀,思嘉!"

媚兰一声不响地坐在那里,两只手放在膝上,盘子里的鸡蛋饼早已凉了。她站起身来,走到思嘉背后,伸出胳臂抱住她的脖子。

"亲爱的,"她说,"你不要难过。我明白,你昨晚做了件勇敢的事,这对医院帮助很大。如果有人敢说你什么,我会起来对付他们的……皮蒂姑妈,你别哭了。思嘉也实在够苦的了,哪儿也不能去,她还是个孩子呢。"她用手指抚弄着思嘉的黑发。"要是我们偶尔出去参加一点社交活动,那兴许要好一些。也许我们太只顾自己了,总是闷闷不乐地关在家里。我们应当立即收三个正在康复的伤员到家里来,像别的人家那样,同时请几个士兵来这里吃饭。好了,思嘉,你不用着急,人们一旦了解了事情的原委就不会说什么了。我们知道你是爱查理的。"

思嘉本来根本不着急,倒是对于媚兰在她头发里摆弄的那两只手感到不耐烦。她真想使劲将脑袋一摆,说一声:"简直是瞎扯!"在这世界上谁都可以,就是不要媚兰来充当她的保护人。她能保护自己,谢谢你了。

皮蒂帕特正在媚兰的安慰下慢慢止住了哭,这时普里茜拿着一封厚厚的信跑进来了。

"给你的,媚兰小姐。一个黑小子给你带来的。"

"我的?"媚兰诧异地说,一面拆信封。

思嘉正在吃她的鸡蛋饼,因此不曾注意,直到发觉媚兰呜呜咽咽地哭了,才抬起头来。

"艾希礼死了?"皮蒂帕特尖叫一声,她的头往后一仰,两只胳臂便瘫软地垂下去了。

"啊,我的上帝!"思嘉也叫了一声,浑身的血都冷了。

"不是的! 不是的!"媚兰喊道,"快!,思嘉! 拿她的嗅盐来,闻吧,闻吧,亲爱的,好些了吗? 使劲吸呀。不,不是艾希礼。真抱歉,我把你吓坏了。我哭了,是因为太高兴了,"她忽然把那只紧握着的手松开,把手里的一件东西放到嘴唇上亲了亲。"我多么高兴。"说着,又是一阵呜咽。

思嘉匆匆瞥了一眼,发现那是金戒指。

"读吧,"媚兰指着地板上的信说。"啊,他多可爱,多好的心啊!"

思嘉紧张地把那张信笺拾起来,只见上面用粗黑的笔迹写道:"南部联盟也许需要它的男士们的鲜血,但还不索要它的女士们的爱情的血液。亲爱的太太,请接爱我对你的勇气表示的敬意,并请你不要以为你的牺牲没有意义了。因为这只戒指是用十倍于它的价值赎回来的。瑞德·巴特勒船长。"

媚兰把戒指套在手指上,然后珍惜地看着它。

"我告诉过你他是个上等人,不是吗?"她回过头去对皮蒂帕特这样说,一丝明朗的微笑挂在脸上。"只有一位崇高而用心的上等人才会想到我有多么伤心——我愿意拿出我的金链子来代替。皮蒂帕特姑妈,请你务必写个条子去,请他星期天来吃午饭,我要当面谢谢他。"

由于心情激动,旁的人似乎谁也不曾想起巴特勒船长没有把思嘉的戒指也退回来。可是思嘉想到了,而且很恼火。她知道那不是由于巴特勒船长为人高尚才这样做的,他只是希望获得邀请到皮蒂帕特家里来,而且精确无误地算准了怎样才能得到这一邀请。

"我听说了你最近的行为,心中极为不安,"爱伦的来信中这样写道,思嘉坐在桌前阅读,不由得皱起了眉头。一定是那个讨厌的消息迅速传开了。是哪个缺德的老婆子自告奋勇给爱伦写了信呢?她怀疑到皮蒂帕特身上,可是立即打消了这种想法。可怜的皮蒂帕特,由于害怕因思嘉举止不当而受到指责,一直心惊胆战,她是不会把自己作为监护人的失职行为告诉爱伦的。说不定是梅里韦瑟太太干的吧。

"我很难相信你会这样不顾自己的身份和教养。对于你在服丧期间到公众场合去露面这一过失,考虑到你是想对医院有所帮助,我还可以原谅。但是你居然去跳舞了,并且是同巴特勒船长这样一个人!我听到过许多他的事情,而且波琳上星期还写了信来,说他名声很坏,在查尔斯顿,连他自己家里也没人理他,当然他那位伤透了心的母亲例外。他这样一个品性恶劣的人准会利用你的年幼无知,让你出风头,破坏你和你家庭的名誉。怎么皮蒂帕特小姐会这样疏忽大意,没有好好监护你呀?"

思嘉可怜巴巴地望着桌子对面的姑妈,老太太认出了爱伦的手迹,她那张肥厚的小嘴胆怯地嘟着,像个想凭眼泪来逃避惩罚的小孩子一般。

"我一想起你这么快便忘记了自己的教养,就伤心透了。我已经打算立即把你叫回家来,但这要由你父亲去处理。他星期五到亚特兰大去跟巴特勒船长交涉,并把你接回家来。我担心他会不顾一切对你发火。我祈望你的轻率行为只是由于年轻和欠考虑而引起的。没有人比我更希望为我们的主义服务了,我也希望我的几个女儿都像我这样,可不要辱没——"

信中还有更多这类的话,但思嘉没有读完。她平生第一次给彻底吓坏了。她现在已不想再那样存心反抗了。她觉得自己的确是年幼胡来,就像十岁时的餐桌旁向艾伦摔了一块涂满黄油的饼干那样。她思量着,她那慈祥的母亲如今也在严厉地责备她,而她严厉的父亲就要到城里来跟巴特勒船长办交涉了。她感到了问题的严重性。父亲会很凶的。她终于知道自己已不再是个可爱的淘气孩子,不能坐在他膝头上扭来扭去赖掉一场惩罚了。

"不是——不是什么坏消息吧?"皮蒂帕特紧张得直哆嗦。

"爸爸明天就要来了,他会恶狠狠扑过来呢。"思嘉忧心忡忡地回答。

"普里茜,把我的嗅盐拿来。"皮蒂帕特不安地说,接着把椅子往后一推,丢下刚吃一半的饭不管了。"我——我觉得要晕了。"

"嗅盐在你的裙兜里呢。"普里茜说,她在思嘉背后跳来跳去,欣赏着这幕戏剧。她知道,杰拉尔德先生发起脾气来经常是相当好看的,只要不发在她的头上就好了。皮蒂从裙腰上把药瓶摸了出来,赶快送到鼻子跟前。

"你们大家都留在我身边,一刻也不要丢下我单独同他在一起。"思嘉喊道。"他挺喜欢你们俩的,只要你们在场他就不敢跟我闹了。"

"我可不行,"皮蒂帕特胆怯地说,一面站起来。"我——我觉得不大舒服。我得休息。明天我要躺一整天。你们向他转达我的歉意。"

"胆小鬼!"思嘉心想,生气地瞪了她一眼。

媚兰一想起要面对奥哈拉先生那怒气冲天的模样,也吓得脸发白了,可是她仍然鼓起勇气来保护思嘉。"我会——我会帮助说明你完全是为了医院。他会谅解的。"

"不,他不会,"思嘉说,"而且,唔,如果硬叫我这么丢脸地回塔拉去,我就要死给他看!"

"啊,你不能回去,"皮蒂帕特一声惊叫,又哭起来了。"要是你回去,我就只好——是的,只好请亨利来跟我们住在一起,可是你知道,我不愿意跟他一起住。我只跟媚兰两个人在屋里时,一到晚上就吓死了,因为有那么多男人在城里呀。可是你这个人很勇敢,有你在,家里没有男人我也不怕了!"

"唔,他不会把你带回塔拉去!"媚兰说,看样子她也快要哭了。"如今这就是你的家了。我们要是没有你,怎么办呢?"

"你要是知道我真正的心思,就会巴不得让我走了。"思嘉满不高兴地想,但愿除媚兰之外还有别的人能帮助她躲过这一关。要由一个你最讨厌的人来保护你,那真受不了。

"也许我们应当取消对巴特勒船长的邀请——"皮蒂首先提出来。

"唔,那不行! 那就太不礼貌了!"媚兰着急地嚷道。

"扶我上床去吧。我要犯病了。"皮蒂帕特哼哼着。"啊,思嘉,你怎么让我受这个罪呀?"

第二天下午杰拉尔德抵达时,皮蒂帕特已经病倒在床上了。她好几次从紧闭的卧室里传出道歉的口信,并让那两个惊慌失措的女孩子主持晚餐。杰拉尔德虽然也吻了吻思嘉,并在媚兰的脸颊上亲切地拧了一下,叫了声"媚兰姑娘",可始终保持一种令人不安的沉默的态度。思嘉心里很不舒服,觉得还不如让他大喊大叫。媚兰坚守诺言,像个影子似的寸步不离地紧挨着思嘉,而杰拉尔德又是那么讲究的一个上等人,不好在她面前责骂自己的女儿。思嘉不得不承认媚兰机灵聪明,似乎她压根儿不知道怎么回事似的,而且一开始吃晚饭就巧妙地让他忙于说话,不得空。

"我很想听听县里的情况。"她笑容满面地对他说,"英迪亚和霍妮太不爱写信了,可我知道你是了解那边一切动静的,给我说说乔·方丹的婚礼吧。"

杰拉尔德被恭维得高兴起来。他说那次婚礼不怎么热闹,"不像你们几位姑娘当初办的那样。"因为乔的休假很短。芒罗家的小女儿萨莉长得很亮丽。可惜他记不起她穿的什么衣服了。

"第二天乔便回弗吉尼亚去了,"杰拉尔德赶忙补充一句。"以后也没有搞什么活动了。塔尔顿那对孪生兄弟如今也还待在家里。"

"我们听说了,他们恢复健康了吗?"

"他们伤得不重。斯图尔特伤在膝头上，布伦特被一颗米尼式子弹打穿了肩胛。你们也听说过他们在快报上列名了吗？"

"没有呀！给我们说说吧！"

"两个都是冒失鬼。我想他们身上一定有爱尔兰人血统。"杰拉尔德得意地说。"我忘记他们干了些什么，不过布伦特现在是个中尉了。"

思嘉听了他们的功绩心中很高兴，似乎觉得这功绩也属于自己。一个男人只要曾经追求过她，她就永远忘不了他是属于她的，他所做的一切好事也就增添了她的荣誉。

"我还有个消息是你们两人都感兴趣的，"杰拉尔德说。"听说斯图又在'十二橡树'村求婚了。"

"是霍妮还是英迪亚？"媚兰兴奋地问，而思嘉几乎是愤怒地瞪着眼珠子等待下文。

"唔，当然了，是英迪亚小姐。她不是一直牢牢地抓住他，直到我们家这个小妞儿去勾引他为止吗？"

"唔，"媚兰对于杰拉尔德这股直率劲儿感到有点难堪。

"还不只这样呢，如今小布伦特又喜欢到塔拉来转悠了！"

思嘉不好说什么。她的这位情人的背叛在她看来几乎是一种侮辱。尤其她还记得，当她告诉这对孪生兄弟，她快要和查理结婚时，他们多么粗野。斯图尔特甚至威胁要杀死查理或思嘉，或者他自己，或者所有这三个人。那一次闹得可真够吓人呀！

"是苏伦吗？"媚兰问，脸上流露出高兴的微笑。"不过我想，肯尼迪先生——"

"唔，他呀？"杰拉尔德说，"弗兰克·肯尼迪还是那样缩手缩脚，连见了自己的影子也害怕。他要是再不说清楚，我就要问问他究竟安的什么心。不，布伦特的主意是打在我那小妞儿身上。"

"卡琳?"

"她还是个孩子呢!"思嘉尖刻地说,终于又开口了。

"她比你结婚的时候只小一岁多一点点呢,小姐。"杰拉尔德反驳道。"你不愿意你过去的情人看上你的妹妹?"

媚兰脸红了,她很不习惯这样的坦率态度,于是示意彼得去把甘薯馅饼拿进来。她在心里拼命寻找别的话题,可她什么也想不出来,不过奥哈拉一打开话匣子,只要有人听他,也用不着你去说什么。他谈到物资供销部的需求每月都在增加,谈到杰斐逊·戴维斯多么奸猾愚蠢,以及那些被北方佬以重金招募到军队的爱尔兰人怎样耍流氓,等等。

酒摆到桌上了,两位姑娘站起来准备走开,这时杰拉尔德皱着眉头严峻地看了他女儿一眼,叫她单独留下来一会儿。思嘉无可奈何地瞧着媚兰,媚兰也毫无办法,绞着手里的手绢,悄悄走出去,把门轻轻拉上了。

"好啊,姑娘!"杰拉尔德大声说,一面给自己倒了一杯葡萄酒。"你干得好嘛!你这是想再找一个丈夫啦,刚当了几天寡妇?"

"别这么大声嚷嚷,爸爸,佣人们——"

"他们早知道了,一定的,大家都知道咱们家的丑事了。你那可怜的母亲给气得躺倒了,我也抬不起头来。真丢人呀!不,小家伙,这一回你休想再用眼泪来对付我了,"他快快地说下去,口气中微微流露着惊恐,因为看见思嘉的眼睑已开始眨巴眨巴，嘴也撇了。"我了解你。你是丈夫一死就会跟别人调情的。不要哭嘛。今天晚上我也不想多说了，因为我要去看看这位亮丽的巴特勒船长，这位拿我女儿开玩笑的船长。但是明天早晨——现在你别哭了。我已经决定，你明天早晨就跟我回塔拉去，省得你在这儿丢脸。别哭了，好孩子。瞧我给你带来了什么！这不是很亮丽的礼物吗？瞧呀！你怎么尽给我惹事呢，叫我在忙得不可开交时老远跑到这里来？别哭了！"

媚兰和皮蒂帕特睡着好几个小时了，可思嘉仍然瞪着眼睛躺在闷热的黑暗中，她那颗心显得很沉重。要在这生活刚刚重新开始的时候就离开亚特兰大，就回家去，去见母亲，这该多可怕呀！她死也不愿意回去。她但愿自己此刻就死了，那时大家都会后悔自己狠心。她的头在枕头上转过来转过去，直到隐隐听见寂静的大街上有个声音远远地传来。那是一个怪熟悉的声音，虽然那样模糊，听不清楚。她从床上溜下来，走到窗口。声音愈来愈近，那是车轮的声响，马蹄的得得声和人声。她忽然咧嘴一笑，因为她听到一个带浓重爱尔兰土腔和威士忌酒味的声音在高唱《矮背马车的佩格》，她明白了。这一回又是杰拉尔德。

思嘉隐约看见一辆马车在屋前停下来，似乎有个什么人跟着他，那两个影子在门前站住，随即，思嘉便清清楚楚地听到了杰拉尔德的声音。"现在我要给你唱《罗伯特·埃米特挽歌》，这支歌你肯定熟悉，小伙子。让我教你唱吧。"

"我很想学呢。"他的那位同伴答道，他那拖长的声调中似乎忍着笑似的。"不过，以后再说吧，奥哈拉先生。"

"啊，我的上帝，这就是那个巴特勒呀！"思嘉心里想，开始觉得懊恼，但随即高兴起来。至少他们没有决斗，并且他们一定很投机，才在这个时刻在这种情况下一道回家来。

"我要唱，你就得听，要不我就宰了你，因为你是个奥兰治分子。"

"不是奥兰治分子，是查尔斯顿人。"

"那也好不到哪里去。并且更坏呢。我有两个姨姐妹就在查尔斯顿，我很清楚。"

"难道他想让所有的邻居都听见吗？"思嘉惊恐地想道，一面伸手去找自己的披肩。可是她能怎么样呢？她不能深更半夜下楼去把父亲从大街上拖进来呀！

这时倚在大门上的杰拉尔德二话不说，便昂着头用低音吼着唱起《挽歌》来。思嘉靠在窗前听着，心里很不是滋味，这本来是支很美的歌，只可惜她父亲唱得很不好听。

歌声在继续，皮蒂帕特和媚兰都给吵醒了。她们不习惯像杰拉尔德这样充满血性的男人。歌唱完了，两个人影叠在一起从过道上走来，登上台阶。接着是轻轻的叩门声。

"只好我去开门了。"思嘉想。"他毕竟是我父亲，而皮蒂是死也不会去的。而且，她不想让佣人们看见杰拉尔德这副模样。要是彼得去扶他上床，他准会发脾气的。"

她用披肩紧紧围着脖子，点起蜡烛，然后迅速从黑暗的楼梯上下去。她把蜡烛插在烛台上，开了门，在摇曳不定的烛光下看见瑞德·巴特勒衣着整齐地搀扶着她那位矮矮胖胖的父亲，他老老实实地挂在这位同伴的臂膀上。他的帽子不见了，那头波浪式的长发乱成一堆白马鬃似的，领结歪到了耳朵下面，衬衫胸口上满是污秽的酒渍。

"是你父亲吧，我想？"巴特勒船长说，黝黑的脸膛上闪烁着两只笑模样的眼睛。他一眼便看遍了她那宽松的睡衣，似乎把那条披肩都看穿了。

"把他带进来。"她毫不客气地说，对自己的装束感到难为情，同时恼恨父亲使她陷入了任人嘲笑的尴尬境地。

巴特勒把杰拉尔德推上前来。"我把他送上楼去好吗？你是弄不动他的。

他沉得很呢。"

她听到这一大胆的提议，便吓得说不出话了。试想果真巴特勒船长上楼去了，此刻正畏缩着躲在被子里的皮蒂帕特和媚兰会怎么样呢！"

"哎哟，不用了！就放到这里，放在客厅里好了。"

"要不要替他脱掉靴子？"

"不要，他本来就是穿着靴子睡的。"

她不小心说溜了嘴，恨不得咬断自己的舌头，因为他把杰拉尔德的两条腿交叉起来时轻轻地笑了。

"现在请你走吧。"

他走过黑暗的穿堂，拿起那顶掉在门槛上的帽子。

"星期天来吃午饭时再见吧。"他边说边走出门去，随手轻轻把门带上。

思嘉五点半钟起身，这时仆人们还没有起来做早餐。她溜进静悄悄的楼下客厅里。杰拉尔德已经醒过来，坐在沙发上，双手捧着圆圆的脑袋。思嘉进去时，他便呻吟起来。

"哎哟，真要命了！"

"你干的好事呀，爸爸！"她愤愤地低声说。"那么晚回来，还唱歌把所有的邻居都吵醒了。"

"我唱歌了？"

"唱了！把《挽歌》唱得震天响呢！"

"可我一点儿也不知道。"

"邻居们会到死还记得的。皮蒂帕特小姐和媚兰也是这样。"

"真倒霉，"杰拉尔德呻吟着，"一玩儿起来，我就什么都忘了。"

"玩儿？"

"巴特勒那小子吹牛说他玩儿扑克天下无敌——"

"你输了多少？"

“怎么，我赢了，当然。只消喝一两杯我就准赢。”

“拿出你的荷包来我看看。”

杰拉尔德好不容易才从上衣口袋里取出荷包，把它打开。他一看里面是空的，这才愣住了。

“五百美元，”他说，“准备给你妈买东西用的，如今连回塔拉的车费也没了。”

思嘉气恼地瞧着那个空荷包，心中渐渐形成一个念头，而且很快就明确了。

“我在这里再也抬不起头来了，”她开始说，“你把我们的脸都丢尽了。”

“闭嘴，孩子。你没看见我的头都快炸了吗？”

“喝得醉醺醺的，带着巴特勒船长这样一个男人回来，扯开嗓子唱歌给大家听，还把口袋里的钱输得精光。”

“这个人太会玩牌了，简直不像个上等人。他——”

“要是妈听到会怎么说呢？”

他忽然惊慌失措地抬起头来。

“你总不至于告诉你妈让她难过吧，你会吗？”

思嘉只嘟着嘴不说话。

“试想那会叫她多伤心，像她这么个柔弱的人。”

“那么你也得想想，爸，你昨晚还说我辱没了家庭呢！我，只不过可怜巴巴地跳了一会舞，给伤兵挣了点钱嘛。啊，我真想哭。”

“好，别哭，”杰拉尔德用祈求的口气说。“我这可怜的脑袋受不了呀，它真的就要炸了！”

“你还说我——”

“得了，得了，小家伙，别为你这可怜的老爸的话伤心了，他是完全无心的，而且什么也不懂！当然，你是个又乖又好心的姑娘，我很清楚。”

“还要带我回家去丢脸吗？”

"噢,亲爱的,我不会这样做。那是逗你玩儿的。你也不要在妈跟前提这事,她已经在为家里的开支发急了,你说呢?"

"不提,"思嘉爽气地说,"我不会提的,只要你让我还留在这里,而且告诉妈说,那只不过是些刁老婆子嚼舌根罢了。"

杰拉尔德伤心地看着女儿。

"这是敲诈嘛。"

"昨晚的事也很不名誉呢。"

"好吧,"杰拉尔德只得哄着她说,"我要把那件事统统忘掉。现在我问你,像皮蒂帕特这样一位体面的女士,家里会有白兰地吗?要是能喝一杯解解昨晚的醉醉——"

思嘉转过身来,踮着脚尖经过穿堂,到饭厅里去拿那瓶白兰地酒,这是皮蒂帕特心跳发晕或者似乎要晕时喝的。思嘉脸上是一片得胜的神色,对于自己这样不孝地摆弄父亲一点不觉得羞耻。如今她可以继续待在亚特兰大了,可以凭自己高兴做事了,因为皮蒂帕特本来就是个没主见的女人。她打开酒柜,拿出酒瓶和玻璃杯,把它们抱在胸前站了一会儿,想象着美妙的远景。

她似乎看见举行野餐情景,还有招待会、舞会、坐马车兜风,以及星期日晚上在小店吃晚餐,等等。所有这些活动她都要去,而且成为其中的核心,成为一群群男人爱的焦点。男人们会很快坠入情网,只要你在医院里给他们稍稍做点事情就行。现在她不再讨厌医院了。男人生病时特别容易感动。他们很轻易就会落到一位机灵姑娘的手里,就像在塔拉农场,只要你把果树轻轻一摇,一个个熟透了的苹果就掉下来了。

第十一章

那以后一个星期的一天下午,思嘉从医院回来,感到又疲倦又气愤。疲倦,是因为整个上午都站在那里,而气愤的是梅里韦瑟太太狠狠地责备了她,因为她替一个伤兵包扎胳臂时坐在他的床上。皮蒂姑妈和媚兰都戴好了帽子,准备出外作每周一次的访问活动。思嘉不愿去便径直上楼进入自己的房间。

思嘉听见马车轮的声音已远远消失,知道现在家里已没有人了,便悄悄溜进媚兰的房里,拿钥匙把门反锁好。这是一间整洁的小小闺房。

思嘉毫不犹豫地向屋子里床旁边那张桌子走去,桌上摆着一个四方的花梨木信匣。她从匣子里取出一束用蓝带子扎着的信札,那是艾希礼写来的。最上面的一封是那天上午才收到的,思嘉把它打开了。

思嘉头一次来偷看这些信时,感到很不安,也生怕被发觉,双手哆嗦得几乎取不出信来。偶尔之间她也会心一沉,想到"母亲要是知道了会怎么说呢?"她明白,母亲宁愿让她死也决不容许她干出这种无耻的事来。可是这些信的诱惑力实在太强大,使得她渐渐地不顾一切起来,现在她已经成了老手,偷看艾希礼的信这件事也就不再是她良心上的一个负担了。

媚兰对于艾希礼的信向来是慷慨大方的,往往要给皮蒂姑妈和思嘉朗读几段。可那些没有读的段落呢,那正是思嘉感到痛苦的地方,并促使她去偷看这些邮件。她必须弄清楚究竟艾希礼从结婚以来是否已经爱媚兰了。她必须弄清楚他是不是在假装爱她。他在信里给她写温柔亲昵的话吗?他是用怎样热烈的口气表达的呢?

她小地把信笺摊开。

艾希礼的细小匀整的笔迹展现在她眼前,她开始读,"我亲爱的妻",这个称呼立即使她松了一口气。他毕竟还没有称呼媚兰为"宝贝"或"心肝"呢。

"我亲爱的妻:你来信说你害怕我隐藏自己的真实思想,问我近来在想什么——"

"哎哟,我的天!"思嘉深感歉疚地想道。"隐藏他的真实思想。媚兰了解了他的心思吗? 或者我的心思? 她是不是猜疑他和我——"

她把信更凑近一些,紧张得双手发抖,但是读到下一段时又开始轻松了。

"亲爱的妻,如果说我向你隐藏了什么,那是因为我不想让你为我担忧。不过我什么也瞒不住你,因为你对我太了解了。请不用害怕。我没有受伤,也没有生过病。我有足够的东西吃,间或还有一张床好睡。作为一个士兵,这就够好了。不过,媚兰,我心头压着许多沉重的想法,我愿意向你诉说。

"入夏以来,我晚上总睡不好,一次又一次仰望星星,心里这样想:'你怎么到了这里,艾希礼·威尔克斯? 你为什么而打仗呢?'

"当然不是为名誉和光荣。战争是肮脏的事业。我是个天生的地地道道的乡下书呆子! 因为,媚兰,军号和战鼓都无法令我激动,我已经清清楚楚看出我们是被出卖了,被我们南方人狂妄的私心所出卖了——我们相信我们一个人能够击垮十个北方佬,相信棉花大王能够统治世界。我们被那些高高在上的人们出卖了,他们用空谈、花言巧语、偏见和仇恨,用什么'棉花大王'、'奴隶制'、'州权'、'该死的北方佬'把我们引入了歧途。

"所以,每当我躺在地上仰望着天空追问自己'为了什么而打仗'时,我就想起州权、棉花、黑人和我们从小被教导去憎恨的北方佬,可是我知道所有这些都不是我来参加战争的理由。另一方面,我却看见了我们美丽宁静的村庄,我们甜蜜的生活。也许这就是所谓的爱国心,就是对家庭和乡土的爱吧。我是在为以往的日子，为我们珍爱的旧的生活方式而战斗。但这种生活方式，不论战争的结局怎样，它都将一去不复返了。因为，不论胜也罢，败也罢，我们同样是要丧失的。

"如果我们打赢这场战争，建立我们梦想的棉花王国，我们也仍然是失败了，因为我们会变成一个与以往不同的民族，旧的宁静的生活方式被打碎了，世界会来到我们的门口吵着要买棉花，我们制定着价格。那时，我们就会变得跟北方佬一模一样，像他们那样利欲熏心，贪得无厌，而这些都是我们现在所蔑视的。如果我们失败了，啊，媚兰，如果我们失败了呢？

"我并不是怕危险，怕被俘，怕受伤，甚至死亡，我怕的是一旦战争结束，我们就永远也回不到原来的时代去了。我不知道未来会是什么样，不过可以肯定不会像过去那样美丽和令人满意了。

"当我向你求婚时，我不曾想到今天。我只想到平和、舒适而安定地生活下去。可没有想到会像今天这样，从来也没有想到啊！没有想到我们竟会碰到这种血腥的屠杀和仇恨！如果北方佬打垮了我们，前景就不堪设想了。而且，亲爱的，他们还很可能把我们打垮呢！"

但是思嘉没有继续读下去，小心地把信折起来，装进封套，因为读得实在有点厌烦了。而且，信中用的那种语调，那些谈论失败的蠢话，使她隐隐感到压抑。她毕竟不是要从媚兰的这些信件中来了解战争呀。

她唯一想知道的是，艾希礼给不给妻子写那种感情热烈的信。看来至今还没写过。她读了读信匣里的每一封信，发现信写得很亲切，幽默而随便，但绝不是情书。像每回偷看之后那样，思嘉都感到称心如意的感觉，因为她确信艾希礼还在爱着她。

"他怎么会写出这样没意思的信来，"思嘉想，"要是我有个丈夫给我写这种无聊的废话，看我怎样教训他！怎么，连查理写的信也比这些强呢！"

她思索着刚刚读过的那封信中的话："没有想到会像今天这样，从来也没有想到啊!"它们似乎是一个痛苦的灵魂面对着某种他无法回避的东西在发出呼叫似的。这使她感到困惑,因为他既然不害怕受伤甚至死亡,还害怕什么呢?

"战争把他搅乱了——他不喜欢那些使他困扰的事情……例如我……他爱我,可是他害怕跟我结婚,因为——因为怕我打乱他的宁静的思想和生活方式。不,他不见得就是害怕。艾希礼并不是胆小鬼。不过——他这人是生活在自己的思想里而不是在外界人世间,他极不愿意出来深入现实,而且——唔,我不明白那是怎么回事! 要是我早几年就了解他这个特点,我想他一定跟我结婚了!"

她把那束信贴在胸口上站了一会儿,恋恋不舍地想着艾希礼。自从她初次爱上他那天以来,她对他一往情深。当时她才十四岁,那一天她站在农场走廊上,看见艾希礼骑在马上微笑着缓缓而来,他的头发在早晨的阳光下银光闪闪,那时这种感情便涌上心头,使她激动得说不出话来了。她的爱情仍然是一个年轻姑娘对一个她所不能理解的男人的仰慕,这个男人的许多品质都是她所欠缺却非常敬佩的。他仍然是一个年轻姑娘梦想中的完美的骑士,而她的梦想只不过是他爱她,所希望的只不过是一个吻罢了。

读完那些信后,她深信即使他已经跟媚兰结婚,但爱的仍然是她思嘉;只要明确了这一点,她就没有别的奢望了。她对艾希礼的爱情是不一样的,那是与情欲或婚姻无关系的,是一种神圣而非常惊人的美丽的东西,一种在长期被迫默不作声,但时常以回忆和希望来维持着的过程中越来越浓烈的激情。

她叹息着用带子把那一大束信小心地捆好。她向对面的镜子走去,在那里得意扬扬地理了理头发。她又精神抖擞起来了。她看见自己的白皙皮肤和斜斜的绿眼睛,微笑着漾出那两个酒窝来。这时,她愉快地瞧着镜中的影像,记起艾希礼喜爱她的酒窝,便把巴特勒船长从心中打发走了。

她开了门,心情舒畅地走下阴暗的螺旋形楼梯,走到一半便开始唱起《到这场残酷战争结束时》来了。

第十二章

　　战争在继续进行,尽管胜利了大部分,但人们已不再说"再来一个胜仗就可以结束战争"这样的话了,也不再说北方佬是胆小鬼了。现在大家都已明白,北方佬远不是胆小鬼,并且也不是再打一个胜仗就能击垮的。并且胜利都付出了重大的代价。亚特兰大各个医院和一些居民家里,伤病员迅速增多,同时有愈来愈多的女人穿上了丧服。

　　南部联盟政府的货币在惊人地贬值,商品价格随之急剧上涨。白面极贵又很难买到,所以普遍以玉米面包代替饼干、面包卷和蛋糕。肉店里没有牛肉,连羊肉也很少,而羊肉的价钱又贵得只有阔气人家才买得起。好在还有充足的猪肉,鸡和蔬菜也不少。

　　北方佬的封锁已加紧了,所以像茶叶、咖啡、丝绸、香水、时装杂志和书籍等奢侈品,就既稀少又很贵了。甚至最便宜的棉布的价格也在飞涨,以致许多人家又开始织布了。

　　各个医院已经在为缺乏药物而发愁了。纱布和棉布绷带现在也很贵重,用后不能丢掉要清洗后再用。

　　但是,对于刚刚从寡妇寂寞的生活中跑出来的思嘉来说,战争只不过是一个愉快和兴奋的时候而已。甚至生活艰苦她也一点不以为然,只要重新回到这广阔的世界里便心满意足了。

　　她回想过去一年的沉闷日子,一天又一天毫无变化,便觉得眼前的生活变得太快,快得令人难以相信。每天都是一个新的激动人心的日子,她会遇到一些新的人,他们要求来拜访她,说她多么亮丽。她能够并且的确爱着艾希礼直到自己生命中的最后一息,可是这并不妨碍她去引诱别的男人来向她求婚。

战争给了后方人们一个不拘常规地进行社交活动的机会,这使老人们大为吃惊。做母亲的发现陌生男人来拜访女儿,更可怕的是她们的女儿竟与这些人手携手地坐在一起!梅里韦瑟太太觉得南方的道德正迅速而全面地崩溃,而且常常提出这样的警告。

可是那些说不定什么时候就会牺牲的男人,是不耐烦等待一年才去和姑娘亲热的。他们也不会履行原先那种冗长的正式求婚礼节。至于女孩子们,她们本来很清楚上等人家的姑娘一般要拒绝男方三次,而如今却在头一次就急忙接受了。

这种不正规的状况使思嘉觉得战争还是相当有趣的。除了护理工作太肮脏和卷绷带太麻烦以外,她不怕战争这样拖延下去。事实上,她现在对医院几乎没有什么厌恶了,那里还是一个很好很愉快的狩猎场呢。那些无依无靠的伤兵会乖乖地屈服于她的魅力之下。啊,经历了过去一年的暗淡日子,这里就是天堂了!

思嘉又回到她结婚以前的生活,还似乎根本没有嫁给他,根本没有感受过他死亡的打击,根本没有生过韦德似的,她一点也没有改变。她有一个孩子,可是有人在仔细照料着他,她简直可以把他忘了。她在思想和情感上又成了原来的思嘉,原来那个美女。她不顾皮蒂姑妈那些朋友们的非议,仍然像结婚以前那样为人处事,如参加宴会啦,跳舞啦,同士兵一起骑马外出啦,彼此调情啦。她对自己的姿容和到处招人爱慕是非常得意的。

在这个几周以前还令人痛苦的地方,如今她感到愉快起来了。她高兴又有了一些情人,高兴听他们说她仍然那么美丽。

1862年秋天就这样在欢乐的生活中飞快地过去了,连回塔拉小住几回也来去匆匆。在塔拉的小住是令人失望的,因为很少有机会跟母亲倾心长谈,也没有时间陪着她做针线活儿,闻闻她香囊中散发的隐隐香味,或者让她的温柔的手在自己脸颊上轻轻抚摩一番。

母亲瘦了,似乎有满腔的心事,并且从清早忙起,一直要到全农场的人都入睡以后许久才得休息,她的任务是设法让塔拉农场拼命生产。连杰拉尔德也不得闲,每天都得亲自骑马到田里去来回巡视。甚至她的两个妹妹也各有各的心事,不得清闲。

虽然思嘉每回都是怀着愉快的心情到塔拉老家去的,但她要回去时也并不觉得难过。倒是母亲在这种时候,想到她的长女和唯一的外孙即将离开她,总要长吁短叹,默默地伤心一番。

"我不能只顾自己把你留在这里,既然那边需要你参加护理工作,"母亲说,"只是——只是,亲爱的,我总觉得还没有来得及跟你好好谈谈,没有好好地重新叙一叙母女之情,而你很快就走了。"

"我永远是你的小女儿。"思嘉总是这样说,一面把头紧靠在母亲胸口,内心深感歉疚。她没有说,她急于回到亚特兰大去不是要为南部联盟服务,而是因为在那里可以跳舞,还有许多情人。近来有许多事情她向母亲隐瞒了,其中最重要的是瑞德·巴特勒常常到皮蒂特姑妈家来这件事。

在义卖会之后几个月里,瑞德每次进城都要来拜访皮蒂帕特姑妈家,然后带着思嘉一起坐马车外出,陪她去跳舞和参加义卖会,并在医院外面等着把她送回家来。她也不再担心他会泄露她的秘密了,不过在意识深处仍然不安,即他目睹过她那件最丢人的事,知道她和艾希礼之间的真正关系。正是这个缘故,他每次跟她过不去时,她都不说什么。可是他却时常跟她过不去。

他已经三十五六岁了,比她曾经有过的任何情人都大,因此她在他跟前简直毫无办法,不能像对待那些年龄与她相近的情人那样来对待和支配他。他总是显得若无其事,似乎世界上没有什么令人惊奇之处反而非常好玩似的;所以她即使被气得说不出话了,也觉得自己给他带来了莫大的乐趣。她在他的巧妙引逗下往往会勃然大怒,在这以前,她除非在母亲跟前,是从来不控制自己的脾气的,可如今为了避免他那得意的冷笑,便不得不忍着气把嘴边的话憋了回去。她恨不得他也发起脾气来,那时她就不会总处于这种不利地位了。

她几乎每次跟他斗嘴都没有占到便宜,事后总是狠狠地说这个人不行,没有教养,不是上等人,她再也不同他交往了。可是过一段时间,他又回到了亚特兰大,又假装拜访皮蒂姑妈,殷勤地送给思嘉一盒糖果。或是在社交性的音乐会上抢先占一个思嘉身旁的座位,或者在舞会上紧盯着她,而她对他这种殷勤的态度感到高兴,总是笑呵呵的,宽恕了他过去的冒失,直到下一次再发生为止。

虽然他的有些品性叫人很恼火,她还是喜欢他来拜访。他身上有一种她无法理解而令人兴奋的东西,一种与众不同的东西。他那挺拔的身躯不乏惊人之处,所以只要他走进屋来,就能让你觉得受到冲击,同时那双黑眼睛流露着无礼和暗暗嘲笑的神色,这给思嘉以精神上的挑战,使她下决心要把他降服。

"这几乎像是我已经爱上他了!"她心中暗想,有点莫名其妙。"不过,我并没有,只是不明白究竟是怎么回事。"

可是那种兴奋的感觉依然存在。他每次来看她们,他那全副的男性刚强之气总要使得皮蒂姑妈的这个有教养的上等人家显得狭小暗淡,并且颇有点酸腐味儿。思嘉并不是这个家庭中唯一对他产生奇异感觉的人,因为连皮蒂姑妈也被他逗得心慌意乱了。

皮蒂明明知道爱伦会反对巴特勒来看她的女儿,也知道查尔斯顿上流社会对他的排斥是一件不容忽视的事,可是她抵制不住他那精工设计的恭维和殷勤,就像一只花蝇经不起蜜糖缸的引诱那样。加之,他往往送给她一两件从纳索带来的小礼品,口称这是他冒着生命危险专门为她买来的——这些礼物无非是别针、织针、纽扣、丝线、发夹之类。不过,这种小小奢侈品现在格外难得,而皮蒂又缺乏道德上的毅力,只好接受巴特勒的馈赠了。此外,她还有一种孩子般的嗜好,喜欢亮丽的包装,一看见礼品便忍不住要打开来看看,既然打开了又怎么好再退还呢?于是,收下礼品之后,她就再也鼓不起勇气来说什么了。

"我不明白他究竟是怎么回事。"她时常无可奈何地叹息。"可是——说真的,我觉得他是个亲切的好人,如果只凭感觉来说的话——嗯,他在内心深处是尊重妇女的。"

媚兰自从收到那只退回的结婚戒指以后,便觉得瑞德·巴特勒是个文雅而精细的上等人,现在听皮蒂这样评论,还不免感到震惊呢。他一向对她很有礼貌,可是她在他面前总有点怯生生的,这是因为她跟每一个不是从小认识的男人在一起时,都会感到羞涩。她还暗暗地为他十分难过。她深信一定有段伤心事把他的生活给毁了,才使他变得这样强硬而苛刻,而他目前最需要的是一个好女人的爱。媚兰一向生活在深闺之中,没见过什么恶人恶事,很难相信它们的存在,所以当她听到人们悄悄谈论瑞德和那个女孩子在查尔斯顿发生的事情时,便大为震惊,不敢相信。她不仅没有对他产生恶感,反而更加暗暗地同情他,觉得他蒙受了重大的冤屈,她为之愤愤不平。

思嘉默默地同意皮蒂姑妈的看法。她也觉得巴特勒不尊重女人,只有对媚兰或许是例外。每当他的眼光从上到下打量着她的身躯时,她总觉得自己像没穿衣服似的。他那双可恶的眼睛肆无忌惮地向你瞧着,似乎所有的女人都不过是他任意享用的财产罢了。这副神情只有跟媚兰在一起时才不会出现。他望着媚兰时脸上从没有过那种冷冷的神态,眼睛里从没有嘲讽意味;他对媚兰说话时,声音也特别客气,尊敬,似乎很愿意为她效劳似的。

"我不明白你为什么对媚兰比对我好得多,"有天下午思嘉不耐烦地对他说,当时媚兰和皮蒂睡午觉去了,她单独跟他在一起。

"我比她亮丽得多,"她继续说道,"你为什么偏偏对她更好一些。"

"你是在妒忌吗?"

"啊,别胡猜!"

"你又使我失望了。如果说我对威尔克斯太太好一些,那是因为她值得我这样做。她是我平生很少见过的一个温厚、亲切而不自私的人。不过你或许忽视了她的这些品性。而且,虽然她还年轻,她却是我有幸结识过的很少几位伟大女性之一呢?"

"那么你不认为我也是一位伟大女性吗?"

"我想,在我们头一次遇见时,我们就彼此同意你根本不是个上等女人了。"

"啊,看你再敢那么可恨,那么放肆地提起这件事来! 你怎能这样任性地说我的坏话呢? 并且那是许久以前的事了,如今我已经长大,要是你不常常提起来说个没完,我就压根儿把它忘记了。"

"我并不认为那是小孩子脾气,也不相信你已经忘了。即使今天,只要你一不如意,你还会像当时那样摔花瓶的。不过你现在大体上是惬意的,因此用不着摔那些小古董了。"

"啊,你这——我真恨不得自己是个男人! 那样我就要把你叫出去,把你——"

"把我宰了,以解你心头之恨。可是我能在五十码之外打中一个银币呢。最好还是抓住你自己的武器——酒窝呀,花瓶呀,等等。"

"你简直是个流氓!"

"你想用辱骂来激怒我吗? 很遗憾,我只能叫你失望。你说得这么对,我怎么能生气呢? 我的确是个流氓,又怎能不是呢? 像你这样的人,亲爱的女士,明明心是黑的却偏要掩盖它,并且一听到别人这样骂你,你就大发雷霆,那才是虚伪呢。"

在他那冷静的微笑和不动声色的批评面前,她毫无办法,因为她以前从没碰到过这样难以对付的人。她的武器诸如蔑视、冷漠、谩骂,等等,现在都不管用了,因为不论她怎么说都不能让他感到羞耻。他承认你所说的一切,而且笑嘻嘻地鼓励你再说下去。

在这几个月里,他常常来来去去,来时不预先通报,去时不说再见。思嘉从来不知道他究竟到亚特兰大来干什么。并且她也感到很疑惑,如果他曾经表示过爱她,妒忌那些成天围着她转的男人,甚至拉着她的手,向她讨一张照片或条手绢来珍藏的话,她就会得意地认为他已经被自己的魅力迷住了。可是,他却仍然故意烦你,不像个恋爱的样子,而最糟糕的是他好像已经识破她引诱男人的手腕了。

他每次进城来都会在女性当中引起一阵骚动。这不仅仅由于他身上有股冒险的罗曼蒂克气息,还因为这中间夹杂着一种危险和遭禁的刺激性。他的名声太坏了! 可这只能使他对年轻姑娘们具有更大的魅力。因为这些姑娘都很天真,想不出他究竟是怎么个"放荡"法。她们还听见别人悄悄地说,女孩子跟他接近是危险的。可是,虽然名声这样坏,他自从第一次在亚特兰大露面以来,却连一个未婚姑娘的手也没有吻过,这不很奇怪吗? 当然,这使他显得更神秘和更富于刺激性了。

除了军队中的英雄,他是亚特兰大最瞩目的人物。人人知道,他是由于酗酒和"跟女人的某种瓜葛"而被西点军校开除的。那件关于他连累了一位查尔斯顿姑娘并杀了她兄弟的可怕丑闻,早已是家喻户晓的了。人们还进一步了解到,他的父亲是位意志刚强、性格耿直和令人敬爱的他把二十岁的瑞德分文不给地赶出了家门,甚至从家用《圣经》中画掉了他的名字。从那以后,瑞德加入1849 年采金的人潮到过加利福尼亚,后来到了南美洲和古巴。他在那些地方的经历据说都不怎么光彩,譬如,为女人闹纠纷啦,决斗啦,给中美洲的革命党人私运军火啦,等等,其中最坏的是赌博,像亚特兰大人所听说的。

在佐治亚,几乎每个家庭中都有男人在参加赌博,输钱,甚至输掉房子、土地和奴隶,使得全家痛苦不堪。不过,这与瑞德的情况不同。一个人可以赌得倾家荡产,但仍不失其上等人身份,可是一旦成了职业赌徒就是被社会遗弃的了。

有谣传说,巴特勒船长是南方最出色的舵手之一。又说他行动起来是不顾一切和镇定自若的。他生长在查尔斯顿,熟悉海港附近任何一个小港小湾、沙洲和岩礁,同时对威尔明顿周围的水域也了如指掌。他从没损失过一只小船或被迫抛弃哪怕很小一批货物。当战争爆发时,他突然从默默无闻中崭露头角,用手头的钱买了一条小小的快艇,而现在,封锁线货物的价钱已涨了二十倍,他也拥有四条船了。他那几条船在为南部联盟政府运出棉花和运进南方所迫切需要的战争物资两方面都是特别幸运的。所以,那些太太们对于这样一位勇敢人物便宽容多了,而且把他的许多事情都忽略了。

他身材魁伟,在他面前走过的人都不觉要回头看看。他大把地花钱,骑一匹野性的黑公马,衣着也是极考究的。这最后一点就足以引人注目了,因为现在军人的制服已经又脏又破,老百姓即使穿上最好的衣裳也看得出是仔细修补过的。思嘉觉得还从没见过像他身上穿得这么雅致的裤子呢。至于他的那些背心,则都是非常亮丽的货色,尤其那件白纹绸上面绣有小小粉红蔷薇花蕾的,更是无比精美。这样的衣着配上他那潇洒的风度,显得十分相称。

只要他着意显示自己的魅力,那是很少有女人能够抗拒的,结果连梅里韦瑟太太也殷勤地邀请他星期天到家里来吃午饭了。

梅贝尔·梅里韦瑟准备同那位小个儿义勇兵结婚,她一想起这件事就伤心,因为她想要穿一件白缎子衣服结婚,可是现在根本找不到白缎子。连借也没处借,因为多年以来所有的缎子结婚礼服都拿去改作军旗了。爱国的梅里韦瑟太太想批评自己的女儿,并想指出对于一位拥护南部联盟的新娘来说,穿家织布的结婚礼服是很光荣的。梅贝尔非要穿缎子不行。为了主义,她可以没有发夹,或者没有纽扣和好的鞋子,没有糖果和茶,但就是要穿一件缎子的结婚礼服。

瑞德从媚兰那里听到了这件事,便从英国带回来许多闪亮的白缎子和一条精美的网状面纱,作为结婚礼品送给她。梅贝尔高兴得几乎要吻他了。但梅里韦瑟太太知道,送这么昂贵的礼品——并且是一件衣服料子——不太好,可是当瑞德以非常亮丽的措辞说,对于我们一位出色英雄的新娘来说,用不论多么美丽的衣饰来打扮她都应该,这样她就无法拒绝了。于是梅里韦瑟太太便邀请他到家里来吃午饭。

他不仅给梅贝尔送来了精美的缎子,并且能对礼服的式样提出宝贵的建议。

假如他不是那样很有大丈夫气概,他这种善于描述衣服帽子和头饰的本领简直像个最精明的女人。太太们纷纷向他提出关于流行服装款式和发型的问题,连她们自己也觉得奇怪,不过她们仍然这样做。她们与时髦世界完全隔绝了,就像那些流落在荒岛上的水手。瑞德能留意妇女所最敏感的那些细节,每次回来都会被一群妇女包围,告诉她们今年帽子小了,戴得高了,几乎遮盖着最大部分头顶,用羽毛做装饰;告诉她们,法国皇后晚上已不梳发髻,而是把头发几乎全堆在头顶上,将耳朵全露出来,同时晚礼服的领口又惊人地低了。

这几个月他成了最出名和最富浪漫色彩的人物,尽管他的名声不好,而且传说他不仅跑封锁线并且做粮食投机生意。不过,即使有这么多闲言碎语,如果他认为值得的话,他还是可以保持自己的声望的。可是不,他身上那种怪癖的东西渐渐又发作起来,使得他抛弃了原来的态度而公然与那些爱国公民作对。

看来他似乎对南方怀有一种并非出于个人好恶的轻蔑。正是他那些对于南部联盟的评论,引起了亚特兰大人的惊讶、冷淡和愤怒。等不到进入1863年,每当他出现,男人们便以敬而远之的态度去应付他,妇女们则立即把她们的女儿叫到自己身边来了。

而他似乎很高兴让自己以一个糟糕的形象出现。他不接受别人的称赞，以轻蔑的口吻谈起勇敢的士兵，而且公开宣称自己只是赚钱。

他与每个人交谈时都隐隐约约带有嘲讽的意味了。凡是人家称赞他为南部联盟效劳时，他总忘不了说那只是他的一桩生意。他会用眼睛盯着那些与政府签有合同的人平静地说，要是能从政府合同中赚到同样多的钱，那么他肯定要放弃跑封锁线的危险，转而向南部联盟出售劣等布、掺沙的白糖、发霉的面粉和腐烂的皮革了。

他的评论大多是无可置疑的，这就更叫人恼火了。本来就已经传出了一些关于政府合同的丑闻，那些令人敬仰的上等人一方面热心地捐钱捐物，一方面狠狠地大发战争财。

他与亚特兰大人作对，不仅讽刺那些身居高位的人贪污受贿，前方的战士胆小厌战，并且幸灾乐祸地施展手腕，叫一般体面的市民也处于非常尴尬的境地。他禁不住要狠狠地讽刺周围那些人的自负、伪善和神气十足的爱国心，就像一个孩子忍不住手痒要刺破一个气球似的。

在亚特兰大城接待瑞德的那几个月中，思嘉对他没有存任何幻想。她知道，他那些殷勤和花言巧语只是嘴上说说而已。

她虽然非常清楚他是不诚心的，但仍然十分喜欢他扮演的那个罗曼蒂克的封锁线冒险家。因为这使得她同他交往很方便。因此，当他一旦取下那个假面具、公然跟亚特兰大人的善意作对时，她便大为恼火了。她感到恼火，是因为这种做法显得非常愚蠢，并且有些对他的严厉批评落到了她的身上。

那是在埃尔辛太太为康复期伤兵举行的一次银圆音乐会上，瑞德与亚特兰大彻底绝交了。

在音乐会上，每个有一艺之长的姑娘，都唱的唱了，弹的弹了。这其间，民兵威利·吉南的声音清楚地传出来："那么我想，先生，你的意思是我们的英雄们为之牺牲的那个主义并不是神圣的?"

"假如你给火车轧死了,你的死不见得会使铁路公司更神圣,是吗?"瑞德这样反问,那声音听起来似乎他在虚心讨教似的。

"先生,"威利说,声音有点颤抖,"如果我们此刻不是在这所房子里——"

"我想象不出那会发生什么,"瑞德说,"因为,当然喽,你的勇敢是有名的。"

威利气得满脸通红,谈话到此中止。人人都觉得很尴尬。威利健康而强壮,并且正当参军年龄,可是没有上前线。的确,他是他母亲的独生子。不过当瑞德说到勇敢时,在场那几位康复的军官中便有人在鄙夷地窃笑了。

"唔,他为什么不闭嘴呢!"思嘉生气地想。"他简直是在糟蹋这整个集会呀!"

米德大夫的眉头皱得要发火了。

"对你来说,年轻人,世界上没有什么是神圣的。"他以演讲时用的那种声调说。"不过,有许多事物对于南方爱国的先生太太们是神圣的呢。"

瑞德似乎懒得搭理似的,声音中也带有厌烦的感觉。

"一切战争都是神圣的,"他说。"对于那些发动战争的人来说就是这样。如果发动战争的人不把战争奉为神圣,那谁还那么愚蠢要去打仗呢? 但是,不论演说家们喊出什么样的口号,不论他们给战争说出什么样的崇高目的,战争从来就只有一个原因,那就是钱。一切战争都是对于钱的争吵。"

思嘉急忙向那愤怒的人群走去,她看见瑞德正得意扬扬地穿过人群走向门口。她跟在他后面,但埃尔辛太太一把抓住她的裙子,拦阻她。

"让他走吧,"她清清楚楚地说道,这使得全屋子里突然沉默下来的人群都听见了。"让他走。他简直是个卖国贼,投机家! 他是在我们怀里养育过的一条毒蛇!"

瑞德站在门厅里,手里拿着帽子,正如埃尔辛太太所希望的那样听见了她的话,然后转过身来,向屋里的人打量了一会。他锋利地逼视着埃尔辛太太平板的胸脯,突然微微一笑,鞠了个躬,走出去了。

梅里韦瑟太太搭皮蒂姑妈的马车回家,四位女士几乎还没坐下,她便大喊起来了。

"你瞧,皮蒂帕特·汉密尔顿!我想你该感到满意了吧!"

"满意什么?"皮蒂惊恐地喊道。

"那个你一直庇护的巴特勒的德行呀!"

皮蒂帕特一听就急了,气得竟想不起梅里韦瑟太太也招待过巴特勒这回事。倒是思嘉和媚兰想了起来,因为要尊敬长辈,她们只得忍着不去计较,都低下头来瞧着自己的手。

"他不只侮辱了我们大家,还侮辱了整个南部联盟呢。"梅里韦瑟太太说,她那结实的前胸猛烈地起伏着。"说什么我们是在为金钱而战!说什么我们的领袖们欺骗了我们!应该把他关进监狱!是的,就是应该!要是梅里韦瑟先生还活着的话,他准会去收拾他的! 现在,皮蒂·汉密尔顿,你听我说,你决不能再让这个流氓到你们家来了!"

"嗯,"皮蒂没奈何地咕哝着,她觉得无地自容,还不如死了的好。她乞求似地望着那两位低头不语的姑娘,叹了口气,说:"好吧,多丽,如果你认为——"

"我就这样认为。"梅里韦瑟太太坚决回答说。"我不知道你中了什么邪竟去接待起他来了。从今天下午起,城里没有哪个体面人家会欢迎他进家门的了。你得禁止他到你家来。"

她向两位姑娘狠狠地瞪了一眼。"我希望你们俩也记住我的话,"她继续说,"因为你们在这个错误中也有份儿,竟对他那样好! 要毫不含糊地告诉他,他本人和他的那些混账话在你们家里是绝对不受欢迎的。"

这时思嘉火了,眼看要暴跳起来了。可是她忍住不开腔。她不能冒这个风险让梅里韦瑟太太再给母亲写封信去。

"你这头老水牛!"她想,怒火把脸孔憋得通红。

"我从没想到这辈子还能听到这种卑鄙的话。"梅里韦瑟太太继续说,但这次用的是一种激于义愤的口气。"他这样的人,都应该绞死! 从今以后,你们两个女孩子不能再跟他说一句话了——怎么,媚兰,我的天,你这是怎么了?"

媚兰脸色灰白,两只眼睛瞪得圆圆的。

"我还要跟他说话,"她低声说,"我决不对他无礼。我决不禁止他到家里来。"

梅里韦瑟太太气得似乎给当胸刺了一锥子。皮蒂姑妈那张肥厚的嘴巴吓得合不拢来。连彼得大叔都回过头瞪着眼发呆了。

"唉,我怎么就没敢说这话呢?"思嘉又是妒忌又是佩服,心里很不是滋味。"怎么这小兔子居然鼓足勇气站起来了,跟人家老太太抬杠了?"

媚兰激动得两手发抖,但她赶紧继续说下去,似乎生怕稍一迟缓勇气就会消失似的。

"我决不因他说了那些话而对他无礼，因为那也是艾希礼的想法。我不能把一个跟艾希礼有同样看法的人拒之门外。那是不公道的。"

梅里韦瑟太太已缓过气来。

"媚兰·汉密尔顿，我还从没听人这样胡扯过呢！威尔克斯家可绝没有这样的胆小鬼——"

"我没说艾希礼是胆小鬼！"媚兰说，她那两只眼睛在开始闪烁。"我是说他也有巴特勒船长那样的想法，只是说得不一样罢了。他不会跑到一个音乐会上去说，不过他在信里是对我说过的。"

"艾希礼在信中说我们不该跟北方佬打仗。说我们被那些政治家和演说家煽动人心的口号和偏见所蒙蔽了，"媚兰急速地说下去。"他说在这场战争中根本没有什么光荣可言——有的只是苦难和肮脏而已。"

"我不相信这些，"梅里韦瑟太太固执地说，"是你误解了他。"

"我永远不会误解艾希礼，"媚兰冷静地回答，虽然她的嘴唇在颤抖。"我完全了解他。他的意思与巴特勒船长说的意思相同，只不过他没说得那样粗鲁罢了。"

"你应当为自己感到羞耻，居然把高尚的艾希礼去跟一个像巴特勒那样的流氓相比！我想，你大概也认为我们的主义一钱不值吧！"

"我——我不明白自己是怎么想的。"媚兰犹疑不定地说，这时火气渐渐消了，对自己的直言不讳开始感到惊慌。"我——我愿意为主义而死，就像艾希礼那样。不过——我的意思是——我的意思是，应该让男人们去想这些事。"

"我还从没听说过这样的话呢。"梅里韦瑟太太用鼻子哼了一声，轻蔑地说。"停车，彼得大叔，你都过了我们家门口了。"

彼得大叔一直在专心听着背后的谈话，所以忘记在梅里韦瑟家门前停车了，于是只得退回来。梅里韦瑟太太下了车。

"你们是要后悔的。"她说。

彼得大叔抽一鞭子,马又向前跑了。

"你们两位年轻小姐应当感到羞耻,让皮蒂小姐气成了这样。"他责备说。

"我并不生气呀。"皮蒂惊讶地回答,"媚兰,亲爱的,你及时帮助了我,因为说真的,我很高兴有人来把多丽压一下。她多么霸道呀!你怎么会有这股勇气的?可是你觉得你应当说关于艾希礼的那些话吗?"

"可那是真的,"媚兰回答,同时开始轻轻地哭泣起来。"并且我也并不觉得他的想法可耻。他认为战争完全错了,可是他仍然愿意去打,去牺牲,而这就比你自愿去打仗需要更大的勇气。"

思嘉一声不响。这时媚兰将一只手塞进了她的手里,似乎在寻求安慰似的,可是她连捏都没有捏它一下。她偷看艾希礼的信时只有一个目的——让自己相信他仍然爱她。现在听了媚兰的话,这是思嘉读信时压根儿没有看出来的。这使她大吃一惊地发现,原来一个像艾希礼这样完美的人,也居然会跟一个像瑞德·巴特勒那样的无赖汉想法相同呢。她想:"她们两个都看清了这场战争的实质,但艾希礼愿意去为它牺牲,而瑞德不愿意。我觉得这表示瑞德的见识是高明的。""他们两个看见了同一件不愉快的事实,但是瑞德·巴特勒正面逼视它,而且公之于众。而艾希礼呢,却几乎不敢向它正视。"

这真是叫人迷惑不解的事啊!

第十三章

在梅里韦瑟太太的怂恿下，米德大夫给报纸写了封信，尽管没有点瑞德的名，但意思是很明显的。

米德大夫的信在南方普遍展开了一个声讨投机家、牟取暴利者和政府合同商的高潮。

亚特兰大人读着这封信，知道讨伐巴特勒的檄文已经发布，于是他们这些忠诚的南部联盟拥护者齐心协力起来完成这件事。

所有在1862年秋天接待过巴特勒的人家中，几乎唯独皮蒂姑妈家到1863年还容许他进入。而且，如果没有媚兰，他很可能那里也进不去了。

"我就是不知道怎么办好。"皮蒂姑妈诉苦说。"只消他看着我，我就——我就吓得没命了，不知他会干出什么事来。他的名声已坏到了这个地步。你看，他会不会打我——或者——或者——啊，要是查理活着就好了。思嘉，你一定得告诉他不要再来了。好声好气地告诉他。媚兰，你不要对他那么好了。要冷淡疏远一些，那样他自己就会明白的。"

"不，"媚兰说。"我也决不会对他无礼。我想人们对于巴特勒船长都在瞎嚷嚷。我相信他不至于那么坏，他不会囤积粮食让人们挨饿。噢，他还给了我一百美元的孤儿救济金呢。我相信他也是忠诚和爱国的，只不过他过于骄傲，不屑为自己辩护罢了。你知道男人们一旦激怒了会变得多么固执的。"

皮蒂姑妈只能摇着那双小小的胖手表示没办法。至于思嘉，她很久以来就对媚兰那种专门从好的方面看人的习惯不存希望了。媚兰是个傻瓜，在这一点上谁都对她没有办法。

思嘉知道瑞德并不爱国,而且,她也毫不在乎,倒是他带来的那些小礼品,她却非常重视。在物价如此昂贵的情况下,如果还禁止他进门,她到哪里去弄到针线、糖果和发夹呀? 思嘉知道全城都在议论巴特勒的来访,也在议论她;可是她还知道,在亚特兰大人眼中媚兰·威尔克斯是不会做错事的,那么既然媚兰还在护着巴特勒,他的来访也就不至于太不体面了。

不过,要是瑞德放弃他的那套胡说八道,生活就会惬意得多。

"即使你有这些想法也罢,又何必说来出呢?"她这样责备他。"你爱想什么就想什么,可就是闭着嘴毫不声张,那就一切都会好得多了。"

"那是你,是不是,我的绿眼睛伪君子? 思嘉,思嘉! 我希望你拿出更多的勇气来。请老实告诉我,难道你闭着嘴不说话时不觉得心里憋得要爆炸吗?"

"唔,是的,"思嘉勉强承认。"当人们一个劲地谈什么主义时,我就厌烦死了。可是我的天,瑞德·巴特勒,如果我承认了这一点,就谁都不跟我说话,哪个男孩子也不会跟我跳舞了!"

"噢,对了,总得有人伴着跳舞,我要佩服你这种自我克制的精神,不过我觉得我办不到。我不能披上罗曼蒂克和爱国的伪装,不论那样会多么方便。那种愚蠢的爱国者已经够多的了,他们把手里的每一分钱都押在封锁线上,到头来,战争一结束,只落得一个穷光蛋。"

"你居然说出这样的话来,你明明知道英国和法国很快就会来帮助我们,并且——"

"怎么,思嘉! 你准是看过报纸了! 可不要再看了。那会把你的脑子弄坏的。不到一个月以前我还在英国,英国决不会帮助南部联盟,他们绝不会把赌注压在一条落水狗身上。他们也决不会为奴隶制而斗争的。至于法国,正在墨西哥抢占地盘呢,哪顾得上为我们操心了。思嘉,国外援助只不过是报纸用以维持南方士气的一个发明物而已。南部联盟的命运已经注定了,它现在像一匹骆驼,靠驼峰维持生命,可是连最大的驼峰也会消耗净尽的。我再跑六个月,以后就完了，再下去就太冒风险了。我已经赚了够多的钱，都存在英国的银行里，并且全是金币。这不值钱的纸币与我毫不相干。"

他还是像往常那样，话听起来很有道理。别人可能说他的话是叛国言论，但思嘉听来却是真实的，合乎情理的。她知道自己应当感到震惊和愤怒才是。但她既不震惊也不愤怒，不过她可以装成那样，那会使她显得更像个上等人家的闺秀。

"我认为米德大夫写的有关你的那些话都是对的，巴特勒船长。唯一挽救的办法是你卖掉船之后立即去参军。你是西点军校出身的，并且——"

"你这话很像是个招兵演说。要是我不想挽救自己又怎么样？我干吗要去拼命维护那个把我抛弃了的制度呢？我要眼看着它被彻底粉碎才高兴呢。"

"我可从来没听说过什么制度。"她很不以为然地说。

"没听说过？可你自己就是属于它，并且我敢肯定你也像我这样，并不喜欢它。我再告诉你，我为什么成了巴特勒家族中的不肖子呢？就因为我跟查尔斯顿不一致，也没法跟它一致。就说我没有娶那位你大约听说过的年轻女人吧，我为什么要娶一个讨厌的傻瓜，仅仅因为一次意外未能把她在天黑之前送到家里吗？又为什么要让她那个凶暴的兄弟来开枪打死我呢？当然，假如我是个上等人，我就会让他把我打死，这样就可以洗刷我们家族的污点了。可是——我要活呀！我就是这样活了下来，而且活得很舒服呢。思嘉，我们南方的生活方式陈旧不堪。它早就该消亡，而且正在消亡。我难道会在隆隆的鼓声中激动起来，以致会抓起枪杆子冲到弗吉尼亚去流血吗？你认为我是这样的傻瓜吗？"

"我看你这个人很卑鄙，唯利是图。"思嘉说，不过口气不强硬。她也觉得生活中的确有许多愚蠢的事情。譬如说，她在那次义卖会上跳舞时人人都大为震惊呢。又比方，她每次做了或说了些什么稍稍特别的事，人家就会气得要死过去。不过，她听到他攻击实际上她自己也厌恶的传统时，还是觉得刺耳的。

"唯利是图？不，我只是有远见罢了。"

思嘉每次参加社会活动,瑞德总是指出这同她的黑色丧服极不协调。他喜欢鲜艳的颜色,所以思嘉身上的丧服和那条从帽子一直拖到脚跟的绉纱头巾使他感到既好玩又不舒服。可是她坚持穿戴这些东西,因为她知道如果现在就改穿颜色亮丽的,全城的人就会比现在更加疯狂地议论起来。何况,她又怎样向母亲交代呢?

瑞德坦率地说,那条绉纱头巾使她活像只乌鸦,而那身黑衣服则使她显得老了十岁。

"我觉得你应当把自己看重些,不要去学梅里韦瑟太太那样。"他揶揄地说。"趣味要高尚一点,不要用一条纱巾来表现自己从未有过的悲哀。我真希望在两个月内就叫你戴上一顶巴黎式的。"

几星期后,一个晴朗的夏天早晨,他拿着一只装潢亮丽的帽匣子来了。这时只有思嘉一个人在屋里,他便把匣子打开。里面用一层层薄绢包着的是一顶精致的帽子,思嘉一见便惊叫起来:"啊,这宝贝儿!"很久很久没看见新衣裳了,更何况这样一顶她从没见过的最可爱的帽子呢!它是用暗绿色塔夫绸做成的,里面衬着淡绿色水纹绸。系在下巴上的绸带,也是淡绿色的。而且,这件绝妙精制品的帽檐周围还装饰着骄傲的鸵鸟毛呢。

"把它戴上。"瑞德微笑着说。

她飞也似的跑到镜子跟前,把帽子噗的一下戴到头上,系好下巴底下的带子。

"好看吗?"她边嚷边旋转着让他看最好的姿势,同时晃着脑袋让那些羽毛跳个不停。她的确显得又妩媚又俏皮,而那淡绿色衬里更把她的眼睛衬得像翡翠一般闪闪发亮了。

"唔,瑞德,这帽子是谁的?我想买。我愿意把手头所有的钱都拿出来。"

"就是你的呀,"他说。"还有谁配戴这种美丽的绿色呢?你不觉得我把你这眼睛的颜色记得非常精确吗?"

"你真的是替我选配的吗?"

"真的。"

她一味朝镜子里的影像微笑。在这个时刻,她觉得任何事情都无所谓了。可是随即她的笑容渐渐消失了。

"你喜欢它吗?"

"唔,这简直像个梦,不过——唔,可我不得不用黑纱罩住这可爱的绿色并把羽毛染成黑的。"

他即刻站到她身边,用熟练的手指把她下巴底下的结带解开,不一会儿帽子就放回到盒子里了。

"你这是干什么? 你说过这是我的呀!"

"可它并不是给你改做丧帽的。我会找到另一位绿眼睛的亮丽太太,她会喜欢的。"

"啊,你不能这样! 我宁死也得要它! 啊,求求你,瑞德,别这样小气! 给了我吧!"

"把它改成丧帽一样的丑八怪? 不行。"

她抓住盒子不放。要把这个宝贝给别的女孩子? 啊,休想!

"我不会改它。我答应你。就给了我吧。"

他把盒子给她,脸上带着嘲讽的笑容,望着她把帽子再一次戴上并端详自己的容貌。

"这要多少钱?"她突然沉下脸来问。"我手头只有五十美元,不过下个月——"

"按南部联盟的钱算,它大约值两千美元左右。"

"啊,我的天——好吧,就算我现在给你五十,以后,等我有了——"

"我不要钱,"他说。"这是礼物。"

思嘉的一张嘴张开不响了。在接受男人的礼物方面,母亲曾经严格地教导过她。

"糖果和鲜花,亲爱的,"爱伦曾经屡次说,"也许一本诗集,或者一个相片本,一小瓶香水,男人送给你时可以接受。凡是贵重的礼物,哪怕是你的未婚夫送的,都千万不能接受。千万不要接受首饰和穿戴的东西,连手套和手绢也不能要。你如果收了,男人们就会认为你不是个上等女人,就会对你放肆了。"

"啊,乖乖!"思嘉心想,"我宁愿让他放肆一下,如果不太要紧的话。"这时她不禁对自己也觉得惊恐,怎么这样想呢,于是脸红了。

"我要——我要给你那五十美元——"

"如果你这样,我就把它扔了。"

"你究竟要对我怎么样呢?"

"我是在用好东西引诱你,然后让你服从我的支配。"他说。"'从男人那里只能接受糖果和鲜花呀,亲爱的!'"他取笑似地模仿着,她也格格地笑了。

"你真是个狡猾的坏蛋,瑞德·巴特勒,并且你明明知道这帽子太亮丽了,我不会拒绝。"

他的两只眼睛在嘲笑她,即使同时在称赞她的美貌。

"只要我觉得喜欢,只要我认为能增加你的魅力,我还要继续送给你礼物。我要给你带些暗绿色水纹绸来做一件长袍,好跟这顶帽子相配。不过我要警告你,我这人并不慷慨大方,我是在用帽子和镯子引诱你,引你上钩。请时刻记住,我每做一件事都有动机,从来不做那种没有报酬的傻事。我总是要得到报偿的。"

他的黑眼睛在她脸上搜索,移到了她的嘴唇上。思嘉垂下眼来,浑身激动。现在,他要吻她,或者试图吻她,可是她心慌意乱打不定主意,不知怎么办才好。

但是他没有来吻她,她垂着眼睛瞟了他一眼,并用挑逗的口气低声说:"你总是要得到报偿的,是这样吗? 那么你想从我这里得到什么呢?"

"那得等着瞧了。"

"唔,要是你觉得为了帽子我便会嫁给你,那是不会的。"她大胆地说,同时俏皮地把头晃了晃,让帽子上的羽毛抖动起来。他那雪亮的牙齿微微一露,似乎要笑似的。

"太太,你太抬高自己了。我并不想娶你或任何别的女人。我是不准备结婚的。"

"真的!"她吃惊地叫了一声,"我连吻也不想吻你呢。"

"那你为什么把嘴撮成那么个可笑的模样呀?"

"啊!"她向镜子里瞥了一眼,发现自己的红嘴唇的确是个准备亲吻的姿势,不禁气得连连顿脚。"你是我所见过的最可怕的人了,我真的再也不想见到你了!"

"要是你真的这么想,你就会把帽子丢在地上踩起来。哎哟哟,来,思嘉,把帽子踏几脚,好让我看看你对我和我的礼物是怎么想的吧。"

"看你敢把这顶帽子碰一下。"她抓住帽带慢慢往后退。他跟上去,笑着把她的手握住了。

"唔,思嘉,你真像个孩子,可把我的心都揪痛了,"他说。"我要吻你的,"说着他随随便便俯下身来将髭须在她脸上擦了擦。"现在,你是不是觉得该打我一个耳光来保持你的体面呀?"

她噘着嘴,抬头注视着他的眼睛,看见那黑眼珠里饱含着乐趣,便扑哧一声笑了。她想这家伙也太爱戏弄人,太叫人恼火了!如果他并不想跟她结婚,甚至不想吻她,那他要怎样呢?如果他并不爱她,那为什么送给她礼物呢?

"这就好了,"他说,"思嘉,我是会教你干坏事的。我这人可是很难摆脱掉的啊。不过我对你只有坏处。"

"是这样吗?"

"难道你看不出来?自从我在义卖会上遇到你那一天起,你的出格的行为,大部分应当归咎于我。是谁怂恿你跳舞的呢?又是谁引诱你收受一件上等女人不能接受的礼物呢?"

"你这是在恭维你自己了,巴特勒船长。我根本没有干过什么可耻的事,而且,没有你我也会做你提到的那些事呢。"

"我不相信。"他说这话时脸色平静而阴沉。"你肯定仍然是查尔斯·汉密尔顿的伤心的遗孀,而且因你做的那些好事在伤兵中享有好的名声。可是万一——"

第二天,思嘉站在镜前,手里拿着一把梳子,正在试着做一种新的发型,因为瑞德今天要来吃晚饭,而他很注意衣服和头发的式样,而且最爱品头论足。

她正在努力地夹着头发,这时忽然听到楼下响起轻快的脚步声,便知道是媚兰回来了。接着,她听见媚兰飞快地跑上楼来,她走到门口,看见媚兰满脸的兴奋和惊慌,像个做了错事的孩子似的。

她脸上满是泪珠,帽子挂在头颈上,裙子还一荡一荡的。

"啊,思嘉!"她边喊边把门关好,随即在床上坐下。"姑妈回来了吗?还没有?啊,谢天谢地!思嘉,我差点羞死了!我都快要晕过去了,你看,彼得大叔正在那里威胁说要告诉姑妈呢!"

"告诉她什么呀?"

"说我跟那个——跟那位小姐说话了——"媚兰用手绢使劲扇着,"那个红头发的贝尔·沃特琳呀!"

"是吗?媚兰!"思嘉嚷着。

贝尔·沃特琳就是她刚到亚特兰大在街上看见的那个红头发女人,现在她很可能是城里名声最臭的女人了。有许多妓女跟随着大兵涌进了亚特兰大,而贝尔凭着她那火红的头发和俗丽时髦的衣着成了她们中的佼佼者。凡是体面人家都躲着她,避免同她接近。可是媚兰跟她说话了。难怪彼得大叔大发脾气呢。

"要是皮蒂姑妈发现,我就活不成了!你知道她会到处嚷嚷的,这样我就没脸见人了。"媚兰抽泣着说。"可这不是我的过错。我——我不能硬从她面前跑开呀,那样太不礼貌了。再说,我也替她感到难过。你是不是觉得我这样想太不应该了呢?"

"她想要干什么?她说什么了?"

"唔，我从医院里出来，她正躲在篱笆后面呢！当我经过时，她说：'威尔克斯小姐，你跟我说一会儿话好吗？'我不明白她是怎么知道我的名字的。我想我应当尽快走开，可是——可是思嘉，她显得那么可怜——是的，似乎是在哀求我。她穿着一身黑衣裳，戴着黑帽子，也没有涂脂抹粉，要不是那头红头发就真正像个规矩人了。她没有等我开口又赶紧说：'我知道，我是不应当跟你说话的，不过当我跑去对那只年老的母孔雀埃尔辛太太说时，她竟把我从医院里撵出来了！'"

"她管她叫母孔雀吗？"思嘉乐呵呵地笑了。

"唔，别笑嘛。这不是好玩的。看来这个女人，是想替医院做点什么——你能想到吗？她想要每天上午来当看护呢！当然，埃尔辛太太肯定给吓坏了，于是就命令她离开医院。思嘉，我真的被她那要求帮助的模样感动了。你知道，她要是想为主义作点努力，就不能说全是个坏人了。你觉得这样很坏吗？"

"看在上帝面上，媚兰，谁管你坏不坏的？她还说了些什么呢？"

"她说她觉得我——我的面貌很和气，因此就拦住了我。她有些钱要给我，让我交给医院。什么样的钱呀！说到这点我真要晕倒了呢！那时我感到很为难，急于要离开她，只得随口应着'唔，是的，当真，你多好'，或者旁的傻话，她就把这条脏手帕塞到我手里。喏，你闻闻这香味！"

媚兰拿出一条男人用的手帕来，那是又脏又带强烈香味的，里面包着一些硬币。

"她正在说'谢谢你'并表示以后每星期要托我交些钱给医院时，彼得大叔赶着车迎面跑来看见我了！"说到这里，媚兰又哭了起来。"他大喊道，'你就在这里赶快给俺上车吧！'我上了车，他便一路上没完没了地骂我，也不能让我解释一句，还说要去告诉皮蒂姑妈。思嘉，请下去求求他不要去告诉姑妈，好吗？说不定他会听你的。你知道，姑妈听说了这事，她会给活活吓死的呀！思嘉，你愿意去跟得皮大叔说说吗？"

"好，我去。不过，让我们先瞧瞧这里有多少钱。还沉着呢。"

她解开手帕，一大把金币滚了出来，撒落在床上。

"思嘉，有五十美元呢！还是金币！"媚兰惊叫着，数了数那些亮晶晶的硬币，显然给吓住了。

思嘉注视那条脏手帕，心里充满着羞辱和愤怒。原来手帕角上有个图案，其中包含着 RKB 三个字母。而她的抽屉里也有一块跟这一模一样的手帕，那是瑞德·巴特勒昨天借给她用来包鲜花的。她正准备今晚他来吃饭时还给他呢。

这样看来，瑞德是在同沃特琳那个贱货来往并给她钱了。想想看，瑞德居然有胆量在跟那个贱货鬼混过以后，再来同一位正经妇女会面呢？她还以为他爱上了她呢。这证明他是绝不会的了。

她要将这条手帕摔到他脸上去，并指着门口叫他滚出去，并且永远不再理他了。可是，她当然不能那样做。她永远不能让他知道她明白有这个女人存在。一个上等女人是决不能这样做的。

"唔，"她愤怒地想，"假如我不是个上等女人，我还有什么不能对这个混蛋说的呢！"

于是，她把那条手帕揉成一团捏在手里，下楼去寻找彼得大叔。她从火炉旁走过时，随手把手帕丢到火里，憋着一肚子无处可发的怒气望着它燃烧。

第十四章

1863年夏天到来时，每个南方人心里也升起了希望。南部联盟的几个胜利使人们对战后的幸福生活又开始了期待。但战争带来的焦虑和恐惧也渐渐蔓延到每个人的心中。

灾难的阴影笼罩着全城，使炎热的太阳都显得昏暗了。人们挤在一起，彼此安慰，装出一副勇敢的模样。可是谣言暗暗流传，像蝙蝠似的在人们心头往来飞掠。

成群结队的人聚集在车站旁边，希望列车带来消息，或者在电报局门口，在苦恼不堪的总部门外，在上着锁的报馆门前，悄悄地等待着。

城里几乎每家每户都有人上前线，他可能是儿子、兄弟、父亲，或者情人、丈夫。他们可能正在牺牲，甚至就在此时此刻。南方的士兵可能正在纷纷倒下，像冰雹下的谷物一般，但是他们为之战斗的主义永远不会倒。人们怀着坚定而悲壮的信念这样等待着。

思嘉、媚兰和皮蒂帕特小姐坐着马车停在《观察家日报》社门前，等待消息，思嘉的手在发抖，头上的阳伞也晃个不停。皮蒂激动得很，圆脸上的鼻子不停地颤动。只有媚兰像一尊石雕，坐在那里一动不动，但那双黑眼睛瞪得愈来愈大了。在两个小时之内她只说过一句话，那是她把嗅盐瓶递给姑妈时说的，并且是她有生以来第一次毫不亲切地对姑妈说话。

"拿着吧，姑妈，要是你快晕倒了，就闻一闻。如果你真的晕倒，那我也没有办法，只好让彼得大叔把你送回家去。因为我不会离开这里，直到我听到有关——直到我听到消息为止。而且，我也不会让思嘉离开我。"

思嘉才不会离开呢，因为她不想让自己离开以后得不到有关艾希礼的消息。不，即使皮蒂小姐死了，她也决不离开这里。艾希礼正在打仗，也许正在死亡呢，而报馆是她得到信息的唯一地方。

她环顾人群，认出了自己的朋友和邻居，只见米德太太歪戴着帽子让那个十五岁的费尔搀扶着站在那里；麦克卢尔姐妹颤抖着嘴唇；埃尔辛太太尽管站得笔直，不过那几绺垂下来散乱的灰白头发泄露了她内心的混乱情绪；范妮·埃尔辛则脸色苍白得像个幽灵。

这时，人群外围起了一阵骚动，瑞德·巴特勒骑着马过来了。思嘉心想：他怎么敢骑着这么一匹亮丽的马，穿着锃亮的靴子和雪白笔挺的亚麻布套服，叼着昂贵的雪茄，那么时髦，那么健康，可这时艾希礼和所有其他的小伙子却光着脚、冒着大汗、饿着肚子、患着胃溃疡在作战——他怎么敢这样呀？"

他慢慢穿过人群，不少人向他投来仇恨的目光。老头们吹着胡子发出咆哮。可是他对谁都不理睬，只举起帽子向媚兰和皮蒂姑妈挥了挥，随即来到她们身边。

"我是来告诉你们几位的，"他大声说，"我刚才到过司令部，第一批伤亡名单已经来了。"

他这话在周围的人中顿时引起一阵骚动，准备向司令部跑去。

"你们不要去，"他在马鞍上站起身来，举起手喊道。"名单已送到两家报馆去了，正在印刷。你们就在这儿等吧！"

"唔，巴特勒船长，"媚兰喊道，一面回过头来眼泪汪汪地望着他。"真该谢谢你跑来告诉我们！名单几时张贴呢？"

"很快会公布的，太太。交给报馆已半个小时了。"

正说着，报馆侧面的窗户打开了，一只手伸出来，手里拿着一叠窄长的印刷品，上面印满了密密麻麻的姓名。人群拥上前去抢，瑞德跳下马，把缰绳扔给彼得大叔。拼命推搡着挤过去。一会儿他回来了，手里拿着好几张名单。他扔给媚兰一张，其余的分发给周围的人。

"快，媚兰，"思嘉急不可耐地喊道。因为媚兰的手在嗦嗦发抖，使她没法看清楚，恼火极了。

"你拿去吧，"媚兰低声说，思嘉便一把抢了过来。从打头的名字看起，可是它们在哪里呢？"怀特，"她开始念，嗓子有点颤抖，"威肯斯……温……泽布伦……啊，媚兰，他不在里面！他不在里面！啊，你怎么了，姑妈？媚兰，把嗅盐瓶拿出来！扶住她，媚兰。"

媚兰高兴得当众哭起来，一面扶住皮蒂小姐的头，同时把嗅盐放到她鼻子底下。思嘉从另一边扶着胖老太太，心里也在欢乐的歌唱。艾希礼还活着。他甚至也没受伤呢。上帝多好，把他放过来了！多好——"

忽然，她听到一声低低的呻吟，回头一看，只见范妮·埃尔辛把头靠在她母亲胸口，那张伤亡名单飘落在地上，埃尔辛太太的薄薄的嘴唇颤抖着，她把女儿紧紧抱在怀里，一面平静地吩咐车夫："回家去，快。"她有个情人在前线，现在死了！人群怀着同情默默地给她们让路，后面跟着麦克卢尔姐妹那辆小小的柳条车。赶车的是费思小姐，她的脸板得像石头似的。霍普小姐的脸像死灰一样苍白，她紧紧抓住妹妹的裙子，她们都已经很老了。她们的弟弟达拉斯是她们珍爱的宝贝，也是这两位老处女在世界上的唯一亲人。但是达拉斯死了。

"媚兰！媚兰！"梅贝尔喊道，声音显得很快活。"雷内没事！还有艾希礼，啊，感谢上帝！"这时披肩已从她肩上掉下来，显出她的肚子。但是这一次不论梅里韦瑟太太或者她自己都没有去管它。

米德太太垂着两眼凝望着自己的衣襟，听到有人叫她也没有抬起头来，不过小费尔坐在旁边，只要看看他的表情便一切都明白了。

"唔，妈。妈。"他可怜巴巴地说。米德太太抬起头来，正好触到媚兰的目光。

"现在达西再也不需要靴子了。"

"啊，亲爱的！"媚兰惊叫一声，哭泣起来，一面把皮蒂姑妈推到思嘉肩上，爬下马车，向米德太太的马车走去。

"妈，你还有我呢，"费尔极力安慰身旁脸色苍白的老太太。"只要你同意，我就去把所有的北方佬都杀掉——"

"不！"米德太太哽咽着说，一面紧紧抓住他的胳臂，似乎决不放它了似的。

"费尔·米德，别说了！"媚兰轻声劝阻他，一面爬进马车，在米德太太身旁坐下，把她搂在怀里。

费尔抓起缰绳，这时媚兰又回过头去对思嘉说话。

"你把姑妈送到家里，就马上到米德太太家来。巴特勒船长，请你给大夫捎个信去，他在医院里呢。"

马车纷纷散了。有些高兴得在哭泣，但大多数是目瞪口呆地站在那里。思嘉低着头在看那张模糊的名单，飞快地读着，这名单好长呀！亚特兰大和全佐治亚付出了多大的牺牲啊！

瑞德脸色平静而略显忧郁，眼睛里已没有了那种嘲讽的意味，"可是名单还没完呢，"他说。"这仅仅是头一批，不是全部。明天还会有一张更长的单子。"他放低声音，不让旁边马车里的人听见。"思嘉，李将军打了败仗。我在司令部听说他已撤回到马里兰了。"

她惊恐地朝他望着，但她害怕的不是李的失败。她害怕的是明天更长的伤亡名单呀！明天。她可没有想到明天，只不过一见艾希礼的名字不在上面就乐起来了。明天，难道，他可能现在已经死了，而她要到明天才会知道，也许还要等到一个星期以后呢。

"唔，瑞德，为什么一定要打仗呢？要是当初让北方佬去付钱赎买黑人——或者干脆我们把黑人交给他们，就不会有这场战争，那不是会好得多吗？"

"问题不在黑人，思嘉，那只是借口罢了。战争之因此经常发生，就是因为人们喜欢战争。女人不喜欢，可是男人喜欢——对，胜过喜欢女人。"

他又歪着嘴轻轻笑起来，脸上不再有严肃的神色了。他把头上那顶巴拿马帽摘下来向上举了举。

"再见。我得去找米德大夫了。我想，他儿子的死讯由我这个人去告诉他，这颇具讽刺意味。"

思嘉让皮蒂姑妈服了一杯甜酒后，在床上躺下，自己便出门去米德大夫家了。媚兰正坐在客厅里跟几个前来慰问的邻居低声谈话，她同时在忙着干针线活儿，修改一件丧服。

"她现在怎么样？"思嘉小声问。

"一滴眼泪也没有，"媚兰说。"女人不流眼泪才可怕呢。她说她要亲自到宾夕法尼亚去把他领回家来。"

"那对她太可怕了！为什么不让费尔去呀？"

"她怕他一离开她就会去加入军队。你瞧他年纪虽小可个儿长得那么大。军队里现在连十六岁的人也要呢。"

邻居们陆续离开了，只剩下思嘉和媚兰两人留在客厅里缝衣服。媚兰虽然忍不住伤心，眼泪还是一滴滴落在手上。她显然没有想到战争还在进行，艾希礼或许就在此刻牺牲了。

她们静静地缝了一会儿，忽然听见外面有声音，只见米德大夫正从马背上下来。他垂着两肩，耷拉着脑袋，慢慢走进屋来，放下帽子和提包，默默地吻了吻两位姑娘。然后疲乏地上楼去。一会儿费尔下来了，他的腿和胳臂都又瘦又长，显得那么笨拙，他径直向前廊走去，在那儿的台阶上坐下，双手捧着头一声不响。

媚兰长叹一声。

"他给气疯了，因为他们不让他去打北方佬。他才十五岁呀！啊，思嘉，要是有这样一个儿子，倒是好极了！"

"好叫他去送死吗？"思嘉没好气地说，同时想起了达西。

"有一个儿子，哪怕他给打死了，也比没有儿子强。"媚兰说着又哽咽起来。"你理解不了，思嘉，这是因为你有了小韦德，可我呢，我多么想要一个儿子啊！我知道，我不该公然说出这句话来，但这是真的，是每个女人都需要的，并且你也明白这一点。"

思嘉竭力控制住自己，才没有对她冷笑。

"万一上帝想连艾希礼也——也不放过，我想我是忍受得住的，虽然我宁愿跟他一起死。可是，如果他死了，我又没有一个他的儿子来安慰我，那我就受不了啦。啊，思嘉，你多幸运呀！虽你失去了查理，可是你有他的儿子。可要是艾希礼没了，我就什么也没有了。思嘉，请原谅我，我有时候真对你非常妒忌呢——"

"妒忌——我？"思嘉吃惊地问，一种负疚感突然袭上心头。

"因为你有儿子，可我没有呀！我有时甚至把韦德当作是我自己的儿子。你不知道，没有儿子可真不好受呢！"

"简直胡扯！"思嘉觉得放心了，故意这样说她，同时朝这个红着脸低头缝纫的女人匆匆瞥了一眼。一想到媚兰也会有孩子，思嘉便觉得心里不舒服。这会引起许许多多她无法对付的想法来。如果媚兰真的跟艾希礼生个孩子，那她怎么受得了呢！

"请原谅我说了那些关于韦德的话。你知道我多么爱他。你没有生我的气吧？"

"别傻了，"她不耐烦地打断她，"快去安慰安慰费尔。他在哭呢。"

第十五章

圣诞节即将到来，艾希礼可以回家休假。思嘉两年多以来第一次看见他，那火一般炽热的感情连她自己都不曾料到。当初她站在"十二橡树"村的客厅里看着他跟媚兰结婚时，曾以为今生今世再也不会比那时更伤心更强烈地爱他了。可如今她才知道，长期以来她在梦想着他，同时又强忍着不说出来，这才把她的感情磨炼得更锐利，更浓烈了。

艾希礼·威尔克斯穿着一身褪色的破旧军服，一头金发已被晒成亚麻色，看来与以前大不相同，不再是战前她拼命爱着的那个随意、懒散的小伙子了。他以前皮肤白皙，身材细长，现在变成褐色和干瘦的了，加上那两撇金黄的骑兵式样的髭须，便成了一个十足的大兵。

他穿着一身旧军服，用军人的姿势笔挺地站在那儿。这就是南部联盟陆军少校艾希礼·威尔克斯。他现在有了发布命令和一种镇静自恃与尊严的神气，两个嘴角也长出了严厉的皱纹。他那又宽又厚的肩膀和冷静明亮的目光，如今也变了。他以前是散漫的，懒洋洋的，可现在像猫一样机警，似乎每一根神经都时刻紧绷着，像小提琴上的琴弦那样。他的眼神疲倦而困惑。他还是她所爱的那个亮丽的艾希礼，不过已显得很不一样了。

思嘉早已打算回塔拉去过圣诞节，可是艾希礼的电报一来，世界上就不论什么力量，哪怕是爱伦直接发来的命令，都不能把她从亚特兰大拉走了。难道要她放弃这时隔两年后与他相逢的机会，回到塔拉去吗？哪怕世界上所有的母亲都来命令她，她也不会回去的。

艾希礼和一群同时休假的本县小伙子一块儿回来了，有消瘦、憔悴的凯德·卡尔弗特，有头一次获得休假，满怀兴奋的芒罗家两兄弟，还有经常喝醉、喜欢争吵的亚历克斯和托尼·方丹。艾希礼把他们一起带到皮蒂姑妈家来，休息几个小时，因为他们还要赶路。

一进屋，方丹兄弟就像两只斗鸡似的争着要去吻皮蒂姑妈。

思嘉跟艾希礼坐到了同一个房间，高兴得如醉如痴了。她怎么会在这两年里还想起别的男人呢？她怎么能容忍艾希礼还在世就允许他们向她求爱呢？如今他又在家里了，和她只隔着这客厅里的地毯。他坐在对面沙发上，一边是媚兰，一边是英迪亚，还有霍妮抱着他的肩膀。这时她每看他一眼，都要拼命才能使自己不至于眼泪汪汪。要是她也能坐在他身边，挽着他的胳臂，那多好啊！要是她能够摸摸他的袖子，或者拉着他的手用他的手绢擦拭泪水，那多好啊！因为媚兰就可以大胆地这样做啊！你看她那样高兴，已没有什么羞怯和含蓄的意思了，用她的眼神、微笑和泪水在表示自己的欢喜。可是思嘉此刻太快活，太高兴，对这样的情景也不觉得恼恨和嫉妒了。艾希礼终于回家了！

她不时用手摸摸自己的脸颊，并对他笑笑，因为那儿是他吻过的，至今还保留着他的嘴唇颤抖的感觉。媚兰正拼命往他怀里钻，一面抽抽嗒嗒地哭，紧紧地抱住他，似乎永远也不放他走似的。后来，英迪亚和霍妮也走上前去紧紧抱住他。接着他吻了他父亲，同时敬重而亲切地抱了抱，充分显示了他们之间那种深沉强烈的感情。然后是皮蒂姑妈，她激动得用那双小脚一跳一跳地接受他的亲吻和拥抱。最后，他来到她面前，他先是对她说："唔，思嘉，你真美，真美！"随即在她脸上吻了一下。

经他这一吻，她原先想好的话全都忘了。直到好几个小时以后，她才想起他没有吻她的嘴唇。于是她痴痴地设想：如果他们单独在一起，他便会那样吻的。他会弯下高高的身子，轻轻捧起她的脸颊，让她踮着脚尖，相互吻着，紧紧地长时间的拥抱。不过没关系，整整一个星期的休假时间，什么事都好办呢。她一定能让他单独跟她在一起，而且对他说："你还记得我们时常在我们那条秘密的小路上一起骑马的情形吧？""你还记得我们坐在塔拉农场台阶上，你朗读那首诗的那个夜晚，月亮是什么模样吗？""你还记得那天下午我扭伤脚脖子，你抱着我在暮色中回家的情景吗？"

啊，有多少珍贵的回忆可以把他带回到那些可爱的日子，那时他们像无忧无虑的孩子一样到处转悠！而且，她或许还能从他的眼神中发现爱的感情；或者得到某种暗示，说明他对她还有所眷恋。只要知道他的确还在爱她，就足够了……是的，她能够等待，能够容忍媚兰去享受拥有他的幸福。她的时机一定会来的。说到底，像媚兰这样一个女孩子，她懂得什么爱啊？

"亲爱的，你简直像个叫花子了。"媚兰说，这时刚到家的那种兴奋场面已渐渐过去。"是谁给你补的衣服，为什么有蓝布呢？"

"我还以为自己满时髦呢。"艾希礼说，一面看了看自己的衣服。"要是拿我跟那些破衣烂衫的人比一比，你就会满意些了。至于说像个叫花子，那你还得庆幸自己的命好，你丈夫总算没有光着脚丫跑回来。我那双旧靴子上个星期就坏得没法穿了，要不是我们运气，打死了两个北方佬侦察兵，我就会脚上绑着一双草鞋回家啦。这双靴子倒是很合我的脚呢。"

说到这里，他把两条长腿伸出来，让她们欣赏那双已经遍体伤痕的长统靴。

"另一个侦察兵的靴子给我就不合适。"凯德说。"靴子比我的脚小两号，夹得我的脚痛极了。不过我照样穿着体面地回来了。"

"他太小气，自己穿着小，也不肯给我们俩。"托尼说。"其实对我们方丹家的贵族式小脚是十分合适的。真见鬼，我得厚着脸皮穿这靴子去见母亲了。没打仗的时候，这种东西她是连黑奴也不让穿的。"

"别着急，"亚历克斯说，一面向凯德脚上的靴子瞥了一眼。"咱们回家时，在火车上把他的靴子剥下来。我倒不怕见母亲，可是我——我不想我的脚趾头全露在外面。"

"怎么，这是我的靴子，是我先说的。"托尼说着，朝他哥哥瞪了一眼。这时媚兰吓得慌了手脚，生怕发生一场有名的方丹家族式的争吵，赶紧插进来调解了。

"我本来蓄了满满一脸络腮胡子要给你们女孩子看的。"艾希礼一面说一面用力摩擦他的脸，脸上剃刀留下的伤痕还没有全好呢。"那是一脸很亮丽的胡须，可是我们一到里士满，那两个流氓，"他指方丹兄弟，"说既然他们在刮胡子，我的就也得刮掉。他们按着我坐下，便动手给我剃开了，奇怪的是居然没把我的脑袋一起剃掉。"

"别听他这些鬼话，威尔克斯太太！你还得感谢我呢。要不然你就压根儿识不出他，也不会让他进门了。"亚历克斯说。

当艾希礼出门送几个小伙子到车站去时，媚兰抓住思嘉的胳臂唠叨起来。

"你瞧他那件军服多难看。等我拿出那件上衣来，他准会大吃一惊吧？要是还有足够的料子给做条裤子就好了！"

给艾希礼做的那件上衣，一提起来思嘉就心烦意乱，因为她多么渴望那是她而不是媚兰送给艾希礼的圣诞礼物啊！做军服的灰色毛料如今比红宝石还要珍贵，几乎是无价之宝。可是媚兰碰上了罕见的运气。原来她在医院里护理过一个小伙子，他后来死了，她剪下他的一绺金黄头发，连同一小包遗物和一份关于他死亡前情况的抚慰书，寄给了他母亲。后来，当那位母亲听说媚兰的丈夫在前线时，便把自己买给儿子的那段灰细布和一副铜纽扣寄来了。那是一段很亮丽的衣料，又厚实又暖和，还带有隐隐约约的光泽。这块料子现在在裁缝手里，媚兰催他赶快在圣诞日早晨之前做好。

思嘉也有一件给艾希礼的圣诞礼物，不过跟媚兰做的那件灰上衣比起来就差远了。那是一只用法兰绒做的"针线包"，里面有瑞德从纳索带来的一包针和三条手绢，还有两卷线和一把小剪刀。但是她还想送给他一些更亲近的东西，就像妻子送给丈夫的东西，如衬衫、手套、帽子之类的。唔，是的，不论如何要弄到一顶帽子。现在艾希礼头上戴的平顶步兵帽实在太不像样子。

思嘉一向厌恶这种帽子。

她一想到帽子，便想起瑞德·巴特勒。他有那么多帽子，各种场合用的不同的帽子。他怎么就需要那么多的帽子，而她的宝贝艾希礼在雨中行走时却不得不让雨水从那顶步兵帽上滴里答拉往衣领里流呢？

"我要瑞德把他那顶黑毡帽给我。"她打定主意。"我还要给帽边镶一条灰色带子，把艾希礼的花环镶在上面，那就很好看了。"

那天整个下午思嘉都在设法同艾希礼单独待一会儿。哪怕几分钟也好，可是媚兰始终在他身边，同时英迪亚和霍妮也睁着眼睛热情地跟着他在屋子里转。

吃晚饭的时候还是那样，艾希礼跟大家长久地闲聊，不停地笑，支配着谈话的整个场面，他讲了一些笑话和关于朋友们的有趣故事。

已经很晚了，当思嘉跟着艾希礼、媚兰和皮蒂帕特，由彼得大叔擎着蜡烛照路一齐上楼去时，她感到一阵凄凉涌上心头。直到这时，他们站在楼梯口，艾希礼还一直是她的，也仅仅是她的，虽然整个下午他们并没有单独说过一句话。可如今，她们互道晚安时，她才突然发现媚兰满脸通红，并且在激动得全身颤抖。她两眼俯视地毯，似乎自己的浑身激情不胜惊恐似的，但同时又流露出娇羞的愉快。接着，艾希礼把卧室门推开，媚兰头也不抬进屋去了。艾希礼也匆匆进去，甚至没有触到思嘉的目光就跟着进去了。

他们随手把门关上，剩下思嘉一个人孤独站在那里。艾希礼不再属于她了，他是媚兰的。只要媚兰还活着，她就能和艾希礼双双走进卧室，把门关上——把整个世界关在门外，什么都不要了。

休假结束了，现在艾希礼要走了，要回到弗吉尼亚去，回到艰难困苦中去，在那里，他那金发灿烂的头颅和颀长的身躯——整个光辉美丽的生命，都有可能顷刻化为乌有。过去的一星期，那闪光的、梦一般美妙的、洋溢着幸福的时时刻刻，现在都已经消失了。

这一星期过得飞快，像一个梦，一个充满着馨香、闪烁着烛光的梦，一个飞逝而去的梦。

思嘉坐在客厅里的沙发椅上等着，那件她精心准备的礼物放在膝头。这时艾希礼正在跟媚兰话别，她希望他会一个人下楼来，她就可以单独跟他待几分钟了。她侧耳听楼上的声音，可是整个屋子静悄悄的，静得连她自己的呼吸也好像响亮起来。皮蒂姑妈正在她房里趴在枕上哭泣，因为艾希礼半小时前就向她告别过了。媚兰紧闭的卧室里没有传出任何声音。思嘉觉得他在那间房里已待了好几个小时，一直在恋恋不舍地跟媚兰话别，每一分钟都使她更为恼恨，因为时间溜得那么快，他马上就要动身了。

她反复想着自己在这个星期里一心一意要对他说的话。可是一直没有机会说啊！并且她现在觉得或许永远也没有机会说了。

其实也尽是些琐碎的傻话："艾希礼，你得小心一些，知道吗？""不要打湿了脚，容易着凉的。""别忘了在衬衣底下放一张报纸在胸脯上，这很能挡风呢，"等等。

有那么多的话要说，可是没有时间了！甚至最后短短几分钟也很可能被夺走，要是媚兰跟着出来的话。这些日子，除了像哥哥对妹妹，或者对一个朋友那样的态度之外，他从来没有向思嘉透露过一个亲昵的眼色或一句体己的话。她不能让他离开——说不定是永远离开，除非明白他仍在爱她。因为只要清楚了这一点，她就可以从他这一点点爱中获得亲切的安慰，直到生命的最后一息也死而无憾了。

似乎等了一辈子似的，她终于听到他走下楼梯。是独自一人！谢天谢地！媚兰一定是被离别的痛苦折磨得出不了门了。如今她可以在这宝贵的几分钟内占有他了。

他走进客厅时，眼神阴郁、脸色苍白，又绷得很紧。她迎着他站起来，怀着一种骄傲心情，深深觉得他是她平生所见的最亮丽的军人。他那长长的枪套和皮带闪闪发光，雪亮的马刺和剑鞘也晶莹耀眼，因为它们都经彼得大叔仔细擦拭过了。

"艾希礼，我送你到车站去好吗？"她匆匆忙忙地提出这一要求。

"不必了吧，父亲和妹妹们都会去的。而且，我情愿你在这里跟我话别，不要到车站去挨冻，这会留给我一个更好的记忆。已经有那么多的东西可以做纪念的了。"

"那我就不去了。"她说。"你瞧，艾希礼，我还有件礼物要送给你。"

如今临到真要把礼物交给他时，她反而有点害羞起来。她解开包裹，那是一条长长的黄腰带，用厚实的中国缎子做的，两端镶了稠密的流苏。几个月前瑞德·巴特勒给她带来一条黄围巾，一条用紫红和蓝色绒线刺绣着花鸟的围巾。这星期她细心把上面的刺绣全都挑掉，用那块缎子作了一条腰带。

"思嘉，这亮丽极了！是你亲手做的吗？太珍贵了。给我系上吧，亲爱的。小伙子们看见我穿着新衣服，系着腰带，满身的锦绣，一定会嫉妒呢。"

思嘉把这条亮丽的腰带围到他的细腰上，把腰带的两端在皮带上方系成一个同心结。媚兰尽可以送给他那件新上衣，可这条腰带是她的礼物，是她亲手做的秘密礼物，它会叫他一看见就想起她来。她退后一步，怀着骄傲的心情端详着他。

"真亮丽。"他扶摩着腰带上的流苏重复说。"但是我知道你是拆了自己的一件衣服或披肩做的。你不该这样，思嘉。这年月很难买到这样亮丽的东西呢。"

"唔，艾希礼，我情愿——"

她本来想说："我情愿剖开我的心让你穿上，如果你需要的话，"结果却说："我情愿为你做任何事情！"

"真的吗？"他阴郁的面容开朗了些。"那么，有件事倒想拜托你。思嘉，这件事情会使我在外面也放心一些。"

"什么事？"思嘉欢喜地问。

"思嘉，你愿意替我照顾媚兰吗？"

"照顾媚兰？"

她突然痛感失望，心都沉了。原来这就是他对她的最后一个要求，她要发火了。这本是他们单独在一起的时刻，是她一人所专有的时刻。可是，虽然媚兰不在，她那灰色的影子仍然插在他们中间。他怎么会向她提出这样的要求呢？

"是的，关心她，照顾她一下。她很脆弱，可是她自己不明白这一点。整天护理伤员，缝缝补补，会把自己累垮的。她又是那么温柔、胆小。这世界上除了皮蒂姑妈、亨利叔叔和你，她没有别的亲人。媚兰十分爱你，这不仅因为你是查理的妻子，还因为——唔，因为，她把你当成妹妹在爱。思嘉，我经常做噩梦，想到如果我被打死了，媚兰无依无靠，会怎么样。你答应我的要求吗？"

这最后一个请求，她根本没听见，因为她给"如果我被打死了"这句不吉利的话吓坏了。

她每天都读伤亡名单，心惊胆战地读着，知道如果艾希礼出了什么事就整个世界都完了。可现在他竟说出这样可怕的话来！一阵深深的恐怖感，一种近似迷信的惊悸，把她彻底镇住了。她成了地地道道的爱尔兰人，相信人有一种预感，尤其是对于死亡的征兆。

"你不能这样说话！连想也不能去想。平白无故谈死是要倒霉的！啊，快祷告一下吧，快！"

"你替我祷告并点上些小蜡烛吧，"他见她惊慌失措觉得好笑，便这样逗她。

"正是这个原因，我才向你提出要求的，思嘉。我不知道我会不会发生什么意外。并且一旦末日到来，我离家这么远，即使活着也太远了，无法照顾媚兰。"

"末——日？"

"战争的末日——世界的末日。"

"可是艾希礼，你总不会认为北方佬能打垮我们吧？这个星期你一直在谈李将军怎样厉害——"

"我全是在撒谎，像每个回家休假的人一样。我为什么去吓唬媚兰和皮蒂姑妈呢？是的，思嘉，我认为北方佬已经拿住我们了。后方的人还不了解情况，不明白我们处于什么样的局面，不过——思嘉，我们那个连队的人还在打赤脚，而弗吉尼亚的雪已下得很厚了，雪地里满是带血的脚印。我每看到这些，然后再看看北方佬，就觉得一切都完了。怎么，思嘉，北方佬在花大钱从欧洲雇来成千的士兵呢！我们最近抓到的俘虏大多数连英语也不会讲。他们都是些德国人、波兰人和爱尔兰人。可是我们每损失一个人就没有人来补充了。我们的鞋一穿破就没有鞋了。我们被四面包围了，思嘉。我们不能跟整个世界作战呀。"

她胡思乱想起来：就让南部联盟被打得粉碎吧。让世界完蛋吧，可是你千万不能死！要是你死了，我也活不成了！

"思嘉，我希望你不要把我这些话去对别人说，我不愿意吓唬别人。而且，亲爱的，我本来也不该说这些话来吓唬你，只是为了解释我为什么要求你照顾媚兰才只好说了。她那么脆弱胆小，而你却这样坚强。只要你们俩在一起，即使我出了什么事也可以放心了。你答应我吗，思嘉？"

"啊，答应！"她大声说，因为当时觉得艾希礼很快就会死的，任何要求她都得答应。"艾希礼，艾希礼！我不能让你走！我没有这个勇气了！"

"你必须鼓起勇气。"他的声音洪亮而深沉，话也说得干净利落，似乎有种内心的急迫感在催促他似的。"你必须勇敢，不然，叫我怎么受得了呢？"

她用高兴的眼光观察他脸上的表情，不知他这话是否意味着不忍心跟她分手，如同她自己的心情那样。他的面容仍然绷得很紧，眼睛里没有什么含义。他俯下身来，双手捧着思嘉的脸，轻轻在额上吻了一下。

"思嘉，思嘉！你真美，真坚强，真好！亲爱的，你的美不仅仅在这张可爱的脸上，而在于你的一切，你的思想和你的灵魂。"

"啊，艾希礼，"她愉快地低声叫道，他的话和他那轻轻一吻使她浑身激动。"只有你，再没有别人——"

"我经常想，或许我比别人对你更加了解，我能看见你心灵深处的美，而别人却过于大意和轻率，往往注意不到。"

他没有再说下去，同时把手从她脸上放下来，不过仍凝视着她的眼睛。她屏住气等待他说出"我爱你"，可是他没有说，他已经不作声了。

她的希望再一次落空，泪水禁不住夺眶而出。接着她听见车轻微地响了一下，这使她更加紧张地感觉到他们的分别已迫在眉睫，她心中一阵凄楚。

艾希礼轻轻说了声"再见"，向阴暗的穿堂里走去。他抓住客厅门上的把手，又一次回过头来凝神望着她，似乎要把她的一切都刻在心里带走似的。她也用模糊的泪眼注视着他的脸，喉咙哽咽得透不出气来，因为知道他转眼就要走了，从她的生命中匆匆地走了，也许永远不再回来了。时间快得像一股激流，现在已经太晚了。她猛地跑过客厅，跑进穿堂，一手抓住他的腰带。

"吻吻我，"她低声说。"给我一个告别的吻。"

他伸出胳臂轻轻抱住她，然后朝她的脸俯下头来。他的嘴唇一触到她的嘴唇，她的两只胳臂就紧紧箍住了他的脖颈。在无法计量的短短瞬间，他将她的身子紧贴着自己，可是他随即一扬头，把她的两只胳臂从他脖子上松开。

"不，思嘉，不要这样，"他低声说，用力抓住她的两只手腕不放。

"我爱你，"她哽咽着说，"我一直在爱你。我从没爱过别人。我跟查理结婚，只是想叫你——叫你难过。啊，艾希礼，我爱你，我愿跟着你走到弗吉尼亚去，好待在你身边！我要给你做饭，给你擦皮靴，给你喂马——艾希礼，你说吧，说你爱我！有了这句话，我就一辈子靠它活着，死也心甘啊！"

她朝他的脸看了一眼，这是她平生所见最愁苦的一张脸，但它的表情不再是淡漠的了，脸上流露出对她的爱和由于她的爱而感到的喜悦，可同是也有羞愧和绝望的斗争。

"再见！"他用沙哑的声音说。

门嘎的一声开了，一阵冷风袭进屋来，把窗帘吹得乱摆。思嘉站在冷风中瑟瑟发抖，望着艾希礼向马车跑去，腰上的军刀在冬天微弱的阳光下闪烁不已，腰带的流苏也欢快地飘舞着。

第十六章

1864 年 1 月和 2 月接连过去了，那是寒冷而阴沉的季节，人们的心也是阴沉沉的。随着葛底斯堡和维克斯堡两大战役的惨败，南方阵线的中心已经崩溃。不过虽然如此，南方的精神并没有被摧垮，一种严峻的决心取代了当初雄心勃勃的希望，人们仍能从阴云密布中找到一线胜利的光辉。

现在已没有人否认北方佬会打仗了，并且终于承认他们也有优秀的将军。格兰特，谢里丹的名字叫南方人听了胆寒。还有个名叫谢尔曼的人，正在人们口头日益频繁地出现。

当然，他们中间没有谁能比得上李将军的。南方的人们对这位将军和他的军队仍抱有坚强的信念，对于胜利的信心也从不动摇。可是战争已拖得太久了，那么多的人死了，那么多的人受伤和残废了，那么多的人成了寡妇孤儿。

更糟糕的是，老百姓当中已在开始流传一种对上层人物不信任的情绪。许多报纸公开指责戴维斯总统和他进行这场战争的方式。南部联盟内阁中存在着很大分歧，总统和将军们之间也不融洽。货币急剧贬值。军队供给不足。随着货币最近一次贬值，物价又飞涨起来。实际上，北军已经把南方团团地围困起来，虽然大多数人还不明白这种形势。

从前，思嘉要是穿着这样破旧的衣裳和补过的鞋，一定会觉得很难堪，可是现在她顾不上这些了，因为她觉得最重要的那个人已不在这里，看不见她这个模样了。这两个月她很愉快，比几年以来任何时候都愉快些。当她伸开双臂搂住他的脖子时，她不是感觉到他的心在急促地跳动吗？她不是看见他脸上那绝望的表情，那种胜过任何语言的表情吗？他爱她。现在她已深信这一点，并为此感到非常愉快，以致对媚兰也更宽容了。她甚至觉得媚兰可怜，其中也有些轻蔑的意思，认为她没有眼力，愚蠢，配不上艾希礼。

"到战争结束再说！"她想，"战争—结束——就……"

她放宽了心想，总之，等到战争一结束，就什么都好办了。要是艾希礼真的那么爱她，他就会想出办法来。随着时间一天天过去，她愈来愈相信艾希礼对她的钟情，越发觉得到北方佬被最后打垮时他一定会把一切都安排得好好的。

接着，当三月的飞雪下个不停、人人躲在家中的时节，一个可怕的打击突然降临。媚兰眼里闪着喜悦的光辉，骄傲而又羞涩地低着头，轻轻告诉思嘉她快要有娃娃了。

"米德大夫说，八月底到九月初要生呢。我也曾想到这一点，可直到今天才相信了。唔，思嘉，这真是太好了！我本来就眼红你的小韦德，很想要个娃娃。我还生怕我也许永远不会生呢，亲爱的。我要他生上十个看看！"

思嘉本来正在梳头，准备上床睡觉了，现在听媚兰这么一说，惊呆了，拿着梳子的那只手也似乎僵住不动了。

"我的天哪！"她这样叫了一声，可一时间还没明白是怎么回事，接着她才想起媚兰将要闭门坐月子的情景来，顿觉浑身痛楚难忍，似乎艾希礼是她自己的丈夫而做了对不起她的事似的。一个娃娃。艾希礼的娃娃。唔，怎么能呢，既然爱的是她而不是媚兰？

"我知道你是吃惊了。"媚兰喘着气喋喋地说。"可是你看，这不是十分好的事吗？啊，我真不知道怎么给艾希礼说才好呢！要是我明白告诉他，那可太难为情了，或者——或者我什么也不说，让他慢慢注意到，你知道——"

"啊，我的天！"思嘉差一点哭起来，手里的梳子掉到地上，她不得不抓住梳妆台，免得自己站不稳。

"亲爱的，你不要这样！你知道有个孩子并不坏呀！你自己也这样说过嘛。你不用替我担心，尽管你的关心是很令人感动的。当然，米德大夫说过我是——"媚兰脸红了，"我是小了一点，可这没关系，并且——思嘉，你当初发现自己怀上了韦德时，是怎么写信对查理说的呢？或者是你母亲或者奥哈拉先生告诉他的？哦，亲爱的，要是我也有母亲来办这件事，那就好了！可我真不知怎么办好——"

"你闭嘴吧！"思嘉恶狠狠地说，"闭嘴！"

"啊，思嘉，我真傻！真对不起你。我看凡是快乐的人都只顾得上自己。我忘记查理的事了，一时疏忽了。"

"你别说了！"思嘉再一次命令她，同时极力控制自己的脸色，把怒气压下去。

媚兰很敏感，她觉得自己不该惹思嘉伤心，所以非常内疚，急得又要哭了。她怎能让思嘉去回想查理去世后才生下韦德那些可怕的日子呢？她怎么会粗枝大叶到这个地步，居然说出那样的话来呢？

"亲爱的，让我给你脱衣裳，快睡觉吧。"媚兰低声下气地说。

"我替你按摩按摩头颈好吗？"

"别管我了。"思嘉说，脸绷得像石板似的。这时媚兰越发觉得内疚，便真的哭着离开了房间，让思嘉独自一人躺在床上。思嘉可并没有哭，她只是满怀屈辱、绝望和妒忌，不知怎样发泄才好。

她想，既然媚兰肚子里怀着艾希礼的孩子，她就无法再跟她在一起住下去了，她不如回到塔拉自己家里去。她不知怎样在媚兰面前隐藏自己内心的隐秘，不让她看出来。到第二天早晨起床时，她已打定主意，准备吃过早点就即刻收拾行装。吃早饭时，思嘉一声不响，神情阴郁，皮蒂姑妈手足无措，媚兰很痛苦，他们彼此谁也不看谁，这时送来一封电报。

电报是艾希礼的侍从莫斯打给媚兰的。

"我已到处寻找，但没有找到他。我是否应该回家？"

谁也不明白这封电报是什么意思，三个女人惊恐地瞪着眼睛面面相觑，思嘉立刻把回家的念头忘得一干二净了。她们来不及吃完早点便赶进城去给艾希礼的长官发电报，可是一进电报局就发现那位长官的电报已经到了。

"威尔克斯少校于三天前执行任务时失踪，深感遗憾。有情况当随时奉告。"

从电报局回到家里，皮蒂姑妈用手绢捂着鼻子哭个不停，媚兰脸色灰白，直挺挺坐着，思嘉则靠在马车的一个角落里发呆，似乎彻底垮了。一到家，思嘉便跟跄着爬上楼梯，走进自己的卧室，拿起念珠跪下来准备祈祷。她似乎掉进恐惧的深渊，觉得自己犯了罪。她爱上了一个已婚的男人，想把他从他妻子的怀中夺走，所以上帝要惩罚她，把他杀了。她想祈祷，可是抬不起头来仰望苍天。她想痛哭，可是没有眼泪。泪水好像灌满了她的胸膛，火辣辣的在那里燃烧。

门开了，媚兰进走房来。她的脸像用白纸剪成的一颗心，衬着那丛乌黑的头发，眼睛瞪得很大，像个迷失在黑暗中吓坏了的孩子。

"思嘉，"她边说边伸出两只手来，"请你饶恕我昨天说的那些话，因为你是——你是我现在所有的一切了。啊，思嘉，我知道我心爱的艾希礼已经死了！"

不知怎的，她倚在思嘉怀里了。也不知道怎的，她们两人都倒在床上，彼此紧紧地抱着，两人脸贴着脸痛哭，两人的眼泪流在一起。她们哭得那样伤心。艾希礼死了——死了，她想，是我用爱把他害死的呀！想到这里她又哭起来，媚兰从她的眼泪中获得安慰，所以更紧地抱住她的脖子不放了。"至少，"她低声说，"至少——我怀上了他的孩子。"

"可我呢，"思嘉心想，此刻的悲伤使她忘记了嫉妒。"我却什么也没有得到——什么也没有——除了他向我道别时脸上的那番表情，什么也没有啊！"

最初的一些报道是"失踪——据信已经死亡"，这出现在伤亡名单上。

后来，"失踪——据信被俘"的消息又出现在伤亡名单上了，这悲伤的一家人又开始怀抱乐观的心情和希望了。媚兰整天守在电报局里，等候每一班火车，希望收到信件。她现在病了，同时妊娠期的反应也愈来愈明显，但她拒不按照米德大夫的吩咐卧床休息。

有天下午，她由惊慌的彼得大叔赶着马车、瑞德·巴特勒在身旁扶持着从城里回来。原来她在电报局晕倒了，幸好瑞德从旁边经过，发现了，才护送她回到家里。这时全家人都吓得手忙脚乱，连忙弄来毯子和威士忌，让她完全苏醒过来。

"威尔克斯太太，"瑞德突然地问，"你是怀孩子了，对吗？"

要不是媚兰晕过去刚刚苏醒，还那样虚弱，那样心痛，她一定会害羞死的。因为她连对女朋友也不好意思说自己怀孕的事，每次去找米德大夫都觉得很难为情，怎能设想一个男人，尤其是瑞德·巴特勒这样的男人，问她这样一个问题呢？可如今她软弱无力地躺在床上，便只得点了点头，算是默认了。

"那么，你一定得好好保重。这样到处奔跑，日夜焦急，会伤害婴儿的！只要你允许，威尔克斯太太，我愿意利用我在华盛顿的影响，把威尔克斯的下落打听清楚。如果他当了俘虏，北军公布的名单上一定会有他的。不过你必须答应我，一定好好保重自己的身体，否则我就什么也不管了。"

"啊，你真是个好人。"媚兰喊道。"人们为什么把你说得那么可怕呢？"接着，她想起自己没有用，又觉得跟一个男人谈怀孕的事实在太可怕了，便难过得又哭起来。

瑞德说到做到。一个月以后，他就得到了消息，他们听到时简直高兴得要发疯了，可是随即又焦虑起来。

艾希礼没有死！他只是受了伤，被抓起来当了俘虏，看来目前在伊利诺斯州的罗克艾兰一个战俘营里。

"啊，巴特勒船长，还有没有办法——你能不能帮助我们把他交换过来呢？"媚兰叫嚷着问。

瑞德撇着一张嘴说："命令已经宣布——不交换。我以前没有跟你说过，威尔克斯太太，你丈夫本来有个机会可以出来，但是他拒绝了。"

"啊，怎么会呢！"媚兰不相信有这种事。

"有，真的。北方正在招募军队到边境去打印第安人，主要是从南军俘虏中招募。凡是宣誓效忠并报名去作战两年的俘虏，都可以获释并被送到西部去。威尔克斯先生拒绝这样做。"

"啊，他怎么会呢？"思嘉嚷道。"他为什么不宣誓离开俘虏营，然后立刻回家来呢？"

媚兰好像有点生气地转向思嘉。

"你怎么会认为他应该做那种事呢？叫他背叛自己的祖国去对北方佬宣誓，然后又背叛自己的誓言吗？我倒是宁愿他死在罗克艾兰也不愿意他宣誓。如果他真的那样做了，我就永远不再理睬他了。永远不！当然，他拒绝了。"

思嘉送瑞德出去，在门口愤愤不平地问他："如果是你，你会不会答应北方佬，首先保住自己的性命，然后再伺机逃走呢？"

"当然。"瑞德咧着嘴，露出髭须底下那排雪白的牙齿，狡狯地说。

"那么，艾希礼为什么不这样做呢？"

"他是个上等人嘛！"瑞德答道。思嘉惊异地想，他怎么能用这个高尚的字眼来表达如此讥诮而轻蔑的意味呢？

第十七章

1864 年的 5 月来到了，那是个又热又干燥的 5 月。一天早晨，皮蒂姑妈遗憾地做出决定，把最后一只公鸡宰掉，省得它一直在为那只早已被吃掉的老伴伤心。然而，皮蒂姑妈忽然想起她的许多朋友都好几个星期没尝到鸡味了，所以她建议请些客人来吃饭。可是媚兰怀孕已到了第五个月，有好几个星期既不外出，也不在家接待宾客了，因此对这个主意感到很不安。可是皮蒂姑妈这次很坚决。

"怎么，媚兰，你再这样反对我，我可要气哭了。不管怎么说，我总是你姑妈，也不是不明事理。我一定要请客吃饭。"

于是，皮蒂姑妈请客了，并且到最后一分钟来了一位她没有请也并不希望的客人，瑞德·巴特勒鬼使神差地出现了。他腋下夹着一大盒用花纸包着的糖果，嘴里满口伶俐的奉承话。皮蒂姑妈见瑞德的言谈举止都彬彬有礼，便渐渐放心了。这顿饭吃得非常愉快，可以说是一顿丰厚的美宴。凯里·阿什伯恩队长带来了一点茶叶，那是从一个北军俘虏的烟叶袋里找到的，每人都喝了一杯茶，可惜略略有点烟草味。每人都分到一小块老公鸡肉，一份充足的用玉米片加葱头制作的调味品，一碗干豆，以及大量的米饭和肉汤，外加瑞德带来的糖果。当瑞德把真正的哈瓦那雪茄拿出来，供男客们一面喝黑莓酒一面抽雪茄时，大家异口同声说这简直是一次豪华的盛宴了。

然后男客们来到前廊上的女士们中间，又谈起了战争。唯独瑞德一直没说话，他从吃过晚饭以后一直默默地坐在一边，撇着两个嘴角，听大家说话。

这时，也问了一句：

"我听到谣传，说谢尔曼的增援部队已经到了，他现在有十万多人了？"

"嗯，怎么样，先生？"大夫的回答很简单，他气冲冲地反问了一句。

"我刚才听阿什伯恩队长说，约翰斯顿将军只有四千人左右，还包括那些逃兵在内。"

"先生，联盟军里可没有逃兵呀！"米德太太愤怒地插嘴说。

"请原谅，"瑞德用谦卑的口吻说。"我指的是那些回来休假却忘记归队，还有那些养好伤半年了，但是还待在家里的人"。

他得意地说着，眼睛闪闪发亮，把米德太太气得喘不上气来。思嘉看她这副狼狈相忍不住要笑，因为瑞德抓住他的要害了。现在有成百上千的男人躲在沼泽地或山区，不让宪兵抓回部队去。他们声称"这是一场富人的战争，穷人的厮杀"，他们已受够了。

士兵们收到的家信里也满是抱怨："你的老婆，你的娃娃们，你的父母，我们都在饿肚子。你几时回来？我们已经饿得不行，饿得不行了。"

米德大夫发现瑞德·巴特勒的话引起了尴尬的沉默，便赶忙用冷冷的口气说："巴特勒船长，尽管咱们部队和北军人数有很大差别，但从来就不起什么作用。一个联盟军士兵能抵挡一打的北方佬呢。"

妇女们纷纷点头表示同意。这是人人都清楚的嘛。

"这在战争初期是真的，"瑞德说。"也许现在也还是如此，如果联盟军士兵的枪膛里有子弹，脚上有鞋子，肚子也是饱的话。嗯，阿什伯恩队长，你看呢？"

他的声音还是那么温和，带着点谦卑。可凯里·阿什伯恩并不怎么高兴，因为他明明讨厌瑞德。他非常愿意站在米德大夫一边，可是又不能说假话，只好默不出声。

阿什伯恩一声不响，这激怒了米德大夫，他怒冲冲地说："我们的军队就是光着脚饿着肚皮打仗也能取得胜利。他们还要这样打下去，还要这样战胜敌人！我告诉你，约翰斯顿将军是谁也无法攻克的！"

　　见大家吵得生起气来，皮蒂姑妈赶紧站起来，吩咐思嘉给大家弹一曲钢琴，唱一支歌。她早就知道，把瑞德留下来吃晚饭，那准会惹出事来。不论何时何地，只要他在场，就往往出麻烦。

　　思嘉听从皮蒂姑妈的吩咐，走进客厅，她先弹了几段曲子，接着她的歌声便从客厅里飘荡出来了，那么动人、凄切，唱的是一首流行歌曲：

　　　　在雪白的病房里，

　　　　躺着已死和濒死的伤兵——

　　　　他们挨了刺刀或炮弹的袭击——

　　　　抬进的是谁的心上人。

　　　　谁的心上人哟，那么年轻，那么勇敢！

　　　　他的脸温柔而苍白——

　　　　那即将被坟土掩盖的脸——

　　　　少年俊美的风华犹存。

　　"金黄色的鬈发缠结在一起，"思嘉用不太准确的女高音哀婉地继续唱着，这时范妮欠起身来轻声细气地说："请唱点别的吧！"

　　思嘉听了大为惊讶，也有些难堪，于是钢琴声戛然而止。接着，她又匆匆地唱起《灰夹克》的头几小节来，可是又觉得太凄惨，便草草结束了。

　　瑞德连忙站起身来，进客厅去了。

　　"弹《我的肯塔基老家》吧，"他似乎随随便便地说道，思嘉也立刻高兴地弹唱起来。她的歌声由瑞德优美的男低音伴和着。

　　　　挑着这副重担再走几天，

不管它的重量永远不会减！

再过几天，我们将蹒跚着走上大路！

回到我的肯塔基老家，好好安眠！

后来的事实证明，南部联盟军已经难以抵抗住北军凌厉的攻势了，他们疲乏得边行军边打瞌睡，绝大部分人已什么也不想了。他们不断地在后撤，但也知道并没有被打垮，他们只不过没有足够的兵力来坚守自己的阵地，粉碎谢尔曼的进攻。

当军队沿着山谷撤退时，他们看见有一大队难民正在溃逃。那是些农民和山民，有穷的，也有富的，有白人，也有黑人，受伤的挂着拐杖，濒死的躺在担架上，大肚子妇女，白发苍苍的老人，还有走不稳的孩子，他们或坐车或步行，连同那些堆满箱柜和家用什物的马车和大车，使道路拥挤不堪。

南部联盟军的伤亡是惨重的。伤兵由一列列火车运到亚特兰大，全城惊恐不安，这个城市从没见过这么多的伤兵。医院里挤满了，伤兵就躺在空店铺里的地板上和仓库里的棉花包上。所有的旅店、公寓和私人住宅都住满了伤病员。皮蒂姑妈家也分来了一些人。家里一住了伤兵，事情就多了，不断的做饭，不停地洗涤和卷绷带，并且晚上炎热睡不着时，伤兵痛苦的呻吟会闹得你通宵不安。

这些像潮水般退下来的伤兵，以及纷纷逃来的难民大量增加，亚特兰大这个城市简直沸腾起来了。

忽然有一天，从肯尼萨山运来的第一批伤兵快要到了，有人来请思嘉立即穿好衣服到医院去。范妮·埃尔辛和邦内尔家的姑娘们也给从睡梦中叫起来，正在马车后座上打哈欠，埃尔辛家的嬷嬷则满脸不高兴地坐在车夫座位上，膝头上放着一篮新浆洗过的绷带。思嘉更不乐意，但也只得勉强起身，因为她头天夜里在舞会上跳了个通宵，腿还酸痛着呢。她暗暗咒骂着，匆忙地咽下几口玉米粥，吃了几片甘薯干，然后走出家门上医院去了。

她厌恶这里的护理工作。就在这一天她要告诉梅里韦瑟太太，说爱伦写信叫她回去一趟。可根本没有用，那位可敬的老太太正卷着袖子，系着大围裙，在忙着干活呢。她狠狠地瞪了思嘉一眼，说："少废话，思嘉·汉密尔顿。我今天就给你母亲写信，告诉她我们十分需要你。我相信她会理解并让你留下来的。好，赶快系上围裙到米德大夫那里去。他要人帮忙扎绷带呢。"

"啊，上帝！"思嘉沮丧地想，"确实如此。母亲会要我留在这里，可是我宁死也不愿再闻这些臭气了！"

她对医院，对那些恶臭，对虱子，对那种痛苦的伤员，对那些肮脏的身体，都厌恶极了。如果说她对护理工作曾经有过一些新奇感和浪漫意味的话，那也在一年前就已经消磨完了。

天气很热，苍蝇成群结队地飞进来。恶臭和惨叫声在她周围此起彼伏。她端着盘子跟随米德大夫走来走去，浑身热汗，把衣裳都湿透了。

啊，要站在大夫身边，看着他那把雪亮的手术刀切入血肉模糊的肌肤，还要强忍住呕吐，这是多么可厌的事啊！并且耳边一片惨叫，又是多么可怕的时刻啊！

一到中午，她就赶紧从医院溜出来，思嘉觉得她再也无法忍受了。她觉得这是强加在她身上的一种负担，并且午班火车一到，新的伤兵会拥入医院，她就又有大量的工作一直要忙到晚上才能走了——甚至还可能没有东西吃呢。

她急急忙忙横过两条马路，大口大口呼吸着新鲜空气。她在一个街角上站住，不知往哪里去，因为既不好意思回家去见皮蒂姑妈，又决定了再不回医院去，恰好这时瑞德坐着马车从旁边经过。

"你像个捡破烂的小女孩呢，"他这样说，两只眼睛打量着她身上那件破破烂烂的衣裳，上面满是汗渍和污斑。思嘉觉得又尴尬又懊恼，简直气坏了。他怎么总注意女人的衣裳，甚至粗鲁到评论她此刻整洁的穿着来了呢？

"我不要听你说话。赶快下车来扶我坐上去，然后把我送到没人看得见的地方。我不想回医院了，哪怕把我绞死也不回去！天知道，不是我发起这场战争，也看不出有任何理由要让我被折磨死，并且——”

“你成了背叛我们伟大主义的罪人了！”

“得了，饭锅莫说菜锅黑。快把我扶上去。你往哪里赶都行，我不管。就带着我兜兜风吧。”

他从马车上一跃而下，这时思嘉突然觉得，一个完整的男人，一个四肢完整、五官俱全的男人，他既没有因痛苦而脸色苍白，也没有被疾病折磨得皮肤焦黄，他营养很好，健康强壮，这让人看着多么舒服啊！并且他穿着讲究，上衣和裤子十分合身。他似乎对世界上的事漠不关心，这种态度本身就足以令人惊讶了，因为别人都是满脸忧虑和阴沉的表情呢。他那褐色的脸膛是温和的，而那张嘴，唇红齿白，像女人一样轮廓鲜明而富于肉感，当他搀扶她上马车时，更浮出随随便便的微笑，动人极了。

他自己也上了车，坐在她身旁，这时他那高大的身躯显得饱满匀称，并且很吸引人，像往常那样，她感觉到了它那巨大的魅力，似乎受到了冲击似的。她望着他那副有力的肩膀，那充满诱惑和令人不安的肩膀，不由得害怕起来。他的身体壮实而坚韧，这同他那敏锐的思想一样是很不寻常的。他浑身洋溢着一种轻松优美的力量，平静时像一只黑豹懒懒地躺在阳光下，机警时就像这只豹子正准备一跃而起向前猛扑。

“你这个小骗子，”他揶揄道，一面喝马向前。“你整夜跟大兵跳舞，给他们送鲜花、送丝带，说你愿意做出任何牺牲，可是一旦要你替几个伤兵包扎和捉虱子时就赶快跑开了。”

“你能不能讲点别的，能不能把马车赶得快些呢？要是碰上梅里韦瑟爷爷他从小店里出来看见了我，然后回去告诉那位老太太——我指的是梅里韦瑟太太，那我就倒霉了。”

“我对这种医院工作已经腻烦透了，”她说着，一面整理坐下时撒开的裙子，并把下巴底下的帽带系紧。“每天都有无数的伤兵涌进城市。”

“瑞德，你看，街那头，一大群人！他们不是士兵。是怎么回事？……

啊,全是些黑人!"

红色的尘土滚滚而来,从飞扬的尘土中传来脚步声和上百个黑人唱着《赞美诗》的深沉而雄浑的声音。瑞德把马车停在路旁,思嘉好奇地看着那些汗流浃背的黑人,他们肩上扛着鹤嘴锄和铁锹,由一位军官和一小队佩着工程团标记的人领着一路走来。

"这是怎么了……?"她又一次问。

接着,她的眼光落在队伍前边一个高唱《赞美诗》的黑人身上。他身高达六英尺半左右,简直是个巨人,浑身乌黑,姿势灵活优美,像一头猛兽似的向前迈步走着,他露出雪白的牙齿,领着全队高唱《去吧,摩西》。她相信世界上除了塔拉农场的工头大个儿萨姆之外,再找不到哪个黑人有这么高的身材和这么响亮的嗓子。可是大个儿萨姆到这里来干什么呢?离家这么远,现在正缺人照管农场呢,而他又是杰拉尔德的得力助手?

她从座位上欠起半个身子来仔细观看,这时那个巨人瞥见了她,即刻咧嘴一笑。他站住脚,放下铁锹,向她走来,一面对那几个最靠近的黑人喊道:"我的天!这是思嘉小姐呢!来啊,这是咱们的思嘉小姐呀!"

队伍里顿时一片混乱。大家都不知所措地咧着嘴站住了,大个儿萨姆领着另外三个高大的黑人横过大路向马车走去,后面紧跟着那位不知所措、大声叫嚷的军官。

"回到队伍里来,你们这几个家伙!回来,我命令你们,要不我就——哦,是汉密尔顿太太。早晨好,太太,还有你,先生。你们干吗在这里煽起骚动和叛乱呀。天知道,整个上午我已被这帮人闹得够呛了。"

"唔,兰德尔队长,请不要责备他们!都是我们的人呢。这是大个儿萨姆,我们的工头,他们当然要跟我说话呀。你们好啊,小伙子们?"

她跟他们一一握手,那只雪白的小手握在他们的又大又黑的手掌中,四个人都美滋滋地跳着笑着,在他们的伙伴们面前骄傲地炫耀自己有多么亮丽的一位小姐。

"你们大老远从塔拉跑来干什么？我敢打赌，你们是逃出来的。难道你们不怕巡逻队逮住你们吗？"

他们知道思嘉在开玩笑，都乐得大叫起来。

"逃走！"大个儿萨姆说。"不是，小姐。俺不是逃出来的。俺是塔拉最好的四个劳力，他们才挑中，送俺到这儿来的，"他骄傲地露出一口雪白的牙齿笑着说。"他们特别看中了俺，就因为俺唱得好。是的，小姐，是弗兰克·肯尼迪先生过来把俺挑上了。"

"但是挑来做什么呢，大个儿萨姆？"

"啊，思嘉小姐！你听见了吗？俺是来给白人先生挖沟的，好让他们躲避北方佬。"

兰德尔队长和马车里的人听着这种天真的解释，都忍不住笑了。

"的确，他们把俺带走时，杰拉尔德先生差点儿发火，他说缺了俺，农场就不行了。可爱伦小姐说：'让他去吧，肯尼迪先生。联盟比我们更需要大个儿萨姆呢。'他还给了俺一个美元，叫俺好好听吩咐去做。因此俺就到这儿来了。"

"这到底是怎么回事呀，兰德尔队长？"

"唔，很简单嘛。我们必须加固亚特兰大的防御工事，挖掘更多的散兵壕，可是将军没有更多的士兵来干这种事。因此我们只得从农村征调一些强壮的黑人来干了。"

"可是——"

"可是——我们已经有很好的防御工事，为什么还要再修新的呢？"

"我们现在的防御工事距离市区只有一英里远，"兰德尔队长简洁地说。"这太近了，很不安全。眼下要挖的会离城市更远一些。你瞧，如果军队再后撤一次，有许多士兵就要进入亚特兰大城了。"

他随即后悔不该说最后这句话，害怕得瞪大了眼睛。

"唔，队长，你是不是认为——"

"怎么，当然不会的！你一点也不用害怕。将军只不过相信凡事以预防为好。因此我们要修筑更多的防御工事……不过我得走了。有机会和你聊聊，真叫人高兴……小伙子们，给你们的女主人说再见呀，好，现在我们归队去。"

"再见吧，小伙子们。要是你们病了，或者受了伤，或者遇到什么麻烦，就赶紧通知我一声。我就住在那边桃树街尽头，几乎是市区最末了的那幢房子。等一等——"她伸手到提包里摸索起来。"哎哟，我一分钱也没带。瑞德，请借给我一点钱。给，大个儿萨姆，买些烟草你们抽吧。你们要好好的，按照兰德尔队长的吩咐去做呀。"

那个松松垮垮的队列重新整顿好了，他们又向前行进，尘土又弥漫开来，大个儿萨姆领着大家又唱起来："去吧，摩西……"

"去吧，摩西！到埃及地方去！
去见法老，
使你可以将我的百姓领出来！

瑞德吆喝着那匹母马动身往前走。

"军队缺员缺得厉害呢。不然为什么要把乡团调出去？至于挖壕沟嘛，嗯，这种防御工事到围城时是会有用的。将军准备在这里做最后的抵抗了。"

"围城！唔，请赶快掉转车，我要回家了，要回塔拉去，马上回去！"

她马上就为自己的慌张懊恼起来，便高声喊道："我真不明白你干吗待在这里！你成天考虑的就是要过得舒适，吃得好——如此等等。"

"除了吃喝一类的事，我不知道还有什么更惬意的方法能消磨时光，"他说。"至于说我干吗待在这里——嗯，我读了许多有关被困的城市的书，可是从没亲眼见过，因此我想留在这里看看。我没有参加战斗，不会有什么危险，而且，我需要有点实际经验。思嘉，遇到新鲜事就别放过。它们会使你的思想丰富起来的。"

"我的思想已经够丰富了。"

"关于这一点，可就不太好说了。也许，我留下来主要是想救你。我还从没救过一个落难的女子呢。那也将是一种新的经验呀。"

她知道他在奚落她，可是又意识到他的话背后有一种严肃的意味。她扬起头来。

"用不着你来救我。我能照顾自己。谢谢你了。"

"别这么说，思嘉！千万不要对一个男人说这种话，这正是北方女孩子爱说的，如果她们少说几句'我能照顾自己，谢谢你'，就是最可爱的姑娘了。但她们说的也是真话，所以，男人们就让她们自己去照顾自己好了。"

"看你扯到哪里去了，"她冷冷地回敬一句，因为她觉得将自己跟北方佬姑娘相比，是一种莫大的侮辱。"我看你谈到的围城是在骗人吧？你明明知道北方佬是决不会打到亚特兰大来的。"

"我敢跟你打赌，一个月内就会打到这里。我跟你赌一盒糖果——"他那双乌溜的眼睛瞟着她的嘴唇。"赌个吻好吗？"

刚才短短的一刹那，思嘉因害怕北方佬入侵而惊慌失措，可现在听到"亲吻"这个字眼就什么都忘了，她好不容易才克制住自己没有露出喜悦的笑容来。自从送给她那顶翠绿色帽子以来，瑞德至今没有表示过爱她。他这个人是决不让你牵着鼻子来谈私情的，不论你怎样诱惑也罢。可是如今，用不着思嘉引诱，他却主动谈起亲吻来了。

"我对这种私人谈话不感兴趣，"她故意皱起眉头冷冷地说。"而且，我宁愿吻一只猪猡。"

"何必谈个人爱好嘛，并且我经常听说爱尔兰人是偏爱猪的——他们实际上把猪养在床底下。不过，思嘉，你是迫切需要接吻的。这就是目前你的心病。你所有的情人不知为什么都太尊敬你了，或者是太害怕你了，以致都不能真正满足你，结果使你盛气凌人。你应当让人吻你，让一个知道怎样亲吻的人来吻你。"

谈话没有按照她所设想的方式进行，那往往是两人之间的一次决斗，而她总是输的。

"那么，你大概以为自己就是那个适当的人选了？"她挖苦地质问他，一面竭力控制自己不要发脾气。

"唔，是的，如果我高兴去努力这样做的话，"他漫不经心地说。"人们常说我很会亲吻呢。"

"唔，"她发现对方把她的魅力不当一回事，立即火冒三丈，"怎么，你……"可是突然又觉得很难为情，便低眉不语了。这时他却满面笑容，眼睛里偶尔闪出一点光辉，像野火苗似的。

"的确，你肯定觉得奇怪，为什么从我送给你帽子那天轻轻吻过你一下之后，一直没再找机会吻你——"

"我从来没有——"

"那么说，你就不是个好姑娘了，思嘉，并且我听了很难过。所有的好姑娘看见男人不想来吻她们都会觉得奇怪。她们知道自己不应该这样想，可归根结底她们都希望男人想来吻……好了，亲爱的，鼓起勇气来。有一天我会吻你，你也会高兴的，可现在还不是时候，我求你不要太性急了。"

她知道他在奚落她，不过像往常那样，这种奚落使她兴奋若狂。他说的那些话总是那么真实，叫你无法否认。

"请你把马掉转头来好吗，巴特勒船长？我想回医院去了。"

"你真的想回去了，我的救护天使？你宁愿去跟虱子和脏水打交道，也不愿跟我交谈了？好吧，我不想拖住你这双勤奋的手不让它去为我们的光荣事业效劳呢。"说着，他掉转马头，往回驶去。

"至于说我为什么没有进一步追求你嘛，"他冷淡地继续说，似乎她并没有表示过要结束这次谈话似的，"我是在等你再长大一点。你看，要是我现在就吻你，那就没什么意思，并且我在享乐方面从来就只顾自己。我从没想过要和小孩子亲吻。"

他勉强克制住没有笑，因为他瞥了一眼，看见她已经气得胸鼓鼓的了。

"除此以外，"他温柔地继续说，"我还在等你对那位可敬的艾希礼·威尔克斯的记忆渐渐消失。"

一听到艾希礼的名字，她立刻感到浑身一阵疼痛，感到泪水在刺激眼帘。消失？对艾希礼的记忆是永远不会消失的，哪怕他死后一千年也不会。她想着艾希礼受了伤，在远处一个北方佬监狱里奄奄一息，濒于死亡，身上没有盖毯子，旁边没有亲人照料。她对身边这个养尊处优的男人，这个用慢悠悠的声调嘲弄人的男人，顿时满怀仇恨，忍不住要发作了。

可是她愤怒得说不出话来，只好由他赶着车默默地跑了一程。

"现在我对你和艾希礼的一切全都明白了，"瑞德继续说。"我从见到你们在'十二橡树'村的那一幕开始；后来我一直注意观察你，又了解到许多情况。什么情况呢？譬如说，你仍对他怀有一种罗曼蒂克的热情，而他也在他那高尚天性所允许的范围内予以报答。又如，威尔克斯太太对此毫无察觉，而你对她玩了一个巧妙的诡计，等等。实际上，我什么都了解，只有一点除外，并且引起了我的好奇心。那便是：高尚的艾希礼有没有冒着玷污他那不朽灵魂的危险亲吻过你呢？"

她给他的回答是转过头去，同时固执地沉默不语。

"啊，原来他吻过你了。我猜想那是他休假的时候。那么，如果他可能已经死了，你就要抱着这种感情终生不渝了？不过，我相信你会忘记的。等到你忘记他的吻时，我就会——"

她愤怒地转过头来。

"你给我滚——滚得远远的！"她恶狠狠地说，那双绿眼睛冒出了怒火。"赶快让我下车，要不然我就跳下去。我永远也不再跟你说话了。"

他停住马车，她就立刻跳下去，一句话也不说，甚至头也不回，就愤然而去，这时瑞德才轻轻笑着赶起马车走了。

第十八章

自从战争开始以来，亚特兰大第一次听得见炮声了。

人们拼命掩饰着恐慌。随着军队后撤而一天天越发紧张起来的神经，如今要爆炸了，没有人谈到恐惧，公众情绪已达到狂热的程度。谢尔曼已经到了亚特兰大的门口。如果再后退，南部联盟的军队就要进城了。

远处隆隆的炮声已充满了整个城市，号称布朗州长的"宝贝儿郎"的民兵，以及本州的乡团，才开出亚特兰大，去保卫桥梁和渡口。

思嘉和梅贝尔·梅里韦瑟·皮卡德向医院请了假，来到这里欢送队伍出发，因为亨利叔叔和梅里韦瑟爷爷也参加了乡团呢。她们和米德太太一起挤在人群里，踮着脚尖仔细观望。毫无疑问，连这些由老头和孩子组成的乌合之众都得出去打仗，局势的严峻就可想而知了！那些老头和孩子，他们的模样叫人看了又怜悯又担心，很不好受。有些白发苍苍的人比她父亲还老，他们在闲闲细雨中步履踉跄地往前走着。梅里韦瑟爷爷肩上披着梅里韦瑟太太那条最好的方格呢围巾当雨衣，走在最前列，做出笑脸向姑娘们表示敬意。梅贝尔紧紧抓住思嘉的臂膀，低声说："啊，可怜的老头儿，要是真下起大雨来，他就完了！他的腰疼——"

亨利·汉密尔顿叔叔在梅里韦瑟爷爷后面一排里走着，他的旁边是一个年纪与他差不多的黑人跟班，替他打伞遮雨。青年小伙子们同这些老头肩并肩地走着，看上去没有一个满了十六岁，他们中间有许多是从学校逃出来参军的。这里面有费尔·米德，他骄傲地佩戴着已故哥哥的马刀和马上用的短枪，故意把帽子歪戴着，显得非常神气。米德太太勉强微笑着向他挥手，直到他走过去以后才把头搁在思嘉的肩上，似乎要瘫倒似的。

还有许多人是完全没有武装的，因为南部联盟政府既无枪支又无弹药可以分发。这些人希望能从被俘和阵亡的北方兵身上弄到衣服和武器来装备自己。这时思嘉忽然注意到一个骑着骡子的黑人。他年轻，表情严肃，思嘉一见便惊叫道："那是莫斯！艾希礼的莫斯！他在这里干什么呀？"她拼命挤过去，一面呼喊着："莫斯！停一停。"

"俺动身再上前线去，思嘉小姐。这次是跟老约翰先生，不是跟艾希礼先生了。"

"跟威尔克斯先生！"思嘉惊呆了。威尔克斯先生都快七十了！"他在哪儿？"

"在后面最后一门大炮旁边，思嘉小姐。在后面呢！"

思嘉在齐脚踝深的泥里站了一会，后来，她看见他了，那个瘦高而笔挺的身躯，银白的头发湿漉漉地垂挂在头颈上。

威尔克斯先生看见她站在泥泞里，便高兴地跳下马向她走来。

"我本来就希望见到你，思嘉。我替你们家的人带来许多消息呢。不过现在来不及了，我们今天早晨才奉命集合。"

"啊，威尔克斯先生，"她拉着他的手绝望地喊道，"你别去了！你干吗要去呀？"

"啊，你是觉得我太老了吧！"他微笑着，这笑容跟艾希礼一模一样，只不过面色苍老些。"也许叫我走路是老了些，可骑马打枪却一点不老。"他这时乐呵地笑起来，思嘉也轻松了一些。"你父母和几个姐妹都很好，他们叫我给你带来了问候。你父亲今天差点跟我们一起来了。"

"啊，我爸也要来！"思嘉惊恐地喊道。"我爸不会！他不会去打仗的，是吗？"

"不，可是他本来想去。当然，他那膝盖有毛病，走不了远路，不过他打算一起骑马走呢。你母亲同意了，可是要他先试试能不能跳过草场上那道篱笆。你父亲觉得那不难，可是——你信不信？他的马一跑到篱笆跟前就死死地站住，而你父亲从马头上翻过去了。上帝保佑，居然没有摔断他的脖子！你知道他多么固执。他立刻爬起来又跳。就这样，思嘉，他接连摔了三次，奥哈拉太太和波克才揽着他躺到床上去了。你也用不着为这感到丢脸。毕竟，总得有人留下来给军队种庄稼呀。"

思嘉倒不觉得羞耻，反而感到很放心了。

"我把英迪亚和霍妮送到梅肯跟伯尔家的姑娘们住在一起了，奥哈拉先生则来回照料着塔拉和'十二橡树'村……我必须走呀，亲爱的。让我吻吻你的亮丽脸蛋儿吧。"

思嘉把小嘴翘起来，同时感到想大哭起来。她很喜欢威尔克斯先生。很久以前，她还希望当他的儿媳妇呢。

"你一定要把这个吻带给皮蒂帕特，这一个给媚兰，"他说着又轻轻吻了两下。"媚兰怎么样？"

"她很好。"

"啊！"他的眼睛盯着她，并且像艾希礼那样越过她，那双漠然若失的灰眼睛在凝望着另一个世界。"我要是能看到我的大孙子就好了。再见，亲爱的。"

他跃上马背，缓缓地跑起来。

亚特兰大拥挤着游客、难民、伤兵的家属，以及前线士兵的妻子和母亲，她们希望自己的亲人受伤时能在身边护理。此外，还有一群群年轻貌美的姑娘从乡下涌进城来，因为乡村只剩下十六岁以下和六十岁以上的男人了。

在炎热潮湿的夏夜，亚特兰大的各个家庭都敞开大门欢迎保卫城市的士兵，所有的大厦巨宅都灯火通明，招待那些从前线下来的战士。悠扬的管弦乐声、嚓嚓嚓的舞步声和轻柔的笑声在夜雾中飘荡到很远的地方。当全城卷入一片欢腾时，姑娘们争先恐后涌入了结婚的浪潮。在约翰斯顿将军把敌人堵截在肯尼萨山的那个月内，无数对青年男女结成了眷属。那么多的兴奋场面，那么多的晚会，那么多令人激动、令人欢呼的情景！约翰斯顿将军把北方佬堵截在二十二英里之外啊！

但是南部联盟军打一阵，退一程！打一阵，退一程！每次后退都使敌军逼近亚特兰大一步。现在离城不过五英里了！将军心里究竟打的什么主意哟？

如果亚特兰大陷落，整个战争也就完了，所以，约翰斯顿将军被撤下来，他的一个兵团司令胡德取代了他。但可怕的消息还是不断传来，它最初是由一些受伤的士兵带回来的。这些伤兵有的成群、有的孤零零地陆续流散回来，一瘸一拐地走着。很快伤员们便形成了一股滔滔不绝的人流痛苦地涌进城来，向各个医院涌去。

皮蒂姑妈家是最先接纳伤兵的几户人家之一，这些伤兵一个又一个蹒跚着来到大门口，随即躺倒在青草地上，大声呼唤起来："水！"

在那整个炎热的下午，皮蒂姑妈和她的一家，包括白人黑人，都不停地提来一桶桶的水，弄来一卷卷的绷带，分送一勺勺喝的，包扎一个个创口，直到绷带全部用完，连撕碎的床单和毛巾都用光了。皮蒂姑妈早已忘记自己血晕的毛病，甚至大腹便便的媚兰也忘记自己的不方便之处，与普里茜、厨娘和思嘉肩并肩地拼命工作，后来，她终于累晕倒了，可是除了厨房里那张桌子，她没有地方躺下，因为全家所有的床铺、椅子和沙发都被伤兵占了。

在忙乱中大家把小韦德忘了，他一个人蹲在走廊的栏杆后边，像只受惊的野兔，两只恐惧的眼睛睁得圆圆的，嘴里噙着大拇指，正在打嗝儿。思嘉一看见他便大声喝道："韦德·汉普顿，到后面院子里玩去！"可是他被眼前这片混乱的情景吓呆了，一时还不敢到后院去。

接着，在盛夏漫长的黄昏里，连绵不断的救护车从战场上一路开来，满载着受伤和垂死的人在坑坑洼洼的大路上颠簸着行驶，鲜血从车上流下来，滴落在干燥的尘土里。那些开车的人一看见妇女们提着水桶拿着勺子在张望就停下来，随即发出了一片呼喊声："水啊！"

　　思嘉捧着伤兵颤抖的头，让他们焦裂的嘴唇喝个痛快，接着又把一桶桶的水浇在那些肮脏发烧的躯体上，也流入裂开的伤口中，让他们享受到暂时的服适。她还踮起脚尖把水勺送给车上的车夫，一面胆战心惊地问他们："有什么消息？什么消息？"

　　所有的回答全是："还不怎么清楚，太太。一时还说不上来。"

　　天黑了，闷热，没有一丝风，灰尘堵塞了思嘉的鼻孔，使她的嘴唇也干裂了。她那件淡紫色的衣裳是刚刚浆洗过的，现在又沾满了鲜血、污秽和汗渍。这就是艾希礼在信上说的，战争只是肮脏和苦难。

　　由于浑身疲乏，这一切都有一层梦魇般的迷幻色彩。这不可能是真实的——或者说，如果真实，就意味着全世界都发疯了。

　　她从一辆牛车上堆满伤兵的底层发现了队长凯里·阿什伯恩，他头部中了颗子弹，她只得让他赶紧送往医院去。后来她听说，他没来得及见到医生就死去了，也不知被埋在什么地方。

炎热的夜渐渐深了，她们已累得腰酸腿疼。思嘉和皮蒂挨个儿大声询问从门口经过的人："有什么消息？怎么样？"

"我们正在败退。""我们只得后退了。""他们的人数比我们多好几千呢。""我们的小伙子们马上就会全部进城。"

思嘉和皮蒂彼此紧紧抓住对方的胳臂，以防跌倒。

"难道——难道北方佬就要来了吗？"

第二天下着闷热的大雨，败军成千上万地涌进城来，他们又饿又累，被七十六天的战斗和撤退拖得精疲力竭，连他们的马也饿得皮包骨头了。那些满脸胡须、服装褴褛的队列和着《马里兰！我的马里兰！》的乐曲，汹涌而来。全城居民都挤到大街两旁来向他们欢呼。不论战胜也好，战败也好，这毕竟是他们的子弟啊！

人群向部队欢呼，似乎在欢迎他们的凯旋。每个人心中都怀着恐惧，但是既然他们已了解了真相，既然战争已打到了眼前，整个城市就彻底变样了。人人都显得兴高采烈，尽管那只是强颜欢笑。人人都对军队装出勇敢而充满信心的模样，重复约翰斯顿卸任时说过的那句话："我能够永远守住亚特兰大。"

现在胡德也不得不后撤了，许多人便跟士兵一样希望能让老约翰回来，可是他们克制着没有说，只能从老约翰的名言中汲取勇气了："我能够永远守住亚特兰大！"

在亚特兰大战役那一天，当炮弹开始在大街上落地开花时，人们纷纷往地窖里逃避，并且从当晚起，妇女、小孩和老人就陆续大批地离开城市。梅肯是他们的目的地。他们大多只携带一个提包和一顿用手帕包着的简便午餐。

梅里韦瑟太太和埃尔辛太太不肯离开。医院需要她们，而且，她们骄傲地宣称，她们一点也不害怕，北方佬是没法把她们赶出家门的。但是梅贝尔和她的婴儿，以及范妮·埃尔辛都到梅肯去了。米德太太拒不接受大夫的命令，没有搭火车去逃难，她说大夫需要他，并且费尔还待在战壕里，她要留在他附近，以防万一……

皮蒂姑妈本是头一个谴责退却政策的人，如今却早早就打好了行李。她说她神经脆弱，忍受不了惊吓。她要到梅肯去同自己的表姐伯尔老夫人住在一起，她还要两位姑娘跟着她一同去。

思嘉不想到梅肯去，因为她从心底里痛恨伯尔老夫人。多年以前，伯尔夫人在威尔克斯家的一个晚会上发现思嘉在吻她的儿子威利以后，曾说过她为人"放荡"。于是，思嘉告诉皮蒂姑妈，她要回塔拉去，就让媚兰跟你到梅肯去好了。

听到思嘉这样讲，媚兰就惊恐而伤心地哭了，她抓住思嘉的手恳求道："亲爱的，请不要离开我呀！没有你，我太害怕了。哦，思嘉，要是我生孩子时没有你在身边，我就活不成了！是的——是的，我知道，我有皮蒂姑妈，她对我很好。可是，她毕竟从没生过孩子，我会害怕的。请不要丢下我吧，亲爱的！你已经像是我的妹妹了，而且，"她黯然一笑，"你答应过艾希礼要照顾我的呀。他说过他要向你提出这个请求。"

思嘉不胜惊讶地注视着她。她自己对这个女人厌恶极了，简直难以掩饰，可是媚兰怎么会这样喜欢她呢？是的，她答应过艾希礼要照顾媚兰。啊，艾希礼！艾希礼！你一定是死了，死了好几个月了！可现在许诺却把我牢牢抓住了！

"好吧，"她简洁地说，"我既然答应过他，就遵守我的诺言了。不过我不想到梅肯去跟那个老泼妇伯尔待在一起。我要回塔拉去，你可以跟我一起走。母亲会高兴你去的。"

"啊，太好了！你母亲多么可爱啊！不过你知道，要是不让皮蒂姑妈在我身边，她是死也不肯答应的，同时我知道她又不愿到塔拉去。那里离前线太近，而姑妈要的是安全呀。"

米德大夫这时来了，他说："媚兰小姐，你不能到梅肯去。你要是随便走动，我就不负责了。火车上拥挤得很，又动荡不定，在你这种情况下——"

"但是，如果我跟思嘉到塔拉去——"

"我告诉你，我不让你走动。到塔拉去的火车跟去梅肯的情况也完全一样。这样艰苦的旅行，一个孕妇怎么能经受得住，此外，自从老方丹大夫参军以后，那个区里已经没有医生了。"

"可是还有接生婆——"

"我说的是医生，"他粗率地答道，一面下意识地打量着她那瘦小的身子。"我不会让你走动的，那太危险了。""你只能待在这里，好让我随时观察，并且还得卧床。好了，皮蒂小姐，你马上动身到梅肯去，把两位姑娘留在这里。"

"没有人陪伴吗？"她惊慌地嚷道。

"她们都是少奶奶了，"大夫不耐烦地打断她。"并且米德太太离这里只隔两户人家嘛。我们得替媚兰着想呀。"

他顿着脚走出房间，一个人愤愤地待在前廊里，直到思嘉来到他身边才平静下来。

"我要跟你坦白地谈谈，思嘉小姐，"他开口说，那把灰白胡子颤抖着。"看来你是个通情达理的年轻女子，请恕我直言。媚兰小姐绝对不能走。她经受不起这种旅行。并且她的臀部很窄，分娩时很可能得用钳子，因此我不要那种愚昧的黑人接生婆来动她。像她这样的女人本来是不该生孩子的，可是——不管怎样，你还是赶紧替皮蒂小姐打好行李，送她到梅肯去吧。她那么胆小，留在这里只会碍事，没什么好处。而你，小姐，"他用犀利的眼光盯着她，"我也不愿意再听到你谈回家的事。你就跟媚兰小姐一起留下来，等到她生了孩子再说。你不害怕，是吗？"

"啊，不怕！"思嘉勇敢地撒了个谎。

"这才是勇敢的姑娘呢！你们需要人陪伴，米德太太会随时来的，反正不要很久。据推算，再过五个星期孩子就该出生，不过，在这种环境里，哪一天都可能生呢。"

这么着，皮蒂姑妈便带着彼得大叔和厨娘泪淋淋地动身到梅肯去。思嘉和媚兰被留下来，带着韦德和普里茜在那所大房子里。

第十九章

围城初期，北方佬到处轰击原先修的那些防御工事，思嘉被震天的炮弹声吓得瑟瑟发抖，双手捂着耳朵，准备随时被炸得一命呜呼。她暗暗诅咒媚兰，怪媚兰连累她不能躲到安全的地方去。除了害怕被炮弹炸个粉碎以外，她还担心媚兰随时会生孩子。每回想起这个她就浑身冒汗，衣服都湿了。要是孩子偏偏在这个时候降生，她可怎么办呢？她想，在这满天炮弹的当儿，她宁愿让媚兰死掉也不能跑到大街上去寻找大夫。她也清楚，如果叫普里茜去冒这个险，那不等她出门就会被炸死的。要是媚兰生孩子了，她该怎么办啊？

这件令人担忧的事，有个下午她和普里茜在准备媚兰的晚餐时，曾低声商量过，普里茜倒一下子把她的恐惧打消了。

"思嘉小姐，等到媚兰小姐真的要生了，就算俺不能出去找医生，您也用不着着急。俺能对付。这接生的事，俺全知道。俺妈就是个接生婆。她不是教会俺也能接生了？您就把这事交给俺好了。"

思嘉听普里茜这样说，便觉得轻松了些。她盼望着离开这炮火连天之地，回到塔拉去。她每天晚上都在祈祷，希望媚兰的孩子第二天就生下来，那样她就可以解脱自己的诺言，早日离开亚特兰大。塔拉是一个多么安全的地方，与这一切的苦难毫不相干！

思嘉渴望回家去看母亲，这样的焦急心情是从来不曾有过的。只要有母亲在身边，不论发生什么事情，她都不会害怕了。每天晚上，在熬过了一整天可怕的炮弹呼啸声之后，她上床睡觉时总是下决心要在第二天早晨告诉媚兰，她在亚特兰大一天也待不下去了，她一定要回家，让媚兰住到米德太太那里去。可是头一搁到枕上，她便想起艾希礼临别时的那副面容，那副因内心痛苦而绷得紧紧的面容："你会照顾媚兰，不是吗？你很坚强……请答应我。"她答应了他。如今艾希礼也许不知躺在什么地方死了。可是不论是在何处，他仍然在瞧着她，叫她恪守自己的诺言。生也罢，死也罢，她都决不能让他失望，不管自己要付出多高的代价。就这样，她一天天留下来了。

爱伦写信来催促女儿回家，思嘉回信时详细说明媚兰目前的苦境，并答应等媚兰分娩后便立即回去。爱伦是个很重情感的人，她回信勉强同意思嘉留下来，但要求将韦德和普里茜立即送回去。这个建议普里茜完全赞同，因为她现在一听到什么突然的响声，就会吓得牙齿格格打战。她每天大部分时间蹲在地窖里，如果不是米德太太家的贝特西过来帮忙，两位姑娘的日子就不知怎么过了。

思嘉也急于要让韦德离开亚特兰大，这不仅是为了孩子的安全，并且因为他整天惊恐的样子，令思嘉厌烦透了。韦德常常给大炮声吓得说不出话来，即使炮声停了，也总是一声不吭地牵着思嘉的裙子，哭也不敢哭一声。晚上他不敢上床，害怕黑暗，害怕睡着了北方佬会跑来把他抓走。到了深夜，他那神经质的哭泣声，也会把思嘉的神经折磨得难以忍受。实际上，思嘉自己也一样害怕。是的，塔拉是对韦德唯一有好处的地方。应当让普里茜送他到那里去，然后即刻回来料理媚兰分娩的事。

但是，思嘉还没来得及打发他们两人回去，便听到消息说北方佬已扑到南面，在亚特兰大和琼斯博罗之间的铁路沿线打起来了。要是北方佬把韦德和普里茜乘的那列火车截获了呢——想到这里，思嘉和媚兰不由得脸都白了，因为谁都知道北方佬对待儿童比对妇女还要残暴。这样一来，她也不敢把他送回家去，只好让他继续留下来，像个受惊的默默无声的小幽灵整天跟在母亲后面，紧紧抓住她的衣襟，生怕一松手就丢掉了自己的小命似的。

在炎热的 7 月，整整一个月，围城的战斗在激烈地进行，炮声隆隆的白天和寂寥险恶的黑夜连续不断，市民也渐渐适应这种局势了。大家似乎觉得最坏的情况已经发生，也不会有什么更可怕的了。当然，他们也知道自己就好比坐在火山口上，可是不到火山爆发他们是什么也做不成的。那么，现在又何必着急呢？

不过，虽然人们在遍地开花的炮弹和越来越短缺的粮食面前，仍装出无忧无虑的样子，虽然他们瞧不起就在半英里外的北方佬，虽然他们对战壕里那支破烂不整的联盟军部队坚信不疑，可亚特兰大人在内心里仍然是惶惶无主的，不知第二天会发生什么事情。

思嘉渐渐学会了鼓起勇气，因为事情既然已无法挽救，就要忍受。说真的，她每次听到爆炸声仍不免要惊跳一下，但她不再会吓得尖叫着跑去把头钻在媚兰的枕头底下了。她现在已能克制住自己并怯怯地说："这发炮弹很近，是不是？"

她不再像以前那样害怕了，这里还有一个原因，即生活已染上一种梦幻般的色彩，一种不真实的可怕的色彩！她思嘉·奥哈拉不可能沦至这样的苦境，这样每时每刻都有死亡的危险。那种平平静静的生活气息，不可能在这么短的时间里就彻底改变了。

那是不真实的，难道天亮时还那么湛蓝的晨空会被这些低悬在城市上空的大炮硝烟所污染，难道那弥漫着忍冬和蔷薇花的浓烈香味的温暖中午会这样可怖，让炮弹呼啸着飞入市区，像世界末日的雷声轰然爆炸，将铁片抛出几百丈远，把居民和一切活物都活活地炸得粉碎吗？这是不真实的啊！

以前那种安安静静、昏昏沉沉的午睡早已没有了，街道上整天嘈杂不堪，时而炮车和救护车隆隆驶过，伤兵从战壕里蹒跚而出；时而有的连队从市区一头的壕沟里奉命急忙跑到另一头去，防守那里受到严重威胁的堡垒；时而通信兵在大街上飞跑着赶到司令部去，似乎南部联盟的命运就系在他们身上似的。

炎热的晚上有时会稍稍安静一些，但这种安静也同样令人不安。太沉寂了——似乎雨蛙、蝈蝈儿和瞌睡的鸟儿都吓得不敢出声了。这寂静间或也被几声枪响所打破。

到下半夜，往往在灯火熄灭、媚兰已经睡熟、全城也一片寂静的时候，思嘉还清醒地躺在床上，听见前屋轻轻的叩门声。

经常，一些面貌模糊不清的士兵站在黑暗的走廊上，好几个人同时从黑暗中对她说话。"太太，请原谅我打扰你了。能不能让我和我的马喝点水呢？"有时是粗重的山区口音，有时是南方草原地区的鼻音；偶尔也有海滨那种平静而缓慢的声调，它使思嘉想起了母亲的声音。

"小姐，俺有个同伴儿，俺本想把他送到医院去，可是他似乎再也走不动了。你让他进来好吗？"

"太太，俺真的什么都能吃。如果可以，俺倒是很想吃点玉米饼呢。"

不，这些夜晚不是真的！它们是一场噩梦。打水、喂食、把枕头摆在前廊上、包扎伤口、扶着垂死者的头。不，所有这些都不可能是她真正干过的事！

有一次，一个深夜，亨利叔叔来叩门了。亨利叔叔的雨伞和手提包都没有了，他那肥胖的肚皮也瘪下去了。他那张又红又胖的脸现在松弛地下垂着，一头长长的白发脏得难以形容。他几乎是光着脚，满身虱子，一副挨饿的模样，不过他那暴躁的脾气却一点没有改变。

虽然他一个劲说："这是一场愚蠢的战争，连我这种人也背着枪上前线了，"可是大家都知道，亨利叔叔还是很乐意这样做的。因为战争需要他，犹如需要青年人一样，而他也在做一个青年人的工作。此外，他告诉思嘉，他不比青年人差，这一点，却是梅里韦瑟爷爷所办不到的。梅里韦瑟爷爷的腰痛病厉害得很，队长想叫他退伍，但他不肯走。他坦白地说他情愿挨队长的训斥，也不喜欢儿媳妇过分细心的照料，絮絮叨叨的叫他戒掉嚼烟草的习惯和天天洗胡子。

亨利叔叔待的时间很短，因为他只有四小时假。

"姑娘们，往后我怕会有很长一段时间不能来看你们了，"他这样说道，一面把那双打了泡的脚放在思嘉端来的一盆凉水里，尽情享受似地搓着。"我们团明天早晨就要开走了。"

"到哪儿去?"媚兰吃惊地问他，赶忙抓住他的胳臂。

"别碰到我，"亨利叔叔厌烦地说，"我身上满是虱子。战争要是没有虱子和痢疾，就成了野外旅行了。我到哪儿去? 这个嘛，人家也没告诉我，不过我倒是猜得着。我们要往南去，到琼斯博罗去，明天早晨走，除非我完全错了。"

"唔，干吗到琼斯博罗去呢?"

"因为那里要打大仗呀，小姐。北方佬如果有可能，是要去抢那条铁路的。要是他们果真抢走了，那就再见了，亚特兰大!"

"唔，亨利叔叔，你看他们抢得着吗?"

"呸，姑娘们! 不会的! 有我在那儿，他们怎么抢得着呢?"亨利叔叔朝那两张受惊的脸孔咧嘴笑了笑，随即又严肃起来："那将是一场恶战，姑娘们。我们必须打赢它。你们知道，当然喽，北方佬已经占领所有的铁路，只剩下到梅肯去的那一条了，不过这还不是他们所抢的一切呢。他们还占领了每一条公路，每一条赶车和骑马的小道，除了麦克唐诺公路以外。亚特兰大好比在一个口袋里，这口袋的两条拉绳就在琼斯博罗。要是北方佬能占领那里的铁路，他们只要把绳子一拉紧，抓我们就像抓袋子里的老鼠一样。因此我们不允许他们去占那条铁路……我可能要离开一个时候了，姑娘们。我这次来就是向你们大家告别的，而且看看思嘉是不是还跟你在一起，媚兰。"

"当然喽，她跟我在一起，"媚兰亲昵地说。"你不用替我们担心，亨利叔叔，自己要多保重。"

亨利叔叔把两只脚在毯上擦干，然后哼哼着穿上那双破鞋。

"我要走了，"他说。"我还得走五英里路呢。思嘉，你给我弄点吃的东西带上。有什么带什么。"

他吻了吻媚兰，便下楼到厨房去了，思嘉正在厨房里用餐巾包一个玉米卷子和几只苹果。

"亨利叔叔，难道——难道事情会有这样严重了吗？"

"严重？我的天，不是开玩笑的！别再糊涂了。我们已退到最后一条壕沟了。"

"你看他们会打到塔拉去吗？"

"怎么——"亨利叔叔对于这种在大难当头时只顾个人私事的想法，感到很恼火，但看见她那惊慌的表情，也就心软了。

"当然，他们不会去。塔拉离铁路有五英里，而北方佬要的只是铁路。不过小姐，你这个人的见识也实在太短了。"说到这里他突然停顿了一下。"今天晚上我跑这么远到这里来，并不是要向你们告别。有一个坏消息要告诉媚兰。可是我刚要开口又觉得不能告诉她，所以我才下楼对你说，让你去处理好了。"

"艾希礼不是——难道你听说——他已经死了？"

"哎呀，我守着壕沟，半个身子埋在烂泥里，怎么能听到关于艾希礼的消息呢？"老先生不耐烦地反问她。"不，是他父亲，约翰·威尔克斯死了。"

思嘉颓然坐下，手里捧着那份还没包好的午餐。

"我是来告诉媚兰的——可是开不了口。你得替我办这件事而且把这些给她。"

他从口袋里掏出一只沉重的金表，表上吊着几颗印章，还有一幅早已去世的威尔克斯太太的小肖像和一对粗大的袖扣。思嘉一见那只金表，便完全明白艾希礼的父亲真的死了。她吓得出不了声。亨利叔叔一时也不知怎么办才好，坐立不安，接连假咳了几声，不敢看思嘉，生怕被她脸上的泪水弄得更加难受。

"他是个勇敢的人，思嘉。把这话告诉媚兰。叫她给他的几个女儿写封信去。他一生都是个好军人。一发炮弹打中了他，正落在他和他的马身上。马受了重伤——后来我把它宰了，可怜的畜生。那是一匹很好的小母马。好了，亲爱的，不要太伤心了。对于一个老人来说，做了一个青年人应当做的事，死了不也很值得吗？"

"啊，他不应该死的！他根本就不该上前线去。他本来可以好好活下去看着他的孙子长大，然后平平安安地终老。啊，他干吗要去呀？他本来就憎恨战争，并且——"

"我们许多人都是这样想的，可又怎么样呢？"亨利叔叔粗暴地擤了擤鼻子。"你以为我这一大把年纪还乐意去充当北方佬的枪靶子吗？可是这年月一个上等人别无选择。分手时亲亲我吧，孩子，不要为我担心。我会闯过这场战争平安归来的。"

思嘉吻了吻他，听见他走下台阶到了黑暗的院子里，接着是前面大门关上了。她在原地站了一会，凝望着手里的纪念物，然后跑上楼告诉媚兰去了。

到7月末，传来了不好的消息，那就是北方佬向琼斯博罗打去了。他们切断了城南四英里处的铁路线，但很快被联盟军骑兵击退；工程队在火热的太阳下赶忙修复了那条铁路。

思嘉焦急得快要疯了。她怀着恐慌的心情接连等待了三天，这才收到杰拉尔德的一封信，终于放了心。敌军并没有打到塔拉。

杰拉尔德的信中谈到北方佬被联盟军从铁路上击退时，用了整整三页纸描写部队的英勇，末了才简单地提到卡琳生病了。据奥哈拉太太说是得了伤寒，但并不严重，因此思嘉不必为她担心，但奥哈拉太太说思嘉必须到教堂里去为卡琳早日康复做些祈祷。

思嘉对母亲的吩咐感到非常内疚和惭愧，因为她已经好几个月不上教堂去了。要是在以前，她会把这种疏忽看成莫大的罪过，可是现在，似乎什么都顾不上了。不过她还是按照母亲的意愿走进自己房里，跪在地上匆匆念了一遍《玫瑰经》。她站起来时，并不觉得像过去念完经后那样心里舒坦。近来，她已感到上帝根本不理睬他们，虽然成百万的祈祷者每天都在祈求他的恩惠。

那天夜里她坐在前廊上，把杰拉尔德的信揣在怀里，她随时摸摸这封信，觉得塔拉和母亲就在身边似的。客厅窗台上的灯将金黄的光影投射在黑暗的挂满藤蔓的走廊上，黄蔷薇和忍冬交织在一起，在她身旁构成一道芳香四溢的围墙。夜静极了。从日落以来一直没有枪声，世界似乎离人们很远了。思嘉一个人坐在椅里前后摇晃着，因读了来自塔拉的信而心情更忧伤，很希望有个人，不论什么人，能跟她在一起。可是梅里韦瑟太太在医院里值夜班，米德太太在家里款待从前线回来的费尔，媚兰又早已睡着了。连一个偶尔来访的客人也不可能有。

她往常并不是这样孤独的，并且她很不喜欢这样。因为一个人待着就得思考，而在这样的日子思考不是怎么愉快的事。和别人一样，她已经养成回想往事和死人的习惯了。

今晚亚特兰大这样安静，她闭上眼睛就似乎回到了塔拉静穆的田野，生活一点也没有改变，并且永不会改变。她想起原来那些年轻的小伙子们，许多已经永远消亡在战争中了，再也听不见他们在林荫道上飞跑时那狂热的呼唤声了。

"啊，艾希礼！"她两手捧着头啜泣起来。"我永远也无法想象你已经没了啊！"

这时她听见前面大门哗啦一声响了，便连忙抬起头来，用手擦了擦泪水。她站起身来一看，原来是瑞德·巴特勒在人行道上走过来了，手里拿着那顶宽边巴拿马帽。自从她那次生气地突然跳下马车以后，她一直没有碰见过他。当时她就表示过，她再也不想同他见面了。可是她现在却十分高兴见到一个熟识的人，免得总在想艾希礼，于是她赶紧将心头的记忆搁到一边去了。瑞德在顶上一级台阶上她的脚边坐下来。

"原来你没逃到梅肯去呀！我听说皮蒂小姐已经走了，因此，当然喽，我以为你也走了。刚才看见你屋子里有灯光，想打听一下。你干吗还留在这里呢？"

"给媚兰做伴嘛。你想，她——嗯，她眼下没法出门呢。"

"嘿，"她看见他皱起眉头。"你是说威尔克斯太太还在这里？以她目前的状况，留在这里可相当危险啊！"

"你根本想不到，我也可能出事，这未免太不公平了吧，"她酸溜溜地说。

他乐得眼睛里闪闪发光了。

"我会随时保护你不受北方佬欺侮的。"

"我不知道这算不算一句恭维的话，"她用怀疑的口气说。

"当然不算，"他答道。"你什么时候才能够不到男人们最随便的表白中去寻找恭维呢？"

"等我躺到了灵床上才行，"她微笑着回答，心想有的是男人来恭维她呢，尽管瑞德从没有这样做过。

"虚荣心，虚荣心，"他说。"至少，你在这一点上是坦率的。"

他打开他的烟盒，拈出一支黑雪茄放到鼻子前闻了闻，然后划亮一根火柴。他靠在一根柱子上，双手抱住膝，静静地吸烟。思嘉又在躺椅里摇晃起来。他们周围一片静谧。栖息在蔷薇和忍冬密丛中的鸟儿偶尔吟唱几声。接着，似乎经过一番审慎的思考，它又沉默了。

这时，瑞德突然在黑影中笑出声来，低声而柔和地笑着。

"因此你就跟威尔克斯太太留下来了！这可是我从没想到的最奇怪的局面呢！"

"我不觉得有什么奇怪的。"思嘉不安地回答，立即引起了警惕。

"没有吗？你在撒谎吧！我知道你不喜欢威尔克斯太太，你认为她又傻气又愚蠢，同时她的爱国思想也使你感到厌烦。所以我自然会觉得非常奇怪，怎么你居然如此无私，会在这炮声震天的情况下陪着她留下来了。说吧，你究竟为什么这样做啊？"

"因为她是查理的妹妹嘛——并且对我也像姐妹一样，"思嘉尽可能庄重地回答，虽然她脸上已在发烧了。

"你是说因为她是艾希礼的遗孀吧。"

思嘉连忙站起来，极力压住心中的怒火。

"你上次对我那样放肆，我本来已准备饶恕你，可现在再也不行了。今天要不是我感到非常苦闷，我是决不会让你踏上这走廊来的。并且——"

"请坐下来，消消气吧，"他的口气有点变了。他伸出手拉着她的胳臂，把她拖回椅子上。"你为什么苦闷呢？"

"唔，我今天收到一封从家里来的信，北方佬离我家很近了，我的小妹妹又得了伤寒，因此——因此——就算我现在能够回去，妈妈也不会同意的，因为怕我也传染上呢！"

"嗯，不过你也别所以就哭呀，"他说，口气更温和了些。"你如今在亚特兰大，即使北方佬来了，也比在塔拉要安全些。北方佬不会伤害你的，但伤寒病却会。"

"北方佬不会伤害我？你骗人吧？"

"我亲爱的姑娘，北方佬不是魔鬼嘛。他们并不像你所想象的一样，他们也和南方人一样亮丽——当然喽，礼貌上要差一点，口音也不好听。"

"哼，北方佬会——"

"会强奸你？我想不会。尽管他们很可能有这种念头。"

"要是你再说这种粗话，我就要进屋了，"她厉声喝道，同时庆幸黑暗掩饰了她那羞红的脸。

"老实说吧，你心里是不是这样想的？"

"啊，当然不是！"

"可实际是这样嘛！不要因为我猜透了你的心思就生气呀。这都是我们这些娇生惯养和高贵的南方太太们的想法呢。她们老是担心这件事。我敢打赌，甚至像梅里韦瑟太太这样有钱的寡妇……"

思嘉强忍着没有出声，想起这些日子凡是有两个以上太太在一起的地方，都在谈论这样的事。北方佬强奸妇女，用刺刀捅儿童的肚子，焚烧还住有老人的住宅。人人都知道这些都确有其事，他们只不过没有在街角上大声嚷嚷罢了。如果瑞德还有点礼貌的话，他应该明白这样的事不应该谈论。何况这也不是开玩笑的事啊。

她听得见他在吃吃地暗笑。他有时很讨厌。实际上他在大多数时候都是讨厌的。一个男人居然懂得而且谈论女人心里想的东西，这太可怕了。这会叫一个姑娘觉得自己身上一丝不挂似的。并且也没有哪个男人会从正经妇女那里了解这种事情。思嘉因为他看透了她的心思而恼怒。她宁愿相信自己是男人无法了解的秘密，可是她知道，在瑞德眼里，她就像玻璃一样透明。

"谈到这种事情，我倒想问问，"他继续说，"你们身边有没有人保卫或监护呢？是令人钦佩的梅里韦瑟太太，还是米德太太？她们一直在盯着我，似乎知道我到这里来是不怀好意似的。"

"米德太太晚上常过来看看，"思嘉答道，很高兴能换个话题了。"不过，她今天晚上不能来。她儿子费尔回来了。"

"真是好运气，"他轻松地说，"碰上你一个人在家里。"

他话语里有一点东西使她感到愉快，心跳得快起来，同时也感到自己的脸发热。她听见了那种男人将要表白爱情的口气。唔，真有趣！现在！只要他说出他爱她三个字，她就要狠狠地折磨和报复他一下，把过去三年他对她的讽刺挖苦统统还给他。她要引诱他来一次苦苦的追求，把他亲眼见她打艾希礼耳光那一天她所受到的羞辱也洗刷掉。然后她要温柔地告诉他她只能像个小妹妹那样做他的朋友，而且以大获全胜来结束这场较量。她预想到这一美妙的结局时，不觉神经质地笑了。

"别笑呀，"他说，一面拉着她的手，把它翻过来，把自己的嘴唇紧压在手心里。这时一股强大热流通过他温暖的亲吻流注到她身上，震颤地爱抚着她的周身。接着他的嘴唇从她的手心慢慢向手腕上移动，她想试着把手抽回来。她想去抚摸他的头发，但是并不指望他会来吻她的嘴。

她并不爱他——她心慌意乱地对自己说。她爱的是艾希礼。可是，怎样解释她现在的感觉，这种使她激动得双手颤抖和心口发凉的感觉呢？

他轻轻地笑了。

"不要把手缩回去嘛！我又不会伤害你。"

"伤害我？我不怕你，瑞德·巴特勒，也不怕任何男人！"她大声嚷道，并为自己的声音也像手那样颤抖而恼怒。

"这是一种值得尊敬的情绪，不过把声音放低些吧。威尔克斯太太会听见的。求你冷静点。"他的话听起来似乎为她的激动感到高兴。

"思嘉，你是喜欢我的，不是吗？"

这话才比较符合她的心意。

"唔，有时候是这样，"她谨慎地答道。"当你的所作所为不那么像个恶棍的时候。"

他又笑起来，把她的手心贴在他面颊上。

"我想，正因为我是个恶棍，你才爱我呢。你这人很少出门，很少见过真正的恶棍，因此我的这个特点才对你最有吸引力。"

他这一手倒是她没有想到的，这时她想把手抽出来，没有成功。

"那才不是呢！我喜欢好人——喜欢那种令人信赖的上等人。"

"你的意思是那些能被你骗住的人喽。这只是说法不同罢了。可是不要紧。"

他又吻了吻她的手心，这时她又感到后颈上痒痒的难以忍受。

"不过你就是喜欢我。你会不会有一天爱上我呢，思嘉？"

"嘿！"她得意地暗想，"我总算逮住他了！"于是她故意冷漠地答道："不会的。这就是说——除非把你这德行大大地改变一下。"

"可是我不想改变。所以你就不会爱我了？这倒是件好事。因为虽然我十分喜欢你，却并不爱你。而且，如果你再一次在自己的爱情中得不到回报，那才真正可悲了。亲爱的，你说是这样吗？我可不可以称你'亲爱的'呢，汉密尔顿太太？不管你高兴不高兴，我反正要称你'亲爱'的；这没关系，只是还得讲礼貌才好。"

"那么你不爱我了？"

"不，真的。难道你希望我爱你吗？"

"你别痴心妄想吧！"

"你就是在希望嘛。真可惜，我把你的希望给毁了！我本来应当爱你，因为你又亮丽，又能干，有许多没什么用的本事。但是像你这样又亮丽又有本事的女人多着呢，她们也同样没什么用呀，不，我不爱你。不过我十分喜欢你，因为你那很少故意掩饰的自私，还有你身上精明的实用主义本性，这最后一点我想是从你那爱尔兰农民祖先那里继承下来的。"

农民！怎么，他这简直是在侮辱她嘛！于是她激怒得说不出话来了。

"请不要打断我，"他把她的手紧紧地捏了一下。"我喜欢你，还因为我身上也同样如此，所谓同病相怜嘛。我发现你还在惦念那位神圣而愚蠢的威尔克斯先生，虽然他可能躺进坟墓里已经半年了。不过我在你心里一定还有地位。思嘉，你不要回避了！我正在向你表白啊。自从我在'十二橡树'村的大厅里第一眼看见你以后，我就需要你了，那时你正在诱惑可怜的查理·汉密尔顿呢。我想要你的心情，比曾经想要任何女人的心情都更迫切——并且等待你的时间也比等待其他任何女人的时间都更长呢。"

她听到这末了一句话时，紧张得连气都喘不过来了。不管他怎样侮辱她，他毕竟是爱她的，并且他仅仅由于执拗才不想坦白承认，仅仅由于怕她笑话才没有说出来。好吧，她马上就给他点儿颜色看看。

"你这是要我跟你结婚吗？"

他把她的手放下，同时大笑起来，笑得她直往椅子靠背上退缩。

"我的天，不是！我不是告诉过你我这个人是不结婚的吗？"

"可是——可是——什么——"

他站起来，然后把手放在胸口，向她滑稽地鞠了一躬。

"亲爱的，"他平静地说，"我尊重你是个有地位的人，因此没有首先引诱你，只要求你做我的情妇。"

情妇！

她心里叫喊着这个词，觉得自己被卑劣地侮辱了。愤怒、屈辱和失望之情把她的心搅得一团糟，她已经来不及从道德立场上想出什么话去谴责他，便让来到嘴边的话冲口而出——

"情妇！那除了一群乳臭小儿之外，我还能得到什么呢？"

她刚一说完就发现这话很不像样，害怕得不敢再说了。他却哈哈大笑，笑得几乎接不上气来。

"正因为那样我才喜欢你！你是我认识的唯一坦率的女人，一个只从实际出发看问题，从不奢谈什么首先的女人。要是别的女人，她就会首先晕倒，然后叫我滚蛋了。"

思嘉猛地站起，羞得满脸通红。她怎么居然说出这种话来呀！她，爱伦一手教养大的女儿，居然坐在这里听他说了那种下流话，然后还做出这样无耻的回答呀？她本来应当吓得尖叫起来的。她本来应当晕倒的，或者一声不响冷冷地扭过头去，然后愤愤地回到屋里去的。可现在已经晚了！

"我要叫你滚出去，"她大声嚷道，也不管媚兰或附近米德家的人会不会听见。"滚出去！你怎么敢对我说这样的话！我究竟做了什么不正当的事，才叫你——叫你认为……滚，永远也别来了。这回我可要说到做到的。你永远也不要再来，拿那些无用的小玩意儿，如别针、丝带什么的来哄骗我，满以为我会饶恕你。我要——我要告诉父亲，他会把你宰了！"

他拿起帽子鞠了一躬，这时她从灯光下看见，他那髭须底下的两排牙齿间流露着一丝微笑。他一点也不害臊，还觉得她的话很有趣，而且怀着浓厚的兴味看着她呢。

啊，他真是可恶极了！她迅速转过身来，大步走进屋里。她抓住门把，很想砰的一声把门关上，可是让门开着的挂钩太重了，她怎么使劲也拔不动，直弄得气喘吁吁，还没拔下来。

"让我帮你一下忙行吗？"他问。

她气得浑身的血管都要破裂了，她一分一秒也待不下去，于是便一阵风似地奔上楼去。跑到二楼时，她才听到他好像出于好意替她把门带上了。

第二十章

到炎热喧嚣的 8 月即将结束时，炮声也突然停息了。全城笼罩在一片寂静中，更让人倍感恐怖。这长期杀声不绝之后的平静，不仅没有令人松弛，反而增添了人们心中的不安。谁也不知道为什么北方佬的大炮不响了。

现在的消息是由人们口头上流传，报纸因缺乏纸张和油墨，从围城开始就相继停刊，所以谣言蜂起，传遍全城。

秋天在尘土和闷热中悄悄地来了，使这突然沉默下来的城市更令人窒息，使人们疲倦而焦急的心越发枯索和沉重，几乎喘不过气来了。思嘉得不到来自塔拉的信息，着急得快要发疯似的，可是仍努力保持一副勇敢的模样；她觉得从围城开始以来已经很长时间了，似乎自己一直生活在震耳欲聋的炮声中，直到这古怪的沉寂突然降临为止。不过从围城开始至今才过了三十天呢。

而且，从北方佬离开多尔顿南下以来，才过了四个月！才四个月呢！思嘉回顾过去那遥远的一天，觉得恍如隔世。

四个月以前啊！怎么，四个月以前，多尔顿、雷萨卡和肯尼萨山对人们来说，还仅仅是铁路沿线上一些地方的名字呢，如今它已经成了一个个战役的名称。还有那些宁静的乡村，那里有她不少殷勤的朋友。碧绿的田野，小河两岸如茵的浅草，这一切都已成为记忆，一去不复返了。她曾经坐过的草地已被沉重的炮车碾得七零八碎，被那些在痛苦中挣扎翻滚的垂死者反复压平了；而那缓缓的溪流已变得比佐治亚红土所赋予它们的本色更红了。

后来，从南方来的消息终于到达了紧张的亚特兰大城。谢尔曼将军正在准备又一次攻打琼斯博罗的铁路。这就是亚特兰大突然沉寂下来的原因。

"怎么，琼斯博罗？"思嘉心里无限焦急。她一想到塔拉离那里多近，便惊恐得心都凉了。"他们干吗总是打琼斯博罗呢？干吗不找个旁的地方去攻打铁路呢？"

她已经一个星期没有听到塔拉的消息，所以，再读杰拉尔德上次的那封短信，就更加害怕起来。卡琳的病情在恶化，变得十分严重了。啊，要是在围城以前就回家一次，管她媚兰不媚兰，那多好啊！

不，北方佬还没有打到塔拉。这是那个给胡德将军传送快报的通信兵告诉思嘉的。他动身亚特兰大的时候，在琼斯博罗遇见了杰拉尔德，后者曾央求他带封信给思嘉。

可是爸爸在琼斯博罗干什么呀？年轻的通信兵回答这个问题时有些不安，原来杰拉尔德是在那里找一位大夫跟他回塔拉去。

思嘉听到这样的消息，觉得两腿发软，似乎要站不稳了。如果连爱伦的医术都已经无能为力，而不得不让杰拉尔德出来找大夫的话，卡琳的病就一定十分危急了！当通信兵在一阵旋风掀起的尘土中离开时，思嘉用颤抖的手指把父亲的信撕开。

"亲爱的女儿，你母亲和两个姑娘都得了伤寒。她们的病很重，不过我们总是怀着最大的希望在设法治疗。你母亲病倒时让我写信给你，叫你不论如何不要回家，免得你和小韦德也染上这种病。她问候你，并盼你为她祈祷。"

"为她祈祷！"思嘉立即飞奔上楼，跑到自己屋里，然后在床边双膝跪下，用以前所未有的虔诚心情祈祷起来。她此刻念的不是正式的祈祷文，而是一遍又一遍地重复着："圣母呀，请别让我母亲死啊！只要你不让她死，我就一切从善了！求求你，别让她死了！"

那以后整整一星期，思嘉就像只被打得晕头转向的动物在屋里走来走去。

世界传世藏书

世界十大名著

·飘·

图文珍藏版

她在等待着消息，一听到外面有马蹄声就心惊肉跳，可是一点没有塔拉来的音信。她觉得，在她和家庭之间横亘着的已不是二十五英里的土路，而是一个辽阔的大陆了。

对于伤寒病，思嘉在医院见得够多了，她明白一星期时间对这种病意味着什么。爱伦病倒了——也许快要死了。可是思嘉却在亚特兰大，负责照顾一个孕妇，一筹莫展。是的，爱伦病倒了——也许快要死了。但是爱伦不可能生病呀！她从来没有病过。即使别人全都病了，爱伦也决不会生病。爱伦一向都是照料别的病人，让他们都好起来，她是不可能病的。思嘉要回家去，她像一下吓坏了、渴望回到庇护所去的孩子似的，迫不及待地渴望回到塔拉去。

家啊！那幢白色的房子，那些飘拂着白色窗帘的窗户，那蜜蜂嗡嗡飞绕着的草地，那宁静的红色田野，以及那些广阔的、在阳光下白得耀眼的棉田啊！家啊！

如果在围城开始，别的人都在逃难时她就逃回家了，那该多好啊！那样，她就可以带着媚兰安全地过一段闲暇日子了。

"啊，该死的媚兰！"她心里不断地咒骂着。"她为什么就不能跟皮蒂姑妈一起到梅肯去呢？她应当去那儿，同她的亲属在一起。要是她当初到梅肯去了，我也早已到了母亲身边。即使现在——即使现在，如果不是因为她要生孩子，我也会不顾一切回家去。可是，我还等那个婴儿出生呢！……啊，母亲，母亲，你可别死啊！……这婴儿怎么老不出生呀？米德大夫说媚兰很可能难产，我的老天啊！说不定她会死呢！媚兰死了，那么艾希礼——不，我不能那样想，那样不好。可是艾希礼很可能也已经不在了。不过他曾经让我答应过要照顾她的。可是——如果我没有照顾她，她死了，而艾希礼还活着呢——不，我决不能这样想，这是罪过。我答应过上帝，只要他保佑母亲不死，我就要一切从善呢。啊，要是那婴儿赶快出生就好了。要是我能够离开这里——回到家中——到不论什么地方，只要不是这里就好了。"

9月1日早晨，思嘉怀着一种令人窒息的恐惧感醒来。虽然是清晨，空气也显得又压抑又热。外面路上静悄悄的。思嘉感到今天早晨呈现在她面前的寂静，比过去一星期的那种静谧更加奇怪可怕似的。

她倚在窗棂上，心突突直跳，听着那沉雷般的炮声。远方的响声似乎愈来愈大了。并且它正是从南边来的。

南边的炮声啊！琼斯博罗和塔拉——还有爱伦，不就在南边吗？

炮声在南边响起来了，这可能就是北方佬给亚特兰大敲起的丧钟啊！思嘉在房间里踱过来踱过去，不停地绞扭着两只手，第一次清晰地意识到南军可能被打败了。谢尔曼的部队离塔拉只有几英里了！这样，即使北方佬最终被打垮，他们也会沿着大路向塔拉退却，而杰拉尔德是肯定来不及带着三个生病的女人逃走的。

思嘉走到媚兰门口，把门轻轻推开，朝里边看了看。媚兰穿着睡衣躺在床上，闭着眼睛，眼睛周围现出一道黑圈。她的脸有些浮肿，本来苗条的身躯也变得畸形和丑陋了。思嘉恶意地设想，要是艾希礼现在看见了才好呢。媚兰比她所见过的任何孕妇都要难看。她正打量着，这时媚兰睁开眼睛亲切而温柔地对她笑了笑，脸色顿时明朗起来。

"进来吧"，她艰难地翻过身来招呼。"太阳一出来我就醒了。我正在琢磨，思嘉，有件事情我想问你。"

思嘉走进房来，在阳光明媚的床上坐下。

媚兰伸出手来，轻轻地握住思嘉的手。

"亲爱的，"她说，"这炮声使我很不安。是琼斯博罗那个方向，是不是？"

思嘉应了一声"嗯"。

"我知道你心里很着急。我知道，如果不是为了我，你就回去了，难道不是吗?"

"是的,"思嘉回答,态度不怎么温和。

"思嘉,亲爱的。你对我太好了。那么亲切,那么勇敢,连亲姐妹也不过如此。我十分爱你。我觉得是我在拖累你,心里很不安。"

思嘉瞪眼望着。爱她,是这样吗?傻瓜!

"思嘉,我躺在这里一直在想,打算向你提出一个非常重大的要求。"说着,她把手握得更紧了。"要是我死了,你愿意抚养我的孩子吗?"

媚兰瞪着一双又大又亮的眼睛,急切而温婉地瞧着她。

"你愿意吗?"

思嘉听了媚兰的话不知所措,不由得把手抽出来,说话的声音也变得硬邦邦的了。

"唔,别傻了,媚兰。你不会死的。每个女人生第一胎时都觉得自己会死。我曾经也是这样呢。"

"不,你没有这样想过。你从来就是什么也不怕的。你这样说只不过是要鼓起我的勇气罢了。我并不怕死,怕的是要丢下婴儿,而艾希礼又——思嘉,请答应我,如果我死了,你会抚养我的孩子。那样,我就不害怕了。皮蒂姑妈年纪太大,不能带孩子;霍妮和英迪亚很好,可是——我希望你带我的婴儿。答应我吧,思嘉。如果是个男孩,就把他教养得像艾希礼,要是女孩——亲爱的,我倒宁愿她将来像你。"

"你这是见鬼了!"思嘉从床沿上跳起来嚷道。"事情已经够糟的了,还死呀活呀的胡扯!"

"对不起,亲爱的。但是你得答应我。我看今天就会发生。我相信就在今天。请答应我吧。"

"唔,好吧,我答应你,"思嘉说,一面惶惑地低头看着她。

难道媚兰傻到这步田地,真不知道她一直爱着艾希礼?或者她一切都清楚，并且正因为这样才觉得思嘉会好好照顾艾希礼的孩子？思嘉忍不住想大声向媚兰问个明白，可是话到嘴边没有说出来，因为这时媚兰拿起她的手紧紧握住，并放到自己脸上贴了一会，现在她的眼神又显得宁静了。

"媚兰，你怎么知道今天就会出事呀？"

"天一亮我就开始阵痛了——不过不怎么厉害。"

"真的吗？可是，你干吗不早点告诉我？我会叫普西茜去请米德大夫嘛。"

"不，现在还不用去，思嘉。你知道他有多忙，他们大家都很忙呢。只要给他捎句话去，说今天什么时候我们需要他来一下。再叫人上米德太太家去一趟，请她过来陪陪我。她会知道什么时候该打发人去请大夫。"

"唔，别这样尽替别人着想了。你很清楚，你跟医院里的任何病人一样，目前迫切需要一位大夫。我马上打发人去叫他。"

"不，请你不要去。有时候，生个孩子得花一整天工夫呢。我不想让大夫坐在这里白等着，而那些可怜的小伙子都非常需要他呢。只要打发人上米德太太家去一趟就行了。她会明的白的。"

"唔，好吧，"思嘉说。

第二十一章

　　思嘉给媚兰端来早点之后，即刻打发普里茜去请米德太太，接着便和韦德一起坐下来吃早餐。但是，她好像平生第一次不想吃东西。她担心着媚兰已濒临分娩，神经质地感到恐慌，又经常不由自主浑身紧张地倾听远处的炮声，结果就什么也吃不了了。她的心脏急速地怦怦乱蹦，蹦得胃都要翻出来似的。

　　韦德倒是比平时安静了些，也不像每天早晨那样叫嚷着不肯吃他厌恶的玉米粥。她一勺勺地送到他嘴边，他也乖乖地吃着，和着开水一声不响地大口大口咽下去。他那双温柔的褐色眼睛瞪得像银币一样，追踪着她的一举一动，流露出童稚的惶惑，似乎思嘉内心的恐惧也传给他了。他吃完以后，思嘉把他打发到后院去玩，望着他蹒跚地横过凌乱的草地向他的游戏室走去，这才如释重负，心里轻松多了。

　　她起身来到楼梯脚下，犹豫不定地站着。她应该上楼去陪伴媚兰，免得她紧张！媚兰为什么不迟不早偏偏要在这个时候生孩子呢！并且偏偏要在这个时候谈起死呀活呀这样的话来！

　　她在最底下的一步楼梯上坐下来，试图让自己镇静一些。米德太太，她为什么还没来呢？普里茜到哪儿去了呢？

　　过了好一会，普里茜才来了，她独个儿慢悠悠地走着。

　　"你可是冬天的糖浆，好黏糊啊！"普里茜一进大门，思嘉便厉声说道。

"米德太太怎么说的？她能不能马上就过来？"

"她不在。"普里茜说。

"她上哪儿去了？什么时候能回来？"

"唔，太太，"普里茜回答，"他们家的厨娘说，小费尔先生给打伤了，米德太太就坐上马车，带着老塔尔博特和贝特茜一起去了，要把他接回家来。厨娘说他的伤很重，米德太太大概不打算到咱们这边来了。"

思嘉瞪眼看着她，真想揍她几下。

"好了，那就别发呆了。赶快到梅里韦瑟太太家去一趟，请她过来，或叫她家的嬷嬷来一下。好，快去。"

"她们也不在，思嘉小姐。刚才俺回家碰到她家的嬷嬷，说她们也出去了，门都锁了。俺猜她们是在医院里。"

思嘉停下来苦苦思索。还有谁能来帮忙呢？有埃尔辛太太。当然，埃尔辛太太一向不喜欢她，可是对媚兰却始终很好。

"到埃尔辛尔太太家去，向她把事情仔细说清楚，请她赶快来一下。还有，普里茜，听我说，媚兰小姐的孩子快生了，她随时都可能要你帮忙。好，你快去快回。"

"是的，太太。"

思嘉走进媚兰房里，媚兰侧身躺在床上，脸色像白纸一样。

"米德太太上医院去了，"思嘉说。"不过埃尔辛太太马上就来。你痛得厉害吗？"

"不怎么厉害，"媚兰撒谎说。"思嘉，你生韦德时花了多久的时间？"

"很快，"思嘉不自觉地用愉快的口气回答。"当时我正在外面院子里，几乎来不及进屋。嬷嬷说那样很不体面——简直就像个黑人。"

"我倒是巴不得像个黑人呢，"媚兰说，一面努力做出一些微笑，可是这笑容随即消失，一阵剧痛把她的脸扭歪得不成样子了。

思嘉低头看看媚兰那窄小的臀部，用安慰的口气说："唔，看来也并不怎么样嘛。"

"唔，我知道，不怎么样。我只怕自己有点胆小。是不是——埃尔辛太太马上就会来吧？"

"是的，马上，"思嘉说，"我下楼去打盆清水来，用海绵给你擦擦，今天好热啊。"

她借口打水跑到前门去看看普里茜是不是回来了。可是普里茜连影子也没有，于是她只好回到楼上，用海绵给媚兰擦洗汗淋淋的身子，然后又替她梳理好那一头长长的黑发。

一小时后，她听见普里茜的脚步声从街上过来了。

"埃尔辛太太到医院去了。他们家的厨娘说，今天早上火车运来了大批伤兵。厨娘正在做汤给那边送去呢。她说——"

"别管她说什么了，"思嘉的心往下沉。"快去系上一条干净的围裙，你赶紧上医院去一趟，我写个字条，你给米德大夫送去。如果他不在那里，就交给琼斯大夫，或者别的不论哪位大夫。你这次要不赶快回来，我就要活活剥你的皮。"

"是的，太太。"

"顺便向那里的先生们打听一下战争的消息，问问他们，是不是在琼斯博罗或者附近打仗？"

"我的老天爷！"普里茜黝黑的脸上突然一片惊慌。"思嘉小姐，北方佬还没到塔拉吧，是吗？"

"我不知道。叫你去打听呀。"

"我的老天爷！他们会怎么对待俺妈呢，思嘉小姐？"

普里茜突然大声嚷叫起来，那声音使思嘉越发不安了。

"你别嚷了！媚兰小姐会听见的。现在快去换下你的围裙，快去。"

思嘉在杰拉尔德上次来信——这是家里唯一的一张纸了——的边沿上匆匆写了几句话。这时她偶尔瞥见信的简短的内容："你母亲——伤寒病——不论如何——回家——"她差点哭了。要不是为了媚兰，她会即刻动身回去了，哪怕走回家也行！

思嘉回到楼上，媚兰仰身躺着，面容平静而温柔，这情景使思嘉也暂时安心了。

媚兰每次阵痛过后总是说："不怎么样，真的，"可思嘉知道这是撒谎。她宁愿听到她的尖叫，她看不惯这样默默地忍受。她知道自己应当为媚兰感到难过，但是心里却不论如何也没有一丝温暖的同情，她的心被她自己的痛楚折磨得太惨了。有一回，她狠狠地盯着那张扭曲的脸，心想为什么在这个世界上千千万万人中，偏偏是她要在这个时候守在这里陪着媚兰，而她又这么厌恶而且憎恨这个女人，她恨这个人，甚至还巴不得她快点死呢。想到这里，她不觉打了个不祥的冷战，赶紧热切地对媚兰说起话来，连自己也不知在说些什么。末了，媚兰伸出一只滚烫的手放在她的手腕上。

"别费苦心来找话说了，亲爱的。我明白你心里多么着急。我很抱歉给你添了这许多麻烦。"

思嘉这才沉默下来，可是她静不下来。如果大夫和普西茜不能按时赶到，那她怎么办呢？她到窗口，看看下面的大街，然后又回来坐下。接着又站起身来，向屋里另一边的窗外看去。

一小时又一小时过去。到了中午越发炎热起来，没有一丝风。这时媚兰的阵痛更厉害了。思嘉悄悄用海绵给她揩脸，但心里非常害怕。老天爷，看来在大夫到达之前孩子就要降生了！她怎么办呢？对于接生的事她可一窍不通。这正是她一直在担心的紧急关头啊！她一直在指望着普里茜，可如今普里茜在哪里呢？她怎么还没回来呀？怎么大夫也没来呀？她又一次跑到窗口去看。

　　她终于看见普里茜沿大街匆匆走过来，这时普里茜也抬头看见了她，她正要张嘴乱喊。思嘉看见那张小黑脸上一片惊慌，生怕她喊出可怕的消息吓坏了媚兰，便赶快示意她不要作声，然后离开窗口。

　　"我再去打点凉水来，"她俯视着媚兰那双深陷的黑眼睛，勉强微笑着说。

　　普里茜气喘吁吁地坐在过厅的楼梯脚下。

　　"他们在琼斯博罗打起来了，思嘉小姐！他们说咱们的军队快完了。啊，上帝，思嘉小姐！要是北方佬到这儿来了，咱们会怎么样呢？啊，上帝——"

　　思嘉一手把那张哭嚷的嘴捂住了。

　　"看在上帝面上，你别嚷了！"

　　是呀，如果北方佬来了，他们会怎么样呢——塔拉会怎么样呢？她不敢再想，要是她还一心去想那些事情，她就会像普里茜那样嚎叫起来了。

　　"米德大夫呢，他什么时候来？"

　　"俺压根儿没看见他，思嘉小姐。"

　　"什么？"

　　"是的，他不在医院。梅里韦瑟太太和埃尔辛太太也不在。有个人跟俺说，大夫在车棚子里，可是，思嘉小姐，俺不敢到那车棚子里去——那里尽是些快死的人。"

　　"别的大夫怎么样呢？"

　　"思嘉小姐，天知道，俺找不到一个人来看你的字条。他们全都在医院里忙着，像发了疯似的。"

　　"你说米德大夫在火车站？"

　　"是的，太太。他——"

　　"好，仔细听着。我要去找米德大夫，你赶紧去陪在媚兰小姐身边，她叫你干什么就干什么。你要是向她透露哪怕一点点关于打仗的消息，我就要毫不含糊地把你卖到南部去。你也不要说大夫都不能来。听清楚了没有？"

"是的，太太。"

"擦干你的眼睛，赶快打桶清水送上楼去。用海绵给她擦擦身。告诉她我去找米德大夫去了。"

"她是不是快了呢，思嘉小姐？"

"我不知道。我怕是，不过我说不准。你应当知道的，快上去吧。"

思嘉一把抓起她的宽边草帽随手扣在头上。她心中那发冷的惊恐情绪在向外渗出，直至她抚摩面颊时才猛然发觉自己的手指凉了，虽然这时她身体的其余部分还在冒汗。她匆匆走出家门。

大街上全是一片纷纷攘攘，像个崩塌了的蚂蚁窝。黑人们惊慌失措地在街上跑来跑去，孩子坐在走廊上嚎叫。

"思嘉小姐。"

有人在喊她："你还没走呀，北方佬马上就要来了！"

她来不及答话急急忙忙往前赶。这时她瞥见一位骑马的军官飞跑而来，于是赶快跑到街心向他挥手。

"啊，站住！请站住！"

那位军官迅速勒住马头。

"太太！"

"告诉我，是不是北方佬真的就要来了！"

"我想是。"

"你真的知道吗？"

"是的，太太。我知道。半小时以前指挥部收到了快报，是从琼斯博罗前线来的。"

"琼斯博罗？你确信是这样？"

"我确信是这样。消息是哈迪将军发来的，他说：'我已失败，正全线退却。'"

"啊，我的上帝！"

那位军官的疲乏而黝黑的脸平静地俯视着。他重新抓起缰绳，戴上帽子。

"唔，先生，请稍等一会。我们该怎么办呢？"

"太太，我不好说。军队马上就要撤离亚特兰大了。"

"撤走了，把我们留给北方佬吗？"

"恐怕就是这样。"

北方佬就要来了。军队正在撤离。北方佬就要来了。她怎么办呢？往哪里跑呢？不，她不能跑。媚兰还躺在床上等着生孩子呀！唔，女人为什么要生孩子？要不是为了媚兰，她还可以带着韦德和普里茜到树林里去，那里北方佬是怎么也找不到他们的。但是她不能带着媚兰去啊。唔，要是她早一点，哪怕昨天把孩子生了。可现在——她只能找到米德大夫，叫他跟着她回家去。也许他能让孩子早些生下来。

她提起裙子沿大街飞跑。"北方佬来了！老方佬来了！"她一路念叨着，似乎在给脚步打节拍似的。

接着，她看见一场最奇怪的情景。大群大群的妇女肩上扛着火腿沿着铁路的方向走来。孩子们也头顶着一桶桶装得满满的饴糖急匆匆地跑着。年轻小伙子们拖着一包包的玉米和马铃薯。一个老头用手推车推着一袋面粉一路挣扎着前进。男人、女人和小孩，黑人和白人，都神情紧张地匆匆跑着，跑着，拖着一包包、一袋袋、一箱箱的食物——这么多的食物她已经整整一年没见过了。这时，人群突然给一辆歪歪倒倒的马车让出一条路，文弱而高雅的埃尔辛太太过来了，她站在她那辆四轮马车的车前，一手握着缰绳，一手举起鞭子。她没戴帽子，脸色苍白，散着一头灰色长发，像个复仇女神般抽打着马一路奔跑。她家的黑人嬷嬷梅利茜坐在后座上，一只手里紧紧抓着一块肥腊肉，另一只手和双脚用力挡住堆在周围的那些箱子和口袋不让倒下来。

有个干豆大袋裂开了，豆子撒到街上。思嘉向埃尔辛太太尖声喊叫着，可是根本听不见。

她不明白这究竟是怎么回事。后来才明白原来是军队把仓库打开了，让人们在北方佬来到之前尽可能去抢一些粮食。

她从人群中挤出去，向车站赶去。这时她猛地站住被眼前的景象吓坏了。

成百上千的伤员，肩并肩，头接脚，一排排一行行地躺在酷热的太阳下，连绵不绝地一直延伸开去。成群的苍蝇在他们头上飞舞，在他们脸上爬来爬去，嗡嗡地叫。

汗渍、血腥，没有洗过的身体和粪便的臭味在一阵阵灼人的热雾中升起，令人作呕。救护车的医务人员在躺着的伤员中间急急忙忙地跑来跑去，经常踩在那些排列得太紧密的伤员身上，那些被踩着的人也只是迟钝地翻着眼睛望望，等着有人来搬运他们。

思嘉用手捂住嘴向后退了两步，她实在不敢再往前走。她曾在医院里接触过许多伤兵，可是还没见到这样的情景，这么多在毒热的太阳下烤着的浑身血污和恶臭的身体，她从来没有见过。这是一个充满了痛苦、恶臭、尖叫和忙乱的地狱——忙乱，多么忙乱啊！北方佬眼看就要到了！北方佬就要到了啊！

她耸耸肩膀振作起来，向这忙乱而凄惨的场面中走去，睁大眼睛从那些走动的人中辨认米德大夫。

她一面走，一面不断有一只又一只滚烫的手拉着她的裙裾，嘶哑地叫喊："太太—水！求求你给点水！看在上帝面上，给点水啊！"

她要用力把裙子从那一只只手里拽出来，已经弄得汗流满面了。

她要是不能很快找到米德大夫，就会疯狂地嚷起来了。她竭尽全力大声喊道："米德大夫！米德大夫在那里吗？"

人群里走出来一个人，朝她望着。那是大夫。他没穿外衣，袖子高高卷起。衬衫和裤子都像屠宰衣似的红透了，甚至那铁灰色的胡子尖儿也沾满了血。

"感谢上帝，你来了。我正需要人手呢。"

她惶惑地凝视着他，连忙把手里提着的裙子放了下来。

"赶快，孩子，到这儿来。"

她跨过那一排排伤亡人员，尽快向他走去。她握住他的胳臂，发觉它在疲乏地颤抖。

"啊，大夫，"她喊道，"你一定得去呀，媚兰要生孩子了。"

他望着她，好像没有听见，这时一个枕着水壶躺在她脚边的人咧开嘴对她友好地笑了笑。

"他们会对付过去的，"他高兴地说。

"是媚兰呀，要生孩子了。大夫，你一定得去。她那——"她觉得不好开口。

"阵痛愈来愈紧了。求求你了，大夫！"

"生孩子，我的天！"大夫的脸色突然因为恼恨而变得难看了。这怒火不是冲思嘉来的，也不是对任何其他人，而是对居然会发生这种事的世界。"你疯了吗？我不能丢下这些人呀。他们都快死了，成百上千的。我可不能为一个孩子而丢下他们。找个女人给你帮忙吧。找我的太太去。"

她张开嘴，想告诉他米德太太不能来的原因，可突然又闭口不言了。他还不知道自己的儿子受伤了呢！她不知道如果他知道了会不会仍留在这里，可是她又相信，即使费尔快死了，他也会坚持留在这个岗位上的。

"不，你一定得去，大夫。你知道你自己也说过，她可能难产——"啊，难道这真是思嘉在扯着嗓子说这些粗俗得可怕的话吗？"要是你不去，她就会死啦！"

他粗暴地甩脱了她的手。

"死？是的，他们都会死——所有这些人。没有绷带，没有药膏，没有奎宁，没有麻醉剂。啊，上帝，弄点吗啡来吧！就一点点，给那些最重的伤号。一点点麻醉剂呀，该死的北方佬！天杀的北方佬！"

"让他们下地狱吧，大夫！"躺在地上的一个人咬牙切齿说。

思嘉开始发抖了，眼睛里闪着恐惧的泪花。看来大夫是不会跟她走了。

"看在上帝分上，大夫，求求你！"

米德大夫又沉下脸来，他咬着嘴唇，腮帮子也硬了。

"孩子，让我试试看。我不能答应你。不过我愿意试试。等我们安排好了这些人再说。北方佬快到了，军队正在撤离城市，我不知道他们会怎样对待伤员。火车已经根本没有了。你走吧。别打扰我了。养个孩子没什么大不了的。无非把脐带扎起来……"

思嘉急忙从伤兵中间穿过去往回走，她只得自己去对付这个场面了。感谢上帝，普里茜懂得接生的全过程。

走在拥挤的路上，思嘉忽然瞥见一个满头红鬈发的女子，不是别人，正是贝尔·沃特琳，她靠在一个跟跟跄跄的独臂大兵身上尖声傻气地狂笑着。

她左推右搡地穿过人群，提起裙子飞跑起来。要是这鬼地方有个人能够帮助她一下，那该多好啊！

她这一辈子还从未遇到过一件事非她自己独立去办不可的呢。总是有人替她办事，照顾她，庇护她，纵容她。可现在她居然陷入了这样的困境。真是令人难以置信。没有一个朋友，没有一个邻居来帮助她。在此时她迫切需要帮助的情况下，一个人也没有。她居然落得这样孤独无依，这样恐惧，这样远离家乡。

家啊！不管有没有北方佬，只要在家里就好了。家啊，她渴望看到母亲那张可爱的脸，渴望嬷嬷那双强有力的胳臂来搂着她。

她头晕眼花地往前走。快到家时，她看见韦德在那里攀着一扇大门晃荡。

他一看见她，就歪着脸举着一个受伤的指头哭起来了。

"疼！疼！"他抽抽搭搭地嚷着。

"别哭！别哭！别哭！要不我就揍你。到后院玩去，别乱跑。"

"韦德饿了，"他哽咽着说，一面把那个受伤的指头放在嘴里。

"我不管。你到后院去——"

她抬起头来，看见普里茜倚在楼上的窗口，满脸惊恐焦急的神情。楼上的门一打开，便从里面传出凄惨的呻吟声，那显然是从剧痛中迸发出来的，这时普里茜三步两步从楼梯上跑下来。

"大夫来了吗？"

"没有。他不能来。"

"啊，上帝，思嘉小姐！媚兰小姐更惨了！"

"大夫不能来。谁也不能来。只好由你来接生了，我帮助你。"

普里茜张口结舌说不出话来了，她斜眼看着思嘉，一面在地上擦着脚，扭着瘦小的身子。

"别装出这副傻相了！"思嘉大声嚷道，感到非常生气。"你究竟是怎么回事？"

普里茜偷偷地往楼梯口退缩。

"说真的，思嘉小姐——，"普里茜又怕又羞，瞪着两只眼睛不敢说下去。

"说吧。"

"说真的，思嘉小姐！咱们还是得请个大夫来才行。俺——俺——思嘉小姐，俺一点也不懂接生。俺妈接生的时候，从来不让俺在旁边呢。"

思嘉听了大吃一惊，接着便气得肺都快炸了。普里茜偷偷从她身边走开，一心想溜掉，这时思嘉一把抓住她。

"你这骗人的小黑鬼——想怎么样？你说生孩子的事你全懂。到底怎么样？老实说！”她拽住她用力摇晃，直摇得她的黑脑袋像醉鬼一般摆来摆去。

"俺是撒谎，思嘉小姐！俺只看见生过一个孩子，俺妈似乎还怪我不该出来看呢。"

思嘉恶狠狠地瞅着她，吓得普里茜直往后退，准备溜走。等到她终于明白普里茜在接生方面就像她一样一窍不通时，她的满腔怒火再也遏制不住了。她有生以来还没打过奴仆，可此刻她使出了全部力气在普里茜的黑脸上抽了一记耳光。普里茜尖着嗓子大叫起来。

她一尖叫，二楼上的呻吟和呼唤声便停止了，过了片刻才听见媚兰微弱而颤抖的声音，她喊道"思嘉，是你吗？你快来呀，来呀！"

思嘉放开普里茜的胳臂，静静地站了一会，抬起头来倾听上面低低的呻吟和呼唤声。这时，她感到似乎有个牛轭沉重地落在她的头颈上，这重负使她每跨一步都无比吃力。

她试着回想自己生韦德时嬷嬷和爱伦替她做的每一件事。但是产前阵痛使一切都恍如雾中，弄不清楚了。她现在还记得少数几件事，便赶忙以权威的口气吩咐普里茜去做。

"把炉子生起来，烧一壶开水放在那里。把凡是你能找到的毛巾和那团细绳都拿来，给我一把剪刀。不许说找不到，一定都要找来，并且赶快找来，快去吧。"

第二十二章

　　再也不会有那么漫长和炎热的下午了。不会有这么多懒洋洋的苍蝇。这些苍蝇，不管思嘉怎样拼命地挥扇子，仍然成群地落在媚兰身上。她用力挥着那把大棕榈扇，胳臂都酸痛了，但只是白费力气，因为她刚把它们从媚兰汗湿的脸上赶开，它们即刻又在她那湿冷的双脚和腿上爬满了，媚兰不时无力地抖动着想赶走它们，并低声喊道："请搧搧吧，我的脚上！"

　　房间里热得像个烤炉，思嘉身上的衣服湿透了，并且始终没有干过。媚兰躺在床上，床单早已给汗渍弄脏，又因为思嘉有时溅上的水，斑斑点点地湿了。她不停地打滚，翻来覆去，滚个不停。

　　有时她挣扎着想坐起来，但向后一靠又躺倒了，于是又打起滚来。最初她还强忍着不喊，狠狠咬着嘴唇，直咬得皮都破了。这时思嘉的神经也快要崩裂了，才粗声嘎气地说："媚兰，看在上帝分上，别逞强了吧。除了我们没有别人能听见呢。"

　　到了后来，就由不得媚兰自己了，她终于呻吟起来，有时也大声尖叫。她一叫，思嘉便双手捧着头，捂着耳朵，转过身去，巴不得自己死了，眼睁睁地看着这种痛苦的情景却毫无办法。要守在这里，花这么多时间等一个孩子落地，世界上没有比这更可怕的事了。何况这时候，她很清楚北方佬实际上已经就在不远了。

她隐约记得皮蒂姑妈讲过，她的一个朋友生孩子整整生了两天，结果没生出来自己就死了。说不定媚兰也得生两天呢！可是媚兰身体这样娇弱，她一定经不起两天的折磨。要是孩子不快些下来，她很快就会死的。如果艾希礼还活着，她怎么有脸去告诉他媚兰已经死了——她曾经答应过要照顾她呀！

媚兰疼得厉害时就要握住思嘉的手，但是她抓得那么紧，几乎要把骨头都捏碎了。一个钟头以后，思嘉的手就青肿起来，几乎不能动弹了。她只得拿两条手巾扎在一起，系在床腿上，让媚兰的两手拉着。媚兰拉着它就像拉着自己的生命线似的，时而紧张地拽住，时而放松一下，随意地撕扯着。整个下午，她就像落在陷阱里垂死的野兽一般在嗥叫。她偶尔放下毛巾，无力地搓着双手，瞪着两只痛得鼓鼓的眼睛仰望着思嘉。

房间里又暗又热，充满了痛苦的喊叫和嗡嗡的苍蝇。时间那么漫长，思嘉连早晨的事也有点记不起来了。她觉得似乎自己在这个鬼地方已待了一辈子似的。每当媚兰喊叫时她也想大声喊叫，只有狠命地死咬着嘴唇不放才没有喊叫出来，并终于把内心的狂乱也遏制下去了。

壁炉上的钟已经停摆，她不知道是什么时候了，只有等到房里的热气渐渐消散时，她才把窗帘拉开，猛地发现原来已是傍晚了。

暮色降临时，媚兰显得更虚弱了。她开始一遍又一遍地呼唤艾希礼，似乎已经神志昏迷了。这种单调可厌的呼唤声使思嘉恨不得拿一只枕头把她的嘴捂住。也许大夫最终会来的吧。她转身打普里茜的主意，吩咐她赶快到米德太太家去，看看大夫或他太太在不在家。

"要是大夫不在，就问问米德太太或其他人，求他们赶快来一下！"

过了相当长一段时间，普里茜独自一个回来了。

"大夫整天不在家。思嘉小姐，费尔已经完了！"

"死了？"

"是的，太太，"普里茜说，"车夫塔尔博特告诉俺的。他给打中了——"

世界十大名著

·飘·

图文珍藏版

"别去管这些了。"

"俺没看见米德太太。厨娘说米德太太在给费尔洗身子，要赶在北方佬来之前把他安葬好。厨娘说媚兰小姐要是痛得不行了，只消在她床底下放把刀子，就会把阵痛劈成两半的。"

思嘉听了这些毫无用处的话，气得又要揍她了，可是媚兰睁着那双鼓胀的眼睛低声说："亲爱的，北方佬快来了吗？"

"不"，思嘉坚决地说。"普里茜撒谎。"

"是的，太太。俺就是这样，"普里茜急忙表示同意。

"他们快来了，"媚兰低声说，把脸埋在枕头里。

"我可怜的孩子。我可怜的孩子。"歇了一会儿又说："啊，思嘉，你别待在这里了。你得带着韦德一起离开。"

其实媚兰说的正是思嘉一直想着的事，可是思嘉听她说出来反而恼羞成怒了，似乎她内心的怯懦已明明白白地流露在脸上，被媚兰看透了似的。

"别傻了。我并不害怕。我是不会离开你的。"

"你走不走都一样，反正我快死了。"接着她又呻吟起来。

思嘉像个老太婆似的扶着栏杆慢慢从黑暗的楼梯上摸着走下来，两条腿像灌了铅一般沉重。她又疲劳又紧张，一路直哆嗦，同时因为浑身是汗而在不断地打冷战。她吃力地摸到前边走廊里，颓然坐下，斜倚在一根柱子上。夜色黑沉沉的，温暖而柔和，她侧身凝望着它，迟钝得像头老牛。

一切都过去了，媚兰没有死，那个像小猫似的哇哇叫的小东西正在普里茜手里接受头一次洗浴。媚兰这时睡着了，在经历了这样一场梦魇般的剧痛之后，她怎么还睡得着呢？她怎么没有死呀？思嘉知道，如果换了她，一定死了。可是事情一过，媚兰居然还能低声说："谢谢你了。"虽然她已奄奄一息，思嘉是俯身侧耳才听见的。

思嘉听见她自己的呼吸声渐渐转为痉挛性的抽泣，但她的眼睛是干枯而火辣辣的，似乎它们再也不会流泪了。她缓缓而吃力地抬起身来，将沉重的裙裾拉到大腿以上，不过现在她不管那么多了。她什么也不管了。时间已停滞不前。

她又静静地靠着柱子斜躺下去，过了好一会儿，思嘉的呼吸已渐渐缓和下来，心跳也平稳了。这时，她隐约听见前面路上从北边来的杂沓的脚步声。士兵！她慢慢坐起来。他们眼看来到了屋前，绵延不断的队伍就像影子一个个过去，这时她向他们喊起来。

"唔，请等一等！"

一个人影离开队伍来到大门口。

"你们要走了？你们把我们丢下不管了？"

黑暗中传来平静的声音。

"是的，太太。正是这样。我们是最后一批从防御工事中撤出来的，从北边大约一英里的地方。"

"难道你们——军队真的在撤退？"

"是的，太太。你看，北方佬就要来了。"

北方佬就要来了！她竟把这件事忘记了呢。她的喉咙突然发紧，什么话也说不出来了。北方佬就要来了啊！

"北方佬就要来了！"普里茜大声嚷着，缩着身子向思嘉紧靠过来。"唔，思嘉小姐，我们全会死的，他们会用刺刀捅进咱们的肚皮！他们会——"

"啊，别嚷了！"她心里又掀起一阵强烈的恐慌。她怎么办？她怎样才能逃走？谁能帮助她呢？所有的朋友都对她毫无用处了。

她突然想起瑞德·巴特勒，便觉得镇定下来，不再惶恐了。她固然恨他，可他是强壮而能干的，又不怕北方佬。他至今还在城里。他还有一匹马和一辆马车呢。啊，她怎么早没有想起他啊！他可以把他们全都带走，离开这个鬼城市，不受北方佬糟蹋，到别的什么地方去，到任何地方去都行。

她回头面对普里茜，非常急迫地吩咐她。

"你知道巴特勒船长住在哪里吧——在亚特兰大饭店？"

"是的，太太，不过——"

"那好，现在你尽快跑到那里去告诉他，我请他来一下。我要他尽快赶着他的马和马车来，或者来一辆救护车，如果找得到的话。把媚兰小姐生了娃娃的事也告诉他。就说我请他来帮我们离开这里。好，马上就去，赶快！"

她直着腰背坐起来，推了普里茜一把，叫她快跑。

普里茜害怕推脱着不肯去，但是在这位女主人坚决而无情的推搡之下，普里茜只得走下了台阶。思嘉高声喊道："快跑，你这笨蛋！"

她听到普里茜啪哒啪哒小跑的脚步声，随即声音在柔软的泥土路上渐渐消失了。

第二十三章

普里茜走了以后，思嘉回到楼下过厅里，点上一盏灯，屋里热得像个蒸笼。她记起自己从昨夜到现在一直没吃东西，只喝了一勺玉米粥，于是端灯走进厨房。炉子里的火已经灭了，锅里还有半张硬玉米饼，便拿起来大口大口地啃着。盆里还剩下一点玉米粥，她便随手用大勺舀着吃起来。

她知道应当上楼去陪伴媚兰。要是出什么事，媚兰也没有那个力气叫人呢。可是一想起要回到那间可怕的房里去，她就厌烦得很，她永远也不要再见那个房间了。

她啃完玉米饼，体力恢复了些，揪心的恐惧也更多地涌上心头了。这时，世界上再没有别的事情叫她如此渴望的了，像现在那么渴望听到马蹄声，渴望看到瑞德那毫不在意和充满自信的眼光。瑞德会把她们带走，带到某个地方去。她不知道去哪里。

她看见树顶上升起一片隐隐的火光，那火光愈来愈亮，黑暗的天空发红了，先是粉红，随即变成深红，接着她突然看见一条巨大的火舌从树顶上一蹿而起，高高地升到半空中，她猛地跳起来，心又开始发紧了。

北方佬已经来了！她知道他们来了，正在焚烧市区。火焰升得越来越高，迅速扩展成一大片红光，一定是整条大街烧起来了。

她跑到楼上自己的房间里，把半个身子探出窗外，天空是一片可怖的殷红色，大团大团的黑烟旋转着挂在火焰上空。她设想北方佬向她冲过来，她要往哪里逃跑，她要怎么对付。似乎地狱里所有的魔鬼都在她耳边喊叫，她的脑子在极度的惶惑和惊恐中旋转起来。

她俯靠着窗根站在那里，忽然一个震耳欲聋的爆炸声飞来，天空被巨大的火焰撕裂了。接着又是几声巨响。大地震撼着，她头上的窗玻璃被震碎了，纷纷落在周围。

一声又一声震耳的爆炸不断传来，世界变成了一个充满喧声、火焰和浑身颤抖的地狱。这时她似乎听到隔壁房里微弱无力的呼唤声，但是她顾不上了。她现在没有工夫去顾媚兰了。现在除了恐惧，再也没有别的东西要顾及的了。她像一个吓得发疯的孩子，想把头钻进母亲怀里。如果她是在家里，在家里跟母亲一起，那多好啊。

从这些惊心动魄的响声中她听到另一种声音，一阵惊惶地奔上楼来的脚步声。普里茜冲进来了，她奔到思嘉眼前，一把紧紧地抓住她的胳臂。

"不，太太，是咱们自己的军队！"普里茜上气不接下气地喊着，"他们在烧铁厂和军需站和仓库，还有，上帝，思嘉小姐，他们还有七十卡车的大炮炮弹和火药爆炸了，咱们都会被烧光呢！"

普里茜又尖叫起来，一面紧紧掐住思嘉的手臂，使她又痛又恼，思嘉使劲甩掉她的那只手。

原来北方佬还没到呢！还来得及逃跑呀！于是她把惊散了的全身力气重整起来。

她想："我一定要控制住自己！"同时普里茜那副可怜的惶恐相也帮助着她镇定下来，她抓住普里茜的肩膀使劲摇晃。

"北方佬还没来呢，你这傻瓜！你见到巴特勒船长了吗？他是怎么说的？他会不会来？"

普里茜不再号叫了，但是她的牙床还在打战。

"是的，太太。俺后来找到他了。像你吩咐的，在一个酒吧间。他——"

"他会来吗？你告诉他要把马带来吗？"

"上帝，思嘉小姐，他说咱们的军队把他的马和马车拉去当救护车了。"

"啊，我的天啊！"

"不过，他会来——"

"他怎么说的？"

这时普里茜不太喘了，已能稍稍控制自己。

"是这样，太太，正像你说的，俺在一家酒吧间找到了他。俺站在外面喊他，他就出来了，他奇怪地看着俺，俺说你说的，巴特勒船长，请赶快来，带着你的马和马车来。媚兰小姐生了个娃娃，思嘉小姐急着要走。他问你打算到哪里去呀？俺说，俺不知道，先生，不过你一定得去，因为北方佬就要来了，要他陪你一起走，他笑着说他的马已被拉走了。"

思嘉的心沉重起来，觉得最后一线希望也破灭了。她一时吓得目瞪口呆。

"后来他说，告诉思嘉小姐，叫她放心吧。他要到军队里去替你偷匹马来。他还说，在这以前他就偷过马呢，让我告诉你，他哪怕丢了性命也要给你弄匹马来。后来他又笑着说，赶快回家去吧。可是俺刚要动身，就扑通一声响起来了！俺吓得差点倒下了，他说这没有什么，只不过咱们自己人把火药炸了，免得落到北方佬手里，还有——"

"他会来吗？他会弄一匹马来？"

"他是这么说的。"

她长长地舒了口气，觉得轻松了些。只要能弄到一匹马，瑞德·巴特勒是一定会弄到的，瑞德是个能干人。要是他把她们救出去了，她就饶恕他一切的过错。逃跑呀！只要跟瑞德在一起，她就什么也不怕了。瑞德会保护她们。感谢上帝赐予了这个瑞德啊！她现在纯粹从安全着想，变得很实际了。

"把韦德叫醒，给他穿好衣裳，带上一包常用的衣裳。把它们装进箱子。别告诉媚兰我们要走了，还不到时候呢。用两条厚毛巾小心地把婴儿裹好，把他的衣服也包起来。"

普里茜还是拉着她的裙子不放，除了翻白眼她没有一点表情。思嘉推她一把，把她那紧抓着的手扔开。

"快去，"她喊道。这时普里茜才像兔子似的悄悄走开了。

思嘉知道她应当进屋去安慰安慰媚兰，媚兰一定被轰轰巨响和映红了整个天空的火光吓昏了，那光景就像世界的末日到了！

但是，她跑下楼去，想把那些瓷器和银器收拾一下。可是等她走进饭厅时，她的一双手却哆嗦不停，把三只碟子掉在地上打碎了，后来又把些银器当啷一声掉在地板上。不知怎的，她碰到什么就掉落什么。她慌慌张张地还在旧地毯上滑了一跤，扑通跌倒了呢，不过她即刻跳起来，一点也没觉到痛。她听得见普里茜在楼上像只野兽似的到处乱跑，那声音使她气极了，因为她自己也同样在乱跑。

她在走廊上坐下。要想收拾一点什么东西简直是不可能的。除了忐忑不安地在这里等待瑞德，看来什么也做不成了。可是左等右等，他就是不来。

最后，从大路前头很远的地方，她听见车轴的吱吱嘎嘎声和缓慢而隐约不清的得得马蹄声。

那声音近了，思嘉一跃而起，呼喊瑞德的名字。然后，她隐约看见他从小货车的座位上爬下来，他朝她走过来了。他来到灯光下，他穿得整整齐齐，像要去参加舞会似的。雪白的亚麻布外衣和裤子熨得笔挺，绣边的灰色水绸背心，衬衫胸口镶着一点点褶边。他那顶宽边巴拿马帽时髦地歪戴在头上，裤腰皮带上插着两支象牙柄的长筒决斗手枪。外衣口袋里塞满了沉甸甸的弹药。

他像个野人似的轻快地大步走来，亮丽的脑袋微微扬起，神气得像个王子。那种能把任何人都吓疯的黑夜的恐怖，却像一帖兴奋剂似的使他更显得强悍了。他那黝黑的脸上有一丝勉强掩饰着的残暴无情的神色。

他那对黑眼睛眉飞色舞，似乎觉得眼前整个局面倒很有趣，似乎这震天撼地的爆炸声和满天恐怖的火光只不过是一场游戏。他走上台阶时，她摇摇晃晃地迎上前去，这时她脸色惨白，那双绿眼睛像在冒火似的。

"晚上好，"他拖长音调说，同时唰地一下摘了帽子。"咱们碰上了好天气啦。我听说你要旅行去呢。"

"你要是再开玩笑，我就永远不再理睬你了。"她用颤抖的声音说。

"你不见得真的被吓坏了吧！"他装出一副吃惊的样子微笑着，她真想把他推回到台阶下去。

"是的，我就是被吓坏了。我害怕得要死。不过咱们没时间闲扯了。咱们必须马上离开这里。"

"听你的吩咐，太太。不过你说到哪里去好呢？我是怀着好奇心跑到这儿来的，无非想看看你们打算往哪儿去。你们不能往北也不能往东，不能往南也不能往西。四面八方都是北方佬。只有一条出城的路北方佬还没拿到手，咱们的军队就是从这条路撤退的。你究竟要到哪里去呀？"

她站在那里浑身哆嗦，经他这一问，她突然明白她要到哪儿去了，那唯一的地方呀！

"我要回家去，"她说。

"回家？你的意思是回塔拉？"

"是的，是的！回塔拉去！啊，瑞德，我们赶紧走呀！"

他瞧着她，似乎她疯了似的。

"塔拉？我的天，思嘉！难道你不知道他们整天在琼斯博罗打吗？现在北方佬可能已经占领整个塔拉，占领整个县了。谁也不清楚他们到了哪里，只知道他们就在那一带。你不能回家！你不能从北方佬军队中间穿过去的呀！"

"我一定要回去！"她大喊道。"我要！我一定要！"

"你这傻瓜，"他的声音又急又粗。"你能走那条路。即使你不碰上北方佬，那树林中也到处是双方军队的散兵游勇。并且咱们的部队还在陆续从琼斯博罗撤退，他们会把你的马拉走。你唯一的办法是跟着部队沿麦克唐诺公路走，上帝保佑，黑夜里他们可能不会看见你。但是你不能到塔拉去。就算你到了那里，你也很可能发现它已经被烧光了。我不让你回家去。那样做简直是发疯。"

"我一定要回去！"她大声嚷着，嗓子高得尖叫起来了。"我一定要回去！你不能阻拦我！我要回去！我要我的母亲！你要是阻拦我，我就杀了你！我要回去！"

恐惧和歇斯底里的眼泪从她脸上淌下来，她在长时间紧张的刺激下终于爆发了。她挥舞着拳头猛击他的胸部，一面继续尖叫："我要！我要！走也要走回去！"

她突然被他抱在怀里了，她那泪淋淋的脸颊紧贴在他胸前，那捶击他的两个拳头也安静地搁在那里。他用两手轻柔地、安慰地抚摩着她的一头乱发。他的声音也是柔和的，那么柔和，那么宁静，似乎根本不是瑞德·巴特勒的声音，而是一个温和强壮的陌生人的声音。这个陌生人满身是白兰地、烟草和马汗味，使思嘉不由得想了自己的父亲。

"好了，好了，亲爱的，"他温柔地说。"别哭了。你会回去的，我勇敢的小姑娘。你会回去的。别哭了。"

她感到有什么东西在触弄她的头发，心中一动，模糊地意识到那可能是他的嘴唇。他那么温柔，那么令人无限地欣慰，她渴望永远待在他怀里。他用那么强壮的胳臂搂抱着她，她觉得什么也不用害怕了。

他从口袋里摸出一条手绢，替她擦掉脸上的泪水。

"来，乖乖地擤擤鼻子，"他用命令的口气说，眼里闪着一丝笑意，"告诉我该怎么办。我们得赶快行动了。"

她顺从地擤了擤鼻子，身上仍在哆嗦，他见她颤抖着嘴唇仰望着说不出话来，便索性自作主张了。

"威尔克斯太太已经分娩了？可不能随便动她呀！要让她坐这辆摇摇晃晃的货车颠簸二十几英里，太危险了。咱们最好让她跟米德太太一起留下来。"

"米德夫妇都不在家呢。我不能丢开她不管。"

"那很好。让她上车去。那个傻乎乎的小东西哪儿去了？"

"在楼上收拾箱子呢。"

"箱子？那车上什么箱子也不能放了。车厢很小，能装下你们几个人就不错了，并且轮子随时都可能掉。让她把屋里最小的那个羽绒床垫拿出来，搬到车上去。"

思嘉仍然紧紧依偎着。他紧紧抓住她的胳臂，他那浑身充溢着的活力似乎也流注到她身上。她想：要是我也像他这样冷静，什么也不在乎，那就好了！他扶着推着她走进过厅，可是她仍然站在那里可怜巴巴地望着他。他撇着下嘴唇嘲弄地说："难道这就是那个既不怕上帝也不怕人的女英雄吗？"

他突然哈哈大笑，同时放开了她的胳臂。她似乎被刺痛了似的，瞪大眼睛看着他，心里又恨起他来。

"我并不害怕。"她说。

"不，你是害怕的。再过一会儿你就要晕倒了，可我身边没有带嗅盐呢！"

她无可奈何地顿了顿脚，只好一声不响端起灯来，动身上楼去，他紧紧地跟在她后面，她还听见他在一路暗笑。这笑声促使他坚强起来。她走进韦德的育儿室，发现他抓住普里茜的胳臂坐在那里，衣服还没有穿好。普里茜抽噎着。

"来吧，"思嘉说着，向媚兰的门口走去，瑞德跟在后面，手里拿着帽子。

媚兰静静地躺在那里，被单一直盖到下巴底下。她的脸色惨白得可怕，但那两只深陷的带黑圈的眼睛却是安详的。她看见瑞德进来并不显得惊讶，倒似乎那完全是理所当然的事，她试着微微地笑了笑。

"我们要回家了，到塔拉去，"思嘉连忙说。"北方佬很快就要来了。瑞德准备带我们走。这是唯一的办法，媚兰。"这时瑞德来到床边。

"我会当心不让你难受的，"他悄悄地说，一面将被单卷起来裹着她的身子。"请试试能不能抱住我的头颈。"

媚兰试了试，但两只胳臂无力地垂下来了。他弯着腰，轻轻地把她托起来。她没有出声，但思嘉看见她咬紧嘴唇，脸色也更加惨白了。正朝门口走去，这时媚兰朝墙壁做了个无力的手势。

"要什么？"瑞德轻轻问道。

"请你，"媚兰像耳语似的，"查尔斯。"

思嘉明白了她的意思，有点不高兴了，她知道媚兰要的是查尔斯的照片，它挂在他的军刀和手枪下面。

"请你，"媚兰又耳语说，"那军刀。"

"唔，好的，"思嘉说。她又回去把那军刀和手枪连同皮带都取下。拿着这些东西还要抱着婴儿，同时又端着灯盏，实在是很狼狈。而媚兰，她一点不为自己濒临死亡和后面紧跟着北方佬而着急，却一心挂念查尔斯的遗物呢。

她取下相片时偶尔看了一眼查尔斯，她好奇地将照片端详了一会。这个男人曾经是她的丈夫，曾经跟她一起睡过几个晚上，让她生了个也像他那样有着温柔的褐色眼睛的孩子。可是她几乎不记得他了。

婴儿在她怀里挥动小小的拳头，像只小猫似的轻轻地叫着，她低头看着他。她这才意识到这是艾希礼的孩子，她突然希望他是她的婴儿，她和艾希礼的婴儿。

媚兰直挺挺地躺在马车的后座上，她旁边是韦德和毛巾裹着的婴儿。普里茜爬进来把婴儿抱在怀里。

车子很小，四周的挡板又很低。车轮向里歪着，好像一转就会掉的。思嘉朝那匹马瞥了一眼，心都凉了。那匹马又小又瘦，没精打采地站在那里，背上伤痕累累，连呼吸也显得病恹恹的。

"这可不是什么好马，是不是?"瑞德咧嘴笑笑。"不过，这是我能找到的最好的了。我会详详细细告诉你，我是从哪里和怎样把它偷来的，以及我怎样差一点吃了枪子儿。不为别的，单单出于对你的忠诚，我才在我事业上这个要紧的阶段当上了盗马贼——偷到了这样一匹宝贝马。好，让我扶你上车。"

瑞德将思嘉的身子一把抱起来，放到马车前座上。思嘉暗想，做一个像瑞德这样强壮的男人多好啊。她把宽大的裙子塞在大腿底下，端端正正坐好。如今有了端德在身边，她什么也不害怕，不论那火光，那爆炸声，乃至北方佬，都不怕了。

他爬上车来，坐在思嘉旁边的座位上，然后提起缰绳。

"啊，等等!"她惊叫道。"我忘记锁前面的大门了!"

他顿时哈哈大笑起来，一面抖动缰绳击打着马背。

"你笑什么？"

"笑你呀——你要把北方佬锁在大门外呢！"他说着，马已经慢悠悠地、很不情愿地向前走动了。

瑞德赶着那匹慢腾腾的马，摇摇晃晃地走上一条满是车辙的小道。他们头上是黑乎乎的树枝，两旁是在黑暗中隐隐约约的寂静的房屋。这条路又狭窄又阴暗，像条隧道似的。灼热的微风从市中心带来一片混乱的喧嚣、哭叫和军车滞缓的隆隆声响。瑞德抖着缰绳让马拐入另一条车道，这时又一声震耳欲聋的爆炸声传来。

瑞德突然从车上跳下去，回来时手里拿着一根小小的树枝，用它狠狠地向伤痕累累的马背上抽打。那可怜的畜生只得蹒跚地小跑起来，跑得非常吃力，气喘吁吁，马车也一路摇晃着，颠簸着，车里的人像爆玉米花似的来回晃荡。婴儿在放声啼哭，普里茜和韦德也因为在马车挡板上碰得鼻青脸肿而号啕大哭，可是媚兰一声不响。

他们驶近市区中心大街时，两旁的树木稀疏，高高的火焰呼啸而起，把街道和房屋卷入亮如白昼的熊熊火光中。

思嘉的牙齿在格格地打战，她在发冷，浑身哆嗦，连那几乎烧到脸上的大火也不起任何作用了。这是地狱，她已经陷在里面，要是她还能挪动自己的双腿，她就会跳下车尖叫着从原路奔回去，回到房子里去躲起来了。她畏缩地向瑞德靠得更紧，用发抖的双手抓住他的胳臂，仰望着他。他那黝黑的侧影被邪恶的红光映照得格外鲜明，就像古钱上的头像似的，那样美丽、残忍而带有颓废色彩。他在她的触摸下回过头来，眼里闪着烈火般吓人的光辉。在思嘉看来，他显得又快活又轻蔑，似乎对眼前的情景感到极大的乐趣似的，似乎他非常喜欢他们所面对的这个人间地狱。

"这儿，"他伸手摸摸皮带上的一支长筒手枪。"如果有人，不论什么人，只要他走到你身边来想抓这匹马，你就开枪把他毙了。不过，请千万不要一时激动把这宝贝马给打死了。"

"我——我也有一支手枪，"她小声说，一面抓住裙兜里的那件武器，但她相信，一旦死神来到面前，她会吓得不敢动的。

"你真有？哪儿来的？"

"是查尔斯的。"

"查尔斯？"

"是的，查尔斯——我的丈夫。"

"你难道真的有过丈夫吗，亲爱的？"他低声说，同时轻轻地笑着。

他要是认真一点就好了！

"那你说我怎么会有了孩子呢？"她恶狠狠地嚷道。

"唔，还有别的办法嘛，不一定要丈夫。"

"闭嘴，快点儿跑好不好？"

但是他突然勒住缰绳，因为已快到马里塔大街，马车在一家仓库旁边停住了。

"赶快啊！"这是她心里唯一的一句话。

"有大兵呢，"他说。

在两旁燃烧的建筑物当中，一队士兵沿马里塔大街走来，他们疲乏极了，步枪随便背在身上，低着头，已无力快跑。他们都穿得破破烂烂，许多人赤着脚，有的头上或胳臂上缠着肮脏的绷带。他们陆续走过，谁也不向两旁看一眼，默默无言，就像一队幽灵。

"仔细瞧瞧他们吧。"瑞德用嘲弄的口吻说，"这样你将来就能告诉你的孙子们，你见过这光荣事业的后卫军撤退时的情景。"

她顿时恨起他来，恨暂时超过了恐惧，她甚至觉得恐惧已是次要的和渺小的了。她明白他们的安全都要依靠他，并且只能依靠他。可是她恨他的嘲笑态度。她想已故的查尔斯和可能已不在人世的艾希礼，以及所有那些正在浅浅的坟塚里腐烂的快活英俊的青年。她说不出话来，恶狠狠地盯着他，眼睛里燃烧着憎恨和厌恶。

最后一名士兵走过来了，那是个小个儿，他的枪在地上拖着，他摇摇晃晃，那张肮脏的脸由于疲倦而麻木了，像个梦游人似的。看上去他至多只有十六岁。

她望着望着，那孩子的两个膝头便慢慢打弯，最后倒在尘土中了。后排有两个人一声不响地走出来，其中一人是个黑胡子的瘦高个儿，他把手中的枪连同孩子提起来扛到肩上。他跟在撤退的队伍后面缓缓地走着，可那孩子尽管虚弱，此时却尖叫起来："放下我，你这该死的家伙！放下我！我能走！"

那个长胡子毫不理睬，扛着他继续往前走，很快便消失了。

大大小小的火焰像旗帜般兴高采烈地蹿上天空。浓烟灼痛了思嘉的鼻孔。韦德和普里茜已开始咳嗽起来，连那小小的婴儿也在轻轻地打喷嚏。

"啊，我的上帝，瑞德！你发疯了？赶快走呀，赶快走呀！"

瑞德没有说话，只是拿那根树枝在马背上狠狠地抽了一下。

他们前面是一条火的隧道，两旁的建筑物在熊熊燃烧，他们闯进了这条隧道。一片比十几个太阳还要亮的火花使他们灼痛难忍，同时那巨大的呼啸声、爆裂声和倒塌声也震得他们头晕目眩，惶恐不安。他们觉得这火的激流中没有尽头似的，这时突然又进入那半明半暗的夜色里。

他们匆匆驶离大街，越过铁路，一路上瑞德始终在挥着鞭子。他的面容镇定而冷漠，似乎忘却了一切。他那宽阔的肩背向前弓着，下巴翘起来，灼热的火光使他满头满脸都是汗水。他们驶过一条又一条的小巷，然后又拐弯抹角地穿过一条条狭窄的街道，直到思嘉已完全辨不出方向，那呼啸的大火也在他们背后渐渐消失了。可瑞德仍旧一言不发，依旧有规律地挥着鞭子。

天空的红光此刻在渐渐消隐，道路已变得又黑又吓人。思嘉很希望他能说说话，不论说什么，嘲讽的、或侮辱性的、伤人自尊心的也好。可是他一句话也不说。

不论他说不说话，她都要感谢上帝，因为有他在就是最大的安慰了。她紧紧地靠着他，感觉到他那结实牢靠的臂膀，知道他在挡住那一切恐怖。

"唔，瑞德，"她抓住他的胳臂小声说，"要是没有你，我们会怎么样？"

他回过头来看了她一眼，这一眼可吓得她连忙松开他的胳臂往后退缩。他眼睛里完全没有嘲弄的神色，他的目光是赤裸裸的，充满了愤怒和惶惑。他撇了撇上嘴唇，随即回过头来。他们颠簸着行驶了好一会，除了有时婴儿哭叫和普里茜大声唏嘘之外，一路上都默无声息。思嘉对普里茜的哭声实在已忍无可忍。便狠狠地掐了她一把，她拼命尖叫了两声，吓得不再作声了。

最后瑞德赶着马向右转了两回，不久便来到一条较宽广平坦的大路上。这时房屋已经没有了，而连绵不绝的树木却如墙壁般在两旁隐约出现了。

"我们现在已经出城，走上去拉甫雷迪的大路了，"瑞德简单地说，一面把缰绳收紧。

"快，别再停了！"

"让这牲口歇一会儿吧。"瑞德回过头来对她说，接着又慢吞吞地问："思嘉，你仍然决定要干这种发疯的事吗？"

"什么事？"

"你还想回塔拉去吗？那是自杀行为。北方佬的军队正在你前面阻挡着呢。"

啊，我的上帝！在她经历了这可怕一天的种种艰险之后，居然他还想拒绝她的要求，不送她回家去。

"啊，是的，是的！求求你了，瑞德，让我们快点走吧。马并不累呢。"

"稍等一等。你们不能走这条大路到琼斯博罗去。你们不能沿铁路走。他们成天在南面拉甫雷迪一带激战呢。你知道还有旁的路好走吗？马车路或小路，无须经过拉甫雷迪或琼斯博罗。"

"唔，有的，"思嘉像得救般地喊道。"只要我们能够到达拉甫雷迪附近，我知道有条马车路可以绕开琼斯博罗大道若干英里过去的。我和爸经常走那里，那儿离塔拉只一英里。"

"那好，也许你们可以平安通过拉甫雷迪了。"

"我——我能通过？"

"是的，你。"他的口气很干脆。

"可是，瑞德——你——难道你不送我们了？"

"不。我要在这里跟你们分手了。"

她惊慌失措地看看周围，看看身后那黑暗的天空，看看左右两旁茂密阴暗的树木，看看马车后座上吓呆了的人影——最后才回过头来凝望着他。难道她发疯了？难道她听不明白？

他这时咧嘴笑了。她在朦胧中看得见他那雪白的牙齿和隐藏在他眼光背后的嘲弄意味。

"跟我们分手？你——你到哪儿去呀？"

"我嘛，亲爱的，我到军队里去。"

她放心而又厌烦地叹了一声。他干吗偏偏在这个时候开玩笑呀？哼，瑞德到军队里去！

"啊，你把我吓死了，我恨不得把你掐死呢！咱们快走吧。"

"亲爱的，我可不是开玩笑。思嘉，你居然不理解我勇于牺牲的精神，这叫我太难过了。你的爱国心，你对于我们的光荣事业的忠诚，都到哪里去了呢？你快说呀，我可没有时间在赴前线参加战斗之前发表激昂慷慨的演说了。"

他那慢吞吞的声调，在她听来是带讽刺的。他是在讥笑她，甚至她觉得也是在讥笑他自己。他究竟在说些什么呢？在这条黑咕隆咚的路上，她身边带着一个濒死的女人、一个新生的婴儿、一个愚蠢的黑人小丫头和一个吓坏了的孩子，这时候，他居然如此轻松地提出要离开她，让她独自带他们从这天大的风险中穿过去，这简直是令人难以置信的事！

曾经有一次，她六岁的时候，从树上摔下来，脸朝下直挺挺地跌在地上。她至今还记得当时的感觉，现在她瞧着瑞德，内心的感受同当时完全一样：呼吸停止，不省人事，恶心。

"瑞德，你是在说着玩的！"

她拽住他的胳臂，眼泪簌簌地落下来。他把她的手举到唇边轻轻地亲了亲。

"自私透了，难道你不是这样吗，亲爱的？只顾你自己的宝贵生命，便不管联盟的生死存亡了。试想，如果我在最后时刻出现，咱们的部队会受到多大的鼓舞啊！"他说着，声音中带有一种不怀好意的亲切感。

"啊，瑞德，"她哭着说，"你怎么能这样对待我呢？你干吗要丢开我呀？"

"怎么，"他快活地笑道。"也许就因为我们所有南方人身上那种叛逆心理在作怪吧。也许——也许因为我觉得惭愧了。谁知道呢？"

"惭愧？你迟早会羞愧而死。把我们丢在这里，无依无靠——"

"亲爱的思嘉！你并不是无依无靠呀。每一个像你这样自私而坚决的人是决不会无依无靠的。北方佬要是能抓到你，那才是上帝保佑他们呢。"

她惊慌失措地望着他，只见他突然跳下马车。

"你下来吧，"他吩咐她。

她瞪大眼睛瞧着他。他鲁莽地伸出双臂，把她拦腰抱出来扔在地上。接着他又紧紧拽住把她拖到了离马车好几步的地方。

"我不想要求你了解或宽恕。我也毫不在乎你会怎样，因为我自己永远不会了解或宽恕我自己做这种傻事的。我深恨自己身上还残留着这么多不切实际的空想。没关系，反正我要上前线去了。"他忽然大笑起来，笑得那么响亮，那么放肆，连黑暗的树林里都发出了回响。

"'我要不是更爱荣誉，亲爱的，我不会这样爱你，'这话很恰当，不是吗？它太恰当了。因为我就是爱你，思嘉，不管以前我说过什么。"

他那慢悠悠的声音是温柔的，他的手，那双温暖而强有力的手，向上抚摩着她裸露的臂膀。"我爱你，思嘉，因为我们两人那样相像，我们都是叛教者，亲爱的，都是自私自利的无赖。要是整个世界都归于毁灭，我们都会不在乎的，只要我们自己安全舒适就行了。"

他在黑暗中继续说下去，她也听见了，可是根本没有听懂。

后来他用双臂搂住她的肩膀和腰肢，她感到他大腿坚实的肌肉紧贴在她身上，他的纽扣几乎压进了她的胸脯。一股令人迷惘和惊恐的热潮传遍了全身，把她的意识一下子全卷走了。她感觉自己像个布娃娃似的瘫软而温顺，娇弱而无所依靠，而他那搂抱的双臂又多么令人惬意啊！

"没有什么能像危险和死亡那样给人以刺激了。来一点爱国精神吧，思嘉。试想，如果你用美好的记忆送一名士兵去牺牲，那会怎么样啊！"

这时他在吻她，他的髭须扎着她的嘴，他用迟钝而灼热的嘴唇吻着，那么不慌不忙，似乎眼前还有一整天时间似的。查尔斯从来没有这样吻过她。那些热爱她的小伙子的吻，也从来不像这样叫她浑身颤抖。他将她的身子压向后面仰靠着，他的嘴唇从她喉颈上往下移动，直到那个浮雕宝石锁着她胸衣的地方。

"亲爱的，亲爱的，"他低声唤着。

她从黑暗中朦胧地瞥见那辆马车，接着又听见韦德刺耳的尖叫声。

"妈，韦德害怕！"

冷静的理智猛地回到她恍惚的心里，她一下子想起来了，她自己也吓住了，因为瑞德要抛弃她，抛弃她，这该死的流氓！尤其可恶的是，他居然如此下流，站在大路上提出无耻的要求来侮辱她。愤怒和憎恨在她心头涌起，使她的脊梁挺起来，她用力一扭挣脱出来。

"啊，你这流氓！"她喊着，一面心急如火，想找出更恶毒的话来骂他，"你这下流坯，卑鄙肮脏的臭东西！"她把手抽回来，使出浑身的力气在他脸上打了一巴掌。他向后倒退一步，忙用手抚摸自己的面孔。

"哎，"他平静地哼了一声，然后两人面对面地在黑暗中呆立着。她听得见他粗重的呼吸声，

"是的！大家说对了！你不是个上等人！"

"我亲爱的姑娘，"他说，"这多不合适啊。"

她知道他又在笑了，这刺痛了她。

"走吧！现在就走！你赶快走。我永远不要再见到你了。我希望一发炮弹正好落到你身上。我希望炮弹把你炸个粉碎。我——"

"不用说了。我已经明白了你的意思。等到我作为牺牲品摆在国家的祭坛上时，我希望你的良心会使你感到内疚。"

他听见他笑着走开了，便回到马车旁边来。她看见他站在那里跟媚兰说话，声音变了，变得那么谦和、恭谨。

"威尔克斯太太吗？"

普里茜惊恐地回答。

"我的上帝，原来是巴特勒船长呢！媚兰小姐早就晕过去了。"

"她还没死吧？还在出气吗？"

"是的，先生，她还有气。"

"那么，她晕过去了也许还好些。要是她清醒着，我倒担心她经受不了这许多痛苦呢。好好照顾她吧，普里茜。这张钞票给你。可千万不要变得愈来愈傻呀！"

"是的，先生。谢谢先生。"

"再见，思嘉。"

思嘉知道他已转过身来面对着她，可是她不吭声。她恨透他了，一时说不出话来。然后他就走了，她能听见他的脚步声，但不久便渐渐消失了。她慢慢回到马车旁，两个膝头在不停地哆嗦。

他怎么会走了呢，怎么会走进黑暗，走入战争，走向一桩业已失败的事业，走进那个疯狂的世界去呢？他怎么会走啊，瑞德，这个沉湎于女人美酒，只知吃喝享乐，追求时髦服饰，而又厌恶南方和嘲骂打仗的人，怎么会走呀？如今他那双锃亮的马靴踏上了苦难的道路，那儿只有饥饿、疲惫、行军、苦战、创伤、悲痛，像无数嗥叫的恶狼在等着他，最后的结局就是死亡。他是没有必要去的。他安全、富裕、舒适。然而他去了，把她孤零零地抛弃在这漆黑的夜里。

她把头靠在马的弯脖子上，放声痛哭起来。

第二十四章

清早，灿烂的阳光使思嘉从睡梦中醒了。太阳照得她睁不开眼，她身下的硬木板硌着腰背，又酸又疼，两条腿上还压着个什么东西，沉重得动弹不了。她勉强抬起上半身，原来是韦德把头枕在她的膝盖上。媚兰的两只脚几乎伸到她鼻尖上了，普里茜则睡在车座底下，像只猫似的蜷伏着，婴儿夹在她和韦德中间。

慢慢地她才又记起了一切。瑞德的脚步声消失后那段噩梦般的旅程，那漫漫长夜，他们在那条满是车辙和鹅卵石的黑暗道路上颠簸着，马车不时滑进路两旁的深沟，然后她和普里茜疯狂地把马车推出深沟，等等。她不寒而栗地记起，自己好几次把那匹倔强的马赶进了田里和林中，因为她听见士兵们走近了，她生怕一声咳嗽、一个喷嚏，或者韦德的一个嗝儿，会暴露自己，把他们引过来。啊，多可怕的时刻呀！

最后，他们终于到了拉甫雷迪附近，她看见远远的有堆营火在闪闪发光，她兜了个一英里的弯儿绕过一片耕地，直到背后那些营火看不见为止。可是接着她就在黑暗中迷路了，怎么也找不着她本来无比熟悉的那条马车道，便着急地哭起来。后来总算找到了，可那匹马却跪倒在地上一动不动，不管她和普里茜怎样拉呀拽呀，就是站不起来了。

这样，她只得把马卸下，浑身疲乏地爬进车的后部，伸着两条酸痛的腿躺了下来。她似乎记得在蒙眬入睡之前听见媚兰那么微弱，似乎很抱歉似地在那里恳求："思嘉，请你给一点点水，好吗？"

她当时说过："没有水了，"可是话音未落她就睡着了。

现在已是早晨，世界显得清静而肃穆，周围是一片碧绿，洒满灿烂的阳光。她觉得又饿又渴，浑身酸痛，而且满心狐疑：她思嘉·奥哈拉，生来只能在亚麻布床单和羽绒床垫上才能睡觉的，怎么居然像个大田劳工那样在硬木板上就睡着了呢。

她眨着眼睛，偶尔瞥见了媚兰，顿时吓得喘不上气来。媚兰躺在那里，无声无息，脸色惨白，她准是死了。她看起来像个死人，像个死了的老妇人，一张受尽了折磨的脸，披散着几绺蓬乱纠结的黑发。接着，思嘉发现她那微弱的隐隐起伏的呼吸，知道媚兰竟活了过来，这才放心了。

思嘉用手遮着眼睛向周围看了看。

"怎么，这是马罗里村呀！"她想，高兴得一阵心跳，因为可以找到朋友和帮手了。

可是农场上是一片死一般的寂静。她向房子望去，但没有看到她所熟悉的那幢古老的装有白色护墙板的住宅，只有一长条焦黑的花岗岩石和两个高高伸入树林枯叶中的熏黑了的砖砌烟囱。

她倒吸了口气，不由得打了个寒噤。塔拉会不会也是这副模样，只剩下一片废墟，像死一般沉寂呢？

"我现在不要去想这些，"她急急忙忙告诉自己。"我现在不能让自己去想。"不过，也由不得她自己，她的那颗心猛烈地跳动起来，一声声像轰雷似的："回家去！赶快！回家去！赶快！"

她们必须立即动身回家去。但是她们还得首先找些吃的和喝的，尤其是水。她把普里茜踢醒。普里茜转动着两只眼睛向四下里看了看。

"天晓得，思嘉小姐，俺还以为再也不会醒来了！"

思嘉试着把自己的一头乱发向后掠掠。她的脸是湿的，身上也满是汗水。

她觉得自己又脏又乱，黏黏糊糊，已经发臭了。她的衣服因为穿在身上睡觉，皱巴巴的，乱成一团。她这辈子还从没感到这样浑身疲倦和酸痛过，浑身上下似乎不是她自己的，昨晚的过度劳累还在折磨她，动弹一下就针刺般的剧痛。

她低下头看看媚兰，发现她的黑眼睛已经睁开。这双眼睛发出不正常的火亮的光，下面各有一道弯曲的黑影。她张着干裂的嘴唇小声央求说："水。"

"快起来，普里茜，"思嘉命令说，"我们到井边去打点水来。"

"可是，思嘉小姐，那里一定有鬼。说不定有人死在那里呢。"

"你不去，我就打死你！"思嘉威胁着说，一面跛着脚从马车上爬下来，她实在没心思争辩了。

这时她想起了那匹马。天知道，也许它已经在夜里死掉了！昨晚马就像快死了。她赶忙绕到马车那边去，看见马侧身躺在那里。如果马真死了，她要诅咒上帝，然后自己也死掉算了。《圣经》上就有人这样做过，诅咒上帝，然后死掉。她很能体会那人当时的心情。不过，马还活着——还在沉重地呼吸！它半闭着眼，但还活着。好吧，只要给点水喝，一定也会缓过来。

　　普里茜很不情愿地从马车上爬下来，一路嘟哝，跟着思嘉胆怯地向那条林荫道走去。她们找到了水井，挂着的吊桶深深垂在井中。思嘉和普里茜一齐动手，用力把绳子往上绞，等到那桶清凉的水出现在眼前时，思嘉禁不住低下头攀着桶咕嘟咕嘟畅饮起来，泼得满身都湿了。

　　她喝个没完，旁边的普里茜等急了："够了，思嘉小姐，俺也渴着呢，"她这才想起别人也要喝。

　　"把绳子解开，把吊桶提到马车上去，让大家都喝一点。剩下的留给马喝。难道你不想想媚兰小姐该奶孩子了？他会饿坏的。"

　　"可是，思嘉小姐，媚兰小姐没有奶——看来以后也不会有呢。"

　　"你怎么知道？"

　　"像这样的人，俺见的多了。"

　　"别再给我装什么内行了。昨天生孩子的事，你才懂得多呢！现在赶快走吧。我要想法弄点吃的去。"

　　思嘉找来找去一无所获，后来才在果园里拾到一些苹果。在这以前已有士兵到过那里，树上什么也不剩了；她在地上捡到的那些也大半是烂了的。她把最好的几个装满裙兜，一路走回来，有些小石子钻进她的便鞋里。她昨天晚上怎么没想起换上一双硬些的鞋呢？怎么没有带上些吃的东西呢！简直像个傻瓜！不过，当然喽，她原以为瑞德会照顾她们的。

　　瑞德！她往地上啐了口唾沫。她多么恨他！他的为人多可鄙！可是她竟站在路上让他吻——还几乎很高兴呢！昨晚她简直是疯了。他这人多么卑劣呀！

　　她回来后，把苹果分给大家，剩下的扔到车子后边。那匹马现在已经站起来了，可是它虽然饮了些水也没好多少。在阳光下看来，它更显得糟了：两肋瘦得像搓衣板；至于脊背，那就只是一大片斑斑点点的伤痕罢了。思嘉套车时吓得不敢碰它。当她把嚼口塞进马嘴里，才发现原来马根本没牙了。

都老掉牙了。

她爬上赶车的座位，用山胡桃树枝往马背上轻轻抽了一下。马喘息一声向前挪动了，可是它走得那么慢。啊，要是没有媚兰、韦德、普里茜和那个婴儿拖累她，那多好啊！她会很快跑回家去！真的，她宁愿一步步跑回去，一步一步愈来愈接近塔拉，接近母亲呀！

他们距离塔拉可能不过十五英里了，但是以这匹老马的速度，就还得花一整天，因为她不得不时常停下来让它休息。一整天啊！她还得过许多小时才能知道，究竟塔拉是不是安然无恙，母亲是不是还健在。还得过许多小时，她才能结束这9月骄阳下的痛苦旅程。

思嘉回过头去看看媚兰，她在阳光下闭着疲惫的眼睛躺在那里。思嘉扯开帽带，把自己的帽子扔给普里茜。

"把帽子盖到她脸上。"

她有生以来还从没有不戴帽子在太阳下待过，也从没有不戴手套用她那双胖乎乎的又白又嫩的小手拿过缰绳。可现在她却暴露在烈日下，赶着这辆由一匹又老又病的马拉着的破车，浑身肮脏汗臭，饿得发晕。短短几个星期以前，她还是那么安全舒适！那时候每个人都以为亚特兰大万无一失，佐治亚决不会被敌人入侵——这似乎就是昨天的事！然而，四个月前西北方出现的那一小片乌云，居然很快酿成一场风暴，接着又成为呼啸的飓风，把她的整个世界都卷走了。

塔拉会安然无恙吗？或者塔拉也已经随风飘逝，随着那场席卷佐治亚的飓风烟消云散了吗？

空气像死一般沉闷、寂静，那种不祥的宁静在思嘉心中引起了巨大的恐惧。那天他们经过的每一幢弹痕累累、空无人烟的房子，每一个竖立在废墟上的干瘦的烟囱，都使她愈来愈害怕了。从头天夜里以来，他们还没遇见过一个活人或一只活的动物。只有这匹马疲惫不堪的蹄声和媚兰的新生儿嘤嘤的啼哭，打破了周围的沉寂。

乡村似乎躺在某种可怖的魔法之下。思嘉不寒而栗地暗想，它像一位母亲的熟悉可爱的面孔，曾经那么美丽，可是终于在经历了死亡的痛苦之后宁静下来了。她觉得那熟悉的林地里一定飘荡着无数鬼魂。在琼斯博罗战役中死了成千上万的人呢！他们就在这阴森森的树林里，在傍晚斜阳中，不论朋友和仇敌，都用沾满鲜血和红土的眼睛，用呆滞而可怕目光，窥视着破马车里的她呢！

"母亲！母亲！"她小声呼唤着。要是她能安全到达爱伦身边，那就好了！要是上帝保佑，塔拉还安然无恙，她能够看见母亲那张慈祥亲切的面孔，能够再一次抚摩到那双柔软、能干、驱除一切恐怖的手，那就好了！母亲会明白该怎么办的。她不会让媚兰和她的新生儿死掉。她会平静地说："别响，别响。"可是母亲病了，也许快死了呢！

她只要能回到塔拉和爱伦的温柔怀抱里就好了。那时她可以立即卸下肩头上的重负，那远不是她那年轻的肩膀所能胜任的沉重负担——那个濒死的妇人，那个迅速衰弱的婴儿，饥饿的小男孩，以及那个吓坏了的黑人，他们全都在向她索求力量，全都从她挺直的脊背上看到勇气，可这勇气是她并不具备的，这力量也早已用尽了！

那匹精疲力竭的老马已经对鞭子和缰绳毫无反应了，它只不过拖着四条腿在蹒跚地行走。不过，到暮色降临时，他们终于进入了最后一段路程。这里离塔拉只有一英里了。

那道山梅花篱笆的阴影在前面隐约出现。再往前一点，思嘉在一条林荫道前收紧了缰绳，这条林荫道通往老安格斯·麦金托什的住宅。可那里是一片黑暗，她看见两个高高的烟囱沉默地俯视着业已塌毁的二楼，几扇没有灯光的窗户像瞎了的眼睛嵌在墙壁上。

"喂!"她使出全身力气喊道。"喂!"

普里茜害怕极了,紧紧抓住她不放。

"别喊了,思嘉小姐!求求你,别再喊了!"她低声说着,嗓子在颤抖。"谁知道会喊出什么来呀。"

"我的上帝!"思嘉心里想,不由得浑身打了个寒噤。"我的上帝!她这话说得对呢。从那里是什么都可能引出来的!"

她抖了抖缰绳,马又继续往前走了。这情景使她最后残余的一线希望也化为泡影了。那房子已被烧毁,沦为一片废墟,杳无人迹,和任何一个农庄一模一样。塔拉就在半英里之外,在这同一条大路的路边,也是军队经过的地方。塔拉一定被毁掉了!她只能找到烧黑了的砖头,爱伦和杰拉尔德都不见了,几个姑娘不见了,嬷嬷不见了,黑人们不见了,天知道他们都到哪儿去了。那里只有一片死寂,笼罩一切。

她干吗这么傻,这么违背常情,居然拖着媚兰和她的孩子,跑回来了呢?他们还不如死在亚特兰大,何必吃着苦、担惊受怕地坐着破马车整日颠簸,跑到荒凉的塔拉废墟来送死呢?

但是,艾希礼把媚兰留给她照顾了。"请照顾她吧。"啊,那美好而伤心的一天,当时,在永远离去之前,他曾和她吻别呢!"你会照顾她,是吗?请答应我!"结果她答应了。她干吗要承担这一项诺言,这样一项由于艾希礼死了而具有更强束缚力的诺言啊?此刻,她即使已疲惫极了,但仍然恨媚兰,恨那个婴儿像小猫似的声音,那声音愈来愈微弱了。不过她已经许下诺言,并且他们已属于她,就像韦德和普里茜那样属于她,所以,只要她还剩下一点点力气,还有一口气,她就得为他们挣扎、奋斗。她本来可以把他们留在亚特兰大,把媚兰塞进医院,再也不去管了。可是如果是那样,不论今生来世,她都永远不敢去见艾希礼,不敢告诉他她把他的妻儿丢在陌生人中间,让他们死去了。

啊，艾希礼！今天晚上，当我携带着你的妻儿在阴森森的大路上奔波时，你自己在哪里呢？还活着吗？你在罗克艾兰监狱里躺下时还会想起我吗？或者出天花死去已经好几个月了，如今正不知在什么地方的坟坑里腐烂？

思嘉紧张的神经几乎一下崩裂了，因为她听见附近灌木丛中突然冒出的一个声音。普里茜尖叫着，猛地扑倒在马车的底板上，把婴儿压在下面。媚兰无力地挪了挪身子，双手在寻找婴儿，韦德则用手捂着眼睛浑身哆嗦，但吓得哭不出声来了。一会儿，他们旁边那丛灌木哗啦啦地分开了，接着是一声低沉而凄楚的哞叫。

"原来是头母牛，"思嘉松了口气。"别傻了，普里茜。看你把婴儿给压坏了，媚兰和韦德都吓得不行了！"

"那是个鬼呢！"普里茜呻吟着说，扭动着身子不肯起来。

思嘉只得转过身，举起那根作马鞭用的树枝狠狠在普里茜背上抽了一下。她实在太累太虚弱，并且担惊受怕得够了，所以容忍不了别人身上更多脆弱的表现。

"坐起来，你这笨蛋，"她说，"省得我把鞭子抽断了。"

普里茜哭叫着抬起头来，朝外看了看，看见真是一头母牛，一头红白花的大母牛，这时母牛又张开嘴"哞——"地叫了一声，似乎有什么苦处似的。

"这牛是受伤了吧，叫声不太正常呢。"

"俺看这叫声像是奶袋发胀了，母牛急着要人给挤奶呢，"普里茜说，她这时已平静些了。"说不定是麦金托什先生家的，黑鬼们把牛赶进了树林，北方佬才没有把牛抓了去。"

"我们把它带走，"思嘉立即决定。"这样我们就有牛奶给婴儿吃了。"

"怎么带得走它呢，思嘉小姐？咱们可不能带头母牛走呀。母牛要是很久没挤奶了，就很不好办。那奶袋快胀破了。怪不得它这样叫唤呢。"

"你既然这么在行，那就把你的衬裙脱下，撕成布条，把它拴在马车后面。"

"思嘉小姐，你知道俺没什么裙子，后来有了一条，可俺不能白白拿来用在牛身上呀。俺也从没跟母牛打过交道。俺见了母牛都害怕呢。"

思嘉撂下手里的缰绳，把自己的裙子提起来。底下那镶花边的衬裙又亮丽又完整，那是她唯一的一条了。她解开腰带，把衬裙脱下来。这花边和亚麻布是瑞德用他通过封锁线的最后一艘船从纳索给她带来的。现在她断然抓住裙边狠狠地撕扯着，把它放到嘴里使劲咬着，直到它终于绽裂，随即哗的一声撕开了。她一次又一次咬呀，撕呀，结果衬裙变成了一堆布条摆在眼前。她把布条一条条联结起来，直累得起泡的手指流出血来，颤抖不已。

"把这布绳系在牛角上。"她吩咐普里茜。可是普里茜不干。

"俺怕牛，思嘉小姐。俺从来没跟牛打过交道。俺不是那种干场院活的黑仆。俺只干家务活呢。"

"你是个傻子。我爸干的最大一件错事就是把你给买来了，"思嘉慢吞吞地说，她实在太累，已经没有力气生气了。"不过，只要我这胳臂还能动弹，我就要拿这鞭子狠狠抽你。"

普里茜惶恐地转动着两只眼珠，先瞧瞧女主人板着的面孔，又看看那头母牛。比较起来，思嘉并不是更可怕的，所以普里茜抓住车上的挡板，待在那里一动不动。

思嘉挪动着两条发僵的腿从座位上爬下来，每个动作都使她肌肉胀痛。其实普里茜并不是这里唯一怕牛的人。思嘉也一直害怕牛，连最温驯的母牛她也害怕。不过，如今有那么多更可怕的事物摆在她面前，她就不能再屈服于这个小小的危险了。幸好这母牛还是温和的，它在痛苦中到处寻找人类来帮助它，因此当她把绳子系在牛角上时，牛也没有做出任何威胁的姿态。她把布绳的另一端系在马车背后。凭她那几个破指头所有的劲儿拉了拉，觉得牢靠了才松了手。这时，突然一阵难以抵御的疲惫涌上心来，她头晕眼花，天旋地转，只好双手用力抓住车厢板站住，才没有倒下。

媚兰睁开眼睛，看见思嘉站在她身旁，便低声说："亲爱的——我们到家了吗？"

家！思嘉一听家这个字眼便热泪盈眶了。家吗？媚兰还不明白已经没有什么家了，她们正无依无靠地飘落在一个狂暴而荒凉的世界上啊！

"还没有呢？"她用发紧的嗓子尽量温和地回答说。"不过很快了。我刚才找到一头母牛，我们很快就有牛奶给你和婴儿喝了。"

"可怜的小家伙，"媚兰低声说，一面无力地伸手去摸孩子，可是还没摸到手就瘫落了。

要爬回到座位上去，那是需要浑身力气的，不过她终于做到了，并且拿起了缰绳。可这时那匹马耷拉脑袋站在那里，拒不动身。思嘉无情地用鞭子抽它。她求上帝饶恕她抽打一只已经累坏了的牲畜。如果上帝并不饶恕，那她只好深感遗憾了。毕竟塔拉已经就在眼前。

马终于慢吞吞地挪动了四蹄，车轮吱吱嘎嘎地滚动，母牛跟在后面一步一声哀叫。这畜牲痛苦的叫声使思嘉神经像针刺般难受，她想停下来把牛放开。要是在塔拉已经空无人迹，那么这头母牛还有什么用呢？她不会挤奶。不过，她既然有了这头牛，她就要养着它。如今在这世界上她没有旁的东西了。

他们终于到了一个斜坡脚下，这时思嘉感情激动，眼睛也模糊起来，越过这个斜坡就是塔拉了！可随即她的心又往下沉——这匹跛脚老马怎么爬得上去呀！以前总觉得这山坡又小又平缓，她经常跨着她的快脚母马飞驰而上，毫不费力。想不到，今天竟会显得这么陡峻了。无疑这老马破车，负载又重，是怎么也不上去的。

她疲惫地下了车，拉住马的缰辔。

"下来，普里茜，"她命令道，"带着韦德，抱着或是让他自己走都行。将婴儿放在媚兰小姐身旁。"

韦德吓得又哭又嚷："黑——黑——韦德害怕！"

"思嘉小姐，俺不能走。俺脚起泡了，俺的鞋也坏了。韦德和俺并不太重呢——"

"下来！赶快下来，省得我来拖你！否则就把你丢在这儿，让你一个人在这里。快！"

普里茜悲叹着，不过她还是把婴儿放到媚兰身旁，然后自己爬下车，再踮着脚尖把韦德抱出来。这孩子哭着，畏缩地紧偎着自己的保姆。

"叫他别哭了，我受不了！"思嘉说着，抓住马缰辔，拖着马一步步往前走。"要像个小伙子，韦德，不要再哭了。要不，我就抽你。"

上帝干吗要叫人生孩子呢？她胡乱想着，一面在黑暗的路上拼命向前挣扎——他们一点用也没有，只会哭哭啼啼，讨厌极了，还要你照管，常常拖累你。这时韦德在普里茜身边，拽着她的手，抽着鼻子，自己啪哒啪哒地走着，但思嘉早已筋疲力尽，实在没有怜悯这个受惊孩子的心肠了。她只觉得厌倦——居然生下他来！她又觉得迷惑不解——怎么会跟查尔斯·汉密尔顿结婚的呢？

"思嘉小姐，"普里茜抓住女主人的胳臂小声说，"咱们可别到塔拉去呀。他们不在那里，他们全都走了。说不定他们死了——俺妈她和所有的人。"

实际上思嘉自己也是这么想的，所以普里茜的话大大激怒了她，她立即甩脱普里茜抓住她胳臂的那只手。

"那么，把韦德的手给我吧。你在这儿待着，别动了。"

"不行，小姐，不行呀！"

"那就闭住你的嘴！"

可这马走得多慢啊！她心头不觉响起她曾经跟瑞德一起唱过的那句歌词

——但其余的记不起了：

只要再过几天，就能把这副重担卸掉——

"只要再走几步，"她在脑子里一遍又一遍地哼着，"只要再走几步，就能把这副重担卸掉。"

后来，他们总算爬到了坡顶，塔拉的橡树就在眼前了，思嘉赶紧朝前望去，看有没有什么灯光，可是没有。

"他们都走了！"她心里想，胸口像压着冰冷的铅块。"走了！"

她们驶上车道，这时头顶上茂盛的橡树把他们荫蔽在一片漆黑中了。思嘉眯细眼睛仰望着这条黑暗的隧道，看见前面——啊，真的看见了？——啊，前面是塔拉农场的白砖房，虽然模模糊糊看不清楚。家！家！那些可爱的白色墙壁，那些飘着帘帷的窗户，那些宽敞的走廊——它们全都在她前面那一片朦胧之中吗？

林荫道好像有好几英里长，而她使劲地拖着的那匹马却愈来愈慢了。她瞪着眼睛在黑暗中搜索，屋顶好像还很完整呢。这可能吗——这可能吗——？不！这不可能。战争是毫不留情的，战争不可能放过塔拉的。

接着，朦胧的轮廓渐渐清晰了。那些白色墙壁真的从黑暗中露出来了，并且没有被烟火熏黑呢。塔拉逃过来了！家呀！她抛开缰辔，放脚跑了这最后几步。接着她看见了一个人影，看不太清楚，在黑暗中隐约出现，站在台阶顶上。塔拉并不是荒无人烟呢。还有人在家里啊！

她正要喊，要欢呼，可是却咽在喉咙里了。房子黑沉沉的，毫无声响，并且那个人影也呆呆地不动。这是怎么回事？塔拉完整无缺，可周围同样是可怖的寂静。这时那人影开始移动了，它僵硬地缓缓走下台阶。

"是爸？"她沙哑地低声喊道，可几乎还在怀疑究竟是不是他。"是我

——凯蒂·思嘉。我回来了!"

杰拉尔德向她走来,像个梦游人似的一言不发,拖着他那条僵直的腿。他走近了,用恐惧的神态看着她,似乎不相信眼前的一切。接着他伸出手来,搭在她的肩上。思嘉感到他的手在哆嗦,似乎他刚做了一个噩梦,还没有完全醒来。

"女儿,"他好不容易才叫出声来。"女儿。"

他随即又沉默了。

他已成了个老人了!思嘉心里想。

杰拉尔德的两肩耷拉着。脸上已没有活力;那双注视着她的眼睛里带着那种吓呆了的神情。他已经变成个小老头儿,并且很衰弱了。

如今,一种无名的恐惧抓住了她,她站在那里,瞪着眼睛朝他看着。所有的疑问像潮水般涌来,可是在她嘴边被堵住了。

从车里又传来微弱的啼哭声,杰拉尔德似乎在竭力让自己清醒。

"那是媚兰和她的婴儿,"思嘉赶紧小声说,"她病得很厉害——我把她带回家来了。"

杰拉尔德把他的手从她臂膀上放下来,挺了挺肩膀。他慢慢向马车边走去,那姿态使人突然地记起过去欢迎客人的塔拉农场主,似乎杰拉尔德是在模糊的记忆中说话似的。

"媚兰姑娘!"

媚兰含糊不清地咕哝着。

"媚兰姑娘,这就是你的家啦。'十二橡树'村已经给烧了。你得跟我们住在一起了。"

这时思嘉想起媚兰受了很久的折磨,得赶紧把媚兰和她的孩子安置在一张柔软的床上。

"得叫人把她抬出来。她不能走呢。"

世界传世藏书

世界十大名著

·飘·

图文珍藏版

一阵慌乱的脚步声伴着一个黑影钻了出来。波克跑下台阶。

"思嘉小姐！思嘉小姐！"他一路喊叫着。

思嘉抓住他的两臂。波克，塔拉的台柱子，那么宝贵呀！她感觉到他的眼泪簌簌地落在她手上，他一面笨拙地拍着她，大声说："真高兴，你回来了！真——"

普里茜也放声大哭，断断续续地咕哝着："波克！波克，亲爱的！"还有小韦德，他鼓起勇气来了，抽着鼻子嚷道："韦德渴啦！"

思嘉把他们都抓在手里，听她使唤。

"媚兰小姐在车里，她的婴儿也在里面。波克，你把她非常小心地抬上楼去，安排在后面客房里。普里茜，你把婴儿和韦德带进屋去，给韦德一点水喝。嬷嬷在不在，波克？告诉她，请她来一下。"

波克听了思嘉这种命令的口气，赶紧走到马车边。他把媚兰半抱半拖地搬出来，媚兰忍不住呻吟了几声。随即波克用强大的两臂把她抱起来，她像孩子似的将头搁在他的肩上。普里茜一手抱着婴儿，一手牵着韦德，走进黑暗的穿堂去了。

思嘉迫不及待地用几个流血的手指摸索父亲的手。

"她们都好些了吗，爸？"

"两个女孩子好起来了。"

接着是沉默，在这沉默中可怕几乎要将思嘉吞噬了。杰拉尔德终于开了口。

"你母亲——"他刚要说下去又停顿了。

"唔——母亲？"

"你母亲昨天故去了。"

思嘉紧紧抱住父亲的胳臂，摸索着走过黑暗的穿堂，那里一片漆黑，但却像她自己的心一样熟悉。她觉得自己是在本能的驱使下向后面那间小小的房间走去，那是爱伦常常坐着不停地记账的地方。无疑，她一走进那个房间，便会发现母亲仍坐在写字台前，她又会抬起头来，手里握着笔，带着幽雅的香气和窸窣的裙圈起身迎接她这疲乏的女儿。爱伦不可能已经死了，即使爸这样说过，说无数遍。

奇怪的是她现在居然毫无感觉，一种沉重的铁链般锁住她的四肢的疲惫和使她哆嗦不停的饥饿之外，什么感觉也没有了。她过一会儿再去想母亲吧。

波克从宽阔黑暗的楼梯上走下来迎接他们。

"灯呢？"她问。"为什么屋里这么黑，波克？拿蜡烛来。"

"思嘉小姐，所有的蜡烛都被拿走了，只剩下一支，咱们用来在夜里找东西的，也快用完了。嬷嬷晚上看护卡琳小姐和苏伦小姐，是拿根破布条放在一碟子油里点着呢。"

"把剩下的那点蜡烛拿来吧，"她命令他。"拿到母亲房里。"

波克连忙跑到饭厅去，思嘉摸索着进了那间漆黑的小屋，在沙发上坐下。这时父亲的胳臂仍然挽在她的臂弯里，显得那么无可奈何，那么可怜温顺，这种神态只有幼童和很衰弱的老人才会有的。

"他老了，并且很疲乏了。"她又一次想起，而且暗暗责备自己怎么就没能多关心他一点呢。

波克高高地端着半截的蜡烛进来了，房间里顿时亮堂起来，也恢复了生机。屋里的一切——所有这一切，全都是老样子，只有爱伦不在了。爱伦，连同她那香囊的隐约香味和眼梢微翘的美妙顾盼，现在都不见了。思嘉感到内心隐隐作痛，现在她决不能让这痛苦滋长，她还有大半辈子要活，到时候叫它尽量去痛吧。可现在不行！求求你了，上帝，现在不行啊！

思嘉注视着杰拉尔德青灰色的面孔，她生来第一次发现他没有刮脸，他那本来红润的脸上现在长满了银白的胡须。波克把蜡烛放到烛台上，便来到她身边。思嘉觉得，假如他是一只狗，他就会把嘴伸到她膝腿上来，恳求她用温存的手抚摩他的头了。

"波克，家里还有多少黑人？"

"思嘉小姐，那些不中用的黑鬼都跑了，有的还跟着北方佬跑去——"

"还剩下多少？"

"还有俺和嬷嬷，思嘉小姐。嬷嬷整天伺候两位姑娘。还有迪尔茜，她如今陪伴姑娘们。就俺三个，思嘉小姐。"

"就俺三个，可以前有一百呢。"思嘉费劲地把头抬起来。她明白她必须保持一种坚定的口气。令她吃惊的是，她说起话来还是那么冷静自然，似乎压根儿没有发生过什么事，她还能一挥手就叫来上十个家仆似的。

"波克，我饿了。有什么吃的没有？"

"没有，小姐。全都给他们拿走了。"

"园子里呢？"

"他们把马赶到里面去了。"

"种甘薯的坡地也去了？"

波克的厚嘴唇上浮现出一丝欣喜的微笑。

"思嘉小姐，俺才没有忘记那山芋呢。它们可能还在那里。北方佬从没见过山芋，他们以为不是吃的，因此——"

"现在月亮快上来了。你出去给我们挖一点来烤烤。没有玉米片了？没干豆了？鸡也没了？"

"没了，没了，小姐。在这里没吃完的，他们就都挂在马鞍上带走了。"

他们——他们——他们，难道烧了杀了还不够？难道他们非得让女人孩子也饿死不行？

"思嘉小姐，俺弄到些苹果，嬷嬷把它们埋在地底下了。今天俺还吃过呢。"

"好，先把苹果拿来，然后再去挖山芋。还有，波克——我——我觉得头晕。酒窖里还有没有一点酒，黑莓酒也行。"

"唔，思嘉小姐，酒窖是他们最先去的地方呀！"

一阵恶心突然袭来，她迅速抓住椅子扶手，定一定神。

"不要了，"她茫然地说，一面记起过去地窖里那一排一排的酒瓶。

"波克，爸埋在葡萄架下大橡木桶里的那些玉米威士忌酒怎么样了？"

波克的黑脸上再次掠过一丝笑影，这是愉快而敬重的微笑。

"思嘉小姐，你真是他最好的孩子！我可不敢忘记那个大木桶。不过，思嘉小姐，那威士忌不怎么好。它埋在那里才一年左右，并且太太们喝威士忌也没好处呀。"

"对于我这位太太和爸来说，没有比那更好的了。快去，波克，把它挖出来，给我们斟上两杯，再加些薄荷和糖。"

他脸上露出很不以为然的神色。

"思嘉小姐，你知道在塔拉已经很久没有糖了，薄荷也全给他们的马吃掉了，玻璃杯也全都给他们打碎了。"

只要他再说一声"他们"，她就要尖叫起来。她实在受不了啦。接着，她高声说："好吧，快去拿威士忌，赶快！我们就这样喝好了。"于是，他刚一转过身去，她又说："等等，波克。该做的事情太多，我似乎想不起来……唔，对了，我带回一匹马和一头母牛，那牛该挤奶了，急得很呢。你赶紧把马卸下来，饮一下马，然后告诉嬷嬷，叫她去照顾那头母牛。媚兰小姐的娃娃，要是没有点吃的，就会死了。还有——"

"媚兰小姐难道——不能——"波克故意没有说下去。

"媚兰小姐没有奶。"我的上帝，要是母亲在，听了这粗鲁的话该吓坏了。

"唔，思嘉小姐，让俺家迪尔茜喂那孩子吧。俺家迪尔茜自己刚生了个孩子，她的奶够两个孩子吃还要多呢。"

孩子，孩子，孩子！上帝怎么尽叫人生孩子呀！可是不，不是上帝叫生的。是蠢人自己生的。

"去告诉迪尔茜，叫她别管那两个姑娘了。我会照顾她们的。叫她去喂媚兰小姐的孩子，她帮媚兰小姐做些事情。叫嬷嬷去照管那头母牛，同时把那匹可怜的马关进马厩里。"

"没有马厩了，思嘉小姐。他们拿它当柴烧了。"

"不许你再说'他们''他们'了。叫迪尔茜去吧。你呢，波克，快去把威士忌挖出来，然后弄点山芋。"

"不过，思嘉小姐，俺没有灯怎么去挖呀？"

"你可以点根柴火嘛，不行吗？"

"柴火也没了——他们——"

"想点办法嘛……怎样都行，我不管。赶快把那些东西挖出来，马上就挖。好，快去。"

波克听她的声音急了，便赶忙走出去，留下思嘉跟杰拉尔德坐在房里。她轻轻拍打着他的腿，这才注意到他那两条粗壮的大腿如今已萎缩得不成样子。她必须设法把他从目前的冷漠状态中拉回来——可是她不能问起母亲。

"他们怎么没有把塔拉烧了呢？"

杰拉尔德瞪大眼睛看了她一会，似乎没有听见似的，于是她又问了一遍。

"嗯，"他似乎在记忆中搜索，"他们把这用作司令部了。"

"北方佬——在这幢房子里？"

她突然觉得这些可爱的墙壁被玷污了。这幢房子，由于爱伦在里面住过而变得神圣的房子和里面这些——所有这些东西。

"就是那样呢，女儿。大家都逃到梅肯去了，可是我们不能到梅肯去。两个姑娘正病得厉害，还有你母亲，我们不能走。我们的黑人跑了——我还不知道都跑到哪里去了。他们偷走了车辆和骡子。嬷嬷和迪尔茜还有波克——他们没有跑。两个姑娘，还有你母亲，我们不能挪动她们啊。"

"北方佬向琼斯博罗扑过来了，来截断铁路。他们成千上万地拥过来。我在前面走廊上碰到他们。"

"啊，好一个英勇的小杰拉尔德！"思嘉心里想，她的心兴奋起来，杰拉尔德在塔拉农场的台阶上迎接敌人。

"他们让我走开，说他们马上要烧这幢房子。我就说他们烧房子时不妨把我埋在底下。我们不能走，两个姑娘，还有你母亲，都在——"

"后来呢？"

"我告诉他们，屋里有病人，是伤寒病，动一动就会死的。我说他们可以烧，把我们烧死在里面好了。反正我们死也不离开——不离开塔拉农庄。"

思嘉懂得父亲的意思，在杰拉尔德背后是许多爱尔兰祖先，他们都死守在小小一块田地上，宁愿战斗到最后一息也不离开家乡，不离开他们一辈子居住、耕种、恋爱和生儿育女的家乡。

"我说他们要烧房子，就把三个垂死的女人烧死里面。但是我们不离开。那个年轻军官是——是个有教养的人。"

"一个有教养的北方佬？，爸？"

"一个有教养的人。他跨上马跑了，很快带回来一位上尉，他看了看两个姑娘——还有你母亲。"

"你让一个该死的北方佬进她们的房间了。"

"他有鸦片。可我们没有。他救活了你的两个妹妹。那时苏伦正在大出血。他很懂道理，也很和气，见她们的确病了，结果便没有烧房子。他们搬了进来，有位将军，还有参谋部，都挤进来了。他们占了所有的房间，除了病人住的房间以外。而那些士兵——"

他又一次停下来，似乎累得说不下去了似的，过一会儿他又吃力地继续说下去。

"他们在房子周围搭起帐篷,牧场上尽是军人,一片的蓝色。晚上点起上千堆营火。他们把篱笆拆了拿来生火做饭,把所有的牛呀,猪呀,鸡呀,甚至我的那些火鸡,都给宰了。"

杰拉尔德越来越恼火。 "后来他们就从这里——从塔拉——发起进攻了。"

"那么——那么母亲呢?她知道北方佬在屋里吗?"

"她——始终什么也不明白。"

"感谢上帝。"思嘉说。母亲始终不清楚,始终没听见楼下的敌人的动静,没听见琼斯博罗的枪炮声,不知道她这块土地又受到北方佬的蹂躏了。

"我很少看见他们,因为我们总是待在楼上。我看见最多的是那个年轻医生,他为人和气,思嘉,真和气呢,有时上楼来看我们。还给留下些药品。他们临走时,他告诉我两位姑娘会渐渐好起来,可是你母亲——她太虚弱了,他说,恐怕最终熬不过去的。他说她的精力消耗完了……"

接着是一阵沉默,这时思嘉想象着母亲在最后一段日子里的样子。她作为塔拉农庄一根单薄的顶梁柱,肯定始终在那里护理病人,做事,整天不吃,整夜不眠,为了让别的人吃得够,睡得好……

他沉默了好一会儿,然后开始摸索她的手。

"你回来了,我很高兴,"他简单地说。

这时波克小心地提着两个葫芦走进门来,一股强烈的酒香飘进来了。

"波克,谢谢你。"她从波克手里接过湿淋淋的长柄葫芦勺,鼻孔立即被酒气刺激得皱起来。

"喝了这一勺,爸!"她将一勺威士忌酒塞到他手里,随即又从波克手里接过第二勺来。杰拉尔德像个听话的孩子,端起酒来咕咚咕咚喝下去,她递来第二勺时他摇摇头表示不要了。

她把那勺酒收回来，送到自己唇边，这时她看见父亲眼睛里隐约流露出不赞成的神色。

"我知道没有小姐太太喝酒的，"她简单地说。"不过今天我不是小姐，爸，并且晚上还有事要做呢。"

她端着勺子深深闻了一下，便咕咚咕咚喝起来。那热辣辣的酒像火一样通过喉咙直吞到肚子里，呛得她快流眼泪了。接着，她又一次闻了闻，把勺子端到嘴边。

"凯蒂·思嘉，一勺就够了，"杰拉尔德这种命令口吻，思嘉回来后还是头一次听到。"你不懂得酒性，它会让你醉的。"

"醉？"她古怪地笑了一声。"醉？我真希望醉倒呢。我真想喝醉了，把这一切都忘记得干干净净。"

她又喝了一勺，这时一股缓慢的暖流已进入她的血脉，渗透她的周身，这种温和的兴奋让人感到多么幸福啊！

"它怎能让我醉着呢，爸？我是你的女儿。难道我没有继承克莱顿郡那个最冷静的头脑吗？"

他那张憔悴的脸上几乎浮出微笑了。威士忌酒也在他身上引起兴奋。她又把酒递回给他。

"你再喝一点吧。然后我扶你上楼去，让你上床睡觉。"

她赶紧住口，没有再说下去，这是她对韦德说话的口气呢。她不该这样跟父亲说话。

"是的，服侍你上床睡觉，"她小声补充说，"再给你喝一口——或者就把这一勺都喝了，然后扶你去睡。你需要休息了，让凯蒂·思嘉留在这里，这样你就什么都不用操心了。喝吧。"

他又顺从地喝了一些，然后，她挽住他的胳臂，搀着他站起来。

苏伦和卡琳的房间里点着灯，是在一碟子腊肉油里放根布条，所以发出一股很难闻的气味。她俩躺在一张床上。思嘉头一次推开门进去，因为所有的窗都关着，那股浓烈的怪味，混合着病房药物和油腥味儿，迎面扑来，差一点叫她晕倒。

卡琳和苏伦消瘦不堪，面色苍白，她们时睡时醒，醒时便躺在那张高高的四柱床上，瞪着大眼低声闲聊。房间的角落里还有一张空床，一张法兰西帝国式的单人床，床头和床腿是螺旋形，那是爱伦从萨凡纳带来的，爱伦以前就睡在这里。

思嘉坐在两个姑娘身旁，痴呆呆地瞧着她们。那威士忌酒使她有些恍惚。有时候，她的两个妹妹似乎离她很远，形体很小，可随即她们变得巨大，以闪电般的速度冲着她来了。她疲倦了，彻骨地疲倦了。她可以躺下来，睡它个三天五天。

她要是能美美睡一觉，醒来时爱伦在轻轻摇着她的臂膀，说："晚了，思嘉。你不能这样懒呀。"——那多好啊！可是，再也不可能了。要是有个人可以让她把头钻进怀里，让她把自己身上的担子挪下来，该多好啊！

房门轻轻开了，迪尔茜走进屋来，她怀抱着媚兰的婴儿，手里提着酒葫芦。她在这烟雾沉沉、摇曳不定的灯光里显得比思嘉刚看见她时更瘦了。她那件褪色的印花布衣裳敞到腰部，青铜色胸脯完全裸露在外面。媚兰的婴儿偎在她怀里，那张玫瑰花蕾般的小嘴贪馋地，吮着吮着，一面抓着两个小拳头撑住那温软的肌肤，就像只小猫偎在母亲怀里似的。

思嘉摇摇晃晃地站起来，把手放在迪尔茜的肩膀上。

"迪尔茜，你留下来了真好。"

"俺怎能跟那些不中用的黑人一样呢，思嘉小姐？你爸心眼儿那么好，把俺和小普里茜买了来，你妈又那么和气！"

"坐下，迪尔茜。婴儿还好吧？媚兰小姐怎么样？"

"这孩子就是饿了，没什么毛病。俺有的是奶给这饿了的孩子吃。媚兰小姐好好的，她不会死的，思嘉小姐。你用不着操心。俺刚才拍了拍她，给她喝了点葫芦里剩的酒，她就睡了。"

媚兰不会死了！艾希礼回来时——要是他真会回来的话……唉，以后再想吧。这时，她突然听见外面一阵吱吱嘎嘎的声音和有节奏的喀嘣——喀嘣——的声响，打破了深夜的沉寂。

"那是嬷嬷在打水。"迪尔茜解释说。

思嘉恍然大笑起来。连她从小就熟悉的井台上的辘轳声也把她吓倒，她的神经一定是崩溃了。她笑的时候，迪尔茜在认真地看着她，她那威严的脸上纹丝不动，可是思嘉觉得迪尔茜是了解她的。她重新坐到椅子上。要是她能够把箍紧的胸衣、那塞满沙粒和石子的便鞋都脱掉，该多好啊！

当嬷嬷的笨重身躯一步步来到门口时，似乎楼道都震得颤抖了。她挑着两大桶水，把肩膀都压弯了。她黝黑的脸上流露着几分固执的哀愁。

她一看见思嘉，眼睛就亮起来，雪白的牙齿也异常光洁。她放下水桶，思嘉立即跑过去，把头偎在她宽阔松弛的胸口。这里是个安稳的地方，思嘉想，是永不变更的地方。

"嬷嬷的孩子回来了！唔，思嘉小姐，可是爱伦小姐已进了坟墓，咱们怎么办呀？哦，思嘉小姐，俺还不如也跟爱伦小姐躺在一起呢！俺没有爱伦小姐可不行。如今啥也没有，只有重担，宝贝儿，只有重担。"

思嘉把头紧紧靠在嬷嬷胸口，"重担"！这也就是整个下午在她脑子里不断嗡嗡响的那两个字，它们没完没了地重复，使她头昏脑涨。

"宝贝，看你这双手！"嬷嬷拿起她那双满是水泡和血块的小手，用挺生气的眼光打量着。"思嘉小姐，俺不是一次又一次告诉过你，凭一双手就能断定一位小姐太太吗？还有，你的脸也晒黑了！"

可怜的嬷嬷，虽然战争和死亡就在头上盘桓，她还会在这些无关紧要的事情上严格要求你呢。没准儿再过一会儿她就会说，手上起泡和脸上有斑点的年轻姑娘们永远找不到丈夫。于是思嘉连忙堵住这个话头。

"嬷嬷，我要你谈谈母亲的情况。我不敢让爸谈，他会受不了的。"

嬷嬷一面弯下腰去提那两桶水，一面伤心得流眼泪。她一声不响把水提到床边，揭开床单，用一块旧围裙残余的破布当海绵，擦拭着两个枯瘦的身子，一面悄悄地哭泣。

"思嘉小姐，都是斯莱特里家那些贱货、坏透了的下流白人，他们把爱伦小姐害死了。俺让她别理那些人，可是爱伦小姐就是心地好，心肠软，谁要是需要她，她都从来不拒绝。"

"斯莱特里家？"思嘉惶惑地问。"他们怎么进来的？"

"他们也害了这种病。"嬷嬷用破布指了指两个光着身子湿淋淋的姑娘。"老斯莱特里小姐的女儿埃米得这个病了，斯莱特里小姐求爱伦小姐。她干吗不自己照料女儿呀？爱伦小姐还有更多的事脱不了身呢。可是爱伦小姐还是去了，她在那里照料埃米。爱伦小姐自己身体也不怎么好，思嘉小姐，你妈不舒服已经有很久了。并且已经没有太多的东西可吃了。爱伦小姐像个雀儿似的总是吃一点点。俺对她说了，叫她别去管那些下流白人的事，可是她不听俺的。这倒好！大约埃米似乎快要好起来的时候，卡琳小姐就病倒了。是的，那伤寒病像飞也似的一路传过来，传给了卡琳小姐，接着苏伦小姐也得病了。这样，爱伦小姐就得同时护理她们了。

"她不许杰拉尔德先生进屋来。也不让罗莎和丁娜来，除了俺谁也不让进，因为俺是害过伤寒病的。接着，她自己就也得病了，思嘉小姐，俺一看就知道没办法啦。"

嬷嬷直起身来，拉起衣襟擦满脸的泪水。

"连那个好心的北方佬大夫也对她一点没有办法。她的脑子什么也不知道了。俺喊她，对她说话，可她连自己的嬷嬷也不认识了。"

“她有没有——有没有提起过我——叫过我呢？”

“没有，宝贝。她以为她还是在萨凡纳的那个小女孩呢。谁的名字也没叫过。”

迪尔茜挪动了一下，把睡着的婴儿横放在膝上。

“叫过呢，小姐。她叫过什么人的。”

“闭嘴吧，你这印第安黑鬼！”嬷嬷转过身去恶狠狠地骂迪尔茜。

“别这样，嬷嬷！她叫谁了？迪尔茜，是爸吗？”

“不是的，小姐。不是你爸。那是棉花被烧掉的那天晚上——”

“棉花都烧了——快说吧！”

“是的，小姐。北方佬把棉花一捆捆从棚子里滚出来，堆到后院里，大声嚷着‘看这佐治亚最大的篝火呀！’一会儿就化成灰了！”

接连三年积存下来的棉花——值十五万美元，一把火全都完了！

“那火烧得漫天通红。那时这屋里一片雪亮，后来火苗伸进了窗子，把爱伦小姐给惊醒了，她在床上笔直坐起来，大声叫喊，一遍一遍地：‘菲利普！菲利普！’俺可从没听见过这样的名字，不过那是个名字，她就在喊呢。”

嬷嬷站在那里像变成了石头似的，瞪大眼睛盯着迪尔茜，可是思嘉把头低下来寻思起来。菲利普——他是谁，他和母亲有什么关系，怎么她临终时这样叫他呢？

从亚特兰大到塔拉，这漫长的道路算是结束了，可是思嘉再也不能像个孩子似的安然待在父亲的屋顶下，再也不能让母亲的爱层层裹着她，保护她了。她已没有什么安全的地方或避风港可去躲藏的了，没有人可以接过她肩上的担子。父亲已经衰老痴呆，两个妹妹在生病，媚兰软弱无能，孩子们孤苦无依，几个黑人都怀着天真的信念仰望着她，依靠着她，希望爱伦的女儿会一如爱伦本人那样成为他们的庇护所呢。

世界传世藏书

世界十大名著

· 飘 ·

图文珍藏版

从窗口向外望，月亮正冉冉上升，淡淡的月光照着塔拉农庄，但是黑人走了，田地荒芜，仓库焚毁，像个血淋淋的躯体躺在她的眼前。

她拿这一切怎么办呢？在梅肯的皮蒂姑妈和伯尔家可以把媚兰和她的婴儿接过去。如果两位姑娘病好了，爱伦的娘家也得收留她们，不管她们愿意与否。至于她自己和杰拉尔德，就可以投奔詹姆斯和安德鲁伯伯家去了。

她打量着两个妹妹的模样，她们在她眼前翻滚着。她不喜欢苏伦，她也并不特别爱卡琳。凡是懦弱的人，她都不爱。不过她们是她的亲妹妹，都是塔拉的一分子。不，她不能让她们作为穷亲戚在姨妈家里过一辈子。一个奥哈拉家的人作为穷亲戚，看人家施舍的脸色吗？啊，决不能这样！

她把葫芦拿过来，往葫芦里看了看，葫芦里还剩下些威士忌。她慢慢地喝着，但这一次也不觉得发烫，只不过带来一股缓缓地暖意。

她在用一双新的眼睛在看事物。在通往塔拉的漫长道路上，她把自己的少女时代抛弃了。她不再是一团可以随意捏塑的黏土了。这黏土突然在一天里变得坚硬起来。今天晚上是她平生愿意像个孩子般叫人伺候的最后一个夜晚。她从此成了个成年女人，青春已一去不复返了。

不，她决不能、也决不愿意投奔杰拉尔德或爱伦的家族。奥哈拉家的人决不接受施舍，她的负担是她自己的，负担只能用强壮的双肩去扛。她似乎站在高处俯视一切，毫不惊奇地觉得她的双肩已经承担过生平可能遇到的最大风险，现在足以挑起任何的重担了。她不会放弃塔拉；她属于这些红土地，她的根扎在这血红的土壤里吸取生机。她要留在塔拉农庄，经营它，赡养父亲和两个妹妹，赡养媚兰和艾希礼的孩子，以及那几个黑人。明天——啊，明天，她就要把牛轭套在自己颈上。明天——明天——她的脑子慢慢地转着，愈来愈慢，像一座发条在逐渐松散的时钟，可是仍然非常清晰。

突然，那些常常谈起的家族故事，她从小就听、虽然不耐烦但仍然似懂非懂地听着的故事，现在像水晶般清晰起来。身无分文的杰拉尔德在塔拉白手起家；爱伦勇敢地战胜了某种神秘的不幸遭遇；外祖父罗毕拉德在拿破仑王朝覆灭时幸存下来，到美国佐治亚肥沃的海滨重新建立了家业；外曾祖父普鲁多姆曾在海地黑暗的丛莽中开创出一个小小的王国。有些父系族人为自由爱尔兰而战斗，并勇敢地走上了绞架，也有些母系族人为争取自己的权利而在博伊恩英勇牺牲了。

他们全都遭受过毁灭性的灾难，但并没有被毁掉。他们从来没有在打击下一蹶不振。致命的厄运有时掐断了他们的头颈，但从不曾扼杀他们的勇气。他们从不抱怨，只有战斗。他们死了，那是消耗了全部精力之后死去，绝不是被征服而死的。思嘉看见他们，看见这些接受了悲惨命运但奋争不息的亲人们，一点也不觉得惊奇。塔拉就是她的命运，就是她所面临的战斗，她一定要征服它。

第二十五章

第二天早晨，思嘉浑身酸痛、发僵，每动一下都十分困难。她的脸被太阳晒得绯红，起泡的手掌也绽裂了，喉咙干得像被火烤焦了似的，不论喝多少水都干渴难受。她的头发胀，胃里经常有作呕的感觉。吃早点时，杰拉尔德端坐在餐桌上首，俨然一个须发花白的龙钟老人，他那双茫然若失的眼睛死死地盯着门口，脑袋略略偏着，显然在谛听爱伦的衣裙窸窣声，闻着那柠檬马鞭草的香味。

思嘉坐下后，他便喃喃地说："我们得等等奥哈拉太太。她晚啦。"思嘉抬起胀痛的头，用惊疑的目光望着他，她摇摇晃晃地站起身来，俯视着阳光下的父亲。他朝她茫然地仰望着，这时她发现他的手在颤抖，头也在微微晃着。

难道他连爱伦已经去世的事也不记得了吗？北方佬的到来和爱伦的死这双重打击把他打懵了。

"哦，难道爸神志不清了吗？"思嘉心想，她那本来就震颤的头在这新的刺激下好像就要爆裂了。"不，不。他只是头晕眼花罢了。看来他有点不舒服。但他会好的。他一定会好的。要是他不好，我怎么办呢？"

她一点没吃就离开饭厅，到后院走廊上去了。她在那里遇到了波克。她的脑袋还在轰鸣，而耀眼的阳光又刺痛了她的眼睛。她以自己最大的毅力才勉强站在那里，并尽量简短地跟波克交谈，把母亲平常教她对待黑人的那套规矩和礼貌全省掉了。

她一开口便突如其来提出问题，并断然发布命令。波克翻着眼睛不知怎么办了。爱伦小姐可从不曾用这样的口气对人说话，即使发现他们在偷小母鸡和西瓜也不这样呢。思嘉又一次问起田地、园子、牲口，那双绿眼睛闪着严峻的光芒，这是波克以前从未见过的。

"是的，小姐，那匹马死了。不，小姐，那头母牛没有死。你不知道吗？它昨天晚上下了个牛犊呢。这就难怪它那样叫了。"

"那很好，你说下去吧。有没有留下什么牲口？"

"没有，小姐。除了一头老母猪和一窝猪崽，啥也没有了。北方佬来的那天，俺把它们赶到了沼泽地里，可是如今，天知道上哪儿去找呢？那老母猪坏透了。"

"会找到的。你和普里茜马上就去找。"

波克大吃一惊，也有点恼火了。

"思嘉小姐，这种事情是干大田活的黑人做的，俺是干家务活的呀。"

"你们两个要把母猪逮回来——要不就滚开，像那些干大田活的人一样。"

波克顿时眼泪汪汪，忍不住要哭了。唔，要是爱伦小姐在，就好了。她为人精细，懂得干大田活和干家务活的黑人之间的巨大区别呢。

"滚开吗，思嘉小姐？俺滚到哪里去呀，思嘉小姐？"

"我不知道，我也不管。不过任何一个在塔拉的人，都别想不干活。"

"是的，小姐。"

"那么，我们的玉米和棉花怎么样了，波克？"

"玉米吗？我的上帝，思嘉小姐，他们在玉米地里放马，还把剩下的通通带走了。棉花也全毁了，只剩下那边小河滩上很少几英亩。"

"波克，你们有没有去过'十二橡树'村或麦金托什村，看看那边园子里还留下什么东西没有？"

"没人去过，小姐。俺没离开过塔拉。北方佬会逮俺呢。"

"让迪尔茜到麦金托什村去，说不定能在那里找到点什么。我自己就到'十二橡树'村去走走。"

"谁陪你去呢？"

"我一个人去。嬷嬷得留在家里照料姑娘们，杰拉尔德先生又不能——"

波克令人生气地大喝了一声。"十二橡树"村可能还有北方佬或下流黑人呢。她不能一个人去。

"我一个人就够了，波克。告诉迪尔茜，叫她马上动身。你和普里茜去把母猪和那窝猪崽找回来。"她斩钉截铁地吩咐，转身就走。

嬷嬷的那顶旧遮阳帽虽然褪色了但还干净，现在思嘉戴了它，一面恍如隔世地回想起瑞德从巴黎给她带来的那顶翠绿的帽子来。她拿起一只用橡树皮编制的篮子，每走一步脑子就震荡一次，她觉得从头盖骨到脊椎都似乎要碎裂了似的。

到河边去的那条路是红色的，发烫的，深深的车辙已把大路割得遍体鳞伤。

一颗尖石子扎破了她脚上的血泡，她痛得大叫了一声。她在这里干什么呢？她这个全县闻名的美人，思嘉·奥哈拉，塔拉农庄的宠儿，竟然在这崎岖的山道上几乎光着脚行走呢？她这双娇小的脚生来是要跳舞，而不是瘸着走路的。她生来应当受到纵容和服侍，可如今却弄得憔悴不堪，衣衫褴褛，饿着肚子到邻居园子里去寻找吃的了。

十二棵大橡树高耸在那里，不过现在树叶被火熏黑了。树中间就是约翰·威尔克斯家住宅的遗址。这幢曾经显赫一时的大厦高踞在小山顶上，白柱长廊，可现在已沦为一片废墟。

思嘉坐下来；她面对这破败景象非常伤心，实在看不下去了，这片荒凉深深地触动了她。这里，在她脚下的尘土中，就是威尔克斯家族引以为自豪的家业啊！这就是那个亲切而彬彬有礼的家庭的悲惨命运，这个家庭曾经那么欢迎她，并且她还在天真的美梦里渴望过要当它的女主人呢。她在这里跳过舞，吃过饭，调过情，还满怀嫉妒地看媚兰怎样迎着艾希礼微笑。也是在这里，在风凉的树荫下，当她说愿意跟查尔斯·汉密尔顿结婚时，他曾多么狂热地紧紧捏过她的手啊！

"啊，艾希礼，"她心想，"你死了也好！我真不忍心让你回来看这光景啊！"

艾希礼是在这里跟他的新娘结婚的，可是他的儿子和儿子的儿子再也不会带着新娘到这个家来了。在这个她曾经那样热爱和盼望的地方，再也不会有人成亲和生儿育女了。

她到了后院又回来，一路喊着"喂！喂！"，但是寂然无声，连一声狗吠也没有。显然，黑人们都跑掉了，或者跟北方佬走了。她知道每个黑人都有自己的一片菜园子，所以她希望那些小小的菜地没有遭灾，还能留下些什么。

她没有白找，终于发现了萝卜和卷心菜，后者由于缺水已经蔫了；还有棉豆和青豆，尽管发黄，还是可以吃的。她坐在畦垅上，用颤抖的手掘着，慢慢装满了篮子。今天晚上塔拉农场会有一顿美餐了，也许迪尔茜用来点灯的那种腊肉油可以当作调味品用一点。她回去要告诉迪尔茜，叫她以后点松枝照明，好将油脂省下来炒菜吃。

在一间棚屋后面的台阶旁，她发现了短短一畦的红萝卜，这时她突然觉得饿了，她几乎没来得及用裙裾把泥土抹掉，半个萝卜就被一口咬下吞到肚里去了。这个萝卜又老又粗，刚刚吃下去，那饿坏了的空胃就产生了反感，她即刻伏在柔润的泥土上艰难地呕吐起来。

棚屋里隐隐飘出一股黑人所特有的气味，这使思嘉越发恶心，她无力反抗，只得继续干呕着，直弄得头晕眼花，觉得周围的棚屋和树木都在飞快地

旋转。

　　过了好一阵，她虚弱地趴在地上，觉得泥土柔软又舒适，像个羽绒枕头似的。她想到自己本来是什么也不做，连伸手从地板上拾一只袜子或系鞋带之类的小事也不做的，而现在却劳累虚弱地倒在田间。

　　她直挺挺地躺在那里，太虚弱了。所有记忆和烦恼，纷纷向她袭来、包围着她，像兀鹰等待着一个人咽气似的，它们在她头上盘旋并猝然扑将下来，把它们的尖嘴利爪戳进她的心里。她静静地躺着，也不知躺了多久，脸贴着尘土，太阳火辣辣地直射在身上，她回想着一去不复返的幸福生活，忧心忡忡地想着未来黑暗可怕的远景。

　　她终于站起来，头高高地扬着。过去的总归是过去了。死了的总归是死了。往日悠闲奢侈生活已经荡然无存。于是，当思嘉把沉甸甸的篮子挎在臂弯里时，她已经定下心来要过自己的生活了。

　　既然没有回头路好走，她就要勇敢地一直向前走去。

　　她走上回塔拉去的大道，一路上那只沉重的篮子把她的臂弯都快吊断了。她肚里空空，饿得不行了，这时她大声说："凭上帝作证，凭上帝作证，北方佬征服不了我。我要闯过去，以后就不会再挨饿了。不，家里的人谁也不会挨饿了。即使我被迫去偷，去杀人——凭上帝作证，我们也决不会再挨饿了。"

在以后的一段日子里，塔拉几乎成了鲁滨孙的荒岛，那么寂静，与世隔绝。世界就在几英里之外，可是似乎与塔拉隔着一片大洋似的。随着那匹老马死亡，他们丧失了交通工具，现在既没有时间也没有精力去步行那么远的路了。

离塔拉不远就是战争，就是纷纷攘攘的世界。可是在农场里，战争除了作为记忆已不复存在，这些记忆每当你精疲力竭时便像幽灵一般，你必须奋力击退。

但是，思嘉能够忘记伤心事，可就是忘不了饥饿，以致每天早晨半睡半醒地躺在床上，她就会迷迷糊糊地蜷在那里等待着煎腊肉和烤卷子的香味。每天早晨她总是使劲地闻着闻着，似乎真正闻到了食物的香味，这才完全醒过来的。

他们每天吃苹果、洋芋、花生和牛奶，但就这样的食品也总是量不够。每天三次，思嘉一看见它们便回想起往日的情形，那灯火辉煌的席面和香浓味美的食品。

那时他们对于食物是多么不在乎，多么奢侈浪费啊！卷子，玉米松饼，小甜面包，鸡蛋饼，滴滴答答的黄油，每顿饭都有。餐桌的一端摆着火腿，另一端是烤鸡。成锅的芥蓝菜炖得又烂又香，上面漂着一层放彩的油花。青豆在亮晶晶的花瓷盘里，堆得像一座小山。油炸果泥丸子，炖秋葵，拌在浓浓的奶油调味汁里的胡萝卜，等等。餐后有三样点心可以挑着吃，它们是巧克力饼干、香草奶油糕和堆满甜奶油的重油蛋糕。想起这些喷香可口的食物时，她禁不住要伤心得落泪。这种回忆也能使她的辘辘饥肠转而恶心欲呕。关于食欲，嬷嬷是很替她伤心的，因为一个十九岁姑娘的正常食欲，由于她从未经过的艰苦劳动而增加了四倍。

对于食欲的这种烦恼，在塔拉农场并不只她一个。实际上她不论走到哪里，所看到的人都是一张饥饿的脸。卡琳和苏伦也很快会有病愈时难以满足的饥饿感了。甚至小韦德也常常不断地抱怨："韦德不爱吃洋芋。韦德肚子饿。"

旁的人也在嘟嘟囔囔地叫苦。

"思嘉小姐。俺要是不多吃一点，俺就哪个孩子也奶不了了。"

"思嘉小姐，俺再不多吃点东西，俺就劈不动木柴了。"

"孩子，这种东西俺实在吃不下去了。"

"女儿，难道咱们就常常吃山芋吗?"

唯独媚兰默默无言。媚兰，她的脸愈来愈消瘦，愈来愈苍白，甚至睡觉时也在抽搐。可她总是说："思嘉，我不饿。把我那份牛奶给迪尔茜吧，她奶着两个孩子。生病的人不觉得饿的。"

但是，她的这种温柔的毅力比那些哀诉更加激怒了思嘉。思嘉对别人可以痛骂一阵，可是面对媚兰这种无私的态度却无可奈何——无可奈何又非常恼火。杰拉尔德、黑人们和韦德现在都靠近媚兰，因为媚兰即使虚弱也还是亲切和同情人的，可思嘉近来却既不亲切也没有一点同情心了。

韦德尤其爱到媚兰房里去。韦德看上去身体也不好，但究竟是什么毛病，思嘉没有工夫去琢磨。她听了嬷嬷的话，认为这孩子肚子里有蛔虫，便给他吃了爱伦常给黑人小孩吃的干草药和树皮。可这却使韦德越来越苍白。最近她就索性不把他当一个人放在心上了。韦德只不过是又一个累赘，又一张需要喂饱的嘴而已。如果有一天危机过去了，她会跟他玩，给他讲故事，教他拼音，可现在她还没有时间，也没有这个兴致。而且，韦德碍手碍脚的，她还时常严厉地训斥他呢。

思嘉感到难过的是，她的严厉训斥会把他吓得瞪大眼睛半天说不出话来，那样子实在又天真又可怜。她不明白，这孩子怎么一天到晚沉浸在恐怖气氛中，可以说恐惧每天和韦德做伴，这种恐惧震撼着他的心灵，使他在深夜也会惊叫醒来。

以前，他一直过的是愉快平稳而宁静的生活，虽然他母亲很少理他，他常常听到的仍然都是些宠爱亲切的话，直到有天夜里他突然从睡梦中惊醒，发现天上一片火光，外面是震耳欲聋的爆炸声。就在那天夜里和第二天白天，他头一次挨了母亲重重的耳光，听到母亲的高声叫骂。那可爱的生活，他所经历过的唯一生活，就在那天晚上消失了，这一损失是他永远也无法弥补过来的了。往塔拉的路上他什么也不清楚，只知道北方佬就在后面，他们会逮住他，把他砍成碎块，他至今仍然在害怕这个。

思嘉注意到她的孩子在开始回避她。有时她好不容易有一点空闲，想考虑考虑这个问题，可结果是引起了一大堆的苦恼。她最恼火的是韦德把媚兰的床边当避难所，在那里悄悄地玩着媚兰教给他的游戏，或听她讲故事。他喜欢姑姑，因为她声音温柔，笑容满面，从来不说："别闹，韦德！看你叫我头疼死了，"或者"别烦人了，韦德！看在上帝面上！"

思嘉没工夫也没心思来爱抚他，但是看到媚兰这样做又很妒忌。有一天她发现他在媚兰床上竖蜻蜓，倒下来时压到了媚兰身上，她便抽了他一个耳光。

"你就没有别的好玩，偏要跟生病的姑姑捣乱？好，快到后院玩去，别到这里来了。"

可是媚兰伸出瘦弱的胳臂，把哭泣的孩子拉了过来。

"好了，好了，韦德。你并不想跟我捣乱，是吗？思嘉，他没有烦我呢。就让他在这儿吧。让我来照看他。在我病好之前，我只能做这个了，而你手头已经够忙的了，哪能顾上他呀。"

"别傻了，媚兰，"思嘉干脆说。"你不会很快就好的。要再让韦德摔到你肚子上，又有什么好处呢？我说，韦德，我要是再看见你在姑姑床上胡闹，就狠狠揍你。现在别哭了。一天到晚哭。也该学做个大孩子了。"

韦德抽泣着飞跑到楼下去躲起来。媚兰咬着嘴唇，眼里闪着泪花，嬷嬷看见了这情景，也气得横眉瞪眼，直喘粗气。但是以后好几天谁都没有回驳思嘉一声。他们都害怕她，都害怕这个正在暗暗成长的新人物呢。

思嘉现在处于塔拉的最高统治地位，并且像别人一样突然建立了威信，她天性中那些欺压人的本能也显露出来了。这并非因为她本性残暴，而是因为她心里的恐慌，对自己缺乏信心，又深恐别人发现她无能而拒不承认她的权威，因此才采取了粗暴的态度。而且，她也觉得动辄训人并相信人家对她畏惧十分舒服。思嘉发现这可以使她紧张的神经放松一些。她并非看不到自己的个性正在改变，有时她随意发号施令，使得波克咬住下嘴唇表示不服，嬷嬷也嘟囔着："摆起架子来啦。"她这才惊讶自己怎么这样不客气了。爱伦曾经苦心灌输给她的所有那些礼貌与和蔼态度，现在全部都没有了，就像秋天第一阵凉风吹过后树叶都纷纷掉落了一样。

爱伦曾一再说："对待下人，尤其对黑人，要坚定又要和气。"可是她一和气，那些黑人就会整天坐在厨房里闲聊了，谈过去的好光景，说干家务活的黑人不作兴下大田，等等。

"要爱护和关心你的妹妹。对那些受苦特别是有病的人要和蔼一些，"爱伦说，"遇到人家伤心和处境困难，要给予安慰和温暖。"

可现在她哪儿顾得上爱护两个妹妹？她们是她肩上可怕的负担。至于照顾她们，她不是在给她们洗澡、梳头、喂饱她们，甚至每天跑得很远去寻找吃的吗？她不是在学着给母牛挤奶，即使提心吊胆怕那家伙会伤害她，也没有动摇过吗？说到和气，这完全是浪费时间。要是她对她们太和气了，她们就会赖在病床上，可她需要她们尽快健康起来，给她增添两双手帮着干活呢。

她们在慢慢康复，但仍然消瘦而虚弱地躺在床上。她们不知道就在自己失去知觉的那段时间里世界发生了什么变化。北方佬来过了，黑人跑了，母亲死了。难以置信的事是她们无法接受的。有时她们相信自己一定还处于精神恍惚的状态，这些事情根本不曾发生。思嘉竟变得这样厉害，这也不可能是真的。每当她坐在她们床脚边，说等她们病好以后去工作时，她们总是注视着她，似乎她是个妖魔似的。要说她们再也没有一百个奴隶来干活了，那她们是无法理解的。她们更无法理解，一位奥哈拉家的小姐居然要干起劳力活来了。

"不过，姐姐，"卡琳说，她那张幼稚得可爱的脸上充满了惶惑的神色，"我不会劈柴火呀！那会把我的手给毁了呢！"

"你瞧我的，"思嘉面带吓人的微笑回答，同时伸出一双满是血泡和茧子的手给她们看。

"我看你这样跟我们说话，实在太吓人了！"苏伦惊叫道，"你是在骗人，是在吓唬我们吧。要是母亲还在，她才不让你这样呢！劈柴火，真是！"

苏伦怀着无可奈何而又不屑的神色看着大姐，觉得思嘉说这些话太卑鄙了。她们是死里逃生，并且失去了母亲，现在又这样孤单害怕，她们需要爱抚和关怀呀！可思嘉每天只坐在床脚看着，那双绿眼睛里闪着可恶的光辉，称赞她们的病好多了，并一味谈什么铺床、做饭、挑水和劈柴火的事。看样子，她对这些可怕的事还津津乐道呢。

思嘉的确对此很有兴趣。她之因此威胁那几个黑人，折磨两个妹妹的情感，因为她太烦恼，太紧张，太疲乏，并且还因为这可以帮助她忘记自己的痛苦——她发现母亲告诉她的有关生活的一切都错了。

她母亲教给她的一切现在已经毫无用处了，爱伦不可能预料到她教养女儿时的那种文明会顷刻间崩溃，爱伦当时看到的只是一个平静岁月的未来远景，就像她自己经历的太平年代那样，所以教育思嘉要温柔善良，高尚厚道，谦虚诚实。爱伦说过，妇女们只要有这些品德，生活就会厚待她。

思嘉只是绝望地想道："没有，没有，她的教导一点用处也没有！当今世界，厚道能给我什么用处，温柔有什么好处？还不如当初像黑人那样学会犁田、摘棉花呢。啊，母亲，你错了！"

爱伦那个秩序井然的世界已经成为过去，取而代之的是一个残酷的社会，一切都迥然不同了。

但不论怎样，她对塔拉的感情不会改变。她每次疲乏地从田野里回来，看见那幢白房子时，总要感到满怀激情和归家的欢乐。她热爱这个起伏着红土丘陵的地方，热爱这片美丽的生长丛丛灌木的红土地。这种感情已成为思嘉生命中一个永不变更的部分。世界上任何别的地方都找不到这样的土地了。

塔拉那些被践踏的耕地现在是思嘉的唯一财富。她恍如隔世地记起一次与父亲之间关于土地的谈话，当时父亲说土地是世界上唯一值得用战争去夺取的东西，而她那时幼稚无知，根本不了解这话的含义。

"因为这是世界上唯一持久的东西……而对于任何一个有爱尔兰血统的人来说，他们所赖以生活的土地就是他们的母亲……它是唯一值得你为之工作、战斗和牺牲的东西。"

是的，塔拉是值得人们为之战斗的。她默默而坚定地接受这场战斗，谁也休想从她手中把塔拉夺走。谁也休想使她和家里人外出漂流，去投靠亲戚。谁要抓住塔拉，哪怕让这里的每个人都累断脊梁，也在所不惜！

第二十六章

思嘉回到塔拉已两个星期，脚上的血泡开始化脓，脚肿得穿不上鞋，只能踮着脚跟蹒跚地行走。她瞧着脚尖上的溃烂，一种绝望之情在心头涌起。要是它像士兵的创伤那样溃烂下去，又找不到医生，就得等死了？虽然现在生活艰难，可她还想活下去呢。如果她死了，谁来照管塔拉农场呀？

她刚回到家时，还希望杰拉尔德依然精神饱满地主持家政。可是两周以来这个希望逐渐幻灭了。现在她已非常清楚，不管她是否愿意，这个农场和这儿所有的人都得依靠她呢。因为杰拉尔德仍坐在那里一动不动，像个梦中人似的。每当征求他的意见时，他总是这样回答："你爱怎么办就怎么办吧，女儿。"要不就更糟，居然说，"孩子，跟你妈去商量呀。"

他再也不会有什么变化了，现在思嘉已经心安理得地承认，那就是说杰拉尔德将永远在那儿等待爱伦，他的生命的主发条已经在爱伦去世那天被拆掉了，同时消失的还有他的自信，他的鲁莽和闲不住的活力。

那天早晨屋子里很安静，除了思嘉、韦德和三个生病的姑娘，大家都到沼泽地里找母猪去了。就连杰拉尔德也稍稍来了点劲儿，一手扶着波克的肩膀，一手拿着绳子，在翻过的田地里艰难地走着。苏伦和卡琳哭了一阵睡着了，她们每天要来这么两次，因为一想起母亲便无限悲伤，觉得自己孤苦无依，眼泪也就簌簌地往下流。媚兰那天头一次抱着两个小婴儿，一个是浅黄色毛茸茸的头，另一个是黑色卷发的小脑袋，那是迪尔茜的孩子。韦德坐在床脚边，在听一个童话故事。

过一会儿，她心里烦躁起来，把下巴钻进了臂弯里。就在她需要拿出最大力气的时候，这只脚尖却溃烂起来了。那些蠢货们是抓不到母猪的。为了把小猪一只只捉回来，他们已经花了一星期，现在又过了两星期，可母猪还没抓到。思嘉想，如果她跟他们一起在沼泽地里，她就会高高卷起裤腿，拿起绳索，很快把母猪套住。

可是把母猪抓到以后——就算真的抓到了，又怎么样呢？好，把它和那窝小崽子吃掉，可是再往后呢？生活还得过下去，肚子不断地需要吃东西呀。冬天快到了，食物眼看就要吃光，连从邻居园子里找来的那些蔬菜也剩不下多少了。他们必须弄到干豆和高粱，玉米糁和大米，还有——啊，还有许许多多东西。明年春播的玉米和棉花种子，暖和的衣服都需要啊。所有这些东西从哪儿来，她又怎么买得起呢？

她已经偷看过杰拉尔德的口袋和钱柜，唯一能找到的只有一堆堆联盟政府的债券和大约三千元联盟的钞票了，这差不多够他们吃一顿丰足的午餐吧，她带讽刺意味地想，现在联盟的票子已经一文不值啦。不过，即使她有钱，也能买到食物，她又怎么把食物运回塔拉来呢？上帝为什么让那匹老马也死掉了？她又想起那些皮毛光滑的骡子，那些亮丽的用来驾车的高头大马，她自己的那匹小骡马，姑娘们的小驹子，以及杰拉尔德那像风一般飞奔的大公马——啊，只要剩一匹留下来，哪怕是脾气最坏的骡子，该多好啊！

但是，也不要紧——一旦她的脚好起来，她就可以步行到琼斯博罗去一趟，那将是她有生以来最远的一次步行，不过她愿意走着去。她一定能在那里找到一个能教她怎样弄食物的人。这时韦德那张痛苦的小脸浮现在她眼前。他天天嚷着他不爱吃山芋；他要一只鸡腿，一点米饭和肉汤呢。

想到这些，思嘉已经泪汪汪的了。她紧紧抱着头，强忍着不要哭出声来。

但这时忽然一阵得得的马蹄声传来，不免暗暗惊讶。不过她并没有抬起头来。她的心在急跳，随即便断然告诫自己："别犯傻了。"

但是马蹄声很自然地缓慢下来，在石子路上咔嚓咔嚓地响着。她连忙抬起头来看着。原来是个北方佬骑兵。

她本能地躲到窗帘后面，同时急着从帘子的缝隙中窥探那人，心情紧张，呼吸急促，快要喘不过气来了。

他垂头弓背坐在马鞍上，那是个强壮粗暴的家伙。他在阳光里眯着一双小眼睛，冷冷地打量这幢房子。他不慌不忙地下了马，把缰绳撂在拴马桩上。这时思嘉突然痛苦地缓过气来，一个北方佬，腰上胯着长筒手枪的北方佬！而她是单独跟三个病人和几个孩子在家里呢！

他懒洋洋地走过来，一只手放在手枪套上，两只小眼睛左顾右盼。这时思嘉心中像万花筒般闪映着一幅幅杂乱的图景，主要是皮蒂姑妈悄悄说过的关于坏人袭击妇女的故事，譬如，用刀子割喉咙呀，把病危的女人烧死在屋里呀，拿刺刀把哭叫的孩子捅死呀，种种恐怖场面，都与北方佬紧紧连在一起了。

她想赶紧躲到壁橱里去，或者钻到床底下，或者从后面飞跑下楼，一路惊叫着奔向沼泽地，反正只要逃得掉就行。接着她听见他小心翼翼地走上台阶，进了过厅，她才知道自己已经逃不出去了。她吓得浑身发冷，无法动弹，只听见他挨个儿搜寻房间，步子愈来愈响，愈来愈胆大，因为他发现屋里一个人也没有。现在他进了饭厅，到厨房去了。

思嘉一想到厨房，顿时怒火满腔，把恐惧都驱散得无影无踪了。厨房啊！厨房的炉火上正炖着两锅吃的，一锅是苹果，另一锅是千辛万苦从"十二橡树"村和麦金托什村园子里弄来的各种菜蔬的大杂烩，这些不一定够两个人吃，但却是几个挨饿的人的午餐呢！思嘉忍着饥饿等待别的人回来，已经好几个小时，现在想到这个北方佬会一下吃光，气得全身哆嗦了。

让这些家伙通通见鬼去吧！

她轻轻脱掉脚上的破鞋，光着脚匆匆向衣柜走过去，连脚尖上的肿痛也感觉不到了。她悄悄地拉开最上面的那个抽屉，抓起那把她从亚特兰大带来的笨重手枪，这是查尔斯生前佩带但从没使用过的武器。她把手伸进那个挂在军刀下面的皮盒子里摸了一会，拿出一粒火帽子弹来。她竭力镇静着把子弹装进枪膛里。接着，她蹑手蹑脚，跑下楼梯，一手扶着栏杆定了定神，另一只手抓住手枪紧紧贴在大腿后面的裙褶里。

"谁"？一个带鼻音的声音喊道。这时她在楼梯当中站住，血脉在耳朵里轰轰地跳，她几乎听不见他在说什么。"站住，要不我就开枪了。"那声音在接着喊叫。

他站在饭厅里面的门口，弓着身子，一手瞄着手枪，另一只手里拿着一个花梨木针线盒，里面装满了金顶针、金柄剪刀和金镶小钻石之类的东西。

思嘉觉得两条腿连膝盖都冷得站不住了，可是怒火烧得她满脸通红。他手里拿的是母亲的针线盒呀！她从楼梯栏杆上俯身凝视着他，望着那人脸上粗暴的紧张神色渐渐变为半轻蔑半讨好的笑容。

"那么这家里是有人了，"他说，把手枪塞回到皮套里，一面走进饭厅，差不多正好站在她下面。"就你一个人吗，小娘们？"

她突然地把手枪从栏杆上伸出去，对准他那满是胡须的脸。他还没明白怎么回事，这边枪机已经扳动了。手枪的后坐力使她的身子晃了一下，同时那个北方佬扑通一声仰天倒下，上半身摔在饭厅门里，把家具都震动了。针线盒也从他手里摔出来，撒了一地。思嘉几乎下意识地跑到楼下，站在他旁边，俯身看着他那张胡须蓬蓬的脸，只见鼻子那儿有个血糊糊的小洞，两只瞪着的眼睛被火药烧焦了。两股鲜血在发亮的地板上流淌，一股来自他的脸上，另一股出自脑后，思嘉瞧着瞧着，好像才恍然明白是怎么回事。

是的，他死了。毫无疑问，她杀死了一个人！

硝烟袅袅地向房顶上升，两摊鲜血在她脚边不断扩大。

她杀死了一个人。她，本来连打猎时都不忍追杀动物，是一个连牲畜被宰杀时的哀号都不忍听的姑娘。杀人了！她意识迟钝地思索着。她向地板上针线盒旁边那只毛茸茸的手瞟了一眼，突然又心中振奋起来，心中涌起了一种冷静而残忍的喜悦。她简直想用脚跟往他鼻子上那个伤口碾几下，她总算替塔拉农场——也替爱伦打出了复仇的一击了。

楼上穿堂里传来急速跟跄的脚步声，是虚弱而艰难的脚步。她抬头一看，看见媚兰在楼梯顶上，身上只穿了件当睡衣的破衬衫，一只瘦弱的手臂因拿了查尔斯的那把军刀而沉重地耷拉着。媚兰把楼下的全部情景通通看得一清二楚。

她默默地看着思嘉，那张一向温柔的脸上闪烁着严峻而骄傲、赞许和喜悦的微笑，这和思嘉胸中那团火热的混乱情绪正相匹配。

"怎么——怎么——她也像我一样啊！她是了解我的呢！"思嘉在长长的一段沉默中这样想着，"她也会这样做的啊！"

她浑身激动地仰望着那个虚弱的摇摇欲倒的女人，那个让思嘉从没好感，只有厌恶和轻蔑的姑娘。现在，思嘉竭力克制住自己对艾希礼妻子的憎恨，心中涌起了一股敬佩的友情。她突然看见了，在媚兰那轻柔的声音和鸽子般和善的眼光下有着一片锐利的无坚不入的钢刃，同时感到媚兰宁静的血液中也流淌着无比的勇敢。

"思嘉！思嘉！"苏伦和卡琳怯弱的尖叫声从关着的房间里传出来，同时韦德大声哭喊着"姑姑，姑姑！"媚兰连忙用一个手指抿着嘴，一面把军刀放在楼梯顶上，艰难地把病室的门推开。

"别害怕，姑娘们！"听声音她好像兴致很好。"你们大姐想把查尔斯的那支手枪擦擦，结果枪走火了，差点出事！"……"好了，韦德·汉普顿，妈妈不过把你爸的手枪打了一响嘛！等你长大些，她也会让你打的。"

"多冷静的一个撒谎家！"思嘉不由得钦佩地想。"我可不会这么快就编得出来啊。可是，干吗要骗他们呢？他们总会知道我干了些什么。"

她又低头看看那具尸体，满怀厌恶，同时两个膝盖也所以战栗起来了。这时媚兰又挣扎着过来，扶着栏杆，紧紧咬住灰白的下嘴唇，一步步走下楼来。

"回床上躺着去，傻瓜，你找死呀！"思嘉向穿得很少的媚兰嚷着，可媚兰还是艰难地走了下来。

"思嘉，"她小声说，"我们得把他弄出去埋起来才行。他不一定是单独一个人，要是旁的人发现他在这里——"她抓住思嘉的胳臂站稳了身子。

"他是单独一人，"思嘉说。"我在楼上窗口没看见有别人。他一定是个逃兵。"

"即使他是一个人，也不能让人知道。那些黑人会议论的，然后他们就会来抓你。思嘉，我们一定得赶在那些去沼泽地的人回来以前把他埋掉。"

"好吧，我可以把他埋在花园葡萄架底下的一个角落里。那里土很松，波克刚挖过酒桶的地方。可是我怎么把他弄去呢?"

"我们俩每人抓住一只腿，把他拖过去，"媚兰果断地说。

思嘉尽管不怎么赞成，可她对媚兰却越发敬佩了。

"你连只猫也拖不动呢。我一个人来吧，"她粗声粗气地说。"你回床上躺着去。你这会害了自己的。别想着给我帮忙了，否则我要亲自把你背回楼上去。"

媚兰苍白的脸上浮出一丝理解的微笑。"你真可爱，思嘉。"她说着便在思嘉脸颊上轻轻吻了一下。她又继续说:"要是你能一个人把他拖出去，我就来擦地——擦这些脏东西，趁那些人还没回来，不过思嘉——"

"嗯?"

"你说我们不妨搜搜他的背包，好吗? 他可能有什么吃的东西呢。"

"我看可以，"思嘉说，深恨自己竟没有想到这一点。"你去拿背包，我来搜他的口袋。"

她赶紧把他上衣剩下的几颗纽扣解开，然后挨个掏他的口袋。

"我的天，"她小声呼喊道，一面掏出一个用破布卷好的鼓鼓囊囊的钱包来。"媚兰——媚兰，我想这里面全是钱呢!"

媚兰默不作声地突然在地板上坐下，背靠着墙壁一动不动。

"你看，"她颤抖着，"我觉得有点发软了。"

思嘉把破布撕掉，两手哆嗦着打开皮夹子。

"你瞧，媚兰——你瞧呀!"

媚兰看了看，觉得眼睛发胀。那是一大堆乱糟糟的钞票，联盟的和联邦的票子混在一起，还夹着三枚闪闪发光的金币，一枚十美元和两枚五美元的。

"先别去数了，"媚兰看见思嘉动手数那些钞票，便这样说。"我们没时间——"

"媚兰，难道你不明白，这就意味着我们有东西吃了呢。"

"是的，是的，亲爱的，我明白，不过现在没有时间数。你再看看旁的口袋，我就去拿那个背包。"

思嘉很不愿意放下钱包。一幅美妙的远景就在她眼前摆着——钱，北方佬的马，食物！上帝不亏待我们，虽然他采取了一个奇怪的手段，但总算在救助我们了。她坐在那里望着钱包笑个不停，结果媚兰只得索性把钱包从她手里夺了过来。

"快！"

裤袋里没什么东西，只有一截蜡烛、一把小折刀、一小块板烟和一团绳线。媚兰从背包里取出一包咖啡，她贪馋地闻了闻，接着取出一袋硬饼干，一张嵌在镶珍珠的金框里的小女孩相片，看到相片时她的脸色变了。还有一枚石榴石别针、两只很粗的带细链条的金镯子、一只金顶针，一只小银杯、一把绣花用的金剪刀、一只钻石戒指和一副吊着梨形钻石的耳环，这钻石连外行一看都知道十分贵重。

"一个贼！"媚兰小声说，不由得从那尸体旁后退了两步。"思嘉，这些东西一定都是偷来的！"

"当然喽，"思嘉说。"他还想偷我们的东西呢。"

"幸亏你把他打死了，"媚兰温柔的眼睛严峻起来。"现在赶快，亲爱的，把他弄出去吧。"

思嘉弯下身去，抓住那具尸体脚上的靴子，使劲往外拖。她感到他那么沉重，而自己的力气实在太小了。于是她转过身去，背对着尸体，两只手各抓起一只靴子夹在两腋下，拼命往前拖。那尸体果然慢慢移动了，她咬着牙一步步挪动。就这样拖着、挣扎着，累得满头大汗，她把他弄到穿堂里，身后地板上留下一道血迹。

"要是这样一路血淋淋地穿过后院，我们就什么都瞒不住了，"她气喘吁吁地说。"媚兰，把你的衬衣脱下来，我要把他的头包上，堵住那个伤口。"

媚兰苍白的脸上陡地绯红了。

"别傻了，我不会看你的，"思嘉说。"我要是穿了衬裙或内裤，也会脱下来的。"

媚兰背靠墙壁蹲下，将那件破旧的亚麻布衬衣从身上脱下来，悄悄扔给思嘉，然后交抱着双臂尽可能遮住自己。

"感谢上帝，好在我还没羞怯到这个地步。"思嘉心想，于是她用破衣裳把那张血污的脸包起来。

歪歪倒倒挣扎好一阵，她才把那具尸体从穿堂拖到后面走廊上，回头看看媚兰，只见她背靠墙根坐在那里，两臂紧抱着膝遮掩着裸露的乳房。媚兰在这时候还一味地拘礼害羞，真是太愚蠢，思嘉想到这里就恼火了，因为正是这种作风令思嘉瞧不起她。不过她随即又觉得有点惭愧，因为毕竟——毕竟，媚兰在分娩后不久就挣扎着从床上爬起来，而且拿起一件连她也很难举起的武器赶来支援她了。这里表现了一种思嘉深知自己并不具备的勇气，一种犀利而坚韧的勇气，如同媚兰在亚特兰大陷落那天夜里和回家的艰苦旅程中所表现的那样，这种捉摸不着也不显眼的勇气，正是威尔克斯家的人所共有的，但思嘉却不理解，只不过勉强表示赞赏罢了。

"回床上躺着去，"她回过头来说了一声。"要不你就活不成了。让我一会儿来擦洗这些脏东西吧。"

"我去拿条破地毯来擦吧，"媚兰小声说，一面皱着眉头看看那摊血污。

"那好，你就自己找死去吧，我不管了。要是我还没有弄完就有人回来了，你一定要把他们留在屋里，告诉他们那匹马是从别处跑来的。"

媚兰坐在早晨的阳光下瑟瑟发抖，一面捂住耳朵，免得听见死人脑袋一路敲着走廊台阶的砰砰声。

没有人问那匹马的来历，一看便知道它是从最近的战斗中跑散的，并且大家都很高兴它的到来。那个北方佬被思嘉埋在葡萄架下她刨的一个浅坑里。

好几个漫漫长夜，她躺在床上因过度疲劳而彻夜难眠时，也不见有鬼魂从那浅浅的坟穴里出来打扰她。她回想起来既不害怕也不懊恼。她纳闷地想，如果是一个月以前，她哪儿干得出这种事来呢。年轻美貌的汉密尔顿太太，两颊上漾着酒窝，戴着叮叮当当的耳坠子，看起来好像娇弱无力，却居然把一个男人的脸打得稀烂，然后赶忙刨了个坑把他埋了！思嘉咧着嘴狰狞地笑了笑，心想要是那些认识她的人知道了这件事，不知会吓成什么样子啊！

以后，凡是遇到什么难办的事，她心里就出现一个念头："我连人都杀过，这等事当然干得了。"她并非有意地这样想，而是一种深藏心底的想法，不过它的确能帮助她鼓起勇气来。

她的变化实际上比她自己想象的要大得多。她的心上已逐渐长起了一层硬壳，那是她在"十二橡树"村奴隶住宅区的菜地里躺着时开始形成的。

如今有了一匹马，思嘉可以去看看邻居们家里发生的事了。自从她回家以后，她就一直在想："我们是这个县里唯一留下的人家吗？难道别的人家都烧光了？他们全都逃到梅肯去了？"于是她决定首先骑马到方丹家去看看，她想到可能方丹大夫还在，媚兰需要请大夫看看呢。她本来应该逐渐恢复了，可现在仍很虚弱，思嘉有些担心。

这样，一等她的脚好了些能穿上鞋时，她就骑上北方佬的那匹马出发了。

她又惊又喜地看见那所褪色的黄灰泥房子仍站立在树林里，好像还跟过去一样。当方丹家的三个女人从屋里出来叫嚷着欢迎她吻她时，她感到又温暖又喜悦，兴奋极了。

可是，等到头一阵喜相逢的热烈劲儿过去，她们一起走进饭厅坐下之后，思嘉便觉得周围有点冷淡了。原来北方佬并没有到过这儿，因为这里离大路比较远。所以方丹家的牲口和粮食都还好好的，只不过也像塔拉一样寂静，因为除了四个干家务的女仆，所有的奴隶因为害怕北方佬跑掉了。庄子里已没有男人，只有萨莉的小男孩乔，可他才刚刚扔掉尿布，这所大房子里只住着七十多岁的方丹老太太，还有她的儿媳，一个已经五十来岁但大家都习惯称为少奶奶的女人，以及刚过二十的萨莉。他们和邻舍家隔得远，孤零零的。

这几个女人虽然没有血缘关系，年纪又相差很远，可她们有一个共同之处，她们三个都穿着家染的丧服，疲倦而忧伤，心里都忍受着一种悲痛。她们的奴隶都跑了，她们手中的钱也化为废纸。萨莉的丈夫乔已在葛底斯堡牺牲，年轻的方丹大夫在维克斯堡死后少奶奶也成了寡妇。至于另两个小伙子，亚历克斯和托尼，他们到了弗吉尼亚什么地方，不知道是死是活；连老方丹大夫也跟着上前线去了。

"老傻瓜都七十三了，可他自己想装得年轻一些。并且一身的风湿病就像猪身上的跳蚤一样，"老太太口里说着，但对自己的丈夫满怀骄傲。

"你们这里有亚特兰大的什么消息吗？"思嘉等她们心境平静了些才这样问。"我们完全被困在塔拉，什么都不知道呢。"

"唔，孩子，"老太太说，"我们也闭塞死了。除了听说谢尔曼终于占领了城市，就什么也不知道了。"

"唔，那他现在怎么样？仗打到了哪里呢？"

"三个女人孤零零地住在这乡下，几个星期也看不到一封信或一张报纸，还了解什么打仗的情况呀？"老太太尖刻地说。

"你们怎么样呢？"老太太又热心地问思嘉。"听说北方佬在塔拉到处都搭起了帐篷，接着，有一天夜里我们看见塔拉那边升起了一片火光，烧了好几个小时，这可把我们的傻黑人吓坏了，他们马上全跑了。那究竟烧的什么呀？"

"我们家全部的棉花——价值十五万美元的棉花。"

"还幸亏不是房子呢，"老太太说，她将下巴颏儿搁在拐杖把上，"你们家的棉花向来收得多，能够收满一屋子。顺便问一下，你们是大家都动手摘棉花的吧？"

"不，"思嘉说，"何况现在大部分棉花都毁了。我想剩下的也就三包了，都在很远的田里，管什么用场呢？我们家那些干田间活的人全都跑了，没人摘棉花了！"

"我的天，'我们家那些干田间活的人全都跑了，没人摘棉花了！'"老太太模仿着怪声怪气说了一遍，然后讽刺地向思嘉瞥了一眼。"小姐，你自己这双手，还有你那两个妹妹的，都出什么毛病了？"

"我？摘棉花？"思嘉惊讶地叫起来，似乎老太太要她干什么坏事。"像个干田间活的？像那些穷白人？"

"穷白人，真是！难道他们不是又温和又高尚吗？让我告诉你，小姐，我当姑娘的时候父亲彻底破产了，我就甘愿老老实实凭自己的一双手干活，也干田间活，直到父亲又攒下钱买了些黑人。我自己锄地，自己摘棉花，如果需要我今天还愿意做。看样子我还真得做呀。穷白人，真是！"

"唔，不过方丹妈妈，"她的儿媳喊道，"那是多年以前的事了，跟今天不一样，如今时代变啦。"

"但老老实实劳动这一点，是永远不会变的，"这位眼光犀利的老太太继续说，她根本不理边上的人，"并且思嘉，我很为你母亲害臊，让你站在这里说这种话，似乎老老实实的劳动会把穷白人排除在高尚的人之外似的。'在亚当和夏娃男耕女织的时候'——"

为了改变话题，思嘉赶快询问："塔尔顿家和卡尔弗特家怎么样了？都给烧了没有？他们逃到梅肯了吗？"

"北方佬从来没到过塔尔顿家。不过北方佬到卡尔弗特家去过，把那里的牲口和家禽都给抢走了，黑人们也跟着他们走了——"萨莉开始这样说。

老太太插嘴接下去。

"嗨!他们答应给她们穿绸缎衣服,戴金耳坠子——这就是他们干的勾当。凯瑟琳还说过,那些骑兵竟把黑人傻子放在背后马鞍上带走呢。好吧,她们无非得到些混血娃娃罢了,我想北方佬的血统对这个种族也不会起什么改良作用的。"

"啊,方丹妈妈!"

"他们怎么没有把卡尔弗特家的房子烧掉呢?"

"那房子是靠了小卡尔弗特太太和她的北方佬监工希尔顿的求情获救的,"老太太说。

"'我们是坚决的联邦同情者,'"老太太用她又长又细的鼻子瓮声瓮气地模仿着说。"凯瑟琳说他们两人发疯一般发誓,说卡尔弗特一家全是北方人。凯瑟琳感到可耻极了,她宁愿那房子被烧掉呢。不过,这正是一个男人娶上北方老婆应得的报应——她们不知羞耻,不顾体面,只考虑自己的性命……可他们怎么会没有把塔拉烧掉呢,思嘉?"

思嘉迟疑了一会才回答。她知道老太太紧接着还会问:"你们家的人怎么样了?你的亲爱的母亲呢?"她知道不能告诉她母亲死了。她知道只要说出那几个字,她就会放声大哭的。可她不能哭呀,她回家以后还没真正哭一次,她必须保持着勇气。不过她心里也很清楚,要是她瞒着不告诉她们真相,方丹全家人永远也不会饶恕她的。老太太特别钟爱爱伦,在全县妇女中还很少有人像爱伦那样受到她的赞赏呢。

"好,说下去,"老太太催她,两只眼睛严厉地盯着。"难道你还不清楚,小姐?"

"唔,你看,我是到这边的战争结束后才回家的,"她赶忙回答。"那时北方佬全都走了。爸——我爸对我说——说他使北方佬没有把房子烧掉,理由是苏伦和卡琳得了伤寒,正病得厉害,不能移动。"

"我这可是头一回听说北方佬做好事呢，"老太太说，似乎她很不高兴听人说北方佬的好话似的。"那么这两个孩子现在怎样了？"

"唔，她们好些了，好得多了，只不过还很虚弱，"思嘉回答。接着，眼看老太太就要问起爱伦来了，她急忙寻找别的话题。

"我——我想，不知你们家能不能借点吃的给我们？北方佬像蝗虫一样把我们家的东西全吃光了。不过，要是你们也短缺，那就不要勉强，并且——"

"叫波克赶辆车子过来，把我们家的东西，像大米呀，玉米粉呀，火腿呀，还有鸡，都拉一半过去，"老太太说，一面突然向思嘉犀利地盯了一眼。

"啊，那太多了！真的，我——

"别这样说！我不爱听这种话。如果这都做不到，还要邻居干什么？"

"你真是太好了，我怎么能——不过我得走了。家里的人会为我担心的。"

老太太忽地站起身来，抓住思嘉的胳臂。

"你们俩留在这里，"她命令儿媳妇和萨莉，一面推着思嘉到后面走廊去。"我要跟这孩子说句悄悄话。思嘉，扶我下台阶去。"

思嘉抓着缰辔站着，心中纳闷不知老太太要说什么。

"现在，"老太太盯着思嘉的脸孔严肃地说，"塔拉到底怎么样了？你还瞒着我什么吧？"

思嘉抬头注视着那双犀利的眼睛，"母亲死了，"思嘉低沉地说。

"这时老太太紧紧地抓住了她的手，使她觉得痛了，同时老太太那又黄又皱的眼皮在迅速眨动着。

"是北方佬杀了她？"

"是伤寒病。我回家前一天去世的。"

"别去想这些了，"老太太用严厉的口吻说，思嘉见她正竭力抑制自己的感情。"那么你爸呢？"

"爸已经——爸已经不正常了。"

"你这是什么意思？说下去，他病了吗？"

"他显得很奇怪——他不怎么——"

"不要说他不正常。你的意思是有点心理失常吧？"

听到难言的事就这样率直地说明了，思嘉顿时感到轻松，如释重负。这位老太太多好，她也不表示同情让你伤心呢。

"是的，"她沉思地说，"他心理失常了。他晕晕乎乎的，好像连母亲去世也不记得了。唔，老太太，看着他久久地坐在那里耐心等待着母亲，我真受不了。他以前急躁得像个孩子。不过，如果他清楚地知道母亲已经不在了，那就更糟了。他经常端坐在那里侧耳倾听母亲的动静，然后突然跳起来，笨拙地走出门去，一直走到墓地。过了一会，他拖着两条腿走回家，泪流满面地反反复复说：'凯蒂·思嘉，奥哈拉太太死了呢。你母亲死了，'有时在深夜，不停地呼唤她，我不得不从床上爬起来，走过去对他说她正在护理一个生病的黑人呢。他就像个孩子，啊，我真希望方丹大夫在家呢！我想他会有办法的。并且媚兰也需要请个大夫瞧瞧。她产了那个婴儿之后一直没有恢复过来，本来应当——"

"媚兰——婴儿？她跟你们在一起？"

"是的。"

"媚兰跟你们在一起干什么？她为什么不跟她姑妈和别的亲人住在梅肯？我从不认为你会喜欢她，小姐，虽然她是查尔斯的妹妹。那么，跟我说说吧。"

"说起来话长，老太太。你要不要回到屋里去，好坐下来细谈？"

"我能站嘛，"老太太简单地说。"并且如果你当着别人的面讲，他们便会大声嚷嚷。好，我们就谈吧。"

思嘉从围城和媚兰的怀孕开始讲起，最初还有点支支吾吾，但她讲着讲着，所有的情节历历在目。如婴儿诞生的那个大热天，全家逃跑和瑞德的中途抛弃。她谈了那天晚上的一片漆黑和遍野的炽旺营火，第二天清早看见的那些孤零零的烟囱，沿途的死人死马，饥饿，荒凉，以及生怕塔拉也被烧掉的焦急心情，等等。

"当时我想只要能回到母亲身边，就一切都好了，我就可以卸掉肩上的担子了。我在回家的路上觉得世界上最可怕的事都发生在我身上了。可是直到我听说母亲去世时，才意识到什么是最可怕的事了。"

她垂下了眼睛看着地上，等老太太说话。可接着来是一段相当长的沉默，最后老太太终于开了口，那声调是异常温和的。

"孩子，对于女人来说，如果她一旦对付了最坏的处境，以后就什么也不害怕了。可是一个女人要是什么也不害怕，那也很糟糕。你以为我不理解你刚才说的吧？不，我很理解。我在你这个年纪，碰上了印第安人的叛乱，正好是米姆斯要塞大屠杀之后——是的，"她若有所思地说，"就在你这个年纪，那是五十年前了。那时我设法逃到灌木林里躲起来，躺在那里看见我们的房子在熊熊大火中燃烧，还看见印第安人剥我兄弟姐妹们的头皮。可我只能一动不动地躺着，祈祷那火光不要照到我。他们把母亲拖到外面，在离我大约二十英尺的地方把她杀害了，接着又剥了她的头皮，还不断有印第安人跑回来用鹰头斧子砍她的头盖骨。我呢，我是母亲最宠爱的孩子，只能躺在那里眼睁睁看着这一切。第二天早晨，我动身到最近一个居留地去。到那里之后，他们还以为我发疯了呢。……我就是在那里碰见方丹大夫的。他照顾我……唉，是的，我说过，那是五十年前的事了。从那以后，我就什么也不怕了。因为我已经见过可能碰到的最坏情况了。但这种无所畏惧也给我带来了许多痛苦，剥夺了我大量的幸福。上帝有意要让女人胆小怕事，所以一个不怕事的女人总是不怎么正常的……思嘉，你还是应当保留一点东西让自己害怕——就像保留一点东西让自己珍爱一样……"

她的声音渐渐低了，似乎默默地站在那里回顾半个多世纪以前令她害怕过的年月。

"好，回家去吧，孩子，要不他们会着急了，"她突然这样说。"叫波克今天下午就赶着车子来……也不要以为你自己能放下担子。因为你无法放下嘛。我很清楚。"

那年的深秋季节一直持续到 11 月，温暖的天气使人们感到很舒适。最困难的时期已经过去。他们现在有了一匹马，外出不用步行了。他们早餐时有煎蛋，晚餐有火腿，再也不是干巴巴的山芋、花生和苹果干，甚至有一次过节还吃了烤鸡呢。那头老母猪已终于抓到了，和它的那窝小猪被关在猪圈里，正高兴地嘟哝呢。有时猪大声尖叫，闹得屋里的人没法说话，不过这声音听起来也是令人愉快的。这意味着冷天和宰猪季节一到，白人就有新鲜猪肉、黑人也有猪下水好吃了，同时还意味着大家冬季不会挨饿啦。

思嘉拜访方丹家以后受到很大鼓舞，只要知道了她还有邻居，她家的一些朋友和他们的旧居都还在，就足以把她的孤独感驱散了。方丹和塔尔顿两家的农场都没受什么损失，他们又很慷慨，把家里仅有的东西分了一部分给她。这是传统习惯，邻居们应彼此帮助，所以，他们不要思嘉一分钱，说如果是她也会那样做的，还说等到明年塔拉又有了收成以后，再偿还也可以。

思嘉现在有食物养家了，并且还有一匹马，还有从北方佬逃兵身上搜到的那些钱和珠宝。如今最需要的是衣服，她明白，如果打发波克到南边去买，那是很冒险的，因为不论北方佬还是联盟军队都很可能把马抢走。不过，她至少已有钱买衣服，有马和车子可以外出了。总之，最苦的时期已经过去了。

每天早晨思嘉一起来，就感谢上帝给了她一个晴天和暖烘烘的太阳，因为每一个好天气都可以使寒冷季节更迟一些到来，衣服的问题也能再推一推。如今，每天都有新的棉花收下来，田里的棉花实际上比思嘉和波克所估计的要多，大概收到四包。

思嘉不打算自己到田里去摘棉花，虽然方丹老太太曾尖刻地批评过。但是，要让她这位奥哈拉家的小姐，如今塔拉农场的女主人，亲自下大田去劳动，这毕竟是不可想象的。她的打算是让黑人干田间活，她和几位正在恢复健康的姑娘干家务。但这个打算碰到了强烈的等级制情绪的反抗，这情绪比她自己的还要强呢。波克、嬷嬷和普里茜一想到要下大田干活，便大声嚷嚷起来，他们反复强调自己是干家务的黑人，不是干田间活的。特别是嬷嬷，她激愤地喊道她连院子里的活也没干过，她是在老夫人卧室里长大的，晚上睡在夫人床脚边的一张褥垫上。唯独迪尔茜什么也没有说，而且瞪着眼睛狠狠盯住普里茜，叫这个小家伙不敢吭声。

思嘉对他们的抗议毫不理会，把他们通通赶到棉田里去。不过嬷嬷和波克慢吞吞的，又不停地唉声叹气，结果思嘉只得把嬷嬷叫回厨房做饭，叫波克到林子里捉野兔和松鼠，到河边钓鱼。

接着，思嘉将两个妹妹和媚兰安排到田里去干活。媚兰把棉花摘得又快又干净，高高兴兴地在大太阳下干了一个小时，可随即一声不响地晕倒了，于是只得卧床休息一周。苏伦闷闷不乐，哭个没完，也假装晕倒在田里，但思嘉往她脸上浇了一瓢凉水后她便立刻清醒，像只恶猫似的啐起唾沫来。最后她干脆拒绝不去了。

"我就不愿意跟黑人一样在田里干活嘛！你不能逼我。要是我们的朋友有人知道了怎么办呢？唔，如果母亲知道——"

"只要你敢再提一句母亲，苏伦·奥哈拉，我就把你揍扁，"思嘉大声喝道。"母亲干起活来比哪个黑人都辛苦，难道你不知道，你这千金小姐？"

"她没有！至少不是在田里。你也不能强迫我去干。我要到爸那里去告你，他不会让我干的。"

"看你敢去找爸，拿我们这些事打扰他！"思嘉既生妹妹的气，又怕父亲伤心，真是狼狈透了。

"我来帮你做吧，姐姐，"卡琳温顺地插嘴说。"我会把苏伦和我自己的活都干完的。她的病还没有全好呢，不该出门晒太阳呢。"

思嘉满怀感激地说："谢谢你，小乖乖，"但她瞧着这位小妹妹又发起愁来。卡琳一直很娇嫩，以前像花朵般白里透红，可现在红晕已经消失，只不过那张沉思可爱的脸上还流露着花一般的品性。她自从渐渐清醒后，发现母亲去世了，就变得沉默寡言，并且心神不定。她发现思嘉像个碎嘴婆婆似的，周围的环境已完全改变，不停地劳动已成为新的生活了。像卡琳这样天性娇弱的人，是很难适应这些变化的。她简直不理解怎么回事，只像个梦游人似的走来走去，做着分配给她做的活。她看来很脆弱，实际上也是这样，但她随和，听话，乐于帮助别人。

思嘉站在太阳下的棉田里，累得腰酸背痛，腰都直不起来，两只手也被棉桃磨粗了，真希望有个能把苏伦的体力跟卡琳的温柔品性结合起来的妹妹啊。因为卡琳摘得又卖力又认真，可是一个小时之后就可以看出她实际上身体还没有全好，还不宜干这种累活儿，结果思嘉只得把她也送回家去了。

现在跟她一起留在棉田里的只有迪尔茜和普里茜母女俩了。普里茜懒懒散散、慢吞吞地摘着，不断地抱怨脚痛背痛，还说肚子也疼，浑身都瘫了。直到她母亲拿起棉花秆抽她，她才尖叫几声完事。这以后她稍稍好一点，同时故意离得远远的，叫母亲再也打不着她。

只有迪尔茜不知疲倦、默默无言地干着，像一台机器。思嘉自己除腰酸背痛外，肩膀也因背棉花袋磨破了，所以更觉得迪尔茜可贵，就好比是金子铸的。

"迪尔茜，等到将来又过好日子了，我决不忘记你这样辛辛苦苦地劳动。你真是太好了，"她真诚地说。

这个青铜般的女巨人跟旁的黑人不一样，她受到夸奖时不会高兴得咧嘴笑，也不会兴奋得浑身哆嗦。她只把那张毫无表情的脸转向思嘉，并认真地说："谢谢你，太太。不过杰拉尔德先生和爱伦小姐都对俺很好。杰拉尔德先生把俺的普里茜也买了过来，省得俺惦记她，这俺总不能忘记吧。俺是个带印第安血统的人，印第安人对那些待他们好的人是不会忘记的。俺就担心俺的普里茜，她真没用啊。看样子纯粹是个黑人，像她爸一样。她爸就很不认真。"

虽然思嘉指派人摘棉花时碰到了困难，虽然她自己劳动时十分辛苦，可是眼看棉花一点点从田里搬进了棚屋，她的热情也就越来越高了。棉花这东西总能给人一种可靠和稳定的感觉。塔拉农场是靠棉花富起来的，可以说整个南方都是如此；而思嘉是个不折不扣的南部人，她充分相信南部会从这些红土壤的田地里重新强盛起来。

当然，她收获的这点棉花不算多，可还是有些用处，这可以换来一小笔钞票，所以北方佬钱包中的那些联邦货币和金币可以留下来，等以后需要时再用。明年春天她要想方法让联盟政府把他们征用的大个子萨姆和其他干田间活的黑人放回来；要是政府不放，就用北方佬的钱向邻居租用一些。明年春天，她将要播种啊，播种……想到这里，她把累弯了腰的背挺得直直的，眺望着那广阔的深秋原野，似乎看见第二年庄稼已经苗壮地、碧绿地一亩一亩绵亘在那里了。

明年春天啊！也许到明年春天战争就结束了，好日子又回来了。

现在有希望了，战争总不会永远打下去。思嘉有了一点棉花，有了吃的，有了一匹马，有了一笔小小的钱。是的，最困难的阶段已经过去了。

第二十七章

11 月中旬的一个中午，他们围着餐桌聚在一起吃饭。户外已经有点凉意，这时波克站在思嘉的椅子背后，喜滋滋地搓着两只手问道："是不是该宰猪了，思嘉小姐？"

"你可以准备吃那些下水了，不是吗？"思嘉咧嘴一笑说。"好吧，我自己也可以吃新鲜猪肉，只要这种天气再持续几天，我们就——"

这时媚兰插嘴了，汤匙还放在嘴边。

"你听，亲爱的，有人来了！"

"有人在喊呢，"波克心神不安地说。

深秋的微风传来了清晰的马蹄声，同时一个女人在尖叫："思嘉！思嘉！"

全桌的人都安静下来，不知是怎么回事，接着才一齐站起来。虽然一时都吓得没敢说话，但毕竟听出了那是萨莉·方丹的声音。一个小时前她去琼斯博罗路过塔拉，还在这里闲聊了一会儿呢。如今大家争着奔出去，挤在那里观看，只见她骑着一匹汗水淋漓的马飞驰而来，她的头发披散在脑后，帽子也吊在帽带上迎风飘动，她没有勒马，但一路向他们挥着手臂，指着后面她来的那个方向。

"北方佬来了！我看见他们了！沿着这条大路来了！那些北方佬——"

他们一时像麻木了似的，呆呆地站在那里，随后苏伦和卡琳就紧紧抓住手哭开了。小韦德站着一动不动，浑身哆嗦，不敢哭出声来，自从那天晚上离开亚特兰大以来，他一直害怕的事情如今终于发生了，北方佬就要来把他捉去呢。

"北方佬？"杰拉尔德困惑不解地说。"可是北方佬已经到过这里呀。"

"我的天！"思嘉叫了一声，朝媚兰惊慌的眼睛看了看。这时她又想起了以往听说和经历的恐怖情景。她想："我要死了。我就要死在这里了。还以为一切都熬过去了呢。我要死，我再也无法忍受了。"

这时她的眼光落到那匹已套上鞍辔拴在那里的马上，这是她的马，她惟一的马啊！北方佬会把它抢走，把那头母牛和牛犊也抢走。母猪和一窝猪崽——啊，辛辛苦苦花了多少工夫才把它们抓回来啊！他们还会把方丹家给她的那只大公鸡，那些正在孵蛋的母鸡，以及那些鸭子都抢走。还有放在食品柜里的苹果和山芋，还有面粉、大米和干豆，北方佬大兵皮夹里的那些钱呢。他们会把一切都抢走，让大家挨饿！

"他们休想得逞！"她大喊一声，旁边的人都吃惊地回过头来，担心消息把她气炸了。"我决不挨饿！他们休想得到这些东西！"

"怎么了，思嘉？怎么了？"

"那匹马！那头母牛！那些猪！他们休想得到！"

她急忙向躲在门道里的四个黑人走去，他们的黑脸早已吓灰了。

"到沼泽地去，"她火急火燎地命令他们。

"哪个沼泽地？"

"河边沼泽地嘛，笨蛋！把猪赶到沼泽地去。大家都去。快！波克，你和普里茜把猪赶出来。苏伦和卡琳去拿篮子装吃的东西，只要你们提得动就尽量多装一些，带到林子里去。嬷嬷，你把银餐具还是放到井里。还有波克！波克，你听着，别发呆了！你带着爸走。别问我往哪儿！哪儿都行！爸，你跟波克走吧。爸爸真好。"

她尽管急得要发疯了，可仍然想到杰拉尔德那惊惶莫定的心态会经受不住。她站在那里搓着两只手寻思，这时小韦德惊恐的抽泣声使她更加心乱如麻，不知所措了。

"让我干点什么呢，思嘉？"媚兰的声音在周围那一片惊慌和嘈杂中显得格外冷静。虽然她脸色惨白，浑身颤抖，但就是那种平静的声调已足以使思嘉镇定一些。

"那头母牛和牛犊子，"她赶紧说。"在原来的牧场里。骑马去把它们赶到沼泽地里去，而且——"

没等她说完，媚兰就摆脱韦德的手下了台阶，提着宽阔的裙裾向那匹马跑去了。就在马准备一跃而出时，她忽然又把马勒住，脸上露出十分惊慌的神色。

"我的孩子！"她惊叫道，"啊，我的孩子！北方佬会把他杀了的！快把他给我呀！"

她一手抓住鞍头，准备跳下马来，可这时思嘉厉声喝住她。

"你走吧！你走吧！去赶那头母牛吧！我会照料孩子的！走吧，我叫你走！我难道会让他们把艾希礼的孩子抓走吗？你走吧！"

媚兰绝望地回顾着，同时用后跟狠狠蹬着马的两肋，于是马驮着她一溜烟向牧场奔去了。

思嘉走进屋里，韦德紧跟在后面，一面哭泣，一面伸手去拉她飘荡的裙子。她看见苏伦和卡琳两人臂上挎着橡树皮的篮子向食品柜走去，波克则粗手笨脚地抓住杰拉尔德的臂膀，拖着他往后面走廊上跑。杰拉尔德一路喃喃地抱怨着，像个孩子似的总想挣脱他的手跑开。

她在后院里听到嬷嬷的尖叫声："喂，普里茜！你钻到屋底下去给俺把那些猪崽轰出来！你知道俺太胖了，钻不进那个格子门。迪尔茜，你来给我把这小坏蛋——"

"我想这可是个好主意，把猪养在房子底下，没有人能偷它们，"思嘉心里想，一面回自己房里去。"啊，我为什么不在沼泽地底下给它们盖个圈呢？"

她拉开衣柜顶上的抽屉，找着了那个北方佬的钱包。她急忙从针线篮里取出藏在那里的钻石戒指和耳坠，全都塞进钱包里。可是把钱包藏到哪里好呢？床垫里面？烟囱顶上？扔到井里？或者揣在自己怀里？不，不行！钱包鼓鼓囊囊的，会从胸衣底下鼓起一大块，要是北方佬看出来了，准会撕开她的衣服来搜呀！

"他们要是那样，我就宁愿死掉！"她愤怒地想。

楼下到处是奔忙的脚步声和哭泣声，一片混乱。思嘉暴躁极了，希望媚兰能在身边，因为媚兰的声音那么镇静，并且在她击毙北方佬那天显得那么勇敢。媚兰一人能顶上三个人。媚兰——媚兰刚才说什么来着？啊，是的，那婴儿！

思嘉一把抓起钱包，跑过穿堂，向小博睡觉的房间奔去，把他从矮矮的摇床里抱起来。

如今她听见苏伦在喊叫："来呀，卡琳！来呀！我们装够了。啊，妹妹，快！"后院里是一片尖叫声和愤怒的抱怨声。思嘉跑到窗口，看见嬷嬷两个臂弯底下各夹着一只小猪。她后面是波克，他也夹着两只小猪，同时推着杰拉尔德一路奔跑。杰拉尔德跟跟跄跄地挥舞着拐杖。

思嘉倚在窗棂上唤道："迪尔茜，把母猪带走！叫普里茜把它轰出来！"

迪尔茜抬起头来，她那青铜色的脸上显得很为难了，她围裙里兜着一堆银餐具呢。她只得指指房子下面。

"母猪咬了普里茜，俺把它关在房子下面了。"

"那也好，"思嘉心里想，连忙跑回房里，赶快把她那些值钱的宝贝一一取出来。可是藏到哪里去好呢？要一手抱着小博，一手抱着那只钱包和这些小玩意儿，多不方便呢？她决定先把婴儿放在床上。

婴儿一离开她的臂弯就哇地哭了，这时她忽然想出一个好主意来，要是将东西藏在婴儿尿布里，不是挺好吗？她连忙把他翻个身，拉起他的衣裳，把钱包塞进他后腰上的尿布底下。婴儿经这么一摆布，放声大哭起来，可是她顾不上那么多了。

"好了，"她深深地抽了一口气，"赶快跑。"

她一只胳臂紧紧搂着哭叫的婴儿，另一只手抱着那些珠宝，迅速跑出去，可是她突然停下来，吓得两腿发软。这屋里多么寂静啊！静得多么可怕！他们全都离开了，只剩下她一个人了吗？难道谁也没等她一会儿？

一个微弱的声音把她吓了一跳，她连忙转过身去，看见她那被遗忘的孩子蹲在栏杆旁边，两只受惊的眼睛瞪得老大，他想要说话，可是喉咙颤抖着发不出声。

"站起来，韦德·汉普顿，"她立即命令说。"起来自己走，妈现在不能抱你。"

他向她走过来，像只受惊的小动物，然后紧紧抓住她宽大的裙裾，把脸埋在里面。她开始下楼，但韦德在后面拉着，每走一步都不容易，她厉声喊道："放开我，韦德，把手松开，自己走！"可是那孩子反而抓得更紧了。

她好不容易走到楼梯脚下。所有那些熟悉的、珍爱的家具好像都在低声说："再见！再见！"一阵呜咽涌上她的喉咙，但她极力抑制住。

"北方佬会把它们通通烧掉——通通烧掉啊！"

现在也许是她最后一次看到这个家了，也许今后除了看见被烧黑的废墟之外，就什么也看不见了。

"我离不开你啊，"思嘉心里念叨着，一面害怕得牙齿直打战。"我离不开你。爸也不愿意离开你。他说过，要烧房子就先烧死他。那么，就让他们把我烧死在里面吧。"

下了这样的决心，她反而没有那么惊慌了，只觉得胸中堵得慌。这时她听见从林荫路上传来杂沓的马蹄声，和铿铿锵锵的军刀磕碰声，接着是一声粗嘎的口令："下马！"她立即俯身嘱咐身旁的孩子，那口气尽管急迫但却温柔得出奇。

"放开我，韦德，小宝贝！你赶快跑下楼，穿过后院，跑到沼泽地去。嬷嬷和媚兰姑姑都在那里。赶快跑，亲爱的，别害怕！"

那孩子听出她的声调变了，便抬起头来看她，这时思嘉一见他那眼神就吓坏了，他活像一只陷阱里的小野兔呢。

"啊，我的上帝！"她暗暗祈祷。"千万别让他犯什么病呀！千万——千万不要在北方佬跟前这样。千万不能让他们看出我们在害怕呢。"可是孩子把她的裙裾拉得更紧了，她才毫不含糊地说："要像个大孩子了，韦德。他们只是几个该死的北方佬嘛！"

于是，她下了楼梯，迎着他们走去。

她站在楼梯脚下，手里抱着婴儿；韦德紧紧靠在她身边，头埋在她的裙子里。北方佬在屋里到处乱窜，从她身边粗鲁地拥挤着跑上楼，有的将家具四处乱拖，用刺刀和小刀插入椅垫，在里面搜寻贵重的东西。他们在楼上把床垫和羽绒褥子撕开，弄得到处羽绒纷飞，轻轻飘落到思嘉头上。她毫无办法地站在那里，眼看着他们连拿带抢，糟蹋破坏，满腔怒火不由得把恐惧也压下去了。

指挥这一切的那个中士是个罗圈腿，头发灰白，嘴里含着一大块烟草。他走到思嘉跟前，随随便便地朝地板上和思嘉裙子上啐唾沫，而且直截了当地说：

"把你手里的东西给我吧，太太。"

她忘记了那两件本来想藏起来的小首饰，这时只得故意发出一声动人的冷笑，索性把它们扔在地上，接着便怀着几乎是欣赏的心情看着他那副贪嫠相。

"还要麻烦你把戒指和耳环取下来。"

思嘉把婴儿更紧地夹在腋窝下,让他脸朝她挣扎着啼哭起来,同时把那对石榴石耳坠子——杰拉尔德送给爱伦的结婚礼物——摘下来。接着又捋下查尔斯作为结婚纪念送给她的那只蓝宝石戒指。

"别扔在地上,就交给我吧,"那个中士向她伸出两手。"你还有什么?"他那双眼睛在她的胸衣上犀利地打量着。

那一刻思嘉几乎晕过去了,她已经感觉到那两只粗鲁的手伸进她怀里,在摸索怀里的带子。

"全都在这里了。难道还得把衣服脱下来吗?"

"唔,我相信你,"那中士好心地说,然后啐口唾沫走开了。思嘉把婴儿抱好,设法让他静下来。谢天谢地,媚兰竟有一个孩子,而这孩子又有一块尿布!

她听见楼上到处是笨重的皮靴声,那些家具被粗暴地拖过来拖过去,吱嘎乱叫。瓷器和镜子全被打碎了,中间还夹杂着下流的咒骂,因为找不到什么好东西了。院子里也传来士兵们的高声喊叫:"别让它跑了!"同时听见母鸡绝望地咯咯大叫,嘎嘎的鸭叫声和鹅叫声混成一片。突然砰的一枪响,母猪痛苦的尖叫停止了,母猪被打死了。该死的普里茜,她丢下母猪不管,自顾自跑啦!但愿那些小猪平安无事!但愿家里人都安全到达沼泽地!

她静静地站在那里,眼看着周围大兵在喊叫咒骂,乱成一团。韦德异常惊恐,狠狠抓住她的裙子不放。她感觉到他的身子在索索发抖,可是她也毫无办法。她鼓不起勇气来对北方佬说话,不论是祈求、抗议或是愤怒。她唯一要感谢上帝的是她的两条腿还有力量支撑着她,她的头颈还能把脑袋高高地托着。不过当一小队人扛着各种各样的东西笨拙地走下楼时,她看见其中有查尔斯的那把军刀,便不禁大声喊叫起来。

那把军刀是韦德的，是从他祖父那儿代代传下来的，后来思嘉又把他当作生日礼物送给了自己的儿子。授予这生日礼物时还举行了一个小小的仪式，当时媚兰哭了，她感到又骄傲又伤心，并吻着小韦德说他长大后一定要像父亲和祖父那样成为一名勇敢的军人。小韦德感到十分自豪，时常爬到桌上去看挂在墙上的这个礼物，用小手轻轻抚摩它。思嘉对于她自己的东西被抢走还能忍受，可是她孩子的珍贵纪念物就不行了。小韦德听见她喊叫，便从她的裙裾里探出头来偷偷看着，并鼓起勇气边哭泣边说起话来。他伸出一只手嚷道：

"我的！"

"那把刀你不能拿走！"思嘉赶紧说，也伸出一只手来。

"我不能，嗯？"那个拿军刀的矮小骑兵厚颜无耻地咧嘴一笑。"嗯，我不能！这是把造反的刀呢！"

"它是——它不是！这是墨西哥战争时期的军刀。你不能拿走。那是我孩子的。是他祖父的！唔，队长，"她大声喊着向那个中士求援，"请叫他还给我吧！"

中士听见有人叫他队长，心里挺高兴，便走上前来。

他说："鲍勃，让我瞧瞧。"

小个儿骑兵很不情愿地把军刀递给他，说："这刀柄是金子做的呢。"

中士把刀拿在手里转动了一下，又将刀柄举起对着太阳光读刀柄上刻的字：

"'给威廉·密尔顿上校，纪念其英勇战功。参谋部敬赠。1847 年于布埃纳维斯塔。'"

"嗬，太太，我本人那时就在布埃纳维斯塔呢。"

"真的？"思嘉冷冷地说。

"怎么不是呢？那是一场激战，我告诉你。从没见过那样激烈的战斗。那么，这把军刀是这个小娃娃的爷爷的了？"

"是的。"

"好，留着吧，"中士说，他有了他包在手帕里的那几件珠宝首饰，就已经非常满足了。

"不过那刀柄全是金的呀，"小个儿骑兵很不甘心情愿。

"我们把它留给她，好叫她记得我们，"中士咧着嘴笑笑。

思嘉接过军刀。

接着士兵们都从楼上和外面松松垮垮地回来了。

"找到什么没有？"中士问。

"一头猪，还有一些鸡鸭。"

"一些玉米和少量的山芋豆子。我们看见的那个骑马的臭女人一定来报过信了，这就完了。"

"保罗·里维尔，怎么样？"

"我看，这里没多少油水，中士。咱们凑凑合合拿到一点就算了。咱们还是快走，不要等大家都知道咱们来了。"

"你们挖过地下熏腊室没有？他们一般把东西埋在那里呢。"

"没有什么熏腊室。"

"黑人住的棚里挖过了没有？"

"棚屋里只有棉花，没别的。我们把它烧了。"

思嘉想起在棉田里那些漫长的炎热日子，又回想起腰酸背痛，两肩磨得皮开肉绽的可怕滋味。一切都白费了。棉花全完了。

"说真的，你们家没什么好东西，太太，是不是？"

"你们的部队以前来过了，"思嘉冷冷地说。

"那倒是，我们9月间来过这一带，"有个士兵说，一面在手里转动着一个什么东西。

思嘉看见他手里拿的是爱伦的金顶针。这个闪闪发光的顶针她以前经常看见母亲戴在手上。她睹物伤怀,想起母亲纤细的手指。可如今顶针却在这个陌生人多茧的肮脏的手心里,并且很快就会流落到北方去,戴在不知哪个北方佬女人的手指上,那个女人还会因为用掠夺来的物品而感到骄傲呢。爱伦的顶针啊!

思嘉低下头,免得让敌人发现她流眼泪。她模糊地看见那些人朝门道走去,听见中士洪亮而粗暴地喊口令。他们动身走了,塔拉农场安全了,可是她仍在伤心地回忆爱伦,高兴不起来。后来她闻到刺鼻的烟火味,才想到要去看看那些棉花,可是经过这一阵紧张之后特别虚弱,几乎无法动弹了。从饭厅窗口望出去,她看见浓烟缓缓地从棚屋里冒出来。棉花就在那里被烧掉了。纳税的钱和维持他们一家度过这个严冬的花销也化为乌有了。她没有办法,只能眼巴巴地看着。她以前见过棉花着火的情景,知道那是很难扑灭的,不管你有多少人来抢救都无济于事。

她突然僵直地转身,睁着一双惊恐的眼睛从穿堂、过道一直向厨房凝望过去。厨房里也在冒烟!

她把婴儿随手放下,随即又甩开韦德的小手,直甩得他撞在墙壁上。她冲进烟雾弥漫的厨房,可立即又退回来,连声咳嗽着,呛得眼泪直流。接着,她用裙裾掩住鼻子,又一次冲了进去。

厨房里黑沉沉的,烟雾太浓,她什么也看不见,只听到火焰的噼啪声。她一只手遮着眼睛向四周扫视了一下。

原来有人把炉子里烧着的木柴撒在地板上,干透了的松木地板便很快燃烧起来了。

她冲出厨房向饭厅里跑去,把那里的一块破地毯抓起来,把椅子哗啦啦全翻倒在地上。

"我怎么能把它扑灭——绝不可能!啊!上帝,要是有人帮忙就好了!塔拉农场完了——完了！啊，上帝！这就是那个小个子坏蛋干的，啊，我还不如让他把军刀拿走算了！”

在穿堂过道里，她从小韦德身边跑过，这孩子抱着那把军刀躺在墙角里。他闭着眼睛，脸色疲惫松弛，但却异常的平静。

“我的上帝！他死了！他们把他吓死了！”她心里一阵剧痛，但仍然迅速从他身边跑开，赶快拿水桶去了。

她把地毯的一端浸入水中，然后憋足力气提着它冲进黑烟滚滚的厨房，并把门关上。她一直在那里面摇晃着，咳嗽着，用地毯狠狠地抽打着一道道的火苗，可不等她抬头火苗又迅速蔓延开来。有两次她的长裙子着了火，她只得用手去把火扑灭。她闻见自己头发上愈来愈浓的焦臭味，因为头发已完全散下来，披在肩上。火焰跳得那么快，像些火蛇似的，向四壁和过道蔓延。她精疲力竭，浑身瘫软，感到完全绝望了。

这时门突然打开，一股气流涌入，火焰“忽”地蹿得更高。接着砰的一声门又关了，思嘉从烟雾中隐约看见媚兰在用双脚践踏火苗，同时拿着一件又黑又重的东西用力扑打。她看见她跌跌撞撞，听见她不住的咳嗽，偶尔还能看见她苍白而坚毅的面孔，看见她举起地毯用力抽打，那瘦小的身躯一俯一仰地扭动。她们两人并肩扑打着，极力挣扎，好不容易思嘉才看见那一道道火焰在逐渐枯萎。这时媚兰突然向她回过头来惊叫一声，用尽全身力气在她肩后猛抽了一阵。思嘉在一团浓烟中昏沉沉地倒下去。

她睁开眼睛，发现自己舒服地枕着媚兰的大腿，躺在屋后走廊上，午后的太阳在她头上暖洋洋地照着。她的双手、脸孔和肩膀都严重烧伤了。棚屋还在继续冒烟，周围弥漫着棉花燃烧的焦臭味。思嘉看见厨房里还有一缕缕黑烟飘出来，便疯狂地挣扎着要爬起来。

但是媚兰用力把她按住，一面用平静的声音安慰她：“好好躺着，亲爱的。火已经熄了。”

她这才放心地长舒了一口气，闭上眼睛，静静地躺了一会。这时她听见媚兰的婴儿在旁边发出的咯咯声和韦德打嗝的声音。原来他还活得好好的，感谢上帝！她睁开眼睛，仰望着媚兰的面孔，她的卷发烧焦了，脸上被煤烟弄得又黑又脏，衬得眼睛闪闪发亮，并且还在微笑呢。

"你像个黑人了，"思嘉低声说，一面把头懒懒地钻进柔软的枕头里。

"你像个扮演黑人的滑稽演员呢，"媚兰针锋相对地说。

"你干吗那样抽打我呀？"

"亲爱的，你背上着火了。可我没有想到你会晕过去，虽然我知道你今天实在累得够呛了……我一把那牲口赶到沼泽地安置好，就赶快回来，想到你和孩子们单独留在家里，我快急死了。那些北方佬……他们伤害你了没有？"

"如果你指的是糟蹋，那倒没有，"思嘉说，一面哼哼着想坐起来。枕着媚兰的大腿尽管舒服，但身子躺在走廊地上并不好受。"不过他们把所有的东西全都抢走了。我们家的一切都丢光了——唔，什么好事让你这么高兴？"

"我们没有丢掉啊，我们的孩子都安然无恙嘛，并且还有房子住，"媚兰用轻快的口气说。"要知道，这是最重要的……我的天，小博尿了！我想北方佬一定把剩下的尿布都拿走了。他……思嘉，他的尿布里藏的是什么呀？"

她惊慌地把手伸到孩子的腰背底下，立即掏出那个钱包来。她茫然地注视着，似乎从来没见过似的，接着便哈哈大笑，笑得那么轻松，那么畅快。

"只有你才想得出来呀！"她大声喊道，一面紧紧搂住思嘉的脖子，连连地吻她。"你真是我的最淘气的妹妹啊！"

思嘉任凭她搂着，她实在太疲倦，挣扎不动了；媚兰的夸奖使她既感到舒服又大受鼓舞；并且刚才在烟雾弥漫的厨房里，她对这位小姑子产生了更大的敬意，一种更亲密的感情。

"她就是这种人，"她有些不情愿的想道。"一旦你需要她，她就会在身边。"

第二十八章

霜冻一开始，严寒天气就突然出现了。冷风从门槛下钻进屋里，将松动的窗玻璃刮得响个不停。光秃秃的树枝上没有一片叶子。满是车辙的红土大道冻得像火石一般坚硬，饥饿和寒冷在整个佐治亚州肆虐。

思嘉心酸地记起两个月前方丹老太太跟她的那次谈话，那就似乎是多年以前的事了，那时她说，她已经经历了最坏处境，这话是打心底里说出来的。可现在回想起来，那简直是幼稚得很呢。在谢尔曼的部队第二次经过塔拉之前，她本来有了一笔小小的财富，包括食品和钱在内，同时还有几家比她幸运的邻居，有一些可以让她度过冬天的棉花。可现在棉花烧光了，食品被抢走了，金钱也没有什么用处，并且几家邻居的处境更糟了。至少她还有那头母牛和那只牛犊子，有几只小猪，以及那匹马，而邻居家除了藏在树林里和埋在地底下的那点东西，就什么也没了。

塔尔顿家所在的费尔希尔农场被烧个一干二净，塔尔顿太太和四个姑娘现在只得住在监工的屋里。芒罗家在洛夫乔伊附近，现在也是一片废墟。米莫萨农场的木板厢房被烧掉了，正屋全靠它厚厚的一层坚实灰泥，亏得方丹家的妇女和奴隶们用湿毛毯和棉被拼命扑打，才幸存下来。卡尔弗特家的房子幸亏那个北方佬监工希尔顿从中调停，总算又一次幸免于难，不过那里已没有一头牲口、一只家禽和一粒玉米了。

在塔拉，以及全县，目前主要的问题是食物。大多数家庭除了剩下未收

的一点山芋和花生，以及能在树林里逮着的一些猎物外，什么都没有。他们剩下的这点东西也得跟那些更不幸的朋友们分享。不过眼看也没有东西可分享的了。

在塔拉，如果波克运气好的话，他们有时能吃到野兔、松鼠和鲶鱼。旁的时候就只有少量的牛奶、山胡桃、炒橡子和山芋了。他们常常挨饿。思嘉觉得她成天遇到向她伸出的手和乞求的眼光，他们这副模样逼得她快要发疯了，因为她自己也一样在饿肚子！

她命令把牛犊宰掉，因为它每天要吃掉许多宝贵的牛奶。那一晚上人人都吃了过多的牛肉，结果生病了。她知道还得宰一只小猪，可是她一天天往后推，希望把猪崽养大点再说。猪崽还很小呢。要是现在宰了，没有多少好吃的，可是如果再过些时候，就会多得多了。每天晚上她都跟媚兰讨论，要不要打发波克骑马出去用联邦政府的钞票买些粮食回来。不过，由于害怕有人会把马掳去，把钱从波克手里抢走，她们才没敢下决心。她们不知道北方佬军队现在打到哪儿了，可能在千里之外，也可能就在河对岸。有一次。思嘉实在急了，便准备亲自骑马出门找吃的，可是全家人都害怕她遇上北方佬，这才迫使她放弃了。

波克到处搜寻食物，好几次整夜没有回家，思嘉也不问他到哪里去了。有时他带些猎物回来，有时带几个玉米棒子或一袋豌豆。有一次他带回来一只公鸡，说是在林子里捉到的。全家都吃得津津有味，不过心里总觉得有点不安，因为明明知道这是偷来的，正像他偷豌豆和玉米一样。就在第二天晚上，夜深人静时他来敲思嘉的门，露出一条受了严重枪伤的腿。思嘉替他包扎时他很难为情地说，他在费耶特维尔试图钻进一个鸡窝，结果被人发现了。思嘉也没有追问那是谁家的鸡窝，只含着眼泪轻轻拍了拍波克的肩膀。黑人有时惹人生气，并且又蠢又懒，不过他有一颗用金子也买不到的忠心，一种与主人一条心的感情，这驱使他们不惜冒生命危险去给一家人找吃的呢！

要是在从前，波克这种小偷小摸的行为会被当作一件严重的事了，说不定还得吃一顿鞭子。要是在从前，思嘉就至少得狠狠地责骂他一通。"亲爱的，你必须记住，"爱伦曾经说过，"对于那些由上帝托付给你照管的黑人，你在物质和道德两方面都是要负责的。你应该明白，他们就像小孩子一样无法约束自己，你得防止他们误入歧途，并且你要随时随地给他们做一个好的榜样。"

可现在思嘉把这些话完全抛到了脑后，现在她鼓励偷窃，哪怕是偷那些比她境况更坏的人家，而且毫不觉得良心上过不去，事实上，那些为人处世的道德准则在思嘉心目中已越来越淡。她不仅不惩罚或者责备波克，反而为他的受伤感到难过。

"你得更加小心，波克。我们可是少不了你啊。要是没有你，我们怎么办呀？你一直很好，很忠诚。等到我们又有了钱，我要给你买一只大金表，上面刻下一句《圣经》里的话：'完美、善良而忠实的仆人'。"

波克听了这句赞扬的话不觉眉飞色舞，小心翼翼地抚摩着那条包扎好了的腿。

"思嘉小姐，你可说得太好了。什么时候我们会有那笔钱呢？"

"我不知道，波克，不过我肯定会有的。"她俯身茫然地看了他一眼，那眼神显得热情而痛苦，波克被感动得不知所措了。"总有一天，这场战争一结束，我就会有许多钱，那时我们就不会再挨饿受冻了。我们人人都要穿得漂漂亮亮，每天都吃烤鸡，而且——"

她没有继续说下去。因为现在塔拉农场有一条非常严格的规矩，一条由思嘉制订和强迫执行的规矩，那就是谁也不许谈他们以前吃得多么好，或者，今天想吃什么。

波克看见思嘉在那里瞪着眼睛发呆，便从房间里悄悄溜出来。在那早已消逝了的岁月里，生活曾经是那么复杂，那么充满了彼此纠缠不清的问题。

那时她一方面极力想赢得艾希礼的爱情，一方面又要维持那十来个围着她转，可心里又并不喜欢的男朋友。还有些小过错要设法瞒着大人，有些爱吃醋的姑娘要你去嘲弄或安慰；还要挑选各种式样的衣服和不同花色的料子，要梳各式发型，等等。此外，还有许许多多的事要想。可如今，生活倒是最简单不过了，那就是设法得到足够的食物以免挨饿，得到足够的衣裳以免受冻，还需要一个没有太多漏洞的屋顶来遮风避雨。

就是在这些日子里，思嘉开始接连做同样的噩梦，那是以后多年都经常做的。这个梦的内容始终一成不变，但梦中的恐怖气氛却一次比一次更强，以致思嘉连醒着时也因为生怕再做噩梦而非常苦恼。她十分清楚地记得第一次做这个梦那天所经历的意外遭遇。

那时连续几天阴雨，屋里多处漏风，又冷又潮湿。生炉子的木柴也是湿的，烟特别多，就是不暖和。吃过早餐后，除了牛奶就什么也没了，因为山芋已经吃完，波克打猎钓鱼也毫无所获。看来第二天如果他们还得吃东西，就只好宰一只小猪了。一张张发呆的饥饿的面孔，都在瞪眼睛看她，默默地请她拿出食物来。她差一点又想冒险打发波克去买吃的了。更糟糕的是韦德嗓子痛，正发高烧，可是既没有大夫，又买不到药。

思嘉久久地守着孩子，又累又饿，只得让媚兰照料一会，自己倒在床上打个盹儿。她冻得双脚冰冷，害怕和绝望使得心情分外沉重，所以在床上翻来覆去睡不着。她反复思量："我怎么办？世界上还有谁能帮助我吗？"为什么就没有一个人，一个强大而聪明的人，能够帮她挑起这副担子来呢？她不是生来挑这副担子的呀。她又不知怎样办。想着想着，她进入了一种不安的微睡状态。

她到了一个荒凉古怪的地方，大雾迷漫，漆黑一片，伸手不见五指。她脚下的地面似乎在摇晃，时常有鬼怪出没，并且寂静得可怕；她迷了路，像黑夜里迷路和吓坏了的孩子一样。她又冷又饿，又很害怕浓烟中潜伏着可怕的东西，所以很想大喊大叫，可是喊不出声来。迷雾中似乎有什么怪物悄悄地伸出无情的双手，张开十指抓她的衣裙，要把她拖到底下去。后来，她知道有个什么地方可以躲避，可以得到帮助，是个安全而温暖的天堂。可是它在哪里呢？她能够赶在那双手抓住她，把她拖到脚下的流沙中去之前到达那里吗？

她飞跑起来，发疯似的穿过密雾，呼喊着，尖叫着，伸出两只胳臂在空中乱抓，但那潮湿的雾中什么也抓不着。天堂在哪里啊？它躲着她，但的确在什么地方，只是看不见罢了。她要是能找到它就好了！要是找到了，她就安全了！可是恐惧使她两腿发软，饥饿使她头脑发晕。她绝望地大叫一声醒过来，只见媚兰正焦急地俯身瞧着她，还在用手轻轻地摇她，让她完全清醒过来。

这个梦每天重复，每当她空着肚子睡觉就必然会重现。它太频繁了，使她害怕极了，以至于不敢去睡觉，即使她真心实意地不断告诉自己，这样的梦实际上什么可怕的东西也没有。可是她一想起要陷到大雾弥漫的地方就害怕极了，结果只得和媚兰在一起睡了，因为只要她一开始哼哼挣扎，就说明她又在受折磨了，媚兰就会把她摇醒。

在这种紧张心理的压迫下，她苍白了，消瘦了。她脸上已失去娇美的轮廓，颧骨突了出来，使那双翘着眼角的绿眼睛显得更加触目，她也越发像只急于要抓到猎物的饿猫了。

"即使不作噩梦，白天已像个噩梦了"，她怀着这样绝望的心情，开始每天把食物留到临睡前才去吃，看能不能减轻梦中可怖的程度。

圣诞节期间，有一支小小的联盟队伍从征购部慢慢来到塔拉，一路给军队搜集粮食和牲畜，但收获甚少。他们衣衫褴褛，人很凶暴，骑着又跛又乏、显然已派不上什么用场的马匹。就像这些牲口一样，他们也是从前线被淘汰下来的，并且除了头儿弗兰克，都是些残疾人，不是缺一条胳臂就是瞎了一只眼睛。他们大多穿着北军俘房的蓝色上衣，所以一时间叫塔拉的人大为惊慌，以为是谢尔曼的人又回来了。

他们那天晚上在农场过夜，躺在客厅地板上，垫着暖和的地毯美美地睡了一觉，他们已很久不在屋里过夜了，长期睡在松针堆里和硬邦邦的土地上。他们虽然满脸肮脏的胡子，穿得破破烂烂，但却是些有教养的人，常常愉快地闲谈，开玩笑，恭维别人，很高兴能在这大宅子里围着亮丽的女人过圣诞节，就像很久以前那样。他们对战争不怎么认真，喜欢说些可怕的谎言来逗引姑娘们开心，给这所被洗劫一空的房子头一次带来轻松愉快的气氛，使它头一次接连好几天颇有节日的气氛。

"这就像我们从前开家庭晚会似的，你说是吗？"苏伦高兴地小声对思嘉说。苏伦异想天开，觉得屋子里又有一个她的情人，那双眼睛始终盯着弗兰克·肯尼迪不放。思嘉惊奇地发现苏伦居然亮丽起来了，虽然她那病后消瘦的容貌并没有完全好转，但她的两颊上有了红晕，眼睛也在熠熠发光呢。

"她准是看上他了，"思嘉不屑地想。"她要是有了丈夫，即使是弗兰克这样一个爱挑剔的人，她也很可能会变得有人情味的。"

卡琳也显得活泼了些，那天晚上她眼神中的梦游症状完全消失了。她发现他们中间有一个人认识布伦特·塔尔顿，并在布伦特牺牲的那天跟他在一起，所以她晚饭后要同这个人单独长谈一次。

吃晚饭时，媚兰一反羞怯的常态，忽然变得快活了，这叫大家非常惊讶。她又笑又乐，几乎在向一个独眼大兵卖弄风情，以致后者高兴得用过分的殷勤回报她。思嘉很清楚，媚兰在精神和生理两方面都是在勉强自己，因为她在任何男性的事情面前都是非常羞涩的。此外，她的身体还没有恢复，她尽管坚持说自己身体很好了，甚至比迪尔茜还要做更多的事情，可是思嘉知道她实际上还病着呢。每当她拿什么东西时，脸色就要发白，并且用力过多就会突然坐下来，似乎两腿支持不住似的。但是今天晚上她也像苏伦和卡琳那样，在尽力使那些士兵过一个愉快的圣诞节。只有思嘉对这些客人不感兴趣。

嬷嬷做的晚餐有干豌豆、炖苹果和花生，这些军人又加上他们自己的炒玉米和腌猪肉，摆了满满一桌子，因此大家都说这是他们好几个月以来吃得最好的一顿饭了。思嘉瞧着那些士兵快乐地吃着，心里很不舒服。她不但对于他们每吃一口都感到妒忌和心疼，并且提心吊胆，生怕他们会发现波克头天杀了一只小猪。小猪肉如今还挂在食品间，她已经警告过全家的人，谁要是对客人说了这件事或谈到沼泽地里的另外几只小猪，她就要把他的眼睛挖掉。这些饿痨鬼会把整只小猪一顿就吃光的，并且还会把剩下的活猪征调走。同时她也替那头母牛和那匹马担心，但愿当初把它们藏到了沼泽地里而不是拴在牧场那头的树林中。要是征购队把它们弄走了，塔拉农场就很可能过不了这个冬天。至于说军队吃什么，她可管不着。就让他们自己供养自己好了。她要供养自己的一家已经够困难的了。

那些军人又从背包里拿出一种叫作"通条卷子"的点心来，这是思嘉第一次看到这种联盟军的食品，这种食品曾经像虱子一样引起过许多笑话呢。这是一种像木头似的烤焦了的螺旋形食品。他们鼓励她咬一口尝尝，她真的咬了一点，发现熏黑的表层下面就是没放盐的玉米面包。士兵们把玉米面加水和好，有盐加点盐，没有就算了，然后把面团卷在通条上放到营火上烤，这就成了"通条卷子"。卷子像冰糖一样坚硬，像锯木屑似的毫无味道，因此思嘉咬了一口就在士兵们的哄笑声中还给他们了。她和媚兰对视了一眼，两人脸上的表情说明了同一个想法……"要是他们就吃这种东西，怎能去打仗呀？"

这顿饭吃得十分愉快，连心不在焉地坐着首席的杰拉尔德，也居然有了一点当主人应有的礼貌和不可捉摸的笑容。那些军人兴高采烈地谈论着，妇女们也满脸微笑，百般讨好。这时思嘉突然扭过头去想询问弗兰克·肯尼迪关于皮蒂帕特小姐的消息，但她立即发现他脸上有种异样的表情。

弗兰克的目光已经离开苏伦的面孔，正在向房子里四顾张望，他有时看看杰拉尔德惶惑而散乱的眼神，有时望着没铺地毯的地板，或者被抢劫一空的壁炉，或者那些弹簧松了、垫子被北方佬用刺刀割开了的沙发，被打碎的镜子，餐桌上的简陋餐具，姑娘身上仔细补缀的旧衣裳，以及已经给韦德改成苏格兰式短裙的那个面粉袋，等等。

弗兰克在回忆他战前熟悉的那个塔拉农场，脸上的表情有忧伤、厌倦和无可奈何的愤怒。他爱苏伦，喜欢她的姐妹，敬重杰拉尔德，对农场也真诚地热爱。自从谢尔曼的部队扫荡了佐治亚以后，他见过许多可怕的情景，可是从没有像塔拉农场这样使他深有感触。他想为奥哈拉一家尤其是苏伦做点什么，可是又毫无办法。他正摇头慨叹，啧啧不已时，忽然发现思嘉在盯着他。他看见思嘉的眼睛里闪烁着愤愤不平的神色，便感到非常尴尬，默默地垂下眼帘吃饭了。

姑娘们渴望得到一点新闻。因为亚特兰大陷落以来，邮路已经断绝四个月了。现在亚特兰大的情况究竟怎样，她们一无所知。弗兰克由于工作关系常常在这个地区到处跑动，无疑是个很好的信使。为了掩盖他遇到思嘉的眼光时那种尴尬局面，他乘机赶快谈起大家关心的新闻来。他告诉她们，联盟军队已在谢尔曼撤出之后夺回了亚特兰大，但是由于谢尔曼已经把它彻底烧毁，收复也就没有什么意义了。

"不过我想就是在我离开的那天晚上烧掉的,"思嘉有点迷惑不解地说。"我还以为那是我们的小伙子们烧的呢!"

"啊,不,思嘉小姐!"弗兰克吃惊地回答。"我们可没烧过我们自己的任何一个城镇!你看见烧的是仓库和军需品,以及兵工厂和弹药,免得落到北方人手里。谢尔曼占领城市时,那些住宅和店铺都还是好好儿的,他的军队就驻扎在里面呢。"

"可人们怎么样了?他——他杀过人吗?"

"他杀了一些,但不是用枪打死的。"那个独眼大兵冷冷地说。"他一开进亚特兰大就通知城里所有的人都离开,一个活人也不让留下。那时有许多老人经不起奔波,有许多病人也受不住折腾,还有小姐太太们,她们——她们也是不该移动的。结果在那天罕见的狂风暴雨中,成百上千的人被赶出城外,被扔在拉甫雷迪附近的树林里。所以有许多人经不起虐待,都患肺炎死了。"

"唔,他为什么要这样呢?他们不会有什么害处嘛,"媚兰大声嚷道。

"他说他要让他的人马在城里休整,"弗兰克说,"他让他们在城里一直待到11月中,然后才撤走。临走时他在全城纵火,把一切都烧光了。"

"唔,不会全都烧光了吧?"姑娘们沮丧地说。

很难想象她们所熟悉的那个热闹繁华的城市,那个人口众多,驻满了军队的城市,就这样完了。所有那些大树底下的亮丽住宅,所有那些大店铺和豪华旅馆——竟一下子化为乌有!媚兰似乎要哭出声来了,因为她出生在那里,从来不知道还有别的家乡。思嘉的心情也很沉重,因为除了塔拉,那是她最爱的地方。

"唔,差不多烧光了,"弗兰克显然对她们脸上的表情感到有点为难,才连忙纠正说。他想显得愉快一些,因为他不愿意叫小姐太太们烦恼。女人一烦恼,他自己就不高兴,不知怎么办好。

世界传世藏书

世界十大名著

·飘·

图文珍藏版

他感到很难开口说当他们军队开回亚特兰大，进城时所看到的情景，那孤单地耸立在废墟上的烧黑的烟囱，那一堆堆没有烧完的垃圾和堆积在街道上的残砖碎瓦，那些烧得焦黑的枝河在寒风中摇摆，等等。他更希望妇女们永远也不要听说北军挖掘墓地的惨状，因为，那将会使她们一辈子生活不安。查尔斯·汉密尔顿和媚兰的父母都埋在那里。墓地上的情景至今还经常使弗兰克深夜做噩梦呢。北方佬士兵希望抢走死者殉葬的珠宝，便挖掘墓穴，劈开棺木。他们抢劫尸体上的东西，撬掉棺材上的金银名牌，连上面的银饰品和银把手也不放过。尸体和骸骨被抛撒在劈碎的棺木中间，暴露在风吹日晒之下，景象凄惨。

弗兰克也不忍心告诉她们城里猫狗的遭遇。小姐太太们是很爱那些小宠物的，可是成千上万挨饿的小猫小狗由于主人撤走而无家可归。那些受惊的动物忍冻挨饿，变得粗野凶恶，它们弱肉强食，彼此等待着对方死后，供自己饱餐一顿。同时在那片废墟上头，有不少兀鹰嘴里叼着动物的腐尸残骸在盘旋飞舞。

弗兰克搜索枯肠，想说得缓和些，让小姐们高兴起来。

"那里有些房子还没有毁掉，"他说，"教堂和共济会会堂也还在，还有一些店铺。可是商业区和铁路两旁的建筑物——是的，女士们，城市的那个部分全都是一片残骸。"

"那么，"思嘉痛苦地喊道："铁路那头查理留给我的那个仓库也一起完了吗？"

"如果是靠近铁路，那就肯定没有了，不过——"他突然一笑，他开始怎么就没想到呢？"你们应当高兴起来，女士们！你们皮蒂姑妈的房子还在呢。它虽然损坏了一些，但毕竟还在嘛。"

"啊，它为什么幸免了呀？"

"我想是这样，那房是砖造的，并且是石板屋顶，所以虽然落上了不少火星也没有烧起来。加上它又是城市最北端的房子，那一带的火势并不特别猛，这不就幸免了？当然，驻扎在那里的北方佬军队把它弄坏了不少。他们甚至把护墙板和楼梯上的红木栏杆也拆下来当柴烧了，不过这都算不了什么！反正那房子从外面看上去还是完好的。上星期我在梅肯碰到皮蒂小姐时——"

"你看见她了？她怎么样？"

"不错。不错。我告诉她她的房子还在，她就决定立即回家去。就是说——如果那个老黑人彼得让她回去的话。大批大批的亚特兰大市民都回去了，因为他们在梅肯实在待得难受了。"

"不过，要是房子都没了，他们还跑回来，不也太傻了吗？"

"思嘉小姐，他们现在都是住帐篷、小木屋和棚屋，有的六七家挤在几间幸存的房子里。同时他们正在想办法重建。因此，思嘉小姐，你就不能说他们傻了，我们都很了解亚特兰大人。他们是死心塌地要待在那个城市里，哪怕北方佬再来，再烧一次，也不能阻止他们回去。亚特兰大人嘛——媚兰小姐，对不起——都固执得像骡子。我不明白这是为什么，因为我总觉得那个城市是个爱冲动和鲁莽冒失的地方。并且我要告诉你们，那些最早回来的人最聪明能干，而那些最晚才回来的呢，恐怕就连一根棍子、一块石头或一块砖都找不到了，因为人人都在到处找东西来重盖他们的房子。就在前天，我们看见梅里韦瑟太太和梅贝尔小姐，以及她们家的黑人老婆子，她们推着一辆独轮车在外面捡砖头。米德太太也说，她正在考虑等丈夫回来盖一所小木屋。她说她第一次到亚特兰大时，这地方还叫马萨斯维尔，当时住的就是小木屋，那么现在再住一次也不会有什么困难的。当然，她只是开玩笑，不过这也说明了大家的想法。"

"我看人们的精神都振作起来了，"媚兰骄傲地说。"思嘉，你难道不这样看吗？"

思嘉点点头，她也在为这个作为她第二故乡的城市暗暗地感到高兴和自豪。像弗兰克说的，那是个爱冲动和鲁莽冒失的地方，可正因为如此她才那么喜欢它。它不像那些历史长的城市那样顽固守旧，而是洋溢着一种大胆冒险的精神。"我就像亚特兰大，"她心里暗想。"即使北方佬再来，再烧一次，也休想叫我们灰心丧气，从此站不起来。"

"思嘉你看，如果皮蒂姑妈要回亚特兰大，我们最好也回去陪她，"媚兰打断思嘉的思路，突然这样说。"不然，她一个人住在那里会吓死的。"

"可是，亲爱的，我现在怎么能离开这里呢？"思嘉有点不高兴地问。"如果你急于要去，就去好了。我不会阻拦你。"

"唔，我不是那个意思，亲爱的，"媚兰嚷道，脸色有点发急了。"瞧我多么粗心！当然你不能离开塔拉，并且——而且，我想，彼得大叔和厨娘也能照顾好姑妈的。"

"谁也不会阻拦你，"思嘉率直地又说了一遍。

"你知道我不愿意离开你嘛，"媚兰回答说。"何况我——我要是没有你，那简直会吓死了。"

"那就随你的便吧。而且，你也不用劝我回亚特兰大去。说不定他们刚刚盖好几间房子，谢尔曼就回来又把它烧了。"

"不会回来的，"弗兰克说，虽然他努力控制，他的脸还是沉下来了，"他已经穿过佐治亚到海滨去了。"

这时媚兰插嘴问道：

"你们在梅肯时有没有见过威尔克斯家的英迪亚和霍妮？她们是不是——她们有没有听到过关于艾希礼的消息？"

"唔，媚兰小姐，你知道如果有艾希礼的消息，我们早就从梅肯赶过来告诉你了，"弗兰克略带不满地说。"不，她们没有什么消息，不过——媚兰小姐，你不用着急。我知道你已经很久没收到艾希礼的信了，可是你不能指望一个关在牢狱里的人给你写信，你说对吗？并且北方佬监狱里的情况并不像

图文珍藏版

咱们的那样坏。毕竟能吃饱，还有足够的药品和毯子。他们不像我们这样——我们连自己的肚子也填不饱，俘虏就更不行了。"

"唔，北方佬的东西倒真不少，"媚兰十分痛苦地大声说，"可他们就是不给俘虏嘛。肯尼迪先生，你知道他们是不给的。你这样说，只不过想叫我心里舒服些罢了。你知道我们的小伙子在那边冻得要死，饿得要命，并且生病也没有药吃就死了。北方佬是那么恨我们呀。啊，要是我能够把北方佬从这地球上通通消灭掉，那才好呢！啊，我知道艾希礼已经——"

"不许这样说！"思嘉惊叫道，她的心都跳到喉咙里了。只要没有人说艾希礼已经死了，她心里就总怀有一线希望，可是她觉得要是她听到别人说出那个可怕的字，艾希礼便真的会在这一瞬间死掉的。

"听我说，威尔克斯太太，你不必为你丈夫担心，"那个独眼大兵插进来安慰她。"我被北方佬俘虏过，后来才交换回来的。我在牢狱里时，他们尽给我吃那个地方的肥肉，还有烤鸡和热饼干——"

"我想你是在骗人吧，"媚兰略带笑容说，这时思嘉第一次看见她对一个男人露出一点兴奋的神情。

"要是你们都到客厅里来，我倒想给你们唱一支圣诞歌呢，"媚兰接着说，很高兴换个话题，"钢琴是北方佬没法带走的。它是不是走调走得厉害了，苏伦？"

"厉害着呢。"苏伦答道，一面含笑招呼弗兰克。

但是当他们一齐走出饭厅时，弗兰克故意落在后面，拉了拉思嘉的衣袖。

"我可以单独跟你谈谈吗？"

思嘉非常惊慌，生怕他问起她的那些牲畜，于是她鼓起勇气，要说一个恰当的谎话。

等到别的人都走开了，他们两人站在炉边，这时弗兰克那快乐的神色已经消失，思嘉发现他已挺苍老了。他的脸又干又黑，像塔拉草地上到处飘零的落叶；他那枯黄色的胡须稀疏散乱，有些已开始发白。他不断地搔着胡须，又假咳了几声，这才用一种烦恼不堪的神色开始说话。

"我很为你母亲感到难过，思嘉小姐。"

"请不要谈这个吧。"

"还有你爸——他这个样子，是从——"

"是的，他是——他有点失常，你看得出的。"

"他自然很舍不得她嘛。"

"唔，肯尼迪先生，请不要谈起——"

"对不起，思嘉小姐，"他神经质地挪动他的双脚。"事实是我要跟你爸商量一件事。"

"也许我能帮忙，肯尼迪先生。你看——我如今是这一家之主啊。"

"那好，我，"弗兰克刚要开口又神经质地搔起胡须来。"事实是——嗯，思嘉小姐，我在打算向他求苏伦小姐呢。"

"你的意思是说，"思嘉又惊又喜地喊道，"你还没有向我爸提出要苏伦吗？可你追求她已经好几年了！"

弗兰克的脸红了，他难为情地咧嘴笑了笑，羞涩而又怯懦。

"你看，我——我不知道她会不会同意呢。我比她大这么多，并且——有那么多亮丽的年轻小伙子在塔拉农场周围转悠——"

"哼"，思嘉心想，"他们是在围着我转呢，哪儿轮得到她呀！"

"我不知道她会不会同意。我还从没问过她，不过她一定明白我的感情。我——我想我应当征得奥哈拉先生的同意，把实情告诉他。不过思嘉小姐，我现在手头一个钱也没有。我以前是很有钱，可是如今我只剩下一匹马和身上这几件衣服了。你想，我入伍前卖掉了家里的地，把所有的钱都买了联盟的债券，这债券你知道，它们连印刷的纸张费都不值了。何况北方佬烧我姐姐的房子时连债券也烧掉了。我知道，我如今身无分文却要向苏伦小姐求婚，这太冒昧了，可是——可事情就是如此。我也曾想过，不知道这场战争打下去究竟会是什么样子。在我看来，它就如同世界的末日。我们对任何事情都没有把握，所以——所以我想，如果我们订了婚，那对我和她都将是很大的安慰，这种安慰是实实在在的。我要等到能养活她的时候才跟她结婚，思嘉小姐，可我不知道这还要多久。不过，如果真诚的爱情还有点价值的话，你就尽可以相信，苏伦小姐即使没有任何别的东西也会是富裕的了。"

他说最后几句话时，那态度是淳朴庄严的，这使思嘉尽管觉得有趣，却也深受感动。她不知道怎么世界上会有人爱苏伦。在她看来，她这妹妹是个自私自利的怪物，她怨天尤人，并且还有一种怪毛病你简直难以容忍，只好说是地地道道的执拗症了。

"怎么，肯尼迪先生，"她温和地说，"这很好嘛。我相信我是能替爸说话的。他一直很器重你，他一直在期待着苏伦跟你结婚呢。"

"他真的这样？"弗兰克赶忙追问，满面喜色了。

"当然是真的，"思嘉答道，同时忍住一声笑，因为她想起杰拉尔德时常隔着餐桌对苏伦大声吼叫："怎么样，小姐！你那火热的情郎还没有说什么吗？要不要我去问问他的意思呢？"

"我今天晚上就去问她，"肯尼迪说，这时他的脸在颤抖，他抓住思嘉的手使劲摇着："你真好，思嘉小姐。"

"我会叫她来找你。"思嘉微笑说，一面朝客厅走去。媚兰正要开始演奏。钢琴是走调得厉害，但有的和弦听起来仍然很美。媚兰放开嗓子领着大家高唱《听啊，报信的天使们在歌唱！》

思嘉站住了，这真是难以思议，当两次遭到战争洗劫，他们正生活在一个破败的乡村忍受饥饿时，竟唱起这支古老而甜美的圣诞赞美诗来了。她突然朝弗兰克回过头来。

"你说的世界末日，那是什么意思？"

世界传世藏书

世界十大名著

·飘·

图文珍藏版

"我坦白说吧，"他慢吞吞地回答，"不过我希望你不要拿我的话去吓唬她们。战争持续不了多久了。已没有新的兵源去补充部队，而逃兵却愈来愈多，多到了军队不承认的地步。你看，当人们知道自己的家人在挨饿受冻时，他们怎能安心作战呢？因此他们偷着跑回来设法帮助家人。不能责怪他们，可这削弱了军队呀。并且军队不能饿着肚子打仗，可粮食却没有了。我了解这些，因为我的任务就是征集军粮嘛。自从收复亚特兰大以来，我就一直在这整个地区跑来跑去，可弄到的食物还不够一只椋鸟吃的。这种情况几乎在任何一个地方同样存在。军队都在挨饿，铁路又早已被截断，根本没有新枪支，子弹也用完了，并且压根儿找不到皮革来做鞋……因此，你看，末日就差不多到了。"

不过，联盟前途的黯淡并没有引起思嘉心中多大的忧虑，更加严重的倒是缺乏粮食。她一直在想着打发波克赶着马和车子，带着那些金币和联邦钞票，出去到乡下收购粮食和做衣服的料子。但是，如果弗兰克说的这些话可靠——

不过梅肯并没有沦陷。那里会有粮食的。一旦等到征购队平平安安地上了路，她就要派波克到梅肯去，即使那匹马有可能被军队掳去，也要试一试。现在已不得不冒这个险了。

"好吧，我们今晚别谈那些不愉快的事了，肯尼迪先生，"思嘉说，"你过去，坐在我母亲的小房间里，我就叫苏伦去见你，这样你便可以——对，你们就好私下里谈谈了。"

弗兰克红着脸，微笑着，悄悄溜出饭厅，思嘉看着他走了。

"他眼下还不能娶她，这太可惜了，"她心中暗想。"否则就会少一个人吃饭呢。"

第二十九章

第二年 4 月，约翰斯顿将军在北卡罗来纳向北军投降，战争就此宣告结束。不过这个消息两星期后才传到塔拉。

春耕正繁忙，波克从梅肯带回的瓜菜和棉籽在赶着播种。并且波克外出回来以后就几乎什么活也不肯干了，他觉得自己安全地带回了满车的穿用物品，以及种子、家禽、火腿、腌肉和玉米面，便骄傲得了不得，整天吹嘘回塔拉的途中怎样历经艰险，走小道闯难关，还越过旧的铁路，绕过荆棘丛生的草丛，真是劳苦功高。他在路上耽搁了五个星期，这也是思嘉最为焦急不安的日子。不过他到家后，思嘉并没有责怪他，因为他这一趟跑得很成功，并且还剩下许多钱。她觉得他之因此能够剩下这许多钱，是因为那些家禽和大部分食品都不是花钱买的。至于波克本人，他认为既然沿路有的是无人看管的鸡笼和方便的熏腊室，他要是再花钱去买，那就太丢人了。

他们既然有一点吃的，便人人都忙着想过得像样些。每个人都有许多工作要做，似乎永远也忙不完。去年的干棉秆儿必须清除，好栽种新的；园子里的野草也得拔掉，才好种瓜菜籽；还得劈木柴，修理牲口棚圈和篱笆。波克设下的野兔网得每天巡看两次，河边的钓线也要经常去换钓饵。至于屋里，就得有人铺床、擦地板、做饭、洗碗、养猪、喂鸡、捡鸡蛋。那头母牛要挤奶，要赶到沼泽地去放牧，还得有个人整天看着它，以防有人把它赶走。甚至连小韦德也有自己的任务，他每天早晨装模作样地提着篮子出门，去捡小树枝和碎木片来生火。

投降的消息是方丹家的小伙子们带来的，因为战争一结束他们就回家了。亚历克斯还有鞋穿，托尼却光着脚，骑着一头光背骡子。托尼在家里总是千方百计地占便宜。他们经历了四年日晒雨淋之后，已变得更黑更瘦也更结实，加上从战争中带回来的那脸乱蓬蓬的黑胡须，如今完全像个陌生人了。

他们在赶往米莫萨的途中，因急于回家，只在塔拉停留了一下，吻了吻几位姑娘，并告诉她们投降的消息。他们说一切都过去了，全部结束了，而且显得无所谓似的。他们唯一想知道的是米莫萨有没有被烧掉。他们从亚特兰大一路南来时，经过朋友们家原来的住宅处剩下的是一个又一个烟囱，便对于自己家里幸免的希望感到愈来愈渺茫了。他们听了姑娘们告诉的喜讯才放心地叹了口气，而且，当思嘉描述萨莉怎样骑马奔来通报北方佬到达的消息，以及她又怎样干净利落地越过篱笆而走时，都一齐拍着大腿笑起来。

"她真是个有胆量的姑娘，"托尼说，"可惜的是她命太苦，乔居然牺牲了。你们家里没有一点烟草呀，思嘉？"

"没有，只有兔儿烟，是爸放在玉米棒子里抽的。"

"我现在还不至于落到那个地步呢，"托尼说，"不过也可能以后会这样。"

"迪米蒂·芒罗好吗？"亚历克斯关心而又不好意思地问，这叫思嘉隐约地想起他是喜欢萨莉的妹妹的。

"唔，很好。她如今跟她姑妈住在费耶特维尔。你知道他们在洛夫乔伊的房子给烧掉了。她家里其余的人都在梅肯。"

"他这话的意思是——迪米蒂没有跟乡团里某位勇敢的上校结婚了？"托尼取笑说，亚历克斯回过头来生气地瞪着他。

"当然，她还没有结婚喽，"思嘉饶有兴味地回答说。

"要是她结婚了，也许还更好些呢。"亚历克斯沮丧地说。"你看这鬼世界——请原谅，思嘉。可是当你家里的黑人全都解放了，牲口也完了，身上已没有一个小钱，这时你怎么好开口要一个女孩子跟你结婚呀？"

"你知道迪米蒂是不会计较这些的。"思嘉说。

"那才会丢你祖宗三代的脸呢——唔，再一次请你原谅。我实在不该说这些粗话了，要不老太太会揍我的。我是说我不会要求任何姑娘嫁给一个叫花子。就算她不计较，可我自己还得计较呀！"

思嘉在前面走廊上跟两个小伙子说话，媚兰、苏伦和卡琳听到投降的消息后早已悄悄地溜进屋里。等到小伙子们穿过农场后面的田地回家去了，思嘉才听见几位姑娘一齐坐在爱伦办事房里沙发上哭了。一切都完了，她们所喜爱和期待的那个美丽的梦想，那个牺牲了她们的朋友、情侣和丈夫并使她们的家庭贫困的主义，已经完了。那个主义她们原来认为是决不会失败的，现在永远失败了。

不过这对于思嘉来说，没有什么好哭的。她听到消息的最初一瞬间曾经这样想：谢天谢地，那头母牛再也不会被偷走了！那匹马也安全了。我们能够把银器从井里捞出来分给每人一副刀叉了。我们再也用不着害怕，可以赶着车子到乡下四处寻找吃的了。

多么轻松啊！从此她再也用不着一听见马蹄声就害怕了。她再也用不着半夜醒来屏息静听，似乎院子里有马嚼子的格格声，马蹄践踏声，以及北方佬军官的口令声。最令人高兴的是塔拉安全了！从今以后，她永远不必站在草地上看着滚滚黑烟从她心爱的房子里冒出来，听见屋顶在烈火中哗啦一声倒塌了。

不过思嘉本来就厌恶战争，喜欢和平。她平日看见星条旗在旗杆上升起时从没有过什么激情，听见南部联盟的军歌也毫无肃然起敬的感觉。她之因此熬过了穷困和令人厌恶的护理工作，度过围城时期的恐惧和最后几个月的饥饿生涯，并不是因为有一种狂热的感情在支持着。

一切都过去了！那场本来似乎打不完的战争，那场不请自到和不受欢迎的战争，曾经把她的生活截成两段，中间裂痕分明，以致她很难记起前一段那些无忧无虑的日子了。思嘉·奥哈拉，那时全县的小伙子都拜倒在她的脚下，周围有百多个奴隶供她使唤，身后有塔拉农场的财产做靠山，溺爱她的双亲随时满足她心中的要求。那是个被宠坏了的无所顾忌的思嘉，她从来不知道世界上有什么达不到的愿望，除了有关艾希礼的事情以外。

不知什么时候，在过去四年曲折迂回的道路上，那个过去的思嘉不见了，留下来一个瞪着绿眼睛的女人，她锱铢必较，不惜亲手去做许多卑微的工作，因为对她来说，破产之后便一无所有，只剩下脚下这片毁灭不掉的红土地了。

如今她站在穿堂里听着姑娘们的哭泣，同时心里正忙着打自己的算盘。

"我们要种更多的棉花，比往年多得多。我要打发波克明天到梅肯去再买一些种子。现在北方佬再不会来烧了，我们的军队也不会烧。我的好上帝！今年秋天棉花会堆得天高呢！"

她走进那间小小的办事房，不去理睬坐在沙发上哭泣的几位姑娘，自己坐到写字台前，拿起笔来计算手头的余钱还能买多少棉籽。

"战争结束了，"她刚一想起就突然感到满怀兴奋，把手中的笔也放下了。战争既然结束，如艾希礼还活着，他便会回家来呀！她不知道媚兰为主义流泪的时候是否也想到了这一点。

"我们很快就会收到信——不，不是信。我们还收不到信呢。反正他会让我们知道的！"

可是日子一天天过去，艾希礼还是没有信息。南方的邮政还很不正常，乡下各个地区就压根儿没有。偶尔有个从亚特兰大来的过客捎来皮蒂姑妈的一张字条，她在伤心地恳求姑娘们回去。丝毫没有艾希礼的音信。

投降以后，思嘉和苏伦之间一直存在的关于那匹马的争论眼看要爆发了。

既然已经没有来自北方佬的危险，苏伦就想去拜访邻居。她很寂寞，所以渴望去看看朋友们，即使没有别的理由，就去看看县里别的人家也像塔拉一样衰败，自己心里也好受些。可是思嘉态度很强硬。那匹马是干活用的，如果苏伦一定要去访邻会友，她可以步行嘛。

直到去年，苏伦从小还不曾走过上百码的路程，如今叫她步行外出，这可有点为难了。所以她待在家里整天抱怨，有时哭闹，动不动就说："哼，要是母亲还在就好了！"这时思嘉便照她常说的给她一记耳光，打得她尖叫着倒在床上不起来，同时引起全家一阵莫大的惊慌。不过从那以后，苏伦倒是哭得少了，至少在思嘉面前是这样。

在投降后的头一个月里思嘉已经赶着马和车子把全县的朋友和邻居拜访了一遍，发现他们那里的情况实在不妙，因而动摇了她的信心，虽然自己并不完全承认。

方丹家光景算是最好的，不过这也是跟别的处境很惨的邻居相比较而言。方丹老太太自从犯了心脏病以来，至今还没有完全康复。老方丹大夫被截去一只胳膊，也还在慢慢康复。亚历克斯和托尼在犁耙等农活方面都几乎变成新手了。思嘉去拜访时他们倚在篱笆上跟她握手，而且取笑她那辆破车，不过他们的黑眼睛里满是忧伤，因为他们取笑她时也等于在取笑他们自己。她提出要向他们买些玉米种，他们表示答应，接着就谈起农场上的问题来了。他们有十二只鸡、两头母牛、五头猪和从前线带回来的那匹骡子。有一头猪刚刚死了，他们正担心那几头也保不住。听见他们这样认真地谈猪，思嘉不由得笑了，不过这一次也是苦笑。这两位以前的花花公子除了品评最时髦的领结之外，是从来不认真对待生活的！

在米莫萨，人们都很欢迎她，而且坚持要送给她玉米种，而不是卖给她。她把一张联邦钞票放在桌上，但他们不论如何也不肯接受，这就充分显示出方丹这一家人的火暴脾气。思嘉只得收下玉米，然后偷偷将一美元塞到萨莉手里。八个月以来，她已经完全变成另一个人了。那时她虽然面黄肌瘦，但显得还比较轻松活泼。可现在，似乎联盟军投降的消息把她的整个希望都毁灭了似的。

"思嘉，"她抓住钱小声说，"你说那一切都有什么好处呢？我们当初为什么打这场仗呀？啊，我的亲爱的乔！啊，我那可怜的娃娃！"

"我不明白我们究竟为什么打的，我也不去管它，"思嘉说。"并且我对这些毫无兴趣。战争是男人的事，目前我关心的是一个好的棉花收成。好吧，拿这一美元给小乔买件衣服。他实在很需要呢。我不想白要你们的玉米，虽然亚历克斯和托尼都那样客气。"

两个小伙子跟着她来到车旁，扶她上了车。他们虽穿得破破烂烂，但仍然很有礼貌，显出了方丹家特有的那种愉快轻松的神气。不过，思嘉毕竟看见了他们那贫困的光景，在驶离米莫萨时心情未免有些凄凉。

凯德·卡尔弗特家在松花村，思嘉以前曾常去那里跳舞。当思嘉走上台阶时，她发现凯德的脸色像死人一样难看。他非常消瘦，不断咳嗽，躺在一把安乐椅里晒太阳，膝上盖着一条围巾，但是他一见思嘉脸色就开朗了。他试着站起来迎接她，说只是受了一点凉，觉得胸中发闷。原来他是在雨地里睡得太多，才得了这个病。不过很快会好起来，那时他就能参加劳动了。

凯瑟琳·卡尔弗特听见外面有人说话，便走出门来，一下看见思嘉那双绿眼睛，同时思嘉也立即从她的神色中看出了绝望的心情。凯德可能还不知道，但凯瑟琳已经知道了。松花村显得很凌乱，到处长满了野草，房屋已相当破败，也很不整洁。凯瑟琳本人也很消瘦，紧张。

他们兄妹二人，以及他们的北方佬继母和四个异母小妹妹，还有那位北方佬监工希尔顿一起住在这幢寂静而又经常发出古怪响声的旧房子里。思嘉对于希尔顿从来没有好感，现在就更不喜欢他了。因为他走上前来跟她打招呼时，居然没一点尊敬的样子。他从前也有既卑躬屈膝又鲁莽无礼的两面态度，但自从卡尔弗特先生和雷福德在战争中牺牲以后，他就只剩下无礼了。小卡尔弗特太太一向不懂得怎样迫使黑人奴仆守规矩讲礼貌，对于一个白人就更没办法了。

"希尔顿先生很好，他留下来跟我们一起度过了这段苦日子，"卡尔弗特太太很感动似的说，一面向她旁边那位沉默的继女瞟了一眼。"真好啊。我想你大概听说了，谢尔曼在这里时他两次救出了我们的房子。我敢说要是没有他，我们真不知怎么过，一个钱没有，凯德又——"

这时凯德苍白的脸变红了，凯瑟琳也垂下了眼睛紧闭着嘴。思嘉知道，他们一想到自己居然得依靠这个北方佬就压不住满腔怒火，可又无可奈何。卡尔弗特太太急得要哭，她不知怎地又说了错话。她总是说错话。她简直不理解这些南方人，虽然在佐治亚生活了二十年了。

思嘉拜访过这几家之后，不想到塔尔顿家去了。既然那四个小伙子都不在了，房子也给烧毁了，一家人挤在监工的小屋里，她还有什么心情去看呢。不过苏伦和卡琳都要求去，媚兰也说要是不去拜访一下，那是不合邻居情谊的。于是，在一个星期天她们一起动身前往。

这可是最惨的一家了。

她们赶车经那住宅的废墟时，看见比阿特里斯·塔尔顿穿着破骑马服，臂下夹着一条马鞭，坐在牧场周围的篱笆顶上，一双忧郁的眼睛茫然地凝望着远方。她旁边蹲着一个罗圈腿的小个子黑人，他本来是替她驯马的，现在也像他的女主人那样显得闷闷不乐。围场里以前有许多奔跑的马驹和母马，可如今空荡荡的，只有塔尔顿先生在停战后骑回家来的那匹骡子了。

"现在我的那些宝贝儿全都完了，我真不知怎么办呢！"塔尔顿太太说，一面从篱笆上爬下来。如果是不认识的人听了这话，准以为她是在说她死去的四个儿子，可是塔拉农场的姑娘们都很清楚，她心中只有她的马。"我那些亮丽的马都死光了。可是这里只剩下一头该死的骡子了。"她气恼地瞧着那只瘦弱的畜生。"想起我那些纯种的宝贝，看看眼前这头骡子，真觉得是莫大的侮辱啊！骡子是一种杂交的变态动物，本来是不该饲养的。"

吉姆·塔尔顿流了满脸胡须，模样完全变了，他从监工房里走出来欢迎这几位姑娘，亲切地吻了吻她们。他那四个穿着补丁衣裳的红头发女儿也跟着出来，她们差一点被那十几只猎狗绊倒了，因为猎狗一听到陌生的声音便狂叫着向门外奔来。他们一家勉强装出一副欢乐神情，这比米莫萨村的痛苦和松花村的死气沉沉更使思嘉觉得不好受。

塔尔顿家的人执意要留几位姑娘吃午饭，说他们最近很少有客人来，而且要听听外面的消息。思嘉本不想在这里逗留，因为这里的气氛使她感到压抑，可是媚兰和她的两个妹妹却希望多待一会，结果四个人都留下来吃饭了。

饭菜尽管简便些，不过都吃得有说有笑。塔尔顿的姑娘们谈到补衣服的窍门时，似乎在说最有趣的笑话。媚兰中途接上去，绘声绘色地谈塔拉农场经历的种种苦难，不过说得轻松而有风趣。她的这种本领是出人意料的，叫思嘉惊叹不已。思嘉自己几乎什么也不说。屋子里没有那四个出色的塔尔顿小伙子，便显得冷冷清清没什么意思。而且，如果她都觉得冷清，那么塔尔顿家又会有什么样的感觉呢？

卡琳在整个午餐席上很少说话。她一吃完就溜到塔尔顿太太身旁，向她低声嘀咕什么。塔尔顿太太的脸色顿时变了，清脆的笑声也随之消失，她只伸出一只胳臂搂住卡琳纤细的腰身。同时站起来身来。她们一走，思嘉便觉得这屋里再也待不下去，便也跟着离开。她们沿着那条穿过花园的小道走去，思嘉明明看见她们是朝坟地那边去了。可现在她也不好再回屋去，那样显得太失礼。不过谁知道当塔尔顿太太正竭力克制着，装出坚强的样子，卡琳为什么偏要把她拉出来，一起去看小伙子们的坟墓呢？

在柏树下砖砌的墓框里有两块新的石碑，它们还很新，连雨水也没有把它们溅上一点红泥。

"我们在上个星期才把这碑立起来，"塔尔顿太太骄傲地说。"是塔尔顿先生到梅肯去用车接回来的。"

墓碑！这得花多少钱呀！思嘉突然不像起初那样为那几位塔尔顿小伙子感到悲伤了。并且每块墓碑上都刻了好几行字。字刻得多就费钱。看来这家人一定是发疯了！何况把三个小伙子的遗体拉回家来，也费了不少钱呢。至于博伊德，他们却始终没有找到他一丝踪影。

在布伦特和斯图尔特的坟墓之间有一块石碑，上面刻的是："他们活着时是可爱而愉快的，并且至死也没有分离。"

另一块石碑上刻着博伊德和汤姆的名字，还有几行拉丁文，但是思嘉一点也看不懂。

所有这些花在墓碑上的钱都白费了！可不，他们全是些傻瓜！她心里非常生气，似乎是她自己的钱被浪费掉了似的。

卡琳的眼睛亮得出奇。

"我看这很好，"她指着第一块墓碑小声说。

卡琳当然会觉得这好的。因为她对任何伤感的事物都会动心。

"是的，"塔尔顿太太说，她的声音很温柔，"我们觉得这很合适——他们几乎是在同一个时刻死的，斯图尔特先走一步，紧接着是布伦特，他拿起他丢下的那面旗帜。"

姑娘们赶着车回塔拉，思嘉一声不响，琢磨着她在那几家看到的情形，而且不由自主地回忆这个县以前的繁荣景象。那时家家宾客盈门，金钱满柜，下房区住满了黑人，整整齐齐的棉花地里白花花的一片，多喜人啊！

"再过一年，这些田地里就到处长起小松树来了，"她心里暗想，一面眺望着四周的树林，感到不寒而栗。"没有黑人，我们就只能养活自己不至于饿死。谁也不可能没有黑人就把一个大农场经营起来，因为大片大片的田地无人耕种，很快又成为新的林地了。谁也种不了那么多棉花，那我们怎么办呢？

城里人不管怎样总有办法。他们一直是这样过的。可是我们乡下人就会倒退一百年，像当初的拓荒者一样，只能住小木屋，凭着一双手种很少几英亩土地——勉勉强强活下去。

"不——"她倔强起来，"塔拉不会那样。即使我得亲自扶犁，也决不能那样。整个地区，整个的州，都可以倒退回去成为林地，可是我不能让塔拉倒退。并且我也不打算把钱花在墓碑上，或把时间用来为战争的失败而哭泣。我们总能想办法的。我知道，只要不是所有的人都死光了，我们总有办法。失掉黑人并不是件什么了不得的事。最糟糕的是男人们死了，年轻人死了。"这时她又想起塔尔顿四兄弟、乔·方丹、雷福德·卡尔弗特和芒罗弟兄，以及她在伤亡名单中看到的所有费耶特维尔和琼斯博罗的小伙子们。"只要还有足够多的男人留下来，我们就有办法，不过——"

她忽然想起也许她还得再结婚呢。当然，她不想再结婚了。还有谁要娶她呀？这个想法真可怕。

"媚兰，"她说，"你看南方的姑娘们将来会怎么样？"

"你这话是什么意思？"

"我说的意思是：没有人会娶她们了。你看，媚兰，所有的小伙子都死了，整个南方成千上万的姑娘就会一辈子当老姑娘了。"

"并且永远也不会有孩子，"媚兰说，在她看来这是最重要的事。

这种想法显然对苏伦并不新鲜，她如今坐在车子后部突然哭起来。从圣诞节以来她还没有听到过弗兰克·肯尼迪的消息。她不清楚究竟是因为邮路不畅通的缘故呢，还是他仅仅是在玩弄她的感情，如今早已把她忘了。或许，他是在战争最后几天牺牲了吧！后一种可能比忘记她要好得多，因为一种牺牲了的爱情至少还有点庄严的意味。要是成为一个被遗弃的未婚妻，那就毫无意思了。

"啊，看在上帝分上，求你别哭了好吗？"思嘉不耐烦地说。

"唔，你们可以这么说，"苏伦还在抽泣，"因为你们都结过婚并且有了孩子，人人都知道有人娶过你们。可是瞧我这样子！并且你们这样坏，竟在我控制不住自己时公然取笑我，说我会成为老处女。你们真太可恶了。"

"啊，你别闹了！你知道我就看不惯那种成天吵闹的人。你很清楚那个黄胡子老头并没有死，他会回来娶你的。他没有什么头脑。不过要是我的话，我就宁愿当一辈子老姑娘也不嫁给他。"

车后边总算清静了一会儿。卡琳在安慰姐姐，心不在焉地拍着她的肩背，因为她自己的心思也到了遥远的地方，似乎布伦特·塔尔顿坐在身边跟她一起沿着那条老路在奔驰似的。这时她情绪高涨，眼睛发亮。

"哎，咱们的亮丽小伙子们都没了，南方会怎么样啊？"媚兰伤心地说。"如果他们今天还活着，那我们就可以充分利用他们的勇气、智慧了。思嘉，我们这些有孩子的人都得把孩子抚养大，让他们接替那些已经去世的，成为像他们一样勇敢的男子汉。"

"再也不会有像他们那样的人了，"卡琳低声说。"没有人能接替他们。"

这以后，她们就一路默默地赶车回家了。

不久后的一天，凯瑟琳·卡尔弗特在日落时分来到塔拉。她是骑着一匹瘦骡子来的。而凯瑟琳也几乎跟它一样憔悴。她那褪色的方格布衣裳是以前仆人穿的那种式样，一顶遮阳帽只用绳子系在下巴底下。她一直来到前面走廊口，也没下马，这时正在看落日的思嘉和媚兰才走下台阶去迎接她。凯瑟琳苍白、冷峻而脆弱，似乎一说话她的脸就会破裂似的。不过她的腰背笔直，她向她们点头招呼时脑袋也仍然高昂着。

思嘉突然想起威尔克斯家举办大野宴那天，她和凯瑟琳一起低声议论瑞德·巴特勒的情形。那天凯瑟琳是多么亮丽和活泼啊。可如今那位亮丽姑娘的一点影子也没有了，剩下的是个骑在骡背上的僵直身躯。

"我不下马了，谢谢你们，"她说。"我只是来告诉你们一声，我要结婚了。"

"跟谁结婚？"

"凯茜，多伟大呀！"

"什么时候？"

"明天，"凯瑟琳平静地说，她的声音有些奇怪，脸上的笑容所以也立即不见了。"我是来告诉你们，我明天要结婚了，在琼斯博罗——可我不想邀请你们大家。"

她们默默地琢磨着这句话的意思，莫名其妙地抬头望着她。后来媚兰才开口了。

"那是我们认识的人吧，亲爱的？"

"是的，"凯瑟琳简单地说。"是希尔顿先生。"

思嘉甚至连"啊"一声也说不出来了，凯瑟琳突然低下头来看着媚兰，小声而粗鲁地说："媚兰，你要是哭，我可受不了。我会死的。"

媚兰一句话也不说，只轻轻拍着凯瑟琳在鞍镫上的脚。她的头低低地垂着。

"也用不着拍我！这同样让我受不了。"

媚兰把手放下，但仍然没有抬头。

"好，我得走了。我只是来告诉你们一声。"她那苍白而脆弱的脸又板起来，她提起缰绳。

"凯德怎么样？"思嘉赶紧问。她完全呆了，不知说什么好，好不容易才想起这个问题，用来打破尴尬的沉默局面。

"他快死了，"凯瑟琳依旧简单地回答，口气中没有一点感情似的。"只要我能安顿好，他就会放心而平静地死去，用不着担心他死后谁来照顾我。你看，我那位继母和她的孩子们明天就要回北方定居。好，我得走了。"

媚兰抬头一看，正碰着凯瑟琳的眼光。媚兰泪珠莹莹，眼睛里充满了理解的深情，凯瑟琳面对此情此景，像个强忍着不哭的勇敢男孩，只撇了撇嘴唇装出微笑的样子。这些对于思嘉来说都是很难理解的，她还在费心琢磨凯瑟琳·卡尔弗特要嫁给监工这一事实——凯瑟琳，一个富裕农场主的女儿；凯瑟琳，仅次于她思嘉，比全县任何别的姑娘都有更多的情郎呢！

　　凯瑟琳俯下身子和媚兰亲吻了。然后凯瑟琳狠狠地抖动缰绳，那匹老骡子向前走去。

　　媚兰望着她的背影，眼泪哗哗地从脸上淌下来。思嘉瞪大眼睛看着她，仍然莫名其妙。

　　"媚兰，你看她是不是疯了？你知道她是不会爱他的。"

　　"爱他？啊，思嘉，这样的事请千万提也别提了！啊，可怜的凯瑟琳！可怜的凯德！"

　　"胡说八道！"思嘉喝道。媚兰对于任何事情都比她看得清楚，这是很叫她受不了的。她觉得凯瑟琳的情况主要是令人惊讶，而并非是什么可悲的事。当然，要跟一个北方穷白人结婚，想起来也着实很不愉快，不过一个姑娘毕竟不能单独守着农场过日子；她总得有个丈夫帮着经营才好嘛。

　　"媚兰，就像我前天说的那样。已经没什么人让姑娘们挑选的了，可她们总得嫁人呢。"

　　"啊，她们也不一定非要嫁人呀！当老姑娘也没什么丢人的。看看皮蒂姑妈。啊，我还宁愿凯瑟琳死了呢！我知道凯德就会宁愿她死的。那么一来，卡尔弗特家就全完了。只要想一想，他们的孩子会成为什么样的人！啊，思嘉，叫波克赶快备马，你火速去追上她，让她回来跟我们一起住！"

　　"哎哟，我的天！"思嘉喊道，她对于媚兰这样随意地把塔拉农场当人情的态度大为震惊。思嘉可绝对不想要在家里多养活一口人了。她正要这样说，但是一看见媚兰害怕的脸色便打住了。

"她不会来的，媚兰，"她改口说。"你知道她不会来。她为人那么高傲，还以为这是一种施舍呢。"

"这倒是真的，倒是真的！"媚兰惶惑地说，她眼看着凯瑟琳背后那团红尘在一路远去，渐渐消失了。

"你跟我们在一起已经好几个月了，"思嘉心里暗想，"可你从来没考虑过你是在靠别人养活。我想你永远也不会意识到这一点。你是个没有被战争改造过的人，所以思想行为一如既往——似乎我们仍然非常富足，有的是粮食，用不着精打细算，多来几个客人也没关系。可是我下半辈子得把你这个包袱背下去了。但是，我可不能把凯瑟琳也背上！"

第三十章

　　战争结束后第一个炎热的夏天，塔拉的隔离状态突然被打破了。从那以后好几个月里，有些衣衫褴褛、满脸胡须、走坏了脚又往往是饿着肚子的人，源源不断地翻过红土山坡来到塔拉农场，在屋前阴凉的台阶上休息，既要吃的又要在那里过夜。他们都是些复员回家的联盟军士兵。

　　回家去啊！回家去啊！这是士兵心中唯一的想法。有些人沉默忧郁，也有的比较快活，觉得一切都已过去，现在支持他们活下去的只有回家一事了。很少有人表示怨恨，他们都把怨恨留给自己的女人和老人了。他们已英勇地战斗过，但结果被打败了，现在很想平安地待下来，好好种地过日子。

　　回家去啊！回家去啊！他们别的什么也不谈，既不谈打仗也不谈受伤，既不谈坐牢也不谈今后。至于以后，那就是另一回事了。

不论是年老的和年轻的，健谈的还是沉默的，富农和森林地带憔悴的穷白人，他们全都有两种共同的东西，即虱子和痢疾。联盟军士兵对于受虱子折磨早已习惯了，他们已经毫不介意，甚至在妇女面前也旁若无人地搔起痒来。至于痢疾——那似乎对谁也不放过，从小兵到将军一视同仁。为时四年的半饥半饱状态，使每个在亚特兰大停留的士兵要么是刚在逐渐康复，要么还病得厉害。

"他们联盟军部队里就没一个肚子好的，"嬷嬷一面流着汗在炉子上煎黑莓根汤药，一面这样苛刻地评论。黑莓根是爱伦生前拿来治这种病的主要药方，嬷嬷当然学会了。

所有的人，嬷嬷都给他们吃这个药方，也不问他们的肠胃情况究竟是怎样；所有的人都乖乖地皱着眉头吃她给的这种黑汤。

在住宿方面，嬷嬷的态度也很坚决。凡是身上有虱子的士兵都不许进入塔拉农场。她把他们赶到后面茂密的灌木林里，给他们一盆水和一块肥皂，叫他们脱下军服，好好洗浴一番，这时她用一口大锅把他们的衣服煮起来，直到把虱子彻底消灭为止。等到每天都有士兵到达的时候，嬷嬷就提出抗议，反对让他们使用卧室。她总是害怕有个把虱子逃过了她的惩处。思嘉知道跟她争论也没用，便把那间铺了厚天鹅绒地毯的客厅改作宿舍。嬷嬷认为让这些大兵睡在爱伦亲手编织的地毯上简直是一种亵渎行为，便叫着反对，可是思嘉仍很坚决。他们总得有个地方睡嘛。

她们向每个士兵都急切地打听艾希礼的消息。苏伦也强忍着常常探询肯尼迪先生的情况。可是这些士兵谁也没听说过他们，同时也不想谈失踪的事。只要他们自己还活着就够了，至于那成千上万无名的坟塚，谁还有兴致去管呢。

每当打听没有结果的时候，全家都支持媚兰不要灰心丧气。当然，艾希礼没有死在狱中。如果他真的死了，北方佬监狱里的牧师会写信来的。他当然快要回来了，不过是他所在的监狱离这里远着呢。坐火车也得走上几天呢，如果艾希礼也像这些人是步行的话……那他干吗不写信呢？唔，亲爱的，你知道现今的邮政是个什么情况——丢三落四的。不过也许——也许他在回家的路上死了呢。要是那样，媚兰，也一定会有北方佬女人写信告诉我们嘛！……不过你别哭，媚兰，艾希礼会回来的。因为要走很远的路，并且可能——可能他是没有弄到靴子穿呢。"

于是想到艾希礼在光脚走路，思嘉也快哭了。让别的士兵穿着破衣烂衫，用麻布袋和破毡条裹着脚，一瘸一拐去走路吧，但艾希礼可不行：他应当骑一匹风驰电掣的快马，穿着整洁的军装，蹬着雪亮的靴子，帽子上插着羽毛，威风凛凛地赶回家来。她要是想到艾希礼会沦落到像这些士兵一样的境遇，那是她把自己大大地贬低了。

6月间的一个下午，塔拉农场所有的人都聚在后面的走廊上，急切地看着波克将第一个半熟的西瓜切开，这时他们忽然听见屋前车道有马蹄的声音。普里茜没精打采地动身去开门。

媚兰和卡琳在小声嘀咕，说是个士兵也应当分给一份西瓜，可思嘉在苏伦和嬷嬷的支持下示意波克快去把西瓜藏起来。

"我的上帝！思嘉小姐！媚兰小姐！快出来看呀！"

"那会是谁呢？"思嘉惊叫道，一面从台阶上跳起来直往外跑，媚兰紧跟着她，别的人也随即一拥而出。

一定是艾希礼，她想。

"是彼得大叔呢！皮蒂帕特小姐家的彼得大叔呢！"

他们一齐向前面走廊上奔去，看见皮蒂姑妈家那个头发花白的高个子老暴君正从一匹尾巴细长的老马背上爬下来，老马背上还捆着一块褥子当马鞍。他那张宽宽的黑脸上，既有习惯的庄严也有看见老朋友时的欢乐。

人人都跑下台阶去欢迎他，不分黑人白人都争先跟他握手，提出问题，但是媚兰的声音比谁都大。

"姑妈没生病吧，是吗?"

"没有，太太。只是有点不舒服，感谢上帝!"彼得回答说，先是严厉地看了媚兰一眼，接着看看思嘉，这样她们便忽然感到内疚。"她不怎么舒服，可是她对你们两位年轻小姐很生气，并且认真说起来，俺也有气呢!"

"怎么，彼得大叔! 究竟是什么——"

"你们都别想为你们自己辩护。皮蒂小姐不是给你们写过信，叫你们回去吗? 俺看见她边写边哭，可你们总是回信说这个老种植园事情太忙，回不去!"

"不过，彼得大叔——"

"你们怎能把皮蒂小姐一个人丢开不管，让她担惊受怕呢? 她从没有单独生活过，从梅肯回来后就一直挪着两只小脚走来走去。她叫俺来老实告诉你们，她真不明白你们为什么在她最困难的时候把她给抛弃了。"

"好，别说了!"嬷嬷尖刻地说，她在旁边听人家把塔拉叫作"老种植园"，心中有气。"难道俺就没有困难的时候了? 俺这里就不需要思嘉小姐和媚兰小姐了? 皮蒂小姐要是真的需要，怎么不去请求她哥哥帮助呢?"

彼得大叔狠狠地瞪了她一眼。

"我们已经多年不跟亨利先生打交道了，何况我们现在已老得走不动了。"他回过头来看着几位姑娘，她们正强忍着笑呢。"你们这些年轻小姐们应当感到羞耻，把可怜的皮蒂小姐单独丢在那里。她的朋友死了一半，另一半住在梅肯，加上亚特兰大到处都是北方佬大兵和新放出来的下流黑人。"

两位姑娘硬着头皮忍受着彼得大叔的责备，可是一想到皮蒂姑妈会打发彼得来责备她们，并要把她们带回亚特兰大去，便觉得有点太可笑，实在克制不住了。她们不由笑得前俯后仰。自然，波克、迪尔茜和嬷嬷听见这位对他们亲爱的塔拉妄加诽谤的人受到了轻视，也乐得大声哄笑了一阵。苏伦和卡琳也在格格地笑着，连杰拉尔德的脸上也微露笑容了。人人都笑，只有彼得除外，他感到万分难堪，两只笨大的八字脚交替挪动着，不知该怎样摆好。

"你怎么了，黑老头儿？"嬷嬷咧着嘴问。"难道你老得连自己的女主人也保护不好了？"

彼得深感自己受了侮辱。

"俺老了？不，太太！俺还能跟往常一样保护皮蒂小姐呢。俺逃难时不是一路护送她到梅肯了吗？北方佬打到梅肯时，不是俺保护着她吗？不是俺弄到了这匹老马把她带回亚特兰大，而且一路保护着她和她爸的银器吗？"彼得挺着身子，理直气壮地为自己辩护。"俺不是谈什么保护。俺谈的是态度怎么样。"

"谁的态度呢？"

"俺谈的是有些人采取的态度，眼见皮蒂小姐独个儿住在那里。"彼得继续说，他的话中听起来很明显，在他心目中皮蒂帕特还是个十六岁的丰满迷人的小姐呢，所以她得有人保护着不受别人的议论。

听到这里，思嘉和媚兰笑得支持不住，便一齐坐到了台阶上。后来媚兰才把欢乐的眼泪拭掉，开口说话。

"可怜的彼得大叔啊！我笑了你了。对不起。请饶恕我吧。思嘉小姐和我目前还回不去。也许 9 月间收过棉花以后我能走成。姑妈打发你老远跑来，难道就是要让这把瘦骨头把我们带回去呀？"

彼得被她这样一问，下巴骨立即耷拉下来，那张皱巴巴的黑脸上也露出又抱歉又狼狈的神情。

"媚兰小姐，俺已经老了，俺一时间竟忘了她打发俺干什么来了。俺给你带了封信来。皮蒂小姐不信任邮局或任何别的人，专门叫俺来送，并且——

"一封信？给我？谁的？"

"皮蒂小姐，她对我说，'你，彼得，轻轻地告诉媚兰小姐，'——"

媚兰从台阶上站起身来，一只手放在胸口。

"艾希礼！艾希礼！他死了！"

"没有，太太！没有，太太！"彼得叫嚷着，他大声叫道，一面在破上衣胸前的口袋里摸索着。"他活着呢！这就是他寄来的信。他快要回来了。——我的上帝！搀住她，嬷嬷！让我——"

"不许你碰她，你这老笨蛋！"嬷嬷怒冲冲地吼着，一面挣扎着扶住媚兰。"你这个假正经的黑猴子！还说轻轻地告诉她呢！波克，你抱住她的脚。卡琳，托住她的头。咱们把她放到客厅里的沙发上去。"

除思嘉以外，所有的人都在围着晕倒的媚兰手忙脚乱，七嘴八舌地大声嚷嚷，有的跑去打水，有的跑去拿枕头，一时间剩下思嘉和彼得大叔两人在人行道上没人管了。思嘉像生了根似的站在原来的地方，她是听到彼得谈起艾希礼时一下子跳过来的，可现在也给吓得动弹不了，只瞪大眼睛望着彼得手里那封颤动的信发呆。彼得那张面孔显得非常可怜，像个受了母亲责骂的孩子似的。他那庄严的神气已经彻底消失了。

思嘉一时说不出话来，也挪不动脚，她在心里喊叫："他没有死！他快回来了！"可是这消息给她带来的既不是喜悦也不是激动，而是一种目瞪口呆的麻木状态。这时彼得大叔说话了，他的声音似乎自远方传来，既带有哀愁又给人以安慰。

"我们的一个亲戚威利·伯尔先生从梅肯给皮蒂小姐带回了这封信。威利先生跟艾希礼先生住在同一个牢房里。威利先生弄到一匹马。可艾希礼先生是走路，因此——"

思嘉从他手里把信抢过来。虽然信封上写的收信人是媚兰，是皮蒂小姐的手笔，不过她毫不犹疑地便把它拆开了。信封里装着一张折叠信笺，被带信人弄得脏糊糊的并且有点破了。开头艾希礼是这样写的："佐治亚亚特兰大萨拉·简·汉密尔顿小姐转，或琼斯博罗'十二橡树'村，乔治·艾希礼·

威尔克斯太太收。"

她用颤抖的手指把信笺打开，默默地读道：

"亲爱的，我就要回到你身边来了——"

眼泪开始无声地往下流，她没法再读下去。她只觉得心在膨胀，顿时高兴得无法克制自己了。于是她把那封信贴在胸口，迅速跳上台阶，径直来到爱伦的办事房里。这时塔拉农场所有的人都还拥挤在客厅里为不省人事的媚兰忙碌着呢。思嘉可不管这些，她把门关好，锁上，猛地倒在那张下榻的旧沙发里，哭着，笑着吻着那封信

"亲爱的，我就要回到你身边来了，"她悄悄地念着。

人们都清醒的知道，除非艾希礼长了翅膀，否则他要从伊利诺斯回到佐治亚就得走好几个星期，甚至几个月，不过大家还是天天盼望，只要一有军人在塔拉的林荫道上出现，心就禁不住激动起来。似乎每一个破衣烂衫的人都可能是艾希礼。即使不是艾希礼，说不定也知道一点艾希礼的消息，或者带来了皮蒂姑妈写的一封有关他的信。他们每次一听到脚步声就向前面走廊上奔去。只要看到有一个穿军服的人影，每个人都飞跑过去。收到那封信以后的一个月中，农田里的活儿已几乎陷于停顿状态。因为谁都不愿意在艾希礼到家时自己不在屋里。思嘉是最不愿意碰上这种情况的人，既然自己这样不安心工作，她也就无法坚持要别人认真劳动了。

但是一个一个星期过去，艾希礼还是没有回来，也再没有什么消息，于是塔拉农场又恢复了原先的样子。渴望的心情也只能如此了。不过思嘉心里担心艾希礼在路上出了什么事。罗克艾兰离这里那么远，他可能获释出狱时身体非常虚弱或者有病呢。并且他身边无钱，所走过的地方又全是些敌视联盟的地方。要是她知道他如今在哪里，她倒愿意把她手头所有的钱通通寄去，哪怕让全家的人都饿肚子也罢，只要他能够坐火车赶快回来就行了。

"亲爱的，我就要回到你身边来了。"

在她刚看到这句话时引起的喜悦中，它似乎只意味着他就要回到她身边来了。可如今比较理智而冷静地想一想，才发现他原来是说要回到媚兰身边来。媚兰最近总是在屋子里到处走动，高兴地唱个不停。有时思嘉怀恨地想起，为什么媚兰在亚特兰大生孩子时竟没有死呀？要是死了，事情就完全不同了！那样她就可以过一段时间以后嫁给艾希礼，将小博也作为一个很好的前娘儿子抚养起来。每当想到这些，她也并不急于向上帝祈祷，告诉他她不是这个意思，她对上帝已不再害怕了。

士兵还陆陆续续地来，一般都是饿肚子的。思嘉绝望地觉得这比经受一次蝗灾还可怕。这时她又恨起那种好客的习惯来，那是富裕时代流行起来的，它规定对任何一个旅客，不分贵贱都得留下住一晚，以尽可能体面的方式连人带马好好的招待一番。

这些士兵没完没了地经过，她的心肠便渐渐硬了。他们吃的是塔拉农场养家的粮食，是思嘉辛辛苦苦种下的蔬菜，以及她从远处买来的食品。这些东西得来如此不易，并且那个北方佬皮夹里的钱也是会用完的。如今只剩下少数的联邦钞票和那两个金币了。她干吗要养活这群饿鬼呢？战争已经结束。他们再也没有保卫她的安全的作用了。所以，她向波克发出命令，凡是家里有士兵，伙食必须尽量节俭一些。这个命令一执行，她便发现媚兰说服波克在她的盘子里只盛上少量的食品，剩下的大部分口粮全给了士兵，可媚兰自从生了孩子以来身体还一直很虚弱呢。

"你不能再这样了，媚兰，"思嘉责骂她。"你自己还有病在身，如果你躺倒了，那时我们还得服侍你。让这些人挨饿去吧。他们经受得起。他们已经熬了四年，再多熬一会也没关系的。"

媚兰回头看着她，脸上第一次流露出公然表示激动的神情。

"啊，思嘉，请不要责怪我！让我这样做吧。你不知道这多么使我高兴。

每次我给一个挨饿的人吃一部分我的饭，我就想也许在路上什么地方有个女人把她的午餐分给了我的艾希礼一份，帮助他早日回家来。"

思嘉一声不响地走开了。从那以后，媚兰注意到家里有客人时餐桌上的食品丰富多了，即使思嘉时常要抱怨。

有时那些士兵病得走不动了，思嘉便让他们躺在床上，也不怎么去照顾。因为每留下一个病人就是添一张要你给饭吃的嘴。还得有人去护理他，这就意味着少一个劳动力。有个脸上刚刚开始长出浅色茸毛的小伙子，被一个到费耶特维尔去的骑兵扔在前面走廊上。骑兵发现他昏迷不醒地躺在大路边，便把他横放在马鞍上带到最近的塔拉农场。姑娘们认为他必定是谢尔曼逼近米列奇维尔时从军事学校征调出来的一个学生，可是结果谁也没弄清楚，他没有苏醒就死了，并且从他的口袋里也找不出什么线索来。

那个小伙子长相很好，显然是个上等人家的子弟，并且是南部什么地方的人，那儿一定有位妇女在守望着各条大路，等待着他回家来，就像思嘉和媚兰怀着急不可耐的心情注视着每一个来到她们屋前的男人那样。她们把这个小伙子埋葬在她们家墓地里，紧靠着奥哈拉的三个孩子。当波克往墓穴填土时，媚兰忍不住放声大哭，心想不知艾希礼现在怎样呢？

还有一个士兵叫威尔·本廷，也是在昏迷中由一个同伙放在马鞍上带来的。威尔得了肺炎，病情严重，姑娘们把他抬到床上时，担心他很快就会死去的。

他显然是个山地穷白人，就像她们刚埋葬的那个小伙子显然是个农场主的儿子一样。至于姑娘们怎么会知道这个，那就很难说了。她们很清楚，就像她们分得清纯种马和劣等马一样，他绝不是她们这个阶层的人。当然，这并不妨碍他们去尽力挽救他。

在经受了北方佬监狱一年的折磨之后，又拐着一条安装得很糟的木制假腿走那了那么远，他已经非常疲惫，几乎没有一点力气来跟疾病做斗争了。

所以他好几天躺在床上呻吟。他始终没有叫过母亲、妻子、姐妹或情人一声，这一点是很叫卡琳迷惑不解的。

"一个男人总该是有亲人的嘛，"她说。"可他让你感觉到似乎他在这世界上什么亲人也没有了。"

别看他那么瘦，他还真有股韧劲呢，经过细心护理，他居然活过来了。终于有一天，他那双浅蓝色的眼睛已能认出周围的人来，看得见卡琳坐在他身旁祈祷，早晨的阳光照着她金黄的头发。

"我到底不是在做梦了，"他用平淡而单调的声音说。"我但愿没有给你带来过多的麻烦才好，女士。"

他恢复得很慢，长期静静地躺在那里望着窗外的木兰树，很少去打扰别人。卡琳喜欢他平静自在的默默无言的神态。她愿意整个炎热的下午都守在他身边，一声不响地给他搧扇子。

卡琳近来似乎没有什么话要说的。她时常祈祷，每次思嘉不敲门走进她房里，都发现她跪在床边。思嘉一见这情景就要生气，她觉得祈祷的时代早已过去。对于思嘉来说，宗教只不过是讨价还价而已。她为了得到恩赐便答应要规规矩矩做人。可是在她看来上帝已经一次又一次地背约，她就觉得自己对他也不存在任何义务了。所以，每当她发现卡琳本来应当午睡或缝补衣服时却跪在那里祈祷，便觉得她是逃避自己的责任了。

有一天下午，威尔·本廷坐在椅子里，思嘉对他谈起了这件事。令人惊讶的是他居然平淡地说："让她去吧，思嘉小姐。这会使她觉得心里舒服呢。"

"心里舒服？"

"是的，她在为你妈和他祈祷嘛"。

"'他'是谁？"

他那双淡蓝色的眼睛平静地看着她。他似乎对什么事情也不会惊讶或兴奋似的。也许他见过的意外之事太多，再也不会大惊小怪了。

"她的情人，那个名叫布伦特什么的人，在葛底斯堡牺牲的那个小伙子。"

"是她的情人？"思嘉简单地重复。"她的情人，废话！他和他哥哥都是我的情人呢。"

"是的，她对我说过。似乎全县大多数的小伙子都是你的。不过，这没关系，他被你拒绝以后便成了她的情人，因为他最后一次回家休假时他们就订婚了。她还说他是她唯一喜欢过的小伙子，所以她为他祈祷便觉得心里舒服。"

"哼，胡说八道！"思嘉说，隐隐感到心里有些妒忌。

她好奇地瞧着这个消瘦的青年人，他那皮包骨头的肩膀耷拉着，头发淡红，眼神平静而坚定。看来他已经了解到她家里连她自己也懒得去发现的情况了。看来这就是卡琳整天痴痴地发呆和频频祈祷的原因。不过，这很快就会过去的。许多女孩子对自己的情人乃至丈夫的伤悼到时候就都过去了。她自己当然早已把查尔斯忘却了。她也对威尔讲了这些，可他听了直摇头。

"卡琳小姐可不是你那种人，"他断然说。

威尔很高兴人家跟他谈话，尽管他自己没有多少话好说，但却是一个很会理解别人的听者。思嘉对他谈了许多问题，诸如除草、锄地和播种，以及怎样养猪喂牛，等等，他也对此提出自己的意见，因为他以前在南佐治亚也经营过一个小小的农场，并且曾经拥有两个黑人。他知道现在他的奴隶已经被解放，农场也已杂草丛生，甚至可能长出小松树来了。他的唯一的姐姐多年前便跟着丈夫搬到了得克萨斯，所以他成了孤单一人。不过所有这些，跟他在弗吉尼亚失掉的那条腿比起来，都不算是使他感到伤心的事了。

是的，思嘉最近过的是一段困难的日子，她整天听着几个黑人嘟嘟囔囔，看着苏伦时骂时哭，杰拉尔德又没完没了地问爱伦在哪里，这时有了威尔在身边，便感到非常宽慰了。她可以将一切都对他讲，她甚至对他说了自己杀死那个北方佬的事。

事实上全家所有的人都喜欢到威尔的房里去坐坐，谈谈自己心中的烦恼——连嬷嬷也是这样，她本来不理他，理由是他出身门第不高，又只有两个奴隶，可现在她改变态度了。

等到他能够在屋里到处走动了，他便着手编制橡树皮篮子，去修补被北方佬损坏的家具。他手很巧，会用刀子削刻东西，给韦德做了几个玩具，那也是这孩子仅有的几个玩具，所以韦德整天在他身边。屋子里只要有了他，人人都觉得安全了，人们出去工作时便经常把韦德和两个婴儿留在他那里，所以他能像嬷嬷那样熟练地照看他们。

"你们待我真好，思嘉小姐，"他说，"我只是个过路人，跟你们毫无关系。我给你们带来许多麻烦和苦恼，所以只要你们愿意，我倒想留在这里帮助你们做点事情，直到我能稍稍报答你们的恩情为止。我永远不可能全部报答，因为对于救命之恩是谁也偿还不了的。"

这样，他就留下来了，而且自然而然地塔拉农场的很大一部分负担从思嘉肩头转移到了他那瘦骨嶙峋的肩膀上。

9 月摘棉花的时节到了，在初秋午后的愉快阳光下，威尔·本廷坐在前面台阶上思嘉的身边，用平淡而疲弱的声音不断地谈起轧棉花的事，说费耶特维尔附近那家新的轧棉厂收费太高了。不过他那天在费耶特维尔听说，如果能把马和车子借给厂主使用两个星期，收费就可以减少四分之一。他还没有答应这笔交易，想跟思嘉商量后再说。

思嘉看着这个靠在廊柱上、嘴里嚼着干草的瘦个子。的确，威尔是上帝专门造就的一个人才，他使得思嘉时常想，如果没有他，塔拉农场不可能闯得过那几个月呢？他从来不多说话，从来不显示自己的才能，也从不显得对周围正在进行的事情有很多兴趣，可是他却了解塔拉每个人的每一件事。并且一旦他一直在工作。他一声不响地、耐心地、胜任地工作着。虽然他只有一条腿，他却比波克干得还快。这在思嘉看来，简直是不可思议的事。当母牛犯胃痛，或者那匹马得了怪病时，威尔便整夜守着它们，救治它们。思嘉一旦发现他还是个精明的生意人，便更加敬重他了。因为他早晨运一两筐苹果、甘薯或别的农产品出去，便能带回来种子、布匹、面粉和其他生活必需品，这些她知道自己决不能做到，虽然她也可以称得上是个会做买卖的人了。

他渐渐成了一个家庭成员了，晚上就睡在杰拉尔德卧室旁边那间小梳妆室里的帆布床上。他闭口不谈要离开塔拉，思嘉也生怕他走了。有时她想，如果威尔还是个有抱负的男子，他就会回去。不过即使有这种看法，她还是希望他永远留在这里。有个男子汉在家里，真方便多了。

她还觉得，要是卡琳还有一点点眼光，她就能看出威尔对她是感兴趣的。如果威尔向她提出要娶卡琳，她就会对他感激不尽了。当然，在战前威尔肯定没有这个资格。他虽然不是个穷白人，但也根本不属于农场主阶级。他只不过是个普通的山地人，文化程度不高，说话时常有文法错误，也不怎么懂得奥哈拉家族在上流社会的那些礼貌。实际上思嘉怀疑他究竟能不能算个上等人。媚兰却说任何人，只要能像威尔这样心地善良，又很尊重和体贴别人，他就是上等人家庭出身的了。思嘉知道，要是爱伦还在，决不会让女儿竟要嫁给这么一个男人。不过思嘉如今已为现实所迫，那么这种事也就用不着去烦恼了。现在男人可不容易找到呢。可女孩子总得嫁人，塔拉也得有个男人来帮助管理才行。只是卡琳仍一味沉溺在她的《祈祷书》里，对待威尔也和对待波克一样亲切，似乎理所当然地犹如兄妹似的。

"如果卡琳还有一点感激我的意思，知道我一直是爱护她的，她就得跟他结婚，好把他留在这里。"思嘉暗暗地想。"可是，不，她偏要整天像失魂丧魄似的想那个傻男孩，虽然他未必就认真地喜爱过她。"

这样，威尔仍留在塔拉，她也不明白是什么缘故，只是发现他对她采取的那种讲求实际的坦率态度既令人高兴也很有好处。他对杰拉尔德十分恭顺，不过他事实上是把思嘉看作一家之主，凡事都听她的吩咐。

她赞成他的主意，把马租出去，虽然这样全家就暂时没有交通工具了。苏伦对此尤为不高兴。她的最大喜悦是在威尔赶车出门办事时跟他一起到琼斯博罗和费耶特维尔去玩。她似乎是全家最受宠爱的一个人，喜欢拜访老朋友，听县里人所有的传闻，而且觉得自己成了以前塔拉的奥哈拉小姐了。

思嘉心想，我们的亮丽小姐要有两个星期不能出外闲逛了，这么一来，我们也只得对她的抱怨和叫骂忍一忍了。

媚兰跟大家一起坐在前廊上，怀中抱着婴儿；后来又在地板上铺了条旧毯子，让小博在上面爬。自从读了艾希礼的信以后，媚兰每天不是兴高采烈地唱歌就是急不可待地盼望。她显得更加苍白而消瘦了。她毫无怨言地做着自己分内的工作，可是经常生病。老方丹大夫诊断她有妇科病，而且提出了与米德大夫相一致的看法，说她根本就不该生小博。他还坦率地指出，她不能再生孩子了。

"我今天在费耶特维尔拾到一样可爱的小东西，"威尔说，"我想你们女士们看到会高兴的，便把它带回来了。"他从后面裤袋里摸出一个印花布小包，接着又从小包里掏出一张联盟政府的钞票来。

"我可不觉得联盟政府的钞票很可爱，"思嘉简单地说，因为她一见联盟的钱就气极了。"我们刚刚从爸的衣箱里找到了三千美元这样的钱，嬷嬷就跟在后面要拿去糊墙上的破洞，免得自己受风着凉呢。我想我也会那样做的。这种票子就这点用处了。"

媚兰面带苦笑说。"别那样吧，思嘉。把票子留给韦德。有一天他会引为骄傲的。"

威尔容忍地说，"不过媚兰小姐，我所理解的和你刚才关于韦德的话是一致的。贴在这张钞票背面的是一首诗。我知道思嘉小姐对于诗没有多大兴趣，不过我想这一首可能会使她喜欢。"

钞票的背面贴着一块粗糙的褐色包装纸，用淡淡的自制墨水写了几行字。威尔清了清嗓子，缓慢而艰涩地念起来。

"题目是《写在一张联盟钞票上》，"他说。

如今在这人世间已毫无用处，

　　在最困难的时期更是等于零——

它作为一个灭亡了的国家的证物，

　　朋友，请你保存好并出示于人。

出示给那些人，他们还愿意倾听

　　这玩意儿所说的那些爱国志士

曾经梦想的关于一个在风暴中诞生

　　但后来毁灭了的自由国家的故事。

"啊，多美呀！多么动人呀！"媚兰喊起来。"思嘉，你不要把钞票给嬷嬷拿去糊墙壁了。它可不仅仅是一张纸——就像诗里说的，而是'一个灭亡了的国家的证物'呢！"

"啊，媚兰，你别伤感了！纸就是纸，并且我们正缺纸用，嬷嬷又常常抱怨阁楼上有一些墙缝，我都快听得厌烦死了。我想等韦德长大以后，我会有大量的联邦钞票给他，而不是这些联盟的废纸了。"

当她们争论时，威尔一直在拿那张票子逗着小博在毯子上爬。可突然他抬起头来，用手遮着阳光向车道那边凝望。

"那边似乎有人来了，"他在阳光中眨巴着眼睛说。"又是个大兵。"

思嘉朝他观看的方向看去，看见一个熟悉的人影，他穿着一身破旧的蓝色灰色混杂的军服，疲乏地低着脑袋，慢吞吞拖着两条沉重的腿走来。

"我还以为不会再有大兵来了，"思嘉说。"但愿这不是个饿鬼才好。"

"他肯定是饿了。"威尔简单地说。

媚兰站起身来。

"我想还是去告诉迪尔茜，叫她另外再准备一份饭吧，"她说，"还要警告嬷嬷，不要急急忙忙让这可怜虫脱下衣服和——"

她说到这里突然停住了，思嘉回过头来看着她，媚兰纤瘦的手，紧紧地抓住喉咙，似乎那里疼极了似的，思嘉看见，她那白皙的皮肤下青筋在急促地跳动。她的脸色更苍白，那双褐色的眼睛也惊人地瞪大了。

她快要晕倒了，思嘉心想，便连忙跳起来抓住她的胳膊。

可是一刹那间媚兰就把她的手甩开，跑下台阶。她朝碎石道上飞跑而去，像只小鸟似的轻盈而迅速，那条褪色的裙子在背后随风飘起，两只胳臂直挺挺地伸着。这时，思嘉明白了，她像挨了当头一棒。那个人仰起一张长满了肮脏的金黄胡须的脸，站在那里望着房子，似乎累得再也挪不动一步了，这时思嘉才晕头转向地靠在走廊里的一根柱子上。她的心脏忽而猛跳，忽而停止不动，眼看着媚兰哭着投入那个肮脏士兵的怀抱，他也俯下头来吻她。思嘉满怀狂喜地向前跑了两步，但威尔拉住她的裙子，把她拦住了。

"不要去破坏这个场景，"他悄悄地说。

"放开我，你这傻瓜！放开我！这是艾希礼呢！"

他没有松手。

"毕竟他是她的丈夫嘛，是不是？"威尔冷静地问。这时思嘉低下头，心中又高兴又冒火，但却又无能为力，她从他宁静的眼睛深处看到了理解和怜悯。

第三十一章

1866年1月一个严寒的下午，思嘉·奥哈拉坐在母亲的那个小书房给皮蒂姑妈写信，详细解释为什么她自己、媚兰或艾希礼都不能回到亚特兰大去陪伴她。这已是她写的第十封这样的信了，她很不耐烦，知道皮蒂姑妈肯定一读完开头几句就会把信放下，然后又一次来信诉苦："可是我真害怕独自一个人呀！"

她的手冻僵了，只好停下来使劲搓搓，同时将双脚深深裹入旧棉絮里。她的拖鞋后跟已经磨掉了，只得用碎毡片垫起来。毡片只能使她的脚避免踩在冰冷的地面上，但已没有多少保暖作用。那天早晨，威尔把马牵到琼斯博罗钉蹄铁去了。思嘉暗想这世道越来越奇怪了，马还有鞋穿，而人却像院子里的狗那样光着脚。

她拿起笔继续写信，但这时威尔正从后门进来，她听到他那条木腿在地板上梆梆地响。他进来了，两只耳朵冻得通红，淡红色的头发乱蓬蓬的，站在那里俯视着她，嘴角浮现着一丝幽默的笑意。

"思嘉小姐，你究竟攒了多少钱呀？"他问。

"难道你贪图我的钱要同我结婚吗，威尔？"她粗鲁地反问他。

"不，小姐，我只是问问。"

思嘉觉得出了什么事。

"我手头有十个金元，"她说。"这是那个北方佬留下的最后一点钱了。"

"唔，小姐，这不够。"

"不够什么？"

"不够交纳税金，"他答道，一面摇摇晃晃地走到壁炉前面，弯下腰伸手烤火。

"税金？"她简单地重复了一遍。"我的上帝，威尔！我们已经交过税了呀！"

"是的，小姐。不过他们说你交得不够。这是刚才我在琼斯博罗那边听到的。"

"可是，威尔，我不明白。你究竟在说什么？"

"思嘉小姐，我的确很怕再给你添烦恼，因为你已经够苦的了，可是我又不得不告诉你。他们说你还得付更多的税金。他们把塔拉的税额提高得吓人。"

"但是我们已经付过一次了，他们就不能让我们交更多的税金。"

"思嘉小姐，你从来不到琼斯博罗去，我也高兴你这样。那真不是一位夫人该去的地方。那里近来有不少的流氓，共和党和提包党人在当政，他们会叫你气炸的。而且，还经常发生黑鬼把白人从人行道上推下去的事，以及——"

"可这同我们交纳税金有什么关系呢？"

"我正要说呢，思嘉小姐。由于某种原因，那些无赖对塔拉的税金很不满意，似乎那是个年产上千包棉花的地方。我听到这消息，赶快跑到那些酒吧间附近去听听人们的谈论。然后我发现，有人希望在你付不出这些额外税金时，州府将公开拍卖塔拉，于是他便可低价买下来。谁都明白你交不起这么高的税款。我还不知道究竟是谁在打这个坏主意。我调查不出来。不过我想，希尔顿那家伙，那个娶了凯瑟琳小姐的人，他准是知道的，因为我正要向他探听，他便尴尬地笑了。"

威尔在沙发上坐下，抚摩着他的半截腿。这条残腿每到天气寒冷就非常疼痛，而那半截木头又嵌得不好，很不舒服。思嘉愣愣地望着他，他谈到塔拉这个要命的消息时，态度居然那么轻松随便。拍卖？那么他们大家往哪儿去呢？并且塔拉会属于另外一个人！不，这无法想象！

她专心致志于塔拉的生产，所以不大关心外面发生的事。既然有威尔和艾希礼去料理她在琼斯博罗和费耶特维尔的事务，她就很少离开农场。甚至像她在战争爆发前不爱听谈论战争一样，她如今对于威尔和艾希礼在晚餐后有关重建的闲谈也不怎么注意了。

当然喽，她听说过那些倚仗共和党大谋私利的南方败类，以及那些提包党人。后者是些南方一投降就像蝗虫般拥来的北方佬，他们把自己的全部财产装在一个提包里带来了。她也听说有些被解放的黑人变得傲慢无礼。这最后一点她难以置信，因为她有生以来还从没见过一个傲慢的黑人呢。

但是，有许多事情是威尔和艾希礼合谋向她隐瞒了。战争灾害之后，紧接着就是重建时期的更大灾害，只不过他们两人商量好了，在家里不提那些可怕的具体情况。

她听艾希礼说过，南部现在被当作一个被征服的省份对待，而征服者所采取的主要政策便是报复。而思嘉对于这一切都不放在心上，她只知道，如今最要紧的是拼命工作。

思嘉并不明白竞争的一切规律都已改变，诚实刻苦的劳动不再能得到公正的报酬了。佐治亚州如今几乎处于军法管制之下。北方佬士兵镇守着整个地区。

由联邦政府组织起来的"自由人局"，专门管理那些懒惰而激动的前黑奴，局里出钱供养着他们，任其游手好闲，而且毒化他们的思想，使之反对以前的主人。杰拉尔德家从前的监工乔纳斯·威尔克森负责设在塔拉的分局，他的助手是凯瑟琳·卡尔弗特的丈夫希尔顿。他们两人到处散布谣言，说南方人和民主党人想要让黑人重新沦为奴隶，而黑人要想逃避这一厄运只能依靠这个局以及共和党给他们提供的保护。

威尔克森和希尔顿进一步告诉黑人们，他们并不亚于白人，而且很快就要允许白人与黑人通婚了，而他们以前的主子们的财产也将被分给他们，每个黑人都将分到四十英亩地和一头骡子。

"自由人局"有士兵撑腰，几乎是为所欲为。人们动辄被捕，甚至对该局官员态度冷淡也会构成罪名。威尔克森和希尔顿有权干涉思嘉所经营的任何买卖，而且对她的一切物品规定价格。

幸喜思嘉很少同这两个人有来往，因为威尔在其中巧妙地周旋着。不过现在出现一个这么大问题，大到他自己无法处理了。这就是那笔额外规定的税金和丧失塔拉农场的危险，这些事不能不让思嘉知道——并且得立即知道。

她瞪着两眼望着他。

"啊，该死的北方佬！"她嚷道。"他们狠揍了我们，让我们成了乞丐，难道这还不够，还要放任流氓来侮辱我们吗？"

战争结束了，和平已经到来，但是北方佬仍然大模大样地掠夺她，仍然叫她挨饿，仍然把她赶出家门。而她竟那样傻，竟以为熬过这段苦日子，只要能够坚持到春天，就一切都好了。可威尔带来的这个令人绝望的消息，无疑要将她彻底压垮。

"唔，威尔，我还满以为战争结束后我们的困难也就到头了呢！"

"不会的，"威尔扬起他那张瘦削的面孔，镇定地注视着她。"我们的困难还刚刚开头呢。"

"他们要我们再付多少额外税金呢？"

"三百美元。"

一时间她被吓得张口结舌了。三百美元！这听起来就像三百万美元一样。

"那么，"她慌乱地喃喃着，"那么，——那么，那么我们不论如何得筹集三百美元。"

思嘉见威尔默不出声，便又说道："威尔，谁都知道塔拉是多么好的一个农场。实在没办法，我们可以用它抵押到一笔钱，够付税金就行了。"

"思嘉小姐，你有时说起话来真有点傻乎乎的。请问，谁有钱来押贷这个农场呢？除了那些想要从你手里夺走塔拉的提包党，还有谁呀？你看，每个人都有土地。每个人的土地都是贫瘠的。你的土地押不出去。"

"我还有从那个北方佬身上取下的钻石耳坠呢，我们可以把它卖掉。"

"思嘉小姐，现在谁还有钱买耳坠呢？人们连买腌肉的钱也没有，别说什么首饰了。你手里有那十个金元，那么我敢打赌，这已经超过大多数人的存款了。"

他们又沉默下来。思嘉感到面前是一堵坚硬而冷酷的石壁。怎么竟有那么多石壁来让她撞啊。

"我们怎么办呢，思嘉小姐？"

"我不知道，"她茫然地说，她突然感到如此疲乏，连骨头都酸疼了。她在这里拼命工作，挣扎，然而每一番挣扎的结果都似乎是失败在等待着嘲弄她。

"我不知怎么办好，"她说。"但是千万别让爸知道了。那会要了他的命。"

"我不会。"

"你告诉过别人吗？"

"没有，我赶快来找你了。"

是的，她想，不论有什么坏消息总是找到她，而她对此感到烦透了。

"威尔克斯先生在哪里？说不定他能出些主意。"

威尔用温和的眼光看着她，这使她感到，就像从艾希礼回家的头一天起那样，他心里什么都明白。

"他在下面果园里劈栅栏呢。不过他赚到的钱决不会比我们更多一些。"

"要是我想同他谈谈这件事,难道不行吗?"她突然高叫起来同时踢开那块裹着双脚的棉絮,站起身来。

威尔不表示反对:"最好披上你的围巾,思嘉小姐。外面怪冷的。"

可是她没戴围巾便出去了,她需要见到艾希礼,把她遇到的麻烦告诉他。这可是很紧迫的事,不容再等了。

要是他是独自一个在那里,那该多好啊!自从他回来以后,她一直不曾私下同他谈过半句话。他常常同家人在一起,媚兰总是在他身边,不时地摸摸他的袖子。那副亲昵的样子曾惹起思嘉的满腔妒火。如今她决计独自去见他。这一次不会有人妨碍她同他单独谈话了。

她匆匆忙忙穿过果园,潮湿的草打湿了她的双脚。她听见艾希礼劈栅栏时斧子震响的声音。要把北方佬烧光的那些篱笆重新修复,是一桩艰苦而费时的劳役。一切工作都是艰苦费时的,她感到既厌倦又恼火。假如艾希礼是她的丈夫,那么她去找他,把自己的头靠在他的肩膀上嚷着揉着,将身上的重负都推给他,叫他用肩膀承担住一切,那该多好啊。

她绕过一丛石榴树,便看见他倚着斧把,用手背擦拭额头。他身上穿的是一条破烂的粗布裤子和一件杰拉尔德的旧衬衫,这件衬衫以前只有开庭日和参加野宴时才穿的,如今却皱巴巴的,并且穿在艾希礼身上显然是太短了。他把上衣挂在树枝上,他流了许多汗,她走过来时,他正站着休息。

眼见艾希礼衣衫褴褛,手持利斧,她心中顿时涌起一股怜爱和怨天之情,激动得难以自禁。她不忍心看她那温文尔雅、心地纯良的艾希礼竟穿一身破衣烂衫,流着臭汗。他的手天生不是来劳动的,他的身体也只能穿戴绫罗。上帝是叫他坐在豪华舒适的大厅之中,同宾客们高谈阔论,或者弹琴写诗。

她能容忍让自己的孩子用麻布袋作围裙,小姐们穿着肮脏的旧布衣裳,让威尔比大田里的苦力更辛苦,可就是不忍心让艾希礼受这种委屈。他太文雅了,对于她来说太宝贵了，他决不能过这样的生活。她宁愿自己去劈木头，也不愿意看见他干这种活时自己心里难受。

"人们说亚伯·林肯就是劈栅栏出身的呢，"当她走上前来时艾希礼轻轻笑着说。"我也可能像他一样呢！"

她皱起眉头。他总是在困难面前这样轻松地说话，而在她看来那都是些严重的问题，因此有时候她几乎被他的话激怒了。

她直截了当把事情告诉了他，期待着他提供一些有益之见。可是他什么也没说。

"怎么，"她终于说，"难道你不觉得我们必须弄到那笔钱吗？"

"当然，"他说，"可上哪儿弄呢？"

"我问你呀，"她答道，有点恼了。即使他帮不上忙，可连句宽慰的话也没有，哪怕说一声"唔，我很抱歉"也行啊。

他微微一笑。

"我回来好几个月，只听说过一个人是真正有钱的，那就是瑞德·巴特勒，"他说。

原来上星期皮蒂帕特姑妈来了信，说瑞德带着一辆马车和两匹骏马以及满袋满袋的美钞回到了亚特兰大。不过她怀疑这些东西是来路不正的。

"让我们别谈他了，"思嘉打断他的话头。"只要世界上有一个下流坯，那就是他。可是，我们大家会怎么样呢？"

艾希礼放下斧子，朝前望去，他的眼光似乎伸向很远很远她望不见的地方。

"我担心的不仅是我们自己，并且是整个南部的每一个人，大家都会怎么样呢，"他这样说。

她觉得要喊出来："让南部的每个人见鬼去吧！问题是我们现在怎么办？"但是她强忍着。那种厌倦的感觉又回到她心头，并且比以前更强烈了，艾希礼竟一点忙也帮不了。

"最后究竟会怎么样,只要看看历史上每当一种文明遭到毁灭时所发生的情况就知道了。那些有头脑有勇气的人可以渡过这种浩劫,而那些没有头脑和勇气的就将被淘汰掉。"

"看在苍天面上,艾希礼·威尔克斯!请你不要站在这里胡扯了,这次是我们要被淘汰呢!"

她的疲惫感好像稍稍渗入他的心灵,将他从遥远的思想中唤回来,因而他亲切地捧起她的双手,把她的手翻转过来,审视手上的老茧。

"这是我见过的最美的一双手,"他一面说,一面轻轻亲吻两只手心。"这双手很美,因为这双手很坚强,每个老茧都是一枚纪念章,思嘉。这双手是为我们大家,为了父亲,那些女孩子们,媚兰,那婴儿,那些黑人,以及我,而磨出老茧来的。亲爱的,你肯定在想,'这里站着一个不切实际的傻瓜在空谈废话,而活着的人却面临危机。'是吗?"

她点点头,但愿他握着她的双手永远不放开,可是他却把她的双手放下了。

"你急匆匆跑到我这里来,是希望我帮助你。可是我没这能耐。"

他用凄苦的眼光望着那把斧子和那堆木头。

"我的家和全部财产都已经烟消云散了,我过去从来不明白那财产是归我所有的。我在这个世界上没有任何用处,因为我所属于的那个世界已经消亡。我无力帮助你,思嘉,只能尽力当个笨拙的农夫,可这样做并不能帮你什么。我永远也报答不了你为我和我们一家所做的牺牲,出自你仁慈心肠的牺牲。我愈来愈深切地感觉到这一点,我愈来愈清楚地看到自己多么无能,我不配接受给予我的所有恩惠。我这种可恨的逃避现实的习性,使得我愈来愈难以面对现实了。你明白我的意思吗?"

她点点头。她并不非常理解他,可是她认真地听着他的每一句话,这是他头一次向她倾诉自己心中的想法。

"不愿意正视赤裸裸的现实，这是我的不幸。直到战争爆发，生活对于我从来就谈不上真实。而我却甘愿如此。我不喜欢太清晰的事物。我喜欢它们稍稍模糊些，有点朦胧。"

说到这里他停顿下来，淡淡地一笑，同时也微微颤抖。

"换句话说，思嘉，我是个懦夫。"

对于其他话，她还不明白，可是最后一句却是她听得懂的。她知道这不是真话。他身上没有懦弱的成分。他每一个细胞都说明他家历代祖先的勇敢英俊，并且他在这次战争中的事迹是思嘉所深知的。

"不，实际上不是这样！难道一个懦夫会在战场上爬上大炮去鼓舞士兵战斗吗？难道将军会亲自给媚兰写信谈一个懦夫的事迹吗？还有——"

"那不是勇敢，"他不屑地说。"战争好比香槟酒，它像影响英雄的头脑那样也能迅速影响懦夫。在战场上，你不是勇敢，就是死亡，因此傻瓜也会勇敢起来的。我现在讲的是另一码事。我的这种怯懦，比起胆小鬼害怕作战要糟糕得多。"

他的话说得缓慢而又颇为吃力，似乎无比痛心，要是别人说这样的话，思嘉准会轻蔑地把它当作假意谦虚或者希图得到赞扬而不予理睬。可是艾希礼似乎真是这样想的，他的眼睛里流露出躲躲闪闪的神色。寒风吹拂着她又湿又冷的双脚，她瑟瑟颤抖起来，艾希礼的话在她心中激起了恐怖。

"不过，艾希礼，你究竟害怕什么呢？"

"唔，我说不清。一些用言语说出来就会显得非常可笑的东西。我害怕生活突然变得太现实了，我不能忍受过去生活中的美从此丧失。思嘉，在战前，生活是美的，它富有魅力，像古希腊艺术那样完美、完整和谐。对于我，生活在'十二橡树'村是真正美好的。我爱那种生活，我就是它的一部分。可是现在它已经完了，而我与这种新的生活格格不入，所以我感到害怕。我也回避你，思嘉。你太有活力，太现实了，而我却宁愿与影子和梦想为伍。"

"可是——可是——媚兰呢？"

"媚兰是个最轻柔的梦，是我的梦想的一部分。假如战争没有发生，我会悠闲舒适地度过我的一生，幸福地长眠在'十二橡树'村。可是战争一来，生活的真面目显露出来了。我第一次投身于行动时——我知道那是布尔溪战役——我看到那些童年伙伴们被炮弹击得粉碎，濒死的马匹厉声嘶叫，这使我第一次领略到残酷和恐怖的感觉。

"我一生都不愿意去与人们打交道，所以只有很少几位朋友。可战争使我明白，我曾经生活的那个世界，其中都是些梦想人物，而战争告诉我真实的人是什么样的，不过我不知道怎样同这些人相处。我怕是永远也学不会。现在我知道，为了养活我的妻子儿女，我必须在那些我所厌恶的众人中间开辟自己的生路。至于你，思嘉，你是抓住双角和生活扭打，征服它。可是我还能怎样去适应生活呢？我就害怕这一点。"

当他用低沉洪亮的声音，用一种令人难以理解的感情独自诉说时，思嘉竭力想了解它们的意思，但她始终不明白究竟是怎么回事。

"思嘉，我在监狱里时曾经这样想：战争结束后，我要回到旧的生活和旧的梦想中去。但是，思嘉，已经回不去了。而当前我们大家面临的是比战争还要坏、比监狱还要坏——对我来说比死亡还要坏的局面……因此，你看，思嘉，我害怕极了。"

"但是，艾希礼，"她开口说，带着困惑的神情，"如果你担心我们会挨饿，那么——啊，艾希礼，我们会有办法的！我知道我们会的！"

他那双灰色的晶莹的大眼睛凝视着她的脸，流露着钦佩的神色，但是很快，目光又突然显得茫然了，这时她的心猛地一沉，意识到他并不是在说什么挨饿的问题。他们经常像是用不同的语言在交谈的两个人。然而她是那么深深地爱他，她就一直在渴望着他的那份爱啊！

"挨饿是不好受的，"他说。"我清楚，因为我挨过饿，可是我并不觉得可怕。我觉得可怕的是，在没有了我们已经丧失的那种美好生活时，还得面对生活。"

思嘉绝望地思索着，想也许媚兰会懂得他的意思。他不害怕她所怕的那些事物，不害怕肚子饿，不害怕寒风刺骨，也不害怕失去塔拉。而他感受到的恐惧，却是她所无法想象的。因为在她看来，除了饥饿和寒冷，以及丧失家园，还有什么可怕的呢？

"啊！"她失望地轻喊了一声。听到这样的声调时，艾希礼惨然一笑，好像在表示歉意。

"原谅我说这些，思嘉。我无法使你理解，因为你不明白恐惧的含义。你有一颗狮子的心，我十分妒忌你，你永远也不会害怕面对现实，你永远也不需要像我这样逃避现实。"

"逃避?!"

原来艾希礼也像她一样对斗争厌倦了，因此他要逃避。她想到这里便呼

世界传世藏书

世界十大名著

·飘·

图文珍藏版

吸紧迫起来。

"啊，艾希礼，"她嚷道，"你错了。我也想逃避呀。我对这一切厌倦极了！"

他困惑地扬起眉头，思嘉却把一只滚热而殷切的手放在他的臂膀上了。

"听我说，"她连忙滔滔不绝地说起来。"告诉你，我厌倦了，厌倦到极点了，再也忍受不下去了。我曾经为吃的用的拼命挣扎过，我拼命拔草，锄地，摘棉花，甚至扶犁，直到累得倒下去为止。我告诉你，艾希礼，南方已经死了！它已经完了！艾希礼，让我们逃走吧！"

他严厉地瞥了她一眼，然后略略低下头来逼视她那已经红得发烧的脸庞。

"是的，让我们逃走——丢下他们！我实在懒得替他们干下去了。有人会照顾他们的。总会有人照顾他们的。啊，艾希礼，让我们逃走，你和我。我们可以到墨西哥去——墨西哥军队需要军官，在那里我们会幸福的。我会替你做事，艾希礼，什么事我都会替你做。我知道你并不爱媚兰——"

这时艾希礼一怔，要插嘴说话，脸上无比惊诧，可是她滔滔不绝的谈势把他的话头打断了。

"那天你曾告诉我你更加爱我——啊，你记得的！并且我知道你不会改变！我敢说你没有改变！并且你刚才还说她不过是个梦罢了——啊，艾希礼，我们逃走吧。我一定会使你快活的。不论如何，"她又恶狠狠地补充说，"媚兰可不能——方丹大夫说过她再也不能给你生孩子了，而我还能给你——"

他用双手紧紧抓住她的肩头，痛得她无法再继续说下去，并且她已累得喘不过气来了。

"我们应当忘记在'十二橡树'村的那一天。"

"难道我会忘记吗？难道你已经忘记了？你能老老实实说你不爱我吗？"

他深深地吸了口气，然后说。

"不，我不爱你。"

"那是撒谎。"

"即使是撒谎，"艾希礼的声音平静得可怕，"那也是不容怀疑的事。"

"你的意思是——"

"难道你认为我可以丢下媚兰和婴儿自己跑掉，就算我恨他们两个人？难道我能让媚兰心碎？让他们娘俩靠别人的施舍过活？思嘉，你疯了？你是不能丢下你父亲和那些女孩子的。你对他们负有责任，就像我对媚兰和小博负有责任一样，所以不管你是否厌倦，你还得为他们负责。"

"我可以丢下他们——我厌恶他们——对他们不耐烦——"

他朝她俯过身去，这时她紧张得连心脏都要停止跳动了，她以为他要拥抱她呢。但是，不，他只拍拍她的臂膀，像抚慰一个小孩那样说起来。

"我知道你厌倦了，累了。所以你才说出这样的话来，你已经肩负起三个男人的重担。不过我会帮助你的——我不会永远这样笨拙下去——"

"你要帮助我只有一个办法，"她阴郁地说，"那就是带我离开这里，让我们去开始新生活，寻找自己的幸福。这里已经没有什么值得我们留恋的了。"

"没有什么，"他平静地说，"除了名誉——什么也没有了。"

她怀着几经顿挫的热望瞧着他，他高傲的头，瘦长挺直的身躯充分体现出高贵和尊严的气质，即使一身烂衣裳也掩盖不了。她望着他的眼睛，他的眼睛像灰色天空下的山中湖泊那么辽远。

她从他的眼睛里看出一种对于她的放荡梦想和狂热欲望的恐惧。

一股伤心和疲惫弥漫了她的全身，她双手捧着头大哭起来了。他从没见过她这样伤心大哭，从没想到像她那样性格刚强的女人居然也哭得这么伤心，这时他心中涌起怜爱和悔恨之情，连忙凑近她，把她抱在怀里，亲切地抚慰着，把她的头紧紧贴在自己胸口上，低声说："亲爱的！我的勇敢可爱的人儿——别这样！你千万不要哭呀！"

　　艾希礼抱着哭泣的思嘉，感到她苗条身躯有一股狂热和魅力，那双仰视着他的碧绿眼睛中洋溢着热烈而温柔的光辉。突然，那个快要忘怀了的柔和的春天，一个舒适而散漫的春天，那种无忧无虑的日子，如今又回来了。他只看见凑过来的两片樱唇那么鲜红，那么动人地颤抖，他吻了她。

　　她感到自己的身体似乎融化到他的身体中去了，他们合而为一地站着，他如饥似渴地紧紧吻着她，好像永远也吻不够。

　　后来他突然放开她，她感到自己已无法站住，她抬起那双燃烧着爱欲和胜利之火的眼睛望着他。

　　"你是爱我的！你是爱我的！告诉我！"

　　他的两手仍然搭在她肩上，她觉得他的手还在颤抖。她热烈地向他凑过去，可是他稍稍退却，没有让她贴近，同时用那双亲切却又苦苦挣扎的眼睛看着她。

　　"不要！不要这样！"他说。

　　她快活而热情地微笑着，她已经忘记了一切，只记得他的热烈的拥吻。

　　他突然抓住她用力摇着，摇得她满头黑发散乱下来，似乎怀着对她，和对他自己的满腔怒火在摇着她。

　　"我们不能这样！"他说。"我们决不能这样！"

　　她被他的行动吓坏了。她竭力挣脱开来，然后瞪着眼睛看他。他的额上渗出密密的汗珠，他紧握双拳，好像在经受巨大的痛苦。他直望着她的脸，那双灰色的眼睛似乎要把她刺穿。

　　"这都是我的错，并且永远不会再发生了，因为我要带着媚兰和婴儿离开这里。"

　　"离开？"她痛苦地嚷道："啊，不！"

　　"是的，真的！做了这种事我怎么能留下来？并且这种事以后还可能发生——"

"但是，艾希礼，你不能走。你为什么要走呢？你是爱我的——"

"你还要我这样说吗？好，我就说，我爱你。"

他忽然鲁莽地向她凑过去，吓得她直朝后退。

"我爱你，爱你的勇敢，爱你的顽强，爱你的情火，爱你的冷酷无情。我爱你到什么程度？爱到我刚才几乎败坏了你和我自己，爱到几乎忘掉了我那世界上最好的妻子——爱到我在这泥地里就能对你放肆，把你当作一个——"

她在一团混乱思绪中挣扎，感到痛楚，感到心寒。

他们彼此相视，默默无语。突然思嘉打了个寒噤，她似乎做了一次疲劳的长途旅行后回来，看见依旧是冬天，赤裸裸的田野分外凄凉，她自己更觉得寒冷了。她也看见艾希礼苍老而冷漠的面孔，那张她如此熟悉和亲爱的面孔，如今也回来了，那面孔也是一幅寒冬景象，而且由于伤痛和悔恨而显得越发萧瑟。

"没有什么好说的了，"她终于说。"我是说，一切都完了。没有什么还值得奋斗的了。你走了，塔拉也就完了。"

他注视着她，过了好一会，然后弯下腰从地上挖起一小块红泥土。

"可是，还有些东西留着呢，"他说着，脸上又浮现出微笑的影子，"有些你更爱的东西，虽然你并没有意识到。你还拥有塔拉呢。"

他拿起她柔软的手，把那块润湿的泥土塞到她手里，把她的手指并拢。她朝那块红泥土看了片刻，觉得毫无意义。她看着他，模糊地意识到他身上有一种精神的完整性，是她那双热情的手所无法分裂的，并且不论怎么样都办不到的。

即使你把他杀了，他也决不会丢下媚兰。即使他至死热爱着思嘉，他也决不会同她苟合，而且将竭力与她保持一定的距离。殷勤好客、忠诚名誉，这些字眼对他来说永远有着最大的意义。

泥土在她手里是冷冰冰的。她又一次看着它。

"对了，"她说，"我还拥有这个呢。"

"你不必走，"她明白地说。"我不会让你们大家挨饿的，就算是我讨好你也罢。刚才那样的事再也不会发生了。"

她转身走去，一面把她的头发绾成一个发髻贴在颈后。艾希礼目送她那瘦小的身躯向前走去。这一姿势牢牢映在他的心上，比她所说过的任何话都更加深刻。